编委会

支格阿鲁歌谣故事集

威宁彝族回族苗族自治县彝学研究会　编
安天荣　李幺宁　整理翻译

贵州出版集团
贵州民族出版社

图书在版编目（CIP）数据

支格阿鲁歌谣故事集．上：彝文、汉文对照／安天荣，李幺宁整理翻译．-- 贵阳：贵州民族出版社，2021.7

ISBN 978-7-5412-2640-3

Ⅰ．①支… Ⅱ．①安… ②李… Ⅲ．①彝族—民间故事—作品集—中国—汉、彝 Ⅳ．① I277.3

中国版本图书馆 CIP 数据核字（2021）第 141562 号

支格阿鲁歌谣故事集（上）

ZHIGEALU GEYAO GUSHIJI（SHANG）

威宁彝族回族苗族自治县彝学研究会　编

安天荣　李幺宁　整理翻译

出版发行　贵州民族出版社
地　　址　贵阳市观山湖区会展东路贵州出版集团大楼
邮　　编　550081
印　　刷　贵阳精彩数字印刷有限公司
开　　本　889mm × 1230mm　1/16
印　　张　39.25
字　　数　770 千字
版　　次　2021 年 7 月第 1 版
印　　次　2021 年 7 月第 1 次印刷
书　　号　ISBN 978-7-5412-2640-3
定　　价　188.00

布摩在彝文古籍中翻找支格阿鲁故事

彝文古籍中的宇宙图形

传说中支格阿鲁诞生在马桑树下

布摩主持支格阿鲁降生地立碑仪式

大型典礼中的唢呐队

《威宁彝族礼俗》审稿暨《支嘎阿鲁》文化研究座谈会

第三届中国支格阿鲁文化学术研讨会总结会

全国各地的支格阿鲁文化研究成果

工作人员在摄录保存彝文古籍

李幺宁、安天荣在查阅彝文古籍

《支格阿鲁歌谣故事集》（上、下）审稿会合影

序一

嘱托与希望

威宁彝族回族苗族自治县彝学研究会的同志们送来《支格阿鲁歌谣故事集》的书稿，邀我为之作序。翻阅这部二百万字的书稿，感触良多，勾起我深深的记忆和往日的情怀，开启了我对今后的期冀和渴望思绪。因此，以“嘱托与希望”为题写下数语，代为序。

2005 年，我为威宁译编出版的《支嘎阿鲁传》写序，2011 年 5 月，为《乌撒彝族礼俗典籍》一书作序。时隔六年，又为画册《支格阿鲁英雄史诗的活态演绎》题序。而现在，为《支格阿鲁歌谣故事集》写序，威宁的彝学成果，真是琳琅满目，应不暇接。

记得 2008 年 11 月，我参加《乌撒彝族礼俗典籍》一书审稿会期间，威宁正在举行第三届中国支格阿鲁文化研讨会。歌舞盛宴之余，我对威宁彝学研究会的同志们说：“你们能把支格阿鲁文化研究提到一个新的高度，成功打造文化品牌就是大功一件。”这仅仅是一句不成文的嘱托，而威宁的同志却不负嘱托，不辱使命，孜孜不倦地搜集整理，出版了画册《支格阿鲁英雄史诗的活态演绎》。书稿《支格阿鲁歌谣故事集》的完成和出版，将再次掀起支格阿鲁文化研究的热潮，助推非物质文化遗产的保护。

《支格阿鲁歌谣故事集》一书，以歌谣、故事的形式演述了支格阿鲁降生、获天庭君臣师三令之后充分用权，查天庭五地，射日月救母尽孝，审案判案，在凡间当君、臣、师、歌师、农民等，特别是以支格阿鲁查天庭“骂咋”军营时，查获天君七小姐西诺被骂咋之子俄莫所害，并力救西诺巴，为呢濮麻博氏八口人封神，接西诺回天庭的故事为主线，表现出支格阿鲁智勇双全，救苦救难于水火，用天条地理、人伦审案判案，铲除黑恶势力，还天地安宁祥和的英雄事迹。作恶多端的天神恶臣俄莫在被押赴刑场时还在高喊他不惧怕天神，天神不如他。他只佩服人神阿鲁，只怕阿鲁人神，神没有人狠……所收故事曲折迷离，引人入胜。支格阿鲁为了救西诺，没有救下养育西诺十八年有功的麻博一家八口人，只救下八人的灵魂，并封他们一家人为山、石、岩、洞、水、草、木、土八个神，赐予他们安身立命之所，让他们管理大自然中的万物，驰骋在广阔天空、无垠大地上，保护着自然，受人们祭奠。现在的祭山、祭水、祭树、岩祠等就是来源于此。

厚厚一叠书稿摆在面前，证明威宁的同志们下了真功夫。据我所知，近三十年来，他们对支格阿鲁文化的研究没停过步伐，没歇过脚。“中国史诗百部工程项目支格阿鲁王”的申报成功，《支格阿鲁英雄史诗》被列入贵州省非物质文化遗产保护名录，以支格阿鲁文化为内容创作的“支格阿鲁精品大型舞剧”吸人眼球，震憾人心，打造支格阿鲁文化旅游景区的规划也即将出炉。这一切，是威宁各族人民智慧和汗水的结晶。

而在这一系列成果的背后，还有许多鲜为人知的故事。县委县政府的高度重视，各有关部门齐心协力的攻关、专家学者援手助推、民间艺人无私奉献，成就了支格阿鲁英雄史诗研究成果迭出。尤其是研究人员在古籍中搜寻，在田野里查访，和民间艺人对接采访，在风物传说中踏勘，之后再加班加点的挑灯夜战，为译编缮写付出的艰辛可想而知。

特别应当称道的是，2016 年在威宁成功举办了第三届中国支格阿鲁文化学术研讨会，形成了“威宁共识”和“专家建议”，这股强劲的东风把支格阿鲁文化研究推向高潮，催生了《支格阿鲁歌谣故事集》。这些值得庆贺，也应当加以肯定。

支格阿鲁具有人和神的两个面貌，是彝族浩然千古的创世远祖，距今逾四千年，备受彝族人民景仰。他的历史功绩和传奇故事遍及千里彝山。据我所知，四川凉山编译出版了叙事长诗《支格阿鲁》，云南编译出版了《阿鲁举热》，贵州编译出版了《支嘎阿鲁王》《支嘎阿鲁传》。有些地方还把支格阿鲁英雄史诗拍成影视作品，也有用于动漫设计、景区打造等。可见，支格阿鲁文化正发挥着它的功利性、公益性，绽放在祖国文化共享的百花园中。

我看到编译者在前言中写道：“史诗歌谣故事集的洋洋百万字，也仅仅是支格阿鲁英雄史诗厚重内容的凤毛麟角，与支格阿鲁文化相关的《神秘西凉山》《传奇麻博山》《秘闻舍岱山》《威望巴的山》及诸多风物传说歌谣都不能尽数收录入集，这是极大的缺憾。”依我看，这不是缺憾，应该是件大好事，正好充分说明支格阿鲁诞生地和涉足最多的威宁，诗史资料丰富，大有潜力可探，深入收集整理大有可为，前景无量。

最后，希望彝家人在当地党委、政府的领导下，在有关部门支持和专家学者的指导下，拓宽视野，深入研究，编译出更好的作品展示在世人面前。让支格阿鲁步入祖国繁荣的文化殿堂，走出国门。让世界知道、了解我国文化宝库中有一束艳丽之花——支格阿鲁英雄史诗。

2019 年 11 月 15 日

弘扬民族文化，传承人类文明

近日，威宁彝学研究会邀我为《支格阿鲁歌谣故事集》一书作序。翻开书稿，内容浩瀚，洋洋洒洒百万逾字令人惊叹，看得出，威宁彝学研究会的同志为这本书付出了心血。我欣然应之，略作数语为序。

支格阿鲁是彝族历史上具有重大影响的英雄人物，在彝文文献《彝族流源》《西南彝志》《物始纪略》等古籍中都有丰富记载。按照文献记载推算，支格阿鲁应属于米靡时代人物，距今约四千年。

支格阿鲁的故事在民间也广泛流传，其事迹遍布威宁各地，威宁的许多山川河流之名与其有着密切的关联。从儿时起，我就听闻过许多支格阿鲁的故事，时至今日，仍记忆犹新。后来在彝文文献中也看到过有关支格阿鲁的故事，但多是零星的记载，未经整理，不成系统。而当我翻阅《支格阿鲁歌谣故事集》时，其内容之丰富，整理之明晰，既有以往书籍已记录的内容，也加编了流传在民间的歌谣和故事。合上书稿，久久徜徉在回忆中，不能忘怀。

关于支格阿鲁，流传在民间的歌谣故事，记载于彝文文献中的史料，描述的是支格阿鲁从出生到当农民——摩史——布摩——摩摩——举摩的成长历程中，为民测天量地、消除灾难、创制历法、建章立制、弘扬孝道、归类星座、划分地界、赶山治水、射日射月、除妖降魔、划定方位的故事。即使是一座山、一块石头，都有一个情节丰富、内容精彩、人物生动、贴近生活的故事，这不仅是一笔宝贵的文化遗产，更是不可多得的旅游资源。

威宁彝学研究会的同志，历经辛劳，将流传在民间的歌谣和故事也搜集整理编入了此书，为演述英雄史诗和非遗文化的传承奠定了厚实的基础，为抢救濒危的支格阿鲁文化，打造文化旅游品牌，助推乡村振兴，促进经济发展都具有深远的历史意义和重要的现实意义，值得庆贺。歌谣从不同的角度，不同的内容，深入浅出、富有情节地展现了支格阿鲁在不同时期，不同身份地位时为民忧心的事迹，使支格阿鲁的人物形象更具体、更生动、更真实。支格阿鲁的故事在威宁不仅具有广度，更有深度，这些精彩的故事，更加巩固了支格阿鲁在彝族人民心中的崇高地位，也是其为人民创造幸福生活的真实反映。

支格阿鲁作为彝族同胞公认的远祖，与之息息相关的文化，是各地彝族同胞的精神支柱和交流的纽带。据我所知，《支格阿鲁英雄史诗》在 2019 年年初已列入贵州省非物质文化遗产名录，而这次威宁彝学研究会整编的《支格阿鲁歌谣故事集》，是对《支格阿鲁英雄史诗》非遗文化传承保护的有效行动。不管是文献资料，还是民间歌谣故事，威宁无疑是支格阿鲁英雄史诗和支格阿鲁文化最为丰富浓郁的地方。威宁彝学研究会的同志，要立足长远，要发掘和培养出更多的传承人，不止于文献整理，资料搜集。以出版的多部《支格阿鲁英雄史诗》为载体，云南、贵州、四川、广西彝区依托《支格阿鲁英雄史诗》文化源泉创作的影视、音乐、动漫等作品，无疑对推动《支格阿鲁英雄史诗》的传播，非遗的保护传承具有深远的意义。威宁的同志们任重道远，还需努力，要认真研究解决当下彝族文化保护传承面临的主要问题，包括《支格阿鲁英雄史诗》的保护，推动彝族文化传承保护的可持续发展。

此书大篇幅地收录了更贴近群众生活的诗歌和故事，使其成为一本接地气的书籍，可在广大群众中广泛传播，推动支格阿鲁英雄史诗和支格阿鲁文化的传承和发展。

文化是一个国家、一个民族的灵魂，是民族生存和发展的精神支柱。威宁彝学研究会的同志要坚持在当地党委、政府的领导下，深入贯彻党中央关于传承和弘扬中华优秀传统文化的重要精神，深度发掘和传承优秀的彝族文化，积极向外展示推介，不断增强文化自信，既要保护传承彝族文化，又要助推经济社会繁荣发展，要有“弘扬民族文化，传承人类文明”的使命感，推动彝族文化走出去，走向世界。

2019 年 11 月 15 日

序三

彝族圣祖支格阿鲁事迹的影响与传播途径

支格阿鲁是彝族的典型圣祖，对彝族历史与文化的影响十分巨大。在滇、川、黔、桂、渝的广大彝区，众多的彝人都认他为自己的祖先。他集部落君王、主持祭祀的文化人——布摩、天文学家、历算家于一身。由于支格阿鲁的历史贡献和在彝族人心目中的崇高地位，他后来被神化，由历史人物变成神性英雄人物，成了无所不能的神人先祖。

作为君长，支格阿鲁亲率族人战天斗地，治理洪泛，劝勉耕牧；作为布摩，支格阿鲁发明并用九宫八卦划分天地方位和命名，站在彝族乃至于中华文明的源头上，曾统一规范过古老的彝文；作为神性英雄人物，支格阿鲁具备箭射日月、修天补地、呼风降雾、降魔伏鬼的特殊本领，并乐于为民除害和主持公道，备受后世的祇敬与崇拜。

支格阿鲁事迹传统的传播途径有彝文文献、彝族古歌与口碑故事等三种，三种途径相互补充、相互映衬。彝文文献记载支格阿鲁事迹的有《彝族源流》《西南彝志》《彝家宗谱》《彝族创世志》《物始纪略》《丧祭经》《祭祖经》《消灾经》《摩史苏》《阿鲁天干占》《阿鲁二十八星占》《阿鲁失物占》《阿鲁择日期》《阿鲁命运预测》《阿鲁竹卦经》等很多文献。《彝族源流·支格阿鲁源流》载："次为僰雅勒，一代僰雅勒，二代勒叟吾，三代叟吾爵，四代爵阿纣，五代纣阿直，六代直支格，七代支格阿鲁。支格阿鲁时代，天上策举祖，访地上天子，得支格阿鲁……天上策举祖，打开天箱锁，赐给测天杖；松开地锁簧，赐给量地带。跨上里直介，带领亥莫赫，斯里九力士。跟着来做伴，塞米法珠海，作起点测天。测天越北方，量地经南方，快速如飞鸟，策马进中央。从勾直喏上天，到举祖身边：'测天地的事，我已经完成。'天上策举祖：'测天的本领，量地的才能，唯此人而已。'举祖宠阿鲁，赐天上俸禄，给支格阿鲁，地上的租赋，由阿鲁享受，治一方天地。年月的划分，依阿鲁推算。地上的天子，为天管大事，出色测完天，圆满量完地。"

《彝家宗谱》和《彝族创世志》等文献对支格阿鲁的记载是一致的。《彝族源流》《彝家宗谱》《彝族创世志》等文献除记录了支格阿鲁谱系外，还介绍了其后代的迁徙情况。

支格阿鲁带领人民战天斗地、治理洪水、移山填水造福人民，劝勉农耕、教人畜牧，解决了人们生存和发展的大问题。支格阿鲁作为公平正义的化身，他射日射月，战胜邪恶势力代表的雕王、虎王，铲除吃人的妖怪撮阻艾，面对凶恶势力和威胁人类生存的妖魔鬼怪，支格阿鲁决不心慈手软，不会手下留情而网开一面。他通过千辛万苦的不懈拼搏，以大智大勇的气魄，爱憎分明的态度，除恶务尽的决心，逐一降伏、斩杀和清除了几乎所有的妖魔鬼怪与祸害，给天地带来了生机，为人们带来了安宁的生存环境。这些事迹体现出支格阿鲁高大完美的英雄形象，使之成为典型化和理想化的英雄代表。

作为君长，支格阿鲁受天命而修天补地，戴洛宏神帽，手持鹰龙权杖，策马于东西南北之间，最后在大地的中央，用九鲁补和八鲁旺划定天地界线，划出四大方位，确定天地标记。又以九星分野法推算出世上九地，对世上的山峰、江河、平原进行命名，使百姓居住各方。天地界限的划分，四方的确定，使彝族先民从野蛮蒙昧逐渐进入文明社会，九鲁补和八鲁旺的归纳、总结利用，反映了彝族先民的灿烂文明，体现出他们在数理、哲学等方面的历史贡献。

支格阿鲁文化第二种不可或缺的传播途径是彝族古歌，如《曲谷》《阿买恳》《陆外》《恳洪》也是《支格阿鲁英雄史诗》的一些载体，以其中的《白翅鹤姑娘》《太阳姑娘》《天郎地女》三篇《曲谷》为代表。《白翅鹤姑娘》的开头为："白翅鹤姑娘，青羽鹃小伙，最大的享受得到了，最大的欢乐得到了。一年复一年，过了第二年，到了第三年，不降生的降生了，巴若降生了。没法养巴若，抱到马桑脚。白日桑来哺，夜里鹰来覆，夏去后秋来，到次年春天，成人的巴若，去勘查地方。"《太阳姑娘》载："太阳姑娘，月亮小伙，相亲相爱时，好比烫石水中放，碎石水流两相依。相约啊相约，相约玩九年，玩九年九月，玩九月九天，玩九天九时。等得了九年，等不了九月，等得了九月，等不了九天，等得了九天，等不了九时。相约啊相约，相约玩六年，玩六年六月，玩六月六天，玩六天六时。等得了六年，等不了六月，等得了六月，等不了六天，等得了六天，等不了六时。相约啊相约，相约玩三年，玩三年三月，玩三月三天，玩三天三时。等得了三年，等不了三月，等得了三月，等不了三天，等得了三天，等不了三时。第一年不知，第二年不觉，到了第三年，生了个娇儿。他若是才若（普通的孩子），就留在身边；他若是巴若（神异的孩子），就要送出去。横要送巴若，竖要送巴若，送往马桑下，白日鹿子来哺乳，马桑来哺乳，哺马桑树苔，夜里群鸟覆，老鹰展翼覆。第一年不知，第二年不觉，到了第三年，登遍了山巅，走遍了深谷，捕鸟啊捕鸟，到策举祖家，'策举祖爷爷，所有的树木，无根不萌发，所有的河流，无源头不流，所有的女子，无媒不成亲！巴若无阿爸，并非无阿爸，巴若无阿妈，并非无阿妈！谁是我阿爸，谁是我阿妈？'策举祖爷爷：'你会勘天吗，你会测地吗？若会勘查天，若会勘查地，你阿爸是月亮郎，你阿妈是太阳妹，你名叫阿鲁，叫支格阿鲁，乳名叫阿德，称阿鲁阿德！'"

《天郎地女》叙述的情节与《太阳姑娘》差不多，所不同的仅是天人下地，洞人出地成地上人，天郎恒札祝和地女啻阿卖两人相恋生了巴若。太阳和月亮、天男和地女所生的人，寓意支格阿鲁是天之骄子，即天子。鹤是君长的标志，鹃是臣子的标志，有时鹃也是王的标志，古歌中的寓意很明确，都在表明支格阿鲁是王的身份。

支格阿鲁事迹更依赖于以口碑为载体的故事传播，这也是不可或缺的传播途径。民间世代口耳相传的故事以《斗雕》《撵山填海》《白龙马》《借神鞭》《种煤》《折十二雪枝》《阿鲁与额索》等为主。《斗雕》讲的是大雕以小孩为食，跟支格阿鲁比赛输了后再也不敢攫食人类的孩子，但小猪小羊等人类所饲养的家畜它是永不会放过的。《撵山填海》《白龙马》《借神鞭》等故事都与治理洪水有关。另外，汉文献中的地方史志对支格阿鲁的事迹也有只言片语的记录，如光绪年间《黔西州续志》称：“直括鲁（支格阿鲁）治水时凿山到江，有神女德模普施为之助，殆巫山神女也，其治水之神，人当以禹为断。”

支格阿鲁事迹的广泛传播为他奠定了圣祖地位、英雄地位、文化地位等三大历史地位，支格阿鲁的圣祖地位体现在武僰第二支僰雅勒到哀牢夷谱系里，也体现在他与额索一起开导了笃慕的故事中。文化地位体现在用九宫八卦划分天地方位界线，代表了对空间的认知，通过建立礼仪秩序树立英雄形象。关于支格阿鲁的彝族远祖地位，支格阿鲁全称时作笃支格阿鲁，“笃”，是贵州彝区的发音，“笃”在四川彝区记作“吉”“居”。“笃”或“吉”“居”，有祖宗的含义，如笃慕的“笃”，就有祖宗的含义。又如安放在僻静悬崖上招入祖灵供奉的祖桶，彝语多称“维哺”，但也别称“笃哺”。从宗教信仰的角度来看，彝族认为万物有灵，因此被归为原始宗教的信仰系列。在通常举行的各种祭祀仪式中，虽然多种神灵得到供奉，但祖宗崇拜才是彝族多神崇拜的核心。多神崇拜可以说是服务于祖宗崇拜的，祖宗崇拜具有不可替代性，且在神灵观中占据主导地位。在彝族的祖先崇拜中，支格阿鲁和笃慕两人的地位最高，广泛性与代表性极强。

威宁搜集整理的这个集子内容丰富，涉及的方面多，更多的内容是过去未曾发现的新内容。从支格阿鲁的事迹乃至反映的历史背景，无不表明彝族历史文化内涵的博大精深，这一收集整理是对支格阿鲁所代表的彝族历史文化及其内涵深度挖掘，也是对丰厚的彝族历史文化资源的保护和开发利用。在彝族的记忆文化遗产和非物质文化遗产中同时贯穿的支格阿鲁文化，永远都是一道闪烁着光芒的靓丽的风景，深受支格阿鲁影响的彝族历史文化资源能转化为彝区发展优势与文化市场，也是继承和发扬支格阿鲁精神的实际意义所在。

王继超

2019 年初冬于毕节

前言

风生水起　古籍逢春

写在《支格阿鲁歌谣故事集》出版前

由威宁彝族回族苗族自治县彝学研究会搜集整理、译编的《支格阿鲁歌谣故事集》一书，如朝阳出山，似春华秋实，沐浴着中国共产党光辉 100 年华诞的阳光雨露破土而出，呈现在广大读者面前。本书表现出支格阿鲁文化的丰富内涵和演述的多样形式，印证了风生水起、古籍逢春、非遗层出的大好前景，彰显了党和国家对繁荣民族文化的高度责任和担当，凸显了威宁人民对文化自信、文化自觉、文化自强、文化繁荣的理解和传承支格阿鲁英雄史诗并为之奋斗的精神和决心。

不言而喻，《支格阿鲁歌谣故事集》的出版发行，不仅为读者提了一份醇香味美的精神食粮。同时，为中国史诗百部工程之一的“支格阿鲁王”演述提供了丰富翔实的内容，也为支格阿鲁英雄史诗这一非物质文化遗产的传承做出巨大贡献。

（一）

自二十世纪八十年代以来，威宁自治县已展开对支格阿鲁英雄史诗的研究，率先收集整理、译编出版了《支格阿鲁传》一书。新千年伊始，县彝学会在《乌撒彝族礼俗典籍》一书审稿会期间，正式提出开展对支格阿鲁文化研究的课题。同时阐述了“打造支格阿鲁文化品牌，推动经济社会全面发展”的主题。2008 年威宁自治县彝学会派人参加了在四川省凉山彝族自治州举办的“首届中国支格阿鲁学术研讨会”，2015 年又派人参加了在云南省元谋县举办的“云南・元谋中国第二届阿鲁举热文化学术研讨会”，2016 年威宁成功举办了“中国第三届支格阿鲁文化学术研讨会”，与会专家高度评价了这次研讨会，形成了“威宁共识”和“专家建议”，极大地推动了中国百部史诗工程项目“支格阿鲁王”的申报。此项目已获国家文化部（现文化和旅游部）批准。2017 年，支格阿鲁英雄诗史被列为贵州省级非遗保护名录。

为深入研究支格阿鲁英雄史诗丰富的内容，廓清其重要价值，探寻支格阿鲁在威宁的足迹，威宁自治县委、县人民政府组织了庞大的工作队伍进行田野调查，获取了大量与史诗相关的宝贵资料，采用彝文古籍与民间访问、涉足踏勘、实地对应等形式进行调研，促进了非遗的传承工作。

在此基础上，自治县彝学会顺势而上，搜集编印出版了《支格阿鲁英雄史诗的活态演绎》画册，全面阐述了支格阿鲁浩然千古的母体文化精神和对后世的重要影响，表现了支格阿鲁一心为民、公平公正、惩恶扬善、立令建章、促三界圆满的英雄业绩。凸显了支格阿鲁智勇过人、圣贤明君、王者风范的主题。

威宁自治县对支格阿鲁文化的研究、品牌的打造和开发利用，是强力推进的。2018 年“支格阿鲁精品大型歌舞”创作会演登台亮相，深受好评。是年，自治县彝学会《支格阿鲁歌谣故事集》的收集整理工作，以歌谣、故事的形式，进一步展示支格阿鲁丰富的文化内容，有力促“中国第三届支格阿鲁文化学术研讨会”上形成的“威宁共识”和“专家建议”落实，把支格阿鲁文化研究推向一个新的高度。

（二）

支格阿鲁是彝族创世英雄远祖，支格阿鲁英雄史诗植根于千里彝山的文化沃土里，分布在古籍田野、自然田野、人文田野中，数千年来伴随历史的发展而存活在民间，以吟诵、歌唱、演述的形式在历史发展的轨迹上留下不可磨灭的印迹，以古老民族的母体文化精神荡漾在彝族人民的心田，成为优秀的非物质文化遗产。

适逢“救书救人救学科”“文化自信、文化自觉、文化自强、文化繁荣”的春风，贵州的《支格阿鲁传》《支格阿鲁王》、四川的《支格阿鲁》、云南的《阿鲁举热》筑起了支格阿鲁英雄史诗的高楼大厦，矗立在祖国文化的沃土上。

为了拓展支格阿鲁英雄史诗的研究领域，威宁自治县彝学研究会在译编出版《支格阿鲁英雄史诗的活态演绎》画册之后，又收集整理，译编了《支格可鲁歌谣故事集》一书，使支格阿鲁英雄史诗转化成为能供人们演述的唱本、读物。这是别出心裁、独树一帜的举措，无疑将为濒临失传非物质文化遗产——支格阿鲁英雄史诗得以传承，为唱响中国史诗百部工程项目“支格阿鲁王”奠定了厚实的演述基础。同时，体现了党和国家对非物质文化遗产的高度重视。不言而喻，她将被载入文化繁荣和知识共享的史册。

《支格阿鲁歌谣故事集》分为上下集，由“叙事歌谣篇”“古歌篇”“故事篇”组成。全书逾两万行歌谣，六万余白话故事，近 200 万字，从收集整理到译编出版耗时三年有余。

本书仅收集、整理、译编了我县民间歌手李荣花、唐柱姐、松马大、曹挖山、龙金友以及布摩李幺宁、禄应贵、王继尧等演述的歌谣选段。后面加入安天荣整理的支格阿鲁故事。然而，无论是歌谣选段和故事片断，都足以将人们带入远古的时空，带入支格阿鲁英雄史诗的神秘空间。

“叙事歌谣篇”围绕支格阿鲁传奇的故事为内容，描述了支格阿鲁破获天君七小姐西呢被俄莫神抢亲遇难的惊天大案。支格阿鲁充分用权、合理用神，在众天神帮助下，计斩天君骂昨之子天神俄莫和他手下两名罪犯。俄莫被推入天上西借洞，尸身被石桩穿透挂在洞中，而会变化的俄莫魂魄一直追赶西呢到呢濮。此时，西呢与仆苟投生转世于麻博大山坪坝中居住的麻博阿格格的妻子怀中，六十多岁老妇十月怀胎一朝分娩，生下一对机灵活泼的女婴，取名阿祖、阿友，倍受一家八口人的宠爱。

支格阿鲁请十四位天神对被胁迫抢西呢的天兵搁朵仆、溢喊候进行救援本领的教授，在他俩耳中安上络克传递君臣师令，派到喽濮保护西呢和仆苟。两兵领命，下凡间保护西呢和仆苟。为赎罪活命，两兵全力以赴，为救西呢立下汗马功劳。同时，支格阿鲁获君臣师三令，一心保护西呢，观天象知西呢难星有十八年。于是，下凡隐身跟踪俄莫，时时向两兵传令，施计保西呢。

俄莫在凡间作害，见啥吃啥，吃了麻博一家八口人扬言要吃满一百人，坐上天君位。西呢在阿鲁三令和两兵的保护下巧计逃脱，而麻博家八口人尸身被俄莫掏空，吃了脏器后丢入洞中。经阿鲁授三令，麻博一家八口人修练成正果，被阿鲁封为山、石、岩、洞、水、草、木、土神，最后与支格阿鲁、叟汝聂、雀属撵等大神，救出西呢、仆苟，乘宇宙云船，从巴的候吐，经阳关山、米嫩奏凯回到天庭，十五月亮圆，七星又团聚。支格阿鲁等倍受天庭君臣师、宇宙大神、天庭大神、天兵天将的夸奖。

这部分的歌谣叙事清楚，故事是蜿蜒曲折，扑朔迷离，跌宕起伏，经久不衰的。既有行为指事，又有人物对话，又有大量的心理描述，颇具魔幻般的美。彰显了支格阿鲁睿智过人、聪颖过神的才智，凸显了人创造神的意识观念。

“古歌篇”是以支格阿鲁英雄史中的阿鲁诞生、成长、天君寻阿鲁、阿鲁测天量地、射日月救母、受封、判案审案、打金造银等为演述内容，以歌谣的形式传唱支格阿鲁的故事。

古歌还部分收录了演述支格阿鲁故事的部分古歌，由支格阿鲁之歌、阿勺（婚嫁歌）、啃嗬（丧祭歌）、曲谷（恋歌）、陆外（敬酒歌）、布脚图、阿鲁亨叉勺六个部分组成。古歌描述支格阿鲁在贝谷凯嘎当歌师，创建了呢濮的歌场，有两首古歌唱道：“呢濮的歌根，生在什么地方？生在贝谷凯嘎。呢濮的歌桠，伸在什么地方？伸在巴的山上。呢濮的歌花，开在什么地方？开在色洪山上。呢濮的歌果，结在啥地方？结在呢濮歌场上。”另一首《什么接歌根》中唱道：“草被霜烧死，草被凝冻坏，什么接草根，什么传草种？麦子接草根，麦子传草种。呢濮歌场上，燃烧三把火，歌书被烧尽，用啥接歌根，用啥传歌种？请布摩一人，再把歌师找，坐在歌场上，来接歌的根，来传歌的种。”两首古歌道明了歌根起源于贝谷凯嘎，唱出了是歌师和布摩接歌根传歌种。很明显，前者是在贝谷凯嘎当过歌师的支格阿鲁所为，后者是传承歌谣的布摩和歌师所为。

很显然，传统古歌与支格阿鲁文化息息相关。他当歌师、做布摩、建歌场、接歌根、传歌种，传递了传统古歌起源的信息。反映了支格阿鲁助万物、讲阴阳、论配对、敬孝道、祭先祖、谈恋情、立礼仪等功绩，突出了支格阿鲁的高尚品德，进一步彰显了支格阿鲁多元深层文化内容。

“故事篇”从支格阿鲁诞生柱嘎迪开篇，以支格阿鲁童年趣事，天君寻找阿鲁，派遣阿鲁测天量地巡海、查呢濮，阿鲁历千辛排万难，用鲁补鲁旺划线定界，平息天地人神战乱，灭亨妖、斩杜瓦、降寿博，与溢鲁喽尼结连理后封疆域、立令建章、射日月救母、存孝心敬孝道等为主线，描述了支格阿鲁公平公正、惩恶扬善，不畏天、不惧地，人不怕、鬼不怕、神不怕的英雄壮举。

毋庸置疑，把支格阿鲁英雄史诗用白话散文整理公诸于众，故事脉络清晰，便于记忆演述，通俗易懂，加深读者对史诗的理解，这是大有可为的。当然，这仅是一种新的探索，还补充了史诗演述的多元化形式。扩大了演述群体，增强了演述传承的效果，无疑将对濒危的支格阿鲁英雄史诗的传承起到不可替代的作用。

（三）

《支格阿鲁歌谣故事集》也仅仅只是支格阿鲁英雄史诗厚重内容的凤毛麟角，但这本书的出版，也足以在支格阿鲁文化研究的历史轨迹上镌刻出一道深深痕迹。由于版面所限，与支格阿鲁文化相关的“神秘西凉山”“传奇麻博山”“秘闻舍岱山”“威望巴的山”等故事以及诸多风物传说都不能悉数收录入集，这不能不说是一种缺憾。只不过，后继有识之士将会深入研究，在浩瀚的彝文古籍里去寻找蛛丝马迹，到广袤的自然田野上搜寻古传文献，在广阔的人文田野中查访，挖掘出支格阿鲁更深层的文化珠宝，抹去它上面的尘埃，使之更加光彩夺目。

本书的译编出版发行，始终是在威宁自治县委、县人民政府的领导下进行的，得到彝学专家禄文斌、禄智明、王继超、王明贵等的抬爱和指导，得到威宁自治县民宗局、文广局、乌撒文化传媒公司、贵州出版集团、贵州民族出版社等单位的鼎力相助而如愿以偿，在此一并致谢！

由于译编水平有限，难免有不足之处，望广大读者鉴谅，不吝赐教。

编译者

2019 年 8 月 28 日

目 录

天庭论阿鲁

说也说远古，

传也传远古。

古时有一年，

阿鲁在天庭，

在天庭做事，

在帮天庭忙。

天庭所有事，

阿鲁不推诿，

一心去做好。

说也说天庭，

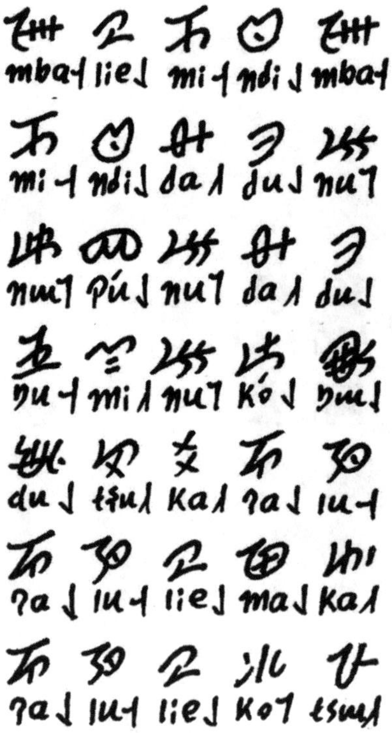

传也传天庭。

天庭任何事，

呢濮任何事[1]，

五地所有事，

笃支格阿鲁，

阿鲁都去做，

料理有秩序。

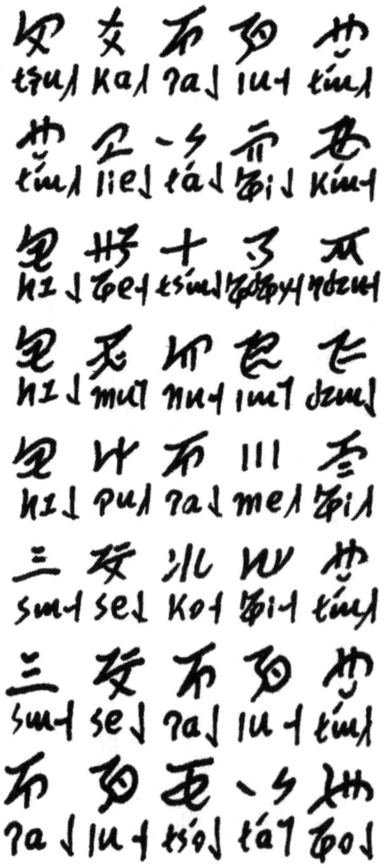

说一说阿鲁，

到了有一天，

恒也策举祖[2]，

恒摩努喽则[3]，

恒布阿迈妮[4]，

一起在闲聊。

三神说阿鲁，

阿鲁这个人，

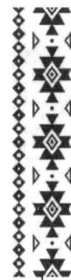

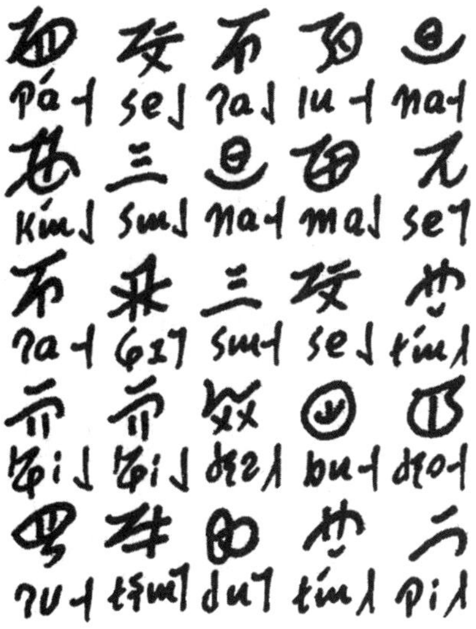

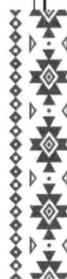

外神看阿鲁，

不知如何看。

咱们三大神，

天天在一起，

啥话都能说。

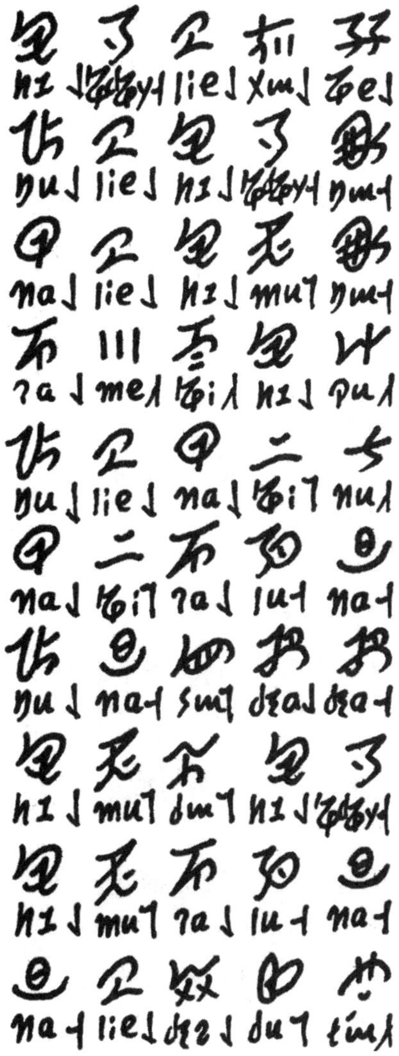

恒举笑一笑，

我是位天君，

恒摩是天臣，

恒布是天师。

我问你们话，

你俩看阿鲁，

和我一样否？

恒摩回话道：

用心看阿鲁，

看了吐真言，

说给恒举听，

说给恒布听。

阿鲁这个人，

他是位能人，

能人做神事，

能人当神用。

阿鲁像能人，

阿鲁也像神。

天君如何看？

恒布怎么看？

我不便启齿。

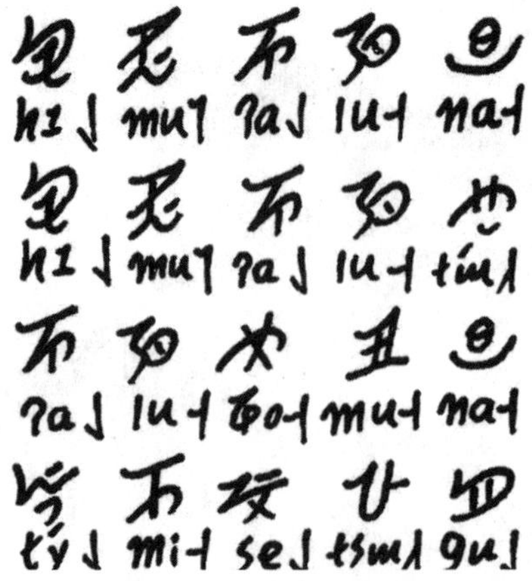

恒摩看阿鲁，

恒摩说阿鲁：

看阿鲁长相，

封为天神后，

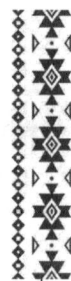

看来不一样，

万物中万物。

恒摩笑着道：

笃支格阿鲁，

看来像万物，

万物中万物。

想的如何想，

都是一个样。

恒摩看十次，

十次都一样。

恒摩看百次，

百次也一样。

我也不说谎，

吐的是真言。

在我心目中，

千回看阿鲁，
万回看阿鲁，
想着是天神，
眼看是天神。

恒摩看阿鲁，
看来真正怪。
心里怎么想，
看来无差异，
看来像地神。
心想像人神，
眼看像人神。
无论怎么看，
看来是一样。

说一句真话，

n̥ɪ˩ ʑʐɯ˧ ʑi˧ n̥ɪ˩ pu˨˩	恒举和恒布，
na˧ zɯ˥ dʑɛ˥ dʑɛ˩ se˩	我看他神情，
ma˩ na˧ lie˩ ma˩ sɯ˥	不看还不像，
na˧ lie˩ ɣo˨˩ dʑo˧ sɯ˥	看了更加像，
n̥ɪ˩ du˩ ko˥ n̥ɪ˩ du˩	万物中万物。
dʑɛ˥ dʑɛ˩ ʔa˩ lu˧ ɬú˥	阿鲁的业绩，
na˧ lie˩ ɬɯ́˨˩ ma˩ gu˩	说也说不完。

n̥ɪ˩ pu˨˩ ɬá˩ xɯ˩ ʨe˩	恒布笑一笑，
ʨe˩ zɯ˥ ʔa˩ lu˧ ɬɯ́˨˩	笑着说阿鲁：
ʔa˩ lu˧ ɬó˩ ma˩ ŋɯ˩	阿鲁非凡人，
ʔa˩ lu˧ dʑɛ˩ ɬó˩ ŋɯ˧	阿鲁是能人，
ʔa˩ lu˧ se˩ ma˩ ŋɯ˩	阿鲁不是神。
na˧ zɯ˥ ɬý˩ se˩ sɯ˥	眼看他像神，
n̥ɪ˩ mu˥ ɬɯ́˨˩ ma˩ ŋdʑɯ˧	恒摩没说错。
n̥ɪ˨˩ du˩ ko˥ n̥ɪ˩ du˩	万物中万物，

不说他不像，
说来确实像。

阿迈妮说道：
恒举怎么看，
恒摩怎么看，
天神怎么看，
天兵怎么看。
所有万物神，
无论如何看，
能不能看透，
自己再审视，
是人还是神，
各自说不清。
我恒布想的，
自己说不完。

tɯ˩˧ gu˨˩ du˥ ɕi˥ kɯ˩˧
仅说两句话，

n̥ɪ˨˩ du˨˩ ko˥ n̥ɪ˨˩ du˨˩
万物中万物，

n̥ɪ˨˩ du˨˩ ko˥ ʔa˨˩ lu˧
万物中阿鲁，

ʔa˨˩ lu˧ ŋo˩˧ ly˨˩ ŋɯ˧
从自然中来。

ŋo˩˧ ly˨˩ lie˨˩ li˨˩ mi˥
自然形成了，

li˨˩ mi˥ se˥ mi˥ ɣo˨˩
形成有文化，

li˨˩ mi˥ se˥ ho˨˩ ɣo˨˩
形成有知识。

se˥ mi˥ vi˨˩ lie˨˩ tɯ˩˧
说文化知识，

se˥ ho˨˩ vi˨˩ lie˨˩ mba˧
传文化知识。

du˨˩ tɕɯ˩˧ ka˩˧ ʔa˨˩ lu˧
笃支格阿鲁，

li˨˩ mi˥ ʔʊ˧ ŋo˩˧ ɣo˨˩
头脑很清醒，

li˨˩ mi˥ dɯ˧ na˧ ɣo˨˩
主意广无边，

li˨˩ mi˥ tsʻo˨˩ se˨˩ tsɯ˩˧
自然成人神，

tsʻo˨˩ lie˨˩ se˨˩ nu˥ tsɯ˩˧
人来做神事。

ʔʊ˧ tɕɯ˥ tsɯ˩˧ tʻy˨˩ se˥
干啥他知道，

做啥他全会，
万物中万物。
不是他阿鲁，
还有哪一位？

我要说阿鲁，
我要传阿鲁。
万物中阿鲁，
驰骋天地间，
一个抵十个，
一个抵百个，
一个抵一千。
一个抵万个，
能抵万万人。
万物中万物，
不是他阿鲁，

lie˩ ʔa˩ su˧ ŋɯ˧ kɯ˩　还能有哪位？

ŋu˩ ʔa˩ me˩ mi˧ pu˩　我阿迈天师，

mi˧ pu˩ tá˩ to˩ tsɯ˩　做一位天师，

tú˧ lu˧ se˥ mi˥ tú˩　说宇宙文化，

tú˧ lu˧ se˥ ho˩ mba˧　传宇宙知识。

hɪ˩ pu˩ du˥ ŋge˩ tú˩　我说句真话，

tý˩ lie˩ se˥ mi˥ tú˩　宇宙含文化，

mba˧ lie˩ se˥ ho˩ mba˧　自然融知识。

ʔa˩ lu˧ tu˩ ma˩ ŋɯ˩　不是抬举他，

ʔa˩ lu˧ bu˩ ma˩ ŋɯ˩　不是吹捧他。

mi˧ za˩ ndy˥ ndi˩ ndy˥　想天下太平，

lie˩ ʔa˩ lu˧ ma˩ vi˩　若不用阿鲁，

hɪ˩ du˩ dɯ˥ ma˩ tú˥　万物都不饶。

ŋu˩ hɪ˩ pu˩ kó˩ ndy˥　我恒布想的，

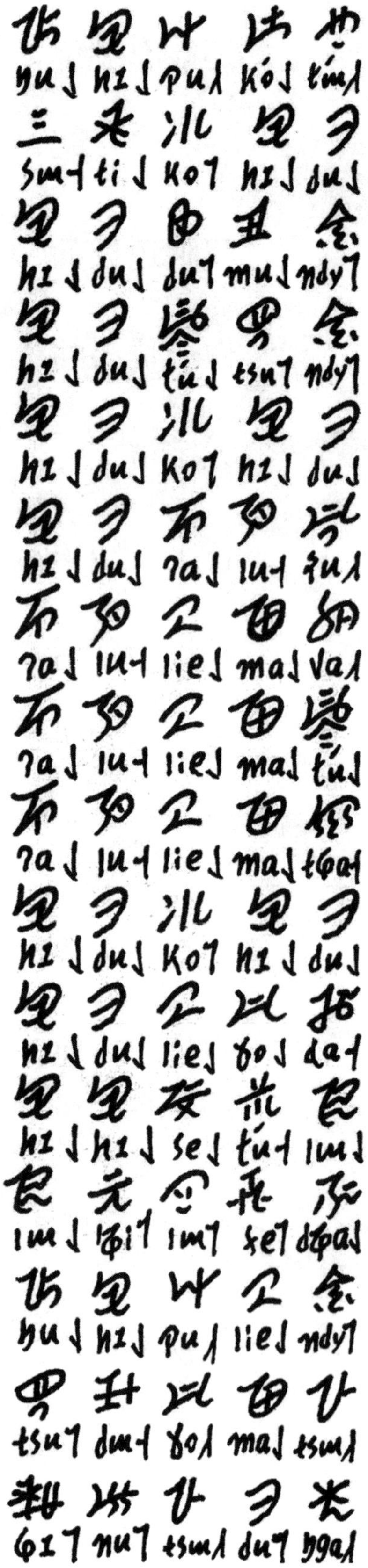

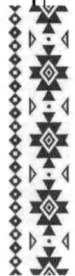

我恒布说的，

三界中万物，

都要听君令。

想管好万物，

让阿鲁领头，

万物也找他。

阿鲁若不扛，

阿鲁若不管，

阿鲁若不抓，

万物中万物，

万物若反叛，

派去万万神，

竟也一场空。

我恒布想到，

好事没做成，

坏事就来到。

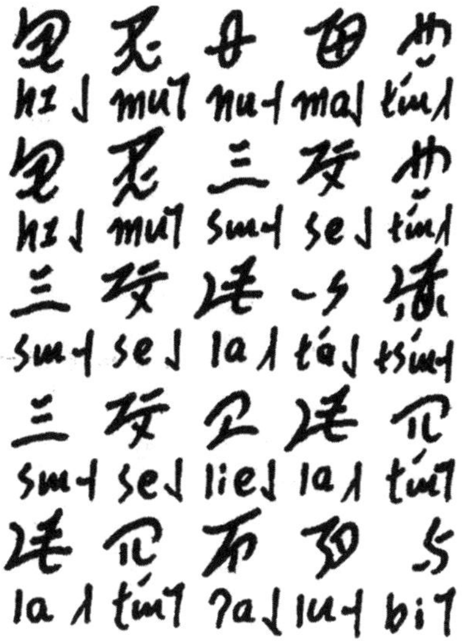

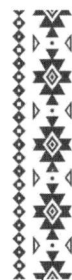

恒摩没多说，
就说我三神，
要放开手脚，
三神放开手，
让阿鲁行事。

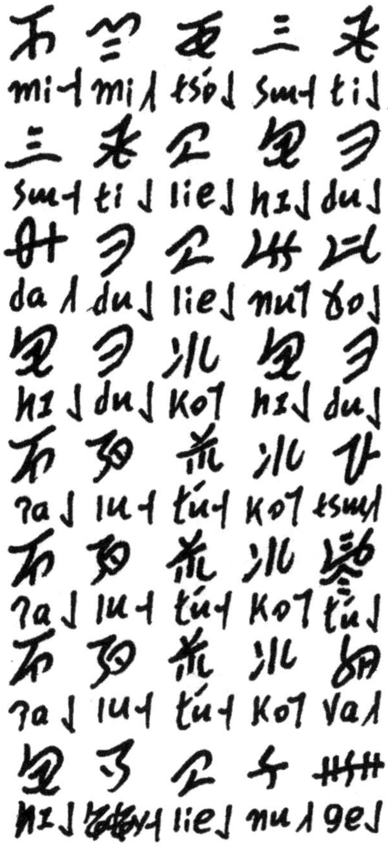

天地人三界，
三界万物中，
如若有啥事，
如若遇难事，
派阿鲁去做，
遣阿鲁去管，
叫阿鲁去扛，
恒举听明白。

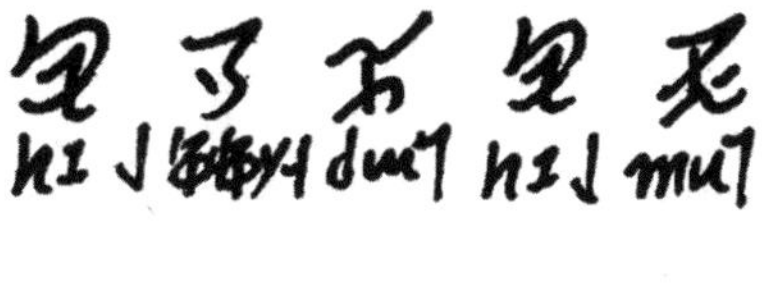

恒举问恒摩：

天兵那么多，

天将那么广，

恒摩你看中，

看中了阿鲁。

三神松开手，

放手给阿鲁，

千年到如今，

万年到现在，

你从没提过，

为啥今天提？

这开启我心，

恒举我放口，

按你说的办。

恒布阿迈妮，

去传阿鲁来。

恒布喊汝聂[5]，

让他传阿鲁。

阿鲁被传来，

到了就坐下。

三神传旨意，

所传的君旨，

阿鲁全领命，

全部都答应。

阿鲁站起身，

哪里问题大，

哪里事情多，

阿鲁心里想。

想好不误事。

阿鲁不停留，

步出天殿堂，

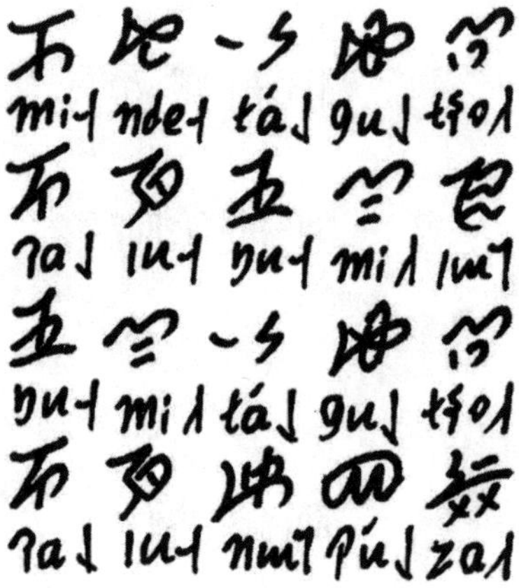

天上转一圈，

五地查一趟，

到处都转遍，

先下呢濮来。

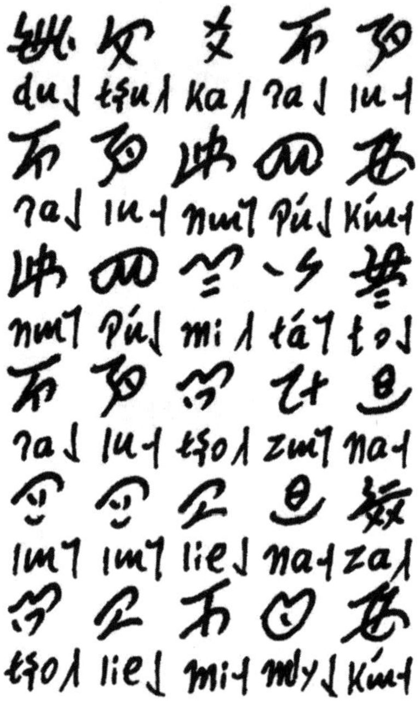

笃支格阿鲁，

来到了呢濮。

呢濮的地域，

阿鲁反复看，

全面细观察，

返回到天庭。

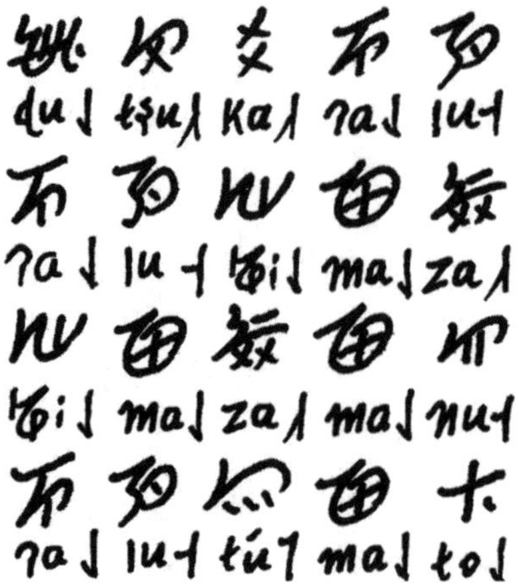

笃支格阿鲁，

他没有坐下，

也没有歇息，

一刻不停顿。

天庭神葫芦，

天庭小神斧，

天庭金绳索，

天庭的竹筒，

天庭的神鞭，

天庭的神枝，

阿鲁都背上。

笃支格阿鲁，

天庭千里耳，

天庭万里眼，

天庭的八卦，

天庭的九宫，

阿鲁全带上。

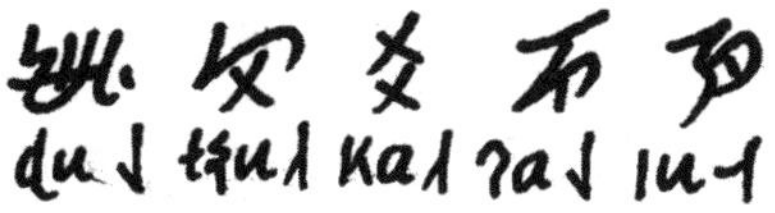

笃支格阿鲁，

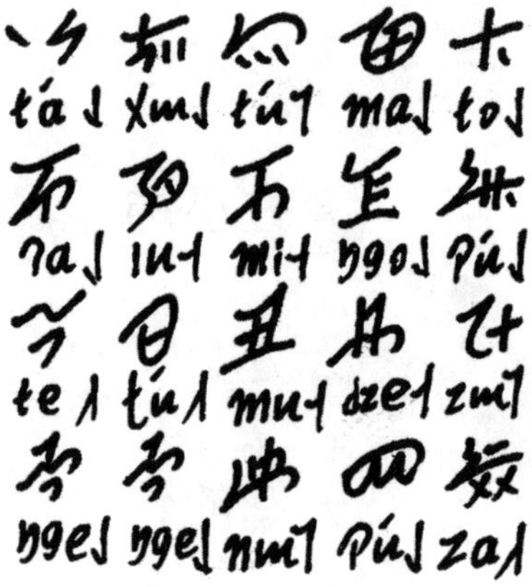

tá˩ xɯ˩ tú˥ ma˩ to˩
ʔa˩ lɯ˧ mi˧ ŋgo˩ pú˩
te˦ tú˦ mu˧ dze˧ zɯ˥
ŋge˩ ŋge˩ nɯ˥ pú˩ za˦

一时没停下，
阿鲁开天门，
飞身上云马，
直奔向呢濮。

注释：

①呢濮：泛指彝族居住地，即彝地。

②恒也策举祖：彝语音译，天君名讳。

③恒摩努喽则：彝语音译，天臣名讳。

④恒布阿迈妮：彝语音译，天师名讳。

⑤汝聂：传说中的六部大神之一。

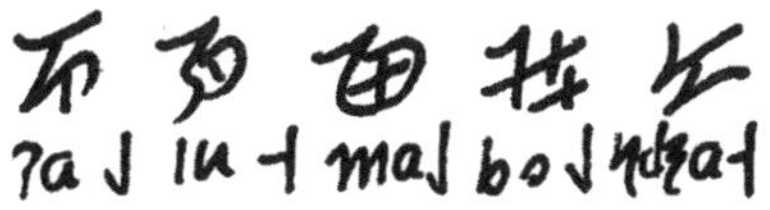

ʔa˨˩ lu˧ ma˨˩ bo˨˩ ndʐa˧

阿鲁查麻博①

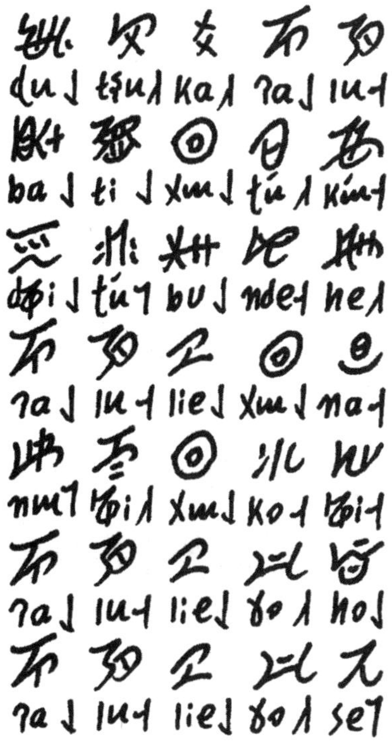

du˨˩ tɕu˩˧ ka˩˧ ʔa˨˩ lu˧ 笃支格阿鲁，
ba˨˩ ti˨˩ xɯ˨˩ tʰu˩˧ kʰɯ˧ 到巴的候吐②。
dʑi˨˩ tʰu˥ bu˨˩ nde˧ he˩˧ 站在阳关山，
ʔa˨˩ lu˧ lie˨˩ xɯ˨˩ na˧ 放眼看海面，
nɯ˥ dʑi˩˧ xɯ˨˩ ko˧ dʑi˧ 呢妮坐海中③，
ʔa˨˩ lu˧ lie˨˩ ɣo˩˧ ho˨˩ 映入了眼帘，
ʔa˨˩ lu˧ lie˨˩ ɣo˩˧ se˥ 他悄然道别。

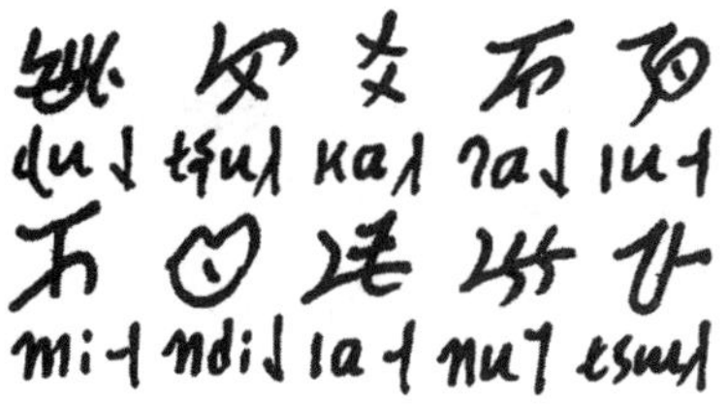

du˨˩ tɕu˩˧ ka˩˧ ʔa˨˩ lu˧ 笃支格阿鲁，
mi˧ ndi˨˩ la˧ nu˥ tsɯ˩˧ 领旨来呢濮，

是大事一桩。
来大地巡海，
见到了呢妮，
装作没看见。

阿鲁查呢濮，
巴的麻博地，
住着一户人。
姓是麻博氏，
名麻博阿格[4]，
妻子的名字，
叫苦鲁皮妹[5]。

说来也奇怪，
传说很神奇。
结婚到六年，

前年生儿子，
后年生儿子，
连生了六子，
却没生女儿。
呢濮的人们，
人人说麻博，
人人讲麻博，
人人摆麻博。

天君有七女，
麻博有六子。
阿鲁听到了，
他想知底细，
在呢濮查访。
阿鲁查到了，
真的有其事。

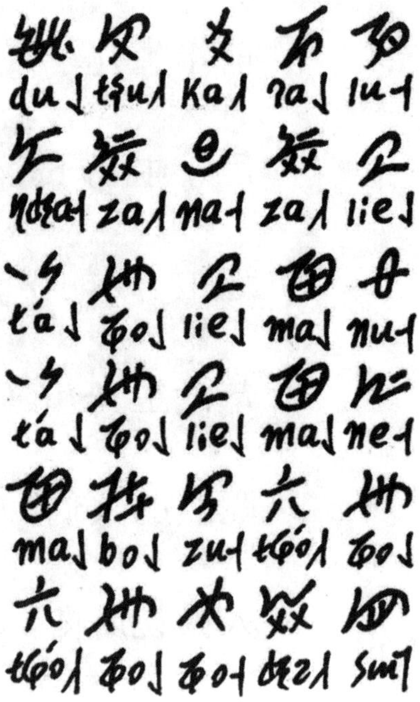

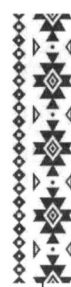

笃支格阿鲁，

查后听明白。

一个也不多，

一个也不少，

麻博有六子，

六子貌相仿。

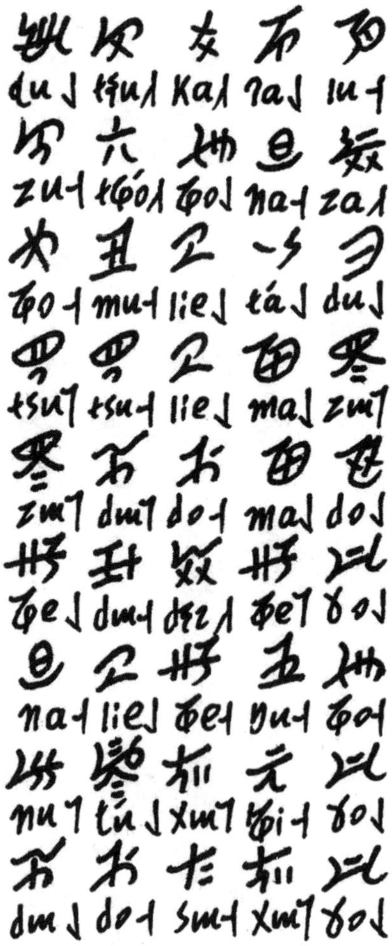

笃支格阿鲁，

看麻博六子，

长得都一样。

如若不细看，

分不清是谁，

长得一样高。

大的那五个，

管事的也有，

出门者也有，

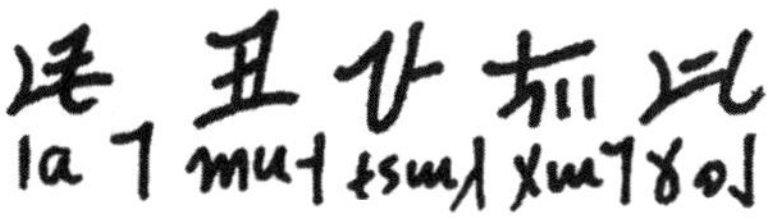

乱行者也有。

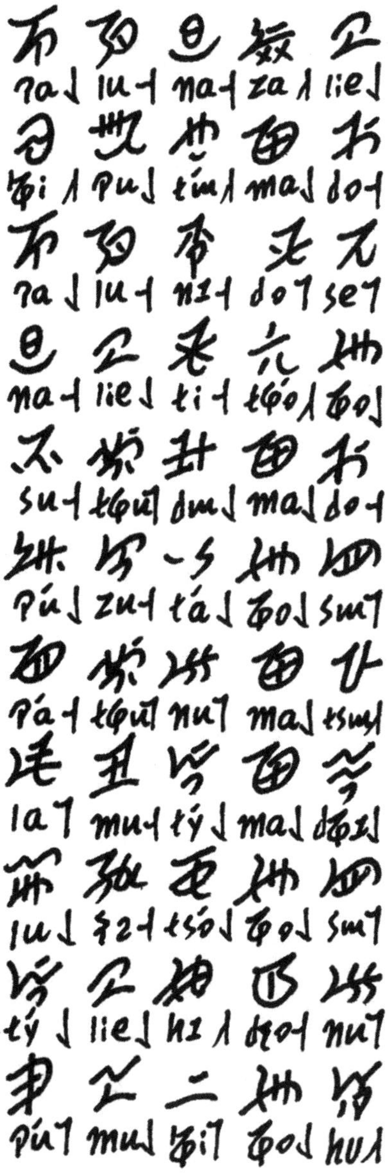

阿鲁查下来，

并没说出口。

阿鲁心中知，

麻博第六子，

不喜欢出门，

是一个孝子。

他不去做事，

也不会乱搞，

老实巴交的，

只在家做事，

赡养着父母。

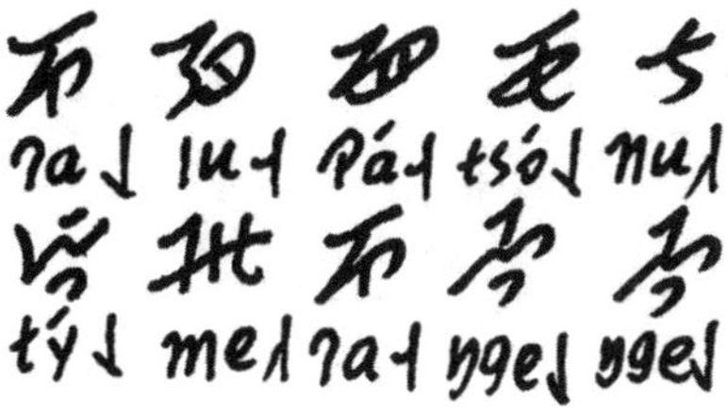

阿鲁问别人，

他叫阿格格[6]。

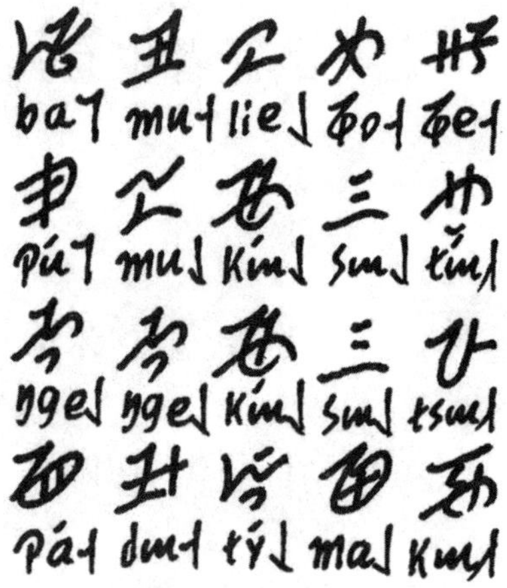

从小到大时，

父母怎样说，

格格照着办，

其余他不会。

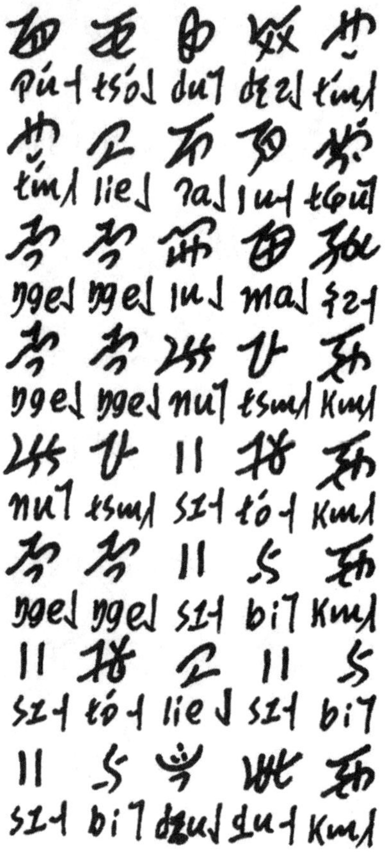

别人说真话，

告诉给阿鲁，

格格不老实。

他很会做事，

不仅会砍柴，

他还会背柴，

砍柴又背柴，

背柴换粮食。

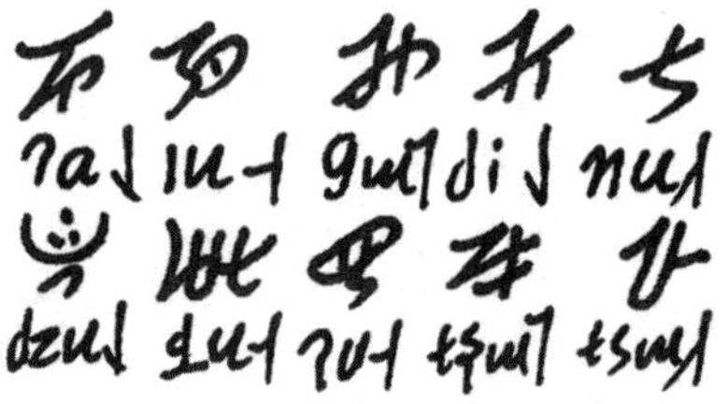

阿鲁反复问，

换粮做什么？

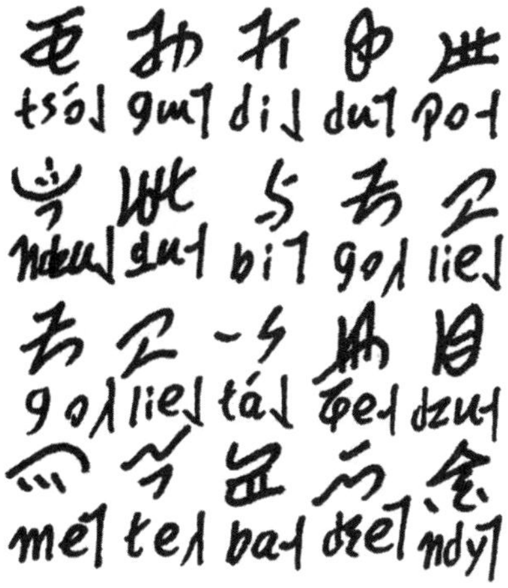

tsó˩ gɯ˥ di˩ du˥ po˧　被问人回话，
ndʑɯ˩ dɯ˧ bi˥ go˩˧ lie˩　换粮背回来，
go˩˧ lie˩ tá˩ tʂe˧ dzɯ˧　供全家度日，
me˥ te˩˧ ba˧ dze˥ ndy˥　想结婚生子。

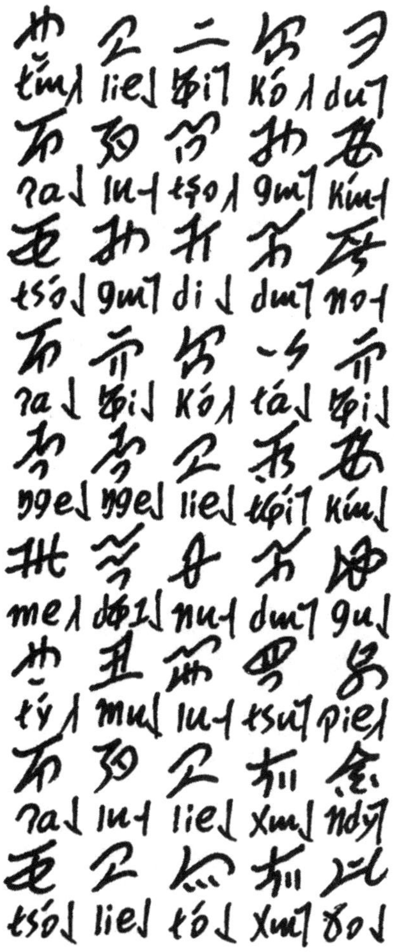

tɯ˩˧ lie˩ ȵi˥ kó˩˧ du˥　过了两年后，
ʔa˩ lɯ˧ tʂo˩˧ gɯ˥ kɯ́˧　阿鲁返麻博。
tsó˩ gɯ˥ di˩ dɯ˥ no˧　那里人说道：
ʔa˩ ȵi˩ kó˩˧ tá˩ ȵi˩　去年的一天，
ŋge˩ ŋge˩ lie˩ tɕi˥ kɯ́˩　格格要结婚，
me˩˧ dʑi˩ nu˧ dɯ˥ gu˩　妻杰努兜谷[7]，
tý˩˧ mɯ˩ lɯ˧ tsɯ˥ pie˩˧　脾气很温善，
ʔa˩ lɯ˧ lie˩ xɯ˩ ndy˥　阿鲁想一想，
tsó˩ lie˩ tó˩ xɯ˥ ɣo˩　真是好人家。

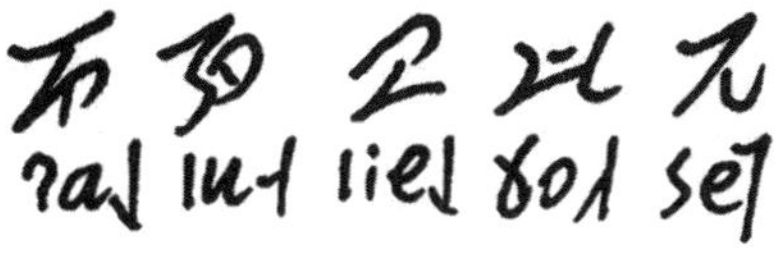

ʔa˩ lɯ˧ lie˩ ɣo˩˧ se˥　阿鲁有预感，

没过多久后，

会生不会生，

要生双胞胎。

先生下儿子，

后生下女儿。

先生子为大，

后生女为小，

子名格富达[8]，

女名格富哥[9]。

注释：

①麻博：音译地名，泛指今威宁城西南的马摆大山，因麻博氏居此而演变为地名。

②巴的候吐：音译湖名。泛指今威宁草海，因巴的氏族居于此，氏族名演变为湖名。

③呢妮：海神名，传说中的龙王小组，亦称滥鲁呢妮，与支格阿鲁结为夫妻。

④麻博阿格：人名，即麻博阿祖的爷爷名。

⑤苦鲁皮妹：人名，麻博阿祖的奶奶名。

⑥阿格格：人名，麻博阿格之子，阿祖的父亲。

⑦杰努兜谷：人名，即麻博阿格之妻，阿祖的母亲名。

⑧格富达：人名，即麻博阿格之长子，阿祖的哥哥。

⑨格富哥：人名，即麻博阿格之长女，阿祖的姐姐。

hɪ˨˩ mu˨˩ se˨˩ vu˧ xe˥

天母宴桃会

du˨˩ tɕu˧˦ ka˧˦ ʔa˨˩ lu˧
mi˧ ndi˨˩ dʑo˧ nu˥ tsɯ˧˦
hɪ˨˩ mu˨˩ lie˨˩ ze˨˩ tsa˧˦
ze˨˩ tsa˧˦ se˨˩ vu˧ xe˥
ʔa˨˩ lu˧ lie˨˩ sɯ˨˩ bɯ˨˩
ʔa˨˩ lu˧ ɣo˨˩ mo˨˩ na˧
ɣo˨˩ mo˨˩ kʰɯ˨˩ sɯ˨˩ tsɯ˧˦
lɯ˧ dɯ˥ lie˨˩ ma˨˩ lɯ˧
tsu˥ tsu˧ mi˧ me˧˦ na˧
ʔa˨˩ lu˧ ɣo˨˩ mo˨˩ ho˨˩

笃支格阿鲁，
在天庭忙碌。
天母做寿辰，
举办宴桃会。
阿鲁瞟眼看，
发现了俄莫[①]，
俄莫起邪念，
转动着小眼，
看天女如痴。
阿鲁看俄莫，

他没有出声，

俄莫也没动，

阿鲁暗暗笑。

寿宴排场大，

所有大神到。

阿鲁不能笑，

阿鲁忙做事。

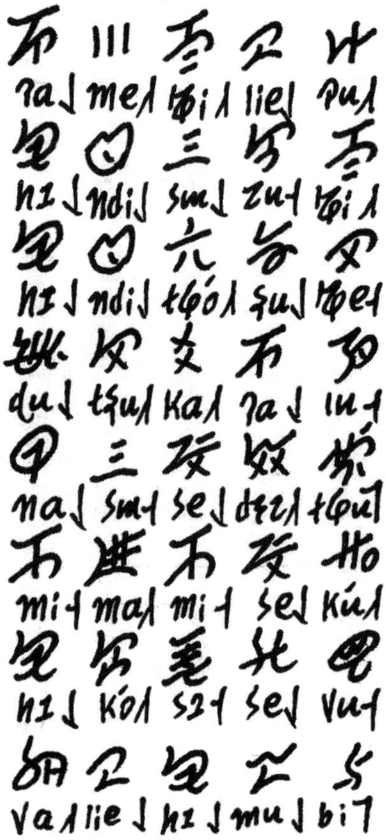

阿迈妮宣布：

天神叟汝聂，

使臣确属撵[2]，

笃支格阿鲁。

你三神一起，

喊天兵天将，

万年的仙桃，

挑来敬天母。

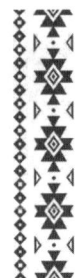

叟汝聂大神，

确属撵使臣，

笃支格阿鲁，

喊天兵天将，

一起挑仙桃，

摆在天母前。

天母很高兴，

她满脸笑道：

今天我祝寿，

举办宴桃会，

我要说句话。

我感谢恒举，

也感谢恒摩，

我感谢恒布，

感谢叟汝聂，

感谢确属撵，

我谢谢阿鲁，

谢诸神捧场。

注释：

①俄莫：传说中的天神名，天君军营主神之子。

②确属撵：传说中的天神名，司天庭使臣之职。

ʔa˩ lu˧ ɕi˥ nɯ˥ ʂu˧˥

阿 鲁 找 西 呢

ʔa˩ lu˧ lie˩ ɣo˧˥ na˧
ɕi˥ nɯ˥ lie˩ ma˩ ɦo˩
pʻu˩ kɯ˩ ba˥ ma˩ ɦo˩
tɕʻu˧˥ ka˧˥ ʔa˩ lu˧ dɯ˥
ɦɿ˩ mu˥ nu˧ lɯ˥ dzɯ˩
na˩ xɯ˥ kʻo˩ dʑo˩ xɯ˥
ŋu˩ lie˩ tʻɯ˧˥ ma˩ me˧˥
na˩ xɯ˥ li˧ li˧ nɯ˧˥
ŋu˩ ko˥ tɕʻy˩ ɕi˥ ku˥
ʔa˩ lu˧ lie˩ ɣo˩ tʻe˩

阿鲁看四周，

未见西呢巴[1]，

仆荀也不在[2]。

支格阿鲁道：

恒摩努喽则，

在场的诸位，

我来不及讲。

你们慢慢坐，

我去救她俩。

阿鲁撒腿跑，

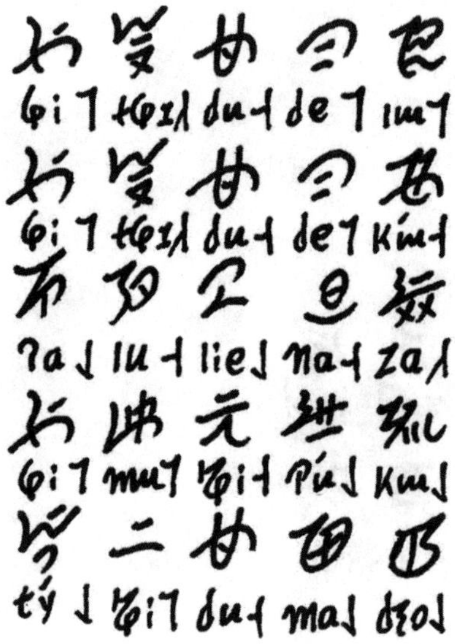

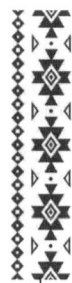

直奔西借堵③。

到了西借堵，

阿鲁细观查。

西呢和仆荀，

没有在洞中。

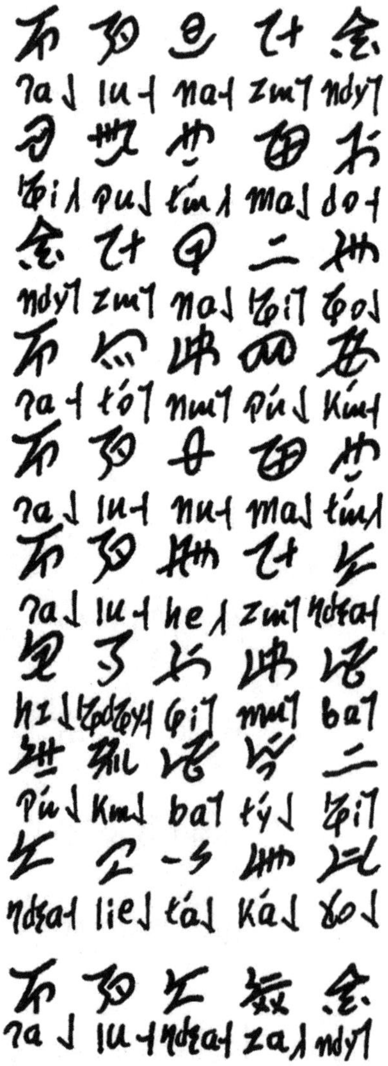

阿鲁勘查时，

心想嘴不说，

预感她两个，

已经到呢濮。

阿鲁没多言，

站着细推算，

天君的西呢，

仆荀她两个，

一定遇难星。

阿鲁算后想，

mi˧ nde˧ du˥ mu˧ t́ɯ˧˦　按天庭历说，
mi˧ nde˧ tsʰɯ˨˩ hɪ˧˦ ʂi˨˩　天上十八天。
nɯ˥ pʰu˨˩ tsʰo˨˩ du˥ t́ɯ˧˦　按呢濮历推，
mi˧˦ tʰo˥ tsʰɯ˨˩ hɪ˧˦ kʰo˧˦　地上十八年，
tsʰɯ˨˩ hɪ˧˦ kʰo˧˦ dɛo˨˩ de˨˩　要满十八年，
tʰy˨˩ ʂi˥ kʰa˧ lie˨˩ de˨˩　难星才了结。
kʰa˧ de˨˩ tɕo˧˦ ɪɯ˨˩ pi˧˦　期满回天庭，
kʰa˧ ma˨˩ de˨˩ tʰa˨˩ ʂi˨˩　期不满之时，
tʰy˨˩ ʂi˥ tɕo˧˦ ma˨˩ do˨˩　她俩回不来。

ʔa˨˩ lu˧ ŋo˨˩ tɕa˧ tsu˥　阿鲁推算好，
ʔa˨˩ lu˧ t́ɯ˧˦ ma˨˩ do˧　他没说出口。
mi˧ mi˧˦ tsʰo˨˩ sɯ˧ ti˨˩　天地人三界，
ʔa˨˩ su˧ lie˨˩ ma˨˩ se˥　谁人也不知。
ŋu˨˩ ʔa˨˩ lu˧ lie˨˩ se˥　仅阿鲁知晓，
ʔa˨˩ lu˧ lie˨˩ ndy˥ kʰɯ˧　阿鲁想到的，

先告知恒摩。

恒摩知道后，

他心中有数，

如何做恰当，

恒摩会出手。

再来说阿鲁，

再来传阿鲁。

恒摩的耳里，

吱的叫一声，

如阿鲁言语。

恒摩听到了，

知阿鲁说话，

其他神不知，

您不能传开，

咱俩钓大鱼，

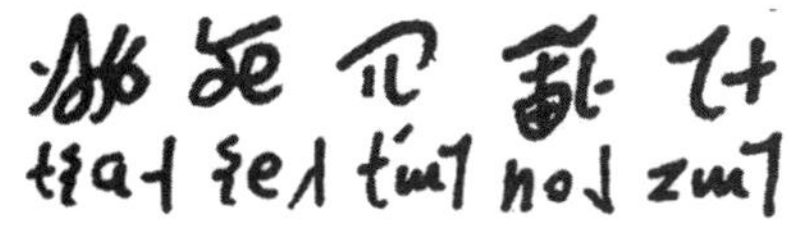

放长线等待。

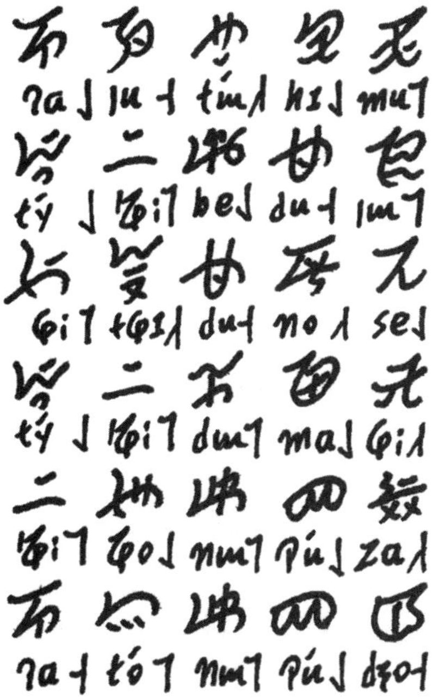

阿鲁告诉摩，

西呢落进洞。

西借堵你知，

她俩没有死，

一起下呢濮，

现在已到了。

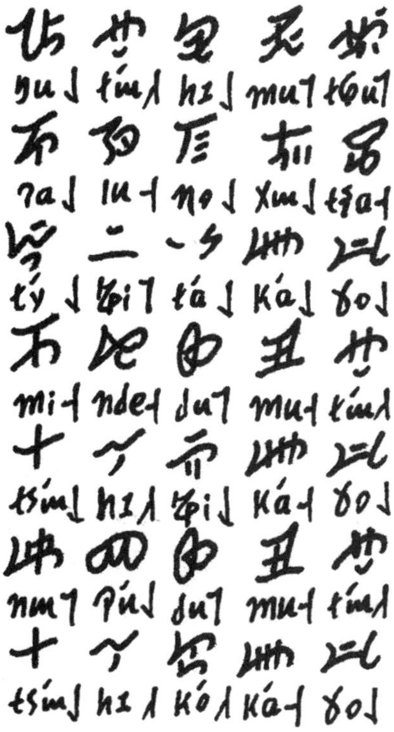

再告诉恒摩，

这是我推算，

她俩有一难。

按天上历说，

难星十八天，

按呢濮历算，

难星十八年，

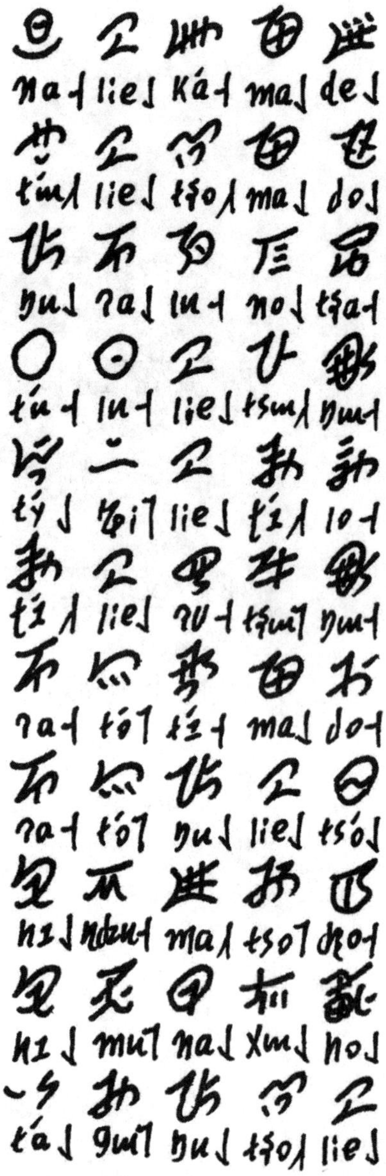

若是期不满，
她俩回不来。
我仔细推算，
是宇宙安排，
她俩已变了，
变成了什么？
我还没搞清。
现在我正忙，
恒举在骂咋，
恒摩等一等，
一会我回来。

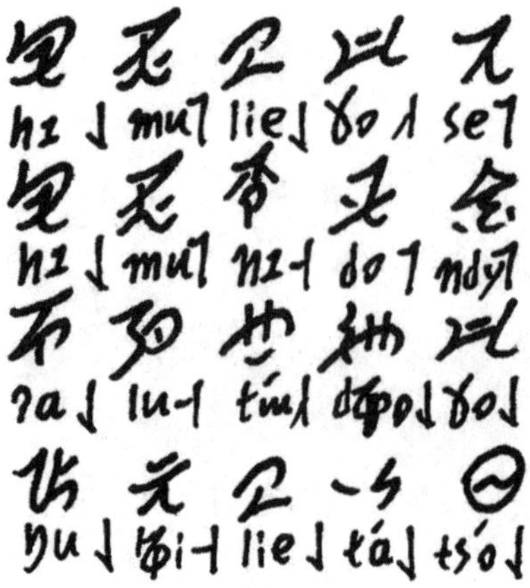

恒摩知实情，
他心中暗想，
阿鲁言有理。
我也不着急，

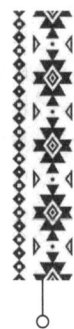

要相信阿鲁，
信他不会错。

都是说阿鲁，
他秘密查访，
查清了去向，
查实了原委。
等他返五庭，
出了个主意，
先蒙确属撵，
让神鬼不知。

三神派属撵，
去寻找西呢。
他出发之时，
阿鲁在天庭，

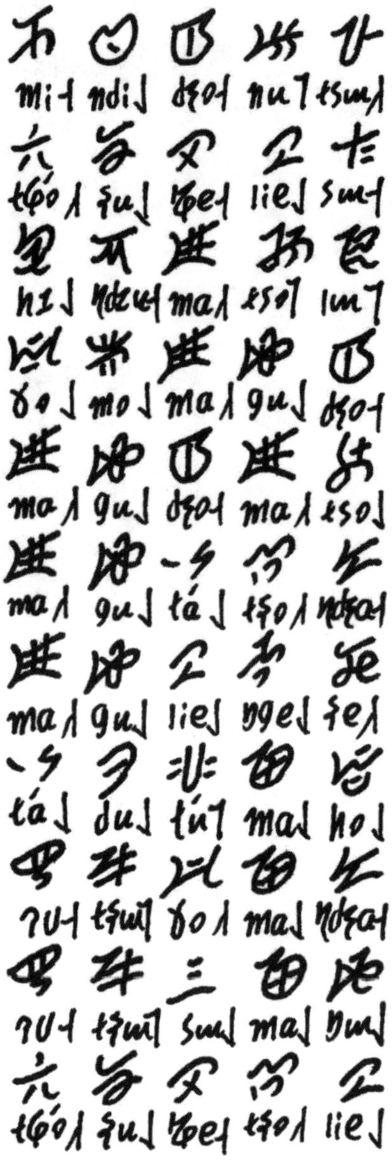

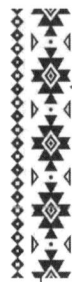

料理天庭事。

确属撵走后，

先到骂昨营[4]，

俄莫在兵营，

他正在练兵，

属撵转一周，

兵营无异样，

没什么反常，

啥也没查到，

啥也没发现，

确属撵返回。

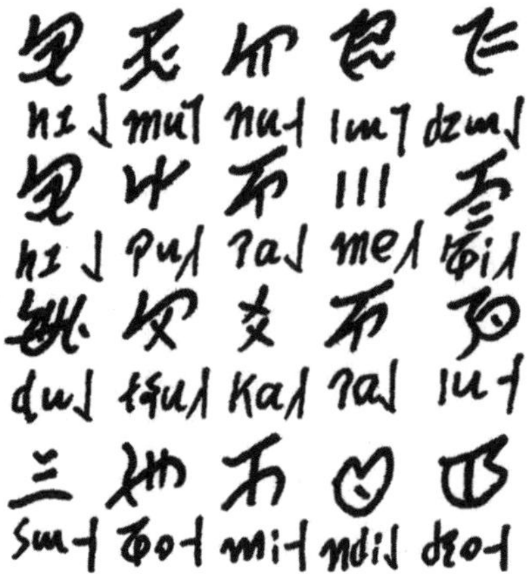

恒摩努喽则，

恒布阿迈妮，

笃支格阿鲁，

三位在天庭。

确属撵回报，

我这次去查，

一样没发现，

啥都没查到，

兵营很正常。

天君大骂昨，

他也在兵营，

俄莫也在场，

我查到他家，

叶谷也在家[5]。

他的九个儿，

使唤的仆人，

全部都在家。

啥也没查清，

异样没发觉，

西呢也不见，

仆苟也不见。

阿鲁笑一笑，

微笑着开口：

我想插一句，

恒摩也来听，

恒布也来听。

确属撵使臣，

请你听好了，

阿鲁告诉你，

平时你动脑，

主意也很多。

说今天之事，

我阿鲁看你，

你不动脑筋。

没有了主意，

阿鲁为你想。

头脑不转了，

主意也没有，

跑到哪去了？

我不是教你，

头脑须清醒，

主意要想好。

我并非别人，

是真的阿鲁。

注释：

①②西呢巴、仆苟：天神名，即天君七小姐和其丫鬟名。

③西借堵：天上的洞名，西呢被抢后落入此洞。

④骂昨：官衔称谓，亦有大小之别，相当于总兵之职。

⑤叶谷：天君骂昨之妻名。

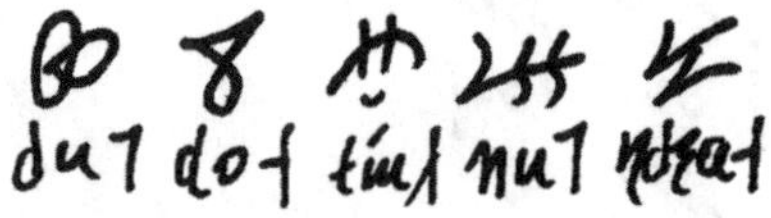

撒谎查案情

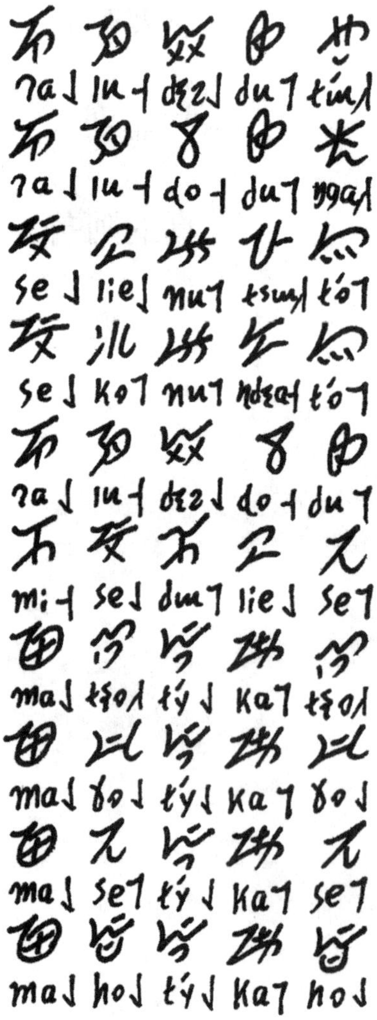

我说句真话，

阿鲁不扯谎，

神做事之时，

若要去查案，

可用真假话。

天神都知道，

开动脑筋想。

没有说成有，

不知要他知，

不见要他见，

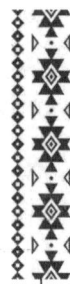

不在要他在。

阿鲁问问你，

以前你所说，

没见到西呢，

她没在军营，

谁都没看见，

没谁会相信。

恕阿鲁直言，

没有遇事时，

见没见不知。

当遇到事时，

开动脑筋想，

要快出主意，

不知要说知，

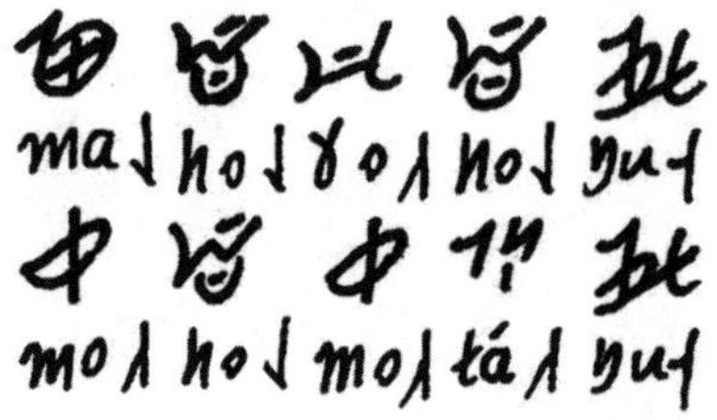

ma˩ ho˩ ʑo˩ ho˩ ɡu˧ 不见要说见，
mo˨˩ ho˩ mo˨˩ tá˨˩ ɡu˧ 像一钉一眼。

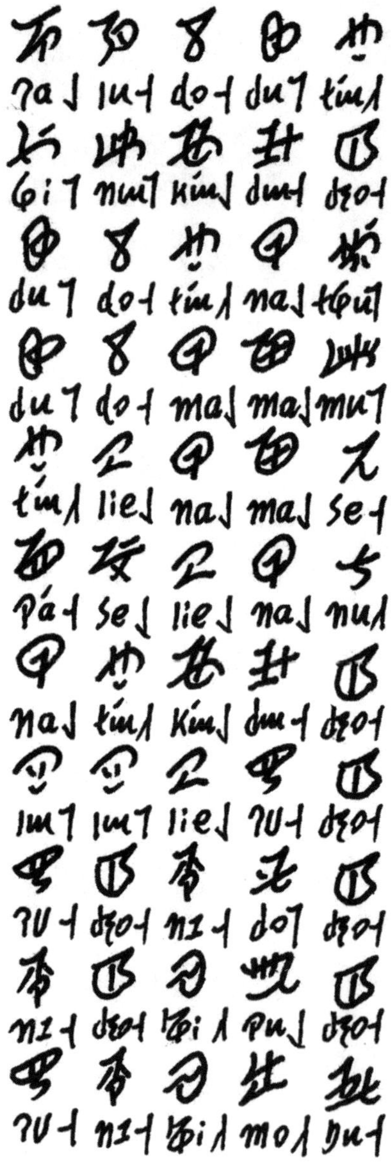

ʔa˩ ɭu˧ do˧ du˥ tɯ́˨˩ 我说句白话，
ɕi˥ nu˥ kɯ́˩ du˧ dʐo˧ 西呢在哪儿？
du˥ do˧ tɯ́˨˩ na˩ tɕʰu˥ 教你说谎话，
du˥ do˧ ma˩ ma˩ mu˥ 如果不教你，
tɯ́˨˩ lie˩ na˩ ma˩ se˧ 你就不会说。
pʰá˧ se˩ lie˩ na˩ nu˨˩ 他神若问你，
na˩ tɯ́˨˩ kɯ́˩ du˧ dʐo˧ 你说你知道，
ɭu˥ ɭu˥ lie˩ ʔu˧ dʐo˧ 全部记脑里，
ʔu˧ dʐo˧ nɿ˧ do˥ dʐo˧ 也藏在心里，
nɿ˧ dʐo˧ ɕi˨˩ pʰu˩ dʐo˧ 在心在嘴里，
ʔu˧ nɿ˧ ɕi˨˩ mo˨˩ ɡu˧ 脑心口吻合。

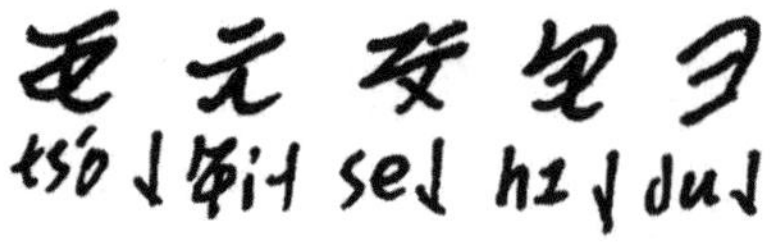

tsʰo˩ ɕi˧ se˩ hɿ˩ du˩ 人与神万物，

全部有头脑，
有头脑有眼，
有鼻子嘴巴。
万物都有灵，
不说别的话，
你说人神话，
你去做神事。
办事查案时，
说的须一样，
说时别停顿，
在哪都如此。

我是人阿鲁，
要说我观点，
人神都办事，
使臣确属撵，

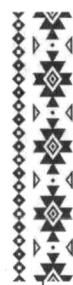

我与你打赌。
在天庭做事，
你我一个样，
在天庭查案，
别分人和神。

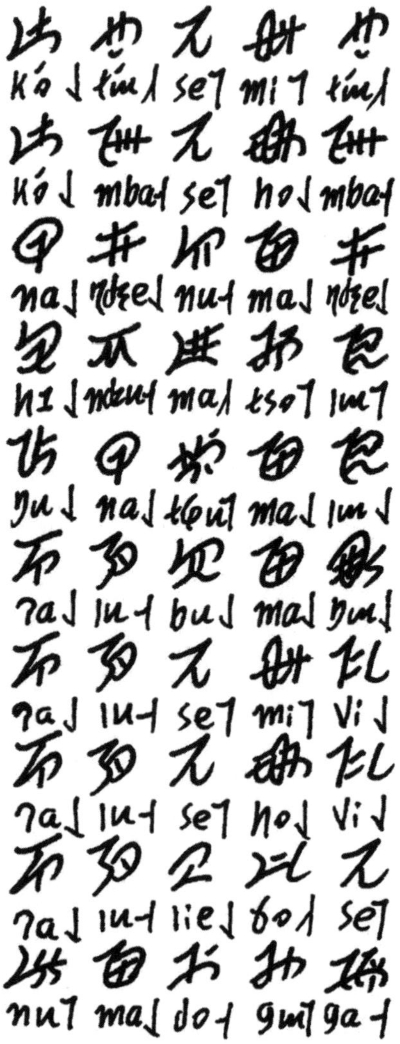

所说是文化，
所传是知识。
骂昨家的事，
你信我不信，
我没同你去。
阿鲁非夸口，
阿鲁用文化，
阿鲁用知识，
我自然知晓。
没出事之前，

阿鲁观星象，

定会出桩事，

阿鲁知一半。

阿鲁告诉你，

一半真不知，

不知也自然。

你若不相信，

阿鲁要骗你，

只骗你一次。

谎话真与否，

骗得对不对，

骗得像不像，

骗了错没错，

你自己去想。

确属撵使臣，

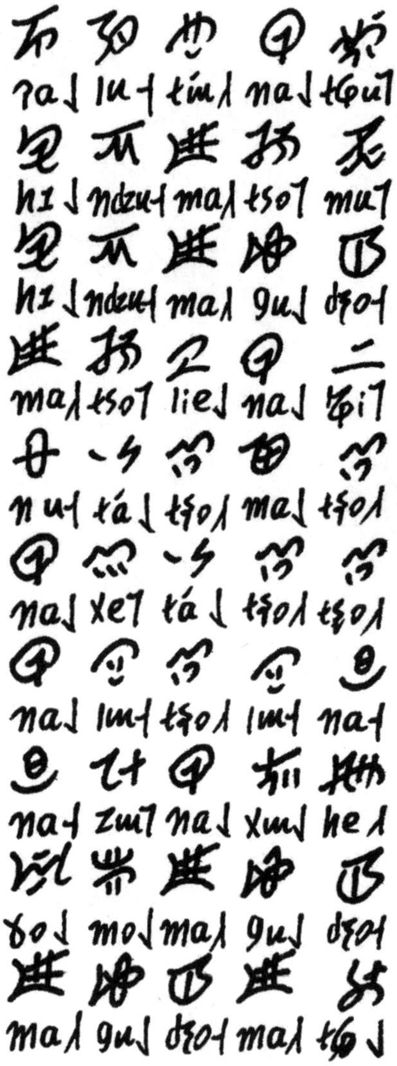

阿鲁告知你，

天君的骂昨，

在天庭兵营。

骂昨你两位，

没多转一圈，

只是转一圈，

叫走马观花。

站着看到的，

俄莫在兵营，

在带兵习武。

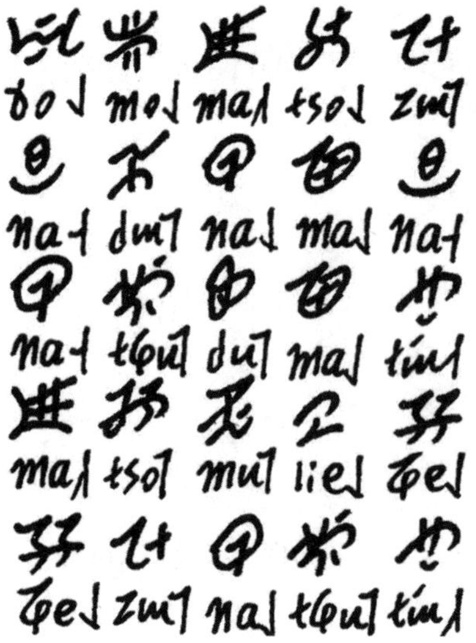

他在练兵时，

看都没看你，

没与你交谈。

骂昨摩暗笑，

笑着跟你说：

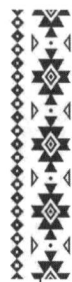

这时的俄莫，
判若两个样，
心意已悔悟，
现在变老实，
天天训练兵。
你笑看骂昨，
我说的对不？

阿鲁还有话：
老骂昨带你，
一并去他家。
你到了那里，
并没有坐下，
转着细打量。
你看见的是，
雕龙和画虎。

你确属所见，

你问这问那，

骂昨都作答。

阿鲁说谎没？

阿鲁告诉你，

你们到兵营，

共同去进餐，

如何敬你酒，

俄莫怎么说，

你说是不是？

我还告诉你，

该抓两个兵，

是俄莫手下，

还是两骂色[①]。

阿鲁再说谎，

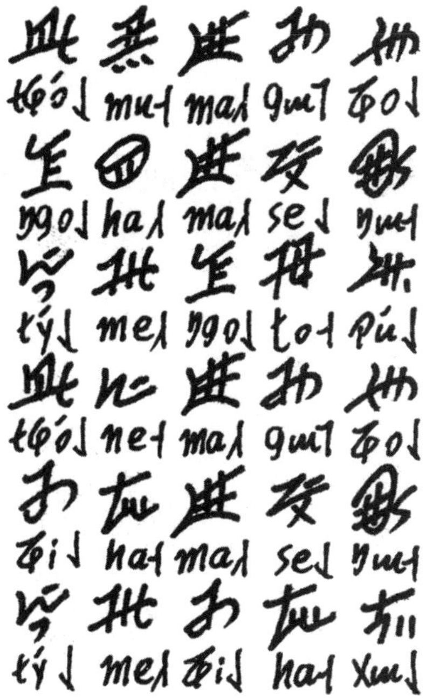

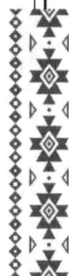

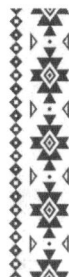

高个子骂色，

职责是门卫，

名叫搁朵仆[②]，

矮个子骂色，

职责烧开水，

名叫溢喊候[③]。

我说谎骗你，

人来骗天神。

是真言谎语，

你听明白没？

我讲一晚上，

你别吓他俩，

到了明日晨，

好好睡一觉。

午前别管事，

一样也别做，
莫让他人知。

我再编谎言，
到吃晚饭时，
你歪来倒去，
装着酒醉样。
话也说不明，
与他们共餐，
跟他们喝酒，
喊他二人名。

你说些谎话，
如何去说谎，
我说给你听。
说谎有文化，

使诈用知识。
要说句真话，
我去骂昨家，
你们犯的事，
我全然查清。

别的话怎讲，
阿鲁不教你，
我非你师父。
你是位天神，
想背什么箩，
你自己去编。
趁早去编织，
我不再多言。
使臣确属撵，
心想编谎言。

努喽则说道：

阿鲁说的谎，

不信也不行，

听了暗中笑。

恒布阿迈妮，

知阿鲁本领，

阿迈妮确信，

听了也暗笑。

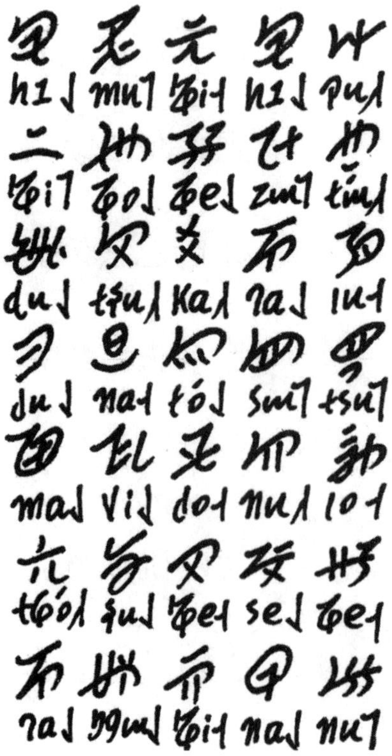

恒摩和恒布，

笑着来开口。

笃支格阿鲁，

你主意太好，

不采纳可惜。

使臣确属撵，

明日这出戏，

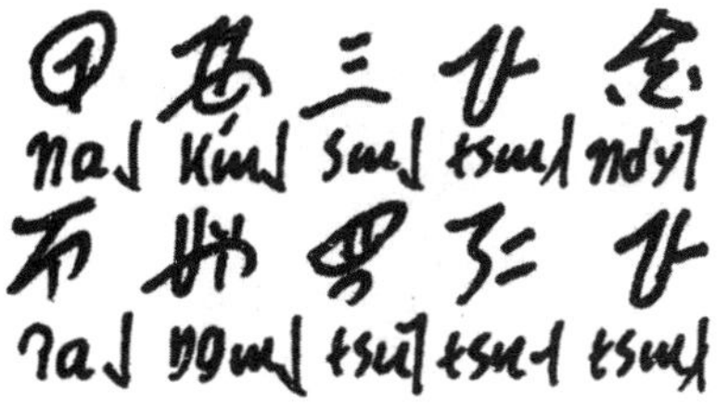

看你怎样演，

好好去表现。

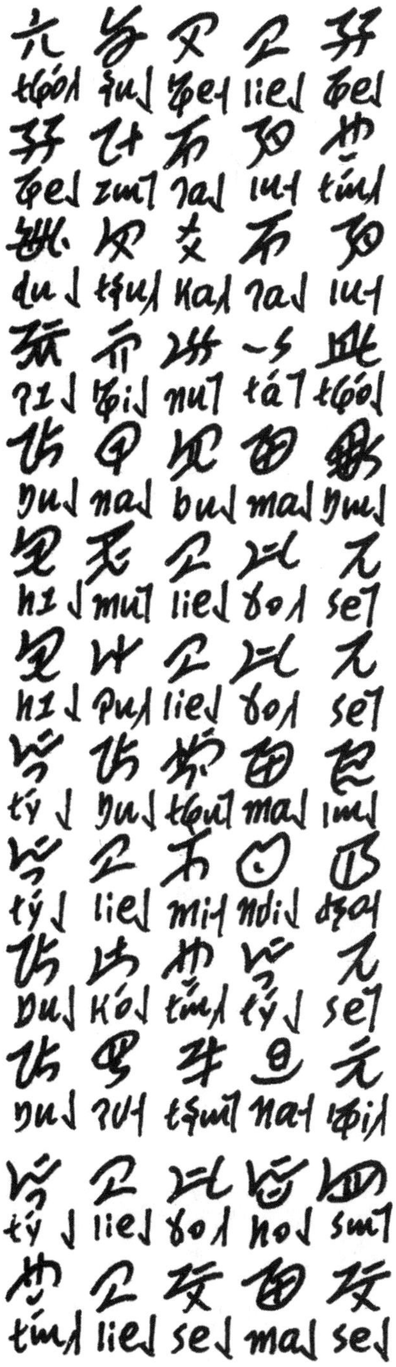

确属撵喜笑，

笑着对阿鲁。

笃支格阿鲁，

要查惊天案，

还是你厉害。

恒摩你知道，

恒布也知道，

阿鲁没随同，

他是在天庭。

我所讲的话，

我所见的物，

好似他亲临，

谎话似真言。

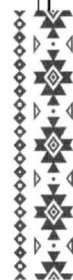

我说阿鲁人，
他是真能人，
是人中神人。
谁人敢相比，
有谁像他样？
人做事他知，
别人如何做，
别神怎么说，
如他在场样。

他神平时夸，
说阿鲁太奇，
奇得赛神仙，
我确属不信。
现在看阿鲁，
阿鲁确实奇，

奇得能咬人。

会咬还不算，

有吃人本领。

确属说真话，

我下凡找他，

他在候吐中，

有这般本领。

我确属不信，

仅模样奇特。

现在我承认，

万物中万物。

不是这样呢，

万物会做的，

万物会听的，

万物能见的，

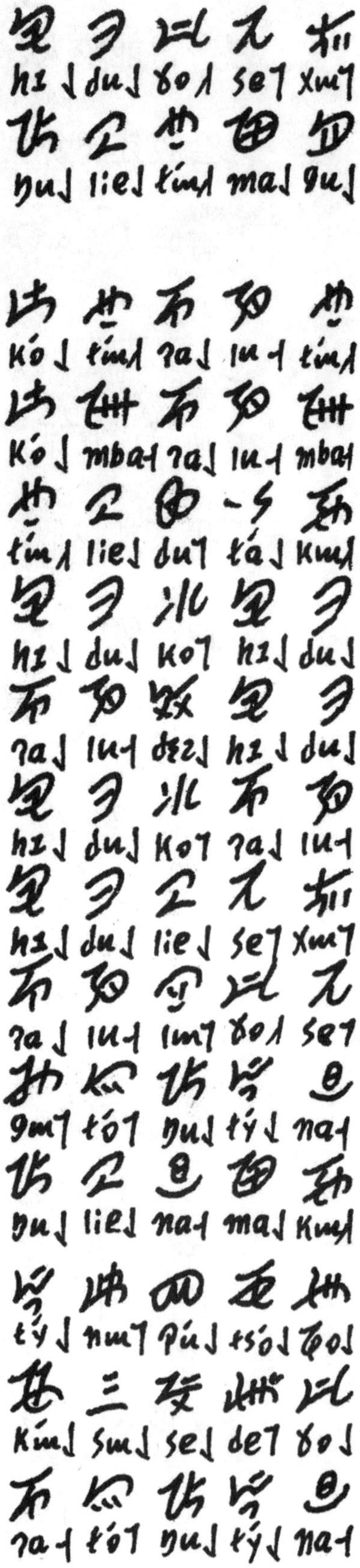

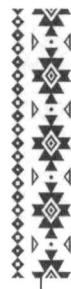

万物所知的，

他都能知晓。

所说皆阿鲁，

所传皆阿鲁。

总的一句话，

万物中万物，

阿鲁真万物。

万物中阿鲁，

万物知道的，

阿鲁全部知。

那时我看他，

真是走了眼，

他是呢濮人，

如何能当神？

现在我发现，

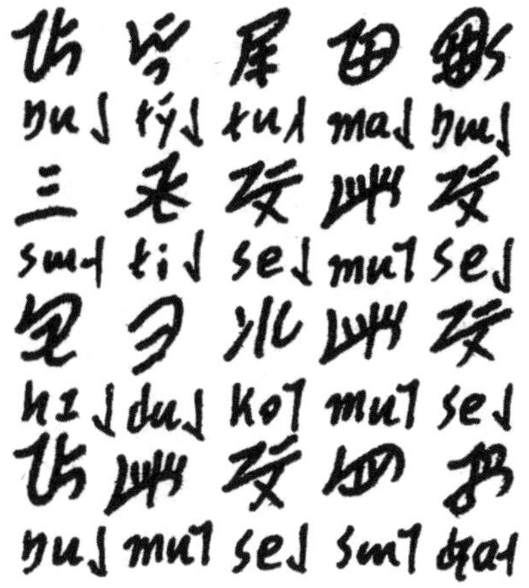

并非抬举他，
是三界摩色[1]，
是万物摩色，
也是我摩色。

确属现在说，
阿鲁教确属。
确属做的事，
不扫摩色脸，
确属感谢你。
明天如何做，
摩色如何教，
确属信阿鲁，
要按教的做。
恒摩听后笑，
恒布也在笑，

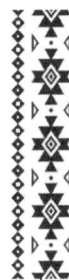

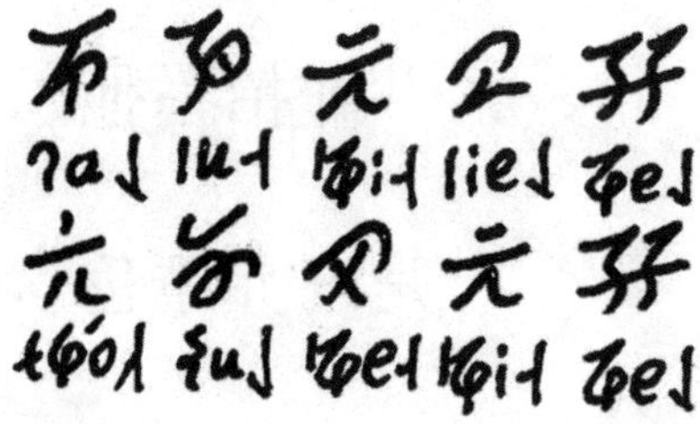

阿鲁也来笑，

确属跟着笑。

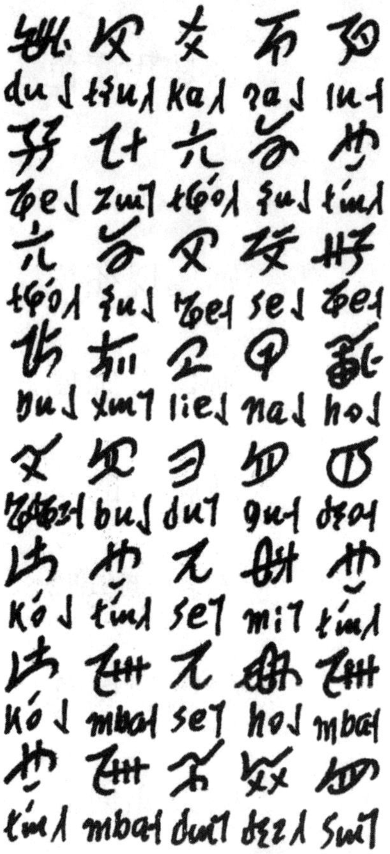

笃支格阿鲁，

笑着对确属：

确属撵大神，

等你凯旋归，

好处在后头。

所说是文化，

所传是知识，

传说都一样。

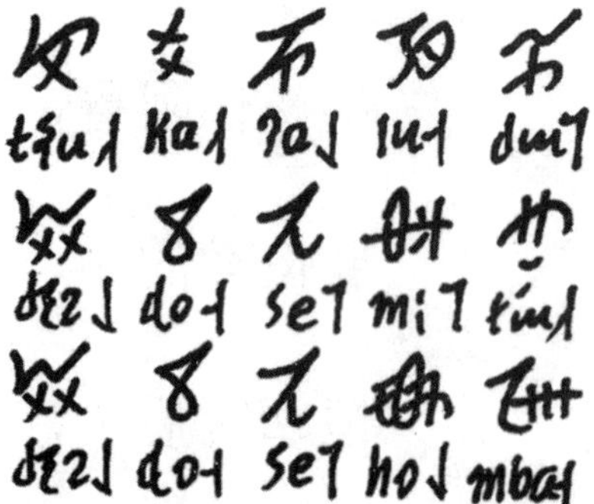

支格阿鲁说：

说真假文化，

传真假知识。

真假怎样说，

真假怎么传，

谁人来知道，

谁人来敢说，

谁人来敢传。

支格阿鲁道：

文化和知识，

就像两只手，

也如一双筷。

更像吹唢呐，

一个吹声嘟，

一个吹声哦。

二人吹合声，

别人听到了，

会听不会听，

嘟哦嘟哦的，

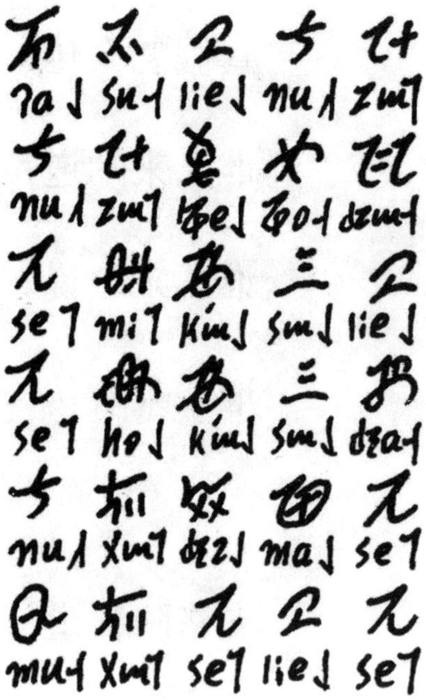

谁人来听到，

精神都倍增。

文化如何来，

知识如何传，

听的人不知，

吹的人才知。

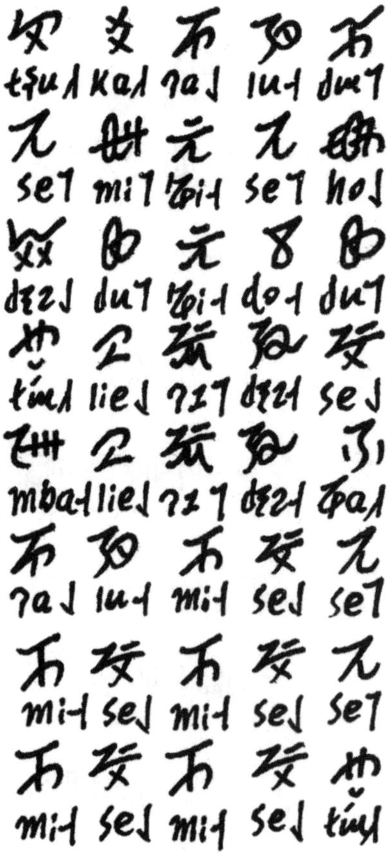

支格阿鲁道：

文化和知识，

真言和谎语，

说起来很神，

传起来太怪，

阿鲁天神知。

天神知天神，

天神教天神。

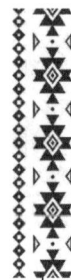

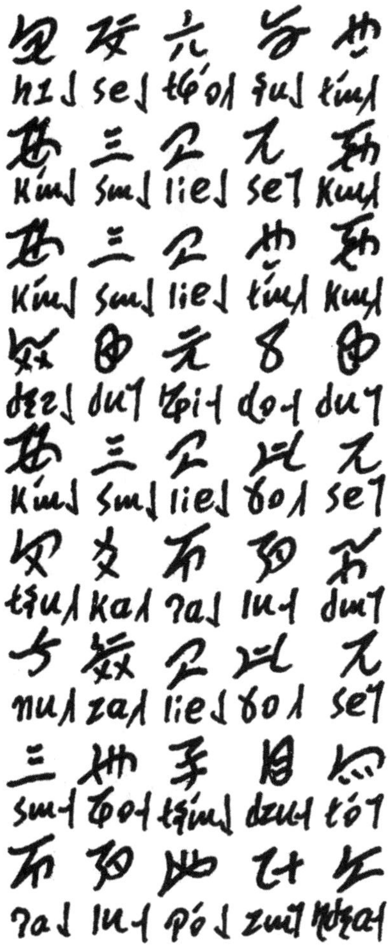

阿鲁说确属，

怎么会知道，

如何才会讲？

真话与假话，

如何辨别清？

支格阿鲁道：

听了后知道，

三人吃饭时，

阿鲁躲着看。

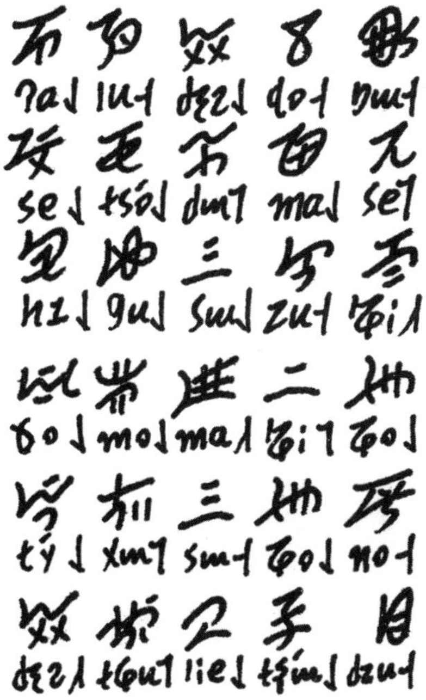

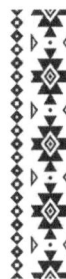

阿鲁真假话，

人和神不知，

天庭叟汝聂，

俄莫两位兵，

他们三人呢，

一起吃晚饭。

三位在对酌，
确属使臣到。

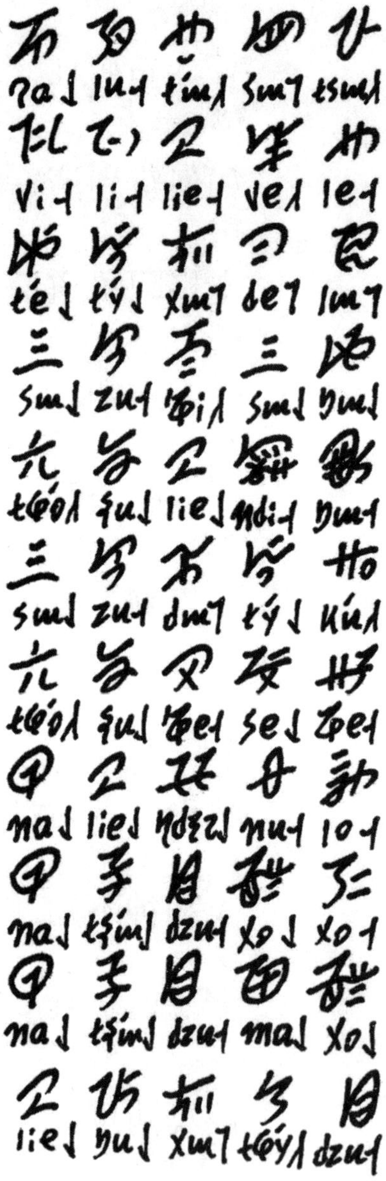

如阿鲁所说，
歪去倒来的，
跑到他们旁。
叟汝聂发现，
确属是装的。
汝聂假装叫，
确属撵大神，
你喝酒醉了，
吃饭没有呢？
如若还没吃，
快来陪我们。

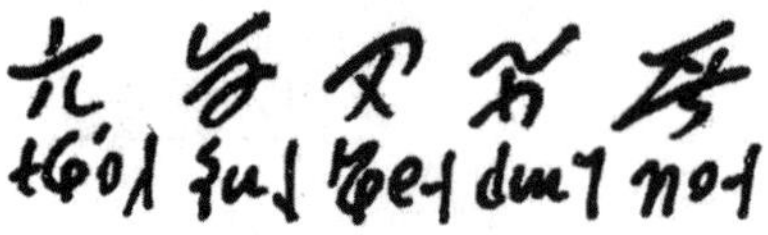

确属撵嚷道：

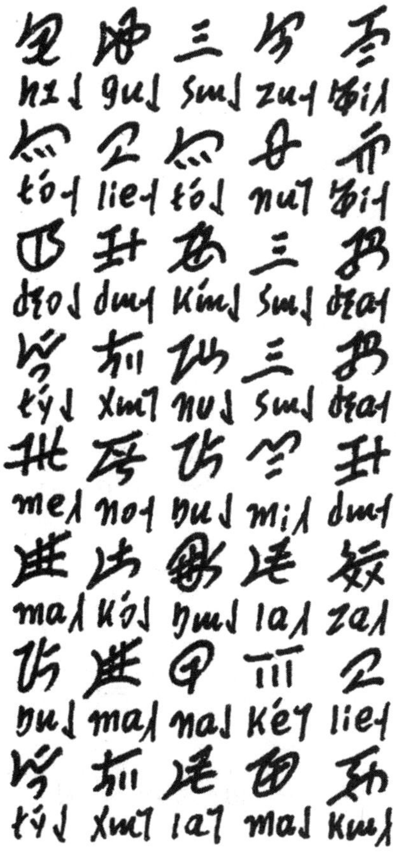

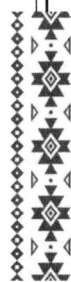

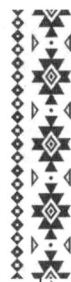

天神叟汝聂，
这些天以来，
住的如何样，
兵病情怎样？
这是我管辖，
我手下兵医，
服务怎么样？
请你告诉我。

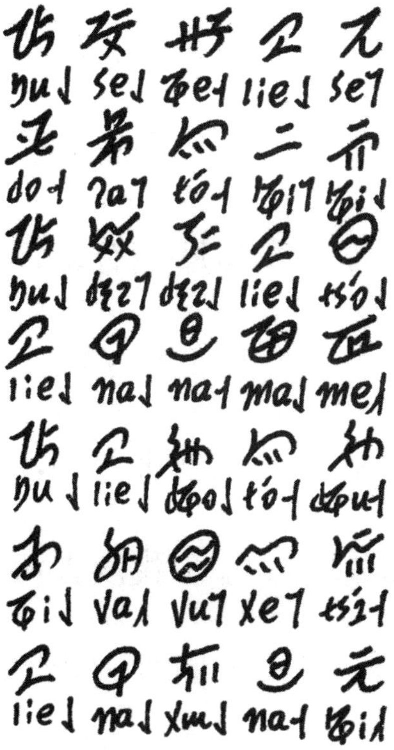

我确属知道，
在这两天里，
我确实太忙，
没时间看你。
今天过此地，
挑水来洗菜，
前来看看你。

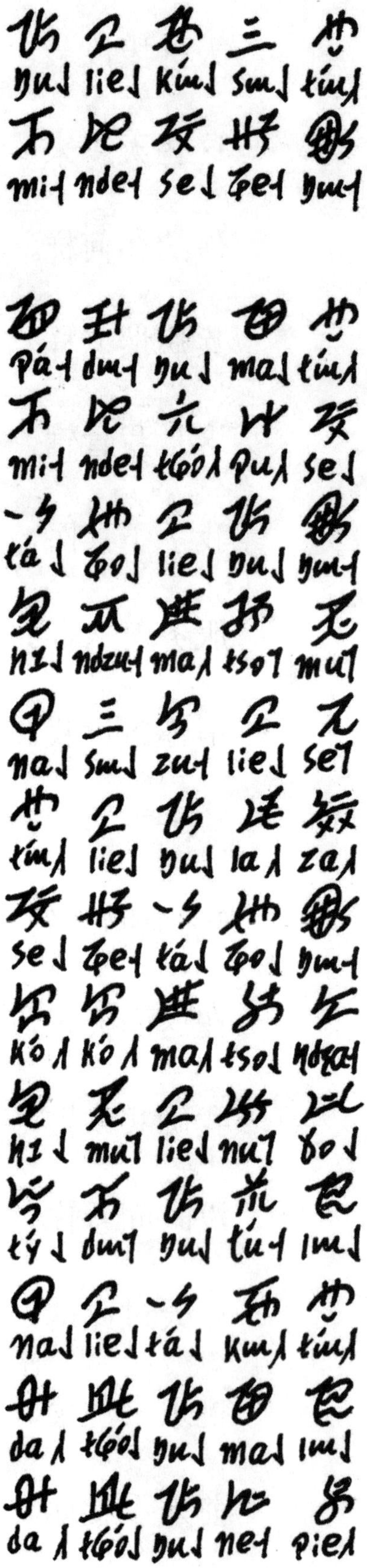

ŋɯ˩ lie˩ kɯ́˩ sɯ˩ tɯ́˧˥　无论怎么说，

mi˧ nde˧ se˩ ʈe˧ ŋɯ˧　也都是天神。

pʰá˧ dɯ˧ ŋɯ˩ ma˩ tɯ́˧˥　别的我不说，

mi˧ nde˧ tɕó˧˥ pɯ˧˥ se˩　天庭确布色，

tá˩ ʈo˩ lie˩ ŋɯ˩ ŋɯ˧　我其中一员。

nɪ˩ ndzɯ˧ ma˧˥ tso˥ mɯ˥　天君大骂昨，

na˩ sɯ˩ zɯ˧ lie˩ se˥　你汝聂知道，

tɯ́˧˥ lie˩ ŋɯ˩ la˧˥ za˧˥　虽是我手下，

se˩ ʈe˧ tá˩ ʈo˩ ŋɯ˧　也是位大神，

kó˧˥ kó˧˥ ma˧˥ tso˩ ndʑa˧　年年训练兵。

nɪ˩ mɯ˥ lie˩ nɯ˥ ɣo˩　恒摩他有事，

tý˩ dɯ˥ ŋɯ˩ tú˧ ɪɯ˩　就派遣了我。

na˩ lie˩ tá˩ kɯ˧˥ tɯ́˧˥　你来讲一句，

da˧˥ tɕó˩ ŋɯ˩ ma˩ ɪɯ˩　哪次我没去，

da˧˥ tɕó˩ ŋɯ˩ ne˧ pie˧˥　哪回少过我？

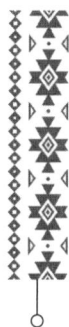

遇天君骂昨，

哪次不留我，

哪回不请吃，

哪次放我走？

真话告诉你，

在营中吃饭。

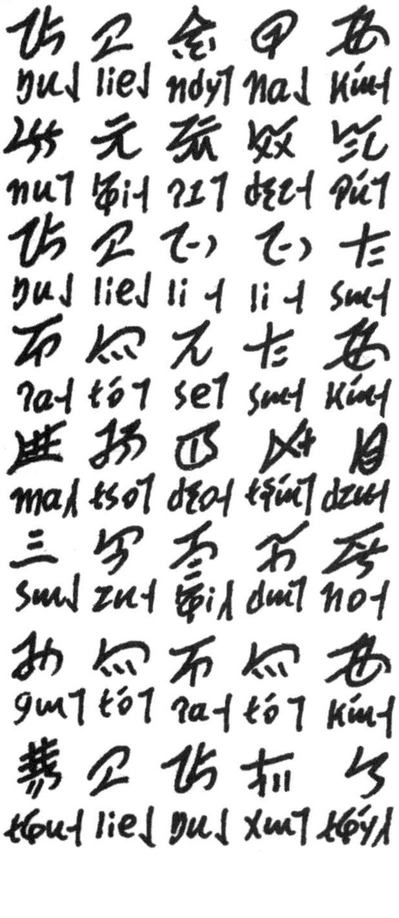

我真没想到，

遇了一些事，

我慢慢地走，

现在才走到，

在兵营吃饭。

叟汝聂说道：

你吃饭早了，

快来陪我们。

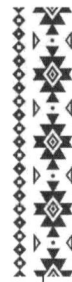

确属笑一笑，

笑着说汝聂，

劝者很得力，

我不再多说。

吃多或吃少，

喝多或喝少，

都是情意深。

我再陪诸位，

共同喝角酒，

这才算完美。

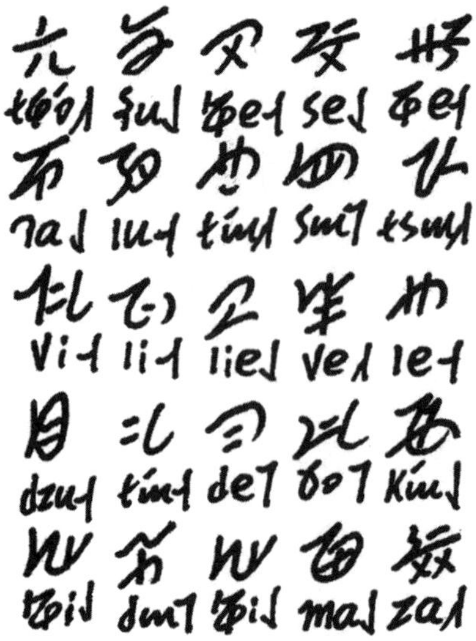

确属撵使臣，

如阿鲁所教，

歪歪倒倒的，

走到桌子边。

坐都没坐下，

叟汝聂酒角，
被他抢了去，
笑着喊二位。

骂色过朵仆，
骂色溢喊候，
我陪你二位，
各敬一角酒。
多话他不说，
喝了四五角，
话都说不清。

这时才坐下，
坐后笑笑道：
我说句真话，
酒多话也多，

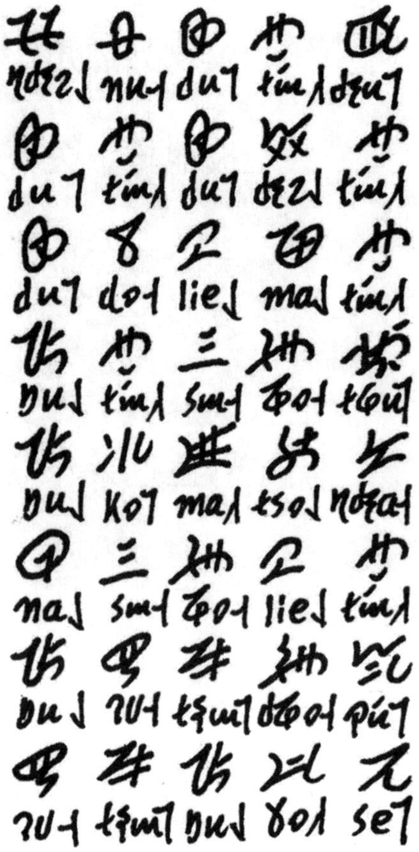

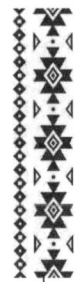

酒后吐真言，

说话说真话，

不是说假话。

三位听仔细，

我去查兵营，

你们三位说，

我遇见了谁，

知道了什么？

说给三位听，

这话真不真，

这话是不是，

它错了没有？

你们做的事，

哪样我不知？

我不夸海口，

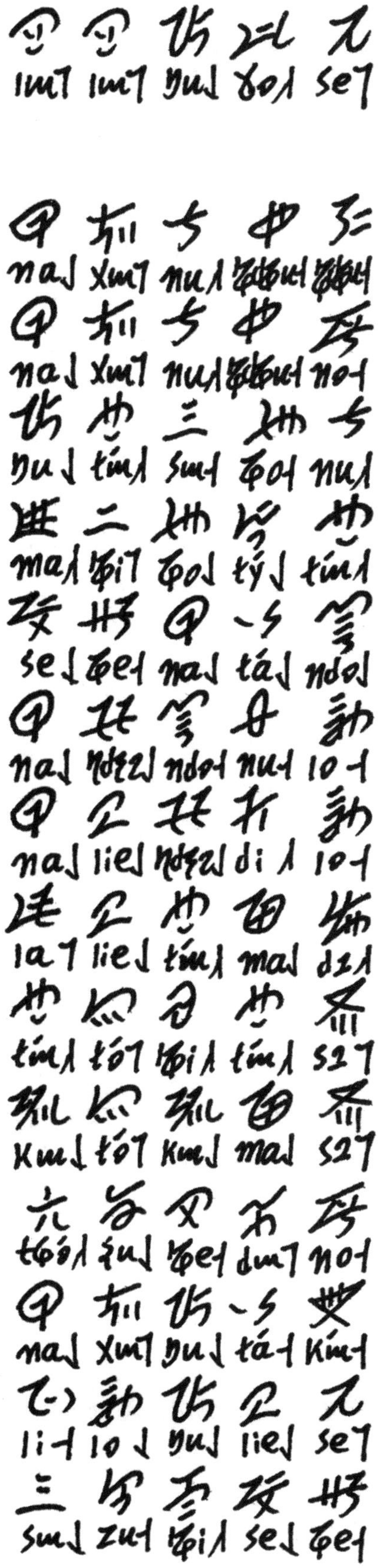

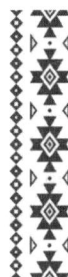

我通通知道。

诸神听不听，

如若想听呢，

我告诉三位。

两罚色说道：

大神别再喝，

你喝太多了，

已酩酊大醉，

话不能乱说。

说时乱出口，

说后难收口。

确属撵说道：

你们别劝我，

轻重我知道。

叟汝聂大神，

我喝多了酒，

我不跟你讲，

就对不起你。

酒醉心明白，

来龙去脉事，

我还记得清，

我不会害你。

骂色若不信，

二位别插话，

只准听我说。

我说的事情，

做过没做过，

我说完之后，

信也是这样，

不信也如此。

有事找骂昨，

找骂昨练兵。

我到了兵营，

兵如蜂分巢。

我走近一看，

天君大骂昨，

罚俄莫跪下。

还有些骂色，

也有些兵弁，

跪在西呢前。

是为哪桩事，

我也不知道。

我问大骂昨，

你们在干啥？

若说是练兵，

不是这样练。

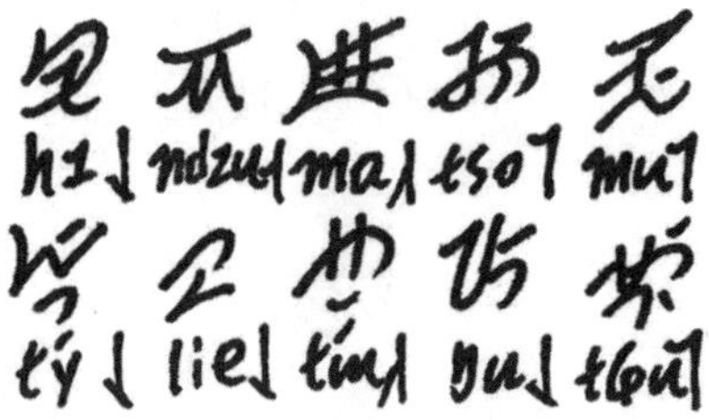

天君大骂昨，
因果告诉我。

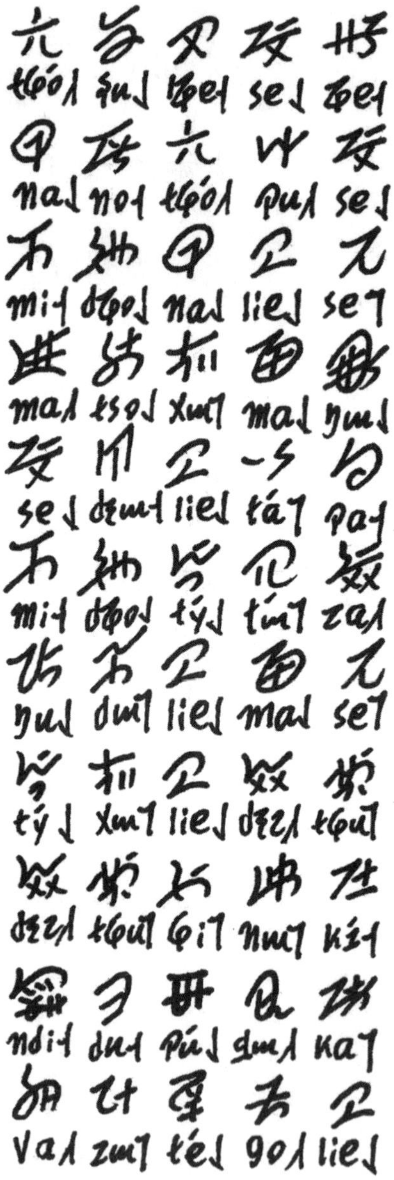

确属撵天神，
你为六部神，
天条你通晓，
那不是练兵。
看这群神畜，
犯下了天条。
我也不知道，
他们在一起，
抢了西呢巴，
装入口袋中，
扛起跑回营。

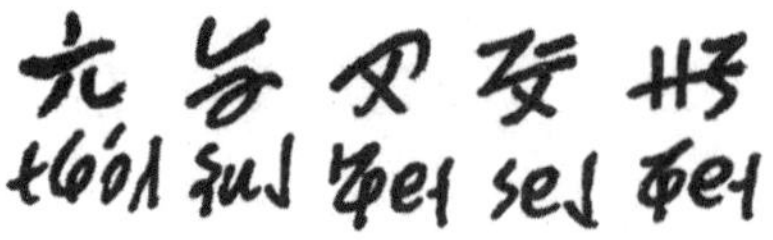

确属撵天神，

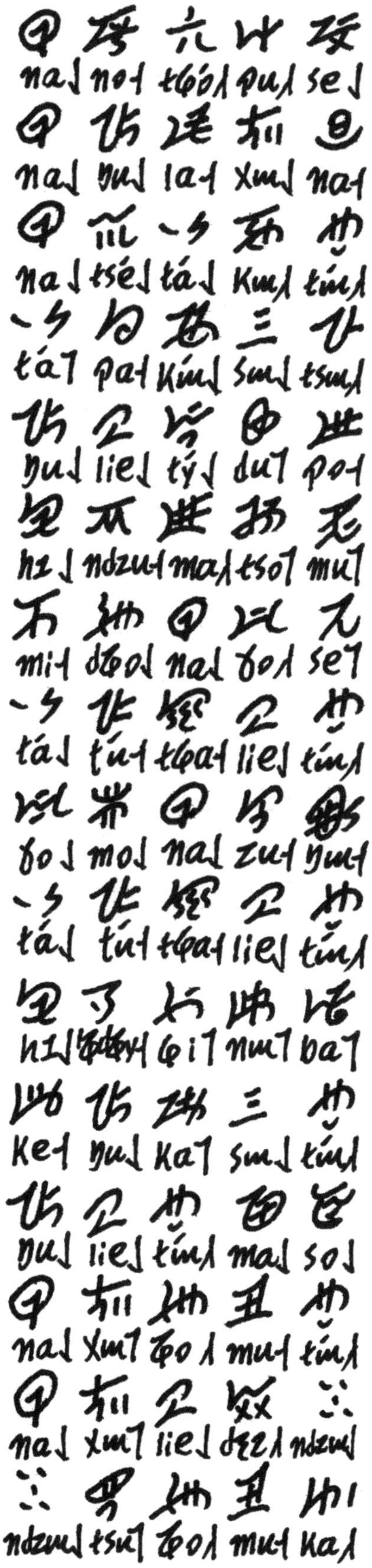

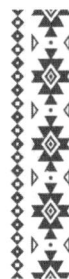

六部神之一，

你帮我想想，

该如何惩治，

将他们治罪。

我回骂昨话，

天君大骂昨，

天条你清楚，

从一方面说。

俄莫你之子，

从另一面说，

天君女西呢，

叫我如何说？

又不能乱说，

该作啥主张。

议后同商量，

议后自断案，

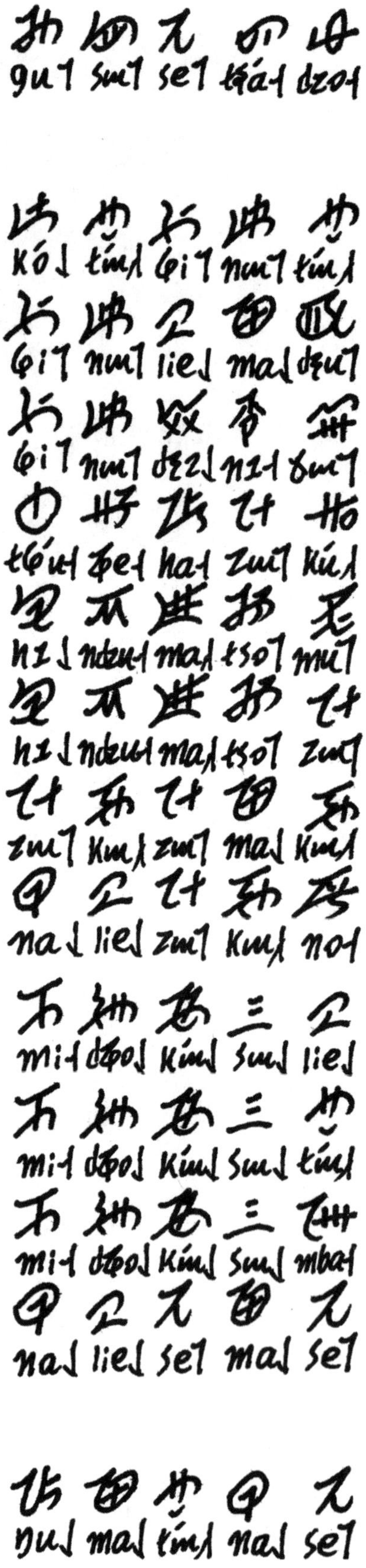

gu˥ ʂɯ˥ se˥ tʂʰa˧ dzo˧　　那样才恰当。

kʰo˩ tʰɯ˧˦ ɕi˥ nɯ˥ tʰɯ˧˦　　再说说西呢，
ɕi˥ nɯ˥ lie˩ ma˩ dʑɯ˥　　西呢被抢了，
ɕi˥ nɯ˥ dʑɛ˩ ni˧ ɣɯ˥　　她真正愤怒。
tɕʰɯ˧ ʂe˧ ha˧ zɯ˥ kʰɯ˧˦　　大声叫喊着：
ni˩ ndʐɯ˧ ma˧˦ tso˥ mɯ˥　　天君老骂昨，
ni˩ ndʐɯ˧ ma˧˦ tso˥ zɯ˥　　任天君骂昨。
zɯ˥ kɯ˧˦ zɯ˥ ma˩ kɯ˧˦　　会当不会当，
na˩ lie˩ zɯ˥ kɯ˧˦ no˧　　如若你会当，
mi˧ dʑo˩ kʰɯ˩ ʂɯ˩ lie˩　　天条摆面前，
mi˧ dʑo˩ kʰɯ˩ ʂɯ˩ tʰɯ˩　　它是怎么说，
mi˧ dʑo˩ kʰɯ˩ ʂɯ˩ mba˧　　该如何执行，
na˩ lie˩ se˥ ma˩ se˥　　难道你不懂？

ŋu˩ ma˩ tʰɯ˧˦ na˩ se˥　　不说你也知，

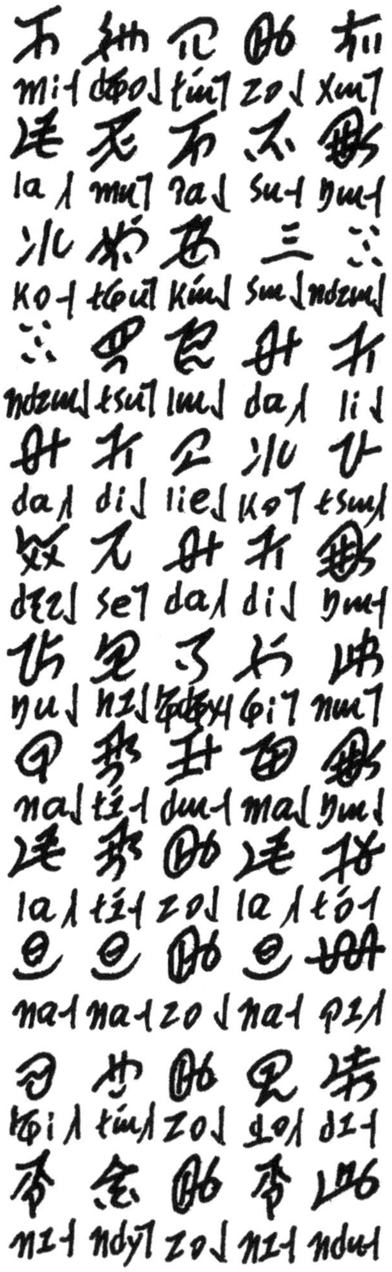

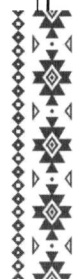

犯了天条案，

首恶他是谁，

如何参加议，

议好怎么去，

是哪些去做，

知内情有谁？

天君女西呢，

不是好抢的。

动手者砍手，

放哨者抠眼，

出谋者割舌，

策划者挖心。

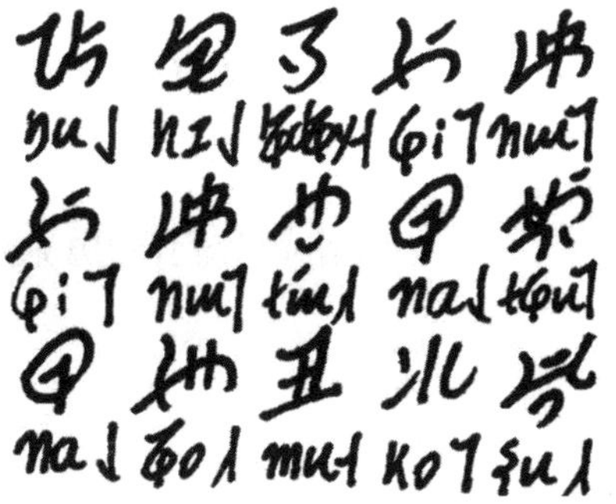

天君女西呢，

严正警告你，

快去找罪犯，

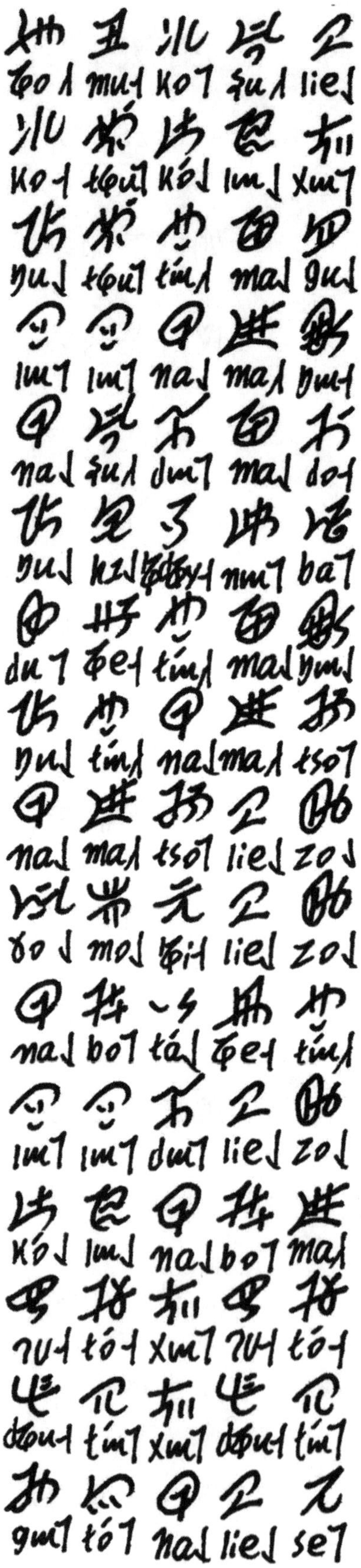

自己去抓回。

所有参与者，

我跟他没完，

全是你的兵。

若你抓不回，

我天君女儿，

不是说大话，

你这老骂昨，

你要担重责，

俄莫也追责。

你这一家子，

通通有嫌疑。

所有犯事兵，

斩首的斩首，

抽筋的抽筋，

那时你才知，

悔之时已晚。

天君骂昨说：
俄莫你听清，
父帅告诉你，
你别害父帅。
这来龙去脉，
坦白告诉我。
一句也别丢，
说给阿爹听，
西呢也在场，
确属神也在，
他们会审查。
确属撵起身，
颤威威走了。
嫌犯坐下想，

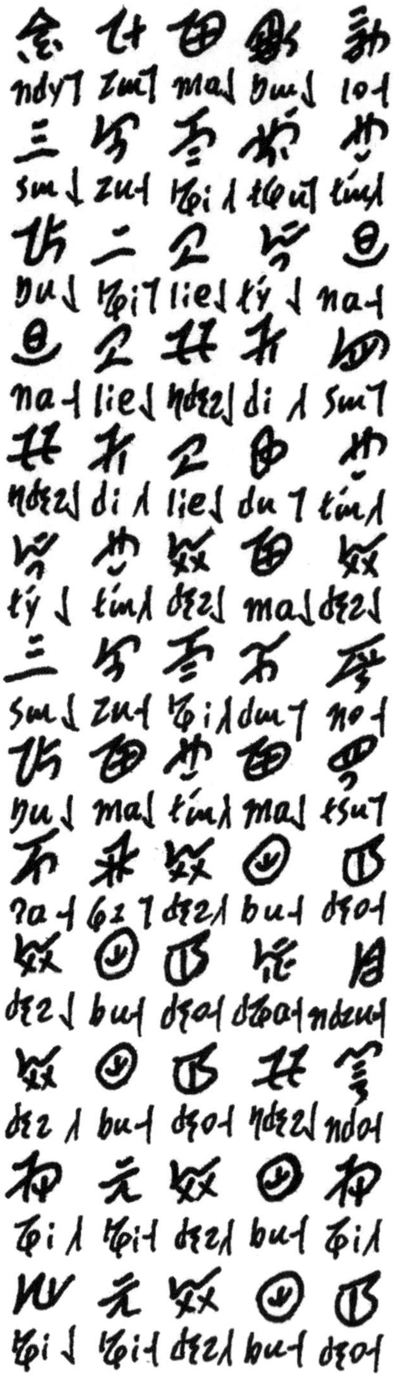

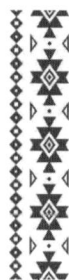

心想事败露。

与叟汝聂道：

我俩看确属，

他已喝醉了，

酒醉话不乱，

说的真不真。

叟汝聂回道：

不说也不好，

咱们在一起，

同端碗吃饭，

共举杯小酌，

同睡一张炕，

同坐一个屋。

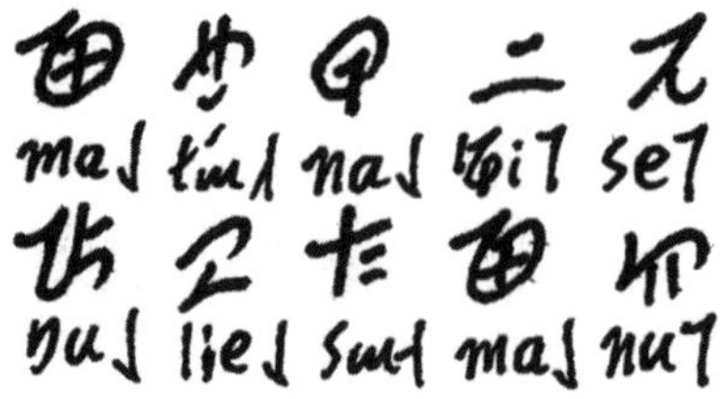

不说你俩知，

我没离开过，

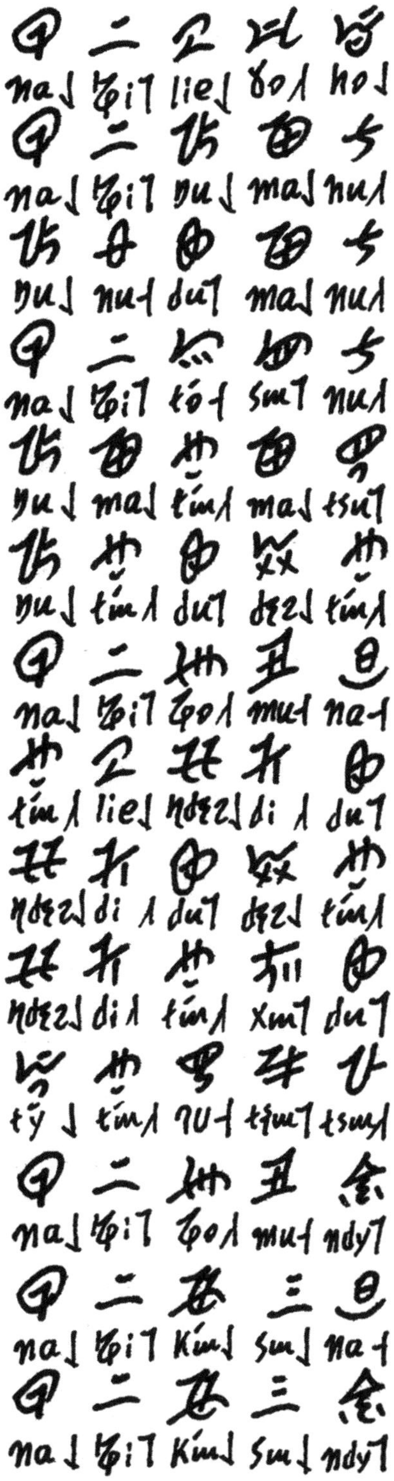

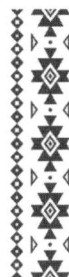

如你俩所见。

二位不问我，

我不会多话，

你两个一问，

再不说不好。

是否说真话，

二位自己看，

说的醉酒话，

酒后吐真言。

酒后说酒话，

他有啥目的，

你俩认真悟。

二位如何看，

二位怎么想？

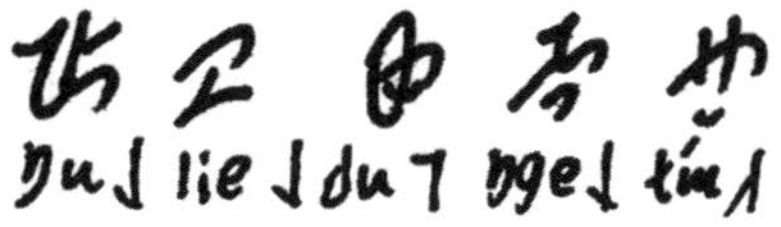

要讲讲真话，

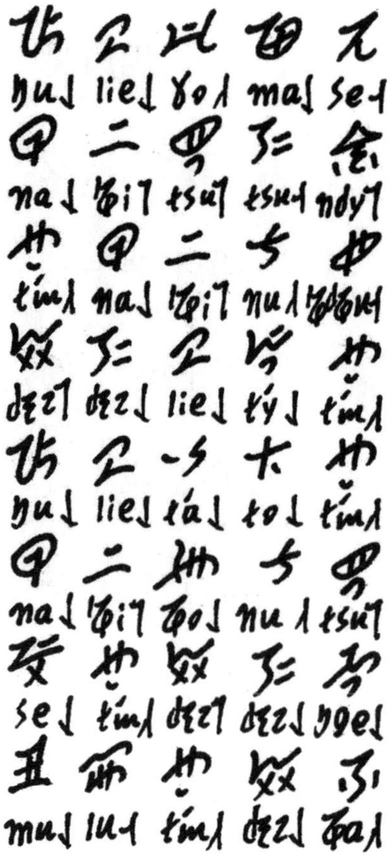

我是真不知。

你俩认真想，

若你俩想听，

我毫不隐瞒。

我告诉你俩，

二位认真听，

确属他直爽，

脾气他很怪。

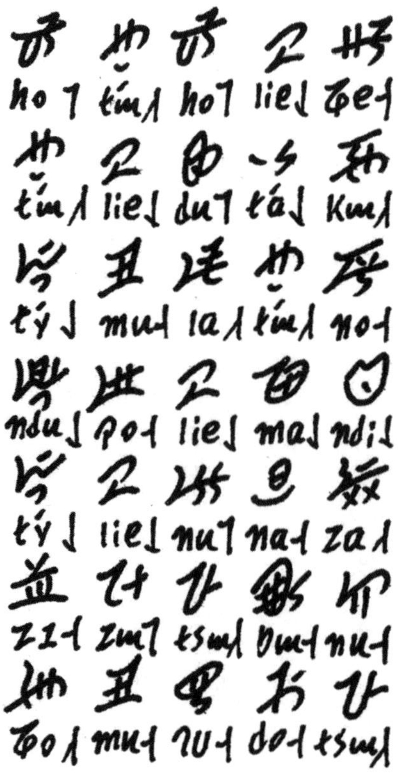

官位他很高，

总的一句话，

要说他脾气，

爱打抱不平。

他去查的案，

若是协从者，

可网开一面。

协迫犯的案，

他会出头救，

他一出面救，

他定能救下。

救下他松手，

什么他不要，

不会收赠礼。

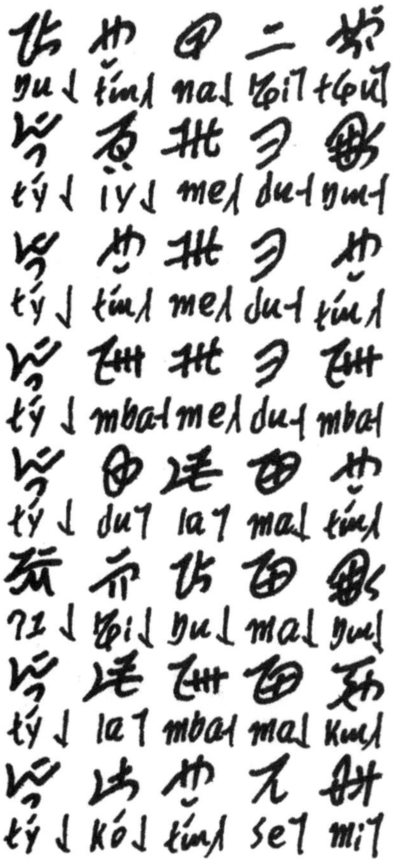

我告诉你俩，

他只要名声，

他只讲荣誉。

在荣誉面前，

他从不乱来。

今天我在场，

他也没乱说，

所说是文化，

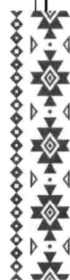

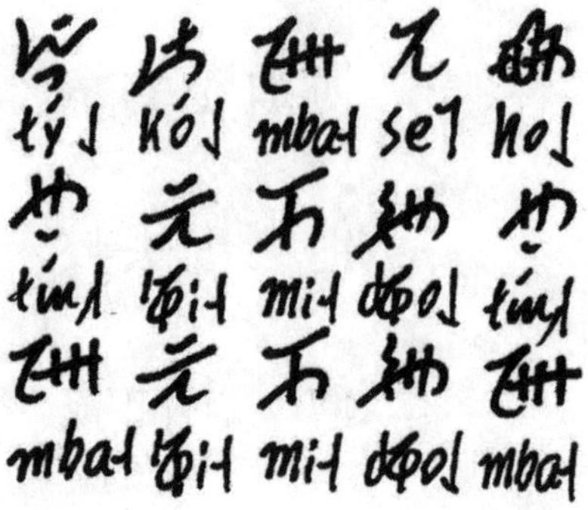

所传是知识，

说的是天条，

传的是天理。

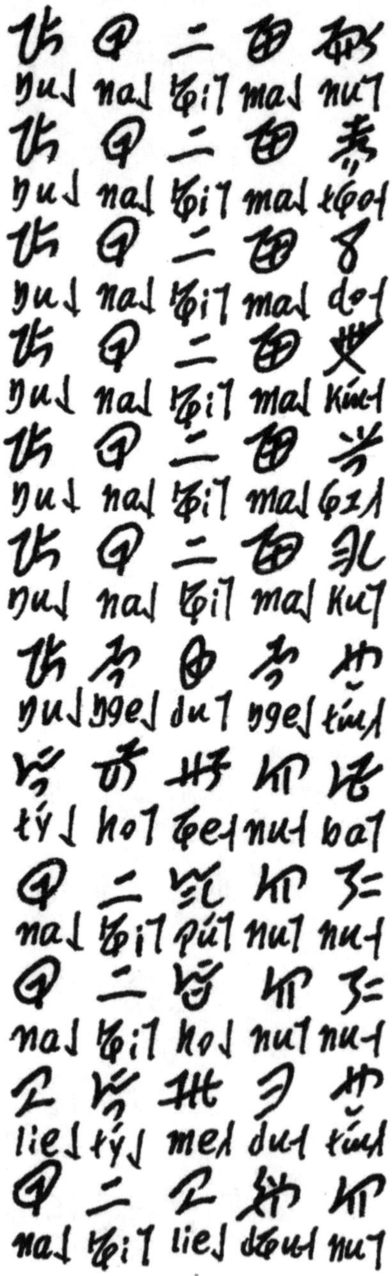

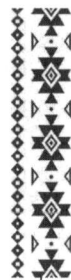

我不骗你俩，

也不吓二位。

我不哄你俩，

也不劝你俩。

我不害你俩，

没说救你俩。

真话我直说，

他官大与小，

你俩没遇过，

更没有见过。

说他的名声，

你俩总听过。

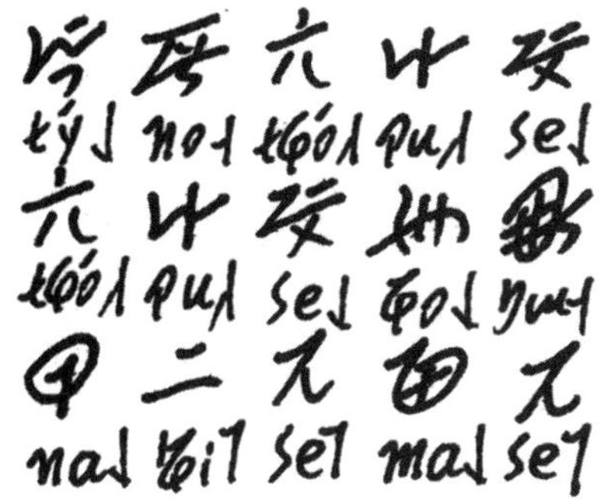

他是六部神，

六部神之一，

你俩知道吗？

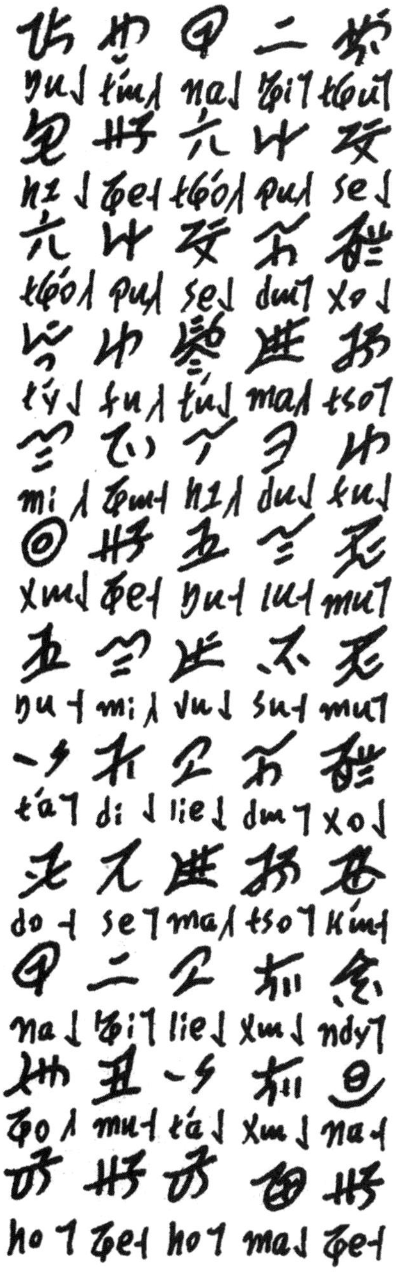

我告诉你俩，

天庭六部神，

在六部神中，

他分管骂昨。

地有恒度府[4]，

大海有五龙，

五地有武素[5]。

除了这几位，

才能到骂昨，

你俩想一想，

自己看一看，

官究竟大否？

天君老骂昨，

不说你俩知，

所有的骂昨，

全部归他管。

二位自己想，

想了就明白。

天君老骂昨，

官大与不大。

我不说谎话，

天君老骂昨，

拿官比确属，

比了小得多。

他手下骂昨，

不说你俩知。

恒也策举祖，

恒摩努喽则，

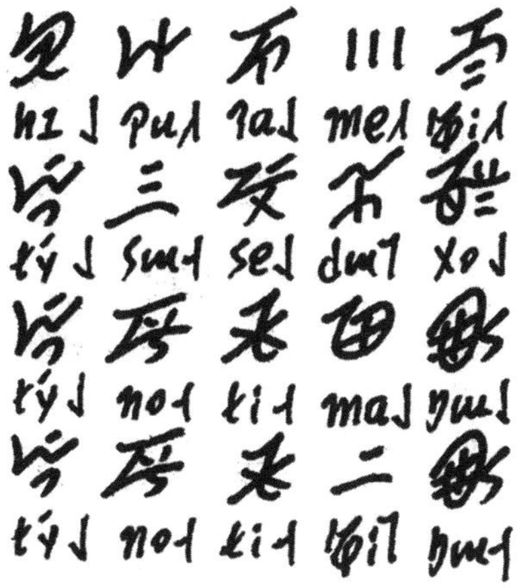

恒布阿迈妮，

除他三大神，

他不是第一，

他是第二位。

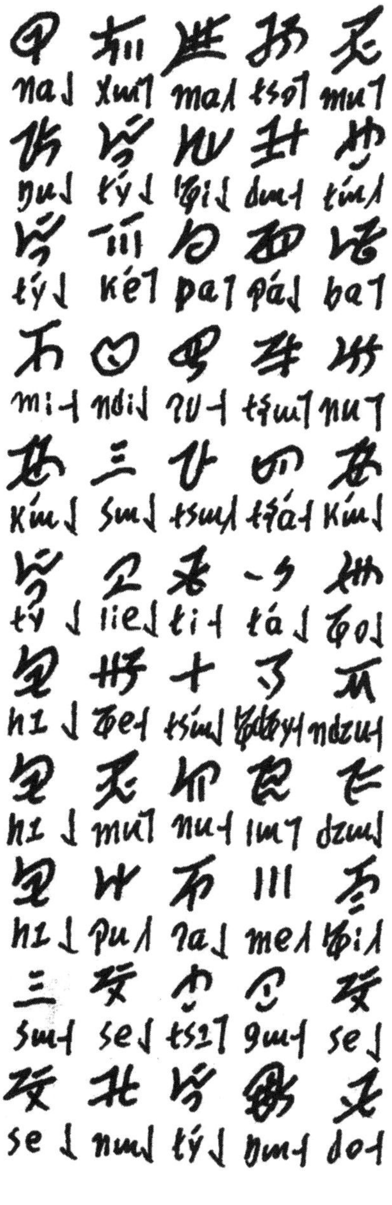

你们的骂昨，

说他的座位，

小确属半截。

天庭什么事，

该要做什么，

他是第一位。

恒也策举祖，

恒摩努喽则，

恒布阿迈妮，

这三神面前，

他是大红神。

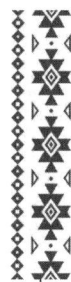

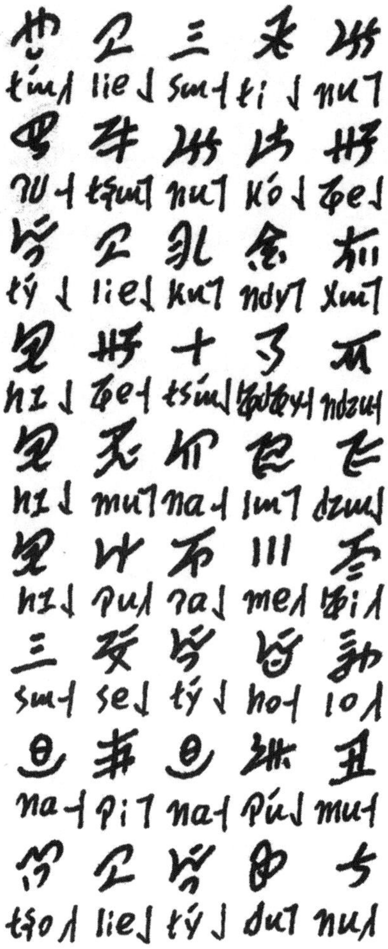

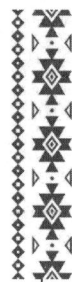

我说三界事，

再大的事儿，

他想救的呢，

恒也策举祖，

恒摩努喽则，

恒布阿迈妮，

三神信任他。

睁眼闭眼的，

都听他建议。

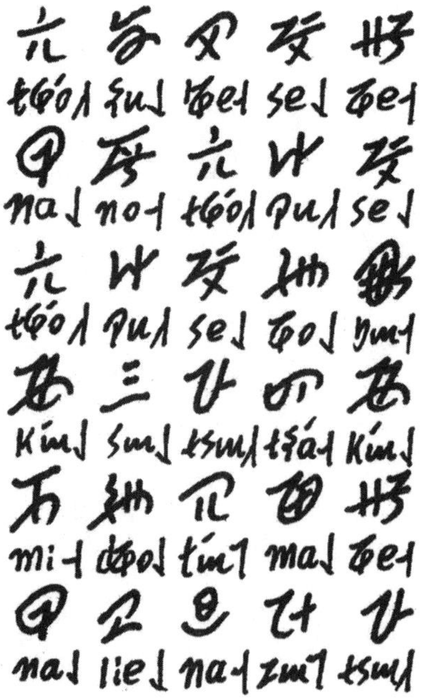

确属撵大神，

你为六部神，

是其中一员。

该要如何做，

犯天条治罪，

你自己作主，

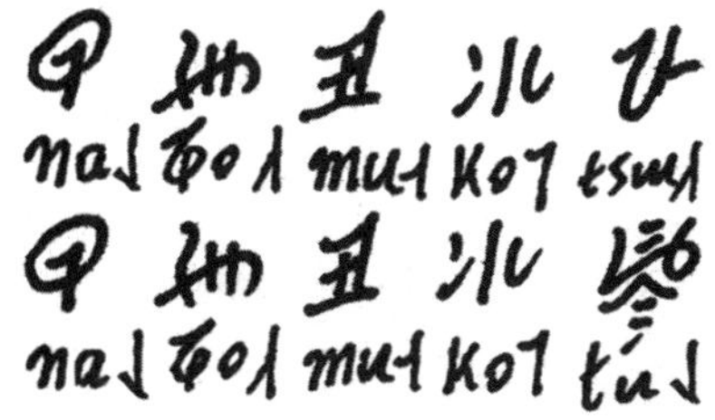

全权由你办，
你自己去管。

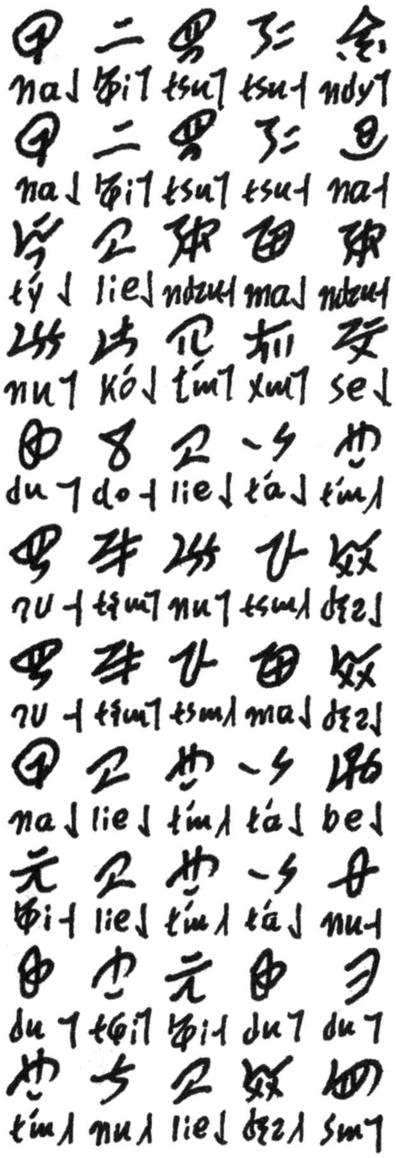

你俩好好想，
你俩细细看，
事是否有染。
所犯事之神，
不要说谎话，
何事有做过，
啥事没有做，
你别叙述漏，
也不要多说，
前言和后语，
都要相一致。

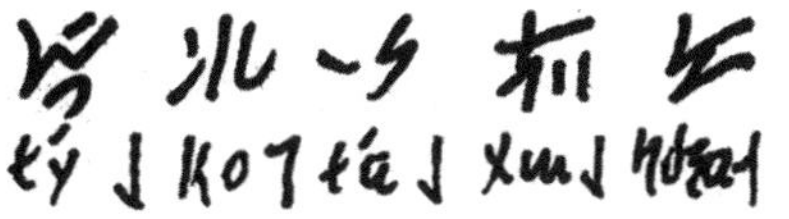

他再去查时，

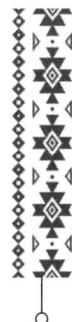

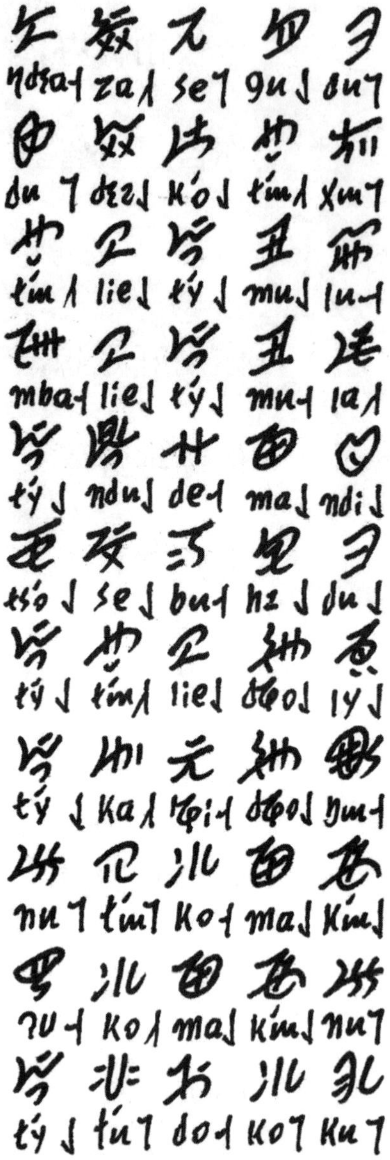

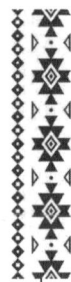

事实若清楚，

所说属实的，

照他的脾气，

按他的性格，

常打抱不平。

人神鬼万物，

他要查依据，

他断案讲理。

若犯事没到，

无须斩首者，

他会出面救。

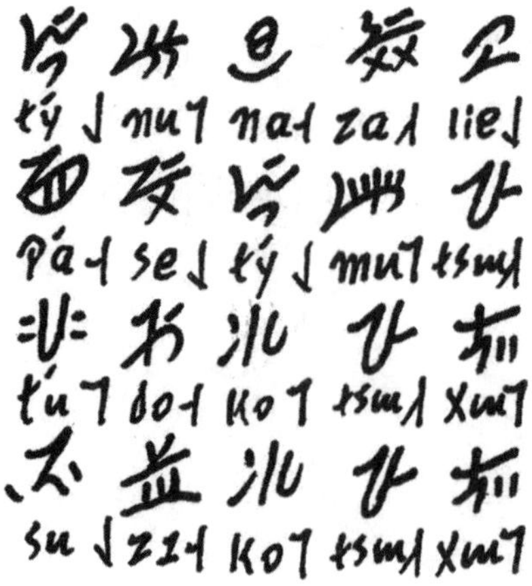

他查清事后，

是谁教唆的，

自己出头的，

所有犯的案。

su˩ nu˥ ko˥ tsɯ˨ xɯ˥ 是被哄骗的，

su˩ tɕo˧ ko˥ tsɯ˨ xɯ˥ 或是恐吓的，

ma˩ tsɯ˨ ma˩ pi˨ xɯ˥ 不得已犯案。

ɣɯ˩ ndzo˧ za˨ nɯ˧ nu˩ 他查完心痛，

nɯ˧ nu˩ ndɯ˥ zɯ˥ tsɯ˨ 痛心的去救，

ku˥ do˩ lie˩ ku˥ za˨ 能救者救下。

ɣɯ˩ nɯ˧ nu˧ ma˩ ndɯ˥ 他不会多想，

t'a˩ nɯ˧ me˨ du˧ tɯ˨ 一心想救赎。

ɣɯ˩ tɯ˨ du˥ dzɛ˩ ŋu˧ 他说的真切，

du˥ dzɛ˩ lie˩ ma˩ tɯ˨ 谁不说真话，

ɣɯ˩ du˥ ma˩ ndʑe˩ xɯ˥ 不信他真言，

du˥ do˧ ko˩ tɯ˨ xɯ˥ 说谎话骗他，

ɣɯ˩ tu˥ lie˩ ɣo˩ ɬe˩ 扫了他的脸。

ɣɯ˩ lie˩ nɯ˧ ɣo˩ ndzɯ˨ 他一下狠心，

du˥ lie˩ ɣɯ˩ ma˩ nu˧ 话他不多说，

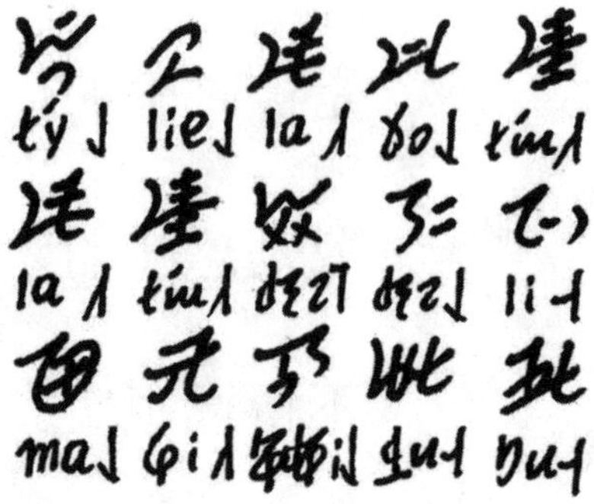

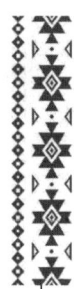

他一旦动手，

下手却很重，

不死换层皮。

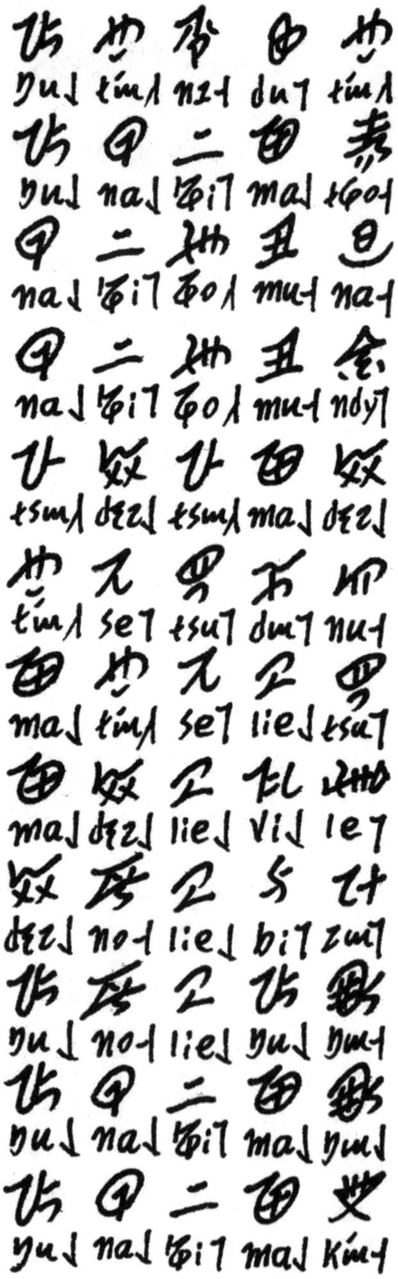

我说心里话，

我不吓你俩，

你俩自己看。

你俩自己想，

犯案真不真。

坦白或隐瞒，

怎样做才好，

真假自己说。

若真就承认，

不真就坚持，

我并非你俩，

我是劝你俩。

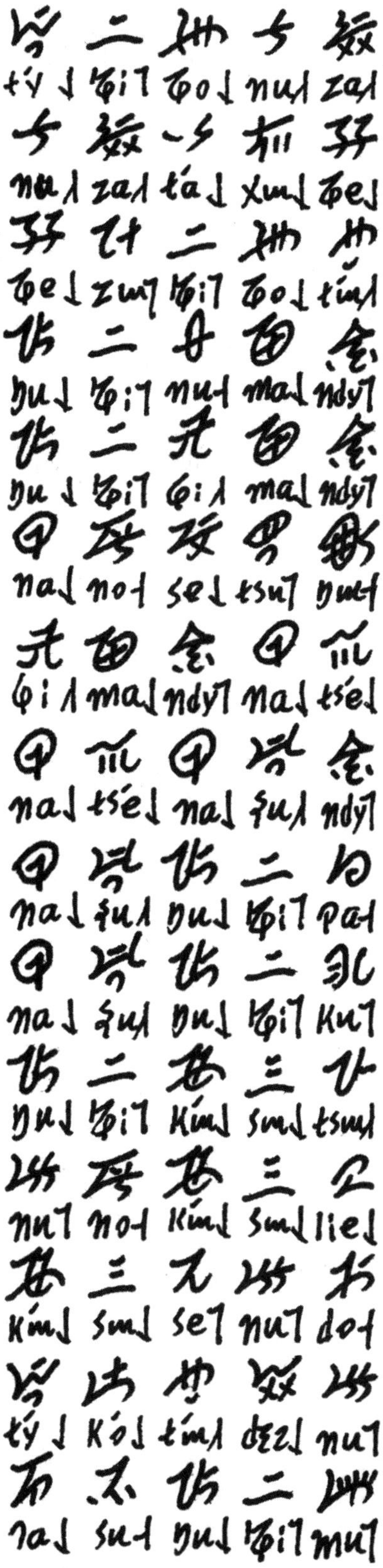

他俩听劝后，

一起笑一笑，

笑着道实情。

我俩多不想，

只是不想死，

你真是善神。

真的不想死，

请你又找你，

找你帮我俩，

请你救我俩。

我俩怎么做，

事因如何起，

祸事如何来。

确属说的真，

受俄莫指使。

我俩犯了案，

请转告确属，

看来他酒醉，

说的是酒话。

听他一席话，

一句也不乱，

一句也没错。

他没有撒谎，

也没有吹嘘。

他说完之后，

我俩细思量。

他所说的话，

俄莫犯的事，

俄莫说的话，

确属没说谎。

我俩不信他，

还能相信谁？

他不帮我们，

谁能帮我们？

叟汝聂说道：

你俩没想错，

你们没说错。

告诉你二位，

若是想请我，

托我去请他，

帮二位证实。

救下你两位，

不是我不愿，

不是我不帮，

不是我不救，

我细细思量，

现在不恰当。

二位别着急，

听我说明白。

你俩想一想，

我说的行否？

他性格我知，

现在去找他，

现在去请他，

他才刚躺下，

心中聚烦事，

酒也还没醒，

他会不乐意。

现在我想呢，

先别惊扰他，

别忙去请他，

让他睡一觉。

我想明早上，

咱们午饭时，

帮二位说情。

我答应你们，

我去请他来，

找他请他来。

二位想一想，

究竟怎么样？

二位笑着道：

按您说的做。

到了第二天，

说阿鲁文化，

讲阿鲁知识。

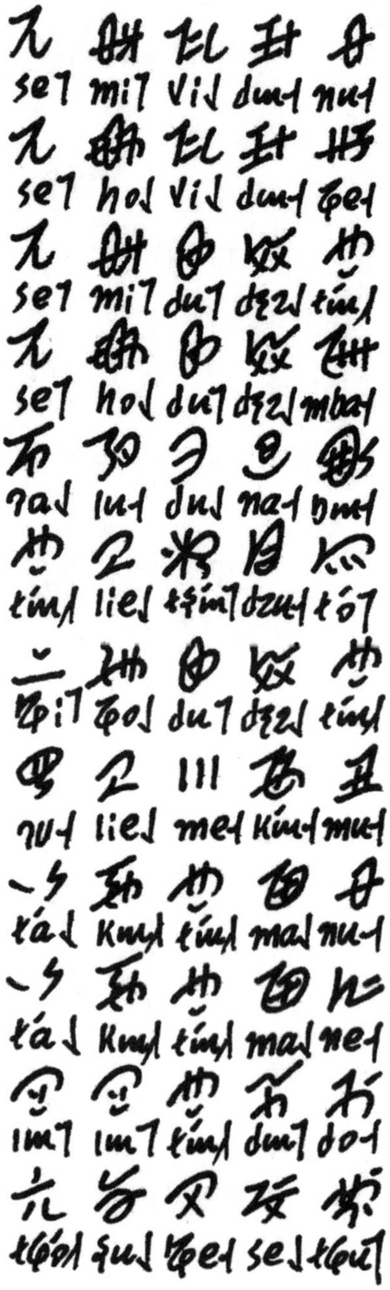

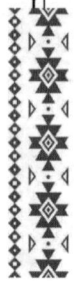

文化用途多，

知识用处广。

文化讲真理，

知识讲经验，

是阿鲁主意。

到了午饭时，

二位说实话，

从头至尾的，

一句不多讲，

一句不少说，

通通如倒豆，

告知确属撵。

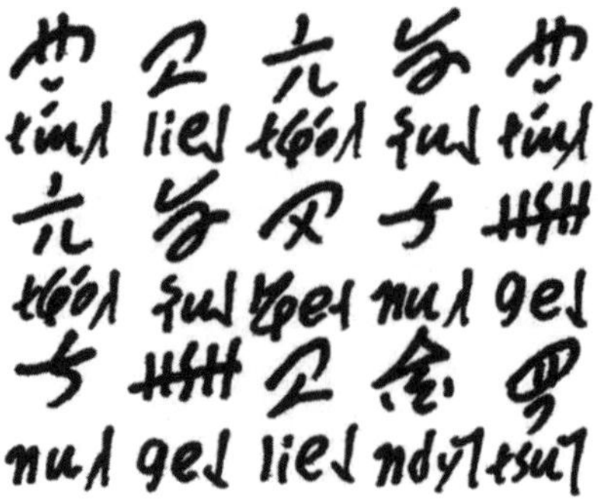

说一说确属，

得知事原委，

听明后分析，

此案该咋办，
如何做恰当。
确属想后道：
实话告二位，
你俩要想好，
真的不想死，
要想保住命，
现在如何想，
现在怎么说，
今后同样说。
不管何处问，
你俩好好记，
好好想着说。

再给二位说，
现在这样说，

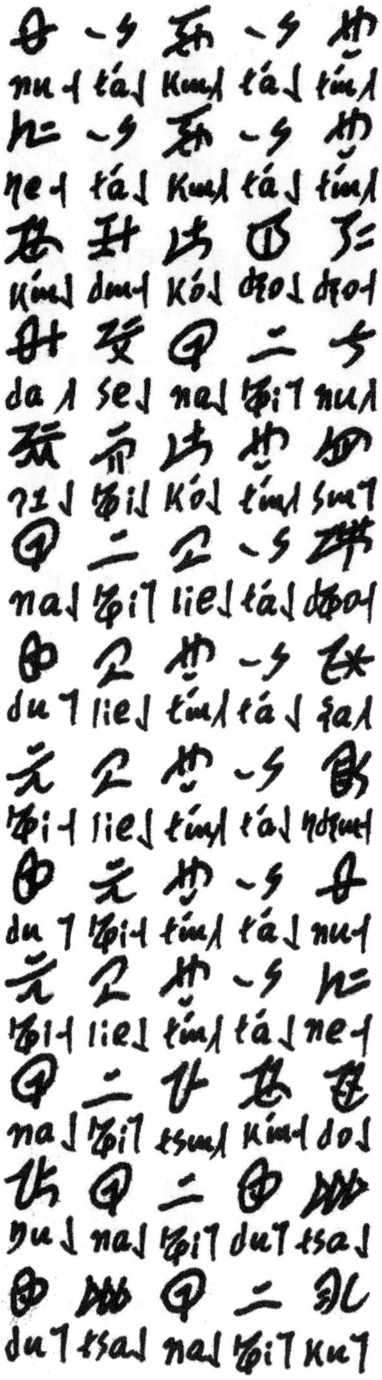

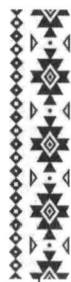

别多说一事，

别少说一句。

不管在何地，

不管谁审案，

像今天的话，

二位如实说。

别说矛盾了，

也不要说错。

话不要说多，

也不能少说，

你俩若做到，

我就许下口，

答应救你俩。

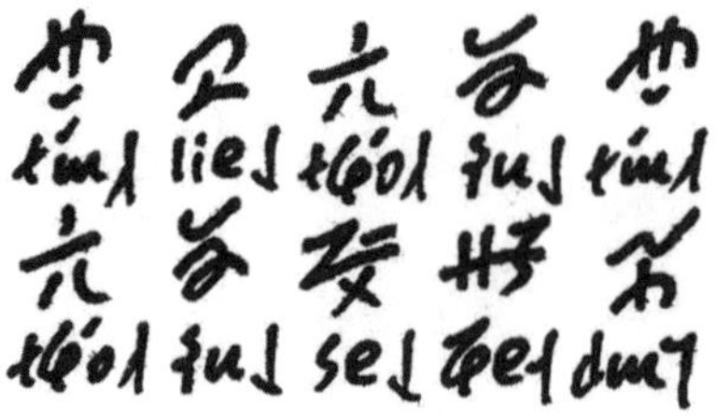

酒至半酣时，

确属大神道：

言语先交待，

二位说错话，

说的不相同，

无法救你俩，

不能责怪我。

如话没说错，

说的一个样，

二位可放心。

我是确属撵，

话说到哪里，

就做到哪里，

我不骗你俩，

二位别哄我。

确属撵说道：

不管咋开路，

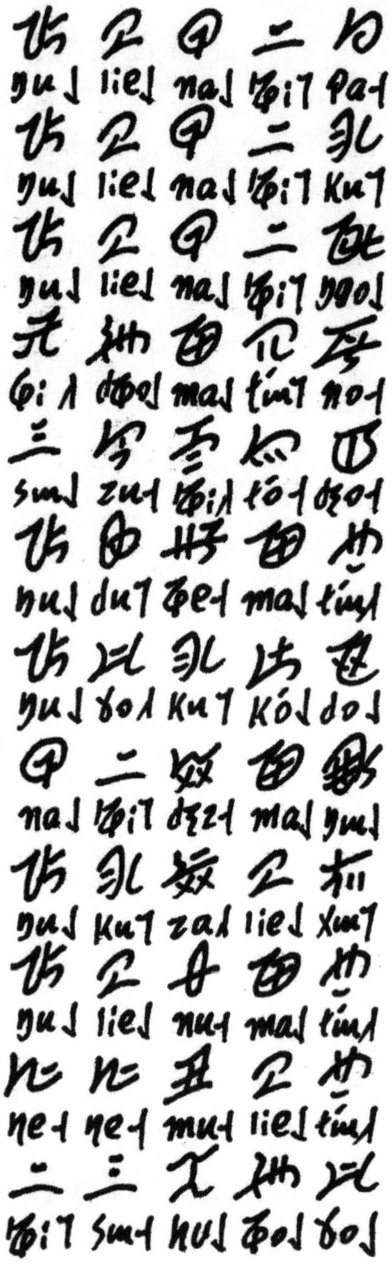

都帮你俩忙，

我救二位命，

你们做的事，

还没犯死罪。

叟汝聂知道，

我确属办案，

救下的很多，

不只你两个。

救下来的神，

我还不多说，

我也不少说，

已有两三百。

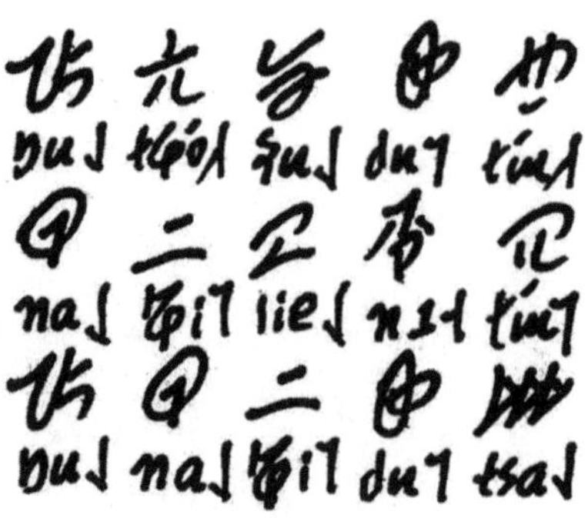

我确属希望，

你们放宽心，

我答应你俩，

我会救你俩。

我也不多说，

今天要说定。

确属说有事，

叟汝聂大神，

你们三位呢，

坐下等片刻，

我先行一步。

确属出了门，

阿鲁说的话，

深深记脑里，

动脑想文化，

眨眼思知识，

确实作用大，

确实很灵验。

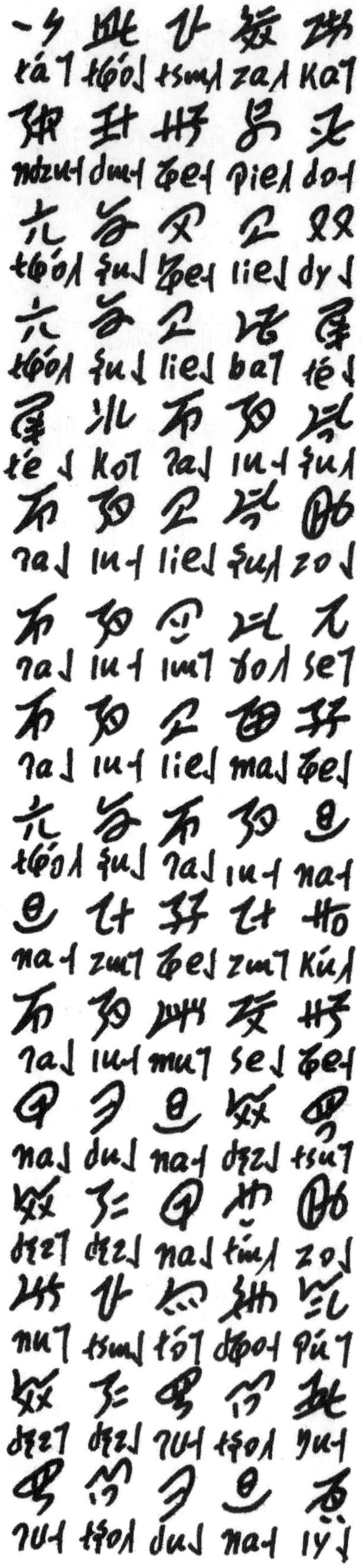

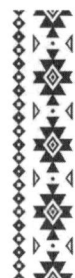

这桩事做好，

结出威望果，

确属很高兴。

他一直小跑，

跑去找阿鲁，

正遇到阿鲁，

阿鲁已先知，

阿鲁没有笑。

确属见阿鲁，

笑咪咪地喊，

阿鲁大教师，

你主意太好，

真被你说中。

行动查案件，

真要勤动脑，

动脑出主意。

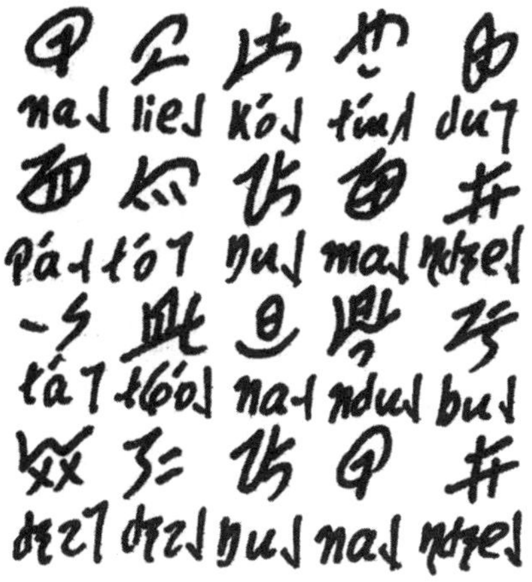

你所说的话，

平时我不信，

今天开眼界，

确实佩服了。

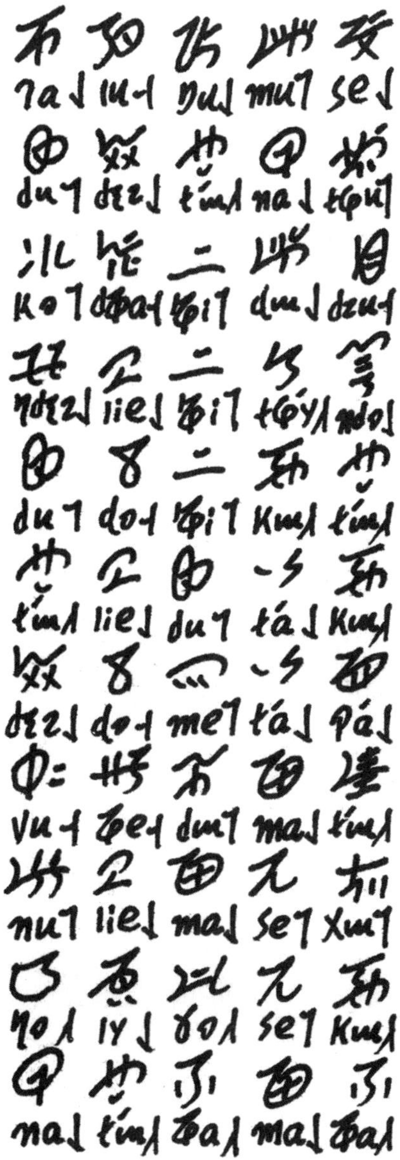

教师我阿鲁，

实情告诉你，

去吃两餐饭，

喝了两角酒，

说两句谎话，

说两句真话，

真假各一半。

大力还没使，

不知的事实，

自然就了解，

你说怪不怪？

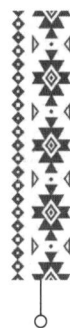

笃支格阿鲁，
我真心谢你，
捡了一便宜，
做了桩大事。

笃支格阿鲁，
确属恭请你，
快与我前往，
到天庭大堂，
禀告三大神。
两个同迈步，
边走边议论，
到天庭大堂，
阿鲁不开口。
确属禀报道：
恒也策举祖，

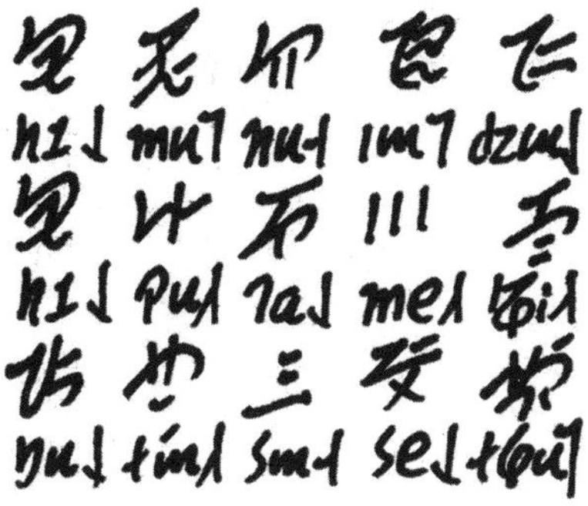

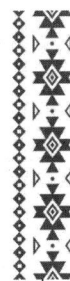

恒摩努喽则，

恒布阿迈妮，

我禀报三神。

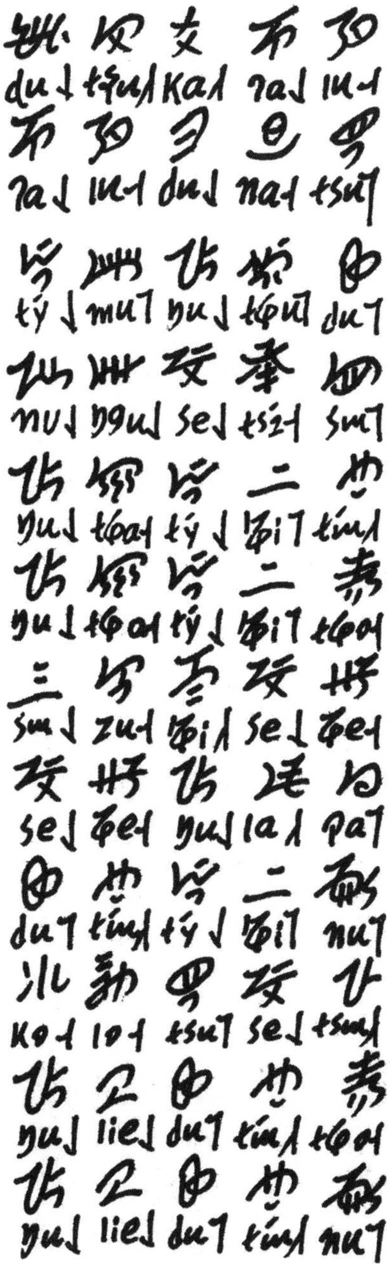

笃支格阿鲁，

他的主意好，

他教我办法，

如治病神药，

诊疗嫌疑犯，

我治住他俩。

叟汝聂大神，

他也帮了忙，

说话诱他俩，

中间当善神。

用话吓他俩，

用话哄他俩，

吓哄露原形。

他二位承认，

从头到末尾，

来龙去脉事，

全部道出来，

叟汝和我听。

恒举听了笑，

恒摩听了喜。

恒布听了后，

她笑着说道：

笃支格阿鲁，

我恒布先知，

阿鲁是人神。

天地人三界，

像阿鲁样的，

全然没出现，

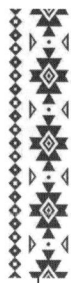

一个也没有。

不是恒布夸，

谁能相比拟，

这是大实话。

我告诉大家，

真要谢阿鲁，

说的不会错。

要不是阿鲁，

天神那么多，

主意却很少。

脑筋不开启，

哪天能查清，

谁也不知道。

现在我想到，

还补充一句，

要告知诸位，

别人可出面，

阿鲁不能出，

别冲锋在前，

别让神鬼知。

不管哪种事，

阿鲁装不知，

往后的大事，

要让阿鲁做。

恒布这样想，

也要如此行。

阿鲁在天庭，

做天庭大事。

帮首领做事，

帮首领管事。

做啥大事呢，

委他管神兵。

阿鲁管神兵，

他说了才算，

别神说不算。

现在我说的，

是策举祖语，

是努喽则话，

我恒布传达。

叟汝聂大神，

确属撵大神，

尽力帮阿鲁，

无论做啥事，

先告知阿鲁。

阿鲁若不知，

阿鲁不放口，

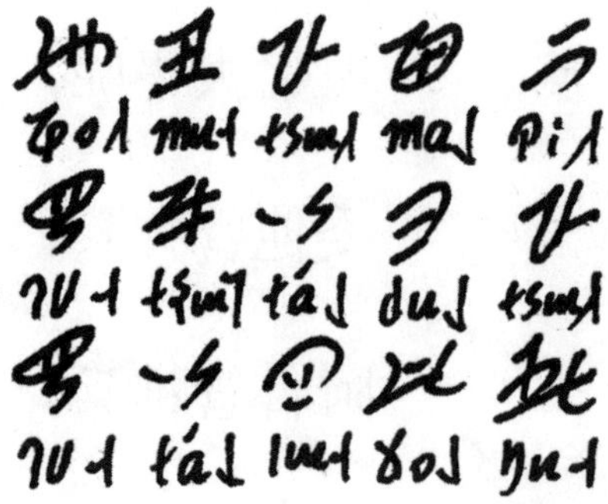

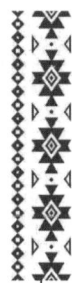

不能随便做，

不管遇啥事，

要有一个头。

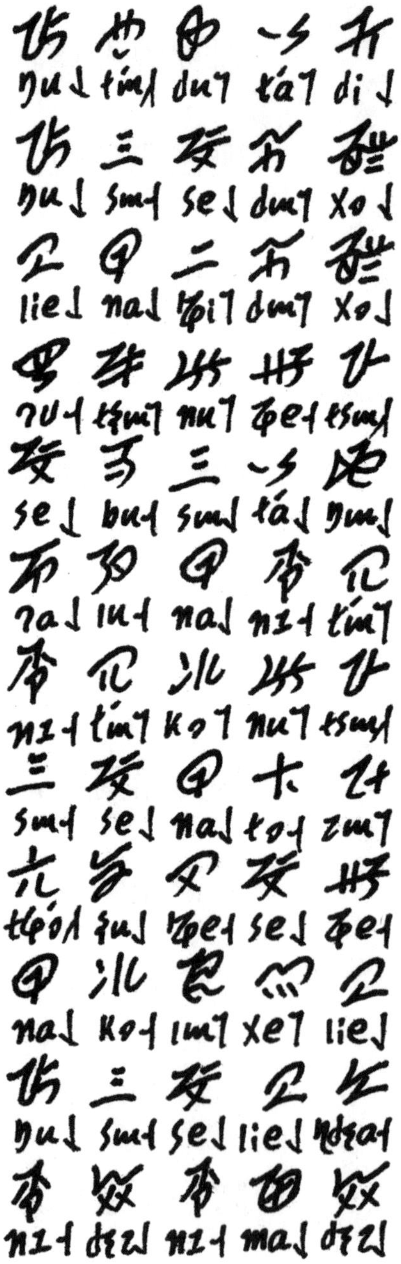

我说的这些，

除我三大神，

除了你二位，

其它的大事，

别让神鬼知。

阿鲁放心干，

大胆去实施，

三神支持你。

确属撵大神，

去带嫌疑神，

我三神会审，

看是否真心，

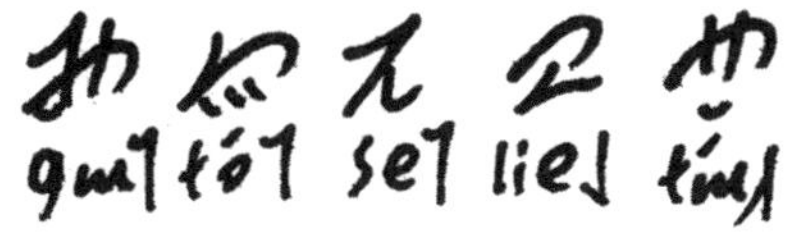

那时做决策。

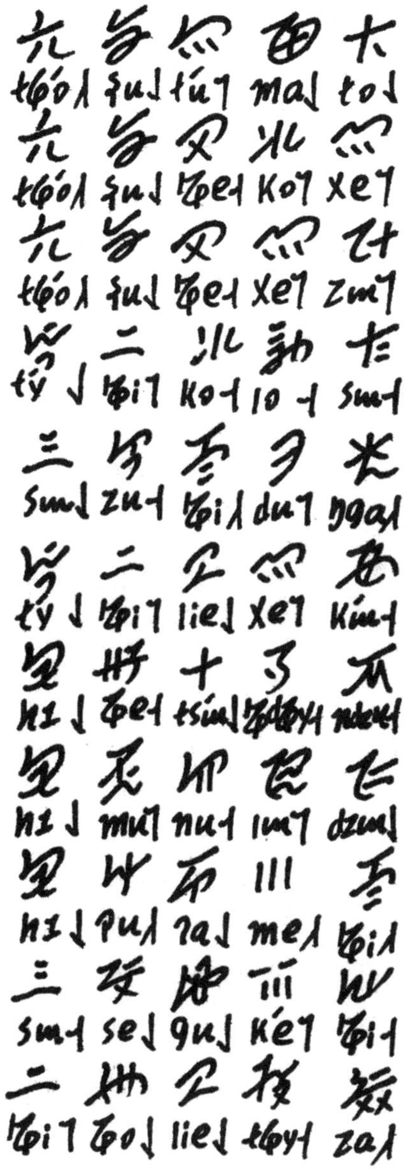

确属没停留，
他去带嫌犯。
带着他二位，
他俩在中间，
叟汝聂跟后。
两位带到后，
恒也策举祖，
恒摩努喽则，
恒布阿迈妮，
三神坐大堂，
嫌犯忙跪下。

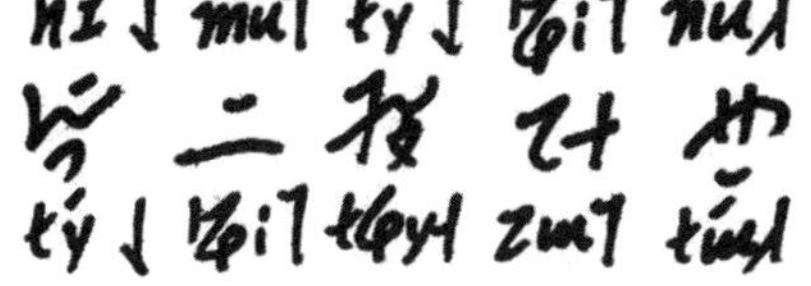

恒摩始问话，
他俩跪着答：

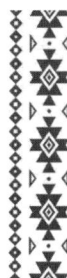

我俩骂昨兵，

在俄莫手下，

当差为骂色。

我叫搁朵仆，

是管门骂色。

我叫溢喊倏，

是烧水骂色。

我俩知的事，

如实告三神。

俄莫做的事，

从头到尾的，

他俩全叙说。

阿鲁全知道，

他俩没说错，

说的是实情。

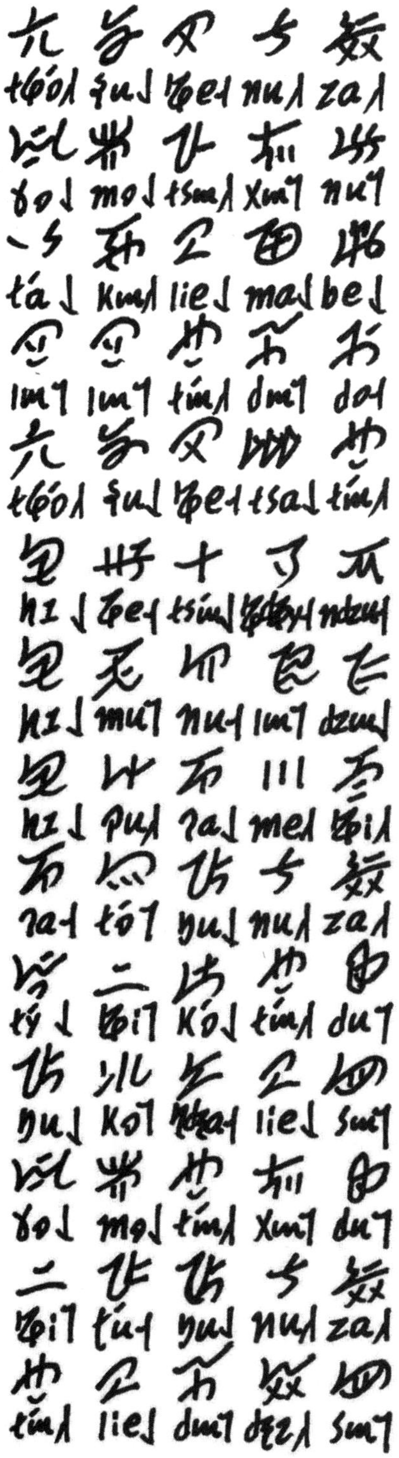

确属撵听后，

俄莫犯下事，

一句没有差，

全部都说完。

确属接话道：

恒也策举祖，

恒摩努喽则，

恒布阿迈妮，

现在我听完，

他俩叙述的，

与查的一致。

俄莫说的话，

双方我听了，

说的是相同。

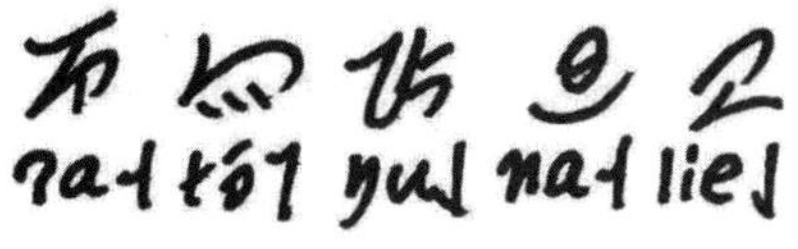

现在我看来，

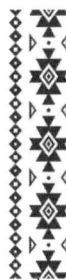

他俩没说谎，

也没有说错，

说的是真话。

阿迈妮说道：

我插一句话，

我恒布知道，

怎么会清楚，

我告知恒举，

告知恒摩听。

天君大骂昨，

写书信给我，

西呢在他家。

书中已写明，

被西呢逼迫，

俄莫作的案，

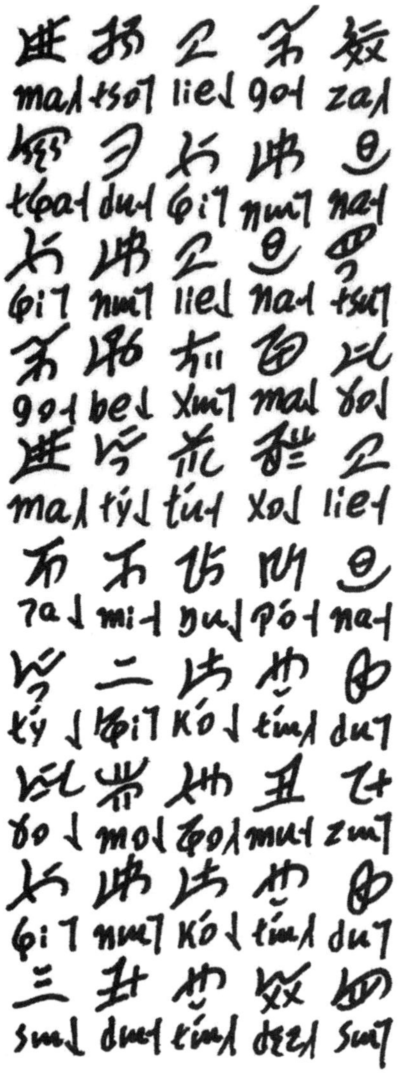

大骂昨记下，

拿给西呢看，

西呢看了后，

没有记漏的，

是派兵送来。

昨日我看信，

他俩所说的，

俄莫都承认。

西呢所述的，

三方都吻合。

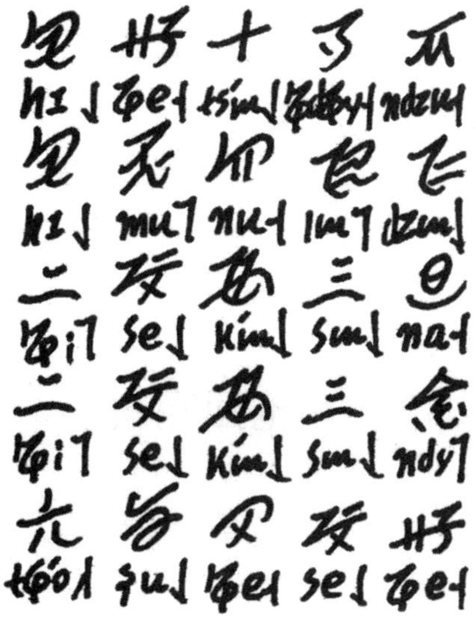

恒也策举祖，

恒摩努喽则，

二位如何看，

二神如何想？

确属撵大神，

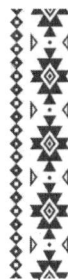

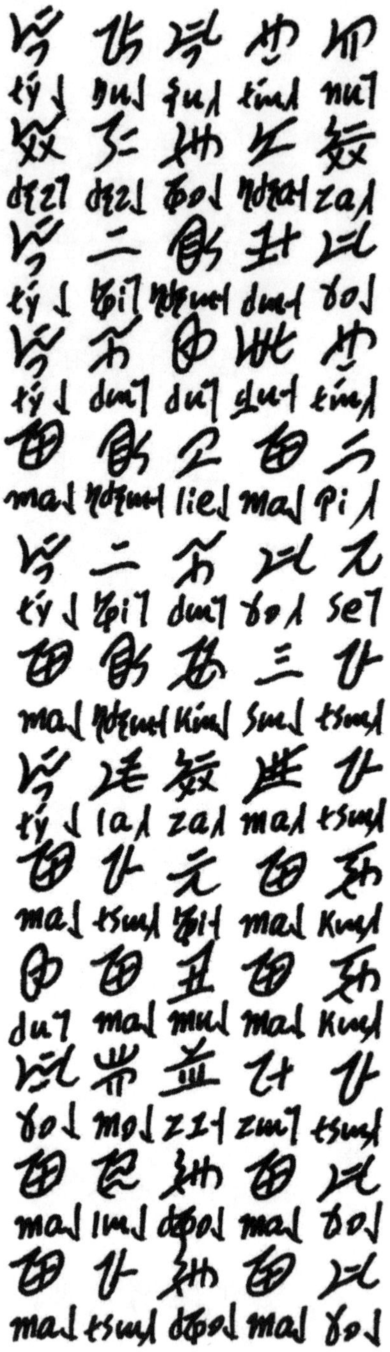

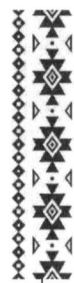

曾找我说过，
他查访之后，
嫌犯已犯案。
换句话来说，
不犯不可能，
他俩已知道，
是身不由己。
身为俄莫兵，
不做也不行，
谁敢不听话。
是俄莫威逼，
只有这条路，
没有第二条。

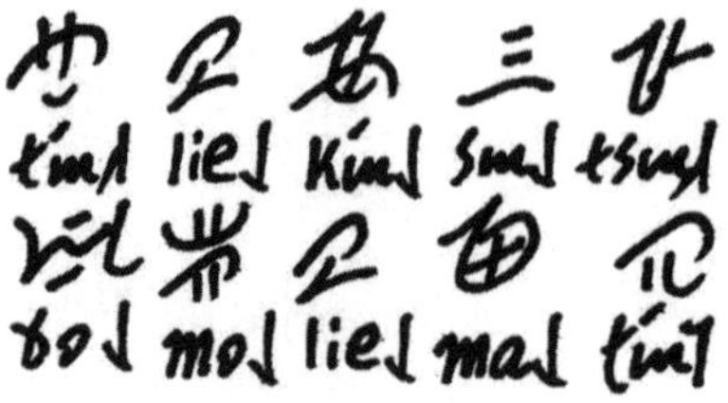

抢西呢案子，
俄莫不放手，

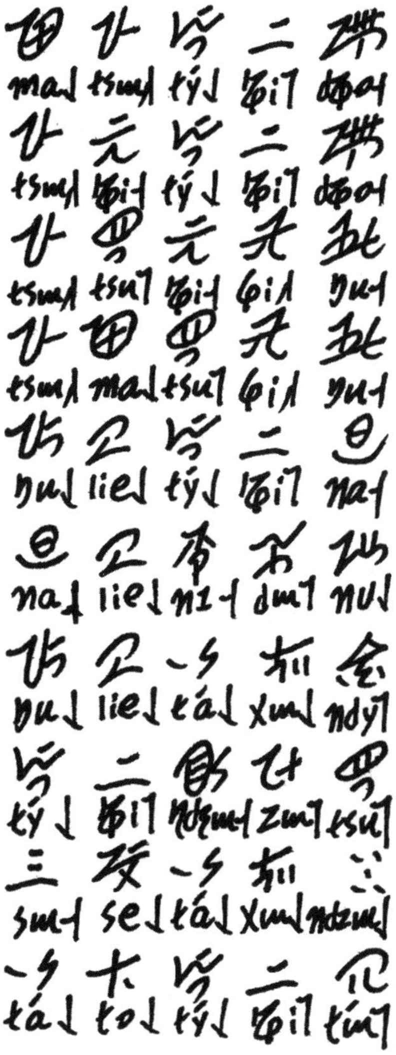

不做他俩怕，

做了也很怕。

做好了要死，

不做也要死，

应理解他俩，

不然也心痛。

我想了一下，

他俩勇认错，

三神议一下，

可网开一面。

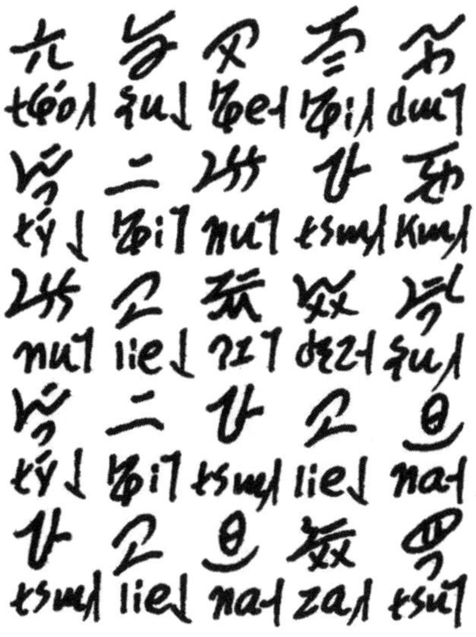

确属撵说道：

他俩会做事，

找事给他俩，

做了再来看。

如果能做好，

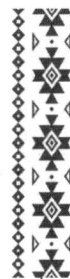

也没有二心，

看我确属面，

三神放一马。

他俩没做好，

若是有二心，

新旧账同算，

一样作重判。

三神坐天庭，

做一个样子，

共同来商议。

商议完毕后，

恒布来公布。

三神已商议，

定下是这样，

派遣确属撵，

由你去执行，
还是由你管。
你如何去做，
怎么去执行，
三神不管你。
没做好之前，
别来见三神。

确属撵说道：
恒也策举祖，
恒摩努喽则，
恒布阿迈妮，
三神委派我，
请三神放心。
交与我的事，
我定会办妥，

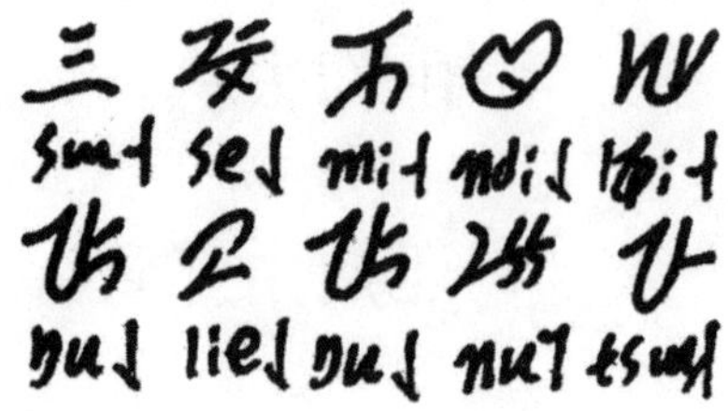

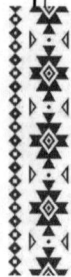

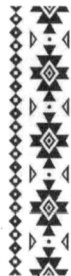

三神坐天庭，

我现在去办。

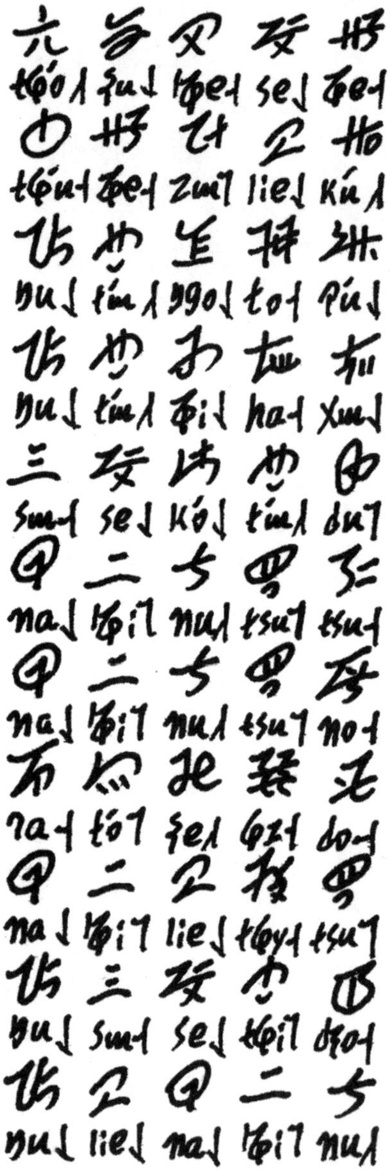

确属撵大神，

大声地叫道：

嫌犯搁朵仆，

嫌犯溢喊候，

三神说的话，

听清了没有？

如若听明白，

趁现有时间，

你俩要跪好，

我在三神前，

我讯问你俩。

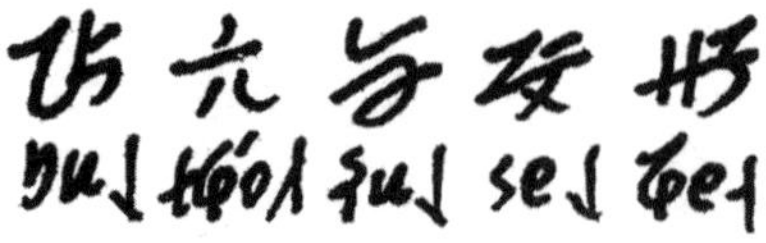

确属撵大神，

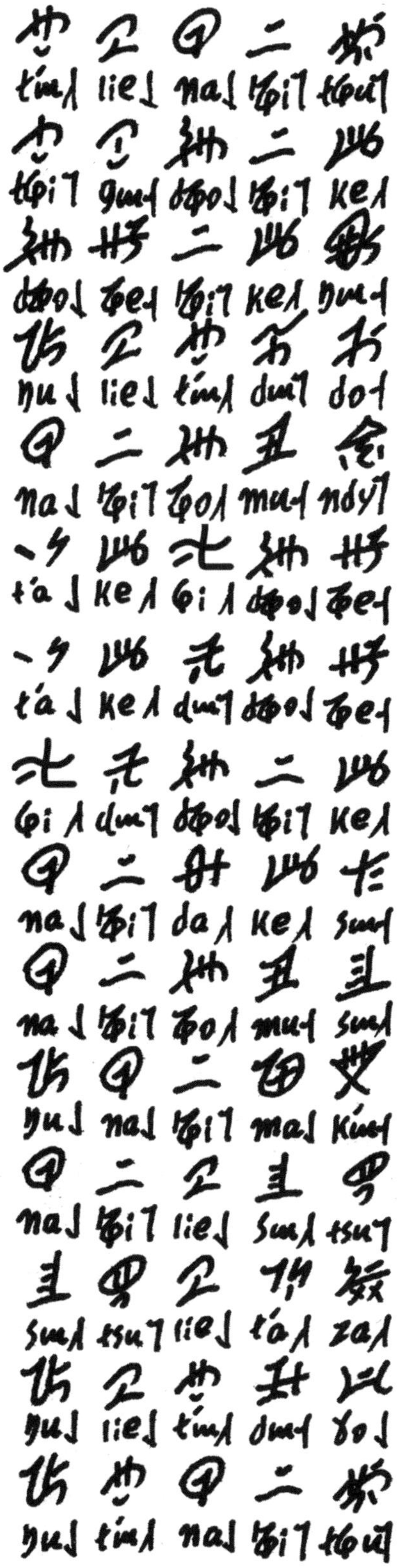

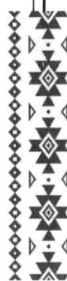

讯问你两位，

前面两条路，

是两条大道。

我要说出来，

你俩仔细想，

一条是死路，

一条是活路。

死活两条路，

你俩走哪条？

自己去选择。

我不劝你俩，

你俩去选好，

选好确定后，

我要说的话，

再告知二位。

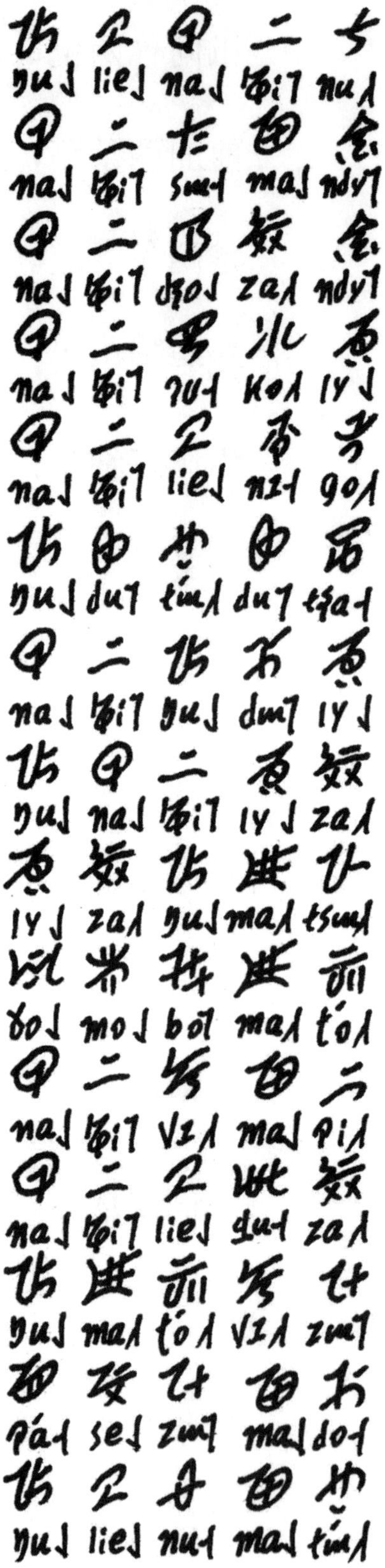

我来问你俩，

要去俄莫家，

还是愿留下。

如果想保命，

须有悔改心。

我说话算话，

我想要二位，

留下你二位，

来做我的兵。

俄莫家兵服，

不能再穿着，

一定要换下。

穿上我兵服，

别神认不清，

我不再多言。

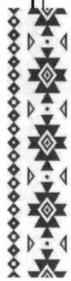

嫌疑二位兵，
有这般好事，
他俩没想到。
说命不该绝，
想到遇好神，
他俩忙答应。
应声就转身，
跪在确属前：
大神所说的，
我俩听明白。
我俩已想好，
想好不走了，
不走真不走。
原本不想死，
如果一离开，
性命就不保。

ŋu˩ ȵi˥ lie˩ ɣo˦ se˥　　我俩早商量，

ŋu˩ ȵi˥ sɯ˧ ma˩ [illegible]　　我俩不想走，

ŋu˩ ȵi˥ dʑo˩ za˦ [illegible]　　留下做你兵。

ŋu˩ ȵi˥ dʑo˩ dʑo˩ ɣu˦　　找条活路走，

ɕi˦ dʑo˩ ɣu˦ ma˩ [illegible]　　不想走死路，

ŋu˩ ȵi˥ na˩ du˥ tsa˩　　我们答应你，

ŋu˩ ȵi˥ na˩ ma˦ mu˧　　做你手下兵。

na˩ lie˩ ŋu˩ ȵi˥ kʰɯ˩　　你收留我俩，

na˩ lie˩ ŋu˩ ȵi˥ ly˩　　留下了我俩，

ŋu˩ ȵi˥ tá˩ du˩ ze˧　　一生和一世，

ŋu˩ ȵi˥ ma˩ ɕi˦ tɕʰi˥　　没有死之前，

ze˩ ze˩ na˩ ma˦ mu˧　　永做你的兵。

ŋu˩ ȵi˥ lie˩ ndy˥ tsu˥　　我俩已想好，

ʔa˧ tʰo˥ kʰɯ˧ lie˩ bi˩　　从现在开始，

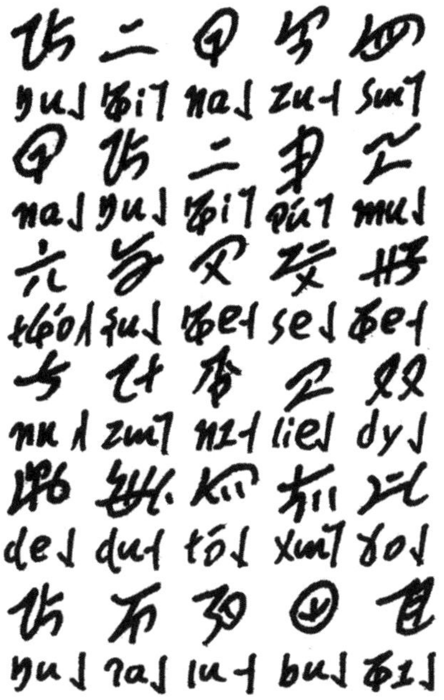

恰似你儿子，

你如生身父。

确属撵大神，

听着心中喜，

捡了这便宜，

要感谢阿鲁。

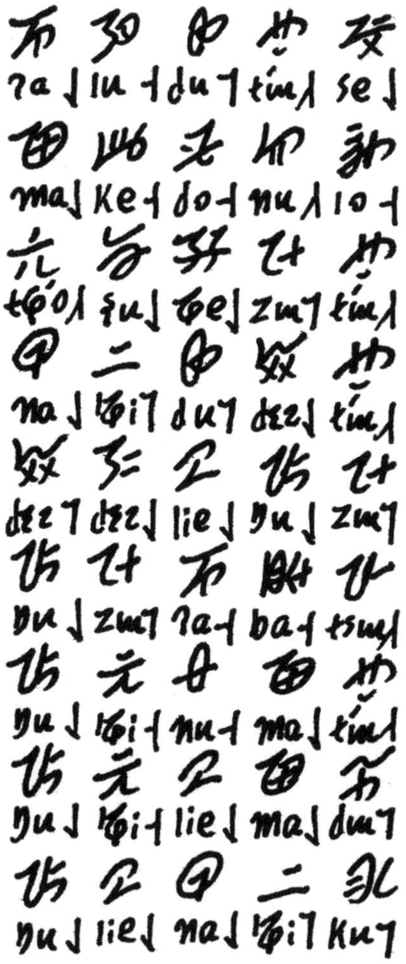

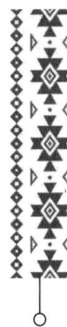

阿鲁说的话，

不捡可惜了。

确属笑着道：

你俩说真话，

确实想认我，

认我作父亲，

我不再多说，

再也不推辞。

我收留你俩，

你俩来认我，

我待你两位，

如待亲生子，

赶快起来吧。

为父带你俩，

去阿爸兵营。

俄莫家兵服，

全部要换掉，

穿上我兵服。

二位边应声，

翻身站立起，

给三神跪下，

每位叩九次。

两位叩完头，

两位又转身，

跪确属撵前，

连叩九个头，

叩完头起身。

确属带他俩，

去兵营换服。

兵服穿戴毕，

二位笑喊道：

确属撵大神，

我俩的父亲，

真的感谢你。

确属撵说道：

阿爸多不说，

要说说实话，

真要感谢的，

他还在一边。

阿爸算一位，

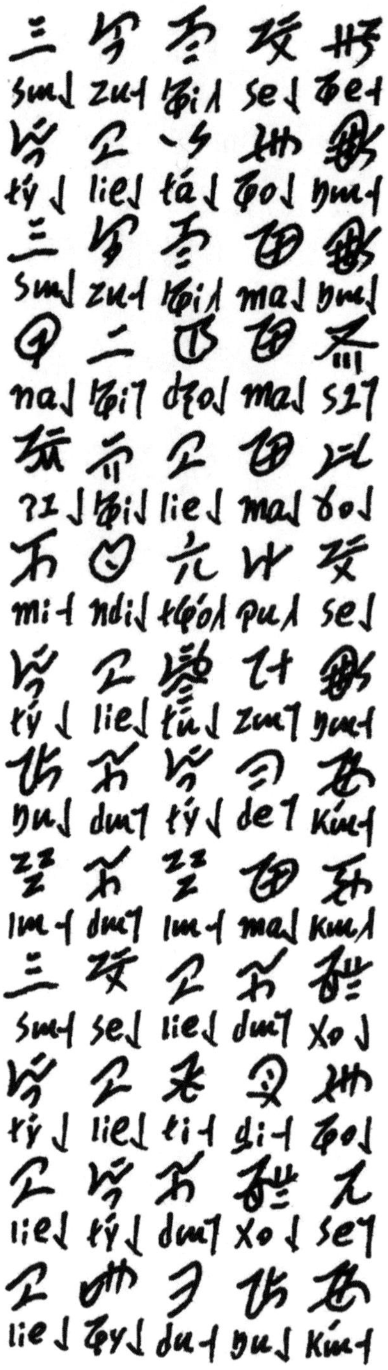

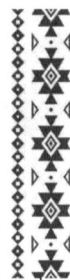

叟汝聂大神，
他也算一位。
不是叟汝聂，
你俩难过关，
也没有今天。
天庭六部神，
是汝聂管辖。
我在他旁边，
都要矮一截。
除了三大神。
他是第四位，
除了他之后，
然后才是我。

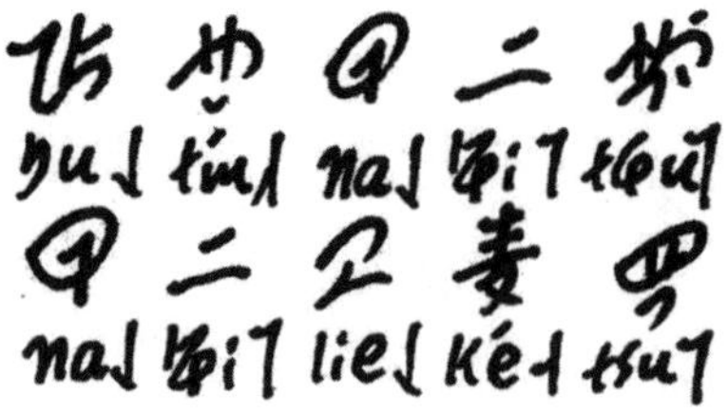

我告知二位，
你俩记清楚，

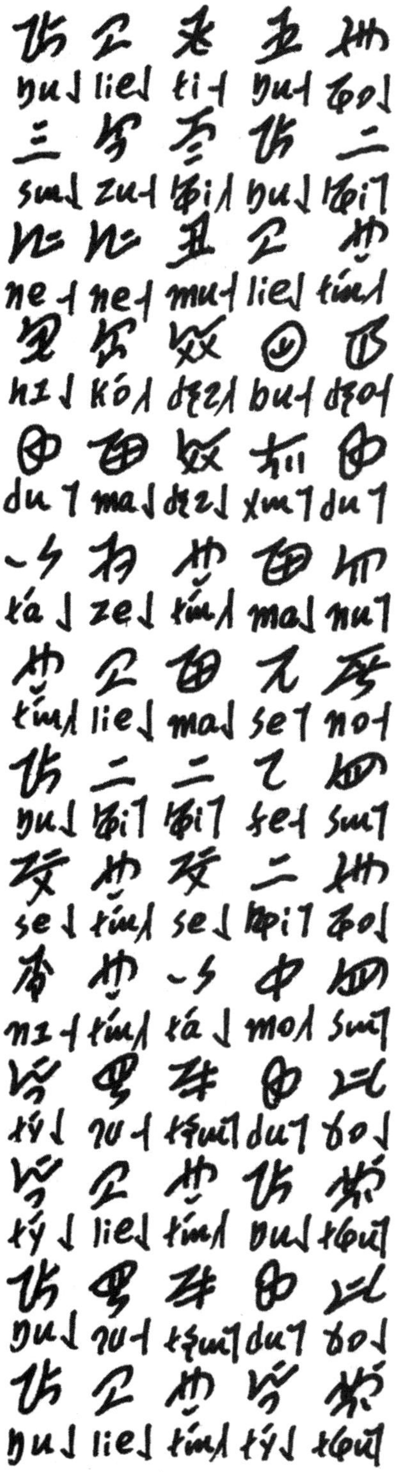

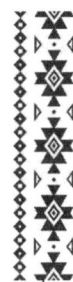

我是第五位。

叟汝聂我俩，

少少的说来，

共事逾万年。

话不真不说，

假话没说过。

不知情者说，

我俩是兄弟。

算来两位神，

心是一个样。

他心里的话，

坦荡告诉我，

我心中秘密，

也直言相告。

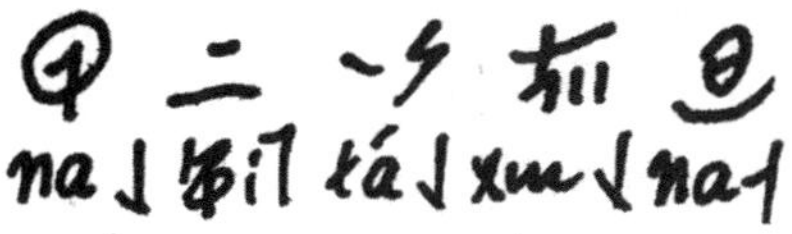

你俩看一看，

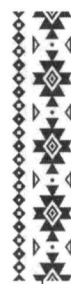

你俩想一想，
二位是我兵，
又是我的儿。
咱们去找他，
道一声感谢。
他在天庭里，
恒举在天庭，
恒摩在天庭，
恒布也在场。
二位别惊慌，
既然是我兵，
穿了我兵服，
别神认不出。

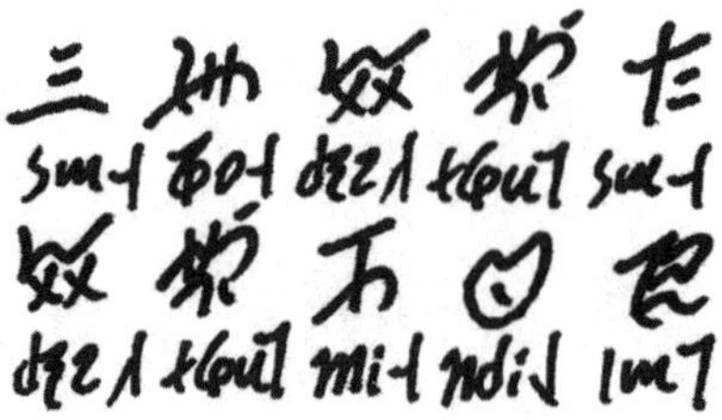

三人一路行，
一起去天庭。

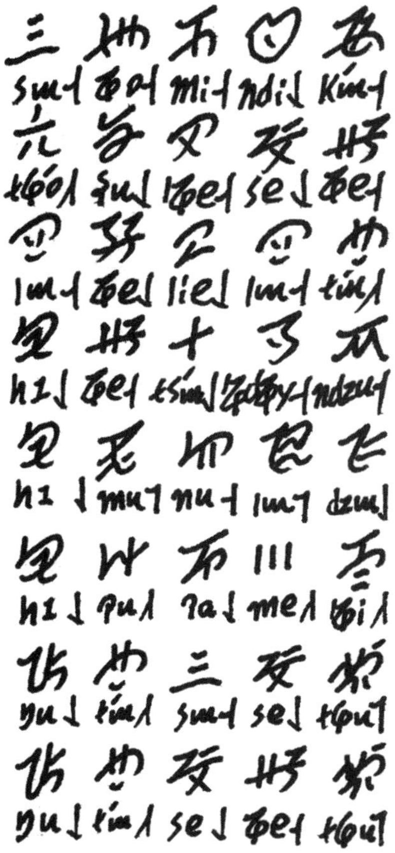

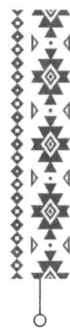

到了天庭里，

确属撵大神，

边笑边说道：

恒也策举祖，

恒摩努喽则，

恒布阿迈妮，

我告知三神，

也告知汝聂。

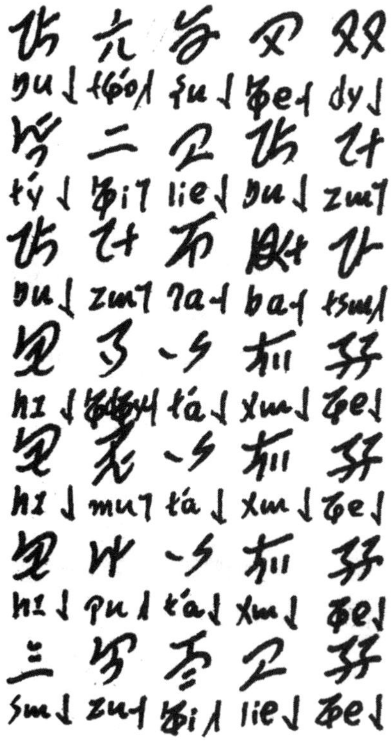

我确属欢喜，

他俩已认我，

认我做干爹。

恒举笑了笑，

恒摩笑一笑，

恒布也笑笑，

叟汝聂也笑。

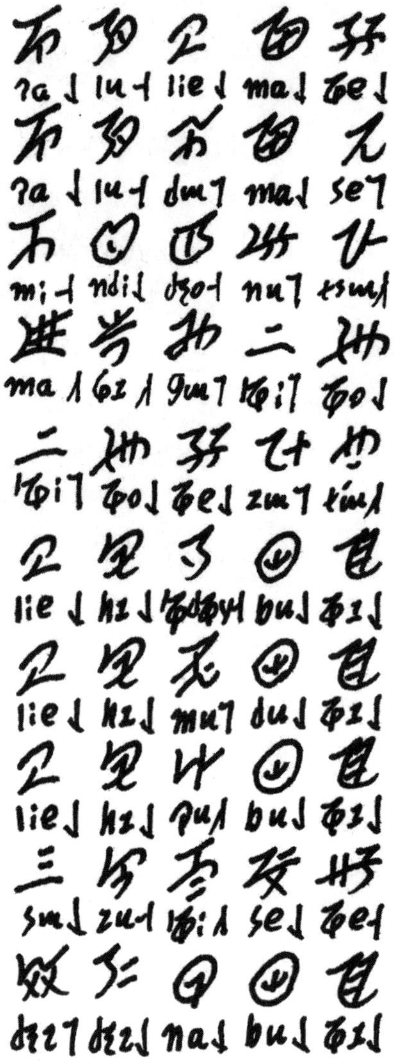

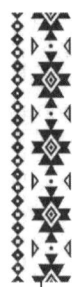

阿鲁他没笑，
为啥也不知，
平静地做事。
那两位新兵，
两位笑着说，
要感谢恒举，
要感谢恒摩，
要感谢恒布，
谢汝聂大神，
诚心诚意谢。

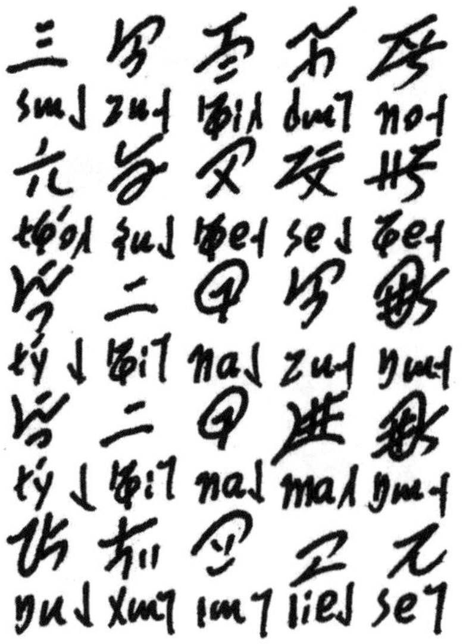

叟汝聂说道：
确属撵大神，
他俩是你儿，
也是你的兵，
我们已知道。

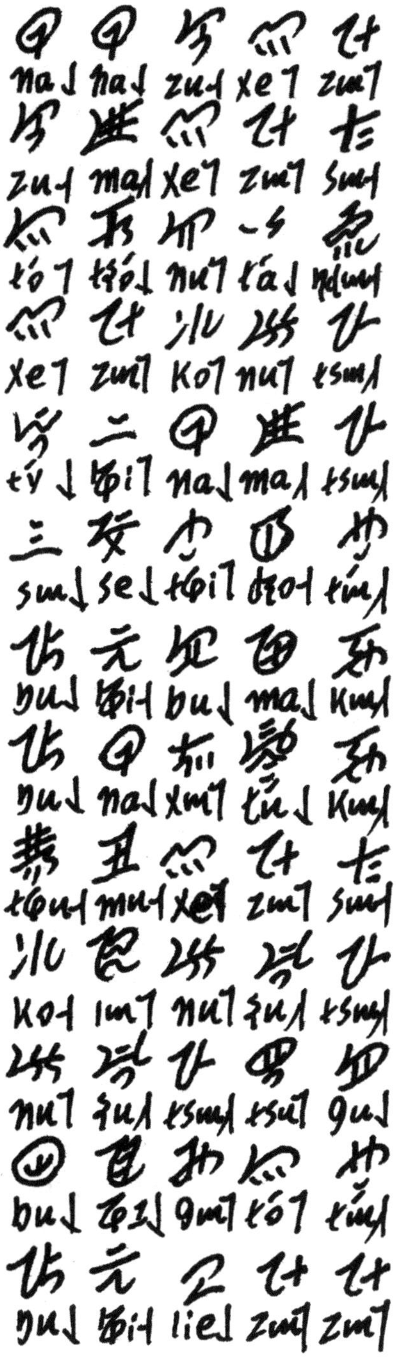

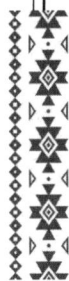

带上你的儿，

带上你的兵，

别耽误时辰，

快带去做事。

他俩做你兵，

在三神跟前，

我也没有夸，

我会管你们。

快快带走吧，

早早作安排，

安排完毕后，

再说感谢话，

我再来受礼。

注释：

①骂色：官衔称谓，管兵的人。

②③搁朵扑、溢喊候：天君骂昨手下的两兵官名，司守门、烧开水之神职。

④⑤恒度府、武素：传说中的天庭五地大神。

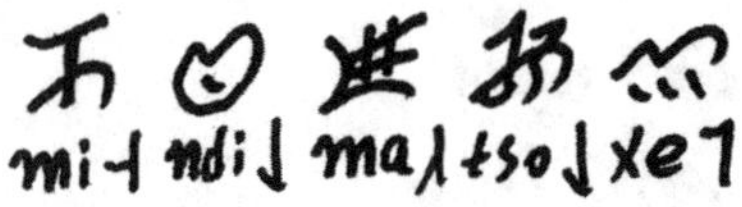

mi˧ ndi˩ ma˦ tso˩ xe˥

天庭迎骂昨

hɪ˩ ʈʂe˧ tsʰɯ˩ [illegible] ndzɯ˧
hɪ˩ mɯ˦ nɯ˧ lɯ˥ dzɯ˩
hɪ˩ pɯ˦ ʔa˩ me˦ ʈʂʰi˦
sɯ˧ se˩ mi˧ ndi˩ dʑo˧
mi˧ ndi˩ dʑo˧ lie˩ ndzɯ˩
sɯ˩ zɯ˧ ʈʂʰi˦ se˩ ʈʂe˧
tɕʰo˦ ʂɯ˦ ʈʂe˧ se˩ ʈʂe˧
tʂʰy˩ ɲi˥ dɯ˥ ma˩ tʂʰɯ˦
ʔa˩ lɯ˧ nɯ˥ tsɯ˦ zɯ˥
ʔa˩ lɯ˧ nɯ˥ tʂʰɯ˥ za˦

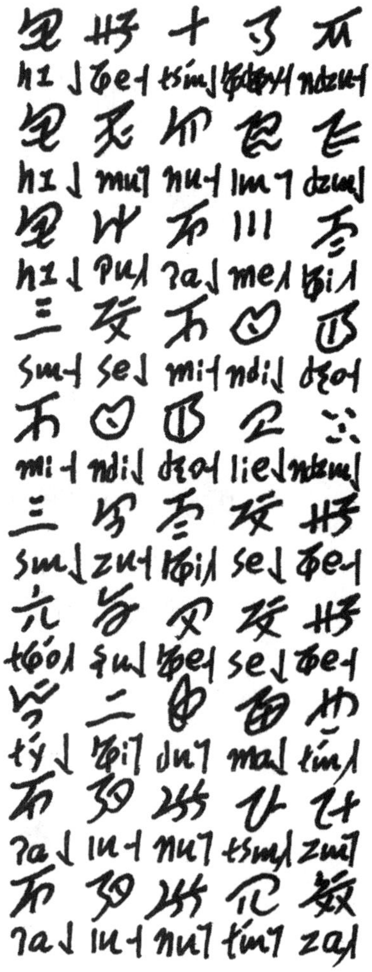

恒也策举祖，
恒摩努喽则，
恒布阿迈妮，
三神坐天庭，
在天堂议事。
叟汝聂大神，
确属撵大神，
两位没发言。
阿鲁忙公务，
放下手中活，

上前来插话。

支格阿鲁道：

恒举议题好，

恒摩论高明，

恒布议准确。

叟汝聂大神，

确属撵大神，

我心中想到，

你们六部神，

管的事很宽。

现在议的题，

是六部神管。

六部管的宽，

管天条修订，

这是六部事。

我告知三神，
也告知汝聂，
也告诉确属。
六部来议事，
一部不能差，
一部不能多，
一部不可少。
天君大骂昨，
是在六部中，
谁说他不是，
谁敢少了他。
你们议事时，
我阿鲁建议，
别开六部会。

我建议三神，

三大神商议。

天庭中诸神，

别分大和小，

开个天庭会。

神鬼都不知，

非六部神会。

谁也没想到，

谁也没在意。

我有一主意，

他神不知道，

恒摩心有数，

给恒布说过。

我阿鲁做事，

是帮三大神，

这才说真话。

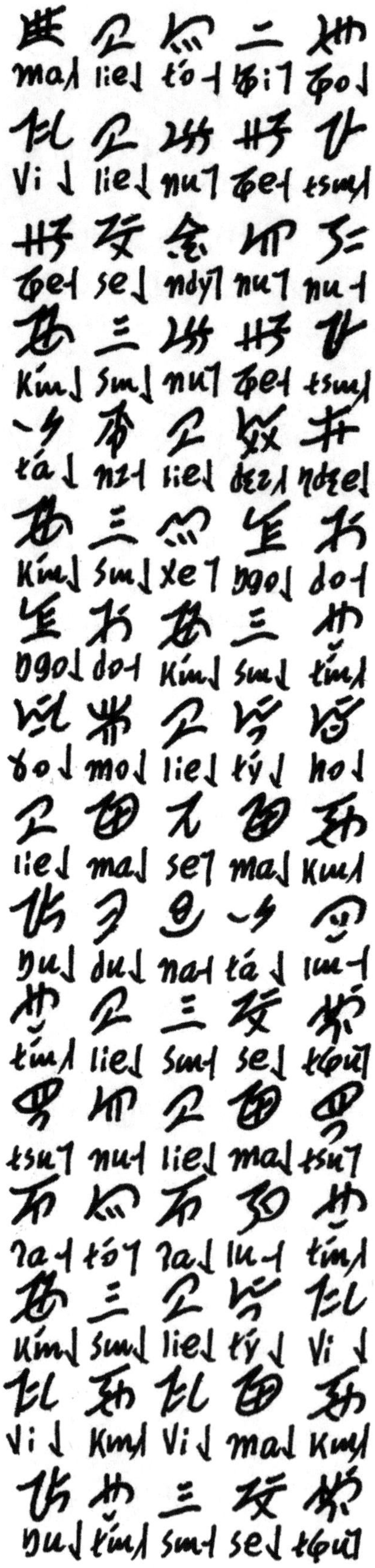

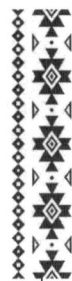

这两位新兵，

可派做大事。

大神想过不，

如何做大事，

相信可成事。

如何带出门，

出门怎么说，

俄莫亲眼见，

不会不知道。

我的主意呢，

说给三神听，

好还是不好。

阿鲁继续道：

如何用他俩，

大家来斟酌。

我告知三神，

为二位改容，
声音也变过，
面不像原貌，
音不是原声。
这样做了后，
三神看他俩，
像不像原貌？
三神没看出，
三神没认出，
这就成功了，
别神看他俩，
鬼神都不知。

我说所有神，
或者所有兵，
万物中万物，

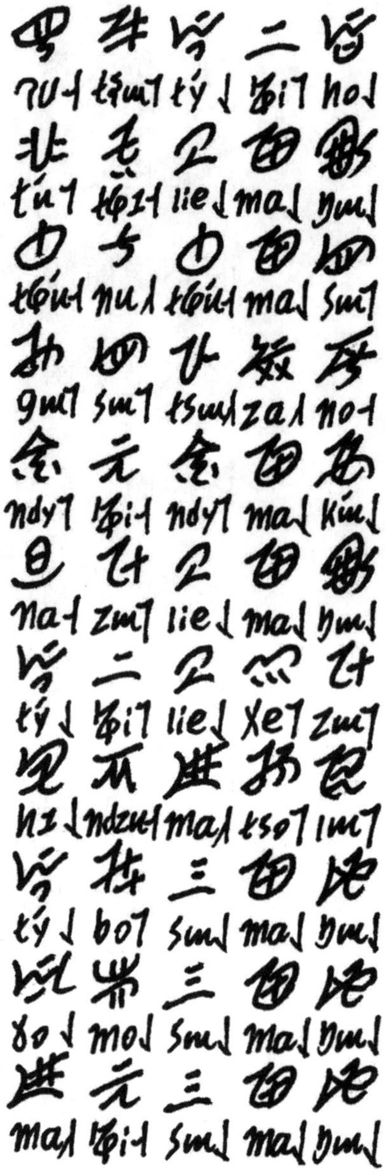

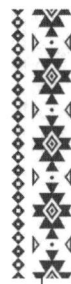

人人看他俩，

容貌来改变，

声音来改变。

像这般做后，

谁也没想到，

一切变神秘。

带着他两位，

去天君骂昨。

若是没发觉，

俄莫没认出，

兵弁认不出。

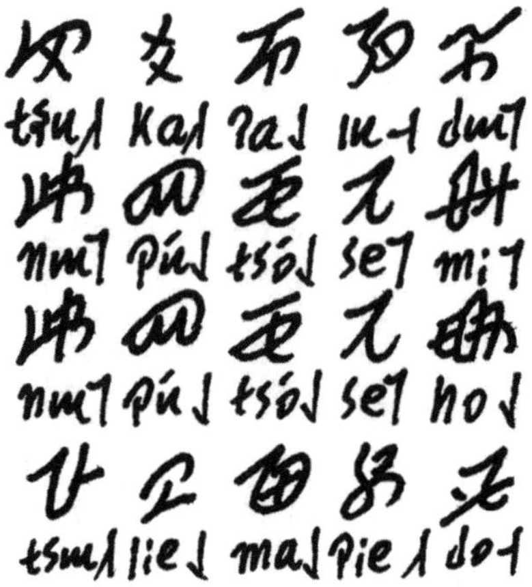

支格阿鲁说：

呢濮的文化，

呢濮的知识，

真是不得了。

呢濮人阿鲁，
我在三神前，
不是夸海口。
我敢如此说，
也真敢去做，
会做能做好。

阿鲁说三神，
你们等着瞧。
叟汝聂大神，
你仔细听明，
我不是教你，
不是当你师。
阿鲁告诉你，
美容有神婆。
我说你来听，

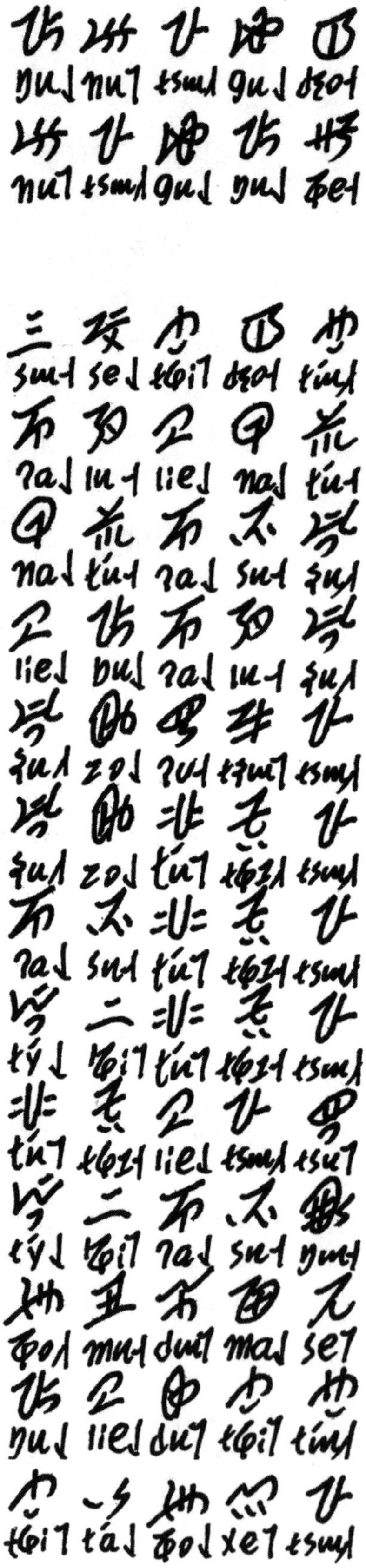

我做事圆满，

我做事完善。

在三神之前，

阿鲁要派你，

派你带两兵，

来找我阿鲁。

找我做什么，

找到做面具，

帮谁做面具。

就是他两位，

做好面具后，

两兵容貌变，

自己都不信。

我强调一下，

先让一位做，

一次做一个。

阿鲁边讲话，

迈步往外走。

他走了之后，

汝聂才悟到。

想起万年前，

叟汝聂装扮，

装作惹嘎摩[1]。

阿鲁会想到，

这是他特长，

汝聂很佩服。

他有意转圈，

跑回找确属。

找到确属聂，

与确属商量。

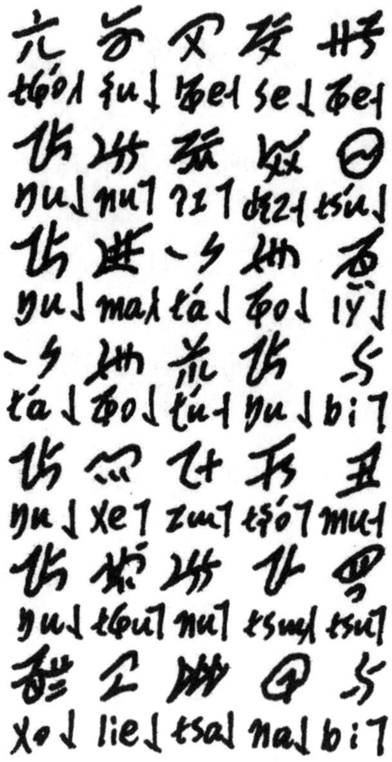

tɕʰo˧˦ ʂu˨˩ ɕe˧ se˨˩ ɡe˧　叫声确属撵，
ŋu˨˩ nu˥ ʔɿ˥ dʑɿ˧ tsʰu˨˩　我现有急事，
ŋu˨˩ ma˧˦ tʰa˨˩ ɡo˨˩ ly˨˩　需要一个兵。
tʰa˨˩ ɡo˨˩ tʰu˧ ŋu˨˩ bi˥　派一兵给我，
ŋu˨˩ xe˥ zɯ˥ tsʰo˥ mu˧　带出去做伴。
ŋu˨˩ tɕʰu˥ nu˥ tsɯ˧˦ tsu˥　做伴办完事，
xo˨˩ lie˨˩ tsa˨˩ na˨˩ bi˥　送交还给你。

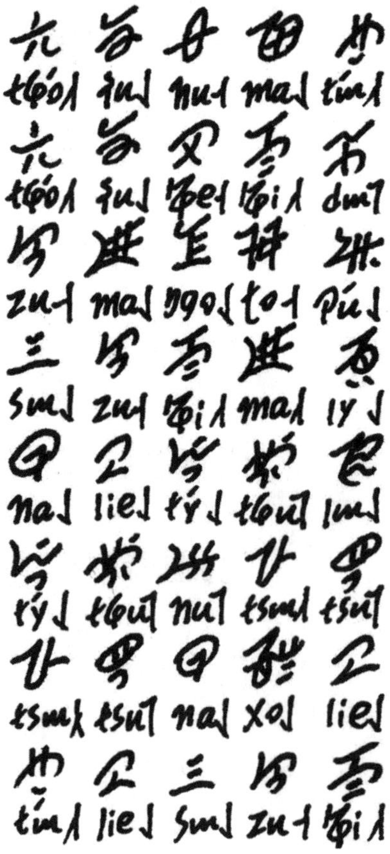

tɕʰo˧˦ ʂu˨˩ nu˧ ma˨˩ tʰɯ˧˦　确属不多言，
tɕʰo˧˦ ʂu˨˩ ɕe˧ ɕi˧˦ dɯ˥　确属撵喊道，
zu˧ ma˨˩ ŋɡo˨˩ tʰo˧ pʰu˨˩　子兵搁朵仆，
sɯ˨˩ zu˧ ɕi˧˦ ma˧˦ ly˨˩　汝聂喊派兵，
na˨˩ lie˨˩ tʰy˨˩ tɕʰu˥ lɯ˨˩　你跟随着他，
tʰy˨˩ tɕʰu˥ nu˥ tsɯ˧˦ tsu˥　跟他去办事，
tsɯ˧˦ tsu˥ na˨˩ xo˨˩ lie˨˩　完毕他送回。
tʰɯ˧˦ lie˨˩ sɯ˨˩ zu˧ ɕi˧˦　天神叟汝聂，

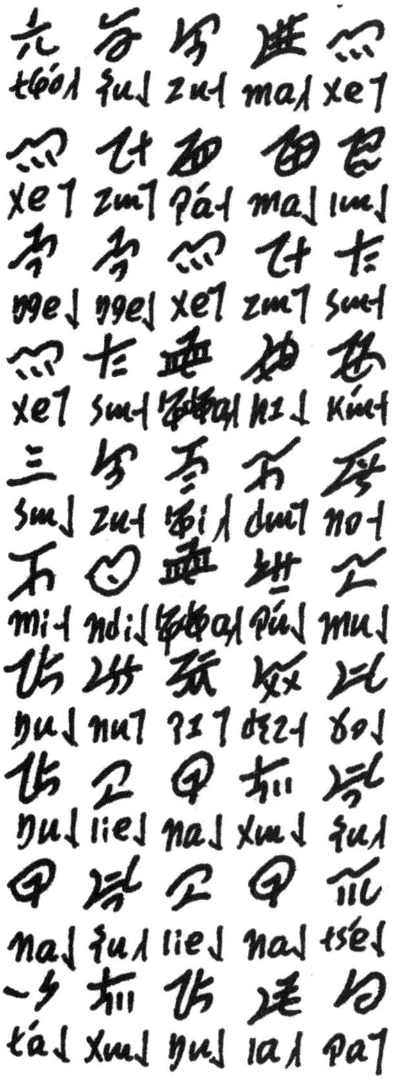

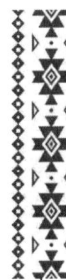

他带搁朵仆，

没带别处去，

直奔美容房，

带到店房内。

叟汝聂说道：

天庭美容师，

我有一桩事，

我想来找你，

找你后请你，

帮我一个忙。

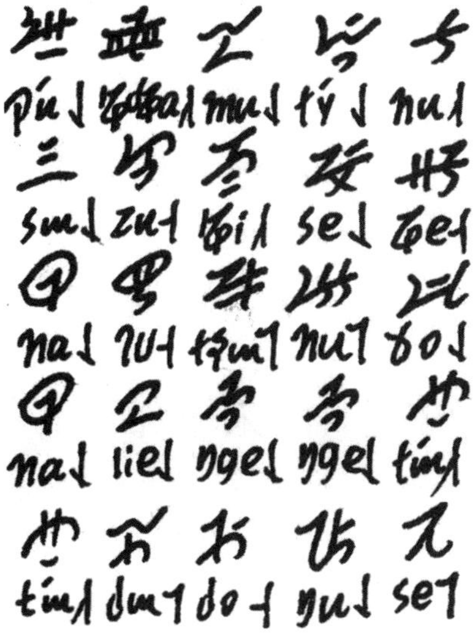

美容师问道：

叟汝聂大神，

究竟有何事，

请你直说来。

说出我才知，

看能否帮忙。
若能帮的忙，
我不会推辞。
若帮不上你，
也别责怪我。
叟汝聂说道：
想走趟远路，
去干桩大事。
这样去不妥，
想改换面容，
看起来雅观。

叟汝聂续道：
我去别处做，
做来不如意。
如按我说的，

实在很困难，
他们做不了。
美容师应允，
问汝聂大神，
帮谁做易容。
汝聂回答说：
帮我这个兵。
美容师说道：
过来坐下吧。

要说搁朵仆，
他是不知道，
易容怎么做，
从来没见过。
有话没敢说，
相信叟汝聂，

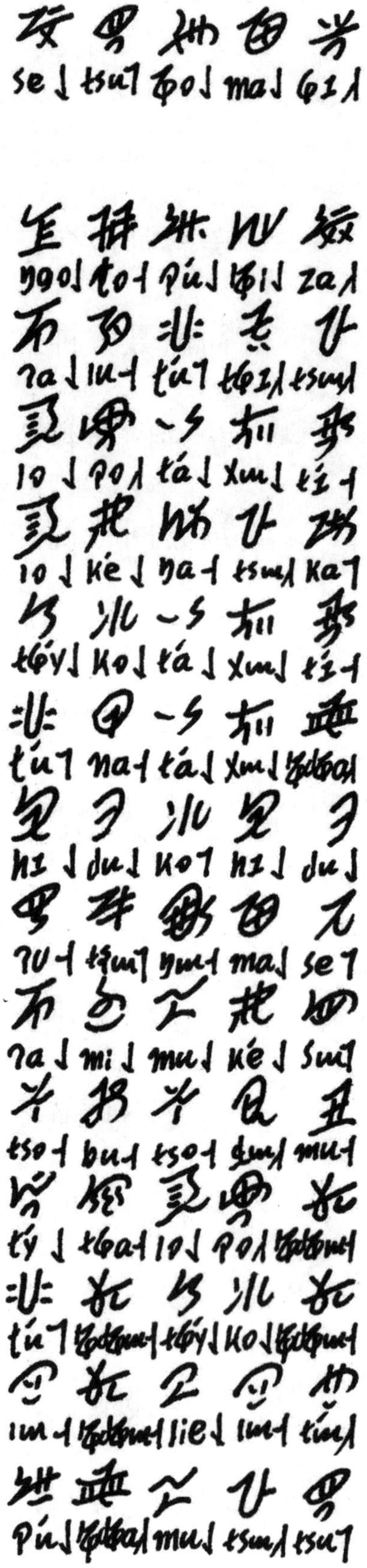

他不会害我。

搁朵仆坐下，

阿鲁做面具。

摸一下耳朵，

先做络克昂②。

摸一下喉咙，

染一下颜面。

只觉有变化，

是什么不知，

宛如蜘蛛网，

如乱麻一团。

抓来擦耳朵，

擦脸又擦喉，

边擦边念咒。

美容师做完，

笑呵呵地道：

叟汝聂大神，

易容已做完。

拿镜子照照，

看看怎么样？

搁朵仆照后，

看了自己笑。

笑着发了话，

我脸不同了，

声音也变了，

美容师真神，

确实有本领。

叟汝聂说道：

如原貌还存，

俄莫不饶你。

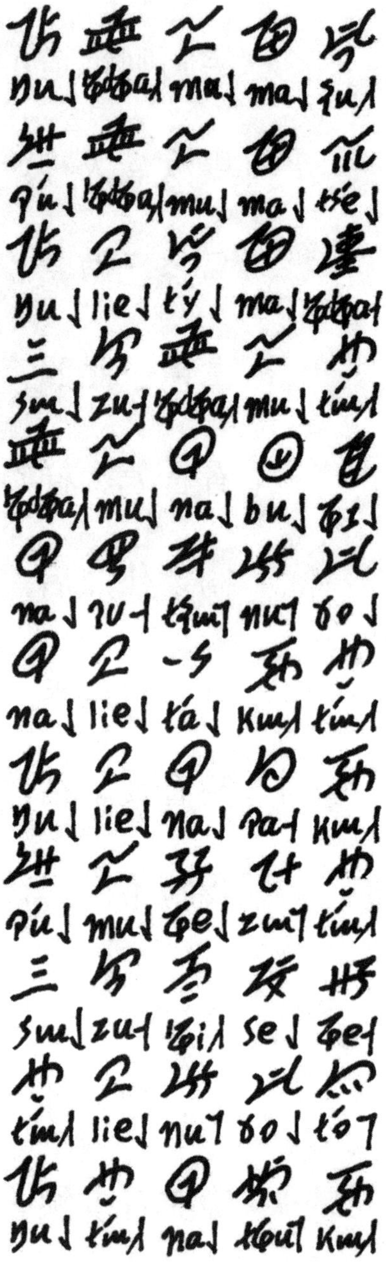

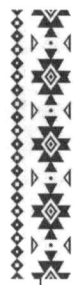

不找美容师，
不请美容师，
我不麻烦他。
汝聂忙施礼，
感谢美容师，
如您有啥事，
请您说一声，
我会帮您忙。
美容师笑道：
叟汝聂大神，
假如我遇事，
提前告诉你。

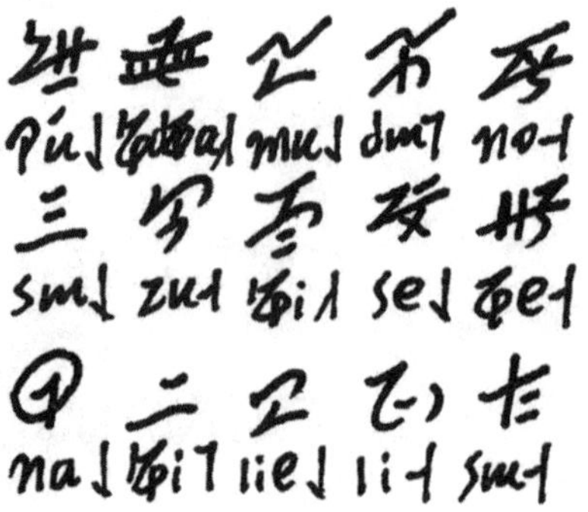

美容师回道：
叟汝聂大神，
你俩慢走了，

我不送你俩，

我还有事办。

两位出了店，

话该如何说，

汝聂交待好，

说完即上路。

回到天庭去，

到了天庭时，

阿鲁在天庭，

三神也在场。

恒布说汝聂，

你去传确属，

叫确属快来，

我有话要问。

确属撵不知，

溢喊候他俩，

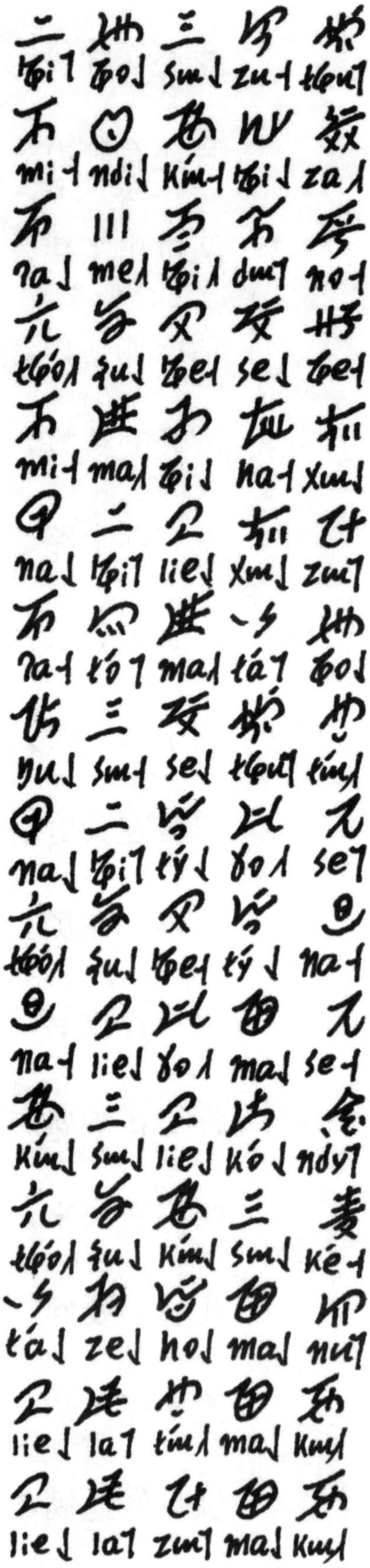

二位跟汝聂，

到天庭坐下。

阿迈妮问道：

确属撵大神，

天兵溢喊候，

你俩认一认，

面前这位兵。

他对三神说，

他认识你俩。

确属撵看兵，

看了没见过。

无论怎么想，

无论如何忆，

从来没见过。

不敢多发言，

也不敢乱认。

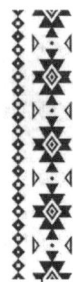

ʨʰo˧˥ ʂu˩ ɣe˧ dɯ˥ no˧	确属撵回答：
mi˧ se˩ lie˩ nɯ˥ tsɯ˧˥	天神来做事，
mi˧ se˩ nɯ˥ tsɯ˥ tsɯ˧˥	做的是好事。
mi˧ se˩ lie˩ du˥ ʨɯ˧˥	天神来说话，
mi˧ se˩ du˥ dzɛ˩ ʨɯ˧˥	说的是真话，
du˥ do˧ ʨɯ˧˥ ma˩ kɯ˧˥	不能说假话。
ɗo˧˥ se˥ se˥ dɯ˥ ʨɯ˧˥	知道讲知道，
ma˩ se˥ ʨɯ˧˥ ma˩ se˥	不知说不知，
lie˩ la˥ ʨɯ˧˥ ma˩ kɯ˧˥	不能够乱说，
lie˩ la˥ mɯ˧ ma˩ zɯ˥	不能够乱认。
ŋu˩ lie˩ ʨy˩ ma˩ se˥	我不认识他，
ma˩ se˥ ŋu˩ ma˩ zɯ˥	不知就不认。
ʨy˩ lie˩ kɯ˩ sɯ˩ ʨɯ˧˥	他所说的话，
ʨy˩ lie˩ kɯ˩ sɯ˩ ŋgo˩	看来是撒谎，
ŋu˩ lie˩ ʨy˩ ma˩ ndze˩	我不相信他。

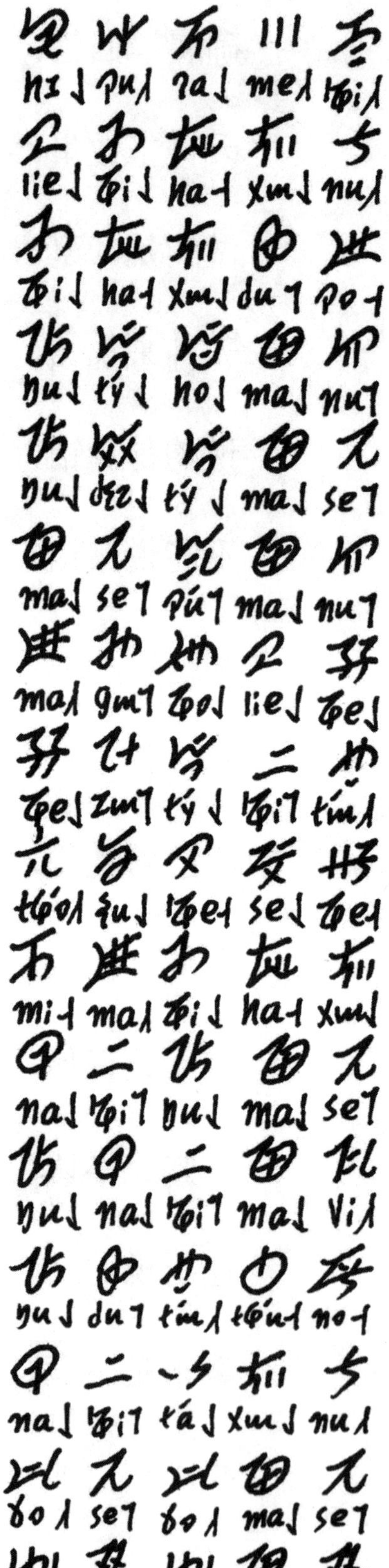

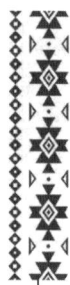

恒布阿迈妮，

又问溢喊候。

溢喊候回话：

我没见过他，

不知他是谁，

遇也没遇过。

搁朵仆暗笑，

笑着叫他俩，

确属撵大神，

天兵溢喊候，

你俩不识我，

不责怪你俩。

我说话声音，

请细听一下，

知我不知我，

从声音分辨。

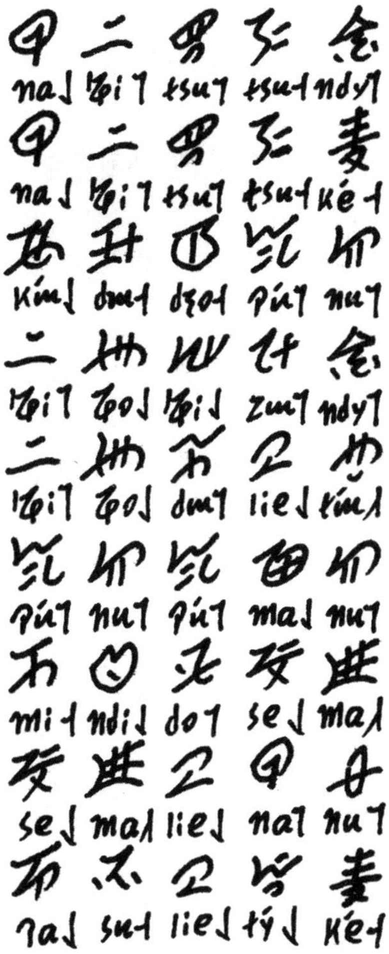

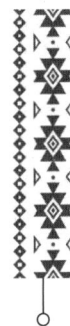

你俩认真想，

你俩细细忆，

曾似相识么？

二人埋头想，

摇头遗憾道：

遇过没遇过，

天庭的神兵，

神兵那么多，

谁又能记全。

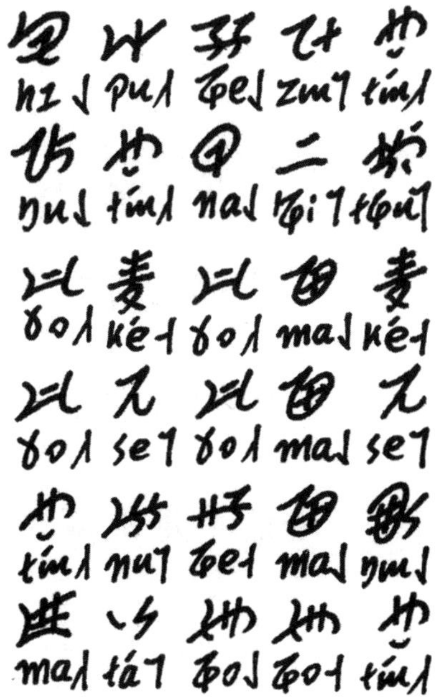

恒布笑着道：

我告诉你俩，

记得不记得，

认识不认识，

这不是大事。

这兵自述说：

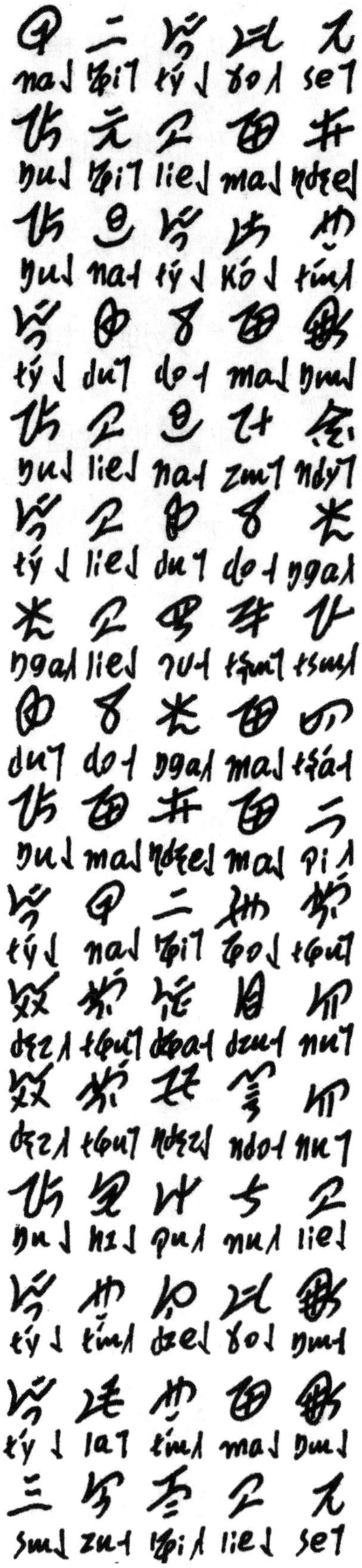

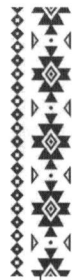

他知道你俩，

我也不相信，

我看他说的，

并非是说谎。

眼前的事情，

如是编谎话，

编来有何用？

这不是谎话，

我是相信的。

他与你二位，

同桌进过餐，

同席喝过酒。

我恒布听来，

说的有根据，

他不是乱编。

汝聂都知情，

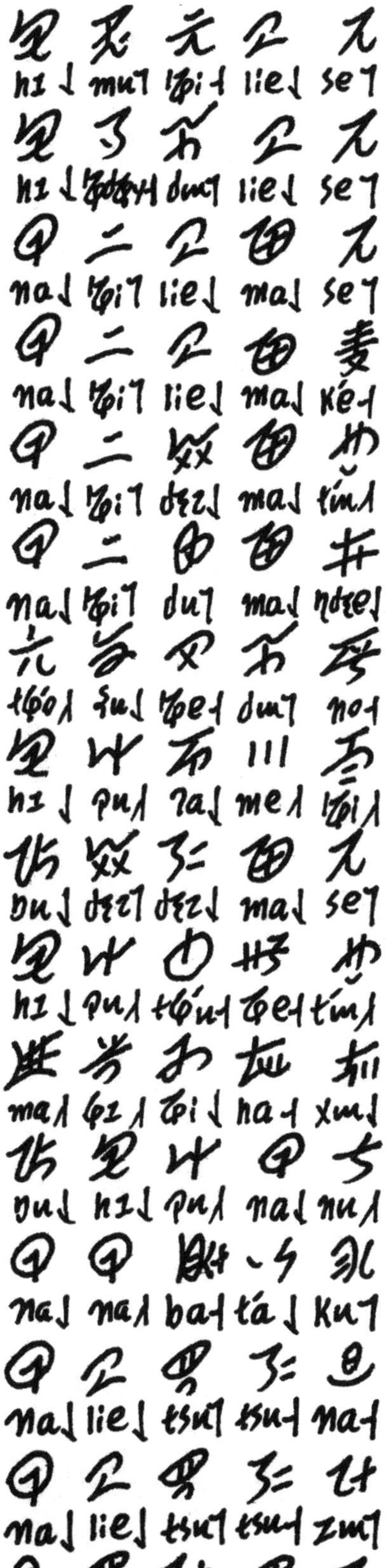

恒摩也知道，

恒举也知道。

你俩却不知，

都说不记得。

你俩不直说，

我不信你俩。

确属撵说道：

恒布阿迈妮，

我确实不知。

恒布大声说：

天兵溢喊候，

我问你一句，

别包庇你父？

你睁眼细看，

你动脑回想，

看好认准后，

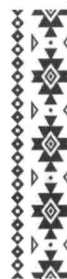

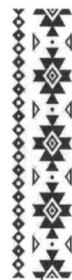

才道知与否。

若是你知道，

不能说不知。

假如不知道，

也别说知道。

如果你乱说，

假若你乱认，

此处是天庭，

不是其它庭。

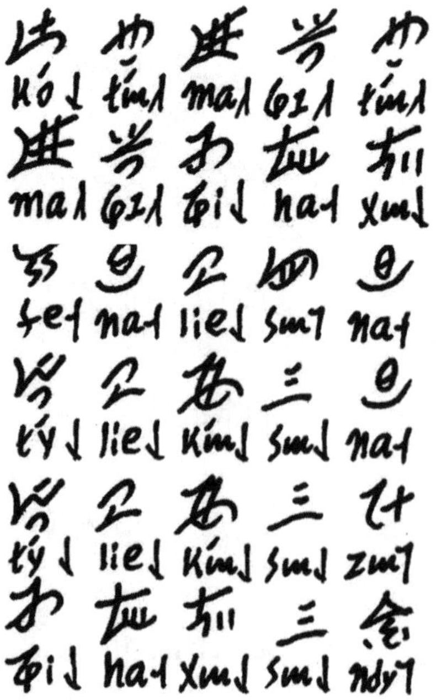

所说的天兵，

天兵溢喊候，

左顾右盼的，

无论怎么看，

如何来辨认，

不管如何想，

不管如何忆，

想也不知道，

忆也记不起，

认也认不出。

溢喊侯说道：

在三神跟前，

我不能撒谎，

看到了什么，

想到了什么，

忆起了哪样，

面前的这人，

真是不知道，

看了不敢说。

易容兵说道：

恒布阿迈妮，

知不知别问，

记不记别讲，

我不是小人，

不怪他二人。

今天我事忙，

吃饭我不陪，

我忙去做事。

不敢再耽误，

多话我不言，

下次见面时，

再慢慢细说，

叟汝聂大神，

咱们赶路吧。

注释：

①惹嘎摩：《撮泰吉》剧中人物名，传说中是叟汝聂下凡扮演的。

②络克昂：神物名，放在耳里能听到传声。

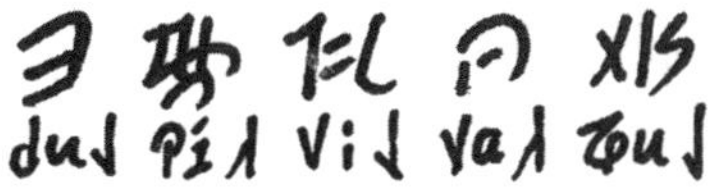

施计擒罪犯

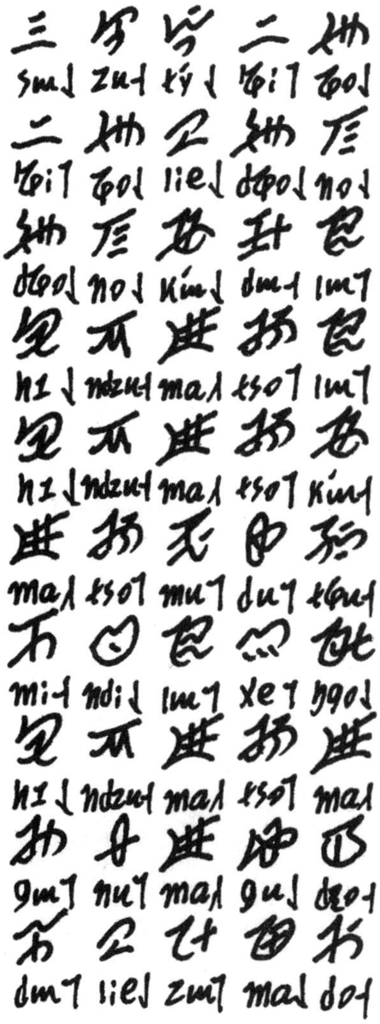

汝聂他两个，

一起去赶路，

要去哪里呢？

去天君兵营。

到天君兵营，

通知大骂昨，

到天庭议事。

天君骂昨兵，

聚集在兵营，

没认出朵仆。

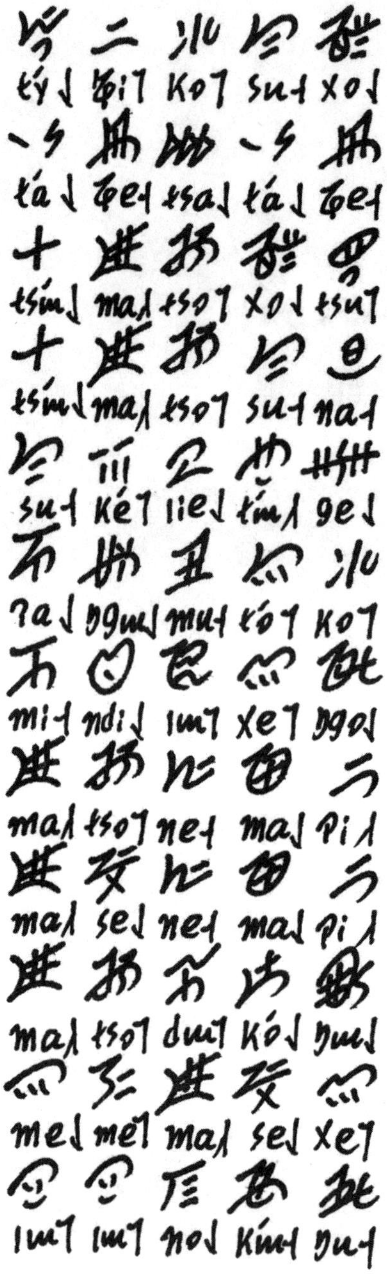

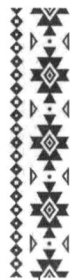

他俩去送信，

一家又一家，

十兵营送达，

各自看通知。

通知写清楚，

明天中午时，

在天庭议事。

骂昨不能少，

骂色不能少。

所有的骂昨，

各带各骂色，

全部要赶到。

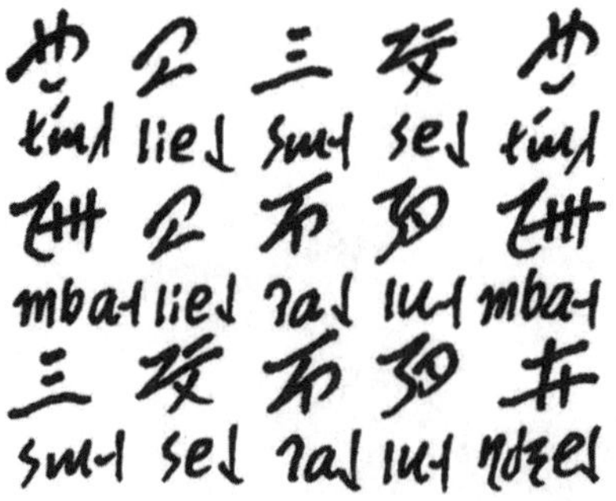

说来说三神，

讲来讲阿鲁，

三神信阿鲁。

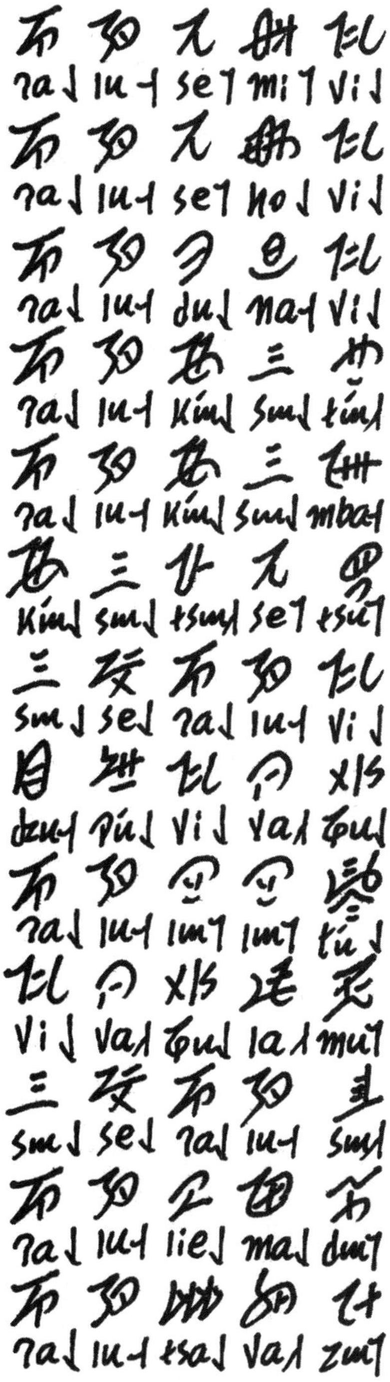

ʔa˨˩ lɯ˧ se˥ mi˥ vi˨˩ — 阿鲁知文化，

ʔa˨˩ lɯ˧ se˥ ho˨˩ vi˨˩ — 阿鲁懂知识，

ʔa˨˩ lɯ˧ dɯ˨˩ ma˧ vi˨˩ — 阿鲁有主意。

ʔa˨˩ lɯ˧ kʰɯ˨˩ sɯ˨˩ tʰɯ˨˩ — 阿鲁怎么说，

ʔa˨˩ lɯ˧ kʰɯ˨˩ sɯ˨˩ mba˧ — 阿鲁怎么道，

kʰɯ˨˩ sɯ˨˩ tsɯ˨˩ se˥ tsɯ˥ — 怎样做才好，

sɯ˨˩ se˨˩ ʔa˨˩ lɯ˧ vi˨˩ — 三神用阿鲁。

dzɯ˧ pʰu˨˩ vi˨˩ va˧˦ tɕʰɯ˨˩ — 天庭的会审，

ʔa˨˩ lɯ˧ lɯ˥ lɯ˥ tʰu˨˩ — 阿鲁全权管，

vi˨˩ va˧˦ tɕʰɯ˨˩ la˧˦ mɯ˥ — 捉案犯首领，

sɯ˨˩ se˨˩ ʔa˨˩ lɯ˧ sɯ˨˩ — 选中了阿鲁。

ʔa˨˩ lɯ˧ lie˨˩ ma˨˩ dɯ˥ — 他也不推辞，

ʔa˨˩ lɯ˧ tsa˨˩ va˧˦ zɯ˥ — 接重任在肩。

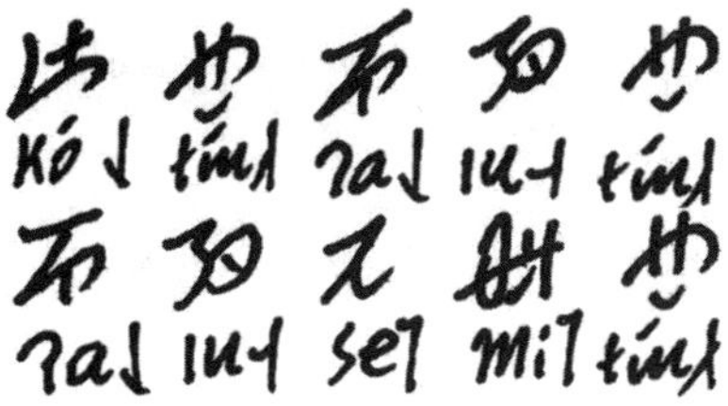

kʰo˨˩ tʰɯ˨˩ ʔa˨˩ lɯ˧ tʰɯ˨˩ — 再说说阿鲁，

ʔa˨˩ lɯ˧ se˥ mi˥ tʰɯ˨˩ — 说阿鲁文化，

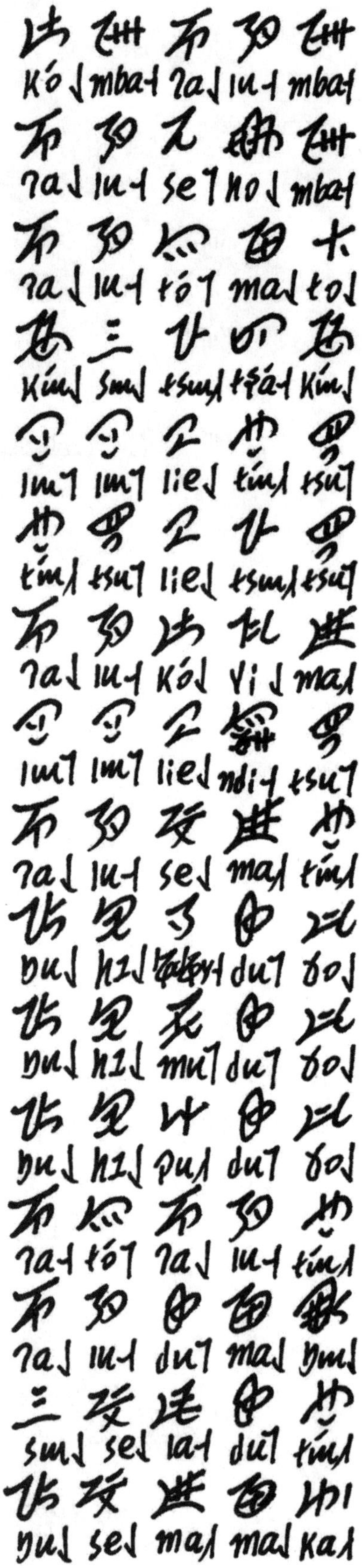

所传传阿鲁，

传阿鲁知识。

阿鲁不停顿，

该要做的事，

全部筹备好。

说好并做好，

阿鲁用奇兵，

全部着兵服。

阿鲁对兵道：

恒举传旨意，

恒摩有口谕，

恒布也传话，

阿鲁来传达，

并非阿鲁话，

代三神传令。

不分兵和神，

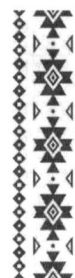

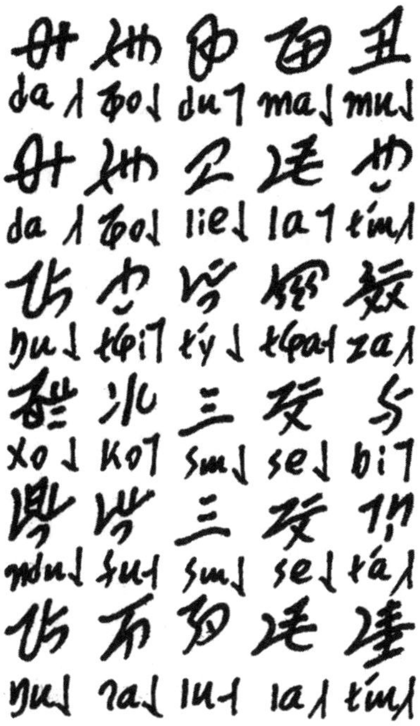

若不从命令，

谁泄漏消息，

先把他拿下。

送交三大神，

凭三神处置，

我阿鲁执行。

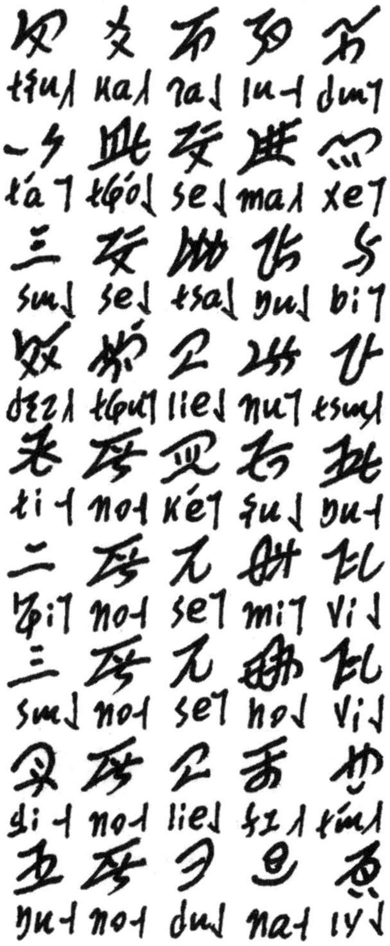

文格阿鲁说：

这次带神兵，

三神交给我，

大家来共事。

一是讲团结，

二是讲文化，

三是讲知识，

四是讲本领，

五是讲主意。

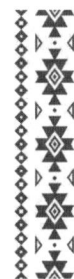

现在我传达，
说给神兵听。
千千有个头，
万万有个尾，
我怎么安排，
大家照着做。
不必多问话，
也不准议论，
各做各的事。
我现在分工，
记住各职责，
哪些来做饭，
哪些去做菜，
哪些料理桌，
哪些端菜肴，
哪些把菜下，

哪些来斟酒，

哪些来唱歌，

哪些演舞蹈。

我现在说明，

座位由我编，

编成阿鲁兵。

共编成三组，

叟汝兵一组，

确属兵一组，

恒投骂昨兵，

又作为一组。

兵服穿一致，

只需做记号，

记号阿鲁做，

记号不用字，

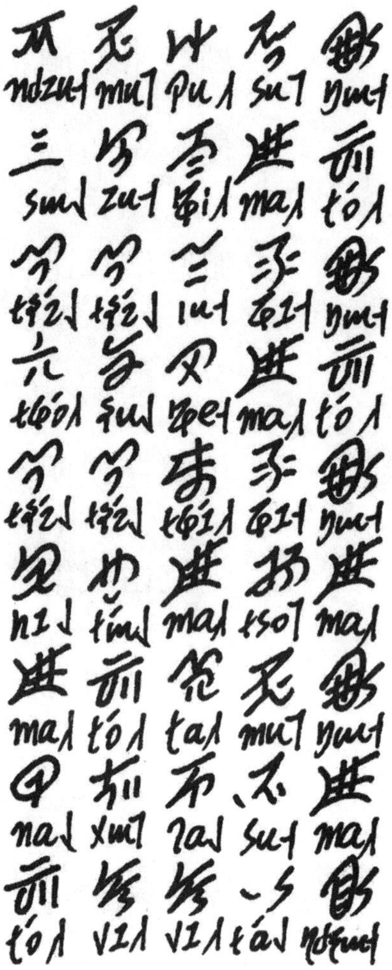

用三神徽号。
叟汝的兵服，
件件显龙影；
确属的兵服，
件件绘虎形；
恒投骂昨兵，
兵服现鹰影。
见兵服标记，
便知属谁兵。

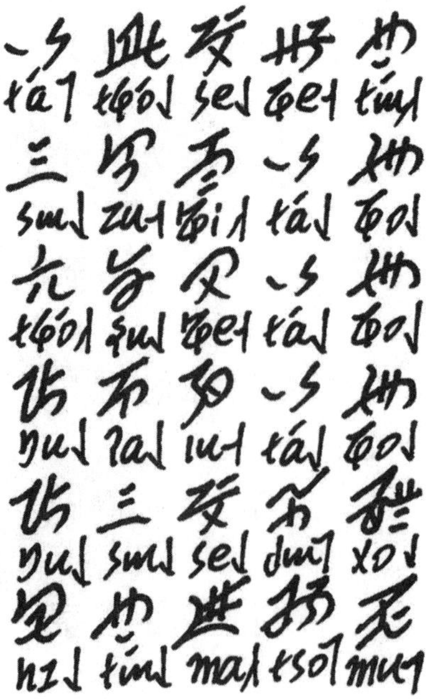

筹备大会者，
一位叟汝聂，
一位确属撵，
一位我阿鲁。
除了我三位，
恒投老骂昨，

tẏ˩ dɯ˥ lie˩ ma˩ se˥　他都不清楚。

pá˧ dɯ˧ ma˧˦ tso˥ mu˥　别的老骂咋，

ma˧˦ se˩ dɯ˥ kó˩ ŋɯ˩　各路的骂色，

ɣo˧˦ se˥ xɯ˥ ma˩ ɣo˩　没有知道的。

ʔa˧ tó˥ na˩ sɯ˩ pa˧　你这三组兵，

mi˧ ndi˩ xe˥ ŋgo˩ tó˥　天庭开的会，

dzu˧ pú˩ dzo˧ ŋgo˩ ŋɯ˧　安排在祖仆①。

dzu˧ ɣi˧ gɯ˥ dzo˧ dzu˧　饭也在此吃，

xe˥ ɣi˧ gɯ˥ dzo˧ ŋgo˩　会也在此开，

ʔa˧ ɣɯ˥ ko˥ la˧˦ pa˥　咱们去帮忙，

ẏ˩ xɯ˥ tɕy˧˦ ko˧˦ ŋɯ˧　为此会服务。

nu˧ du˥ tɯ́˩ ma˩ pi˧˦　多话别乱说，

me˩ me˥ nu˥ tsɯ˧˦ tsu˥　把握好分寸，

pá˧ dɯ˧ nu˥ tá˩ tɯ́˩　多事也别管。

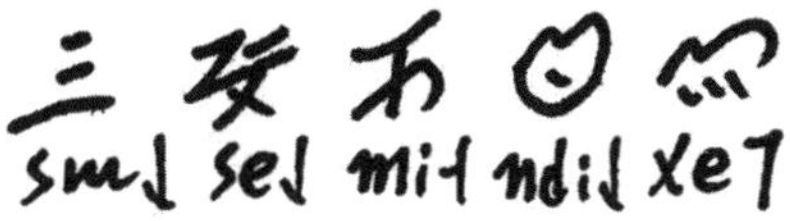

sɯ˩ se˩ mi˧ ndi˩ xe˥　三神天庭会，

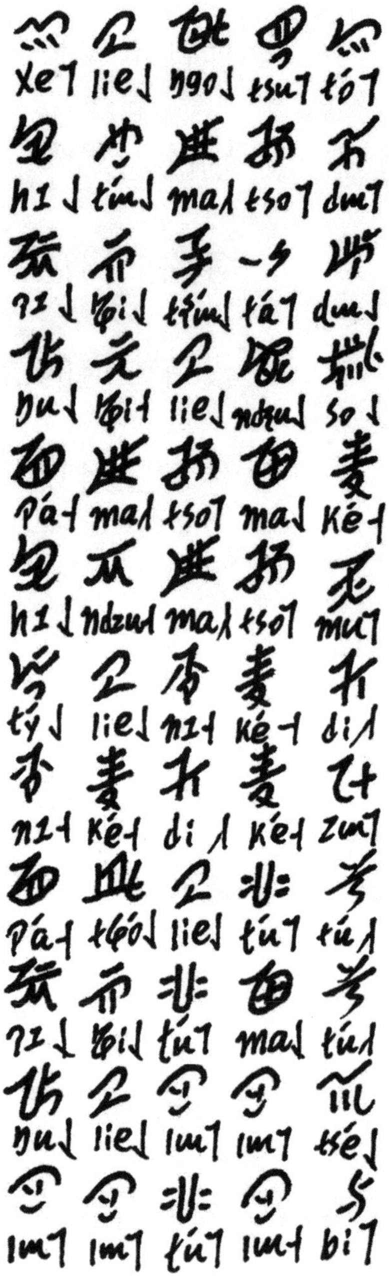

xe˥ lie˩ ŋgo˩ tsu˥ tó˥　会议完毕时，

hɪ˩ tʼu˩ ma˦ tso˥ du˥　恒投骂昨说：

ʔɪ˩ ʑi˩ tɕʰu˩ tá˥ du˩　今晚这餐饭，

ŋu˩ ʑi˧ lie˩ ndʐu˩ so˩　该我来还席。

pá˧ ma˦ tso˥ ma˩ ké˧　别的没记住，

hɪ˩ ndzu˩ ma˦ tso˥ mu˥　天君大骂昨，

tʼý˩ lie˩ nɪ˧ ké˧ di˦　你的记性好，

nɪ˧ ké˧ di˦ ké˧ zu˥　肯定记在心。

pá˧ tʼó˩ lie˩ tú˥ tú˦　平时我脸厚，

ʔɪ˩ ʑi˩ tú˥ ma˩ tú˦　今天脸皮薄，

ŋu˩ lie˩ lu˥ lu˥ tsʰé˩　通通我来请，

lu˥ lu˥ tú˥ lu˧ bi˥　全要给面子。

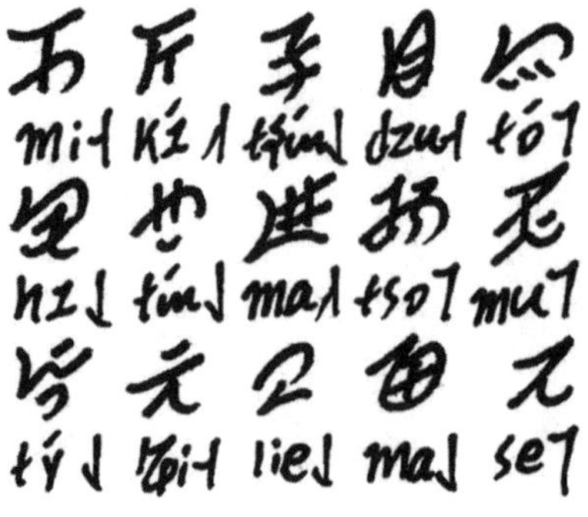

mi˧ kɪ˦ tɕʰu˩ dzu˩ tó˥　晚上进餐时，

hɪ˩ tʼu˩ ma˦ tso˥ mu˥　恒投老骂昨，

tʼý˩ ʑi˧ lie˩ ma˩ se˥　不知有危机，

什么都没想，

诚心谢众客，

确实很兴奋。

恒投骂昨说：

天君老骂昨，

不必斜瞟我，

我要请你坐。

恒摩努喽则，

请你去陪他。

俄莫我指你，

陪三神骂昨，

你去坐那桌。

督久武业呢[②]，

去陪叟汝聂，

同他坐一桌。

台租斗娄呢[③]，

去陪确属撵，

去坐那一桌。

安排就坐后，

全部已上席。

端菜的端菜，

下菜的下菜，

斟酒的斟酒，

酒菜上了桌。

恒投老骂昨，

笑着请恒摩，

你来发句话。

恒摩忙推道：

恒投老骂昨，

你请我发话，

这不成礼仪，

客人是你请，

你就是主人。

是你请吃饭，

是你请喝酒，

你要敬角酒，

我看才像话，

客人你招待。

恒投老骂昨，

若请我发话，

若要我敬酒，

这是谁家礼，

说给众客听，

从哪学来的？

在坐客都笑，

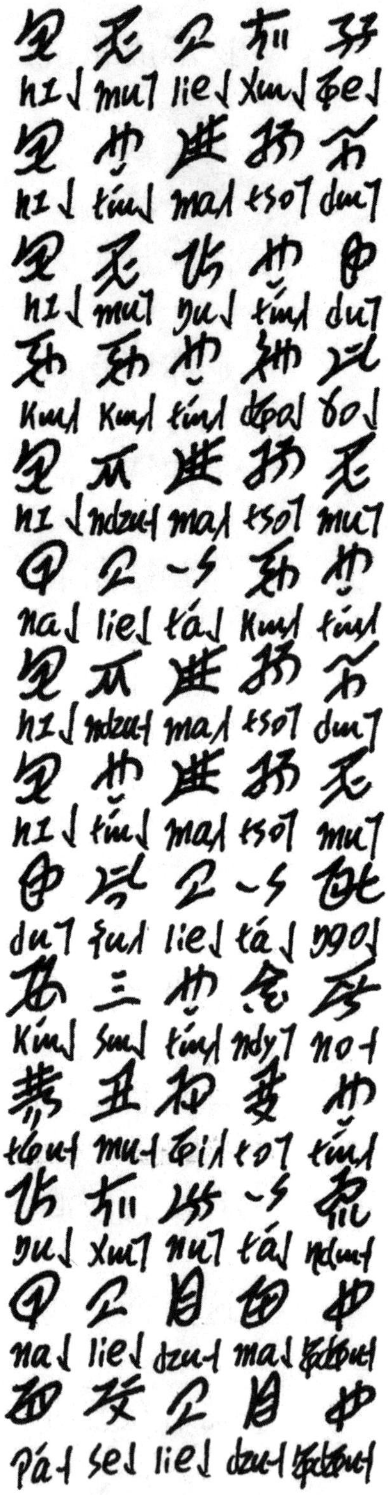

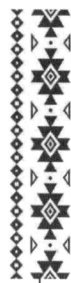

恒摩也笑笑。

恒投骂昨道：

恒摩问的话，

句句是道理，

天君老骂昨，

请你言开场。

天君骂昨道：

恒投老骂昨，

不必找闲话，

想要怎么说，

赶快起来说。

别耽误大事，

若你不想喝，

诸神等不及。

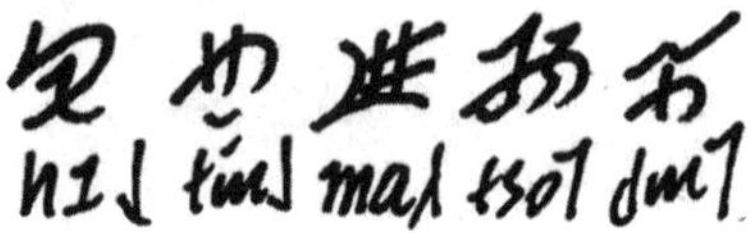

恒投骂昨道：

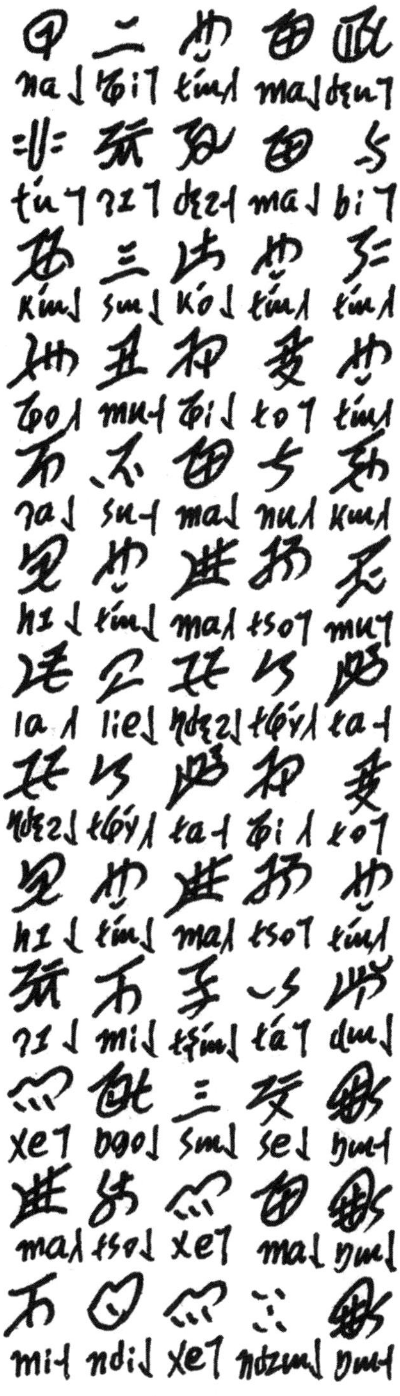

二位都推辞，
不给我面子。
不管怎么说，
我自己来说，
谁能不领情。
恒投老骂昨，
双手端酒角，
手中抬酒角。
抑扬顿挫道：
今天的晚餐，
本是天庭会，
不是骂昨会，
是天庭议会。

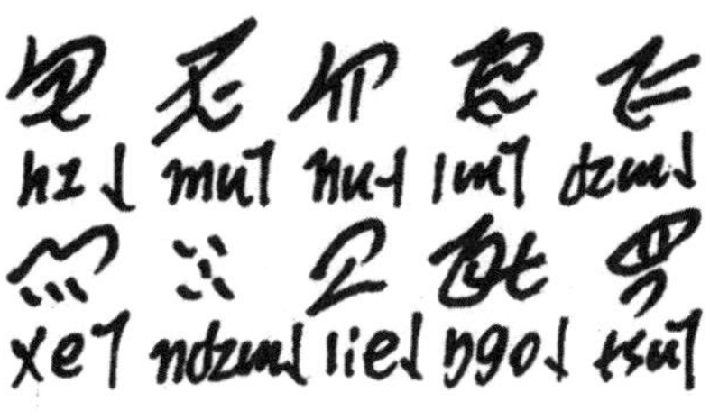

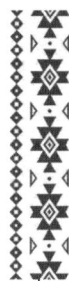

恒摩努喽则，
会议开完时，

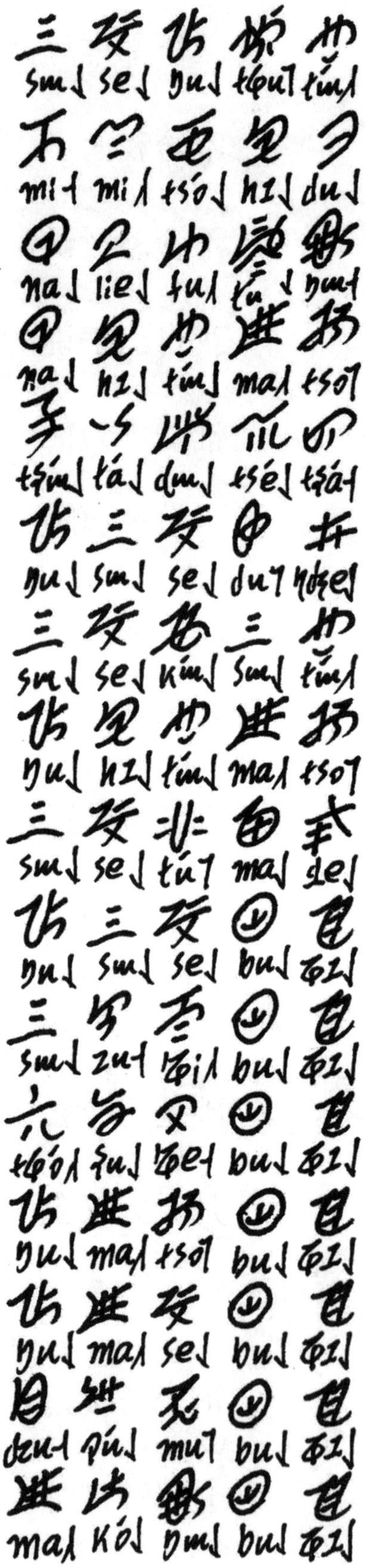

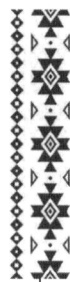

传三神旨意：

天地人万物，

是你分管的，

你恒投骂昨，

该请一席餐。

我尊三神话，

立即作安排。

我恒投骂昨，

不扫三神面。

我感谢三神，

感谢叟汝聂，

感谢确属撵，

感谢众骂昨，

感谢众骂色，

感谢祖仆摩，

感谢众兵弁，

所有出力者，
通通一并谢。
各位给面子，
我非常高兴。

我来通通请，
一起端酒角。
端酒角后道：
我这一角酒，
它不是头酒，
也不是尾酒，
是角情谊酒。
在场的诸位，
在坐的大家，
个个是贵客。
我来敬大家，

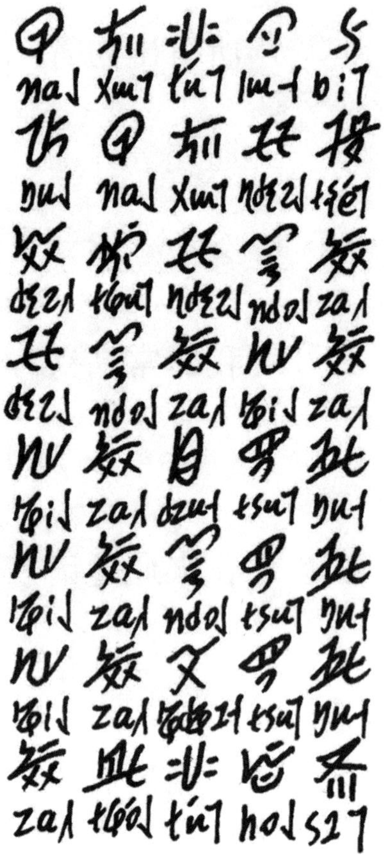

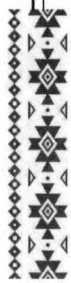

大家给面子，

给诸位敬酒，

一起喝下去。

请诸位坐下，

吃饭别客气，

喝酒要畅饮，

要酒足饭饱，

下次好见面。

恒摩努喽则，

笑着把话接：

在坐的骂昨，

在坐的骂色，

而今在场的，

要感谢大家，

大家帮我忙。

请诸位端酒，

我要敬角酒，

个个都喝下，

要喝好吃好。

叟汝聂大神，

起身敬一番。

确属撵大神，

起来敬一角。

天兵搁朵仆，

也来敬一角。

天兵溢喊候，

同样敬一角。

谁也没发觉，

谁也不知道，

没认出他俩，

放心抓嫌犯。

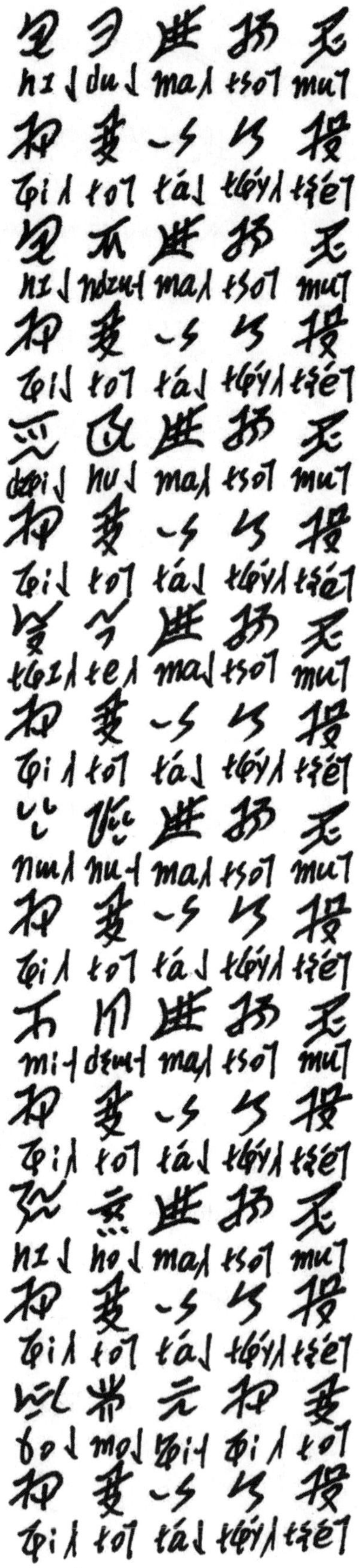

万物的骂昨，

起来敬一角。

天君老骂昨，

起身敬一角。

吉洪老骂昨④，

也来敬一角。

星云老骂昨，

也起来敬酒。

云雾大骂昨，

也起来敬酒。

雷电大骂昨，

站起来敬酒。

风雨大骂昨，

站起敬一角。

俄莫站起来，

敬酒一大碗。

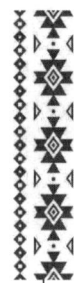

督久武业来，

起身敬众神。

台租斗娄他，

起身敬众人。

恒摩的骂昨，

最后敬一角。

敬酒高潮时，

你敬我一角，

我敬你一碗，

你说我敬你，

我说我敬你。

天兵密麻麻，

话音如雷滚。

骂昨骂色多，

大小天神多，

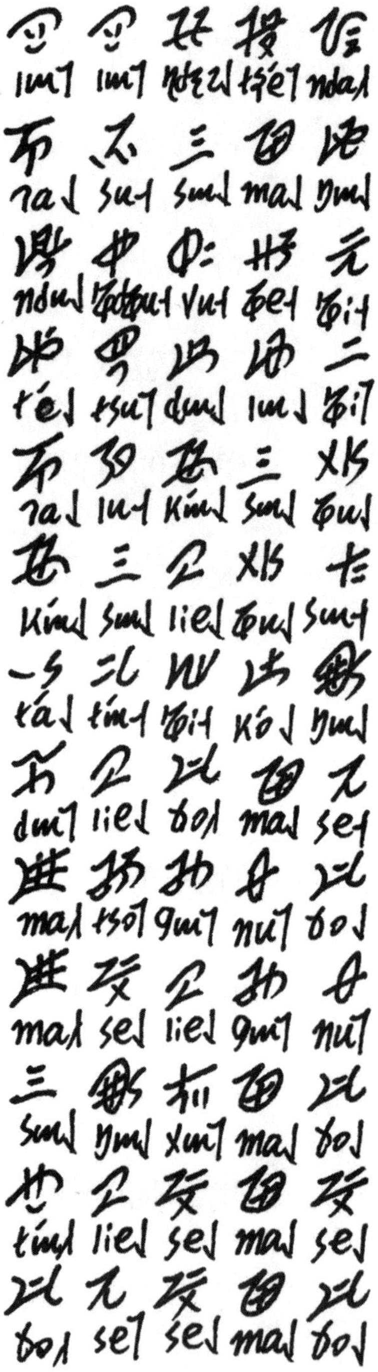

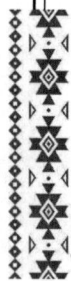

个个敬酒忙。

谁也没发觉，

他督久武业，

台租斗娄俩，

在阿鲁眼前，

两嫌犯被抓。

同桌坐的神，

个个不知道，

那么多骂昨，

那么多骂色，

也没谁发觉，

说来太神奇，

道来确实神。

注释：

①祖仆：泛指吃饭进餐之地。这里指会议地点。

②督久武业：天庭骂色名，抢西呢的罪犯之一。

③台租斗娄：天庭骂色名，抢西呢的罪犯之一。

④吉洪老骂昨：指日、月兵总领。

to˧ xo˨˩ xe˥ mu˨˩ ŋgo˨˩

会审斩俄莫

mi˧ ndi˨˩ xe˥ mu˨˩ ŋgo˨˩
tɕʰo˧˦ pʰu˧˦ se˨˩ tʰa˧˦ za˧˦
to˧ xo˨˩ xe˥ mu˨˩ ŋgo˨˩
tɕʰi˧ hu˨˩ tsʰi˨˩ hi˧˦ ɕi˨˩
mi˧ mi˧˦ hi˨˩ du˨˩ se˨˩
hi˨˩ du˨˩ se˨˩ no˧˦ kʰi˧
mi˧ se˨˩ me˧˦ tʰi˧˦ tʰo˥
mi˧ se˨˩ du˥ kʰo˨˩ bu˨˩
tʰa˨˩ tɕo˨˩ lie˨˩ ma˨˩ ne˧
ma˧˦ tso˥ me˧˦ tʰi˧˦ tʰo˥

天庭开大会，

六部神订下，

议题斩首会。

狗月十八日，

天地万物神，

急匆匆赶来。

点天神名时，

所有的天神，

一个也不少。

点骂昨名时，

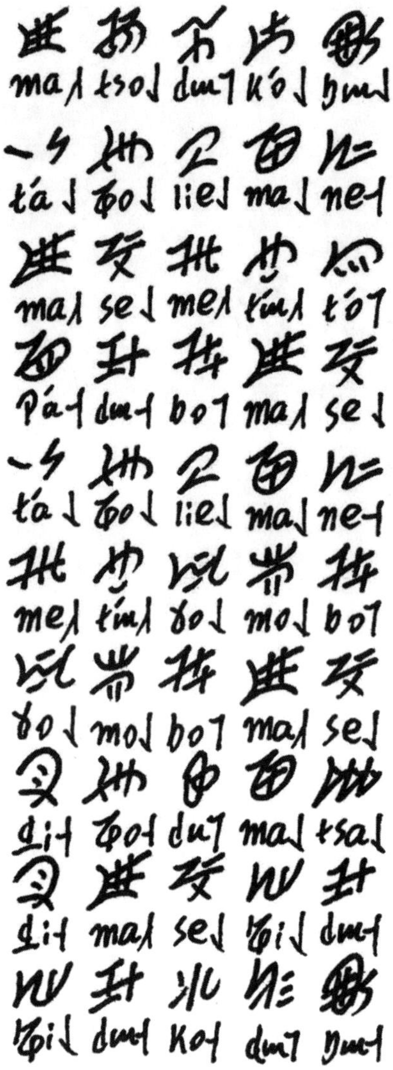

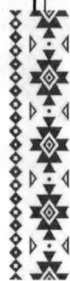

所有的骂咋，

一个也不少。

点骂色名时，

别家的骂色，

一个也没少。

点到俄莫家，

俄莫家骂色，

四位没应声。

四骂色座位，

空荡无人坐。

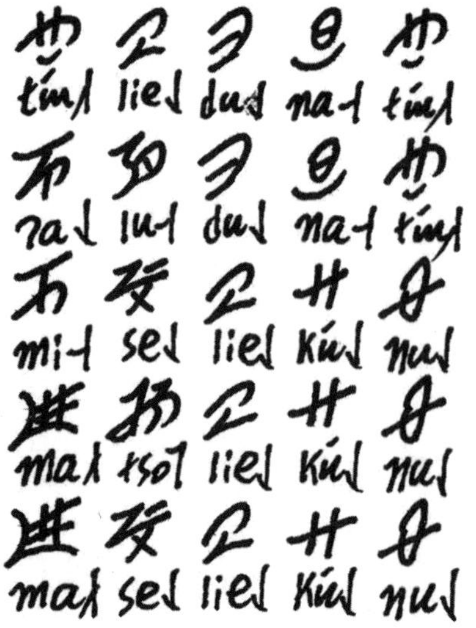

阿鲁出主意，

阿鲁定谋略。

天神是多少，

骂咋是多少，

骂色是多少，

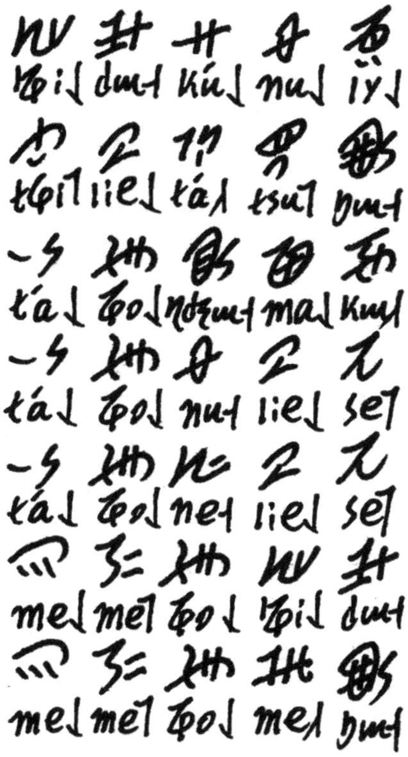

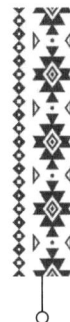

需多少座位，

先已安排好，

一个也没错。

多一个知道，

缺一个晓得。

各自的座位，

编有他姓名。

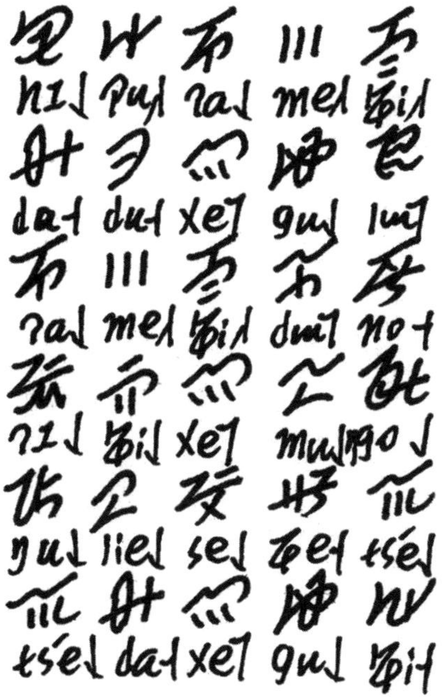

恒布阿迈妮，

步入会场后，

清脆悦耳道：

今日开大会，

诸大神上台，

来台上就座。

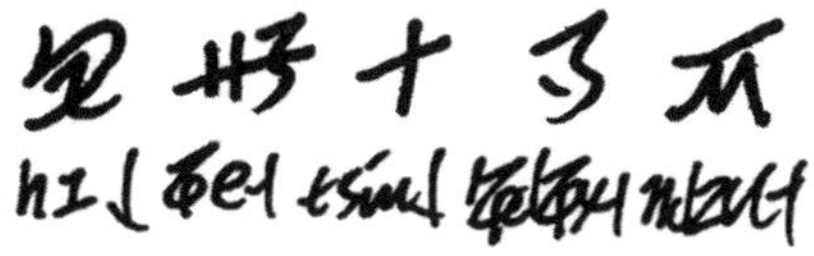

恒也策举祖，

请台上就座。

恒木武鄙姆[①]，

请台上就座。

恒摩努喽则，

请台上就座。

皮武吐大神，

请台上就座。

列哲舍大神，

请上台就座。

武阿皮大神，

请上台就座。

欧阿帕大神，

请上台就座。

什武吐大神，

请上台就座。

吐坐昨大神，

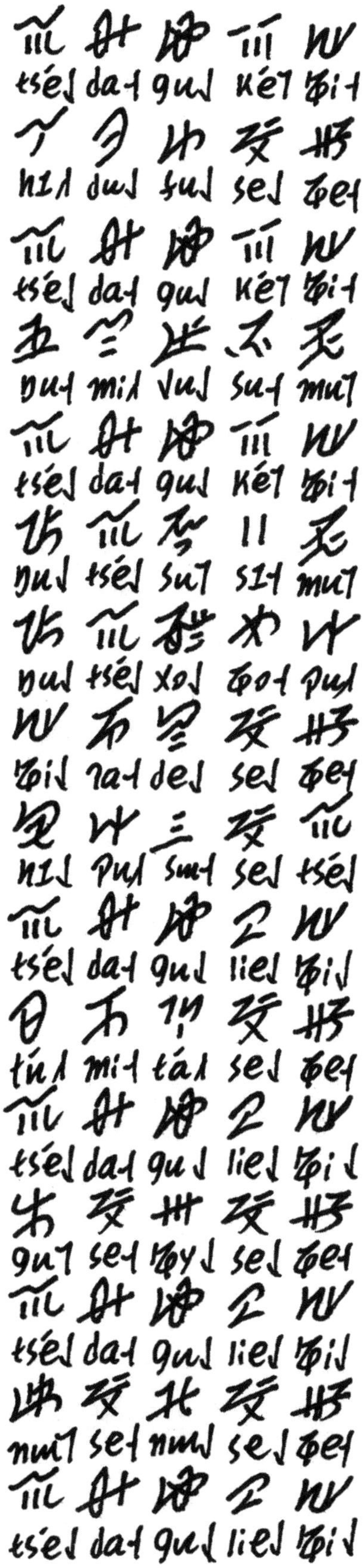

请上台就座。

恒度府大神，

请上台就座。

恩弥武素摩，

请上台就座。

我请苏省摩，

我请荷药布，

我请尼阿得，

恒布请三神，

请上台来坐。

吐米沓大神，

请上台来坐。

沽色尼大神，

请上台来坐。

诺省尼大神，

请上台来坐。

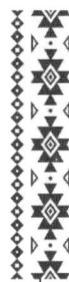

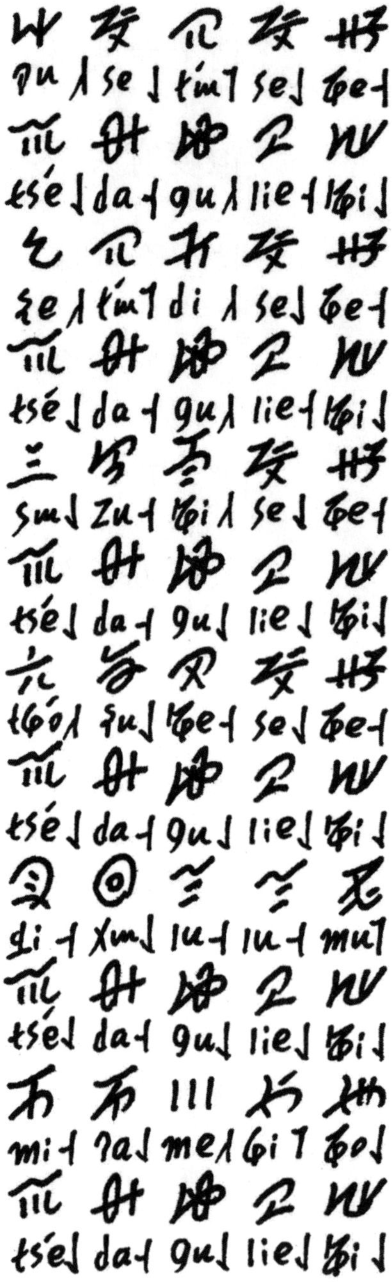

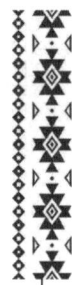

布色特大神，

请上台来坐。

舍特递大神，

请上台来坐。

叟汝聂大神，

请上台来坐。

确属搼大神，

请上台来坐。

四海的龙王，

请上台来坐。

七位天君女，

请上台来坐。

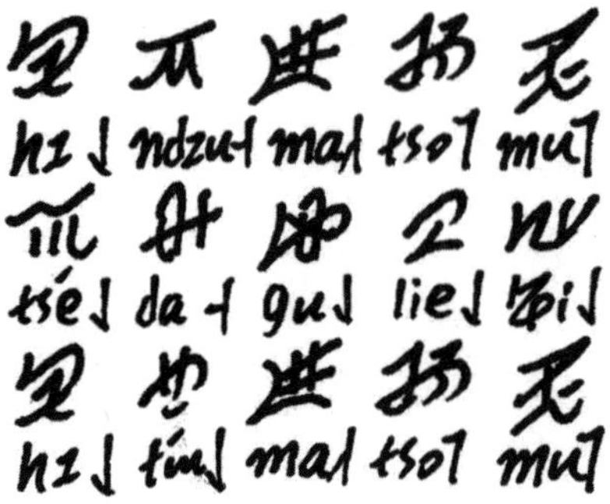

天君老骂昨，

请上台来坐。

恒投老骂昨，

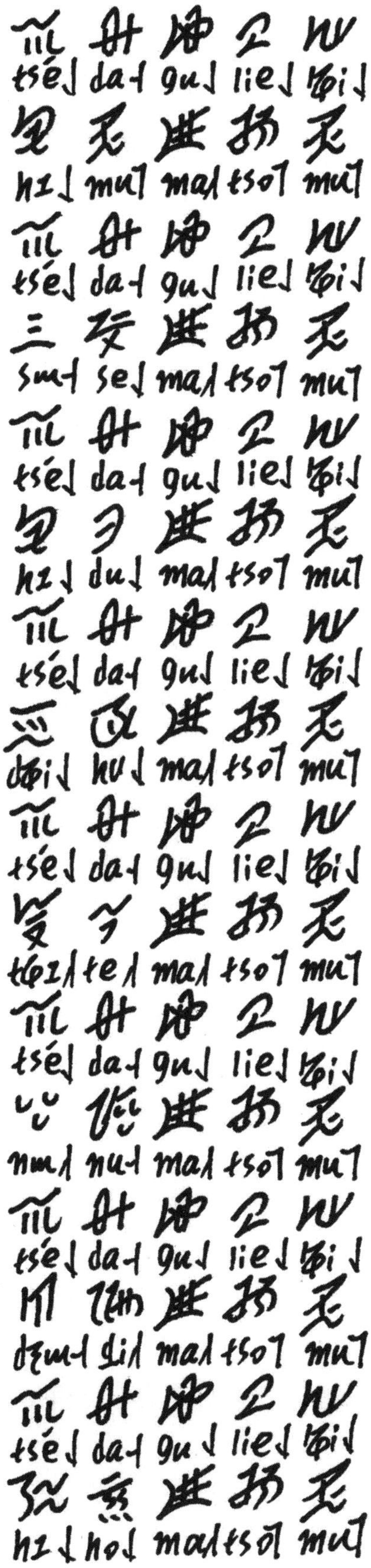

tsé˩ da˧ gu˩ lie˩ ɕi˩ 请上台来坐，

hɪ˩ mu˥ ma˦ tso˥ mu˥ 天臣老骂昨，

tsé˩ da˧ gu˩ lie˩ ɕi˩ 请上台来坐。

su˧ se˩ ma˦ tso˥ mu˥ 三神老骂昨，

tsé˩ da˧ gu˩ lie˩ ɕi˩ 请上台来坐。

hɪ˩ du˩ ma˦ tso˥ mu˥ 万物老骂昨，

tsé˩ da˧ gu˩ lie˩ ɕi˩ 请上台来坐。

dʑi˩ hu˩ ma˦ tso˥ mu˥ 吉洪老骂昨，

tsé˩ da˧ gu˩ lie˩ ɕi˩ 请上台来坐。

tɕʰɪ˦ te˦ ma˦ tso˥ mu˥ 星云老骂昨，

tsé˩ da˧ gu˩ lie˩ ɕi˩ 请上台来坐。

nu˦ nu˧ ma˦ tso˥ mu˥ 雾罩老骂昨，

tsé˩ da˧ gu˩ lie˩ ɕi˩ 请上台来坐。

dʑu˧ ɕi˦ ma˦ tso˥ mu˥ 雷电老骂昨，

tsé˩ da˧ gu˩ lie˩ ɕi˩ 请上台来坐。

hɪ˩ ho˩ ma˦ tso˥ mu˥ 风雨老骂昨，

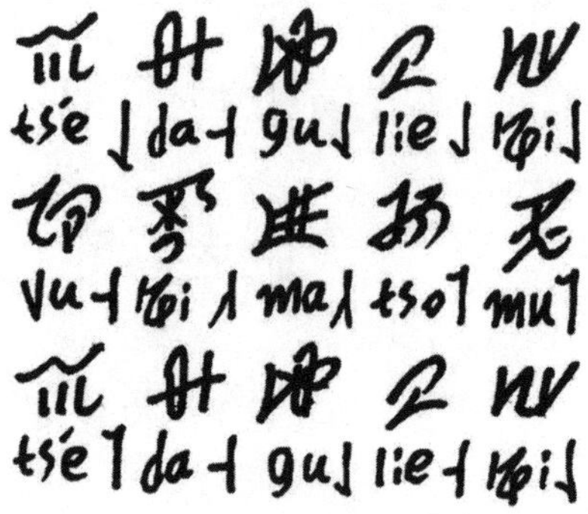

请上台来坐。

冰雪老骂昨，

请上台来坐。

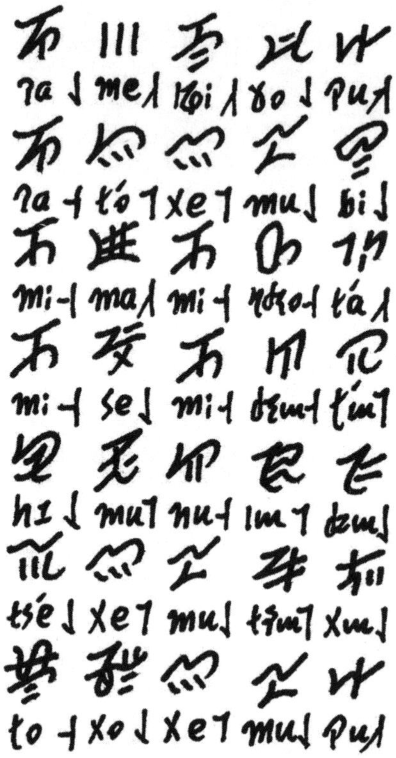

阿迈妮公布：

大会来开始，

天兵撞天钟，

天神放雷炮。

恒摩努喽则，

来主持大会，

公布斩首令。

恒摩努喽则，

起身公布道：

所有的天神，

所有的地神，

ŋu˧ mi˨˩ se˩ kó˩ ŋɯ˩
所有五地神，

se˩ tɕʰe˧ mu˥ kó˩ ŋɯ˩
所有的大神。

ma˨˩ tso˥ mu˥ kó˩ ŋɯ˩
在场的骂昨，

ma˨˩ se˩ dɯ˥ kó˩ ŋɯ˩
在场的骂色。

mi˧ mi˨˩ tsó˩ sɯ˧ tɕi˩
天地人三界，

se˩ se˩ dɯ˥ kó˩ ŋɯ˩
所有的神君，

se˩ ma˨˩ dɯ˥ kó˩ ŋɯ˩
所有的神兵，

nɪ˩ du˩ se˩ kó˩ ŋɯ˩
所有万物神。

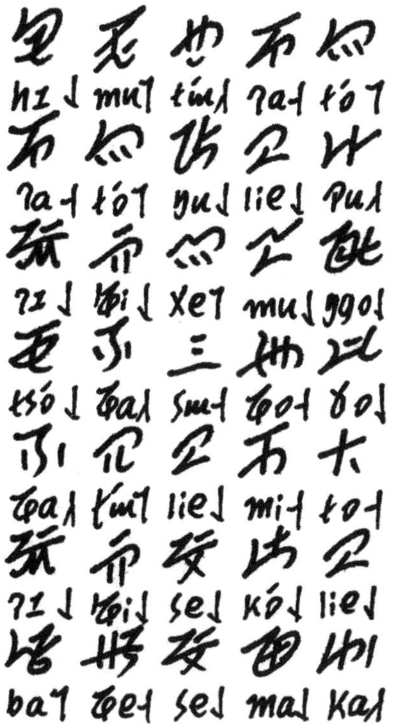

nɪ˩ mu˥ tɯ˨˩ ʔa˧ tó˥
恒摩听君令，

ʔa˧ tó˥ ŋu˩ lie˩ pu˨˩
现在我公布：

ʔɪ˩ tɕʰi˩ xe˥ mu˩ ggo˩
今天的大会，

tsó˩ tɕa˨˩ sɯ˧ tɕo˧ ɣo˩
惩治三罪犯，

tɕa˨˩ tɕʰɯ˥ lie˩ mi˧ to˧
犯罪犯滔天。

ʔɪ˩ tɕʰi˩ se˩ kó˩ lie˩
今天到的神，

ba˥ tɕe˧ se˩ ma˩ ka˨˩
不分大小神，

大小执三界，
为三界中神。
万物神都到，
一起作见证，
同开斩首会。
罪犯他三位，
现在来说他，
相貌怎么样，
所在神不知。
他们在三界，
姓甚又名谁，
担任啥职务，
官衔有多大，
犯的什么罪，
在场的各位，
三界万物神，

个个都不知，

请诸位稍等。

我现在公布：

把他三罪犯，

由天兵天将，

押赴上刑场，

让万物神看。

罪犯他三位，

犯的什么罪，

诸位就知道。

我不再多说，

时辰不等人。

现在我宣布，

请来苏省摩[2]，

请来荷约布[3]，

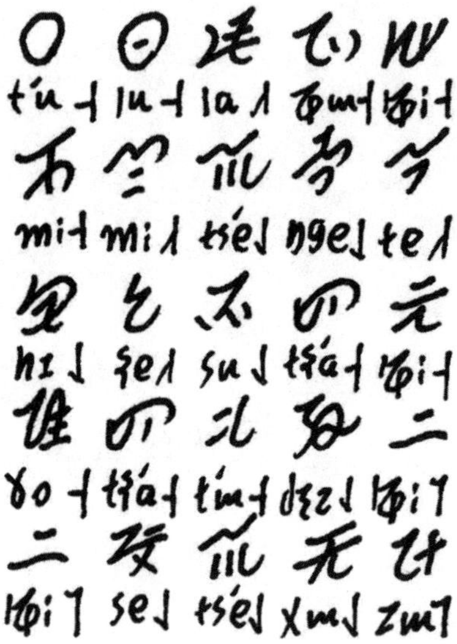

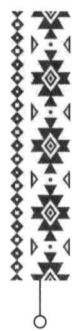

坐宇宙台上，

为天地作证。

恒舍素插尼[4]，

和卧插抖直[5]，

请二位执刀。

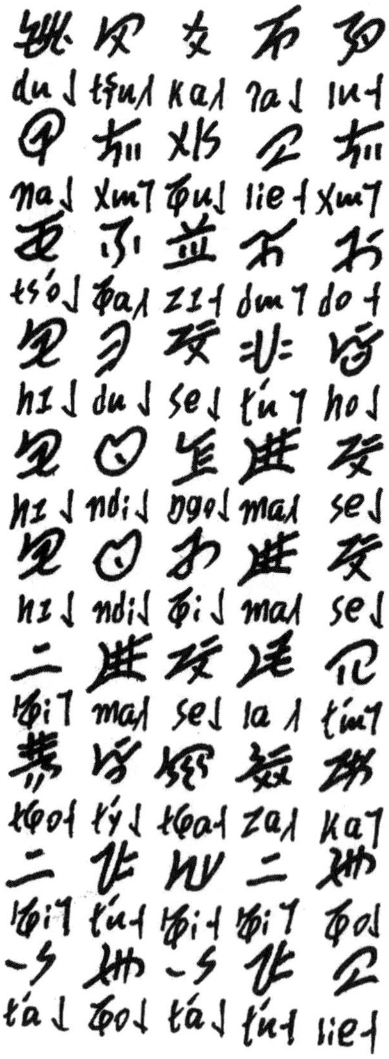

叫一声阿鲁，

你们抓到的，

罪犯押上场，

万物神见证。

骂色搁朵仆，

骂色溢喊候，

俩骂色动手，

拿出号令来，

直奔俄莫边。

左右齐动手，

把俄莫拿下。
用神索捆绑，
押至会场前，
押了跪地上。

宇宙法升堂，
宇宙判官问：
跪堂前是谁，
你叫啥名字？
自己报上来。
俄莫没报名，
扬头大喊道：
我认或不认，
都是一个样，
你们全知道，
我也不惧怕。

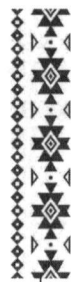

我直接说来，

真相已大白。

我所犯的罪，

何去又何来，

全告诉你们，

信否由你们。

我来说真话，

就说我俄莫。

天君大骂昨，

我是他儿子，

我若少说话，

话少说不清。

多少说出来，

诸位全部听。

要说当下呢，

俄莫我要夸，

要夸一个人。

万物中阿鲁，

似万物中神。

做事像人做，

学人做大事，

别学鬼做神，

神还不如鬼。

俄莫犯的案，

你们所在的，

认真想一想，

自己细掂量，

哪个敢来做。

除了我俄莫，

敢做的没有，

敢想都没有。

我夸的这人，

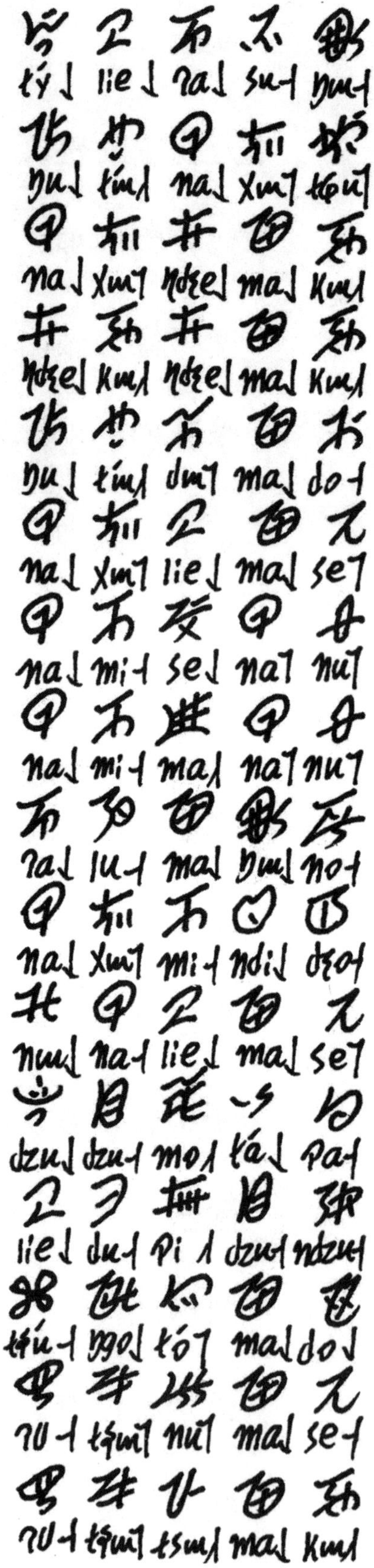

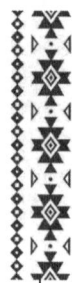

他究竟是谁，

我告诉你们，

你们不会信。

信与不信呢，

我没开口说，

你们是不知。

那么多天神，

那么多天兵，

若不是阿鲁，

你们在雾里，

红黑都不分，

如饭袋尸魂。

吃草诸位狠，

拉车就不行，

啥事不清楚，

啥事也不做。

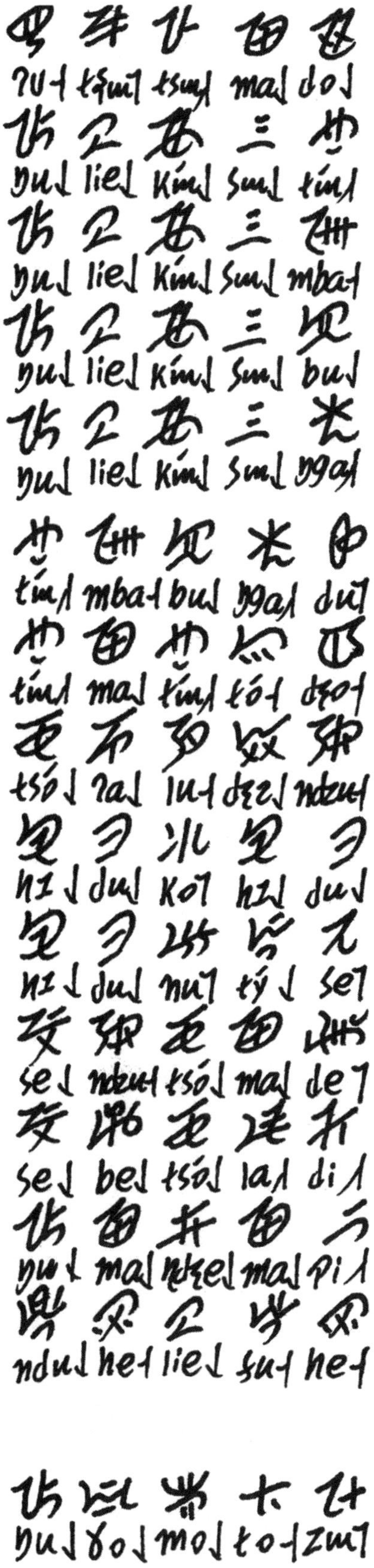

啥事做不了，

无论怎么说，

无论怎么讲，

无论怎么夸，

无论怎么催。

总的四句话，

说不说一样。

阿鲁太聪明，

万物中万物，

他料事如神，

神没人聪明，

神落入人手，

我不信不行。

要打或斩首，

我俄莫顶住，

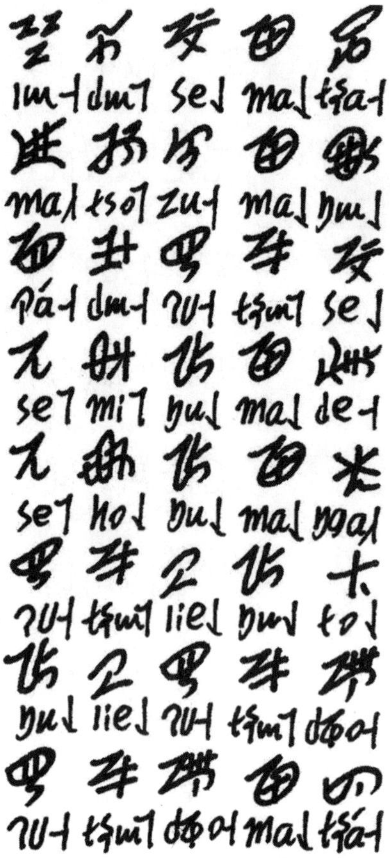

动都不算神，

不是骂昨儿。

别的什么神，

文化不如我，

知识不如我，

拿啥和我比，

我还怕什么？

怕都不算数。

我俄莫记人，

正是人阿鲁。

我没犯事时，

我还有些怕，

今天我犯事，

我已不慌张。

我要怎么死，

我真的不怕。
俄莫死会变，
但怕人阿鲁。
天地三界中，
任我到处游，
说句心里话，
我不如阿鲁。
不是夸耀他，
像阿鲁很的，
没有一个神，
像阿鲁正直，
也没一个神。

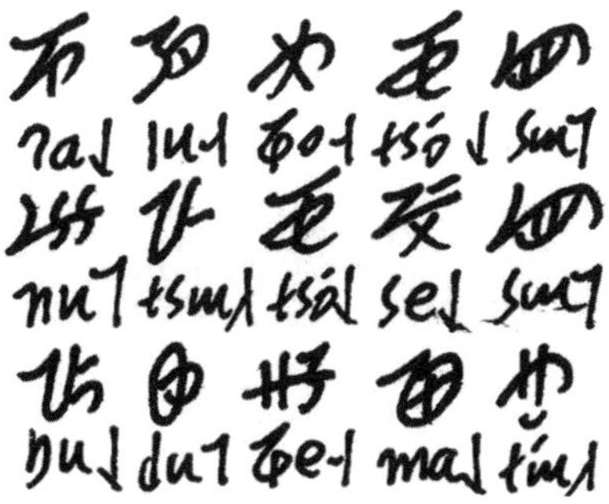

阿鲁本是人，
做事料如神。
我不说大话，

除了他之外，

都像没在世，

全像死了样。

说督久武业，

说台租斗娄，

他俩供词实。

俄莫犯了事，

也能担责任，

怕死不犯事。

犯事如赌注，

赌赢或赌输，

除支格阿鲁，

谁人来知道，

又是谁先知。

俄莫胆再大，

也不会去犯，

今悔之晚矣。

我俄莫再扯，

不推给他人。

说来一句话，

是我强迫的，

哪个敢不做？

哪个敢不去？

哪个不怕死？

我俄莫不说，

阿鲁也知道。

现在我不认，

你们哪个信？

俄莫想做事，

心里怎么想，

行动就随之。

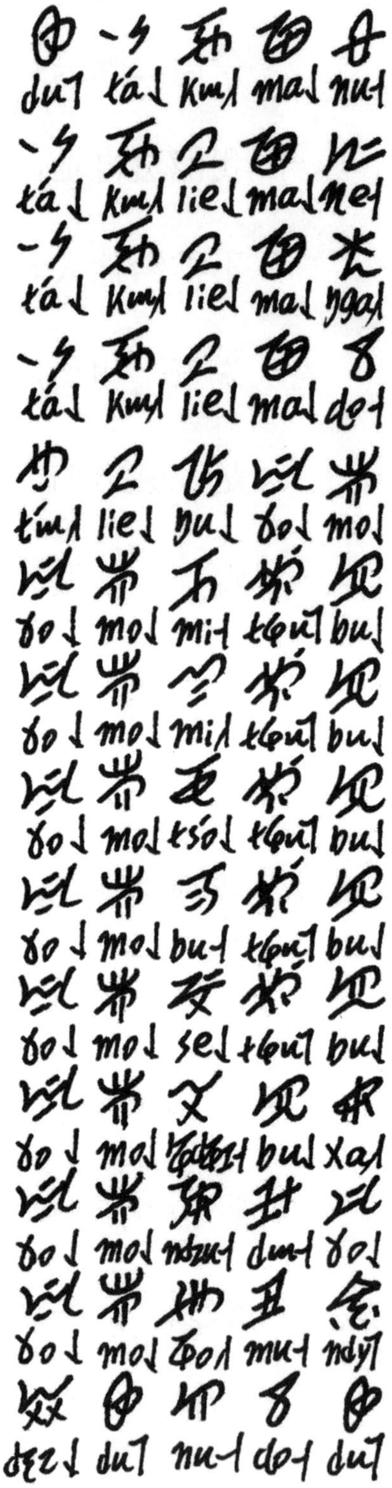

话一句不多，
一句也不少，
句句是真话，
没一句谎言。
要说我俄莫，
我可与天赌，
也可与地赌，
俄莫与人赌，
也能与鬼赌。
俄莫跟神赌，
做一个游戏。
俄莫有能耐，
俄莫自有数。
真话或谎言，

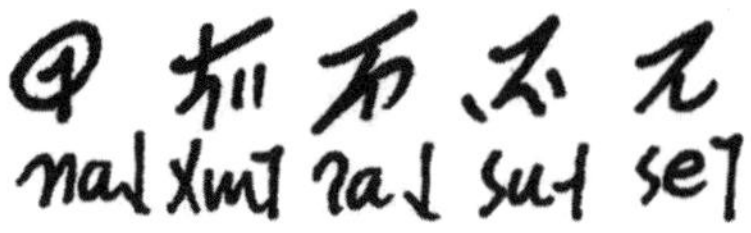

诸神有谁知，

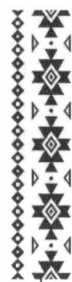

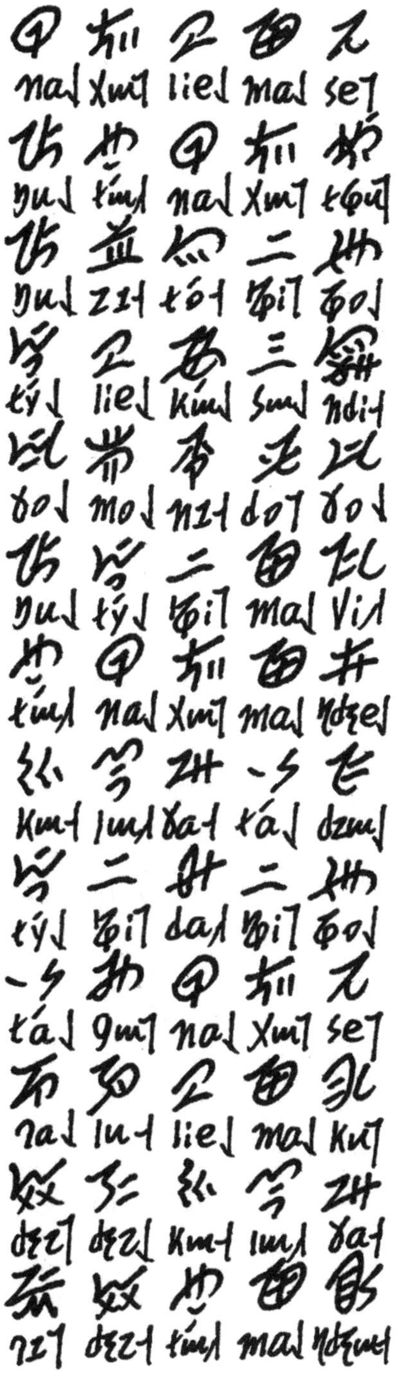

料你们不知。

我告诉诸位，

押我的两神，

他们虽装扮，

我心如明镜。

我不怪他俩，

说你们不信，

是我替身鸡。

他们这两位，

等会便知晓，

阿鲁不救他，

真是替身鸡，

一点也没错。

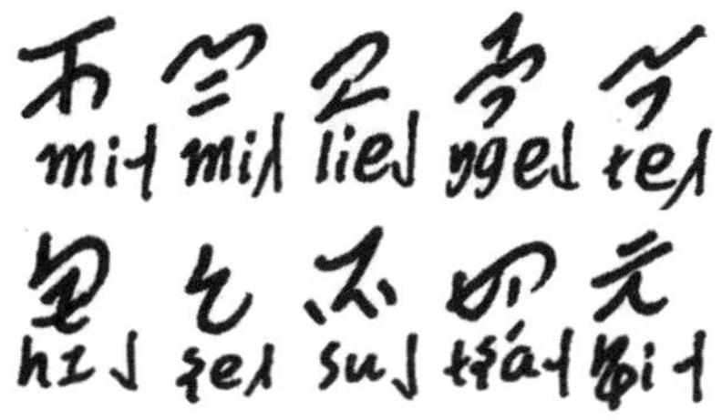

天地来作证，

恒舍索插尼，

卧插抖直俩，

各站在各位，

手执大斩刀。

天兵搁朵仆，

天兵溢喊侯，

把面具取下。

在坐的大神，

不惊的没有，

如俄莫所供，

一点也没错。

宇宙腊友说，

判督久武业，

判台租斗娄，

犯滔天大罪，

他俩帮俄莫，

他俩捧俄莫，

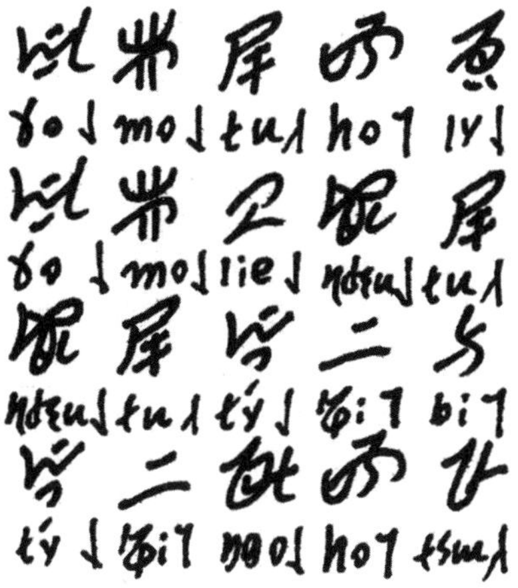

想要官来做。

俄莫也许愿，

许官给他俩，

拉二位为官。

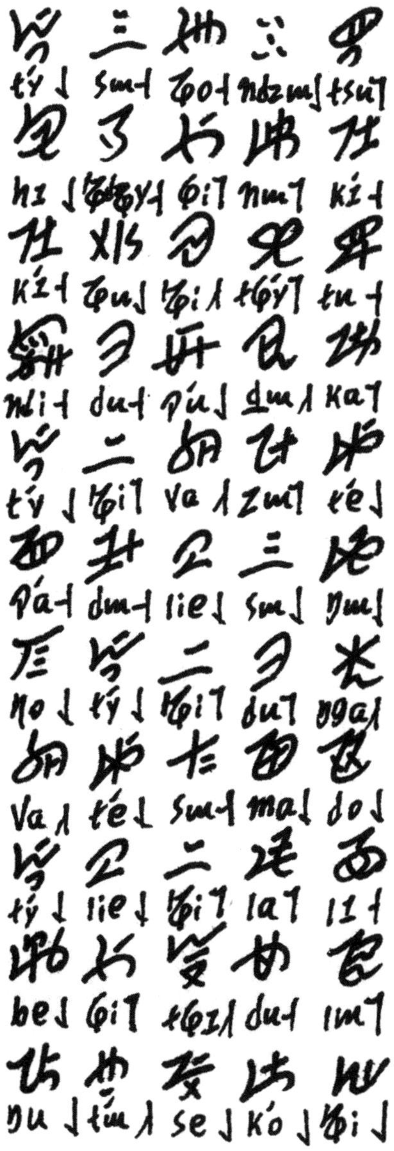

他三位商议，

抢恒举西呢。

抢时睹住嘴，

装进口袋里。

他俩扛起跑，

被别人看见，

大家齐追赶。

看来跑不脱，

他俩便乱扔，

掉入西借堵。

今天在坐神，

即有天庭神，

又有地上神，

也有五地神，

也有万物神。

大神们见了，

你们想一想，

他们的行为，

令诸神咋舌。

他们犯下的，

是死罪一桩。

我宇宙腊友，

是宇宙判官，

说句真心话，

要感谢阿鲁。

笃支格阿鲁，

测天量地时，

他功不可没。

此次救西呢，

阿鲁也有功。

阿鲁刚知晓，

一刻不停顿，

撒腿就开跑，

健步如飞的。

奔向西借堵，

没看见西呢。

看西呢不在，

仆荀也没在。

阿鲁暗思忖，

跳入洞里面，

到处找西呢，

她没在洞中，

阿鲁看呢濮，

她俩在寻路，

阿鲁没多想，

一心救西呢。

阿鲁纵身跃，

跳入西借堵，

被云马接住，

接到呢濮去。

知西呢没死，

仆苟还有气，

两人已藏身，

藏身变化了，

变作两颗星。

遇呢濮好人，

竟是麻博家，

遇上俩姑娘，

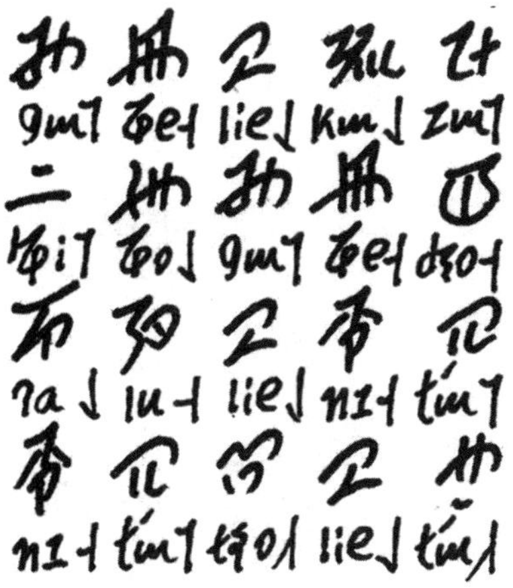

被他家收留。

两人在他家，

阿鲁放了心，

回天庭禀报。

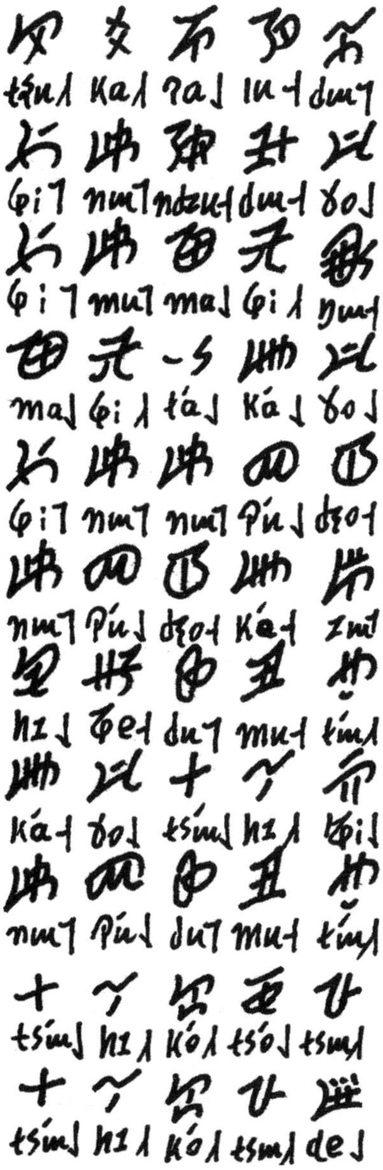

支格阿鲁说：

西呢是天星，

西呢不会死，

不死有一难。

她在呢濮地，

躲着避灾星。

按天庭历算，

灾星十八天，

按呢濮历算，

做人十八年。

十八年期到，

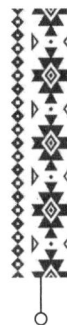

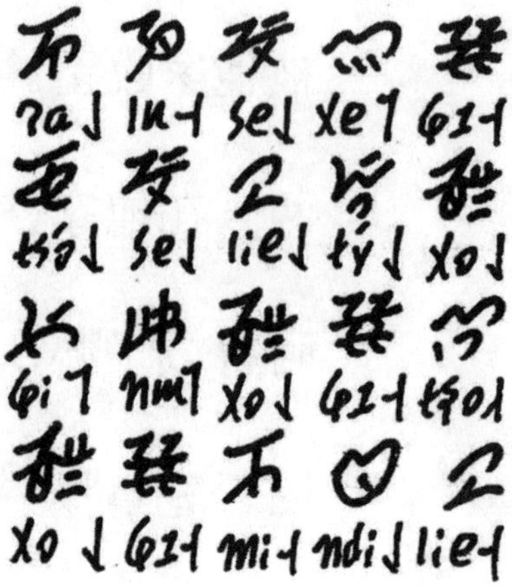

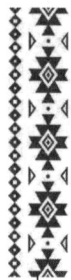

阿鲁带神接，

有人神相送，

接送西呢回，

接送回天庭。

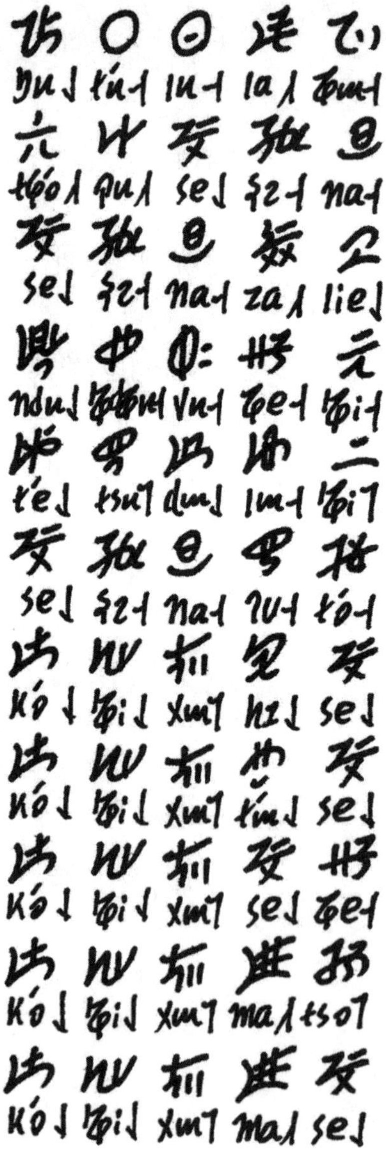

我宇宙腊友，

看六部神典，

已清楚明了。

他督久武业，

台租斗娄俩，

按神典砍头。

在坐的天神，

所在的地神，

在坐的大神，

在坐的骂昨，

在坐的骂色，

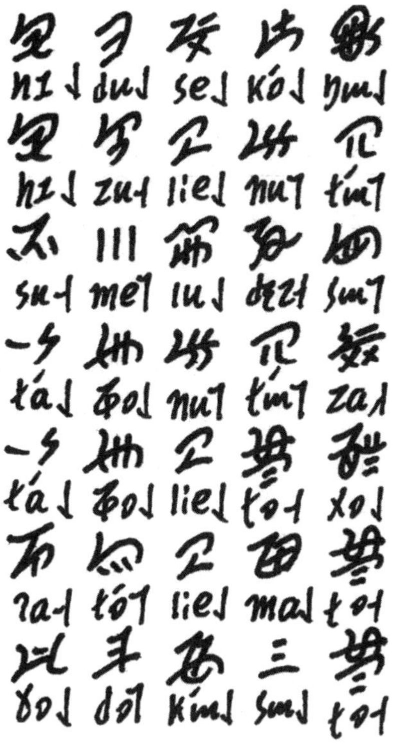

所有万物神，
天子若犯法，
与庶民同罪。
谁要犯死罪，
同样要斩首，
如现在不斩，
还更待何时。

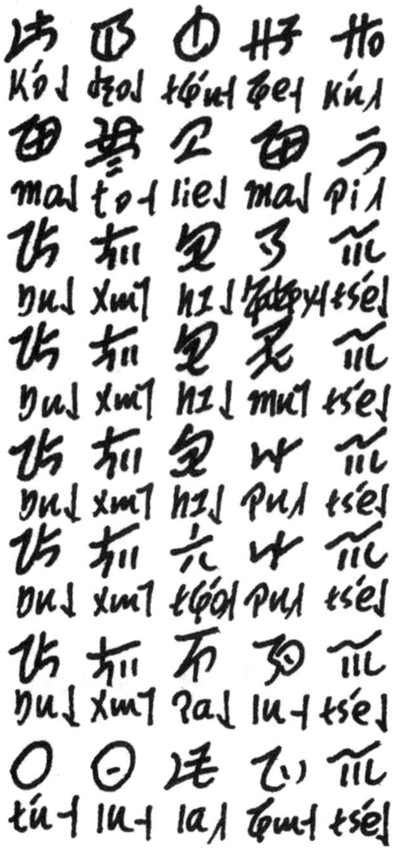

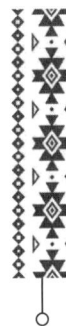

全场高声喊，
不斩掉不行。
我们请恒举，
我们请恒摩，
我们请恒布，
再请六部神，
我们请阿鲁，
请宇宙腊友，

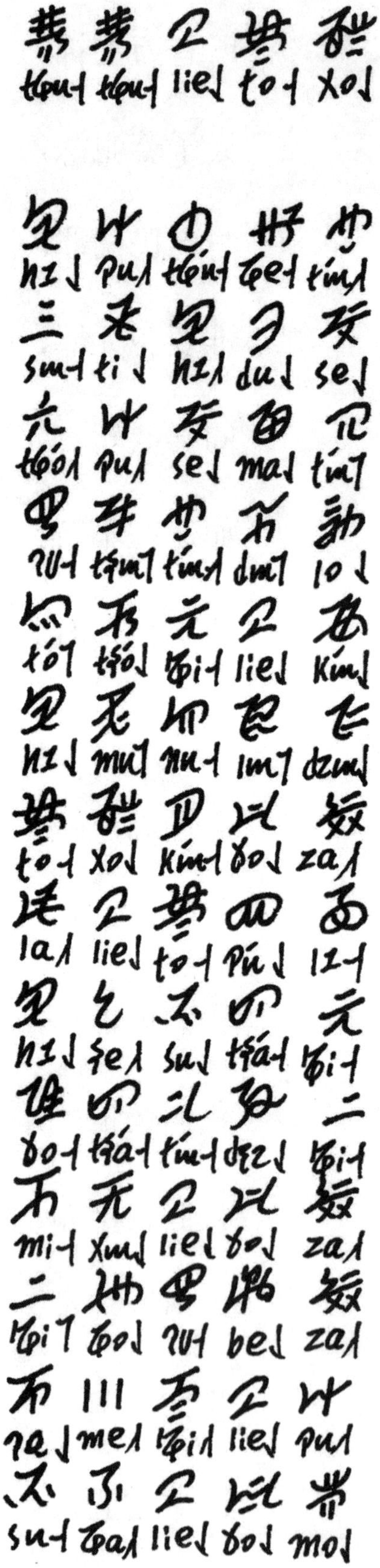

判令来斩首。

恒布大声道：

三界万物神，

六部神不饶，

说啥都算轻，

时辰已来到。

恒摩努喽则，

下了斩首令，

丢出斩首牌。

恒舍素插尼，

卧插抖直俩，

挥天刀就砍，

二犯头落地。

阿迈妮公布，

首犯他俄莫，

罪行累累的，

按六部神典，

用天条治罪。

他违犯天条，

就按天条论。

叫他也知道，

生还不如死，

要他尝罪责。

天兵押俄莫，

押出了刑场，

往西借堵去。

天兵搁朵仆，

天兵溢喊候，

与阿鲁同行，

押首犯俄莫，

到西借堵边。

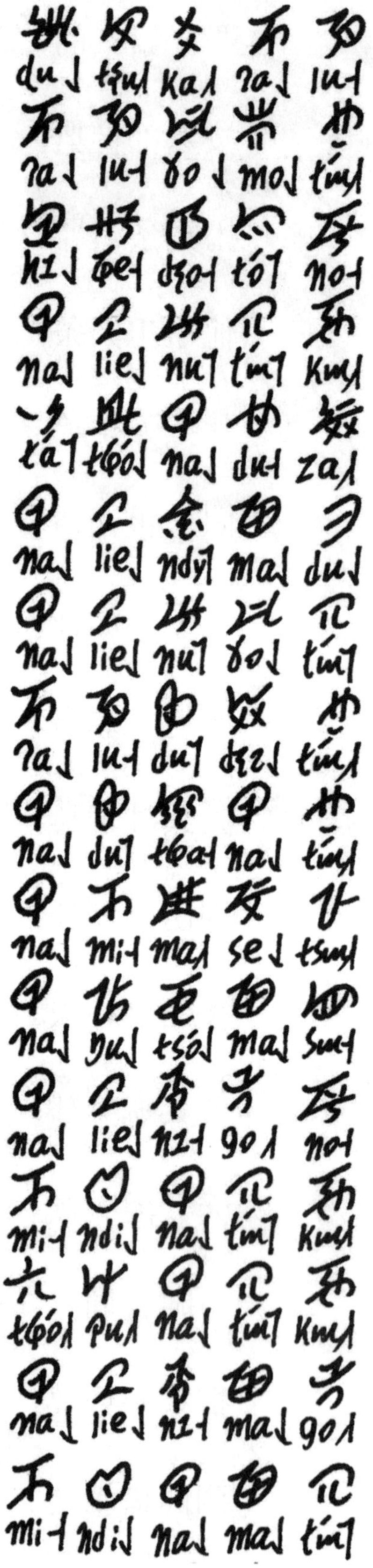

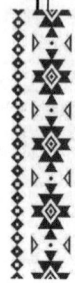

笃支格阿鲁，

警诫俄莫说：

在天庭之时，

你已犯了罪，

这次你入洞，

怕你想不通，

继续再作恶。

阿鲁说真话，

将你话回你，

作为天兵将，

你不像我们。

若你能悔改，

天庭放你生，

六部会饶你。

如若不悔改，

天庭不饶你，

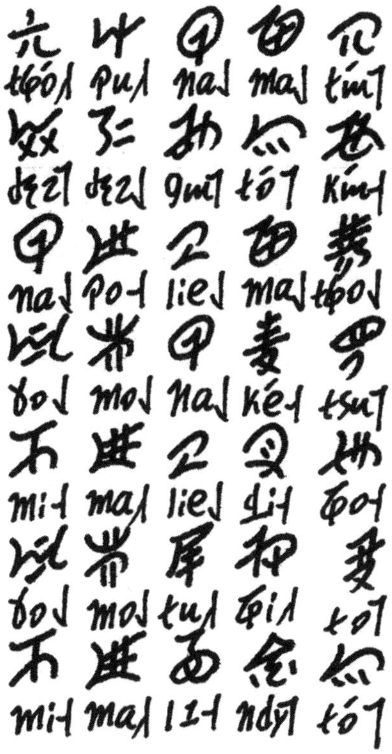

六部不饶你。

到了那时候，

已悔之晚矣，

俄莫你记住。

天兵共四个，

高举起俄莫，

想丢他入洞。

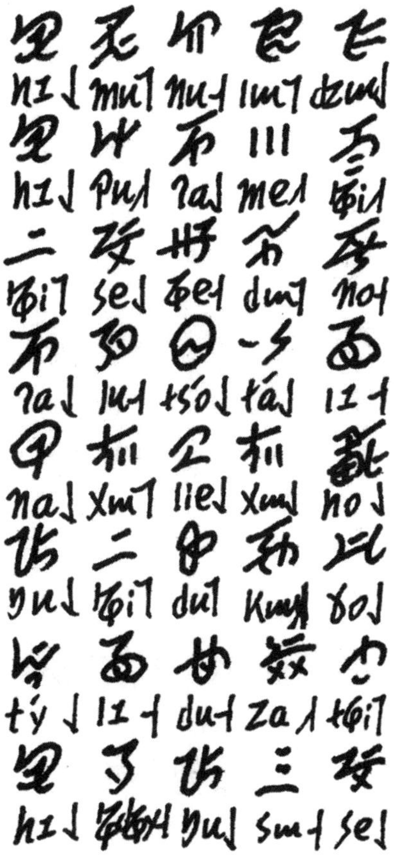

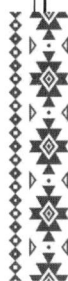

恒摩努喽则，

恒布阿迈妮，

他俩赶到说：

阿鲁你暂停，

再稍等片刻，

我俩还有话。

丢他下洞前，

恒举和我俩，

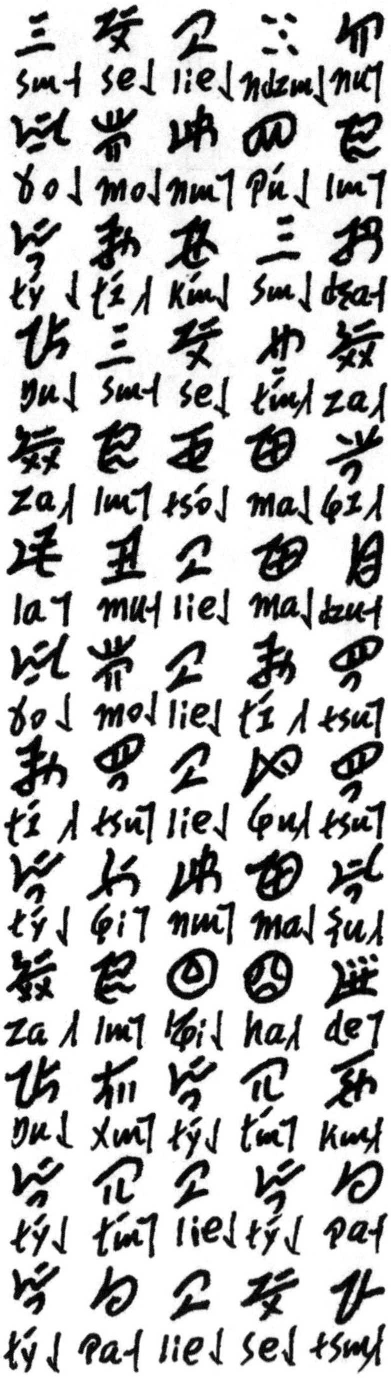

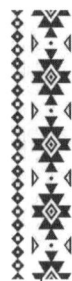

三神商议过，

俄莫去呢濮，

看他如何改？

我三神说过，

下去不害人，

又不乱吃人。

俄莫若变好，

变学也学好，

不再扰西呢。

罚他期满时，

可网开一面，

放他条生路，

重新做好神。

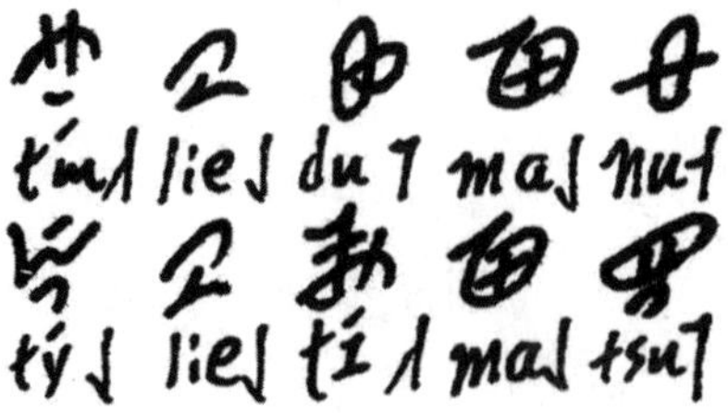

说来话不多，

如他不悔改，

还继续作恶，

罚期还未满，

就罪加一等，

谁也救不了，

谁都无二话。

追缉回天庭，

世世囚天牢，

怨不得哪个。

恒布问骂昨，

天君老骂昨，

今天你亲见，

三界中的神，

个个你知道，

三神这样做，

是最大宽容。

你要想一想，

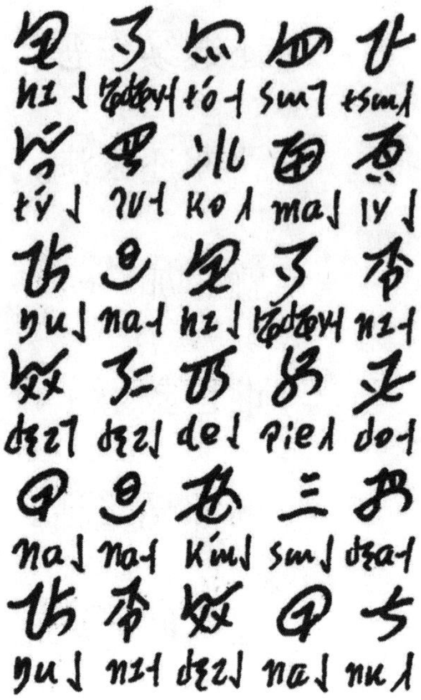

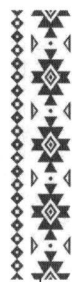

恒举这样做，

没判俄莫死，

恒举仁者心，

确实很博大，

你看怎么样？

请说句实话。

天君骂昨说：

恒布阿迈妮，

俄莫是我儿，

儿子不听话，

犯案犯重案。

你为六部神，

我也是一员，

你我懂天条，

都不敢救他，

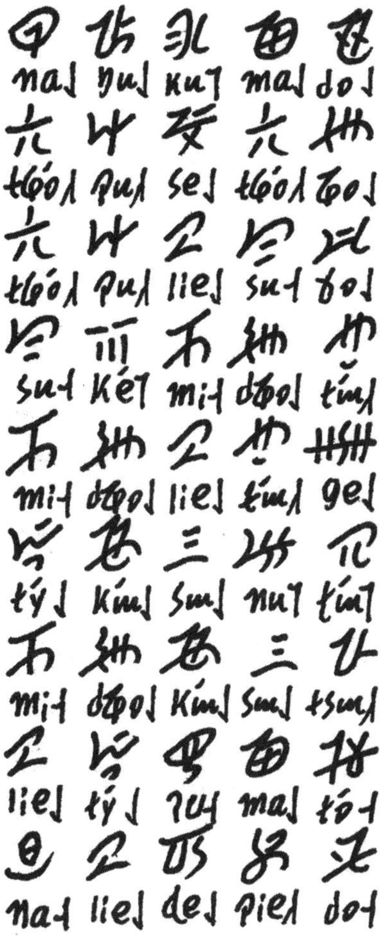

na˩ ŋu˩ ku˥ ma˩ do˩　真是不敢救。

tɕʰo˨˩ pu˨˩ se˩ tɕʰo˨˩ to˩　六部神六位，

tɕʰo˨˩ pu˨˩ lie˩ su˧ to˩　部神书中载，

su˧ ke˥ mi˧ dʑo˧ tɕi˩　书中记天条，

mi˧ dʑo˧ lie˩ tɕi˩ ge˩　天条很清楚。

tɕi˩ kɯ˩ sɯ˩ nu˥ tɕi˥　他犯了啥罪，

mi˧ dʑo˧ kɯ˩ sɯ˩ tsɯ˩　按天条执行，

lie˩ tɕi˩ ʔu˩ ma˩ to˧　没有让他死，

na˧ lie˩ de˩ pie˨˩ do˧　就很宽容了。

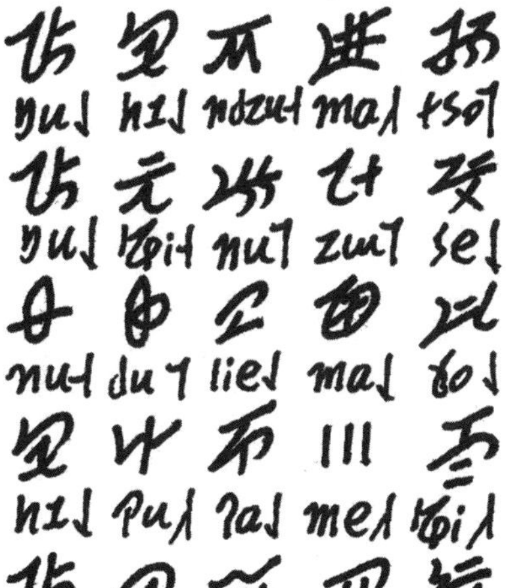

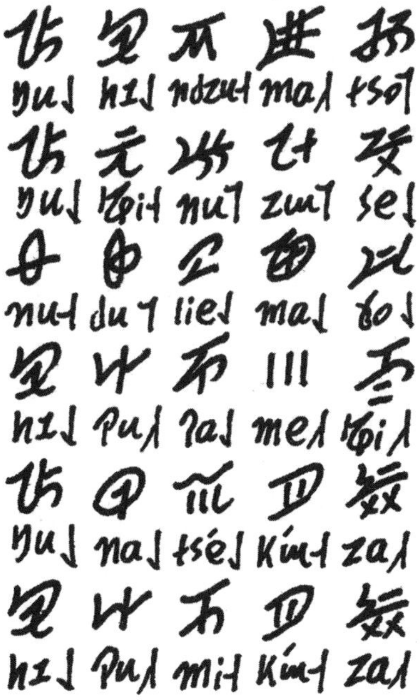

ŋu˩ hɪ˩ ndzu˧ ma˨˩ tso˥　我天君骂昨，

ŋu˩ tɕi˧ nu˥ zu˥ se˩　我也是位神，

nu˧ du˥ lie˩ ma˩ to˩　多话已没有，

hɪ˩ pu˨˩ ʔa˩ me˨˩ tɕi˨˩　恒布阿迈妮，

ŋu˩ na˩ tsé˩ kɯ˧ za˨˩　我请你下令。

hɪ˩ pu˨˩ mi˧ kɯ˧ za˨˩　恒布下天令，

天兵丢俄莫，

丢进西借堵。

阿鲁站一旁，

鸟瞰着呢濮，

他没落呢濮，

嵌在石桩上，

尸身不下落，

魂魄往下沉，

飞旋到呢濮，

落在惹哪中[⑥]。

注释：

①武鄗姆：天神名，传说中的天君之妻，为天母。

②③苏省摩、荷约布：宇宙大神，传说中的监斩官。

④恒舍素插尼：传说的天上行刑官官名。

⑤卧插抖直：传说中的天上行刑官官名。

⑥惹哪：泛指大山、黑山。

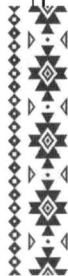

西呢巴转世

恒也策举祖，

他的幺姑娘，

名叫西呢巴，

丫环仆苟巴，

会落不会落，

落在麻博房，

两个歇房顶。

再来说宇宙，

说宇宙自然，

也来说自然，

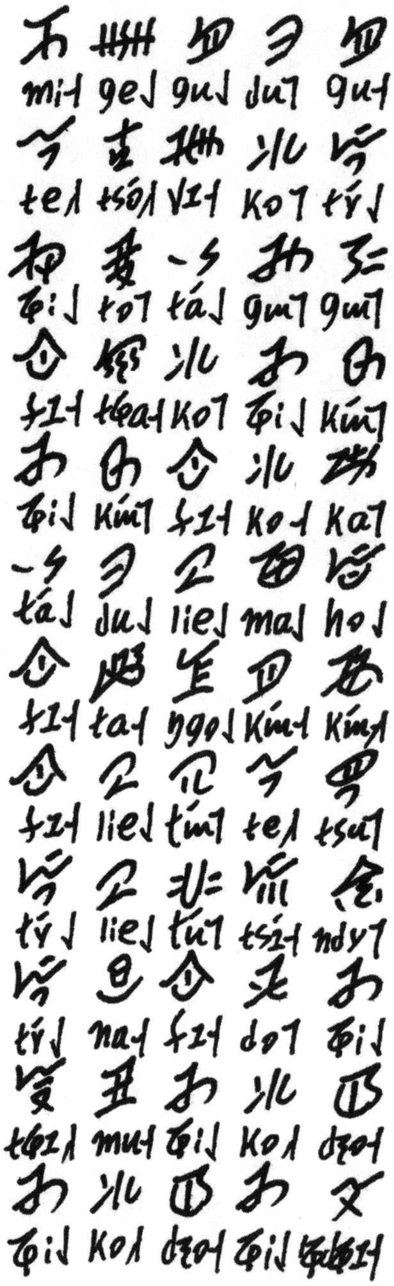

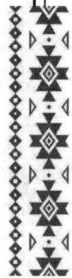

天亮了之后，
代措薇果她[1]，
刚刚才起床，
端盆去装水，
舀水装进盆，
一样没发现。
端盆到门口，
放置好水盆，
她正想洗脸，
见到盆水中，
星星映水中，
如在戏水玩。

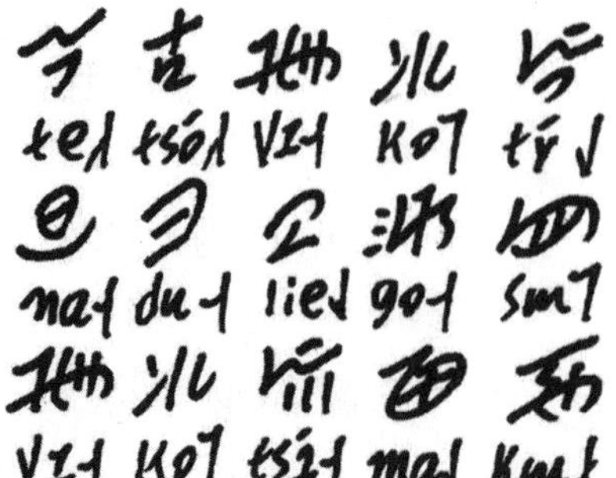

代措薇果她，
宛如眼睛花，
她没敢洗脸，

呆呆看盆里。

两颗星闪动，

却不像星星，

却像两月亮。

看来又看去，

又不像月亮，

却像两仙女。

薇果眨眨眼，

啥也不见了，

说来怪不怪，

讲来神不神？

说来是自然，

薇果没洗脸，

端去给婆婆。

杰努兜谷喜②，

笑着接脸盆，

心中暗暗想，
做她的婆婆，
真是太享福。
要不是侄女，
谁有这孝心，
高兴把脸洗。

说的是人语，
传来是神话。
当天洗完脸，
杰努兜谷她，
自己已发现，
身似怀孕了。
一天又一天，
肚子在变大。
一月接一月，

到了十个月，

会生不会生，

一胎生两女。

薇果先发现，

婆婆生小孩。

薇果知道后，

薇果有头脑，

早生下那个，

抱了睡左边，

晚生下这个，

抱了睡右边。

薇果自然想，

想到也自然，

早生的一个，

手拴一根线，

du˥ ɕo˧ lie˩ tá˥ ɕo˩
晚生的一个，

la˨˩ ké˥ ké˩ ma˩ ti˨˩
手上不拴线，

gɯ˥ sɯ˥ lie˩ zɯ˥ sɿ˥
好确认大小。

da˨˩ ɕo˩ lie˩ tɕi˥ ɕo˧
上生的一个，

da˨˩ ɕo˩ lie˩ ɕe˧ ŋɯ˧
是为长女了；

da˨˩ ɕo˩ lie˩ du˥ ɕo˧
晚生的一位，

da˨˩ ɕo˩ lie˩ ba˥ ŋɯ˧
应当是小妹。

vɿ˧ ko˥ lie˩ ndy˥ kɯ́˧
薇果她想到，

tý˩ la˧ me˨˩ ma˩ ti˨˩
没名不好喊，

tɯ́˨˩ lie˩ kú˨˩ ma˩ so˩
没名不好叫，

lie˩ tý˩ ɕi˥ me˨˩ ti˨˩
给她俩取名。

ɕe˧ ɕo˩ me˨˩ ʔa˥ ndzɯ˧
大的名阿祖，

ba˥ ɕo˩ me˨˩ ʔa˥ ɕɯ˧
小的名阿友，

ndzɯ˧ ɕɯ˧ lie˩ tá˩ dzɯ˩
祖和友一对，

tá˩ dzɯ˩ ɕi˥ mi˧ nɯ˨˩
两姊妹一对，

vɿ˧ ko˥ me˨˩ ti˨˩ tsɯ˥
薇果取好名。

所说皆她俩，

所讲皆她俩。

生下一年时，

全家抢着抱。

到了第二年，

你背了我背。

到了第四年，

被牵着走路。

到了六年时，

姊妹同玩耍，

追逐嬉戏笑，

一家人欢喜。

到了九年时，

眼睛如朝阳，

耳朵像月亮，

小口似星星，

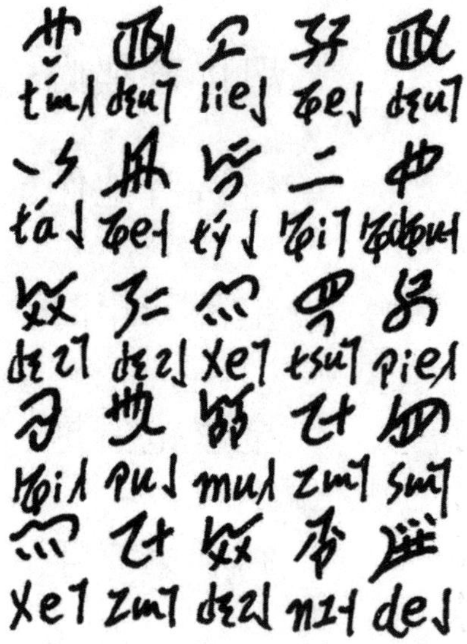

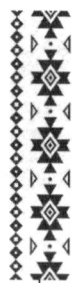

爱说又爱笑。

一家想她俩，

带得非常好，

如含在嘴里，

带起心里乐。

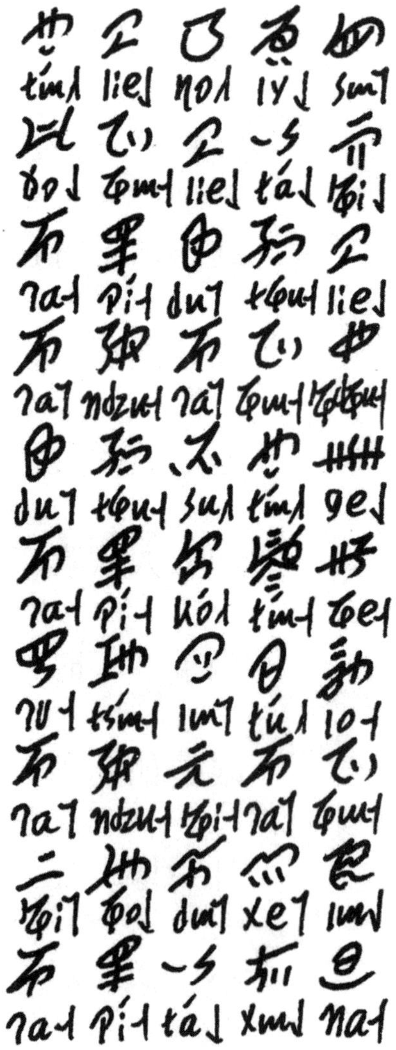

说来很自然，

后来有一天，

外婆带信来，

想阿祖阿友。

带信人说明，

外婆年事高，

头发成银丝，

阿祖和阿友，

两位都带去，

让外婆看看。

住上一两天，

外婆见她俩，

如见星星般，

如见月亮般，

如见朝阳般。

外婆满足了，

死时也瞑目。

带信人走后，

麻博阿格格，

去告知兜谷。

阿祖和阿友，

她外婆带信，

外婆想她俩。

外婆年纪大，

这两位姑娘，

天神赐的人，

生下到现在，

她的亲外婆，

从来没见过。

信已传多次，

没去过一回。

外婆想她俩，

说是想断肠。

今天告诉你，

送两位姑娘。

咱们心善良，

性情又直率，

爱救人帮人，

不让人吃亏，

也不害别人。

所说是天地，

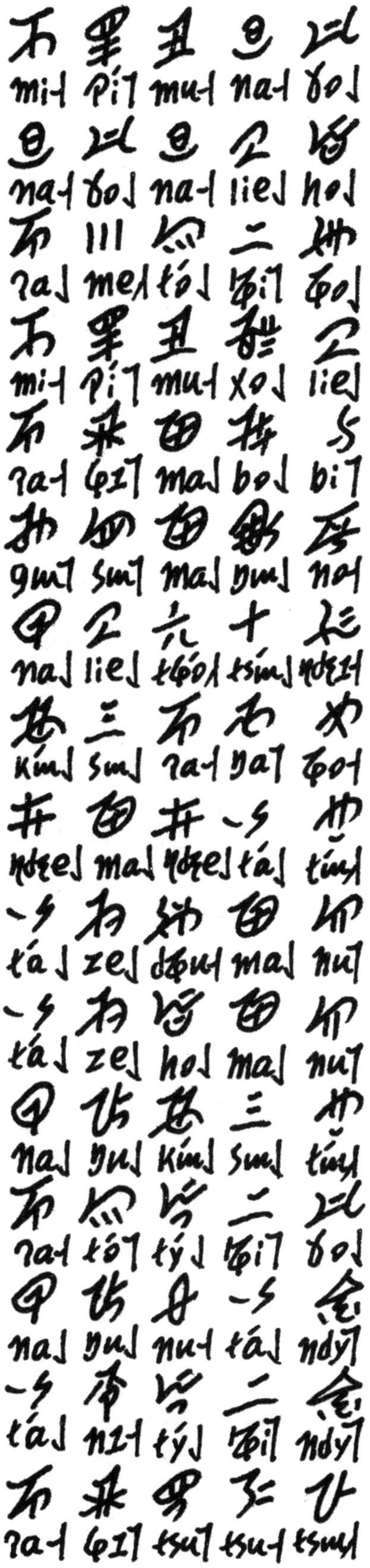

老天有天眼，

有眼见善良。

这两位姑娘，

是老天送来，

给咱麻博家。

不是这样呢，

你已逾六十，

怎么能生儿。

信不信别论，

从没听说过，

也没见到过。

不管怎么说。

现在有她俩，

全家乐融融，

一心想宝贝。

咱们多行善，

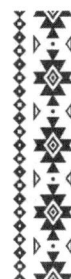

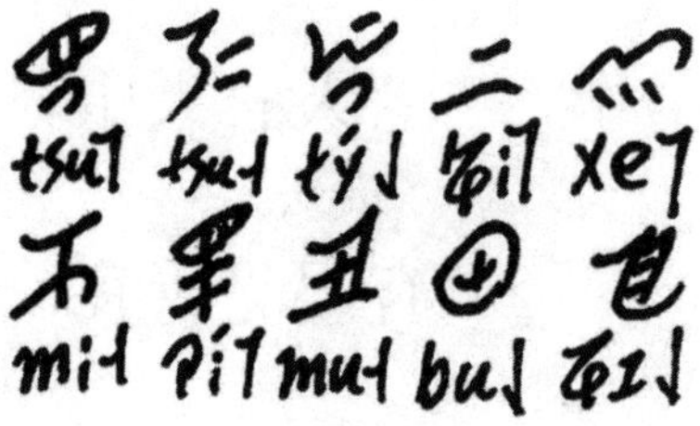

好好带她俩，

报答老天爷。

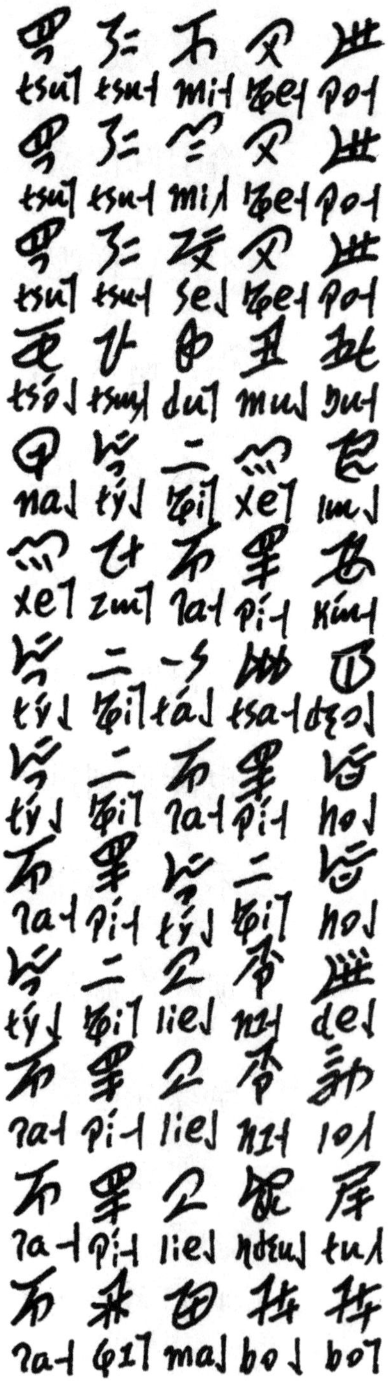

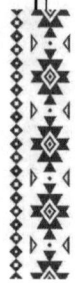

报好天恩典，

报好地恩典，

报好神恩典，

做知恩的人。

你带上她俩，

带到外婆家，

他俩住一段。

她俩见外婆，

外婆见她俩，

她俩心满意，

外婆也满足。

外婆许一愿，

咱们麻博家，

要还一个愿，

许愿的会许，

还愿要还好。

杰努兜谷说：

你说话我信，

感谢天恩赐，

阿祖和阿友，

如天送来样，

送给麻博家，

咱们这家人，

欢聚在一堂，

再说那兜谷，

她真的听话，

兜谷说送去。

外婆若知道，

外婆见她俩，

肯定心欢喜，

明天起床来，

我送她俩去。

咱家里事忙，

活路也太多，

但不送不行。

外婆有心愿，

家中事再忙，

我都全放下，

送她两个去。

送她俩到后，

住上两三天，

她俩若愿意，

她俩就留下，

我先回家来。

麻博格格道：

常常在家忙，

多年没回去，

家中人手多，

你不必多管，

你已六十多，

七十差一岁。

我说给你听，

咱儿子成年，

儿媳也有了，

姑娘长大了，

家里的事情，

他们会管理。

你就放心吧，

放心走一趟，

陪陪你阿妈，

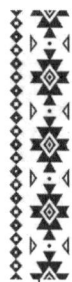

住够再回来。

两夫妇说好，

杰努兜谷说：

你是我丈夫，

话你已说到，

我不再多言。

我也不多想，

如你说的办，

多住些时日。

第二天起早，

杰努兜谷她，

做饭又做菜，

全部都做好，

摆满一大桌。

一家四代人，

足足十个人，

围坐一大桌，

共同吃一餐，

欢欢喜喜地，

吃完这顿饭。

杰努兜谷她，

带阿祖阿友，

要去外婆家。

注释：

①代措薇果：人名，麻博氏儿媳。

②杰努兜谷：人名，麻博阿格格的妻子。

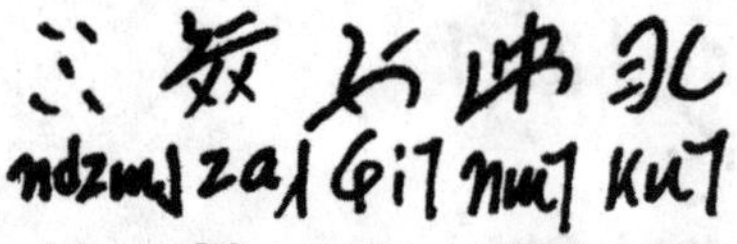

议救西呢巴

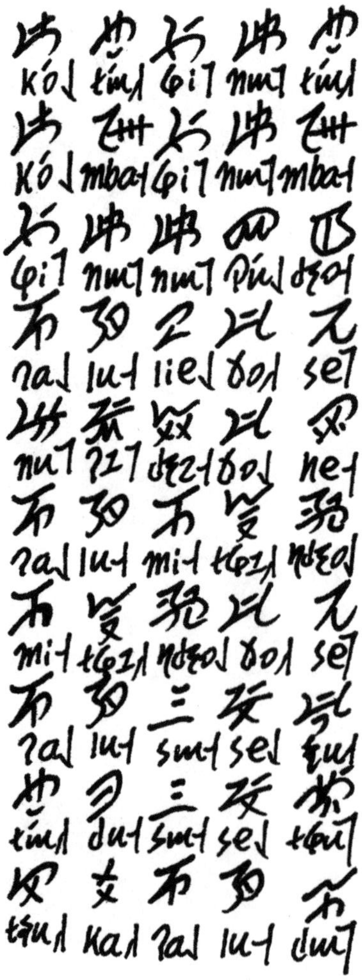

话说西呢巴，

所讲也讲她，

她在呢濮地。

阿鲁已知道，

西呢遇麻烦。

阿鲁观星象，

观后便知道。

阿鲁找三神，

向他们禀告。

支格阿鲁说：

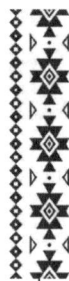

恒也策举祖，

恒摩努喽则，

恒布阿迈妮，

天庭叟汝聂，

天庭确属撵，

阿鲁这几天，

天天观星象，

星象所显示，

要告诉大家，

西呢在呢濮，

是要遇些事。

阿鲁他知道，

昨天我发现，

俄莫入呢濮，

他并没死心，

一心想西呢。

会变不会变，

没变成其他，

变成撮祖艾[1]。

他不饶西呢，

一直寻西呢，

他一天不歇，

也没有玩耍，

一天也不坐，

一刻不耽搁，

时时在追寻，

刻刻不放松。

遇到肚子饿，

什么也不怕，

什么也不分，

抓住便下口，

tý˨˩ lie˨˩ ʔʊ˧ tɕʰɯ˥ dzɯ˧　乱吃下充饥。

tɕu˧˦ ka˧˦ ʔa˨˩ lu˧ dɯ˥　支格阿鲁说：

ʔa˧ tʰo˥ ʑo˨˩ mo˨˩ tɯ˧˦　现在的俄莫，

dɯ˨˩ vu˥ tý˨˩ ma˨˩ ka˧˦　飞禽不放过，

sɯ˧ ɕi˥ tý˨˩ ma˨˩ ka˧˦　走兽不放过，

mu˥ ʑa˧˦ tsʰo˨˩ ma˨˩ ka˧˦　老少不放过。

tý˨˩ ʔʊ˧ tɕʰɯ˥ ko˧ pʰu˥　凡遇到什么，

tý˨˩ ɕi˥ du˨˩ ma˨˩ ndy˥　他不假思索，

ʑo˧˦ pʰu˧ ndi˧ mbo˧ ndy˥　只想填饱肚，

ʔʊ˧ tɕʰɯ˥ pʰu˥ la˥ dzɯ˧　遇啥就吃啥。

ʔa˧ tʰo˥ mu˥ pʰu˨˩ dʑo˧　现在在呢濮，

ʔʊ˧ tɕʰɯ˥ tý˨˩ ma˨˩ dʑo˧　什么也不惧，

tý˨˩ ɕo˧ lɯ˨˩ ɕo˧ dy˧　随心所欲的，

ʔɪ˨˩ ɕi˨˩ ŋu˨˩ xɯ˨˩ ndy˥　已成呢濮祸。

ɕu˨˩ lie˨˩ ma˧˦ ɕi˥ ɕo˨˩　确属义子兵，

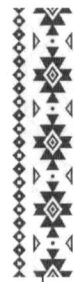

派遣到呢濮，
去保护西呢。
恒举想一想，
开口问恒摩，
开口问恒布，
开口问叟汝，
开口问确属，
来征求意见。
诸位看一看，
派哪两位去，
才是最适合。

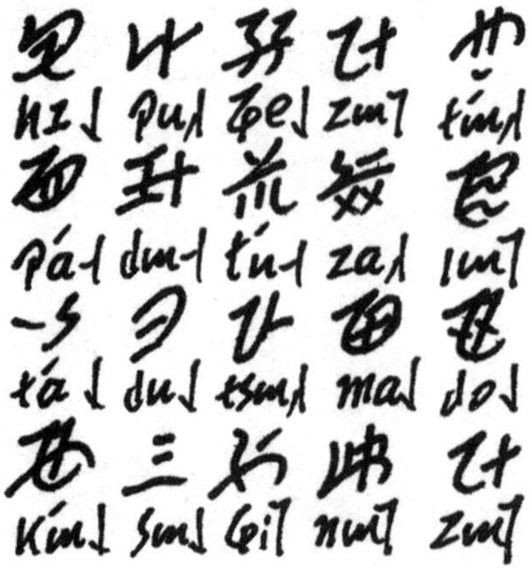

恒布笑着答：
派别的下去，
一样做不了，
不能保西呢。

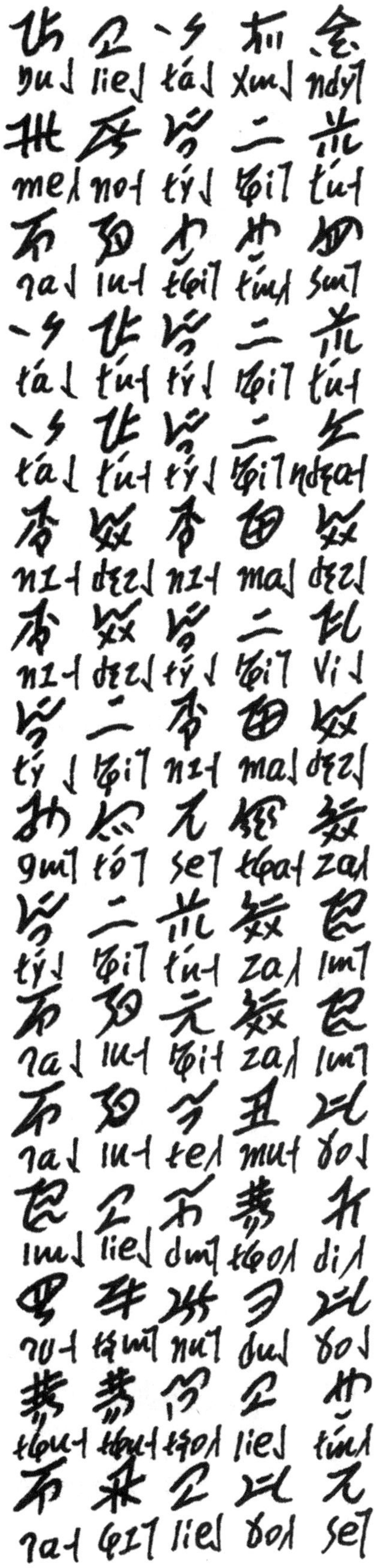

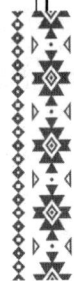

我来想一想，

名是派他俩，

如阿鲁所言，

一是派他俩，

一是查他俩，

是否是真心。

真心用他俩，

假如不真心，

到时再拿下。

派他俩补过，

阿鲁随后跟，

阿鲁骑云马，

去来疾如风。

如遇到难事，

能旋即禀报，

咱好议对策。

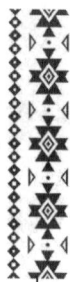

我恒布说呢，

阿鲁别出面，

躲着看他俩。

他俩怎样做，

做得好与坏，

听不听使唤。

如真佑西呢，

不助纣俄莫，

三神见真伪。

如何用他俩，

如何封他俩，

三神会商议。

阿鲁已知意，

接住了话头。

支格阿鲁说：

我也这样想，

我告知大神，
他俩是不知，
我做面具时，
我已想到此。
他俩的耳里，
我安上络克。
只要络克响，
他俩的耳里，
能听阿鲁话，
他们能知道，
他们能听到。

恒摩笑一笑，
道出了真情。
阿鲁说的话，
我恒摩铭记，

不信都不行，
我确实知道，
他有这能耐。
叟汝聂大神，
确属撵大神，
你俩还想啥，
赶快作补充。
叟汝聂说道，
确属撵也说，
阿鲁所说的，
我俩真信服，
不得不相信。
阿鲁谋略好，
阿鲁计策高，
谋略和计策，
尽显其睿智。

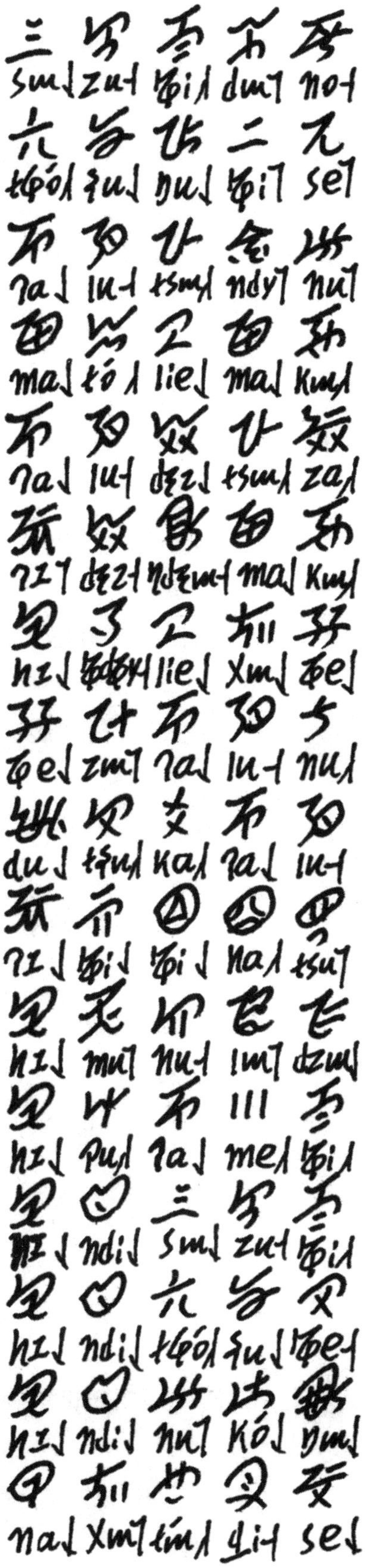

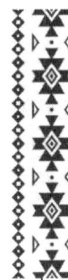

叟汝聂说道：

确属我俩知，

阿鲁做的事，

不会有失败。

阿鲁若下手，

一点不会错。

恒举笑一笑，

笑问阿鲁道：

笃支格阿鲁，

今天日子好。

恒摩努喽则，

恒布阿迈妮，

天庭叟汝聂，

天庭确属撵，

目前天庭事，

你们这四神，

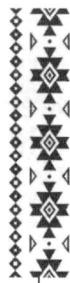

我们四布神。

常常担重任。

做天庭要事，

立下汗马功，

一刻没歇息。

劳累了四神，

我恒举知道，

今天四神聚。

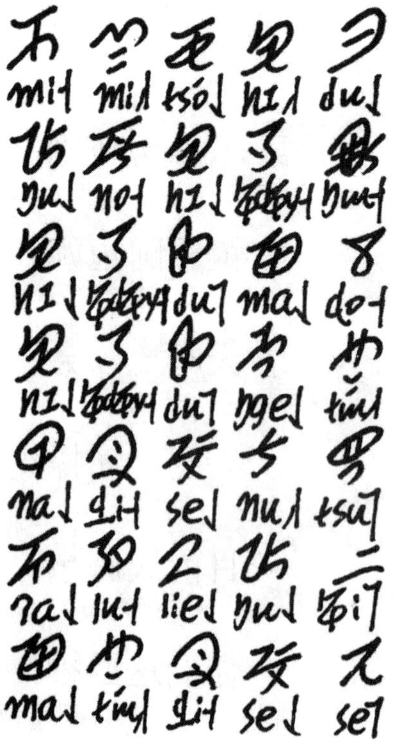

天地人万物，

我作为恒举，

恒举不说谎，

吐的是真言。

请诸位听好，

阿鲁和我呢，

不说也明白，

从一方面说，

天地人三界，

我是天庭君，

阿鲁是凡人。

从另一面说，

笃支格阿鲁，

我是他舅舅，

他是我外甥，

这一点没错。

我女儿七个，

阿鲁与她们，

是舅姑表亲。

姑妈的儿子，

舅舅的女儿，

血浓于水的。

我坦诚地说，

告诉阿鲁听，

我不妄评说，

不随便出言。

我看中阿鲁，

看他有本领，

有胆又有识，

脑里有主意，

心中有文化，

身心聚知识。

名是凡间人，

其实有天根，

其实有地根，

他有万物根。

三界中有啥，

他就认识啥。

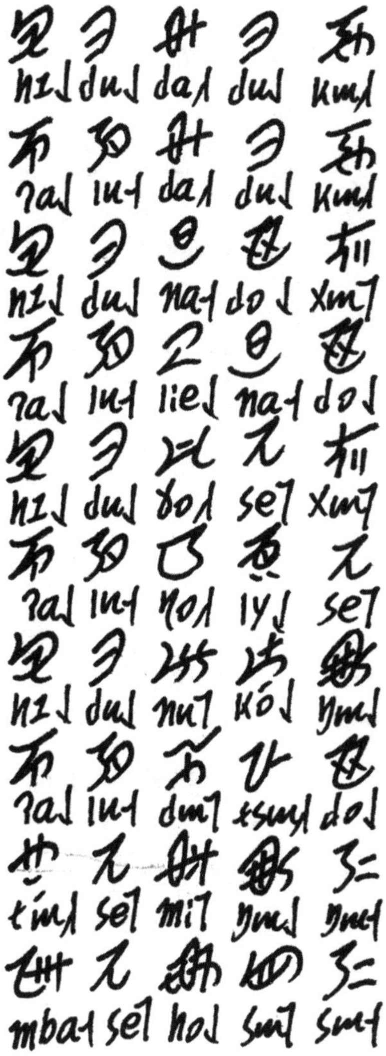

万物会什么，

阿鲁会什么。

万物能看到，

阿鲁能看到。

万物知道的，

阿鲁自然知。

万物所有事，

他也能帮到。

说来是文化，

讲来是知识。

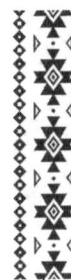

我恒举再道：

万年前之事，

若不是自然，

他怎会知道。

今天我要说，

恒摩说的话，
我已听明白。
西呢在麻博，
俄莫变撮祖，
罹难十八年，
若不是自然？
你我在一起，
为何却不知，
阿鲁会知道？
多余话不说，
就说一句话，
我们同是神，
阿鲁呢濮人。
笃支格阿鲁，
三界人阿鲁，
是人神阿鲁。

咱们都知神，

咱们也知人，

人不知咱们。

人人识阿鲁，

人人说阿鲁，

阿鲁说人话，

人说人知道。

我们跟人说，

人不知神语，

个个都不知。

说来怪不怪，

讲来神不神。

神语阿鲁懂，

他不是人神，

怎么作解释？

我道阿鲁人，

他是位人神，

万物的救星。

帮万物做事，

他自然顺手，

自然有头脑，

自然有本领，

自然有主意。

文化他渊博，

知识他撑控，

说话说宇宙，

传话传自然，

断案料如神，

说的是天条，

道的是地理。

讲的是人伦，

万事不惧怕，

敢于来担当，

敢于办难事，

万事不推辞。

现在我所述，

有四神作证。

三神坐天庭，

一起封阿鲁。

封阿鲁做神，

做天庭人神，

天庭里大神。

庭中神阿鲁，

阿鲁接君旨。

恒举封阿鲁，

君令给阿鲁。

阿鲁得君令，

他才好办事。

封阿鲁做神，

做天庭大神。

笃支格阿鲁，

派你管天庭。

恒摩开尊口，

接着封阿鲁。

臣令给阿鲁，

阿鲁有臣令。

背负着臣令，

去哪庭都行，

按臣令行事。

管天上五庭，

管五庭大神，

大神是阿鲁。

恒布封阿鲁，

师令给阿鲁，

阿鲁获师令。

阿鲁大天神，

管天庭三界，

管三界万物，

坐第四座椅。

万年到现在，

没有神坐过，

等到了如今，

是自然来临。

坐在你位上，

坐好管万物。

三界中的事，

万物中的事，

全由你主事。

阿迈妮说道：

我恒布想到，
派上其它神，
他能做什么？
一样也不会，
如何去呢濮，
如何救西呢？
阿鲁笑一笑，
笑着回答道：
三神坐天庭，
天庭父母官，
父母官三神，
三神封阿鲁，
三令授予我，
三神论阿鲁，
说我似万物。
我阿鲁心想，

一行服一行，

娃娃服他娘。

我有万物根，

阿鲁生自然，

阿鲁是自然，

自然出阿鲁。

三神用到我，

用着派阿鲁，

阿鲁定效劳。

支格阿鲁道：

无论是啥事，

阿鲁不夸口，

也不用撒谎。

说句实在话，

阿鲁能担当，

为天庭争面。

恒也策举祖，

恒摩努喽则，

恒布阿迈妮，

叟汝聂大神，

确属撵大神，

你们万年神，

我昨天是人，

今天才为神。

我告诉诸神，

人会行神事。

他俩不会啥，

天庭有神会。

现在天庭中，

阿鲁是什么，

是天庭大神。

为神管五庭，

管三界万物，

我只道自己，

阿鲁全都会，

测天我能行，

西呢我能救。

注释：

①撮祖艾：妖魔名，泛指会吃人的魔妖，一说是“人熊”。

ʔa˩ lu˧ du˩ na˧ tɕu˩

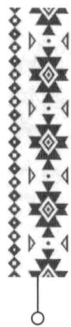

阿 鲁 施 计 策

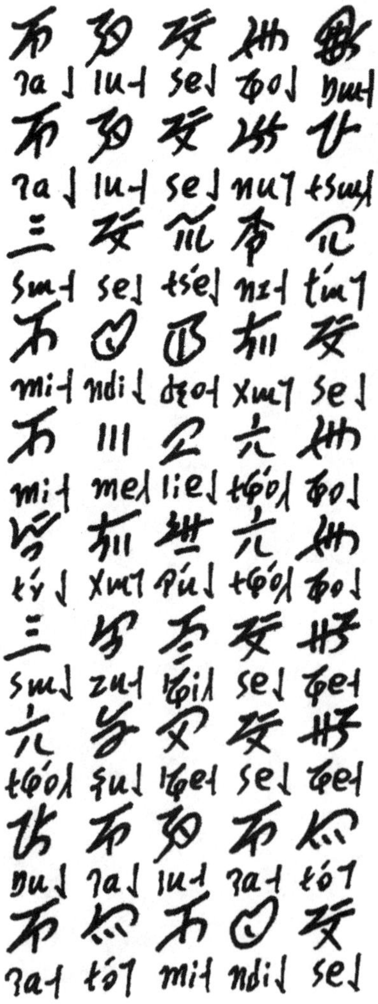

阿鲁为人神，

就履神职责。

三神请放心，

天庭中的神，

天女儿六个，

丫环有六个。

叟汝聂大神，

确属撵大神，

我阿鲁现在，

也是天庭神。

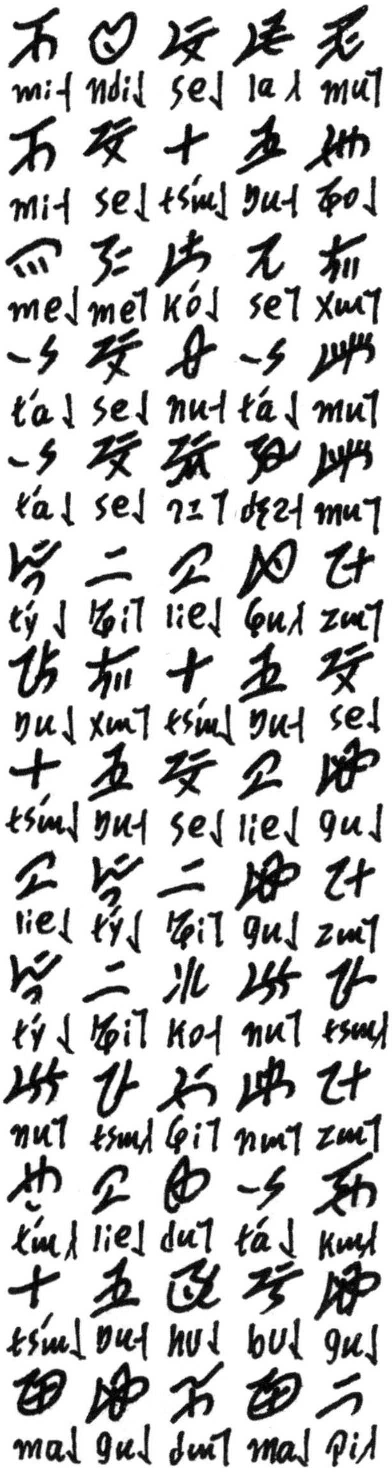

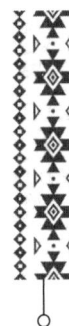

天庭神首领，

天神十五位，

各人的本领，

一个不多教，

只需教一点，

让他俩学到。

咱们十五位，

联手教他俩，

本领传他俩，

派去做大事，

保护好西呢。

就说一句话，

十五月亮圆，

不圆都不行。

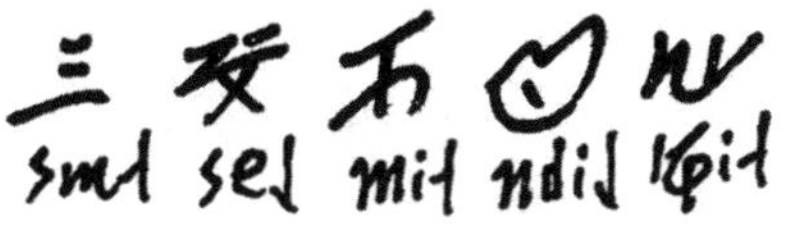

三神坐天庭，

我掌管他俩，

用心去办事。

做一桩大事，

做一件好事。

救万物济事，

拉万物一把。

拉起来做朋，

拉起来做友。

万物它知道，

万物论三神，

论三神圣明，

夸三神功绩。

三界万物中，

万物得喜悦，

到处有坐位，

三神有好位，

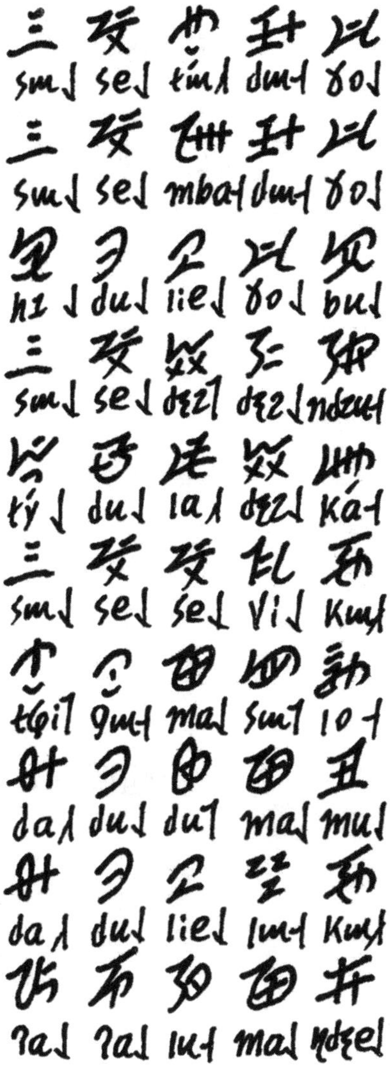

sɯ˨˩ se˨˩ tɕʰɯ˧˦ dɯ˧ ɣo˨˩　三神有说处，
sɯ˨˩ se˨˩ mba˧ dɯ˧ ɣo˨˩　三神有讲处。
hɪ˨˩ du˨˩ lie˨˩ ɣo˨˩ bu˨˩　万物一夸奖，
sɯ˨˩ se˨˩ dʑɛ˥ dʑɛ˨˩ ndʑu˧　三神有威望，
tɕʰy˨˩ du˨˩ la˧˦ dʑɛ˨˩ kʰa˧　翅硬羽丰满。
sɯ˨˩ se˨˩ se˨˩ vi˨˩ kɯ˧　三神巧用神，
tɕʰi˥ gɯ˧ ma˨˩ sɯ˥ lo˧　与以前不同，
da˧˦ du˨˩ du˥ ma˨˩ mu˨˩　哪里有风吹，
da˧˦ du˨˩ lie˨˩ lɯ˧ kɯ˧　哪里有草动，
ʔa˨˩ ʔa˨˩ lɯ˧ ma˨˩ ndʑe˨˩　我阿鲁不依。

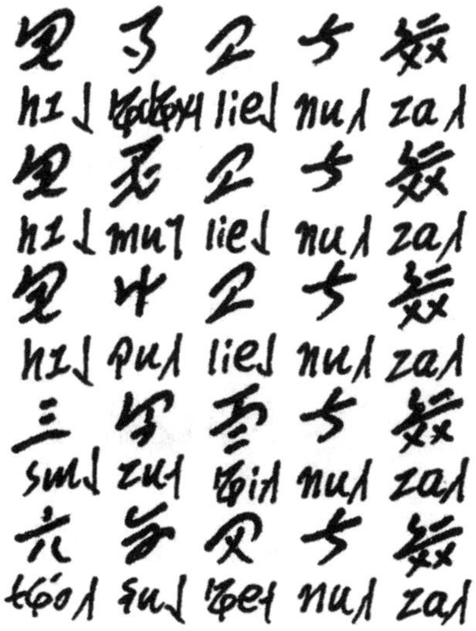

hɪ˨˩ [illegible] lie˨˩ nu˧˦ za˧˦　恒举听明白，
hɪ˨˩ mu˥ lie˨˩ nu˧˦ za˧˦　恒摩听清楚，
hɪ˨˩ pʰu˧˦ lie˨˩ nu˧˦ za˧˦　恒布听入耳，
sɯ˨˩ zu˧ tɕʰi˧˦ nu˧˦ za˧˦　汝聂听入心，
tɕʰo˧˦ ʂu˨˩ tɕʰe˧ nu˧˦ za˧˦　确属听入脑。

hɪ˩ pu˧˥ ʔa˩ lu˧ tɯ́˧˥　恒布评阿鲁，

sɯ˧ se˩ lie˩ kɯ́˧ tɯ́˥　三大神放口，

ʔa˩ lu˧ mi˧ ndi˩ tu˩　阿鲁管天庭，

ʔa˩ lu˧ mi˧ ndi˩ se˩　已做天庭神，

tý˩ ɕi˥ tsa˩ na˩ bi˥　他俩交给你。

na˩ lie˩ kɯ́˩ sɯ˩ mu˥　不管如何教，

ŋu˩ sɯ˧ se˩ ma˩ tu˩　三神都不问，

ɕi˥ nɯ˥ nu˥ tá˩ do˧　保护西呢事，

na˩ ko˥ zɯ˥ tsu˥ ŋu˧　全权交给你。

ʔa˩ lu˧ se˩ tɕe˧ dɯ˥　支格阿鲁道：

se˩ tɕe˧ du˥ dʑɿ˩ tɯ́˧˥　现在说实话，

se˩ tɕe˧ du˥ ma˩ do˧　不必要担忧，

nu˥ tɕe˧ do˧ ma˩ kɯ˧˥　大事不会出，

nu˥ ba˥ tɯ́˧˥ ma˩ gu˩　小事没保证。

ʔv˧ tɕɯ˥ nu˥ tá˩ dɯ˩　无论出啥事，

不是后天定，
而是先天定，
定下是自然。
无论派哪位，
不会没小事，
小事是自然。
走路遇绊石，
不让无法过，
相让才能走，
都将要遇到。

说说我自己，
观天象知道，
西呢遇小事。
遇事有人救，
救星人神强，

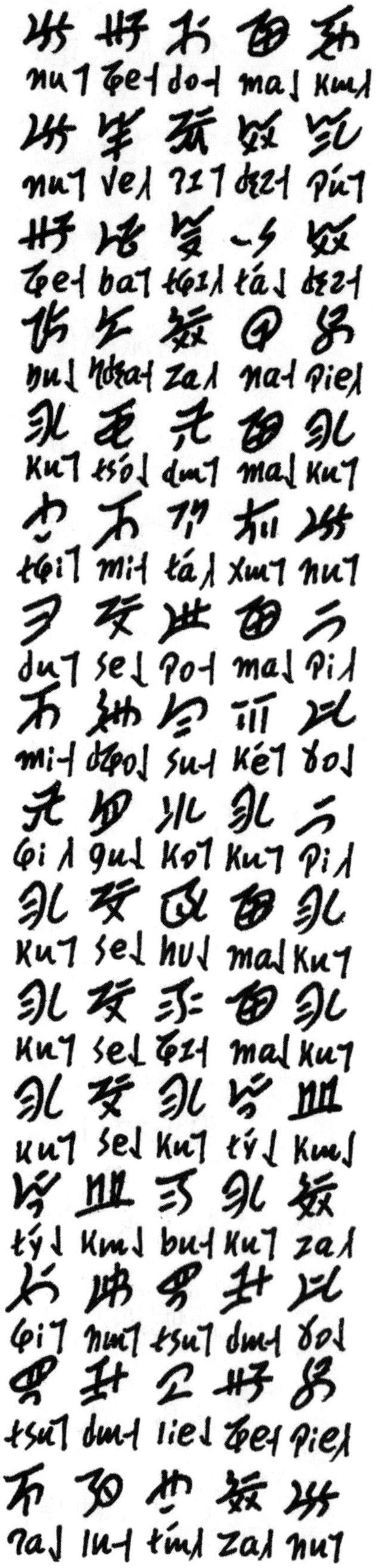

不会出大事。
小事有一些，
天上大小星，
我观不太明，
救人暂不行。
先天定的事，
后天别违反。
天条书中载，
死后才能救，
救身不救魂，
救她不救魄，
只救下肉身。
救下其肉身，
西呢才可救，
能保安全归。
阿鲁说完话，

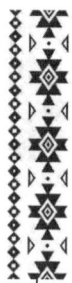

无论什么事，
没去办之前，
天机不可泄。
阿鲁说俄莫，
尸没到呢濮，
魂魄去呢濮，
已到了呢濮。
会变不会变，
变成撮祖艾，
装女性模样。
今在呢濮地，
余事他不想，
余事他不做，
一心想西呢，
一意找西呢。
真找到西呢，

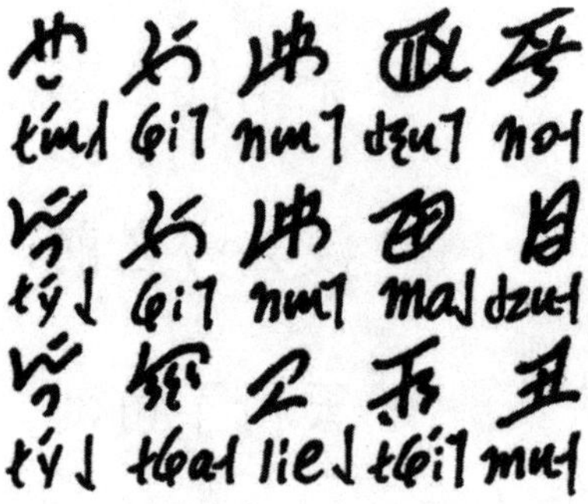

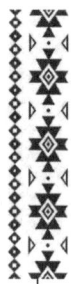

西呢若同意，
他不吃西呢，
还娶她为妻。

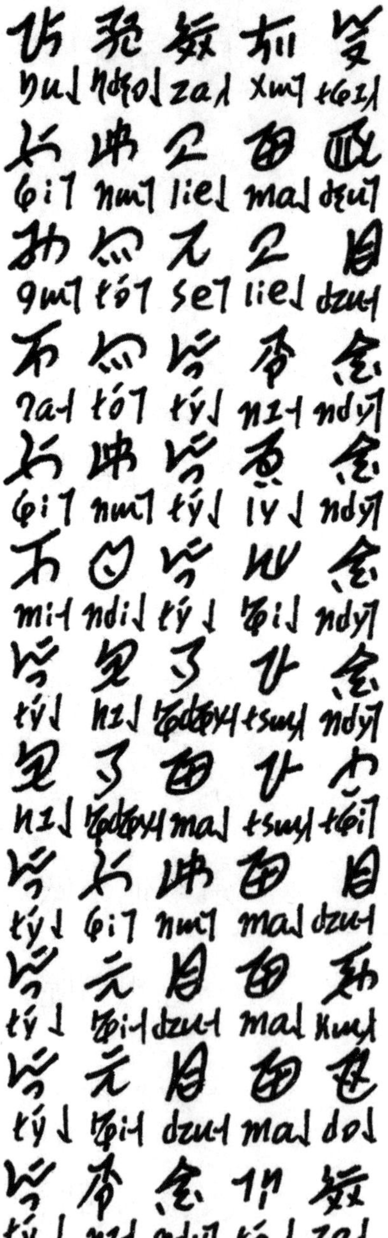

我观察星座，
西呢不同意，
到那时再看。
现在的俄莫，
西呢他想要，
天庭他想回，
君位他想坐。
不获恒举位，
他不吃西呢，
他也不敢吃，
他也吃不了。
他心里暗想，

要吃呢濮人。
吃满一百个，
挟三界万物，
变成他天下。
大神如何强，
也收不了他。
真到那时候，
阿鲁不找他，
他来找阿鲁。
阿鲁不收他，
他要收阿鲁，
会被他收拾。

三界他为大，
谁也不敢动。
谁也不敢说，

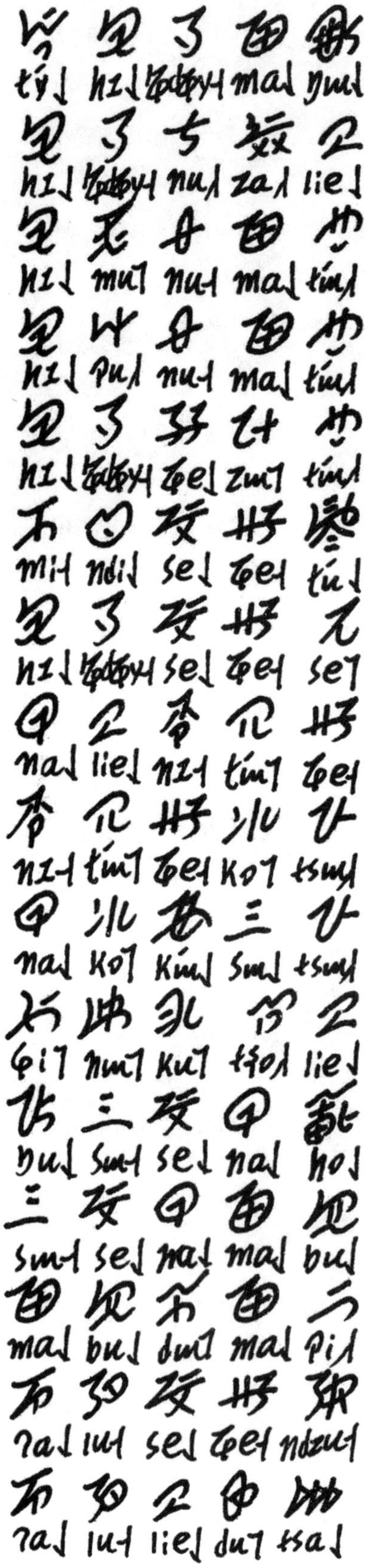

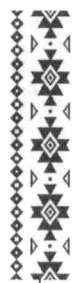

抢恒举风头。

恒举听清楚，

恒摩没多言，

恒布也无话。

恒举笑着道：

派天庭大神，

恒举知阿鲁，

你要大胆去，

放心去行动。

无论如何做，

要救回西呢，

三神等你归。

现在不夸你，

救回时再夸，

阿鲁大能神。

阿鲁全应允，

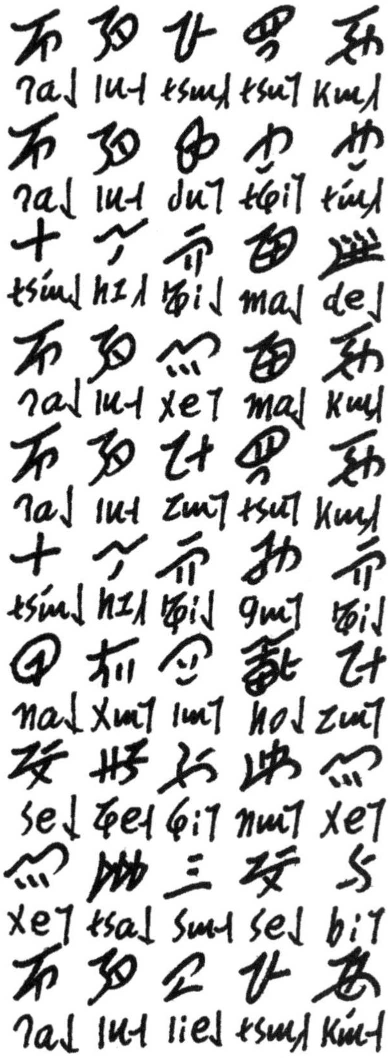

阿鲁当效力，

阿鲁言在前，

不满十八天，

阿鲁不敢救，

但能保周全。

到了十八天，

诸位耐心等，

大神带西呢，

交给三大神，

我一定做到。

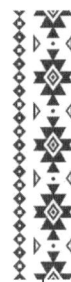

阿鲁遣兵神

天庭神阿鲁，

做天庭大事。

手中拿君旨，

答应后做事。

阿鲁不耽搁，

征求叟汝聂，

寻问确属擃。

来找你二位，

找你俩帮忙，

做一桩大事。

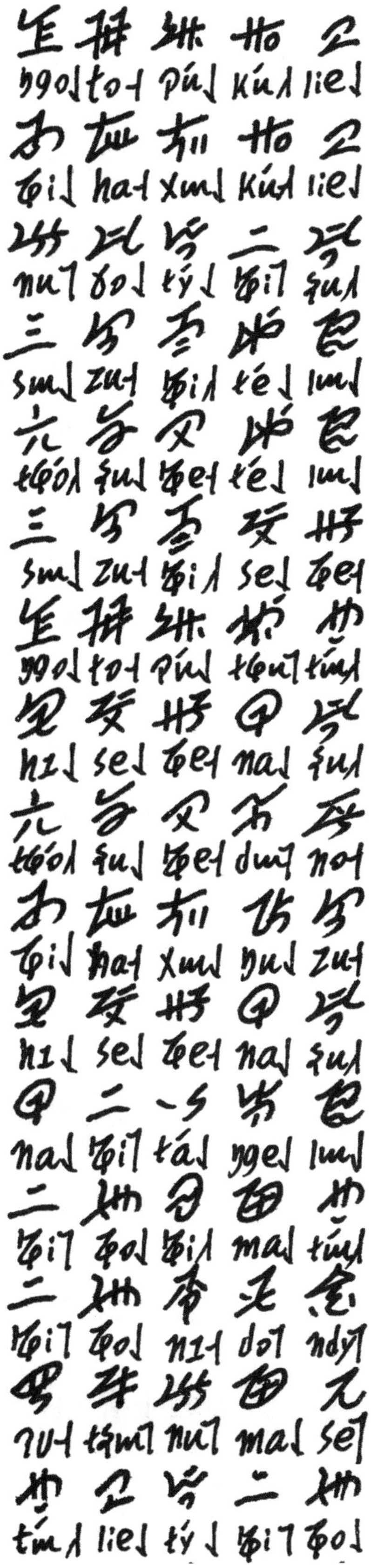

叫上搁朵仆，

叫来溢喊候，

有事找他俩。

叟汝聂去喊，

确属撵去叫。

叟汝聂大神，

告诉搁朵仆，

大天神找你。

确属撵叫道，

溢喊候我儿，

大天神召见，

你俩去一趟。

两位嘴不说，

心中暗暗想，

不知是啥事，

内心已发怵。

到阿鲁跟前，
心中生敬畏。
阿鲁和颜道：
二位别惊慌，
有好事一桩，
我告诉你俩。
这是桩好事，
是一桩大事，
不是小事情。
天地人万物，
万年没有过，
万年没出过，
你俩遇阿鲁，
才有好机会。
会遇不会遇，
遇到叟汝聂，

遇到确属撵，

遇到我阿鲁，

你们真会遇，

也真遇的好。

这一桩好事，

是件啥好事，

二位不知道，

我告诉你俩。

恒举对我说，

恒摩给我讲，

恒布与我议。

三神都说道：

你俩成大器，

要先学走路。

会走还不算，

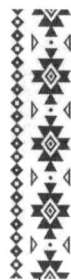

会走要走好，

走好走直路，

走直路才快。

快步停下时，

须稳稳站立，

这才会走路。

我名叫阿鲁，

你俩别害怕，

你俩不知我，

我却知你俩。

我指你俩路，

指了顺路走，

指了去做事，

做好事善事。

做了要报恩，

要报谁的恩，

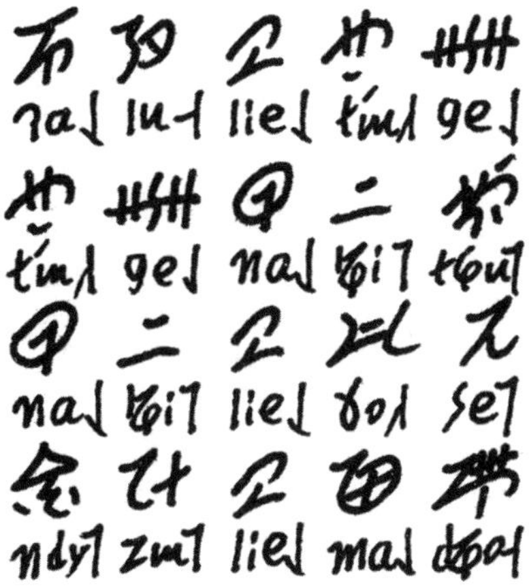

阿鲁说清楚，

你俩听明后，

知道了此事，

消除惧怕心。

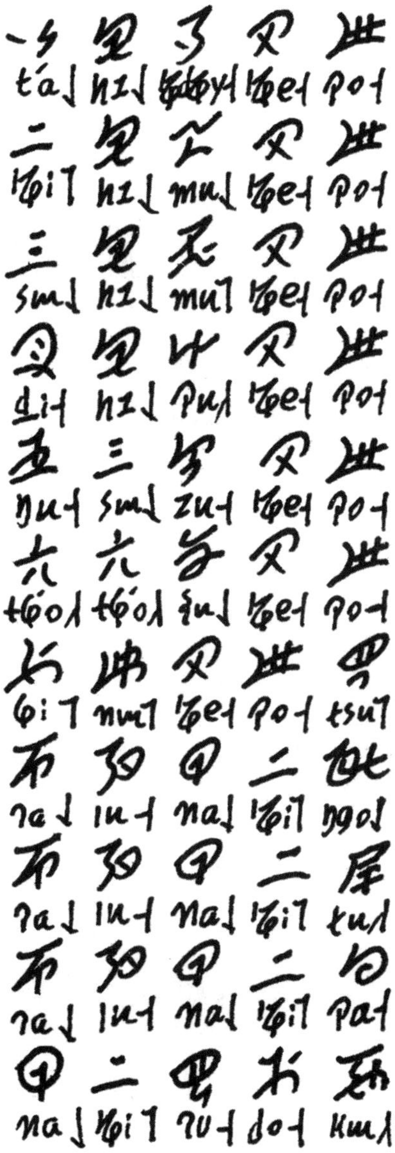

一报恒举恩，

二报恒姆恩，

三报恒摩恩，

四报恒布恩，

五报叟汝聂，

六报确属撵，

报好西呢恩。

阿鲁拉一把，

扶你俩一程，

走上阳光路。

出头之日到，

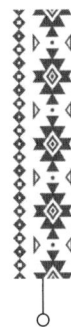

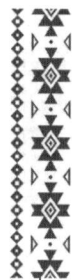

鸿运来临了，

能青云直上。

你俩报大恩，

阿鲁天庭神，

是天庭大神。

今天说的话，

全部是真话，

没一句假话。

报恩是心意，

回报是自然。

报恩不是背，

报恩不是捧，

报恩不是扛，

报恩须实干。

要多干好事，

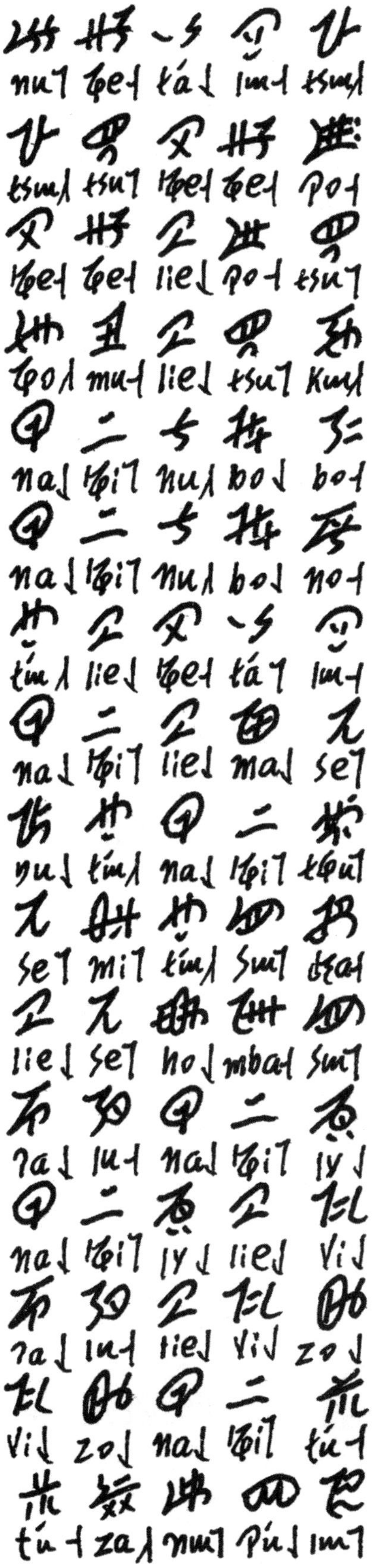

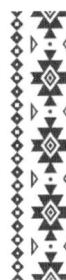

好好干大事，

干好报大恩。

大恩报的好，

自然有回报，

听明白没有？

若是明白了，

说这个大恩，

二位不清楚。

我告知你俩，

如教你文化，

像传你知识。

阿鲁信你俩，

用你俩做事，

现在派二位，

下到凡间去。

去凡间呢濮，

nɯ˥ pʰú˩ lɯ˥ nɯ˥ tsɯ˨˦ 到呢濮做事。

nɯ˥ tsɯ˨˦ ʔu˧ tɕʰɯ˥ nɯ˥ 若问干啥事，

ɕi˥ nɯ˥ kʰu˥ nɯ˥ ɕe˧ 是去救西呢，

na˩ ɲi˥ dʑɯ˥ ma˩ dʑɯ˥ 二位同意不？

lɯ˩ do˩ lɯ˩ ma˩ do˩ 能去不能去？

lɯ˩ kʰɯ˨˦ lɯ˩ ma˩ kʰɯ˨˦ 敢去不敢去？

na˩ ɲi˥ dʑo˧ ma˩ dʑo˧ 是否有畏惧？

ŋu˩ tɕʰu˥ du˥ dʑɛ˩ tʰɯ̌˨˦ 告诉我真话，

du˥ do˧ tʰɯ̌˨˦ ma˩ tsu˥ 绝不说假话。

ʔa˩ lu˧ kʰó˩ tʰɯ̌˨˦ du˥ 阿鲁问的话，

na˩ ɲi˥ lie˩ ndy˥ tsu˥ 二位好好想，

ndy˥ tsu˥ se˥ lie˩ tʰɯ̌˨˦ 想好才回话。

ŋu˩ na˩ ɲi˥ ma˩ tɕʰu˥ 我不逼二位，

na˩ ɲi˥ ndy˥ ma˩ tsu˥ 如若没想好，

du˥ lie˩ la˥ tʰá˩ tʰɯ̌˨˦ 别信口开河。

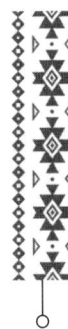

两位听明白，

心中下决心，

跪下连叩头。

笑着回阿鲁，

笑着回答道：

感谢呀感谢，

要感谢恒举，

要感谢恒姆，

要感谢恒摩，

要感谢恒布，

感谢叟汝聂，

感谢确属撵。

天庭中大神，

大天神阿鲁，

我俩感谢您。

我俩已答应，

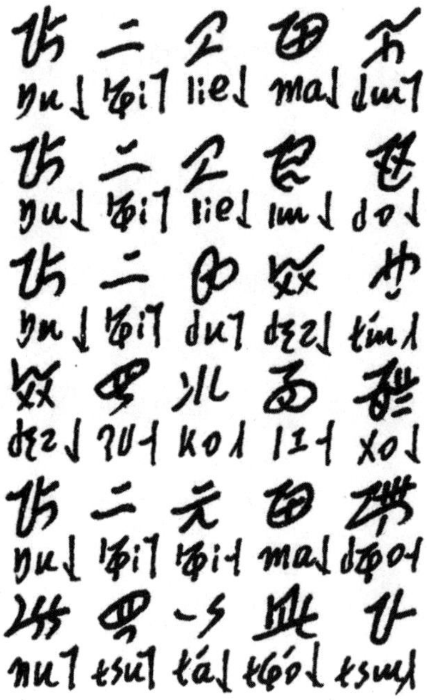

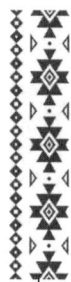

绝不会推辞，

定能做下去。

说一句真话，

若命丧黄泉，

也在所不惜，

定完成重任。

说句心里话，

生要站着生，

死也站着死，

不会坐着死。

只要站着死，

死了也值得，

死了有荣誉。

坐着死了呢，

死了很可惜，

没有好名声。

西呢她在哪？

我俩去救她，

我俩不说假，

一句不说谎。

阿鲁笑着道：

想真正去救，

别有恐惧心，

怕字丢一边。

你俩决心大，

也敢于表态，

我相信二位，

帮二位成器，

拉二位向上，

教二位本领，

教二位功夫，

成就做大事。

天庭神阿鲁，

与叟汝聂讲，

与确属撵说，

你二位放心，

我敢于表态，

我就能胜任，

不扫二位面。

阿鲁诚邀请，

请举祖六女，

各喊上仆人，

带到天庭来，

在那里等候。

叟汝聂出发，

确属撵跟随，

去请六天女，
她们十四位，
一起到天庭。
阿鲁笑着道：
天庭有大事，
大事必须做，
阿鲁请大家，
不是请做客。

阿鲁大神说：
请诸位到来，
你等十四位，
当一回师父。
各人的本领，
各自教他俩，
他俩学会了，

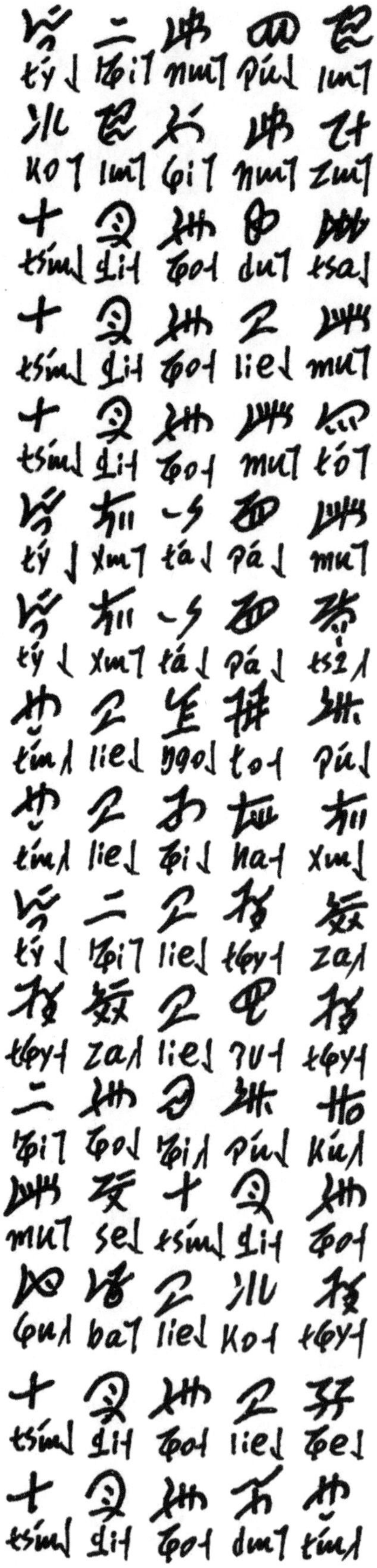

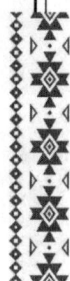

派遣下呢濮，

去保护西呢。

十四位应允，

各自都任教，

他们传授时，

传授了一半，

留下了一半。

先说搁朵仆，

再讲溢喊候，

两个都跪下，

连连来叩头。

二位开口喊，

师父十四位，

学徒来跪拜。

师父们笑了。

一起开口道：

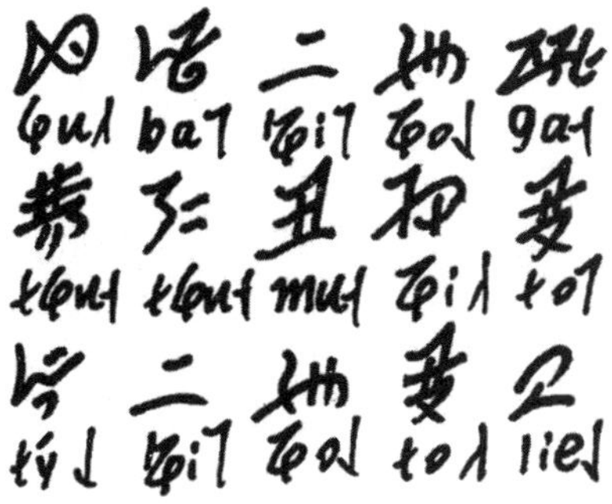

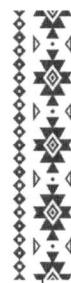

学徒俩真乖，

请快点起来，

二位起了身。

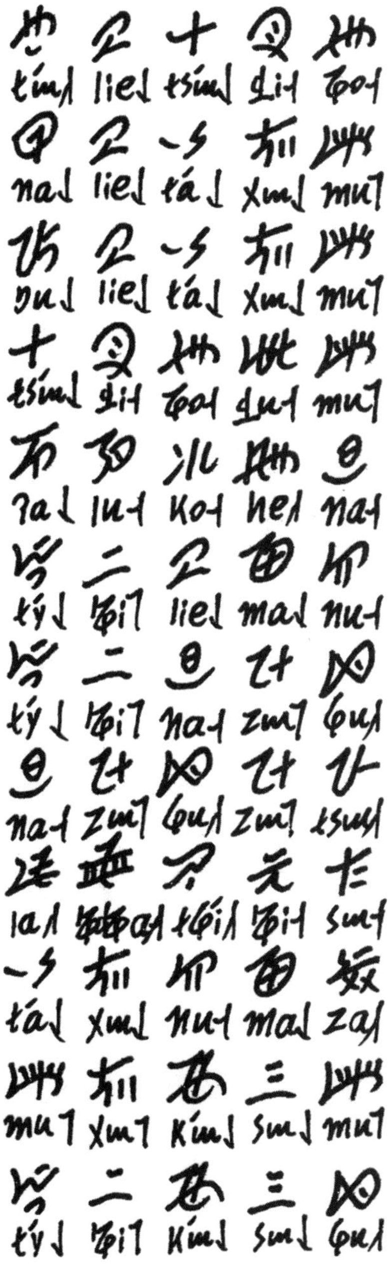

师父十四位，

你教了一套。

我又教一套，

师父轮流教，

阿鲁一旁看。

他俩不歇气，

二位看着学，

二位学着练，

比手划脚的，

一刻不停歇。

教的如何做，

二位学着做，

lɯ˧ ɕu˥˩ lɯ˧ lie˩ tsɯ˥˩　边学边模仿。

tý˩ ɕi˥ ȵi˧ dʑɿ˩ ɕu˥˩　学的用功学，

mu˥ xɯ˥ ȵi˧ dʑɿ˩ mu˥　教的真心教。

tá˩ ɕi˩ lie˩ tá˩ na˧　只一天一夜，

mu˥ xɯ˥ ɕi˧ lie˩ gɯ˩　师父很疲惫，

ɕu˥˩ xɯ˥ dʑɿ˩ gɯ˩ pie˥˩　学徒更劳累，

mu˥ ɕu˥˩ mi˧ ge˩ kɯ˥˩　一夜到天亮，

kó˩ mu˥ lie˩ ɕu˥˩ kɯ˥˩　所教都学会。

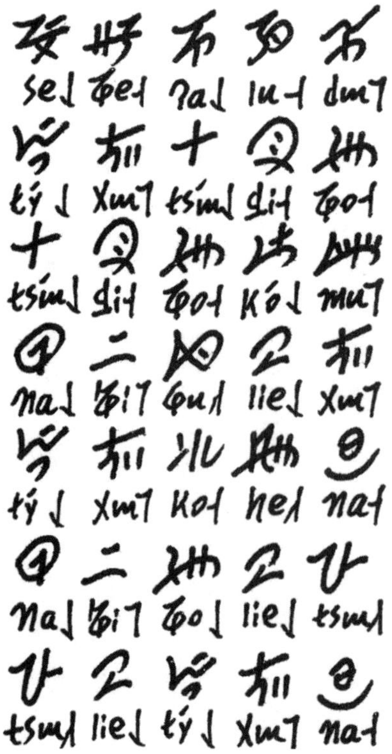

se˩ ʈʂe˧ ʔa˩ lu˧ dɯ˥　阿鲁大神问：

tý˩ xɯ˥ tsɯ˩ di˧ ʈʂo˧　他们十四位，

tsɯ˩ di˧ ʈʂo˧ kó˩ mu˥　所教授本领，

na˩ ɕi˥ ɕu˥˩ lie˩ xɯ˥　你俩学来的，

tý˩ xɯ˥ ko˧ he˥˩ na˧　演示师父看，

na˩ ɕi˥ ʈʂo˩ lie˩ tsɯ˥˩　你俩且做来，

tsɯ˥˩ lie˩ tý˩ xɯ˥ na˧　给师父检验。

看了对不对，

看了错没错，

若说走了样，

找到了错处，

让他们纠正，

纠正后再练。

两位满口应，

笑着喊师父，

十四位师父，

我俩来演示，

哪里有差池，

请不吝赐教，

看了哪里错，

请再教一番。

我俩勤苦练，

展摩色威荣。

说说他二位，

心中没多想，

只是想报恩。

竭尽全力练，

起始到结尾，

他二位演示，

变化如师父，

跳纵跑一样，

上下不惊慌。

师父们看到，

错的都没有，

各自教授的，

两位全学会。

阿鲁看已会，

装作推不知，

去询问各位。

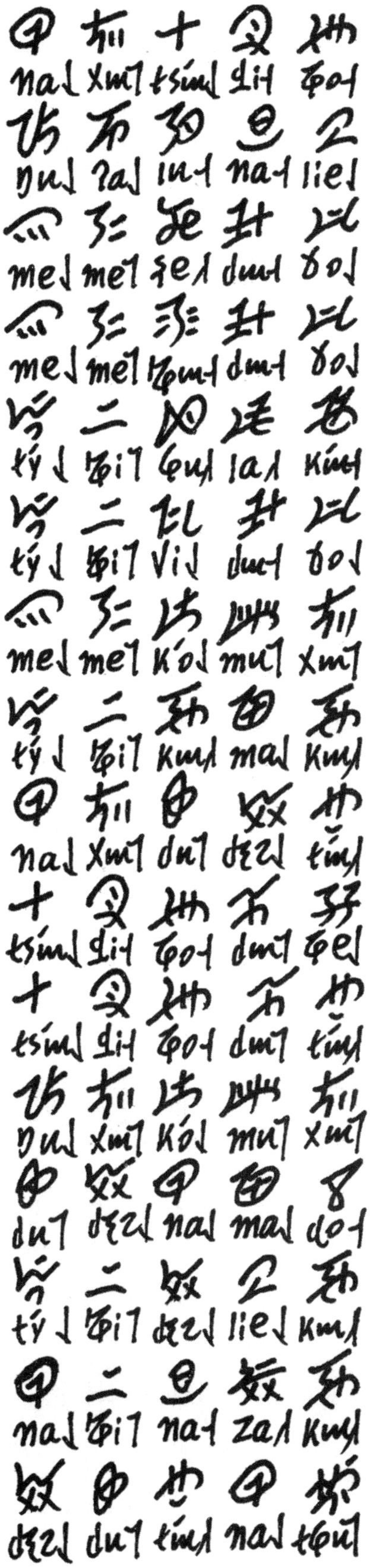

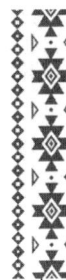

你们十四位，

在我的眼里，

各都有长处，

各都有短处。

他二位学到，

是有大作用，

各自所传的，

都学会没有？

请您说真话。

十四位大笑，

一起回答道：

我们传授的，

没有欺骗你，

他俩已学会，

你看也会了，

这就是真话。

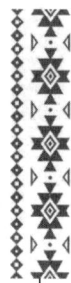

我们蒙别神，

别神会相信，

如能蒙阿鲁，

鬼都不会信，

所传的本领，

心领神会了。

我们没教的，

他俩非人神，

他俩怎能知。

阿鲁笑一笑，

笑着对众道：

你们说实话，

本领有长短，

阿鲁不是夸，

他俩够用了。

一个比一个，

除了我阿鲁，

没能跟他比。

他俩学到的，

你们知多少，

只知自己的，

别的就不知。

我人来当神，

万年到现在，

自然出阿鲁。

说句真心话，

师徒俩对话，

互相有交流，

师徒所说的，

别人没听到，

如何能知晓？

不是夸他俩，

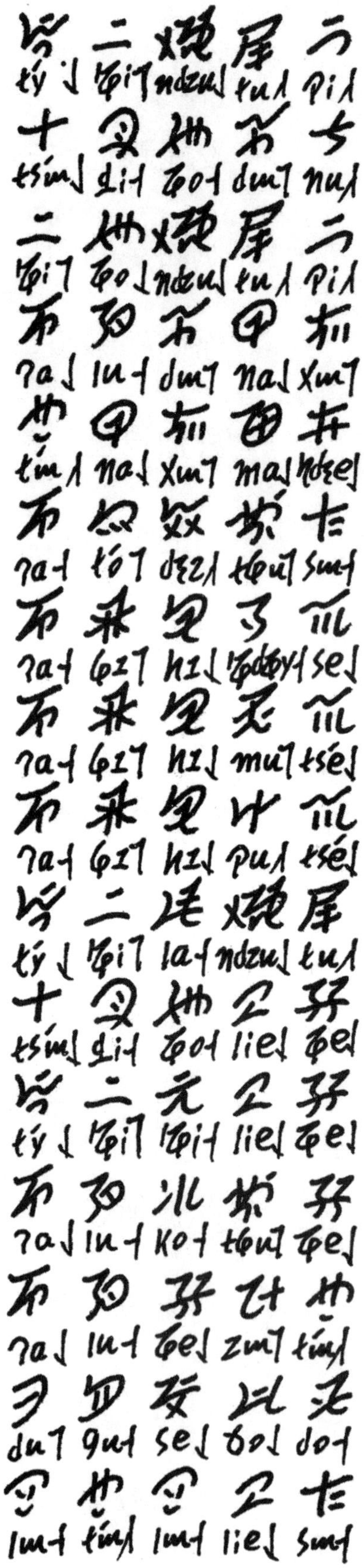

可为之奏执。

师父们反问，

他俩能奏执？

阿鲁说可以，

你们不相信，

咱们一起去，

请恒举裁决，

请恒摩判别，

请恒布说道，

为他俩奏执。

十四摩色笑，

他俩也在笑。

阿鲁很自信，

笑着开口道：

西呢有救了，

边说边迈步。

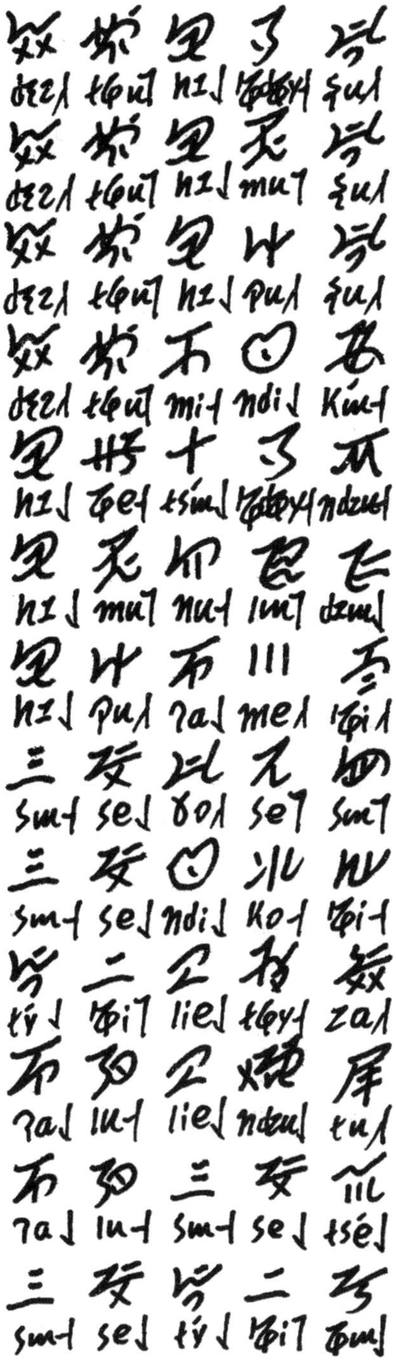

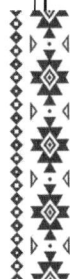

一起找恒举，

一起找恒摩，

一起找恒布。

到了天庭中，

恒也策举祖，

恒摩努喽则，

恒布阿迈妮，

三神似已知，

三神在堂中，

两兵忙跪下。

阿鲁施礼道：

阿鲁请三神，

请封他二位。

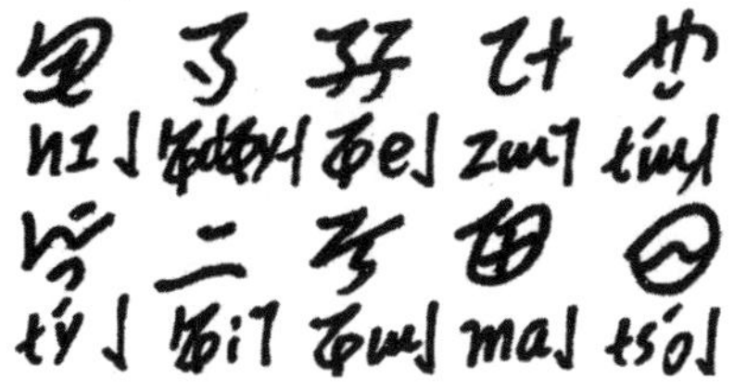

恒举笑着道：

别忙封他俩，

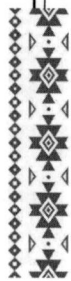

要先封阿鲁。

恒举封阿鲁，

封阿鲁人神，

君令封给你，

从现在伊始，

阿鲁获君令。

阿鲁用君令，

若君令在身，

如何说都行，

怎样做也可。

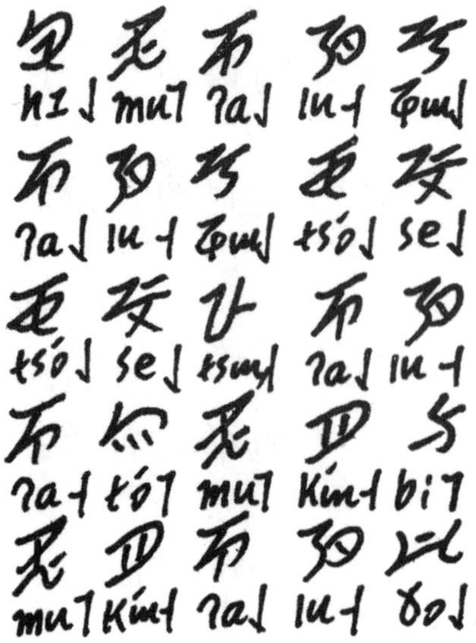

恒摩封阿鲁：

封人神阿鲁，

从现在起始，

臣令封给你，

阿鲁有臣令，

tsó˩ se˩ mu˥ kʰí˧ vi˩
阿鲁用臣令，

ʔa˩ lu˧ kʰí˧ mu˥ kʰí˧
臣令已在手，

mu˥ kʰí˧ tʰí˧ za˦ dʑo˩
行臣令之规，

mu˥ kʰí˧ mba˧ za˦ mu˥
臣令传天理。

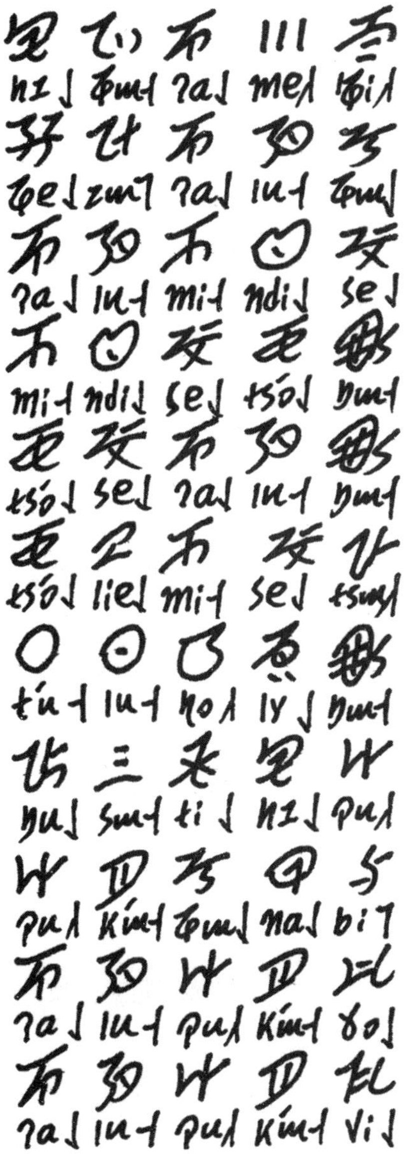

ŋɪ˩ tʰu˧ ʔa˩ me˦ ɕi˦
恒布阿迈妮，

tɕe˩ zu˥ ʔa˩ lu˧ tʰu˧
笑着封阿鲁：

ʔa˩ lu˧ mi˧ ndi˩ se˩
阿鲁天庭神，

mi˧ ndi˩ se˩ tsó˩ ɗu˧
天庭神是人，

tsó˩ se˩ ʔa˩ lu˧ ɗu˧
神人是阿鲁，

tsó˩ lie˩ mi˧ se˩ tsu˧
人来做天神，

tú˧ lu˧ ŋo˦ lɣ˩ ɗu˧
宇宙自然定，

ɗu˩ su˧ ti˩ ŋɪ˩ pu˦
我三界恒布，

pu˦ kʰí˧ tʰu˧ na˩ bi˥
师令封给人。

ʔa˩ lu˧ pu˦ kʰí˧ ɣo˩
阿鲁有师令，

ʔa˩ lu˧ pu˦ kʰí˧ vi˩
阿鲁用师令，

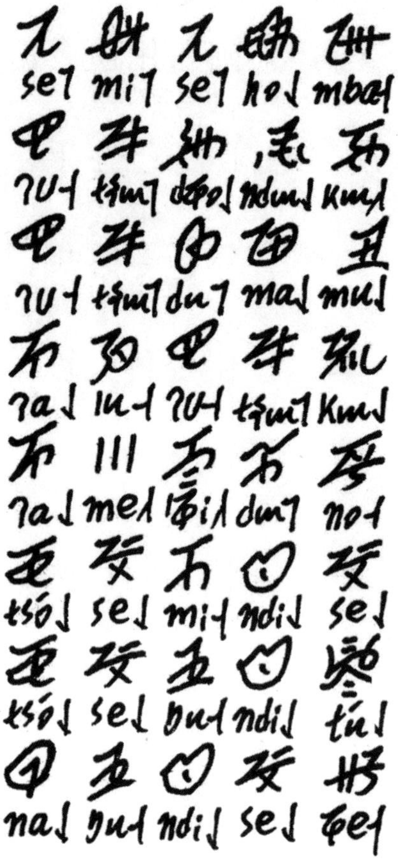

传承师文化，

拯救苦与难，

若邪恶抬头，

由你去收拾。

阿迈妮说道：

人神当天神，

人神管天庭，

管五庭大神。

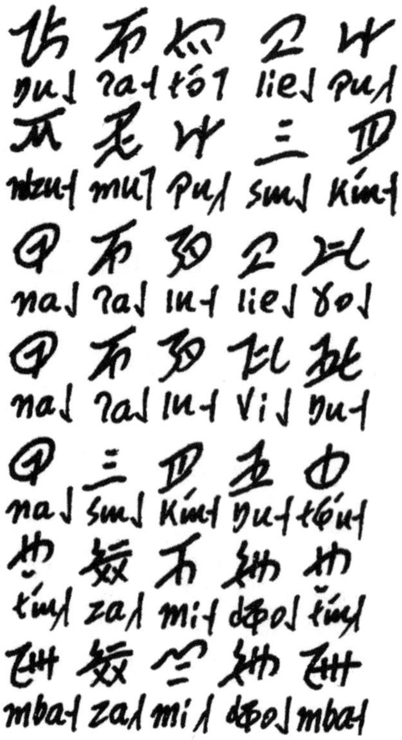

现在我公布，

君臣师三令，

你阿鲁掌握，

充分来运用，

三令五申齐。

说要说天条，

传要传地理，

讲要讲人伦。

三神已定下，

你获下旨权，

圣旨是天条，

君臣师三令，

由阿鲁行使，

三令怎么说，

两兵怎么做，

做了不会错。

如若不听令，

没有执行好，

阿鲁按君令，

惩罚你两位，

阿鲁按臣令，

找你俩算账，

阿鲁按布令，

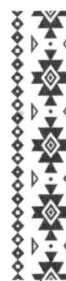

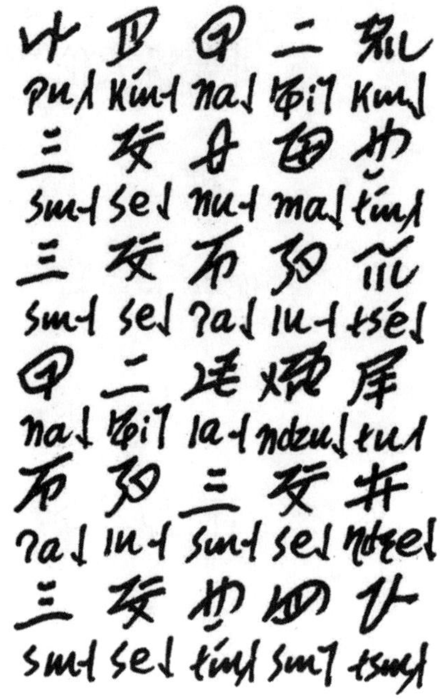

pu˩ kʰɯ˧ na˩ ȵi˥ kʰɯ˩　　收拾你两个。
sɯ˧ se˩ mu˧ ma˩ tʰɯ˩　　三神不再说，
sɯ˧ se˩ ʔa˩ lu˧ tsʰe˩　　三神请阿鲁，
na˩ ȵi˥ la˧ ndzɯ˩ tu˩　　为你俩奏执，
ʔa˩ lu˧ sɯ˧ se˩ ndze˩　　阿鲁信三神，
sɯ˧ se˩ tʰɯ˩ sɯ˥ tsɯ˩　　按三神旨办。

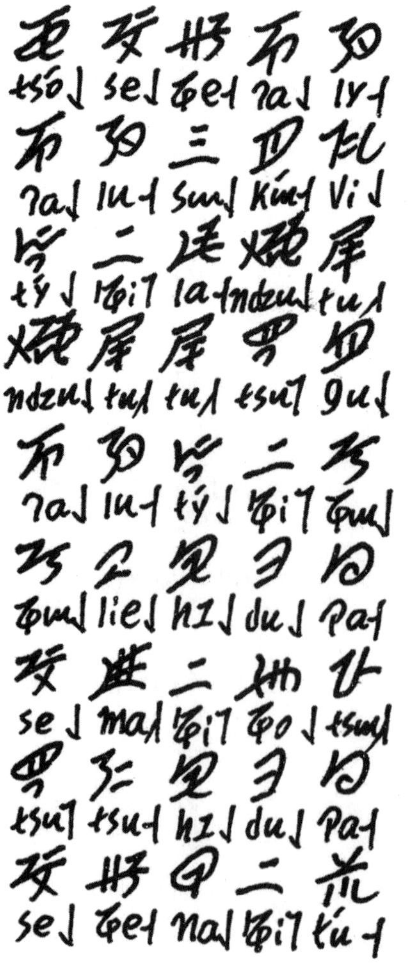

tso˩ se˩ tɕʰe˧ ʔa˩ lv˧　　大人神阿鲁，
ʔa˩ lu˧ sɯ˩ kʰɯ˩ vi˩　　阿鲁用三令，
tʰy˩ ȵi˥ la˧ ndzɯ˩ tu˩　　给二位奏执，
ndzɯ˩ tu˩ tu˩ tsu˥ gu˩　　二位得身份。
ʔa˩ lu˧ tʰy˩ ȵi˥ tɕʰu˩　　阿鲁封他俩，
tɕʰu˩ lie˩ hɪ˩ du˩ pa˧　　为阿鲁行事，
se˩ ma˩ ȵi˥ tɕʰo˩ tsɯ˩　　做两位兵将，
tsu˥ tsu˧ hɪ˩ du˩ pa˧　　替天庭办事。
se˩ tɕʰe˧ na˩ ȵi˥ tʰu˧　　今我派你俩，

去西借堵中，

取我神葫芦，

到洞里面去，

找俄莫尸身，

塞入葫芦中。

尸身一变化，

变为大母虱，

塞入葫芦中，

提到呢濮去。

到了呢濮后，

有一麻博山，

住着麻博家，

全家十口人。

呢濮人八个，

西呢算一个，

仆苟算一个，

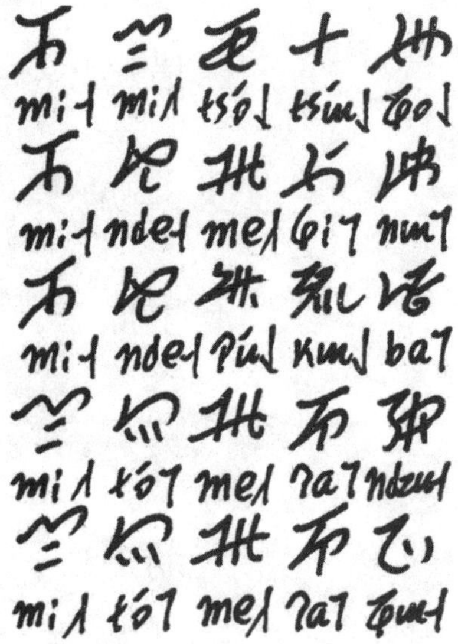

天地共十人。
天名为西呢，
天名仆苟巴，
地上名阿祖，
地上名阿友。

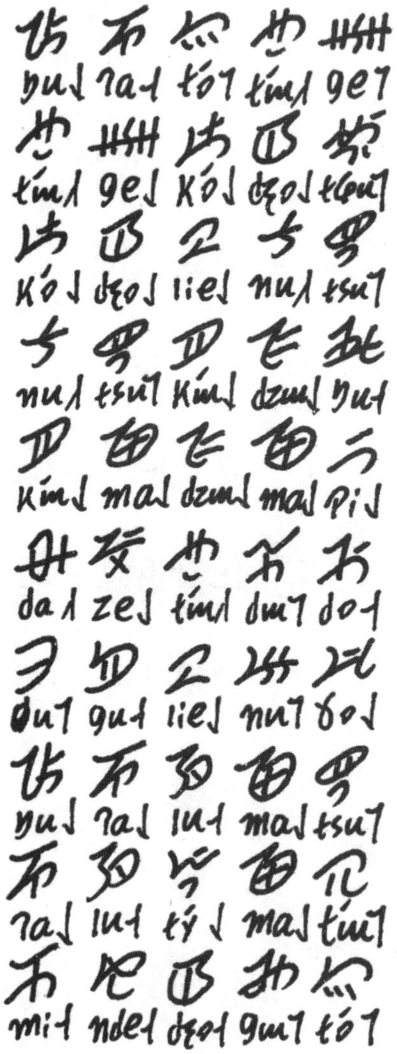

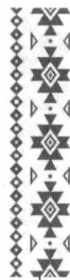

我现在强调，
告知给诸位，
在坐的全部，
天机不可泄。
要管住嘴巴，
若有谁泄密，
今后出问题，
别怪我阿鲁，
绝不会轻饶。
在天上之时，

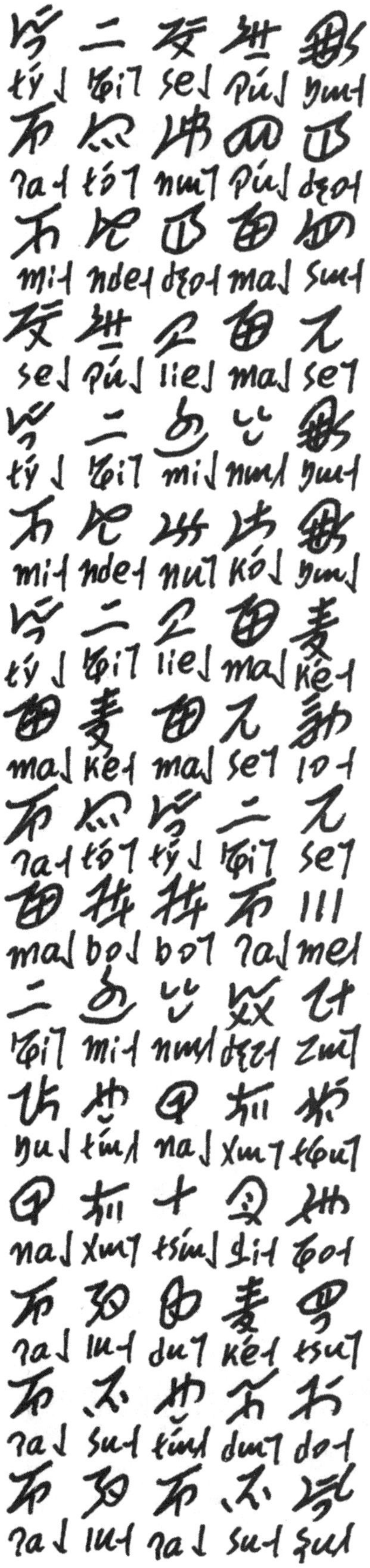

她俩是主仆。

现在在呢濮，

不像在天上，

主仆没分辨，

已成为姊妹。

天上的一切，

已没有记忆，

全然都不知。

现在她俩是，

麻博家姑娘，

只知是姊妹。

我敬告大家，

你们十四位，

记住阿鲁话，

哪位漏风声，

阿鲁就找他。

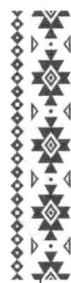

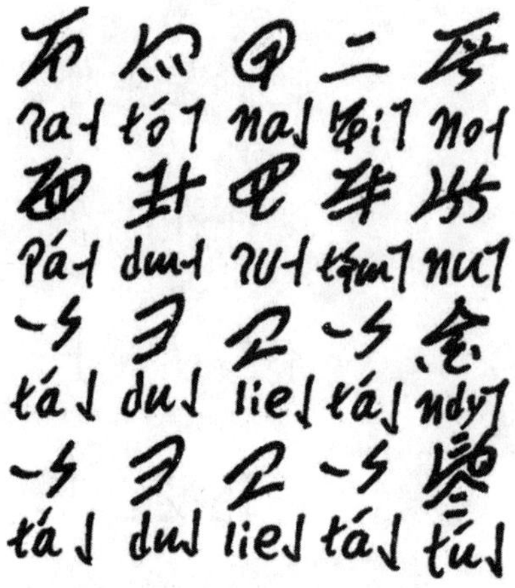

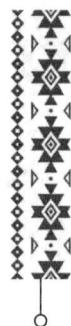

你们二位呢，

放下别的事，

一样也别想，

一样也别管。

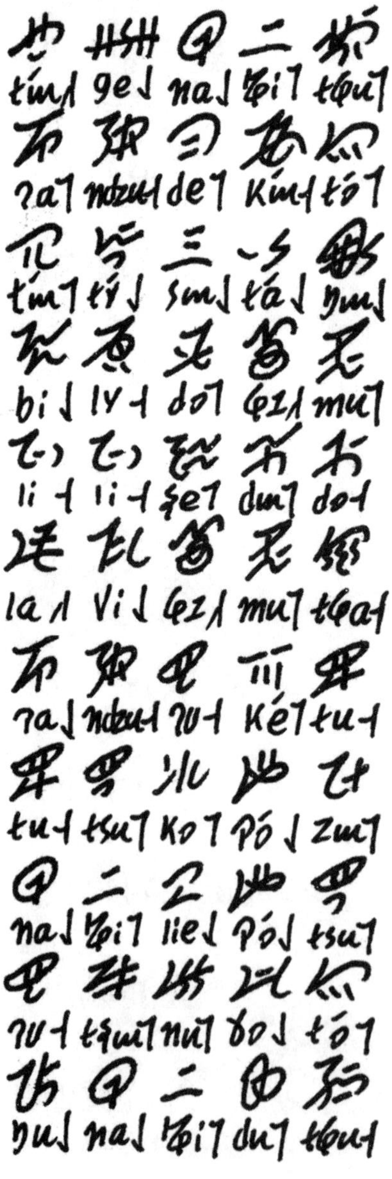

我告知二位，

到了阿祖边，

别让她发现。

葫芦中母虱，

慢慢倒出来，

抓住大母虱，

放阿祖头顶。

放好藏住身，

一定要躲好。

若遇啥事时，

我通知你俩。

这两个络克，
我传给你俩，
一人用一个，
络克亦自然。
没有遇事时，
络克它不响，
如果遇到事，
络克它会响。
你俩附耳边，
阿鲁讲的话，
你俩会听见。
阿鲁有三令，
何口传指令，
就像何口令。
若君令已到，
如恒举所说；

臣令传唤时，
如恒摩所说；
师令传话时，
如恒布所说。
你们听到的，
非阿鲁声音。

你俩没听好，
如若听错了，
会坏我大事，
听错会做错。
等令找你俩，
你俩被追责。
一定要听清，
一定要照办。
阿鲁告知你，

等旨传令到，

该要做什么，

络克一响动，

络克怎么说，

就按旨令行。

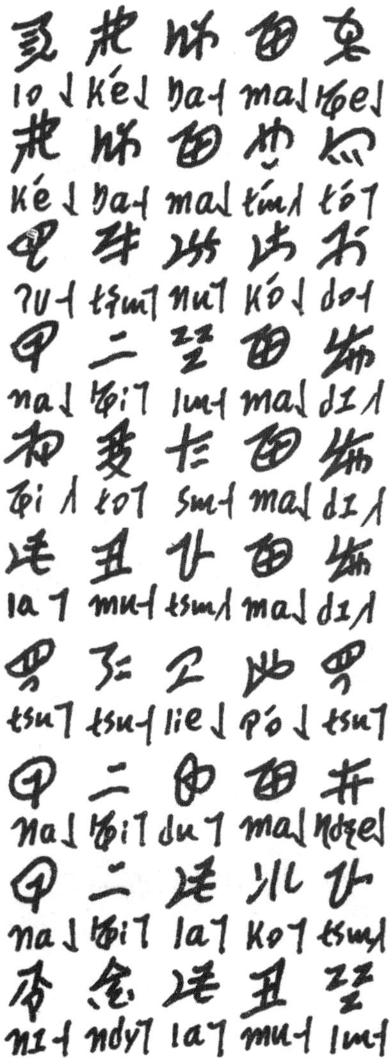

如络克不响，

它没出声时，

无论出啥事，

不随便乱动，

别自作主张。

不要乱去做，

好好躲藏好。

你俩不听话，

乱去做些事，

随心去行动，

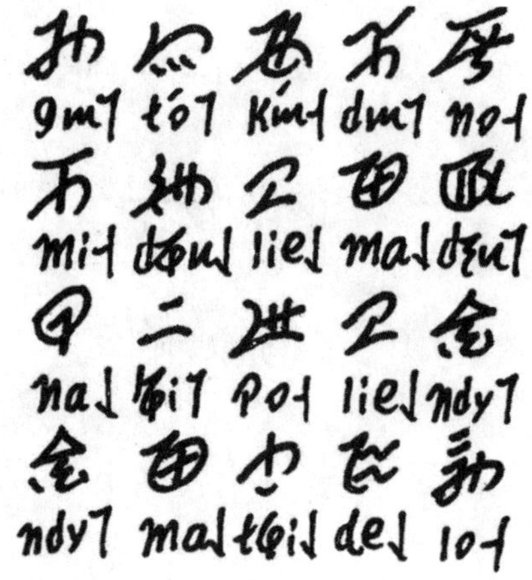

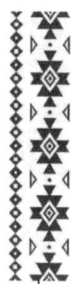

若是做错事，

天条它不饶。

番然悔悟时，

后悔来不及。

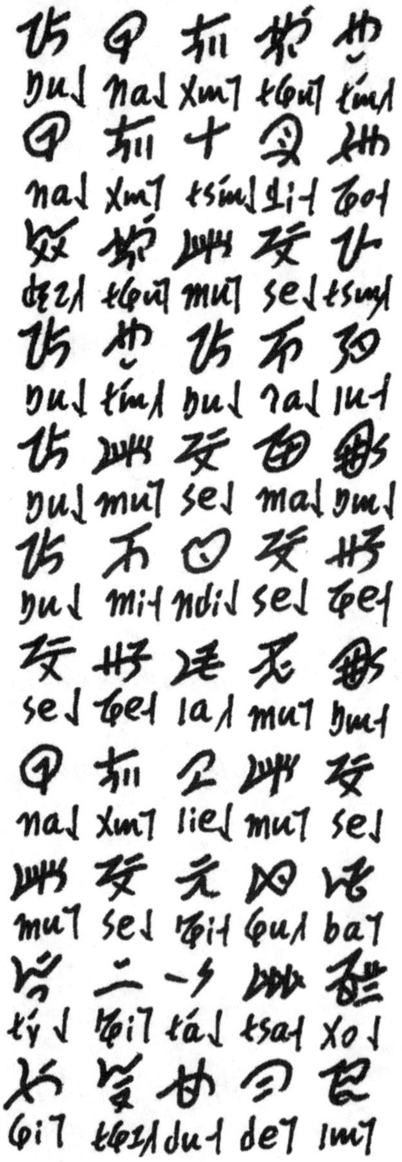

我与众位说：

十四位师徒，

做了次师徒。

我说我阿鲁，

我不是师父，

是天庭大神，

是大神首领。

你们是师徒，

有师徒关系，

送他俩一程，

去西借堵边。

到西借堵边，

师徒相留言。

留言完毕后，

二位潜入洞。

他俩下去后，

请诸位放心，

释怀回天庭。

阿鲁交待清，

众位不耽误，

师送徒上路。

人神斗俄莫

俄莫撮祖嫫，

恒举的西呢，

住在何地方。

俄莫撮祖晓，

西呢的下落。

它没有耽搁，

一时不停歇，

白日昼夜赶。

俄莫撮祖艾，

它也不分时。

直奔麻博山，

到了麻博坪，

见了一幢房，

它心中乱想，

想着变了样。

阿鲁骑云马，

在空中探视，

撮祖已变化。

像杰努兜谷，

一模一样的。

阿鲁看见了，

虽见知天条，

阿鲁没管它，

它进麻博屋。

格格问兜谷，

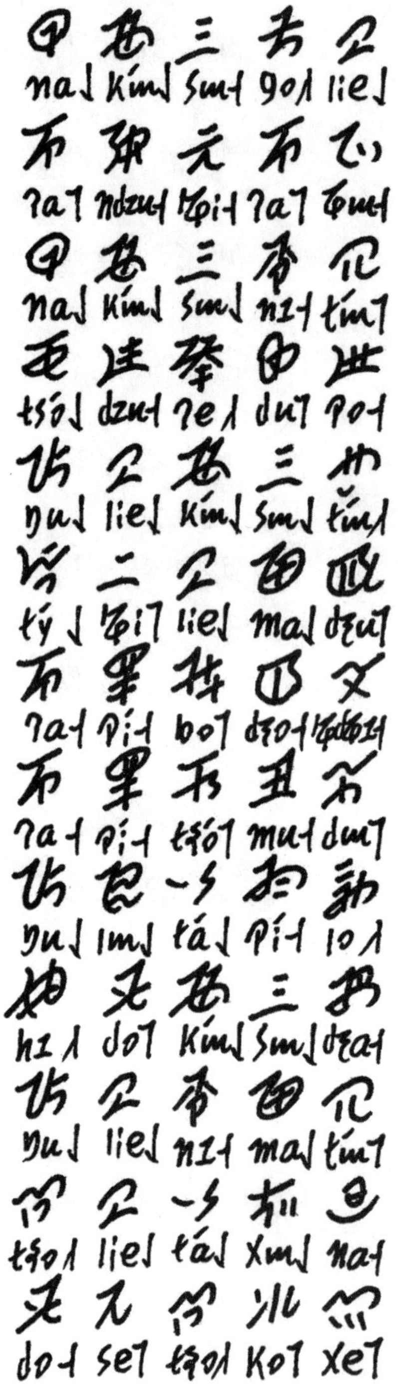

你为啥回来，

阿祖和阿友，

你能放心吗？

撮祖艾回话：

无论怎么说，

她俩不肯回，

想在外婆家，

与外婆作伴。

我去这段时，

家里如何样，

我放心不下，

转来看一看，

然后回去接。

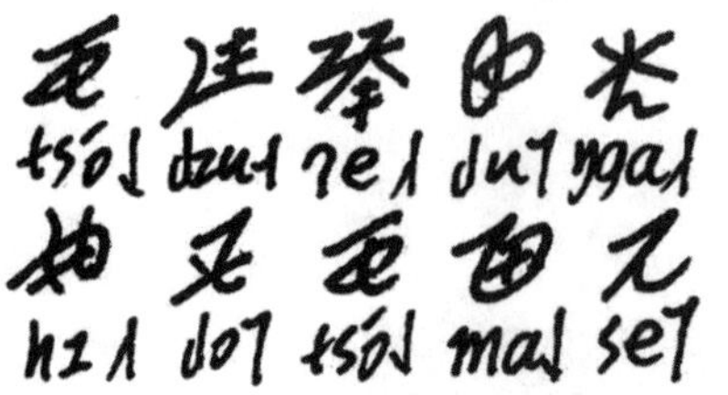

撮祖艾撒谎，

没有人知道。

她严肃回道：

我赶路如飞，

十分的劳累，

家中饭熟没？

格付哥回答：

阿妈你累了，

你不必起来，

坐下歇一歇。

饭已经做熟，

我抬下甑子，

再去把菜炒。

格付哥边说，

起身站起来，

就去炒菜肴。

全部炒完了，

抬桌子摆好。

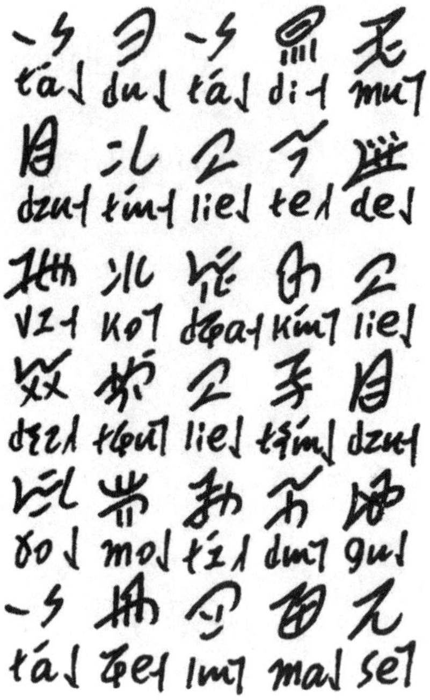

一样一大碗，
桌面已摆满。
付哥去舀饭，
一起端饭碗，
俄莫变兜谷，
一家人不知。

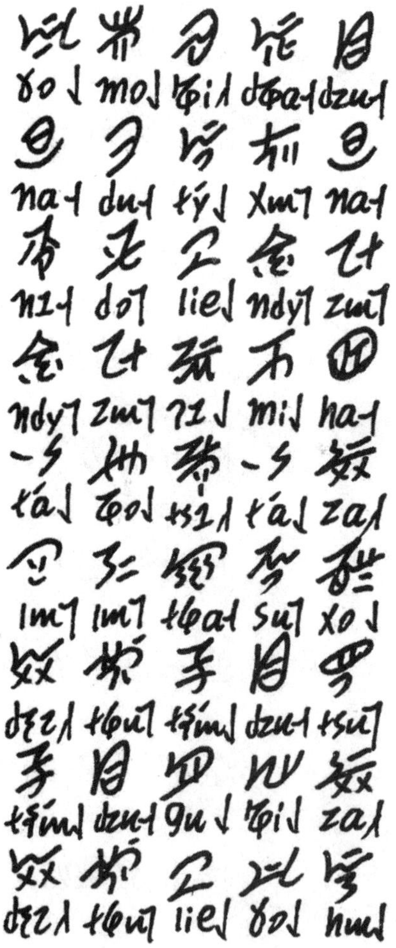

俄莫吃着饭，
抬眼看四周。
心中暗暗想，
到了晚上时，
一人都不留，
全部都吃掉。
吃完晚饭后，
坐下来聊天。
拉开了家常，

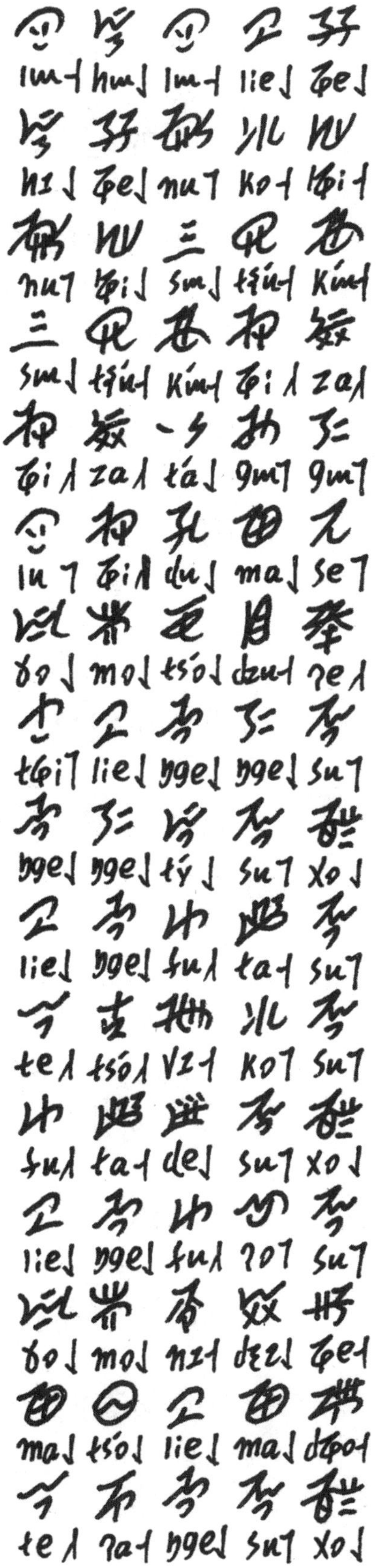

边说边在笑。

哄大家坐着，

到了大半夜，

三更时睡下。

只过一会儿，

全家已熟睡。

俄莫撮祖艾，

先咬死格格，

格格没了气。

又掐死付大，

再掐死薇果，

捏死了大得，

捏死了付哥。

他胆大包天，

不忙也不慌。

杀死代阿格，

杀死了皮妹。

家中的七人，

七个都死亡，

俄莫吸尽血，

吸饱肚子圆，

肉已吃不动。

说还说俄莫，

他真正残忍，

开肠又破肚，

个个都破开。

腔中的内脏，

通通扒出来，

扒出来理顺。

直到天亮时，

山中鸟已鸣，

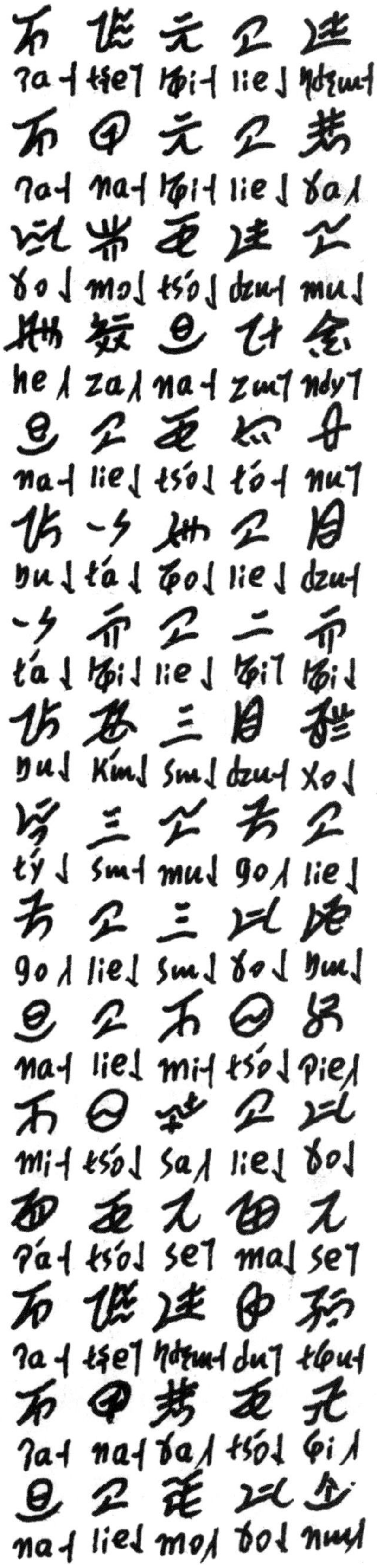

ʔa˧ tɕhe˥ ɕi˧ lie˩ ndʐɯ˧	喜雀喳喳叫，
ʔa˧ na˧ ɕi˧ lie˩ ɣa˨˩	老鸦在哀鸣。
ɣo˩ mo˩ tsó˩ dzɯ˧ mu˩	俄莫撮祖艾，
he˨˩ za˨˩ na˧ zɯ˥ ndy˥	站着看着想：
na˧ lie˩ tsó˩ tó˧ nu˥	面前的亡人，
ŋu˩ tá˩ ɣo˩ lie˩ dzɯ˧	仅我一人吃，
tá˩ ɕi˩ lie˩ ɕi˥ ɕi˩	一天或两天，
ŋu˩ kʰɯ˩ sɯ˩ dzɯ˧ xo˩	怎么吃得完。
tý˩ sɯ˧ mu˩ go˨˩ lie˩	她娘仨回来，
go˨˩ lie˩ sɯ˩ ɣo˩ ŋɯ˩	会发现惨状。
na˧ lie˩ mi˧ tsó˩ pie˨˩	现正值伏天，
mi˧ tsó˩ sa˨˩ lie˩ ɣo˩	马上会发臭。
pá˧ tsó˩ se˥ ma˩ se˥	别人虽不知，
ʔa˧ tɕhe˥ ndʐɯ˧ du˥ tɕhu˧	喜雀能传讯，
ʔa˧ na˧ ɣa˨˩ tsó˩ ɕi˨˩	老鸦能报丧。
na˧ lie˩ mo˨˩ ɣo˩ nu˩	假若尸已臭，

pá˧ du˩ se˥ ma˩ se˥　别样知不知，
no˩ mi˧ mu˥ lie˩ se˥　绿苍绳就知。
hɪ˨˩ do˥ tu˧ ma˩ dɪ˨˩　家里不能放，
ko˥ tu˧ du˧ lm˧ ʂu˨˩　须寻一处搁，
ʂu˨˩ tsu˥ bi˥ pó˩ zɯ˥　背到一处藏，
se˩ bu˧ du˥ ma˩ se˥　神鬼不发觉。

kó˩ tɯ́˨˩ ŋo˨˩ ly˩ tɯ́˨˩　说来说自然，
mi˧ tɕi˥ ŋo˨˩ ly˩ se˥　先天知自然，
ɣo˩ mo˩ lie˩ ndy˥ tsu˥　俄莫已想好，
ndy˥ tsu˥ tu˧ du˧ ʂu˨˩　想好找搁处。
ɣo˩ mo˩ hɪ˩ nu˧ lm˥　俄莫去房后，
ʂe˧ na˧ lie˩ ʂɯ˥ na˧　左看右看的，
na˧ lie˩ tu˧ ma˩ pi˨˩　看来不中意。
ʂu˨˩ na˧ da˧ zɯ˥ ʂɯ˧　爬上山去找，
du˧ ká˩ lm˧ lie˩ no˩　见一个洞穴，

是自然形成。

左右再查看，

山脚不远处，

有一湾湖水。

站着看洞里，

看洞深不深，

里面宽不宽，

够放不够放。

俄莫不放心，

下洞细观察，

他没有多想，

一纵下了洞。

阿鲁观俄莫，

躲在俄莫后，

见她的背影，

俄莫也不知。

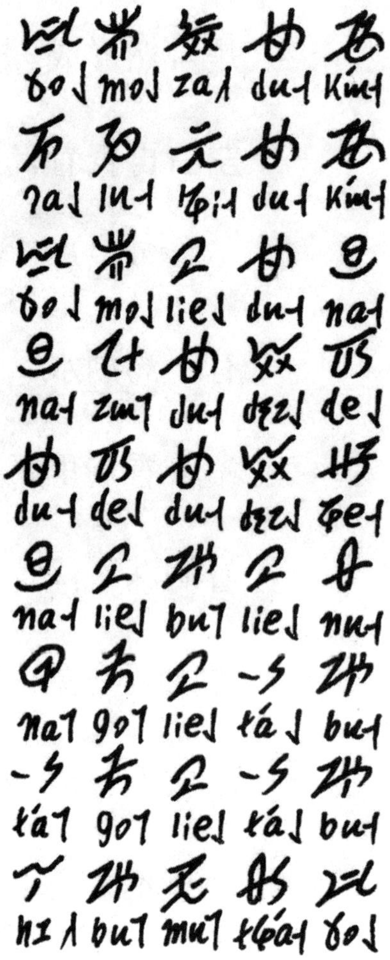

他下到洞底，
阿鲁随后跟。
俄莫看洞内，
洞穴很宽敞，
洞穴真宽广。
如人间屋宇，
这里有一间，
那里有一间，
共有八大间。

阿鲁这大神，
他用三神令，
用手指比划，
用手指绘画。
第一间里面，
画天山一座；

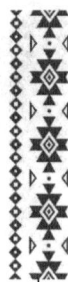

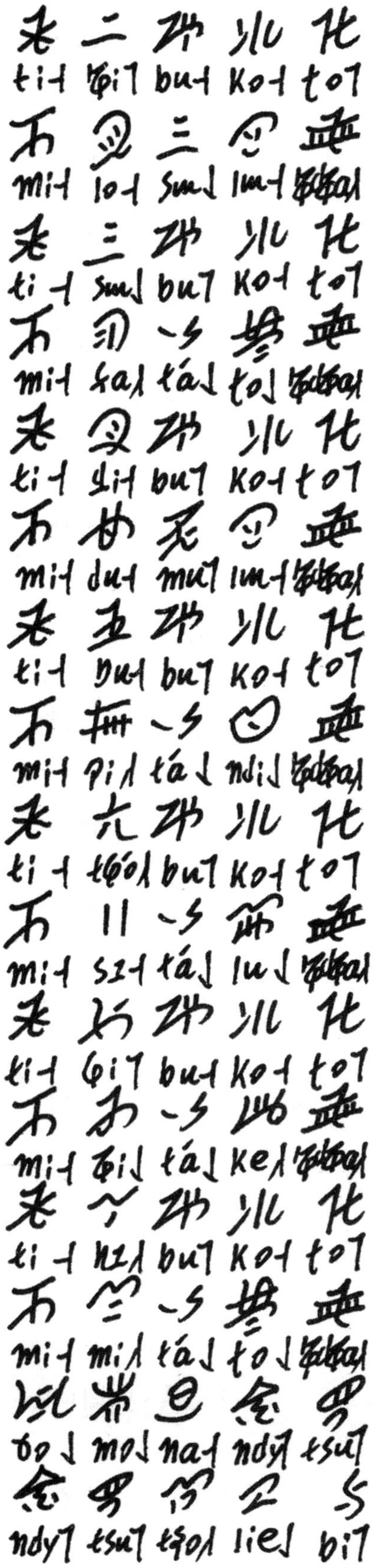

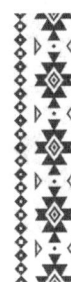

第二间里面，

绘天石三个；

第三间里面，

绘一堵天岩；

第四间里面，

绘一幅天洞；

第五间里面，

绘天草一片；

第六间里面，

绘天树一片；

第七间里面，

绘天河一条；

第八间里面，

绘大地一块。

俄莫仅想到，

回去背亡尸。

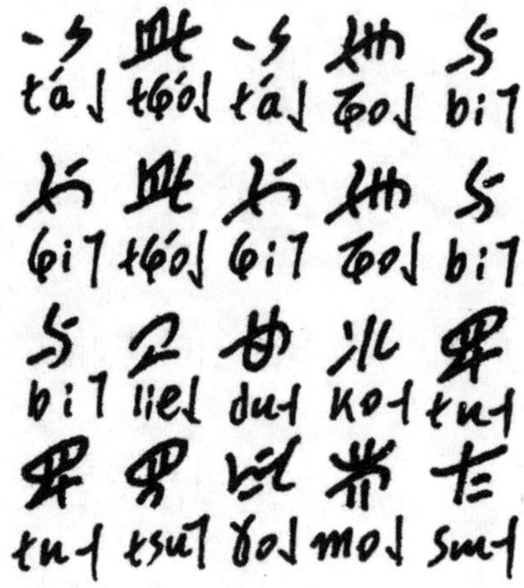

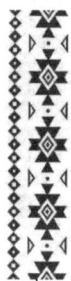

一次背一个，

共背了七次。

背来搁洞中，

藏好才回去。

再说说阿鲁，

俄莫出洞后，

天庭神阿鲁，

什么他不会？

背的酒葫芦，

从肩上取下。

葫芦酒三种，

一间倒一点，

八间喷上酒。

神酒在洞中，

洞中呈自然。

护尸不变坏，
如冰雪凝冻，
不变质发臭，
做完阿鲁回。

俄莫回到家，
先背起一个，
背尸到洞中。
站住看一看，
看了心里想，
不能搁一堆。
放一处发霉，
时间一长后，
他全会发臭，
闻了倒味口。
俄莫已想好，

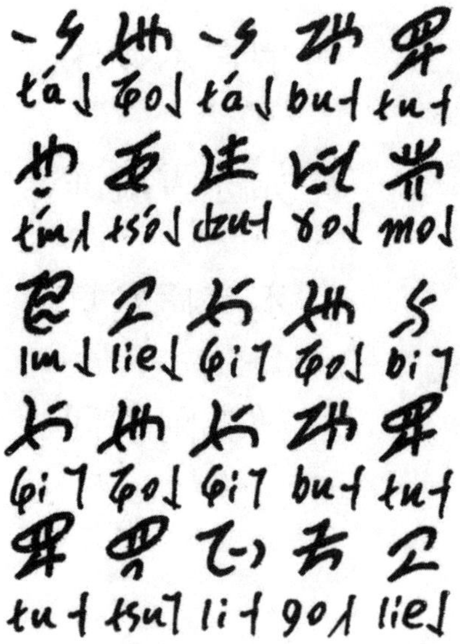

一个放一间。
这撮祖俄莫，
来回背七次，
共放七间房，
放置好回去。

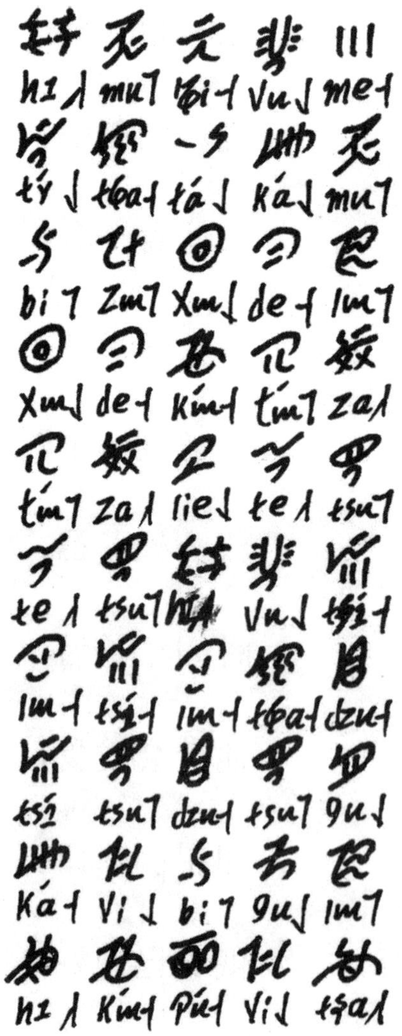

腔中的内脏，
装做一大箩，
背去那湖边，
至湖边放下。
将箩搁一旁，
洗腔中内脏，
边洗就边吃。
多了没吃完，
用箩背回来，
到家用锅煮，

lɯ˧ tɕa˧˦ lɯ˧ lie˨˩ dzɯ˧	边煮又边吃，
tá˨˩ mbo˨˩ tý˨˩ dzɯ˧ xo˨˩	饱餐了一顿。

tý˨˩ ndy˥ ɕi˥ nɯ˥ kɯ́˧	他想到西呢，
ɕi˨˩ he˧˦ dɯ˥ ndy˥ zɯ˥	坐立不安的，
ndy˥ zɯ˥ tsó˨˩ lie˨˩ sɯ˧	一惊一乍起，
tý˨˩ da˧ bu˨˩ nde˧ lɯ˥	爬到后山顶。
da˧ du˧ bu˨˩ nde˧ kɯ́˧	到了山顶上，
tsó˨˩ dzɯ˧ ʔe˧˦ ɣo˨˩ mo˨˩	撮祖艾俄莫，
to˨˩ za˧˦ ko˧ he˧˦ na˧	停下放眼看，
fe˧ na˧ lie˨˩ sɯ˥ na˧	左右来观察。
na˧ na˧ ɕi˧˦ pu˨˩ tɯ́˧˦	自言自语道：
ma˨˩ bo˨˩ bu˨˩ dʑɿ˨˩ mu˨˩	麻博山真高，
ɖi˧ tú˥ hɿ˧˦ na˥ na˧	看四面八方，
kɯ́˨˩ dɯ˧ dɯ˥ lie˨˩ ho˨˩	尽收在眼底。
ɣo˨˩ mo˨˩ nɿ˧ ndy˥ zɯ˥	俄莫心想事，

遥看前面路，
阿祖仨母女，
已被他发现，
辨认没有假。
该如何应对，
心中已有数，
连滚带爬回。
在缸中舀水，
倒入圈舍里，
留下小半瓢，
再跑回湖边，
在那里躲藏。

娘三人到家，
杰努兜谷她，
走得渴难耐，

心想喝口水，

就去舀水喝。

缸中水甚少，

没有半小瓢，

放斜那水缸，

只舀到一点。

叫声阿祖道：

咱们这家人，

没一个在家，

去哪里不知，

缸中没有水。

你俩在家玩，

把房门关紧，

别乱打开它。

好好在家里，

千万别出门。

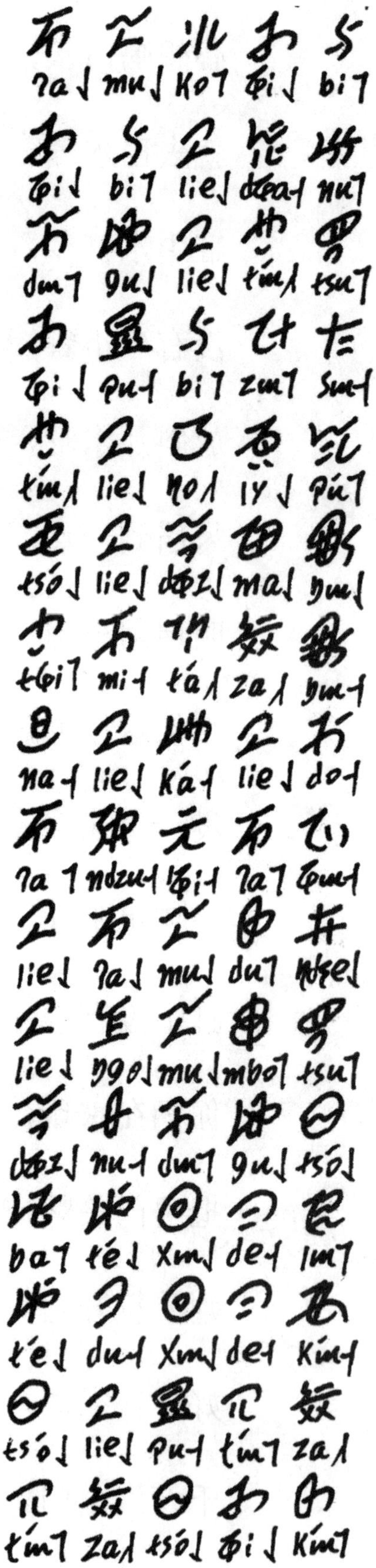

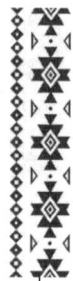

阿妈去背水，

背水来做饭。

兜谷交待好，

背水缸上路。

说来是自然，

不是人为的，

是先天定下，

看来有难星。

阿祖和阿友，

听阿妈嘱咐，

关好房间门。

杰努兜谷忙，

小跑去湖边，

跑到了湖边，

忙放下水缸，

急忙来舀水。

藏身的俄莫，

从林中跳出，

杀死了兜谷，

一刀捅进去，

鲜血往外流。

俄莫撮祖艾，

急忙吸鲜血，

吸血肚子饱。

破开兜谷肚，

一时成两半，

取出肚和肠，

拿在湖中洗。

腹中有血块，

边棒就边喝，

肚肠洗来吃，

吃了一顿饱。

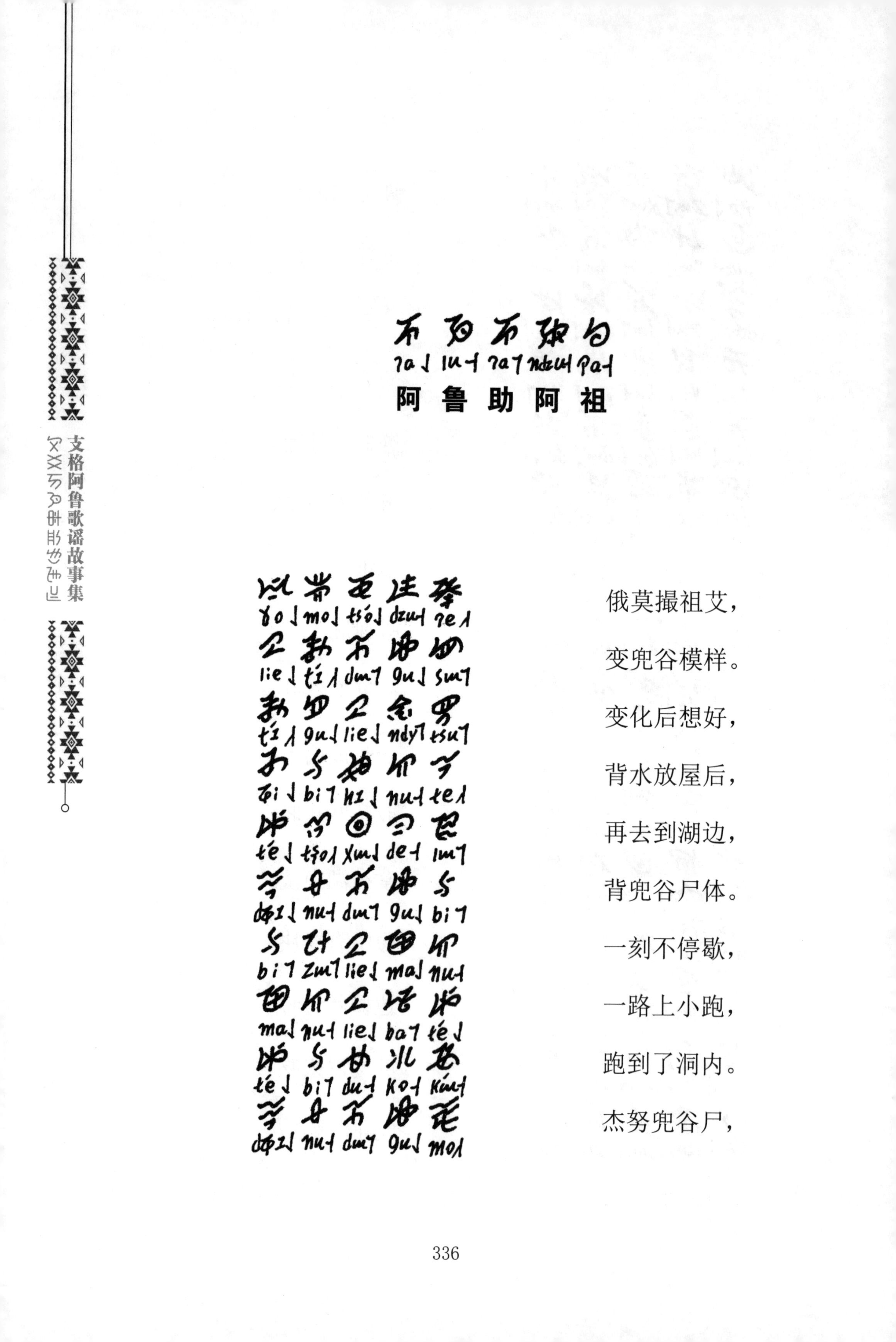

阿鲁助阿祖

俄莫撮祖艾，
变兜谷模样。
变化后想好，
背水放屋后，
再去到湖边，
背兜谷尸体。
一刻不停歇，
一路上小跑，
跑到了洞内。
杰努兜谷尸，

支格阿鲁歌谣故事集

放在一间里，

搁好没搁好，

忙了没细看。

转身往回跑，

背水回到家。

到了家门前，

伸手去开门，

门被闩上了。

用脚踢大门，

门没有踢开。

站在门前想，

想着喊阿祖。

阿祖听声音，

不像阿妈声。

阿祖没答应，

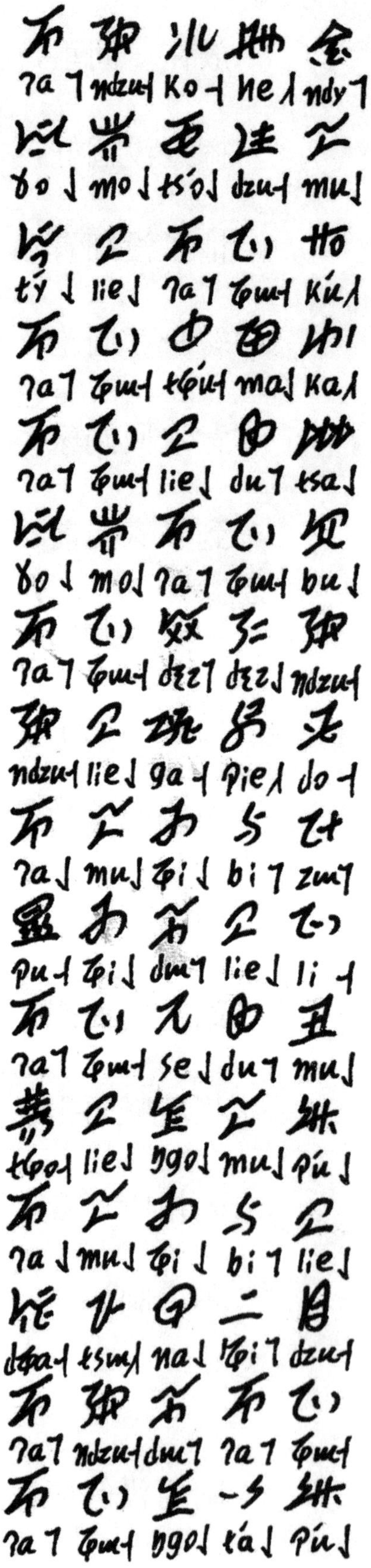

阿祖站着想。

俄莫撮祖艾，

他又叫阿友。

阿友不辨音，

她就应了声。

俄莫夸阿友，

你真的听话，

是个乖姑娘。

阿妈身背水，

缸中水很沉。

阿友最听话，

快来开大门。

阿妈背水来，

做饭你俩吃。

阿祖说阿友，

你别去开门。

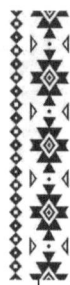

我听她声音，
不像是阿妈。
阿妈声我熟，
她不是阿妈。

俄莫假笑道：
我怎么不是，
你俩没听清，
我真是阿妈。
阿祖回她话，
你不是阿妈。
阿妈的声音，
不是这样的。
俄莫又笑说，
阿祖和阿友，
怎不是阿妈？

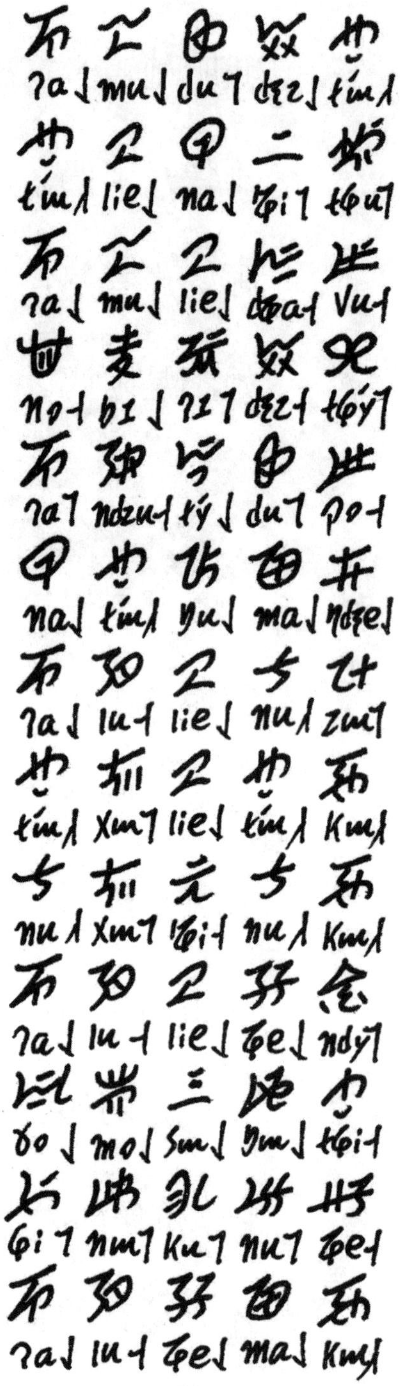

阿妈说真话，

我告诉你俩，

阿妈感冒了，

嗓子有些哑。

阿祖回她话，

你说我不信。

阿鲁躲着听，

说的也会说，

问的也会问。

阿鲁心想笑，

怕俄莫发现。

救西呢事大，

阿鲁没有笑。

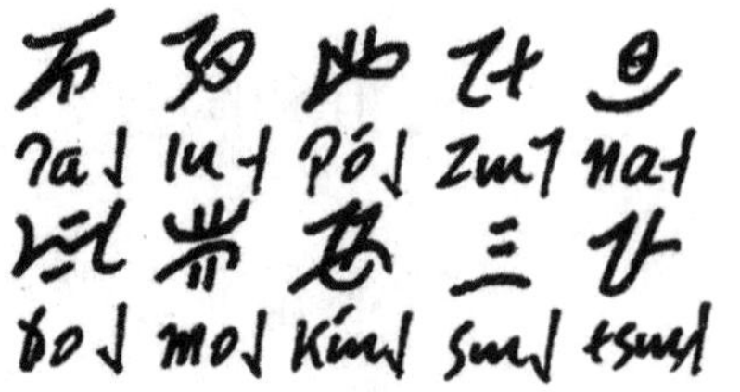

阿鲁躲着看，

俄莫如何做。

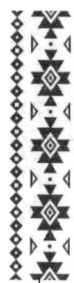

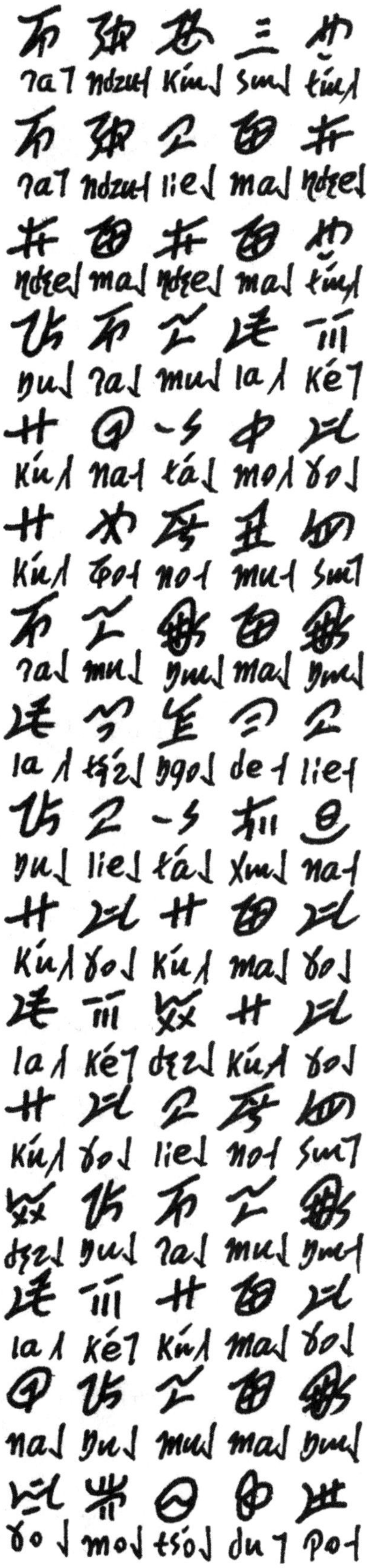

ʔa˥ ndzu˧ kɯ́˩ sɯ˩ tɯ́˦　看阿祖行动，
ʔa˥ ndzu˧ lie˩ ma˩ ndze˩　阿祖仍不信。
ndze˩ ma˩ ndze˩ ma˩ tɯ́˦　对俄莫说道：
ŋu˩ ʔa˩ mu˩ la˦ ké˥　阿妈的手背，
kɯ́˦ na˧ tá˩ mo˦ ɣo˩　有一颗黑痣，
kɯ́˦ ɣo˧ no˧ mu˧ sɯ˥　长的像豆粒。
ʔa˩ mu˩ ŋu˩ ma˩ ŋu˩　是不是我妈，
la˦ tśɿ˩ ŋgo˩ de˧ lie˧　伸手到门边，
ŋu˩ lie˩ tá˩ xɯ˩ na˧　让我看一看，
kɯ́˦ ɣo˩ kɯ́˦ ma˩ ɣo˩　有痣没有痣。
la˦ ké˥ dzɿ˩ kɯ́˦ ɣo˩　手背若有痣，
kɯ́˦ ɣo˩ lie˩ no˧ sɯ˥　长的像豆粒，
dzɿ˩ ŋu˩ ʔa˩ mu˩ ŋu˧　真是我阿妈；
la˦ ké˥ kɯ́˦ ma˩ ɣo˩　如若没有痣，
na˩ ŋu˩ mu˩ ma˩ ŋu˩　你不是阿妈。
ɣo˩ mo˩ tśo˩ du˥ po˧　俄莫急忙回：

阿妈背着水，
不敢来弯腰，
手拉着缸绳。
若你俩不信，
妈不怪你俩，
请稍等片刻。
阿妈找放处，
把水缸放下，
手伸给你看。

俄莫撮祖艾，
把水缸放好，
心出坏主意。
阿鲁悄帮她，
帮忙救阿祖。
俄莫注意到，

看见了鸡箩。

忙去找鸡蛋，

是阿鲁放入。

鸡蛋没多的，

仅仅有一枚。

俄莫抓鸡蛋，

拿鸡蛋在手。

又见到鸡食，

细看是荞粒。

拿起荞粒来，

再打开鸡蛋。

用蛋清敷手，

敷上了荞粒。

忙走到门边，

到门边站立。

开口喊阿祖，

你从门缝看，

阿妈伸手背，

你俩仔细瞧，

手上有痣没。

阿祖信为真，

把门开一逢，

从门逢看手。

只因隔的远，

手上的荞粒，

看来有些黑，

黑的像颗痣。

阿祖看不清，

确认是阿妈。

阿祖喊阿妈，

你稍等片刻，

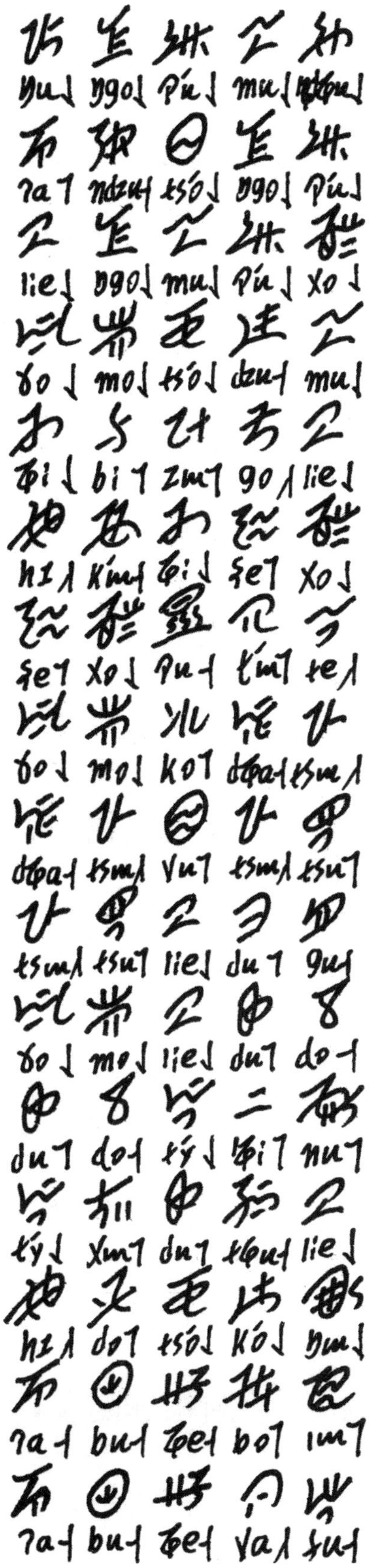

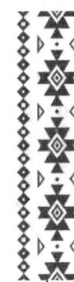

我开门给你。

阿祖急开门，

大门被打开。

俄莫撮祖艾，

背水进屋来，

进屋倒了水，

放下了空缸。

俄莫去做饭，

饭菜做齐备。

做好了之后，

俄莫撒谎言，

哄骗她姊妹。

有人传口信，

家里所有人，

去了大爷家。

他家杀肥猪，

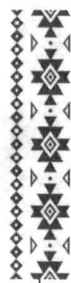

杀了很多头，

共有七大个，

喊咱去吃肉。

咱们娘三个，

明天起个早，

阿妈带你俩，

去大爷家里，

吃顿砣砣肉。

边说边舀饭，

三人同进餐。

三人吃饭毕，

俄莫笑着说：

娘告诉你俩，

阿祖和阿友，

明日去爷家，

你俩去不去？

俩姊妹笑道：

为啥不去呢？

我俩出世后，

大爷啥模样，

家里有什么，

家住在何方，

我姊妹不知。

要去玩一玩，

跟随阿妈去。

俄莫笑着道：

假如真想去，

各自去舀水，

热水洗个澡。

哪个洗的白，

阿妈带她睡，

哪个没洗白，

娘不带她睡，

睡在娘脚边。

阿祖听着喜，

去缸中舀水，

烧热水洗澡。

阿祖不知情，

阿鲁手一指，

她自然悟到，

心想不好了，

像有谁指点。

一边在洗澡，

一边想心事。

不知是啥事，

大事或小事，

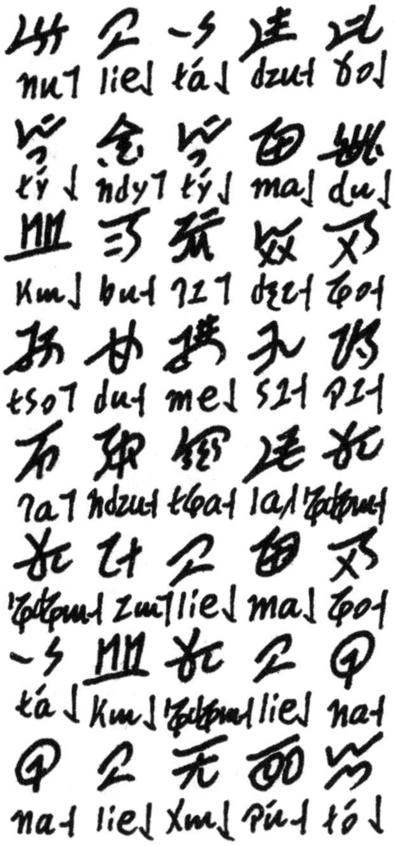

会遇一桩事。

想到不对劲，

身上已发痒。

火塘中碳末，

拿来搓身上，

搓着痒止住。

一身全变黑，

黑得像锅底。

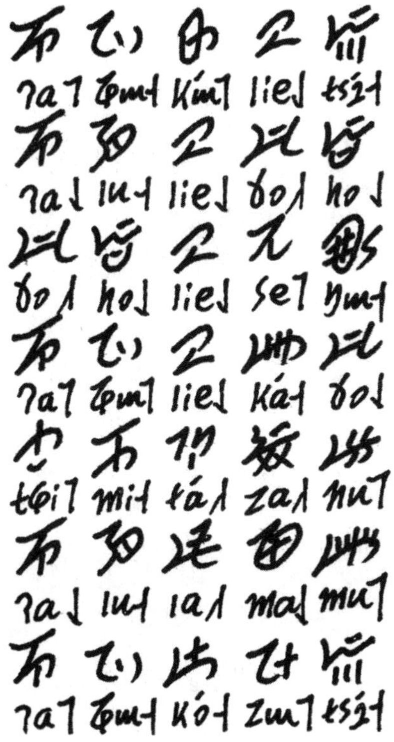

阿友舀水洗，

被阿鲁发现，

发现就知道，

阿友也有难。

是先天注定，

阿鲁手没指。

阿友认真洗，

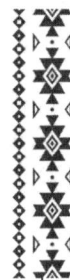

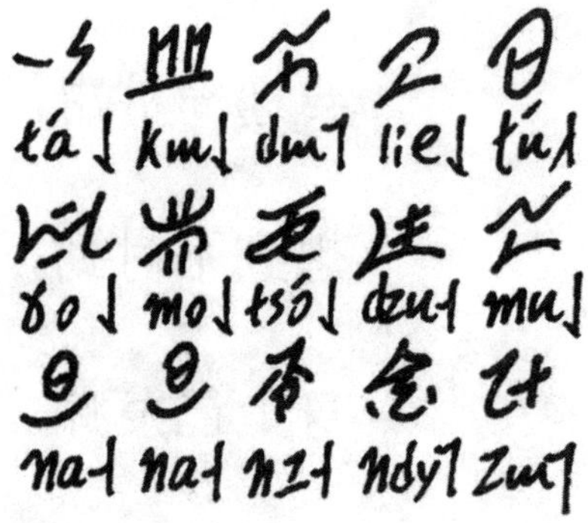

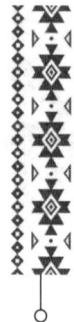

一身都洁白，
俄莫撮祖艾，
心里算计着。

俄莫撮祖艾，
缄默没话语。
心中暗思忖，
从今天以后，
我捉人吃人，
别样我不吃。
吃满一百人，
我长生不老，
我一世无忧。
此后三界神，
没谁比上我，
他拿我无法，

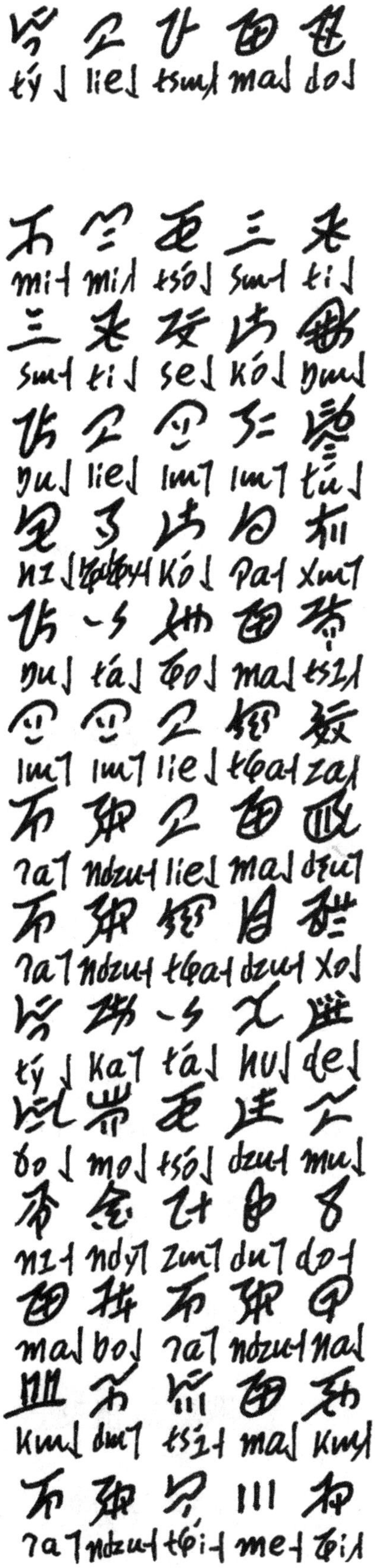

无法对付我。

天地人三界，
三界所有神，
全属我管辖。
帮助恒举的，
我一个不留，
全部都拿下。
阿祖不嫁我，
也把她吃了，
吃满一百人。
俄莫撮祖艾，
心中已不悦。
怨麻博阿祖，
澡都不会洗，
去睡到脚边。

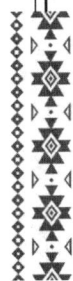

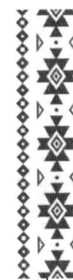

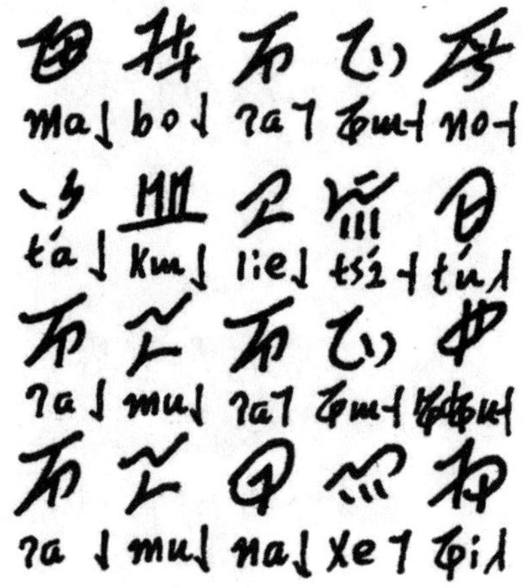

麻博阿友呢，
一身都洗净，
阿妈最疼她，
阿妈带她睡。

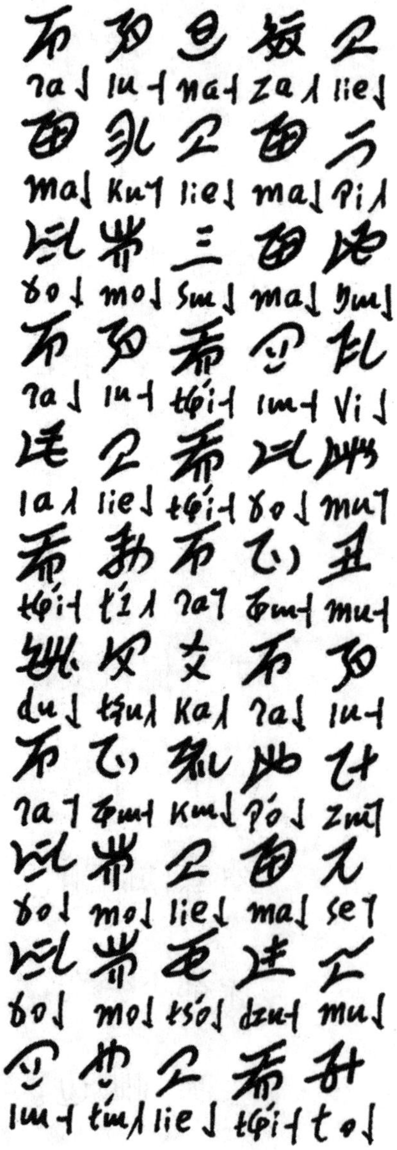

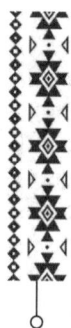

阿鲁细审视，
不救已不行。
俄莫没发现，
阿鲁用条狗，
用手指一指，
成阿友替身。
笃支格阿鲁，
把阿友调包，
俄莫他不知。
俄莫撮祖艾，
抚摸亲吻狗。

lɯ˧ to˨˩ lie˨˩ lɯ˧ kɯ˨˩ 边亲边哄睡，
ɣo˨˩ mo˨˩ to˨˩ zɯ˥ [illegible] 亲着在玩耍。
tɕʰi˧ tɿ˧˦ xɯ˥ ʔa˥ ɕɯ˧ 狗变的阿友，
ʔa˨˩ ɪu˧ la˧˦ ɣo˨˩ mu˥ 阿鲁手一指，
la˧˦ mu˥ lie˨˩ ɕi˧˦ du˨˩ 替身就睡熟，
ʔa˥ ndzɯ˧ ɕi˧˦ du˨˩ lo˧ 阿祖也睡熟。

ɣo˨˩ mo˨˩ lie˨˩ tɕʰi˧ dɯ˥ 俄莫推替身，
tɕʰi˧ lie˨˩ ɕi˧˦ lo˧ sɯ˥ 狗像死了样。
ɣo˨˩ mo˨˩ ʔa˥ ndzɯ˧ dɯ˥ 俄莫推阿祖，
ʔa˥ ndzɯ˧ dʑʐ˨˩ ɕi˧˦ du˨˩ 她真的睡熟。
ɣo˨˩ mo˨˩ ʔa˥ ɕɯ˧ ʂu˧ 俄莫杀阿友，
ʔa˥ ɕɯ˧ ʂu˧ ma˨˩ zo˨˩ 没杀着阿友，
ʂu˧ zo˨˩ tɕʰi˨˩ mu˨˩ ŋɯ˧ 杀的是母狗。
tɕʰi˨˩ mu˨˩ dʑʐ˨˩ ɕy˧ nu˧ 母狗血真多，
ɣo˨˩ mo˨˩ lie˨˩ ɕy˧ ndo˨˩ 俄莫忙吸血。

吸完便吃肉，

骨头也嚼吃，

咔嗒咔嗒响。

阿祖被她吵，

被她吵醒来，

惊魂不附体。

阿祖发问道：

阿妈你吃啥，

半夜三更的？

俄莫哄阿祖：

咱们回来前，

外婆想阿妈，

拿麻籽给我，

我现在在吃。

阿祖叫阿妈，

你在吃麻籽，

味道怎么样，

吃起香不香。

俄莫回阿祖：

怎么不香呢，

香得不可言。

麻博阿祖说：

看你吃的香，

你愿不愿意，

给我点尝尝，

阿祖没吃过。

俄莫答阿祖：

你真正想吃，

好好地躺下，

我抓把给你，

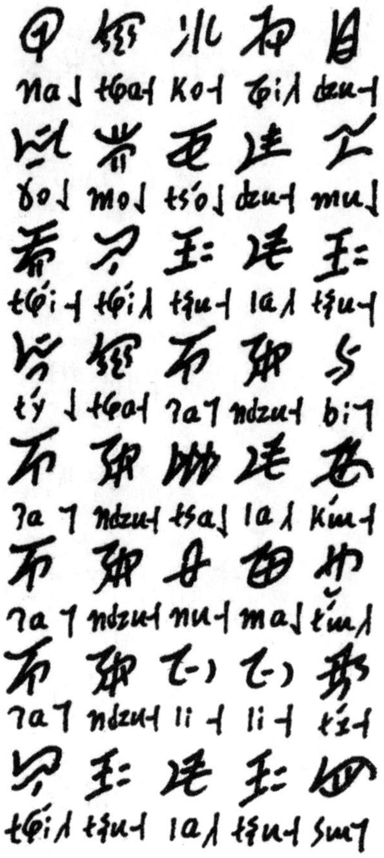

你尝尝味道。
俄莫撮祖艾，
拿脚指手指，
递给了阿祖。
阿祖接到手，
没有再多说，
慢慢就发现，
像脚指手指。

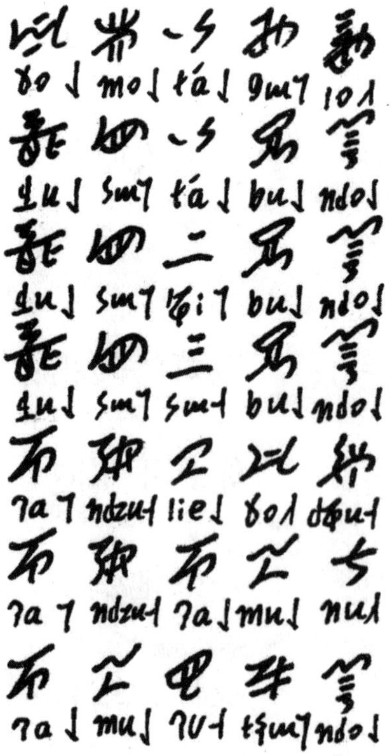

俄莫等了等，
咕咕喝一口，
咕咕吸两口，
咕咕吸三口。
阿祖听到后，
阿祖问阿妈，
阿妈你喝啥？

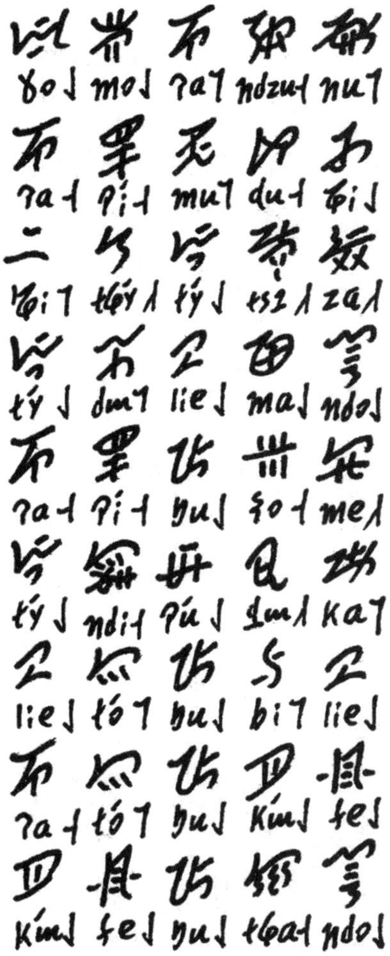

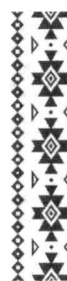

俄莫骗阿祖：

外婆给蜂糖。

留下的两罐，

她没舍得喝。

外婆心疼我，

她装入褡裢，

来时我挎回。

现在我口渴，

喝点来解渴。

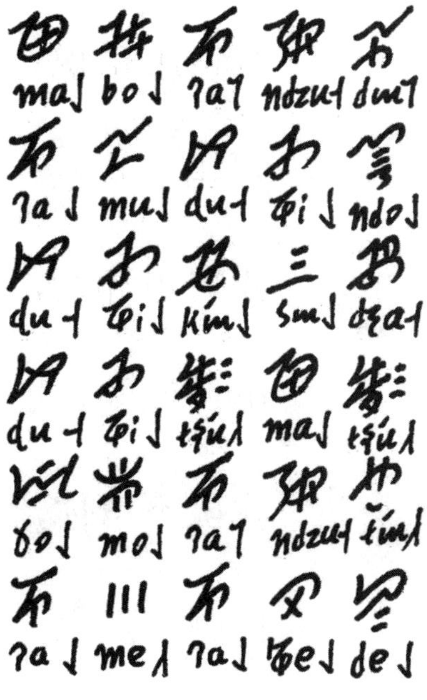

麻博阿祖道：

阿妈喝蜂蜜，

蜂蜜怎么样，

甜还是不甜？

俄莫回阿祖：

姑娘你太傻，

ŋu˩ tɯ˦ du˧ bi˩ ŋu˧　我说这蜂蜜，
du˧ bi˩ lie˩ ma˩ tʂu˦　它怎么不甜，
ʔu˧ tʂu˥ se˥ lie˩ tʂu˦　要啥才甜呢？
tɯ˦ lie˩ na˩ ma˩ ndʑe˩　说了你不信，
tʂu˦ lie˩ na˩ ma˩ se˥　甜的你不知。
ʔu˧ tʂu˥ du˧ bi˩ sɯ˥　比蜂蜜甜的，
tʂu˦ xɯ˥ lie˩ ma˩ ɣo˩　再也没有了，
ndo˩ zɯ˥ lie˩ tʂu˦ pie˦　蜂蜜一入口，
tʂu˦ lie˩ dʑɛ˨˩ ŋɪ˧ ʔe˥　甜得真腻人。

ma˩ bo˩ ʔa˥ ndzu˧ tɯ˦　麻博阿祖说：
ʔa˩ mu˩ na˩ ta˩ bu˩　阿妈别吹嘘，
ŋu˩ ʔa˥ ndzu˧ ma˩ ndʑe˩　我阿祖怀疑，
ŋu˩ ʔa˩ mu˩ ma˩ ndʑe˩　不信你的话。
tɯ˦ ʔa˩ mu˩ ma˩ ndʑe˩　我虽不信你，
ʔa˩ mu˩ ʔɪ˥ dʑɛ˨˩ se˥　你倒一点点，

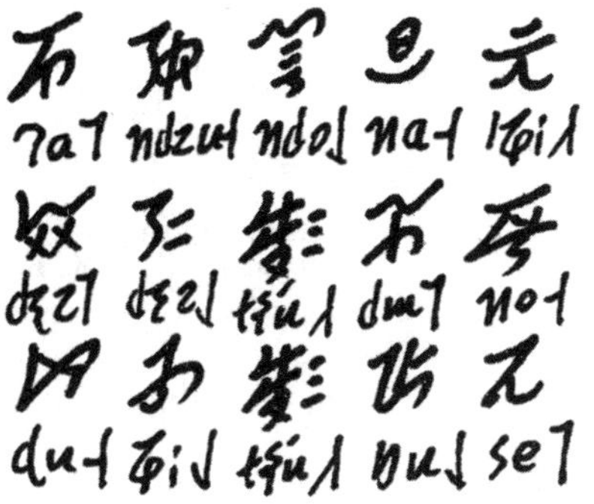

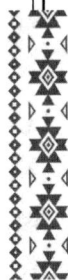

让阿祖尝尝，
要是真的甜，
我就相信你。

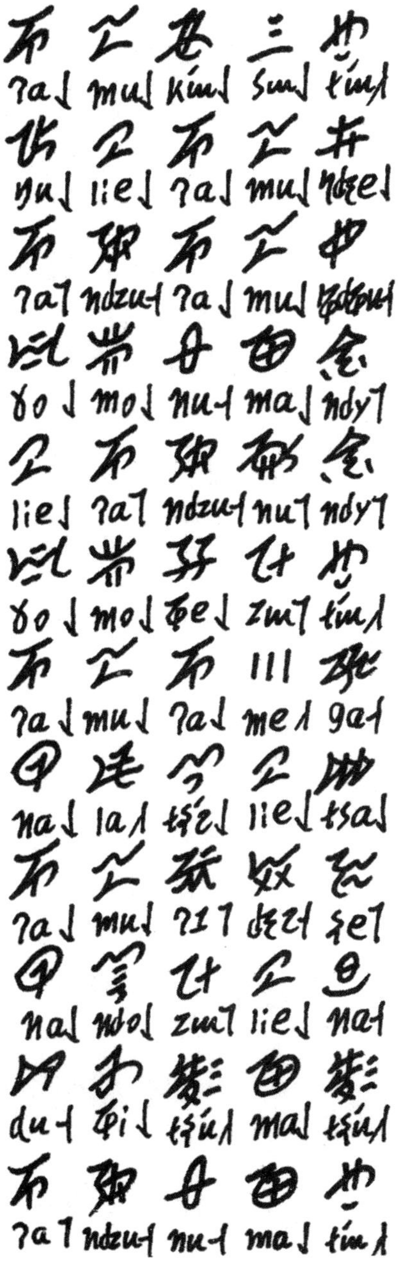

阿妈怎么说，
我都相信妈，
阿祖就爱妈。
俄莫没多想，
想要骗阿祖。
笑着细声道：
我女儿乖巧，
伸手来接住。
阿妈倒一点，
你喝起试试，
究竟甜不甜。
阿祖不多说，

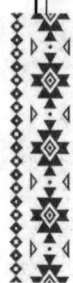

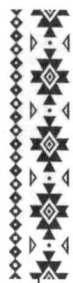

伸手接蜂蜜。

俄莫撮祖艾，

抓一把血块，

递给了阿祖。

阿祖接在手，

放在鼻前闻，

闻了很腥臭。

阿祖不会喝，

头脑飞速转，

假装做样子，

咕嘟咽口水。

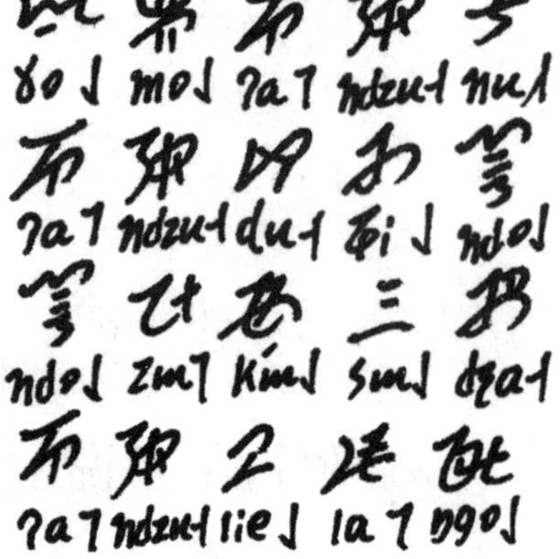

俄莫问阿祖，

你喝的蜂蜜，

是什么感觉？

阿祖骗俄莫，

ʔa˥ ndzɯ˧ dɯ˥ ʔa˩ mɯ˩
ʔa˧ tʰo˥ ŋɯ˩ ndo˩ za˧˥
ʔa˥ ndzɯ˧ ʔa˩ mɯ˩ ndʐe˩
dɯ˧ tɕʰi˩ dʑɿ˥ dʑɿ˩ tɕʰɯ˧˥
ʔa˩ mɯ˩ bɯ˩ ma˩ ŋɯ˩
ʔa˩ mɯ˩ kʰo˩ tʰɯ˧˥ dɯ˥
kɯ˧˥ kɯ˧˥ dɯ˥ dʑɿ˩ ŋɯ˧

阿祖哄俄莫，

我已经喝下，

相信你的话，

蜂蜜甜入心。

阿妈没吹嘘，

你所说的话，

句句都真实。

阿祖巧脱身

阿祖说真话，

从现在开始，

阿妈怎么说，

阿祖怎么做，

一心跟阿妈。

阿妈吃什么，

分给阿祖吃，

阿妈喝什么，

分给阿祖喝，

这才像母女。

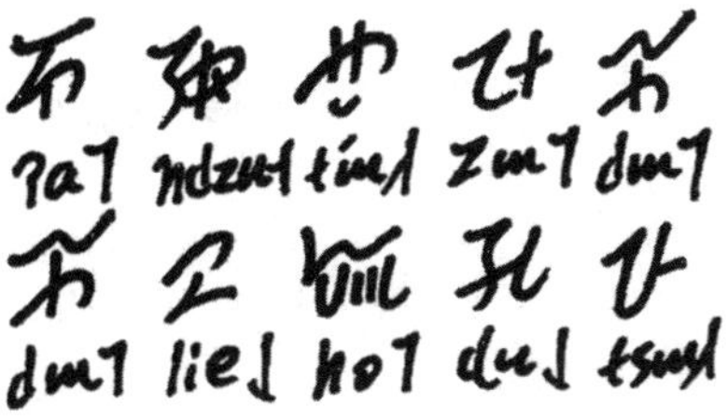

阿祖装入睡，

推着睡熟了。

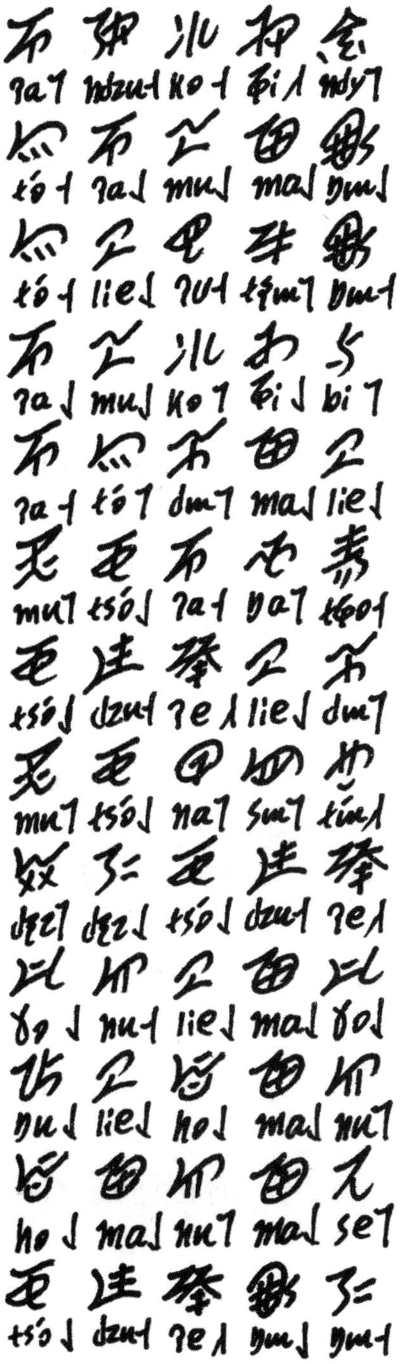

她心里暗忖，

这不是阿妈，

不知是什么。

亲妈去背水，

如今没回来。

老人吓唬娃，

撮祖艾来了，

老辈这样说。

真的撮祖艾，

有还是没有，

自己没见过，

真一无所知。

撮祖艾与否，

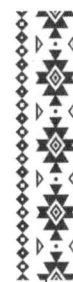

我先骗下她。

我推去入厕。

要去上厕所，

我须推入厕，

以此由逃走。

躲到远处去，

别挨她旁边。

让她去寻找，

叫她找不到。

阿祖意已定，

想好哼起来，

翻来覆去滚，

气喘嘘嘘的。

阿祖哼哼道：

阿妈我胃胀，

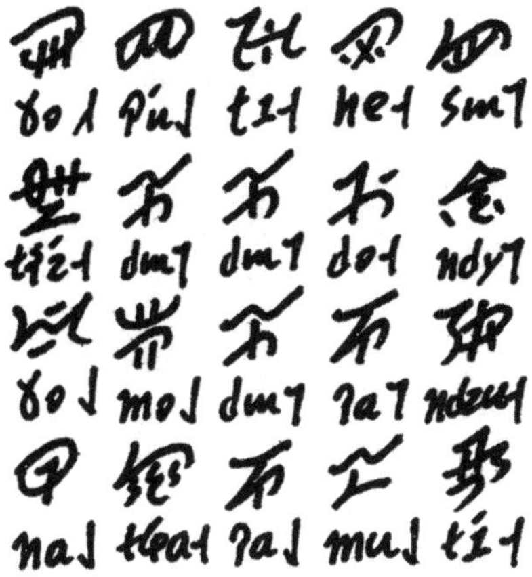

胃胀快爆炸，

屎都快出来。

俄莫说阿祖，

让阿妈摸摸。

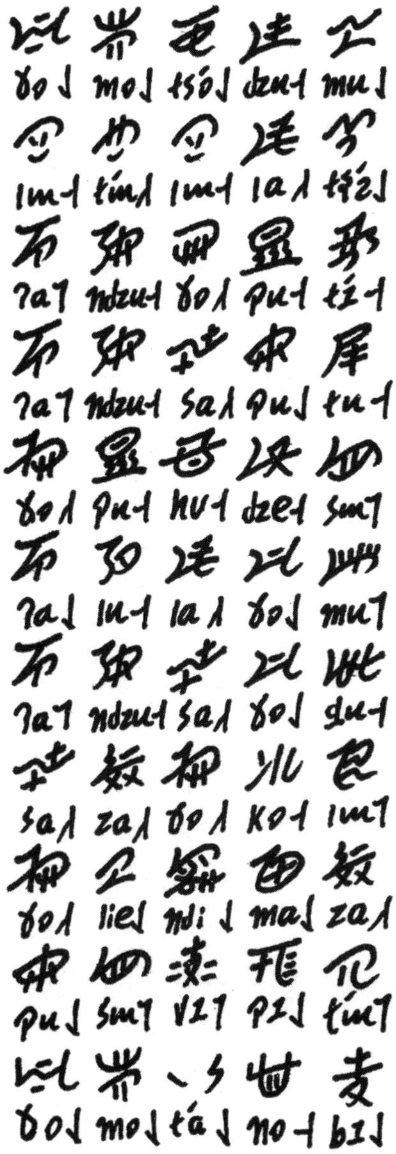

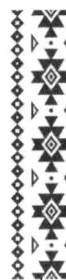

俄莫撮祖艾，

伸手摸阿祖，

摸阿祖肚子，

阿祖鼓足气，

像一面大鼓。

阿鲁用手指，

阿祖换了气，

气下降入肚，

装也装不下，

乓的放个屁。

俄莫的鼻前，

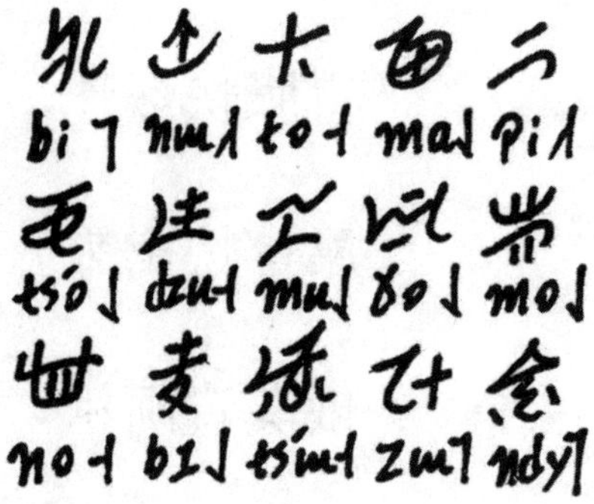

臭的不可闻，

撮祖艾俄莫，

捏住了鼻子。

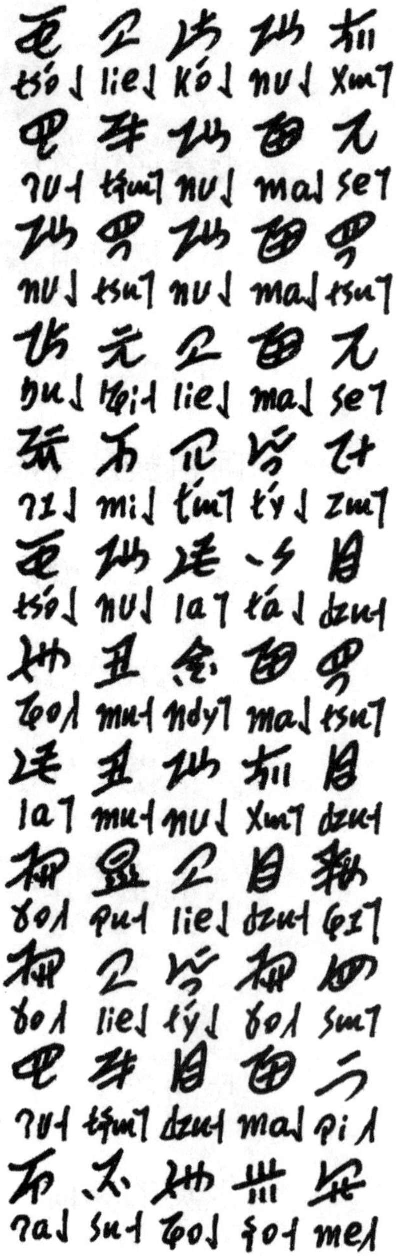

俄莫心中想，

不知她病情，

是否会传染，

我也不知道。

今晚饶过她，

不要吃病人。

如若没想好，

吃下了染毒，

吃坏了自己，

一样也会病。

不能再吃人，

没谁可怜我。

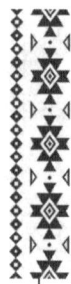

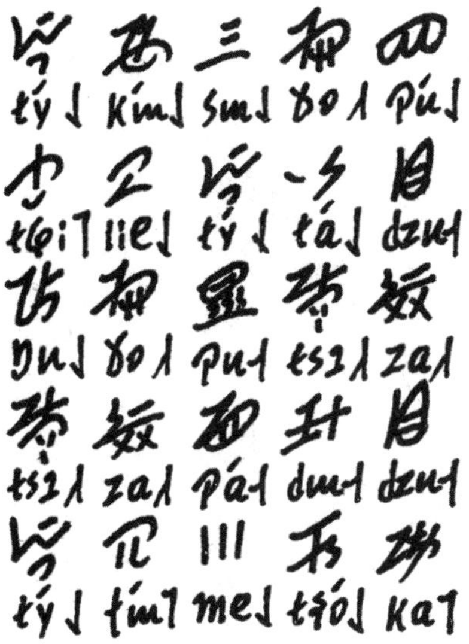

她肚这么胀，

先别忙吃她。

空下我肚皮，

先吃那九个，

放她在最后。

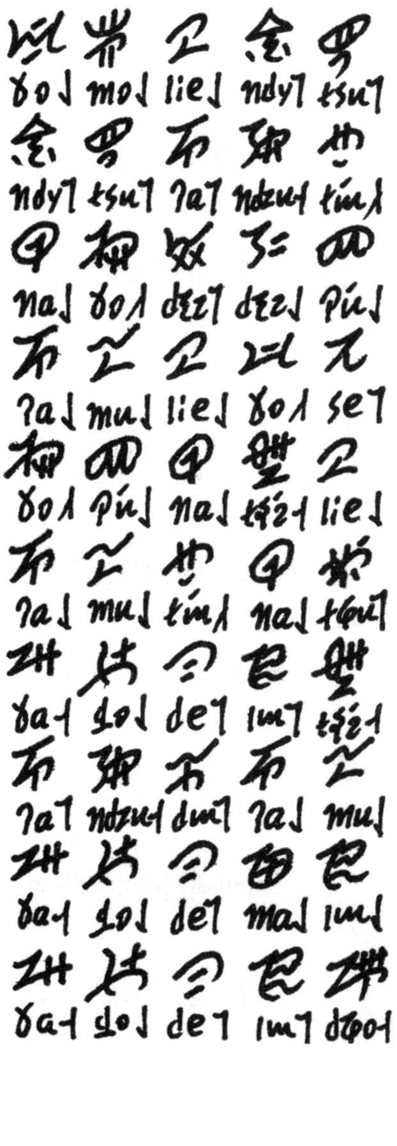

俄莫想好后，

叫阿祖名字，

若真正胃胀，

阿妈已知道。

胃胀想解手，

阿妈告诉你，

去鸡圈边解。

阿祖回阿妈：

不去鸡圈边，

去那里我怕。

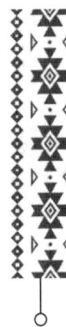

我怕鸡啄眼，
要是被啄瞎，
走路看不见。
阿妈想一想，
谁做你女儿？
是不是这理？

俄莫说阿祖，
你话我明白，
你是娘的儿，
是我儿阿祖。
我很相信你，
不去鸡圈边，
到猪圈边解。
阿祖回阿妈：
猪圈不能去，

我怕去那里，

怕被猪来拱。

屁股被拱破，

拉不出大便。

肚皮和屁股，

被粪便糊住，

到哪儿都臭。

俄莫想有理。

俄莫说阿祖，

阿妈告诉你，

你不去猪圈，

就去羊圈吧。

阿祖回答道：

羊圈不能去，

到那我害怕。

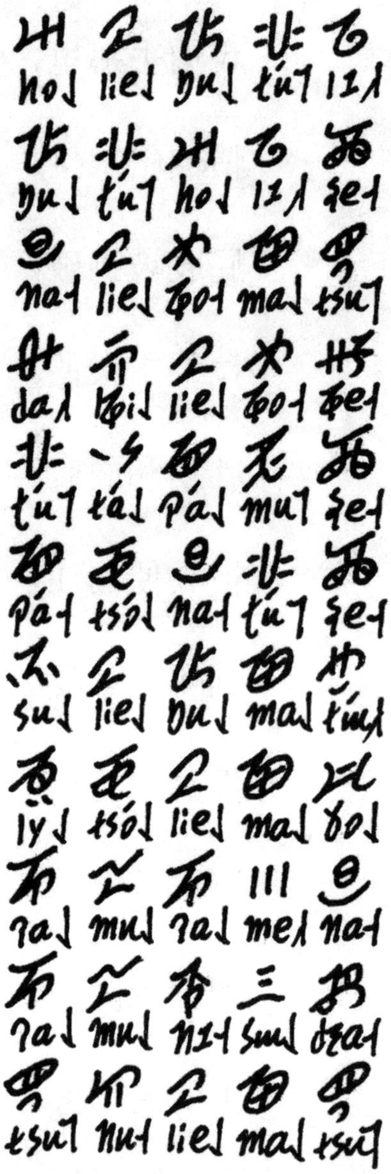

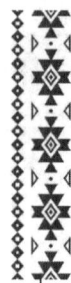

羊会舔我脸，

脸被舔破后，

生的不漂亮。

有一天长大，

破了漂亮相，

别人看我丑，

谁人愿娶我？

谁人肯娶我？

阿妈看女儿，

心也该如此，

你能忍心吗？

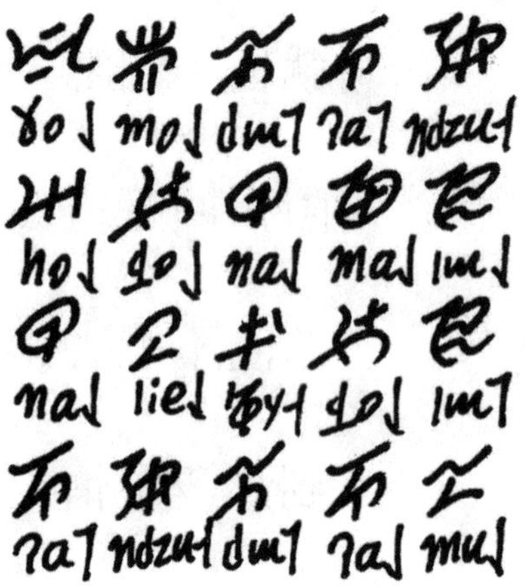

俄莫讲阿祖：

羊圈你不去，

就到牛圈去。

阿祖回话说：

牛圈不能去，
去牛圈我怕。
我怕被牛抵，
手若被抵断。
缺一支胳膊，
一样做不了。
谁人来做饭？
再端给阿妈？
我是你乖女，
看到这惨状，
心痛不心痛？

俄莫反复想，
想了喊阿祖：
牛圈你不去，
就到马圈去。

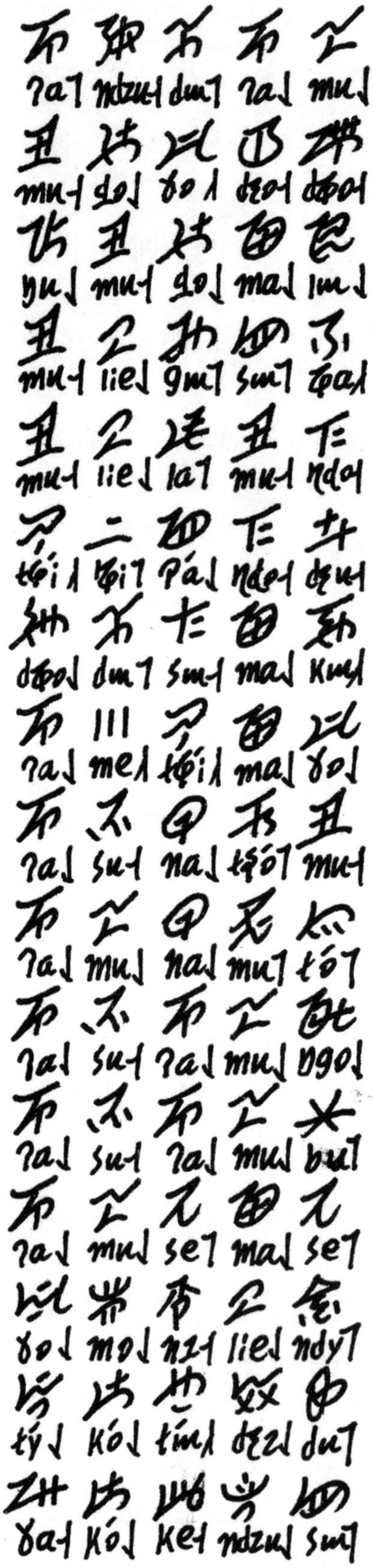

ʔa˥ ndzu˧ du˥ ʔa˩ mu˩　　阿祖叫阿妈：

mu˧ ɕo˩ ɣo˩ dʑo˧ dʑo˧　　去马圈更怕，

ɣu˩ mu˧ ɕo˩ ma˩ lu˩　　我不去那里。

mu˧ lie˩ gu˥ su˥ tɕa˧　　马的脾气怪，

mu˧ lie˩ la˥ mu˧ ndo˧　　它要是乱踢，

tɕʰi˩ tɕʰi˥ pʰa˩ ndo˧ dʑu˧　　踢断我双腿，

dʑo˩ du˥ su˧ ma˩ ku˩　　步也不能迈。

ʔa˩ me˩ tɕʰi˩ ma˩ ɣo˩　　女儿没有腿，

ʔa˩ su˧ na˩ tɕʰo˥ mu˧　　谁与你做伴？

ʔa˩ mu˩ na˩ mu˥ tʰo˥　　要是你老了，

ʔa˩ su˧ ʔa˩ mu˩ ŋgo˩　　谁来养阿妈？

ʔa˩ su˧ ʔa˩ mu˩ bu˥　　谁人来背你？

ʔa˩ mu˩ se˥ ma˩ se˥　　你知道与否？

ɣo˩ mo˩ nʐ˧ lie˩ ndy˥　　俄莫心想到，

tʰy˩ kʰo˩ tʰi˩ dʑɿ˩ du˥　　她说的真话，

ɣa˧ kʰo˩ kʰe˧ ndzu˩ su˥　　样样有道理。

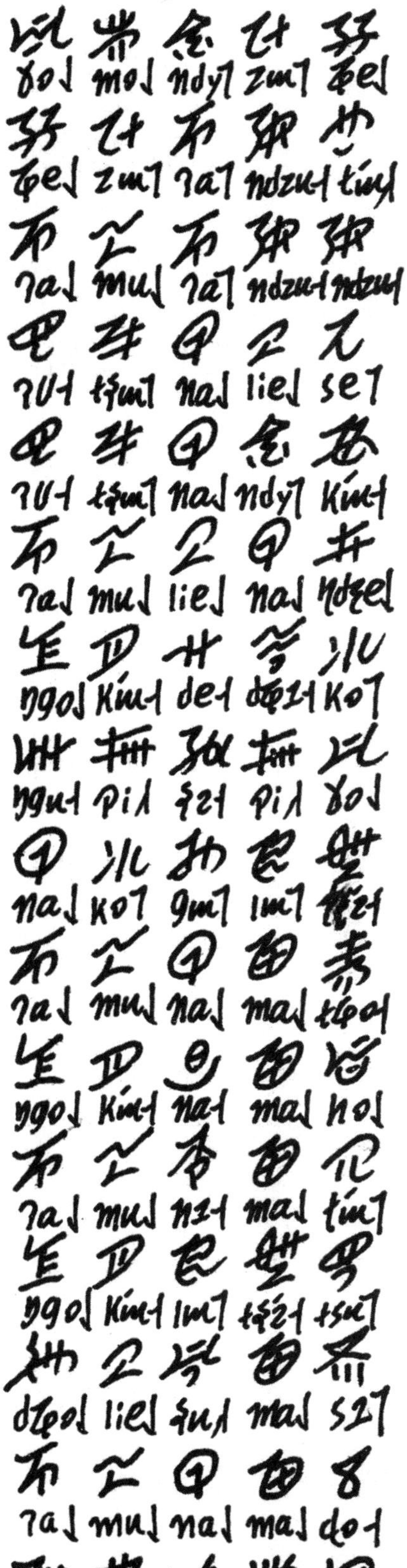

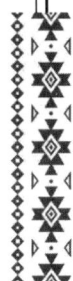

俄莫暗暗笑，

笑着说阿祖：

女儿真聪颖，

什么你都知，

想的很周全。

阿妈的宝贝，

门口场坝上，

有荞麦草垛，

到那里去解。

阿妈不吓你，

那里黑黝黝，

我放心不下。

到门前去解，

归路不好找。

阿妈不骗你，

拿一根麻线，

拴在你腰上。
去门口解完，
顺线找回来，
就不会走错。
俄莫急切地，
边说边找线，
没有拿到线，
拿着狗肠子，
拴住阿祖腰。

说来也奇怪，
腰一被拴住，
俄莫说阿祖：
赶快出去吧，
解完快回来。
场坝不见光，

一刻别耽误，

解完别贪玩。

自然遇自然，

解手别拖延，

门口可真怕，

没有人作伴。

阿祖喊阿妈：

屎快拉出来，

我来不及说。

自然已到时，

阿祖跳起身，

一溜烟出门。

到了场坝里，

站在场坝上，

不知如何好？

ʔa˥ ndu˧ lie˩ ma˩ se˥
ʔa˩ lu˧ lie˩ ɣo˨˩ se˥
dʑɛ˥ dʑɛ˩ ŋo˨˩ ly˩ kʰɯ˧
ʔa˩ lu˧ la˨˩ ɣo˩ mu˥
ʔa˥ ndʑɯ˧ ʔv˧ tɕʰe˩ lo˧

阿祖没想好，

阿鲁却早知。

时辰已到了，

阿鲁手一指，

阿祖发了呆。

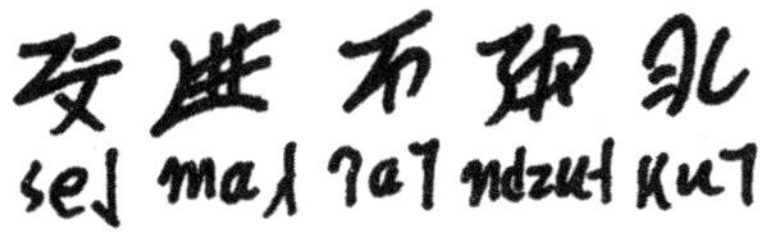

神兵救阿祖

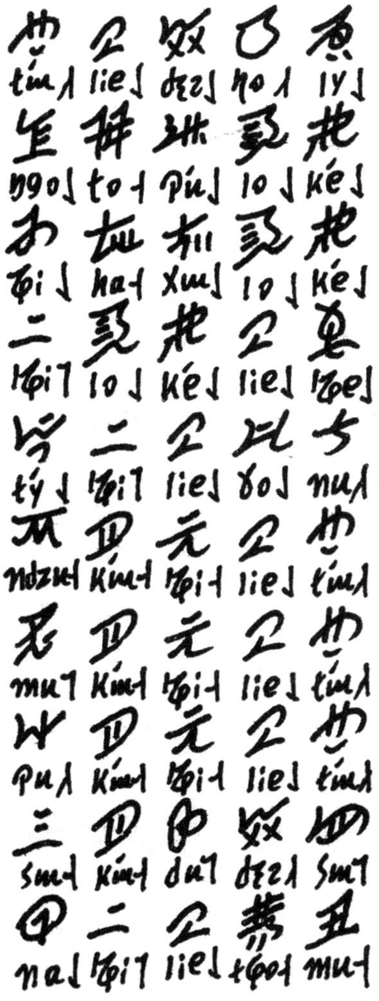

说来真自然，

搁朵仆络克，

溢喊候络克，

两络克同响。

他俩仔细听，

君令在发话，

臣令在发话，

师令在发话。

三令声一致，

叫他俩快点，

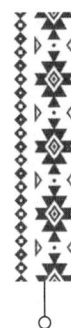

去麻博门口，
在那场坝上，
西呢站坝中，
头脑已不清，
快去放母虱。

他俩听令后，
撒腿就飞奔。
去麻博门前，
跑到场坝上，
看见西呢巴，
动都不会动。
两位放虱子，
放西呢头顶，
虱已放好后，
他俩不作声。

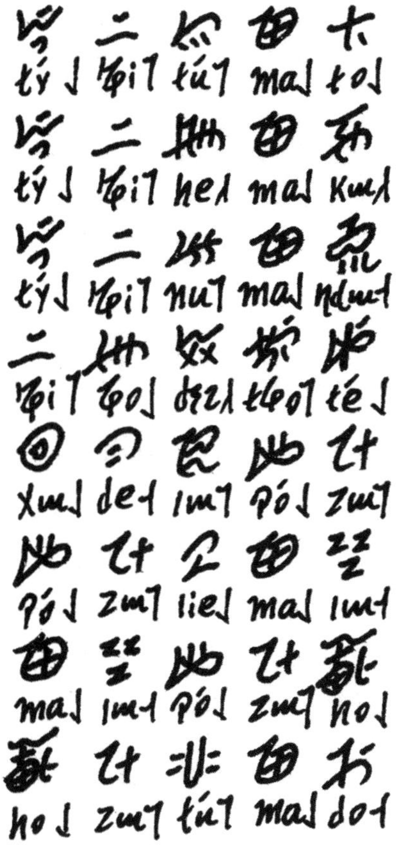

一刻没停下，
不敢久站着，
两位不耽搁，
撒腿就开跑，
到湖边藏匿。
藏好后不动，
躲着看动静，
没一丝踪迹。

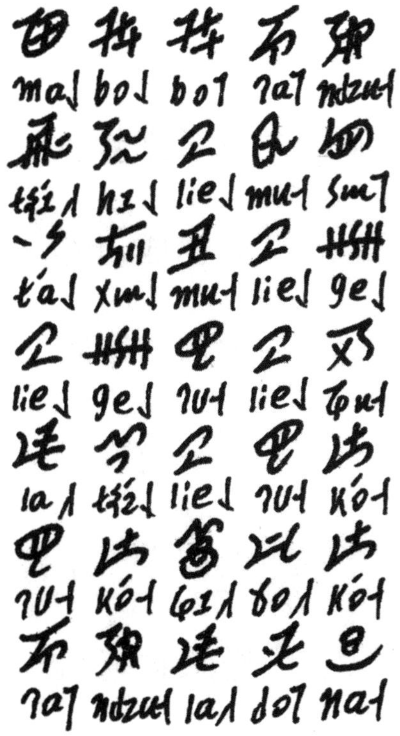

麻博家阿祖，
如冷风吹醒，
一下就苏醒。
只觉头顶痒，
伸手去挠头，
手触大母虱。
阿祖放掌心，

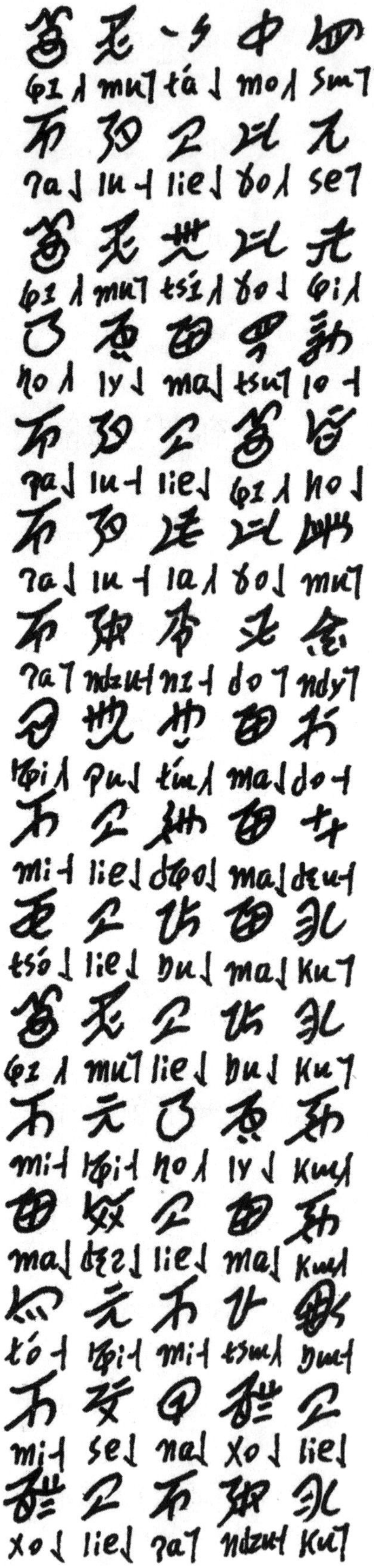

是一个虱子。

阿鲁他知道，

阿祖掐死虱，

自然不好了。

阿鲁见虱子，

用手指了指。

阿祖心中想，

话没说出口，

老天不绝人，

没人会救我，

虱子来救我，

天也成自然，

它不会不真。

这是天赐予，

天神送虱来，

送来救阿祖。

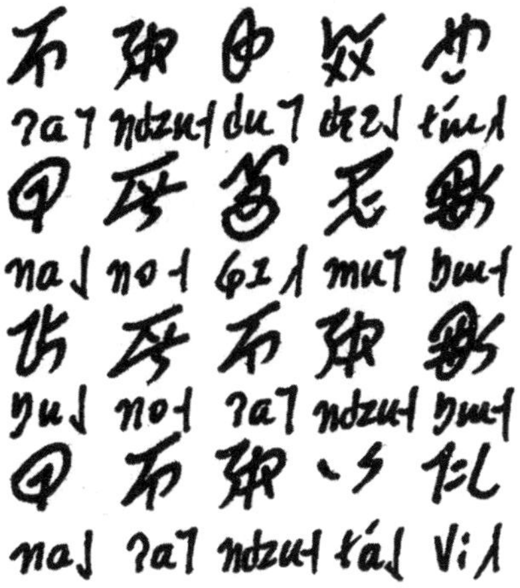

阿祖说真话，
你是大虱子，
我是人阿祖，
你别怪阿祖。

你来替我身，
阿祖问问你，
你可怜我么？
若你有善心，
若是心疼我，
你要是同意，
解我腰上绳，
我要感谢你，
我要去逃生。
阿鲁听到了，
他手动了动，

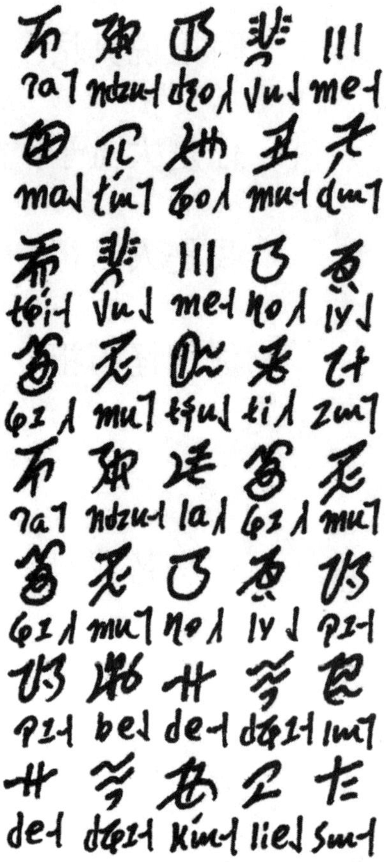

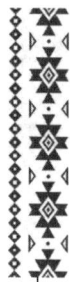

阿祖腰上绳，
不解自己脱。
脱落是狗肠，
捆住虱子腰，
阿祖掌中虱，
一跳一跳的，
落在场坝上，
至此能行走。

阿祖说虱子，
我感谢你了。
你在场坝里，
这里真正宽，
宽大够玩耍。
我有其它事，
现在没有空，

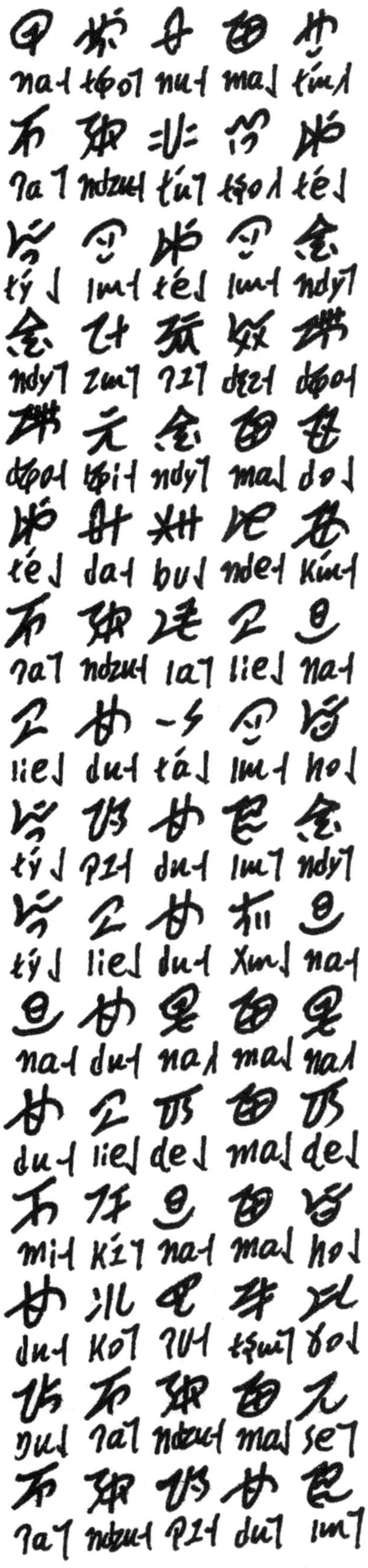

不再多说了。

阿祖转身跑，

边跑边在想，

想起来害怕，

想起来惊恐。

爬上一座山，

阿祖四处看，

见有一个洞，

她想跳入洞。

看了看那洞，

查看洞深浅，

查看洞宽窄，

天黑看不清。

洞中有什么，

阿祖也不知，

她想跳入洞，

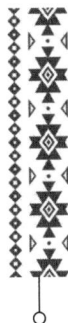

跳进去不死，

不死怎么办？

阿祖不是鸟，

想飞不长翅，

又怎么出洞？

阿祖意已决，

不能跳进洞。

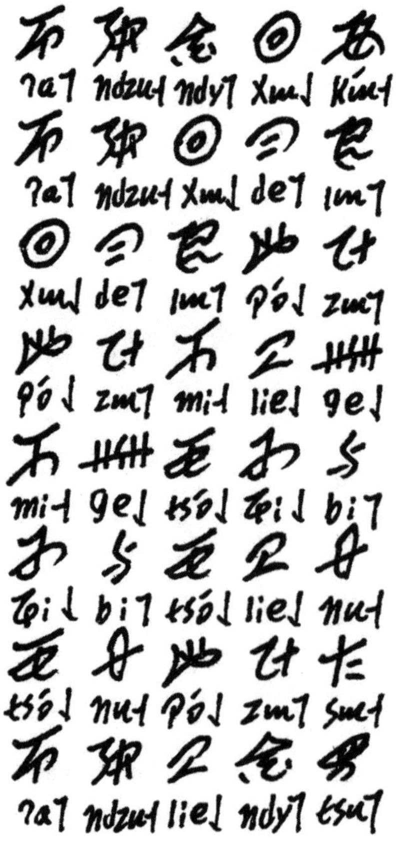

阿祖想到湖，

跑到湖边去，

去那儿躲藏。

等待到天明，

天明人背水，

背水人很多，

混其中逃走。

阿祖想清楚，

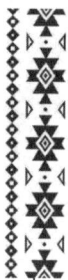

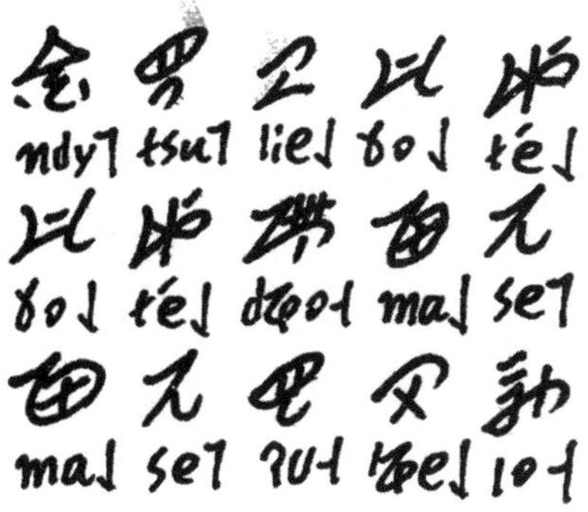

转身撒腿跑，

全然不知怕，

突然间头昏。

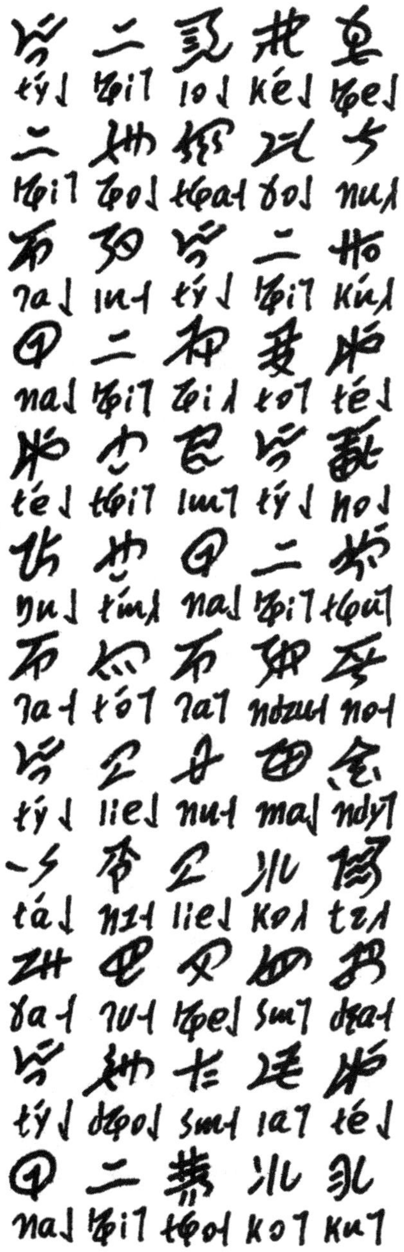

搁朵和喊候，

拿络克听音。

阿鲁呼他俩：

叫赶快起身，

到湖边等候。

我告诉你俩，

现在阿祖呢，

飞奔向湖边，

一心想逃命。

已像晕头鸡，

不择路乱跑。

你俩快去救。

湖边的沟旁，

有棵李子树，

很早就栽下。

为了救西呢，

李子树自然，

树大耸云天，

枝叶很繁盛。

这棵李子树，

不是凡间树，

说来很神秘，

天地人神树，

地人难攀爬。

神树接苍穹，

枝桠如簸箕。

交叉着生长，

犹如人编织，

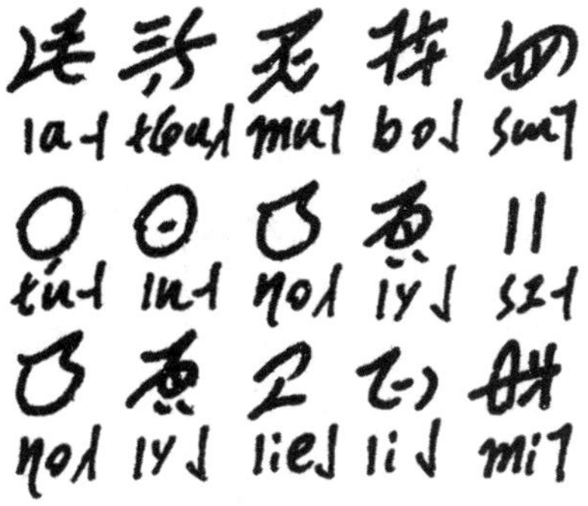

像筛子一样。

参天自然树，

是自然形成。

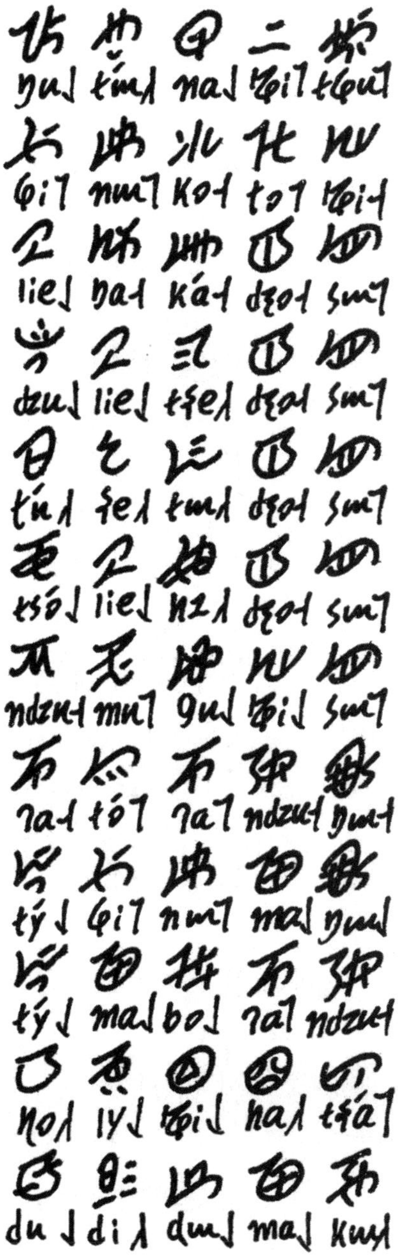

我告诉你俩，

西呢坐树上，

犹在鸟巢中，

如粮装柜里，

似金银藏柜，

像人坐屋内，

如君长坐堂。

现在的阿祖，

没还原西呢，

称麻博阿祖。

仍未到时辰，

长翅不会飞，

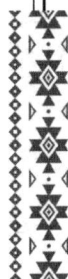

如何向上爬，

爬不到树上，

要她坐树上，

躲过这一劫。

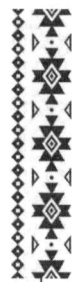

说现在爬树，

她仍没还神，

想要上树梢，

肯定上不去。

我告知二位，

神树这么粗，

不是这一次，

阿鲁没见过。

我不是吹牛，

纵有几十人，

牵起手围它，

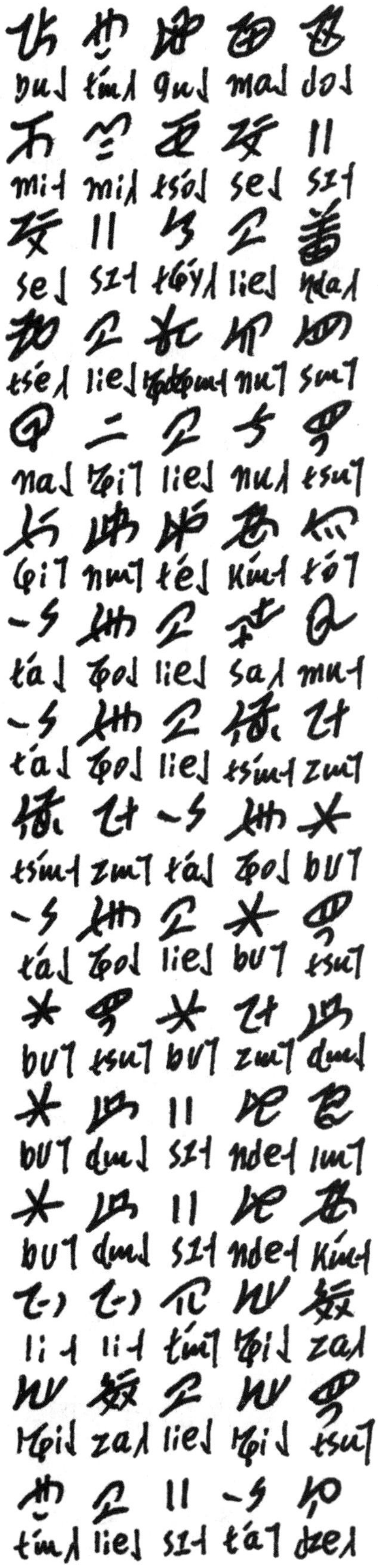

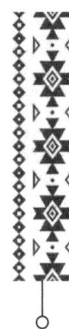

也不能围圆。

天地人神树，

真的粗又滑，

像被抹过油。

你俩听好吧，

阿祖跑到时，

一个吹仙气，

一个扶住她。

用背把她背，

背好了之后，

飞跃往上升，

升到树上去。

升到树上时，

慢慢地放下，

安顿好坐处。

这树的顶上，

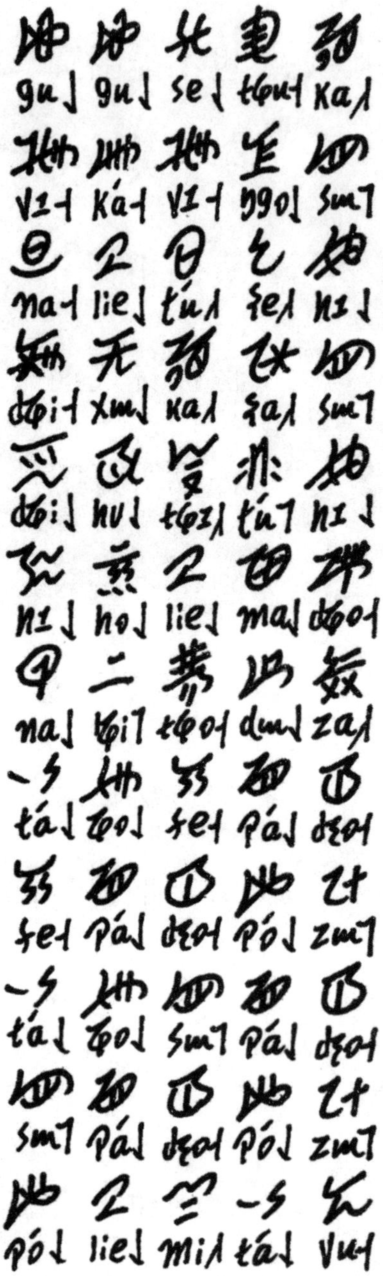

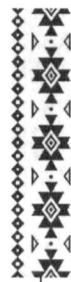

枝桠粗又圆，

如编花箩洞，

似金银房屋，

像铜铁铸枝，

叫日月星房，

风雨不惧怕。

你俩跳下后，

一个在左边，

在左面躲着，

一个在右边，

在右面藏身，

不宜躲太远。

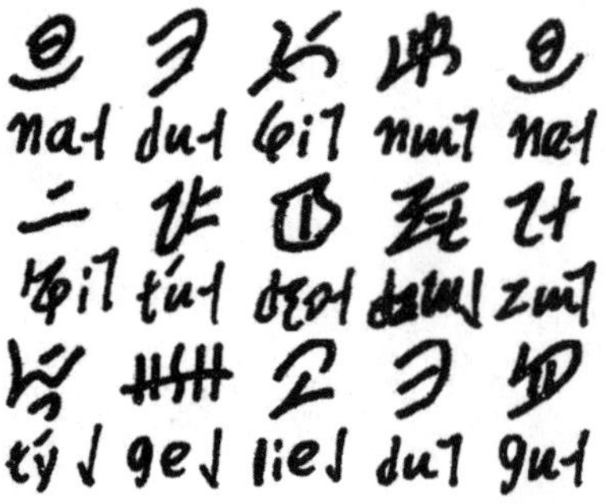

远看着西呢，

两面作保护。

她惊醒之后，

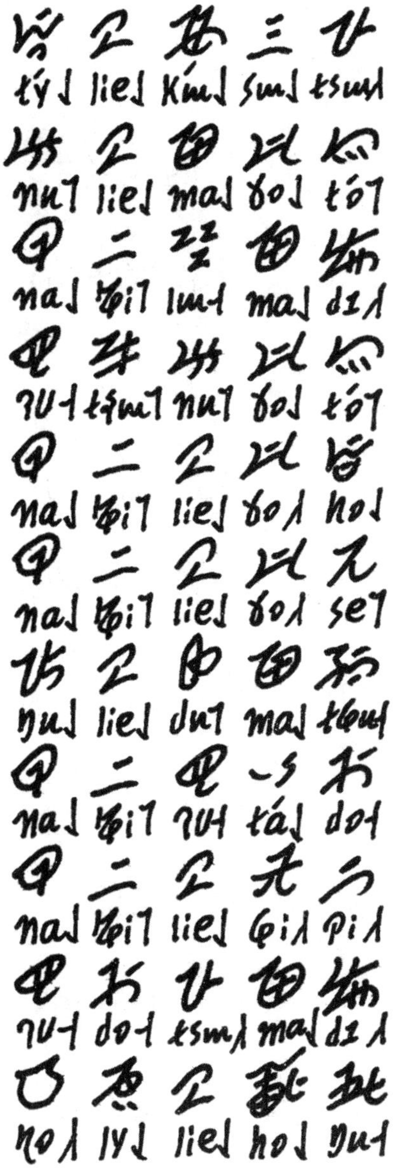

看她怎么做。

没出事的话，

你俩别乱动，

如果出了事，

你俩能看见，

你俩就知道。

我不传三令，

切记妄行动，

你俩可丢命，

不能去露面，

要等待时机。

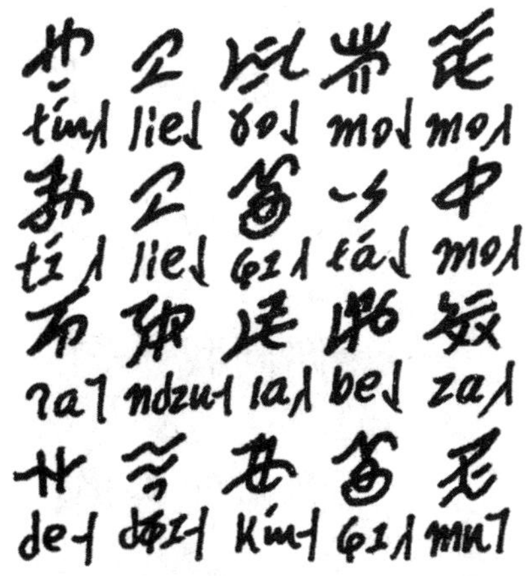

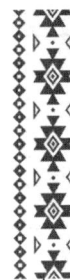

再说俄莫尸，

变成一母虱，

阿祖手中落，

掉在场坝中。

支格阿鲁歌谣故事集

会长不会长，
长的像老牛，
肥得像头猪，
重有千余斤。
走路膘摇动，
一摇一摆的，
在场坝中玩。

撮祖变兜谷，
床上喊阿祖，
阿祖拉好没？
大虱子应声，
是谁在喊叫？
什么拉好没，
你问我不知。
撮祖兜谷说：

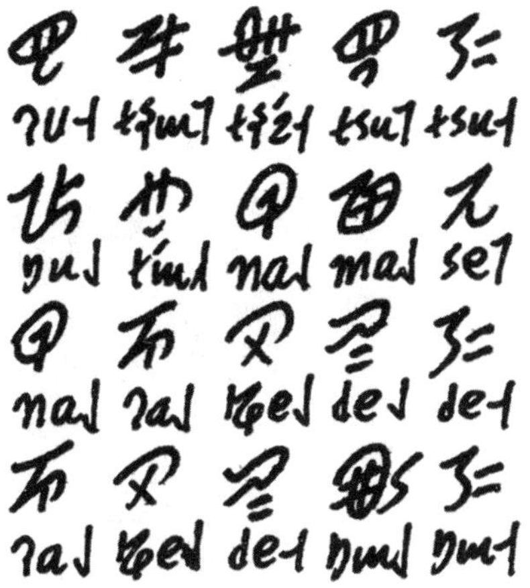

什么拉好没，

说啥不知吗？

你是否傻了，

听不懂娘话。

撮祖兜谷道：

阿妈告诉你，

别在场坝玩，

你快快回来。

虱子反问她，

你在说什么，

不明不白的，

走回哪里家？

你说我不知，

我在场坝上，

这里很好玩。

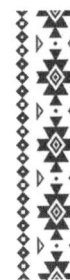

你究竟是谁，

我还不知你？

你若想来玩，

一时别耽误，

快快来找我，

咱们一起玩。

俄莫兜谷听，

听着不对劲，

她翻身起来，

开门跑出来

看到了母虱，

没看见阿祖。

母虱像头猪，

有牛那么大，

一身长肥膘，

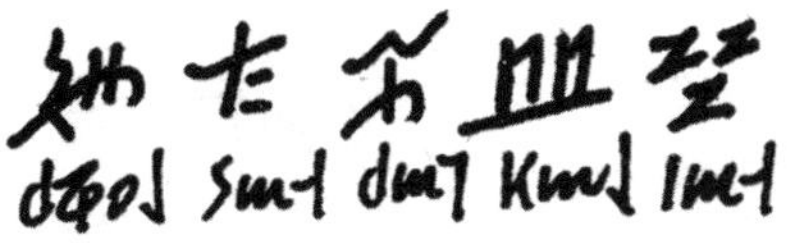

爬行晃悠悠。

再说那俄莫，

眼前的一幕，

如在梦幻中？

再定睛一瞧，

看了很神奇。

转念一想道：

阿祖你厉害，

还会变身了。

恒举西呢巴，

你不变别样，

为啥变这样？

还真正会变，

正合我的意。

俄莫心里喜，

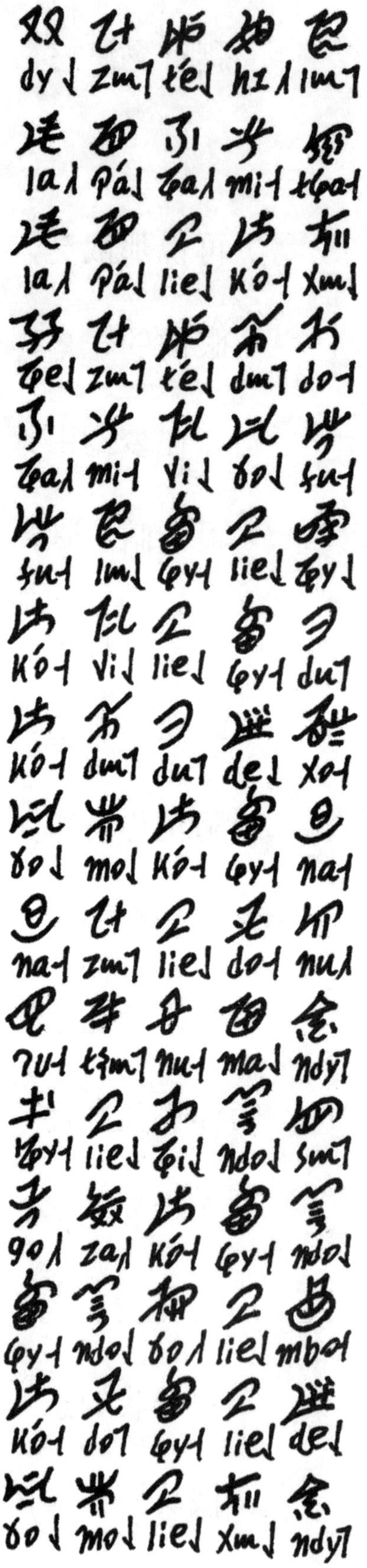

dy˩ zɯ˥ tɕe˩ hɪ˨˩ lɯ˥　高兴跑回屋，

la˨˩ pʻa˩ tɕa˨˩ mi˧ tɕʻa˧　一手执宝剑，

la˨˩ pʻa˩ lie˩ kʻo˧ xɯ˩　一手拖盆子，

tɕe˩ zɯ˥ tɕe˩ dɯ˥ do˧　笑着跑出来。

tɕa˨˩ mi˧ vi˩ ʑo˩ ʂu˧　操宝剑杀去，

ʂu˧ lɯ˩ ɕy˧ lie˩ tɕy˩　母虱血如注。

kʻo˧ vi˩ lie˩ ɕy˧ du˥　用盆子接血，

kʻo˧ dɯ˥ du˥ de˩ xo˧　盆都接满了，

ʑo˩ mo˩ kʻo˧ ɕy˧ na˧　鲜血仍在淌，

na˧ zɯ˥ lie˩ do˧ nu˨˩　眼看太可惜。

ʔu˧ tɕʻɯ˥ nu˧ ma˩ ndy˥　她没再多想，

ɬy˧ lie˩ tɕi˩ ndo˩ ʂɯ˥　如牛在饮水，

go˨˩ za˨˩ kʻo˧ ɕy˧ ndo˧　低头去吸血。

ɕy˧ ndo˩ ʑo˨˩ lie˩ mbo˧　喝血肚子饱，

kʻo˧ do˥ ɕy˧ lie˩ de˩　盆中血已满。

ʑo˩ mo˩ lie˩ xɯ˩ ndy˥　俄莫一打算，

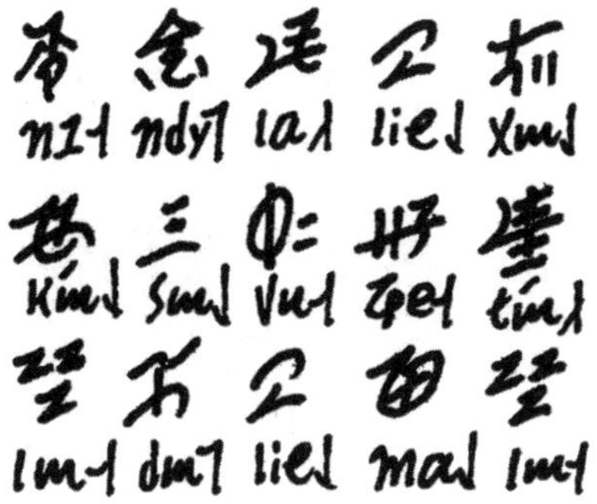

伸手拖大虱，
如何去用力，
纹丝都不动。

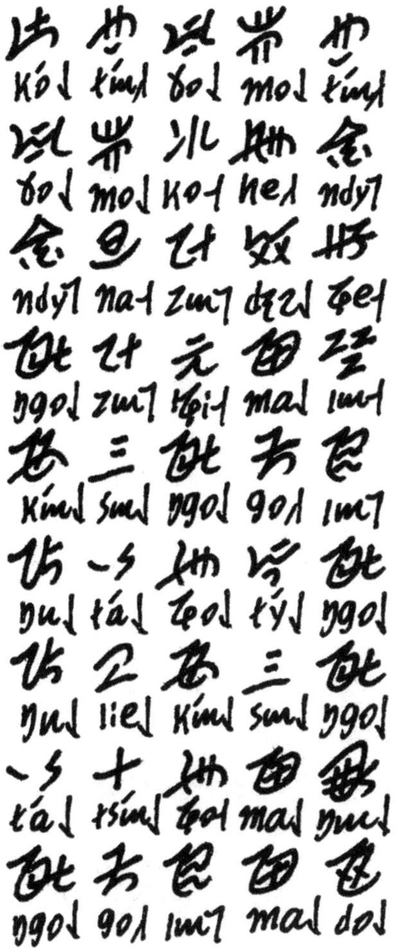

再来说俄莫，
俄莫站着想，
这庞然大物，
拉起它不动，
怎样能拖走？
仅我一人拉，
怎么拉回屋？
不是十来人，
拉不进屋里。

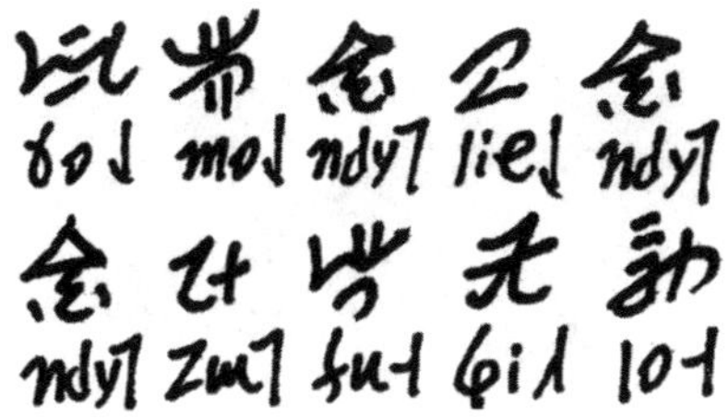

他想了又想，
母虱已杀死，

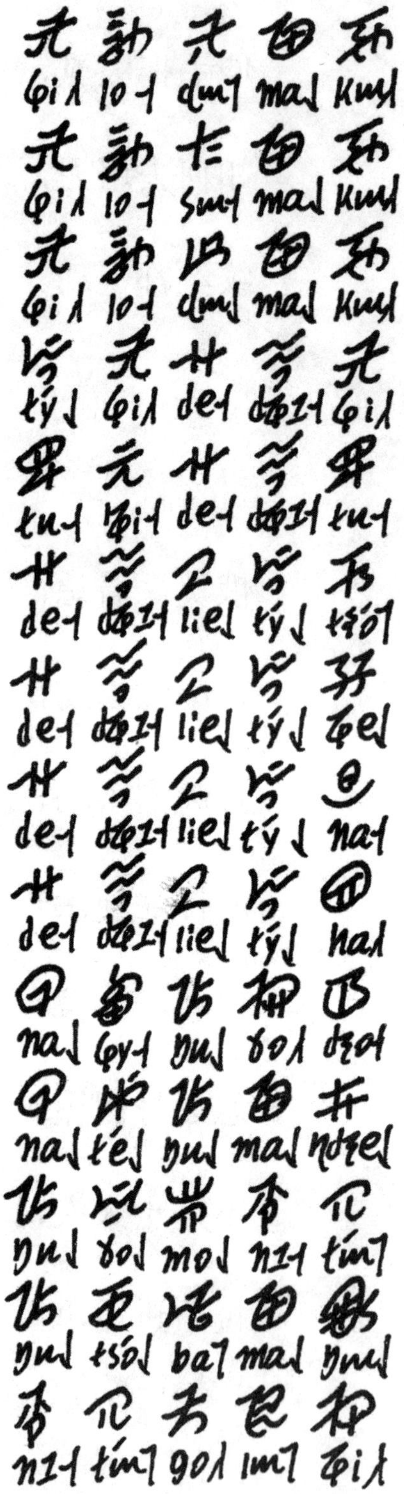

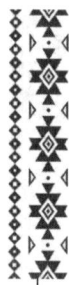

死了不复活。

它也走不掉，

它也飞不掉，

死也在场坝，

搁也搁场坝。

场坝是它朋，

场坝是它友，

让场坝守候，

俄莫懒得守。

血已下我肚，

跑了我不信。

我俄莫放心，

我是大赢家，

安稳睡一觉。

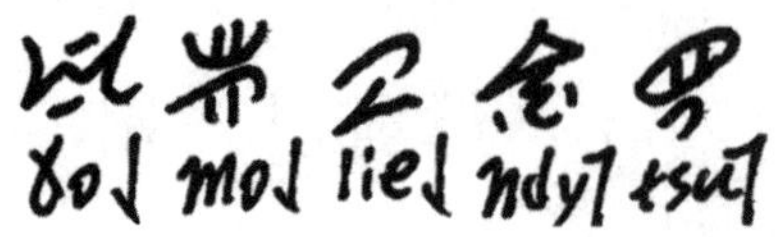

俄莫心中想，

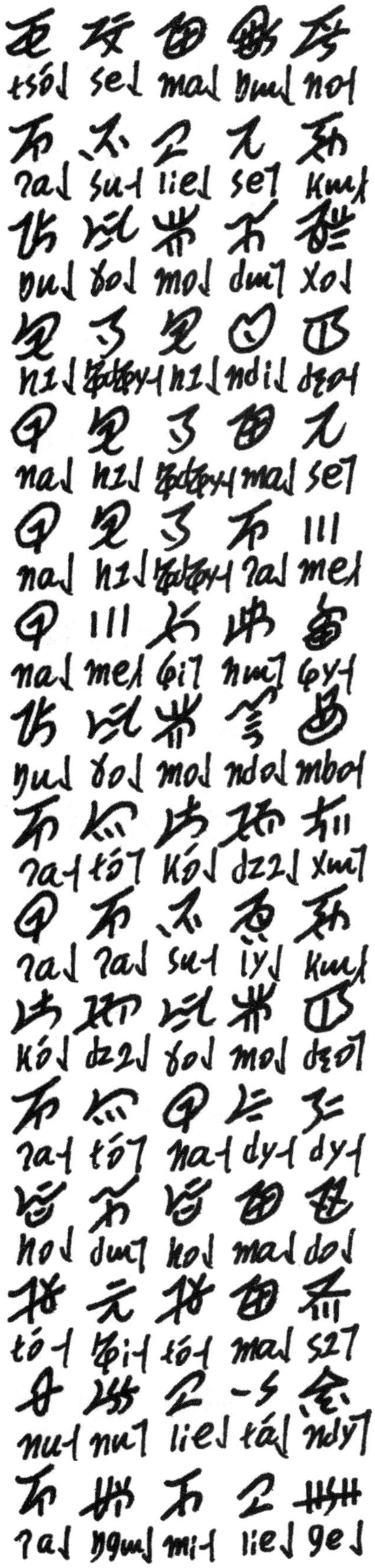

不是人神呢，
谁也道不明。
除了我俄莫，
恒举在天庭，
他也不会知。
恒举的女儿，
西呢巴的血，
已被我喝尽。
现在剩下的，
谁都不敢要，
全供我享用。
现在天没亮，
看都看不见，
砍也不好砍，
多事别再想。
明日天亮后，

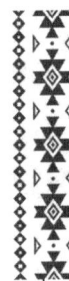

看得见好砍，

想好跑回屋。

且说那西呢，

天蒙蒙泛白，

山顶鸟欢唱，

阿祖已睡醒，

只身坐树上，

放眼看大树，

树接着苍穹，

在半天云里。

阿祖看着想，

大树这么粗，

长得这么高。

阿祖不是鸟，

又没长翅膀，

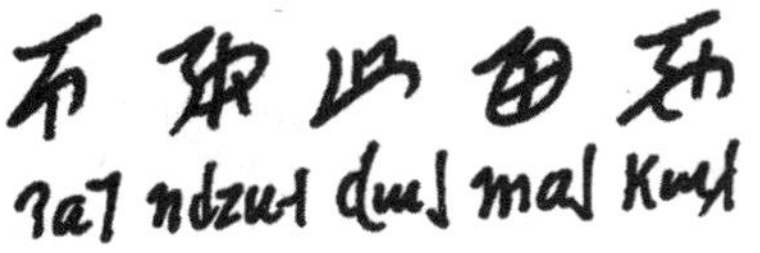

自己不会飞。

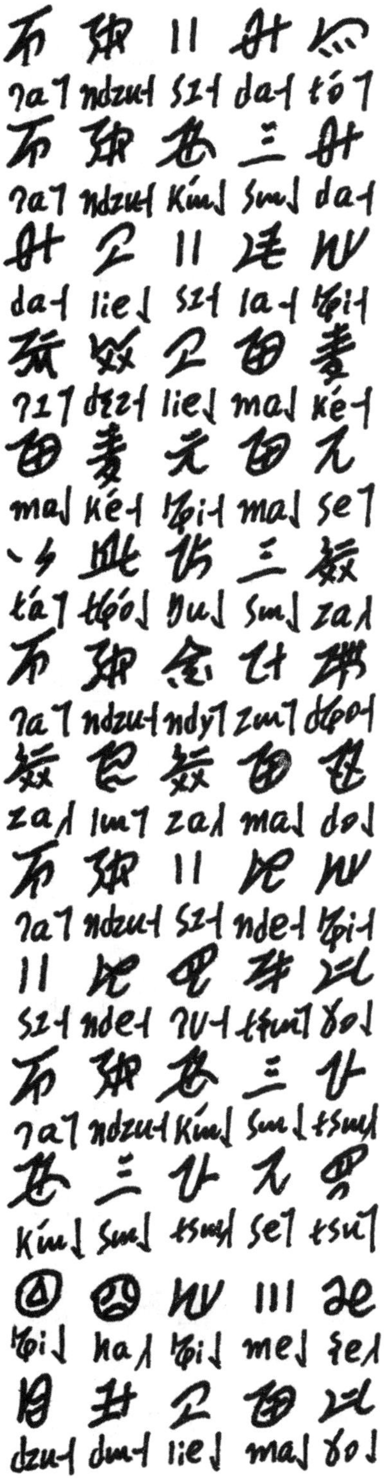

爬上树之时，
是怎样爬的？
坐在树枝中，
没有啥记忆，
更不知原由。
这回怎么下？
想了肝胆裂。
树也下不了，
只有坐树上，
树上无吃的，
阿祖该咋办？
无计可施了。
坐的时间长，
充饥的没有，

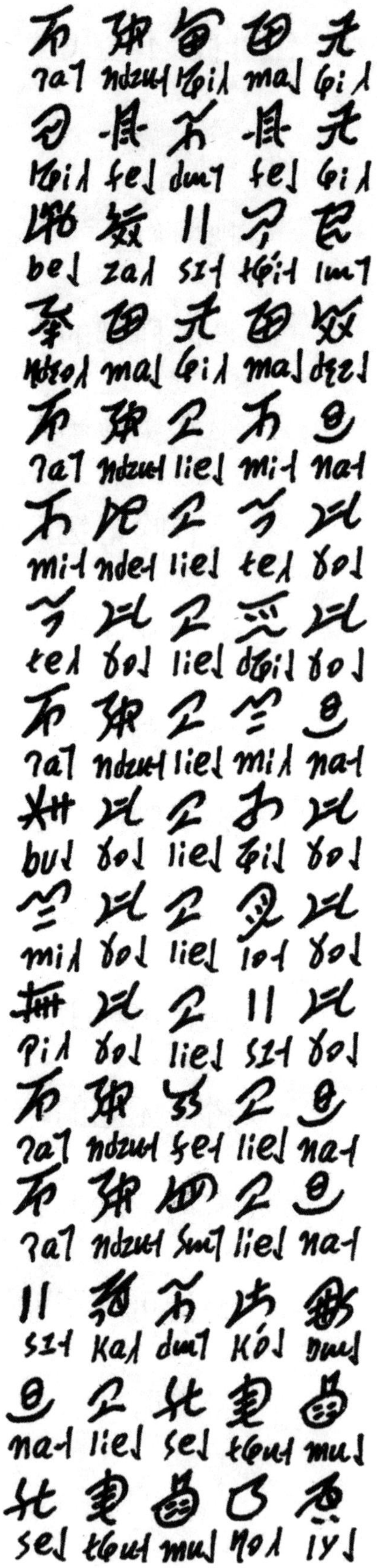

ʔa˥ ndzɯ˧ ʨi˧˦ ma˨˩ ɕi˧˦　不是被饿死，

ʨi˧˦ fe˨˩ dɯ˥ fe˨˩ ɕi˧˦　也要被渴死。

be˨˩ za˧˦ sɿ˧ ʨʰi˧ lɯ˥　掉下树脚去，

ndʑo˧˦ ma˨˩ ɕi˧˦ ma˨˩ dʑɿ˨˩　肯定被摔死。

ʔa˥ ndzɯ˧ lie˨˩ mi˧ na˧　她抬头望天，

mi˧ nde˧ lie˨˩ te˧˦ ɣo˨˩　天上彩云滚，

te˧˦ ɣo˨˩ lie˨˩ dʑi˨˩ ɣo˨˩　天空挂红日；

ʔa˥ ndzɯ˧ lie˨˩ mi˧˦ na˧　她鸟瞰大地，

bu˨˩ ɣo˨˩ lie˨˩ ʑi˨˩ ɣo˨˩　大山连着湖，

mi˧˦ ɣo˨˩ lie˨˩ lo˧ ɣo˨˩　大地广无边，

pi˧˦ ɣo˨˩ lie˨˩ sɿ˧ ɣo˨˩　草木绿苍翠。

ʔa˥ ndzɯ˧ ʂe˧ lie˨˩ na˧　阿祖往左看，

ʔa˥ ndzɯ˧ ʂɯ˥ lie˨˩ na˧　阿祖往右看，

sɿ˧ ka˧˦ dɯ˥ kʰo˨˩ ɖɯ˨˩　身旁树枝上，

na˧ lie˨˩ se˨˩ ʨʰɯ˧ mu˨˩　挂着李子果。

se˨˩ ʨʰɯ˧ mu˨˩ ŋo˧˦ ly˨˩　李子果自然，

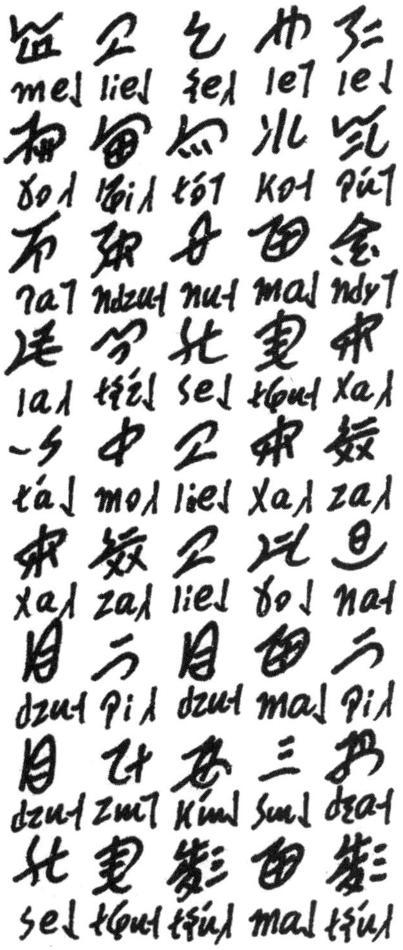

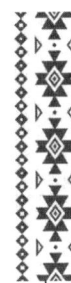

成熟黄澄澄。
肚中已饥饿，
阿祖没多想，
伸手摘李子。
摘一颗下来，
反复仔细看，
是不是能吃，
吃起会怎样，
看它甜不甜。

阿祖心中想，
无论如何死，
饱死才有益。
塞李子入口，
口中嚼李子，
如神果香甜。

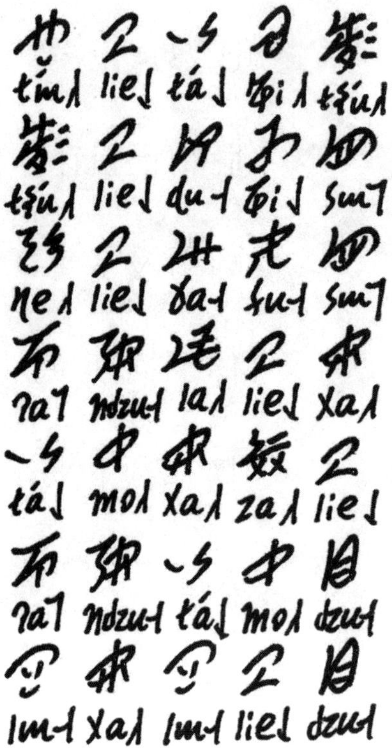

tʰɯ˦ lie˩ ta˩ ʨi˦ ʨʰu˦ 满口甜丝丝，
ʨʰu˦ lie˩ du˧ ʨi˩ sɯ˥ 甜如蜂蜜样，
ne˦ lie˩ ɣa˧ fu˧ sɯ˥ 香如炖鸡汤。
ʔa˥ ndzu˧ la˦ lie˩ xa˦ 阿祖接着摘，
ta˩ mo˦ xa˦ za˦ lie˩ 边摘来边吃。
ʔa˥ ndzu˧ ta˩ mo˦ dzu˧ 阿祖接着摘，
lɯ˧ xa˦ lɯ˧ lie˩ dzu˧ 阿祖接着吃。

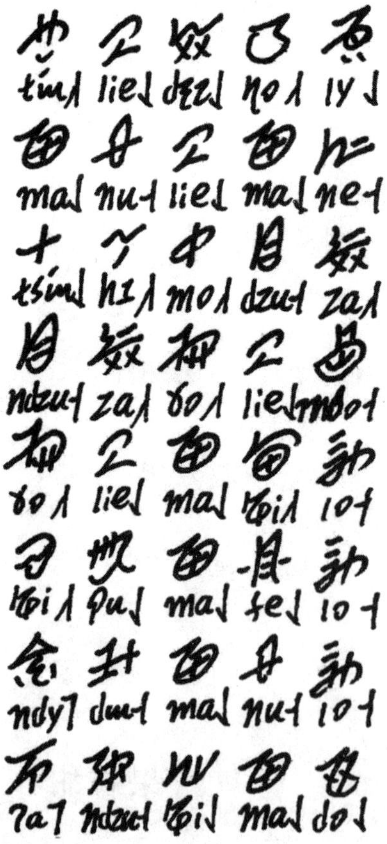

tʰɯ˦ lie˩ dzɿ˩ ŋo˦ ly˩ 说来也奇怪，
ma˩ nu˧ lie˩ ma˩ ne˧ 不多又不少，
ʦʰɯ˩ hi˦ mo˦ dzu˧ za˦ 吃了十八个，
ndzu˧ za˦ ɣo˦ lie˩ mbo˧ 肚子已填饱。
ɣo˦ lie˩ ma˩ ʨi˩ lo˧ 肚子已不饿，
ʨi˦ pu˩ ma˩ fe˩ lo˧ 口也不渴了，
ndy˥ du˧ ma˩ nu˧ lo˧ 惧怕无踪影。
ʔa˥ ndzu˧ ʨi˩ ma˩ do˩ 阿祖有睡意，

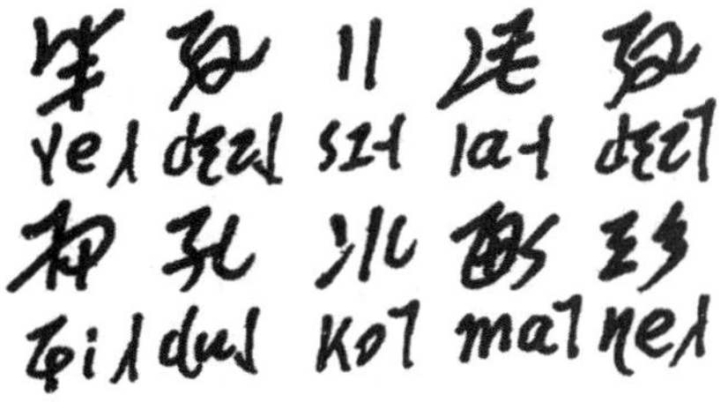

斜躺树枝上，

渐渐入梦乡。

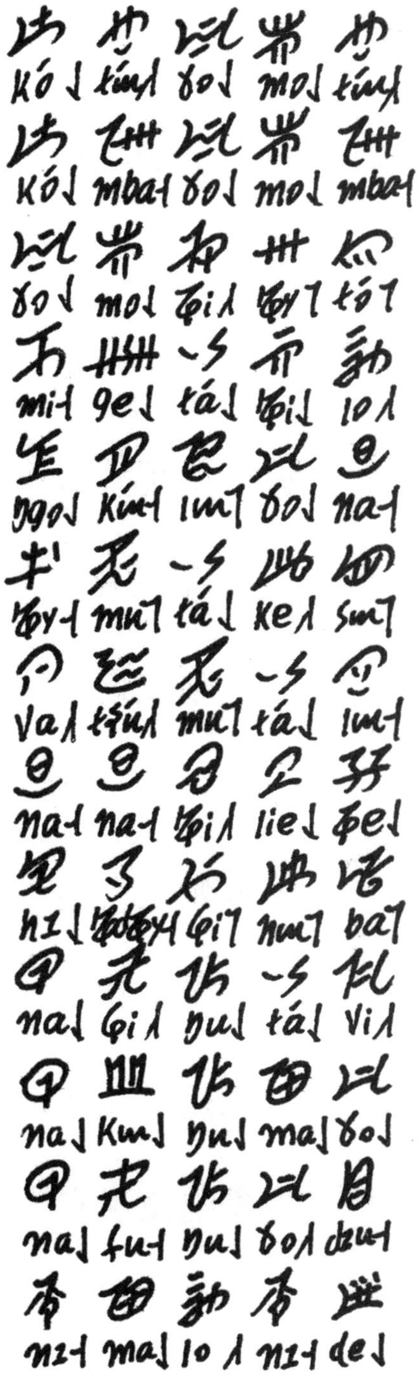

再说说俄莫，

再讲讲俄莫。

她一觉醒来，

天亮时出门，

看到大母虱，

像一头大牛，

如肥猪一头。

口中呐呐道：

恒举西呢巴，

你死别怪我。

虽没得你心，

肉我得吃啰！

已称心如意。

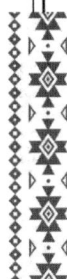

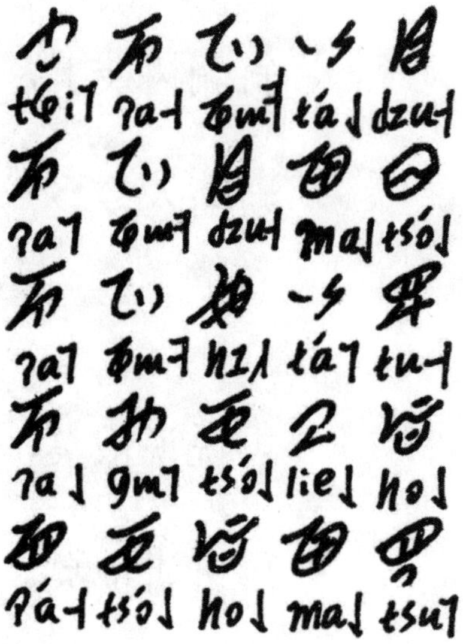

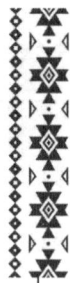

先不吃阿友，

不忙吃阿友。

她没放屋里，

怕别人见到，

见到惹祸端。

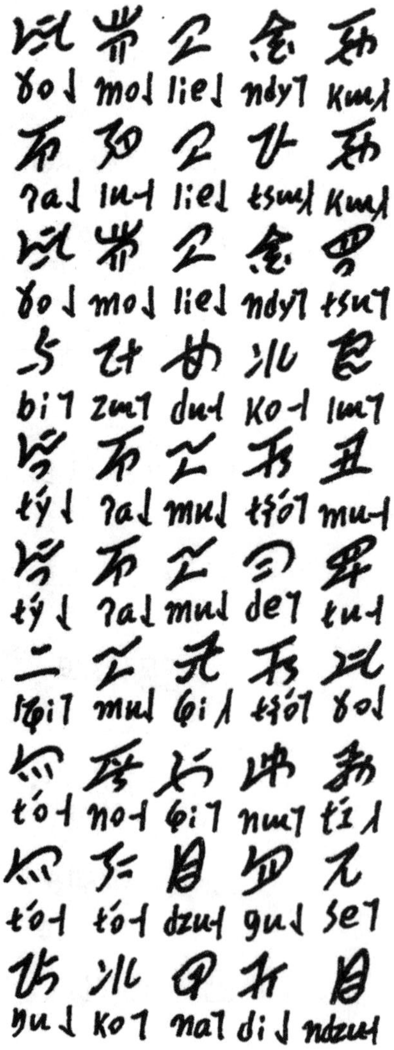

俄莫他会想，

阿鲁更会做。

俄莫想清后，

背阿友进洞，

陪伴着她娘，

放她娘旁边，

死了也相依。

虽是西呢变，

先吃完了它，

再去洞中吃。

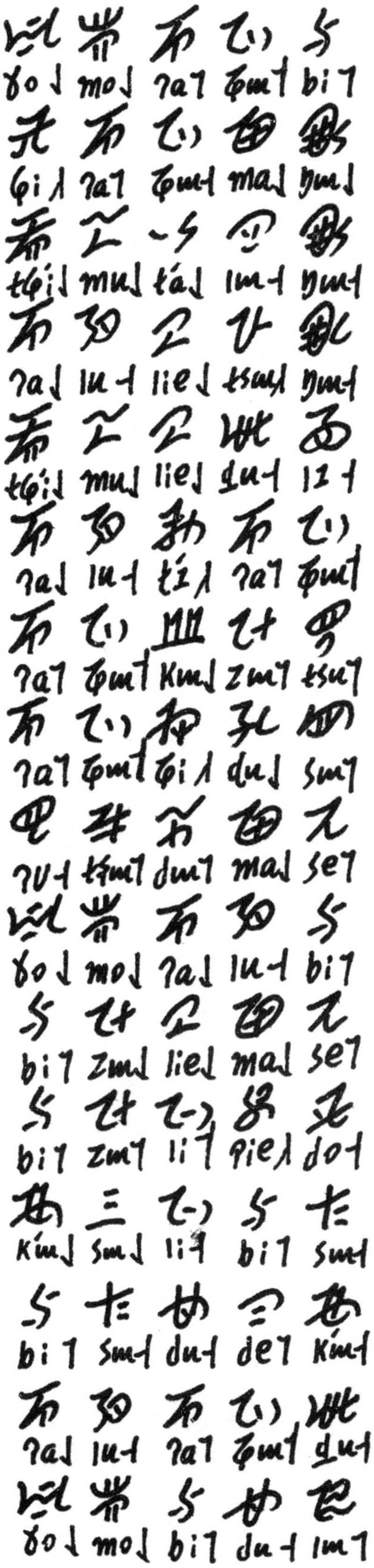

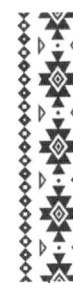

俄莫背阿友，

死的非阿友，

是一只母狗。

阿鲁施计谋，

阿鲁换替身，

变阿友模样。

藏阿友在身，

阿友犹入睡，

什么都不知。

俄莫背阿鲁，

背着也不知，

只知太重了。

再重也得背，

走到了洞边，

阿鲁换阿友。

俄莫进入洞，

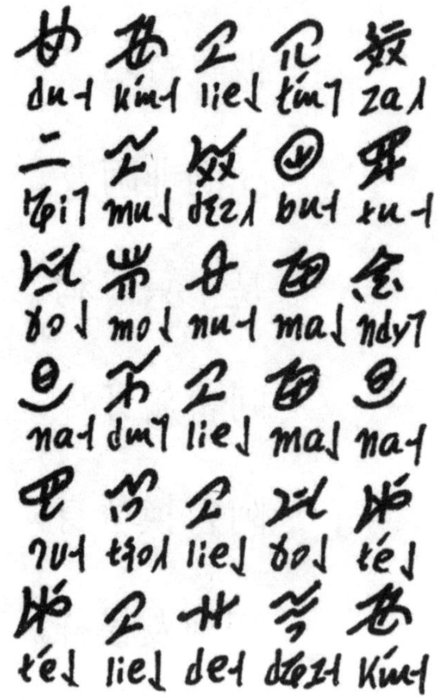

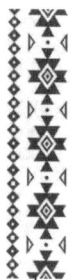

放下了阿友，

放在娘身旁。

俄莫没多想，

看也没有看，

转身往回跑，

回到场坝上。

俄莫很贪心，

十二三天里，

吃也吃不完。

俄莫想了想，

阿祖肉太多，

看来要发臭，

闻到都恶心。

肉分他人吃，

血我已喝完，

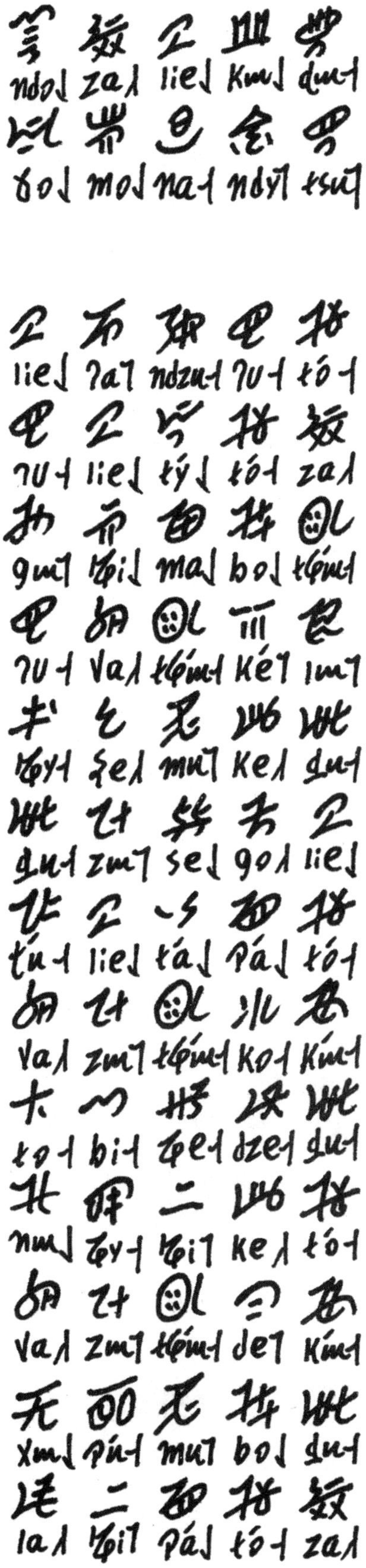

喝完了养身，
俄莫想清楚。

先砍母虱头，
他砍下头颅。
那天麻博场，
扛头到街上，
换条大黄牛，
牵了跑回家。
砍下一只胯，
又扛到街中，
换匹大坐骑。
砍两根肋骨，
挑到了街边，
换口大铁锅。
砍下两只手，

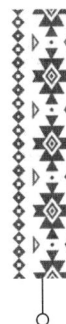

挑到街上去，

换条大黄狗。

提一半肺片，

挑到了街尾，

换两个口袋。

砍一半脖子，

还没扛到街，

换到大弯刀。

俄莫心甚喜，

吃一顿饱肉，

喝了一盆血。

该砍的砍好，

坐下歇口气，

歇息后起身。

俄莫看肠胃，

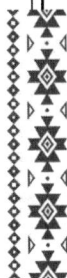

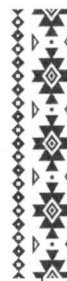

看了实在多，

所有的肠胃，

不洗不干净，

那样不能吃。

俄莫想办法，

口袋有用处，

拿出大口袋。

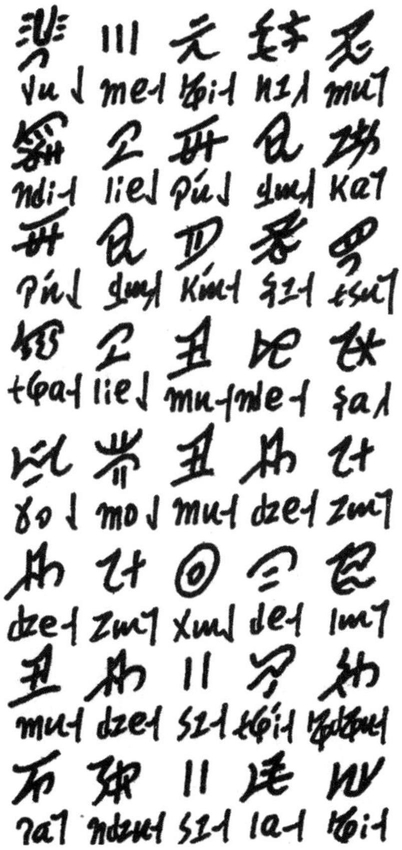

来把肠胃装，

装入大麻袋，

扎紧袋子口，

挂在马背上。

他飞身上马，

骑到湖边去。

走到李树脚，

阿祖坐树上，

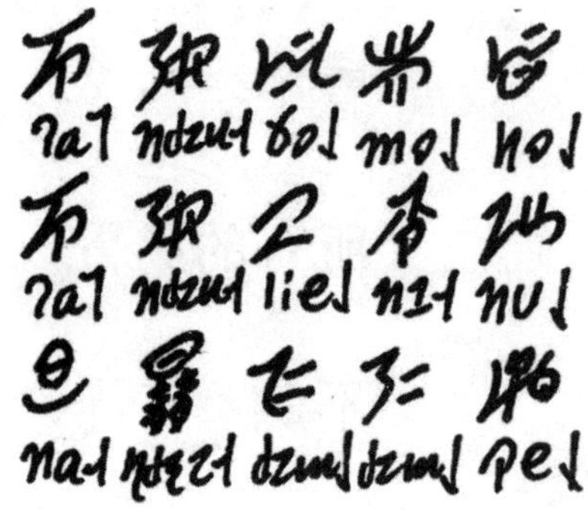

看到了俄莫，

阿祖心犯痛，

眼泪唰唰落。

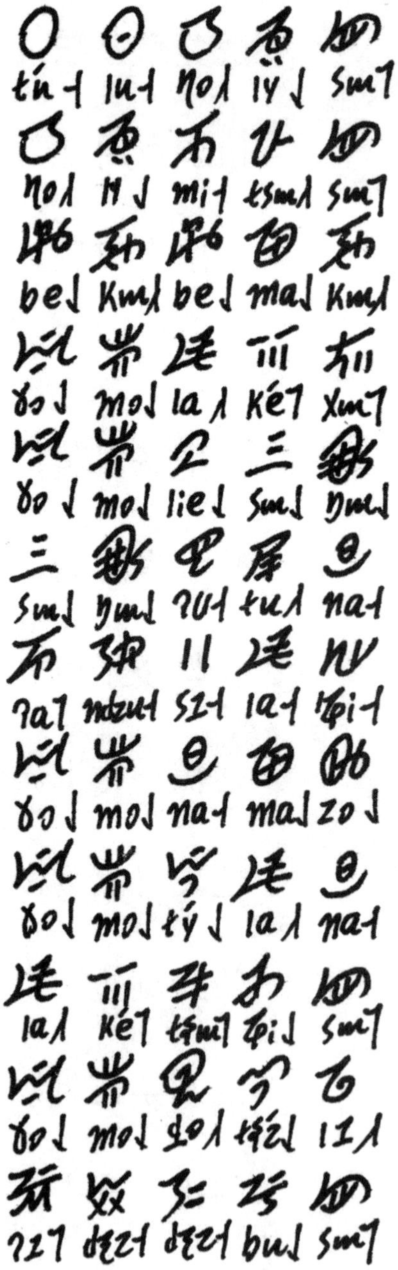

如宇宙自然，

自然是天意。

会掉不会掉，

滴俄莫手上。

被他发觉了，

仰头看树上。

阿祖的坐处，

俄莫没发现。

俄莫细看手，

如沾一露珠，

伸舌舔一舔，

有一抹盐味。

ɣo˨˩ mo˨˩ ȵi˧ ko˧ ndy˥
tʰo˧ tɕʰɯ˥ ɕi˨˩ ma˨˩ ŋɯ˨˩
tʰo˧ lie˨˩ ʔv˧ tɕʰɯ˥ ɕi˨˩
sɿ˧ nde˧ ʔv˧ tɕʰɯ˥ ɣo˨˩
ŋɯ˨˩ lie˨˩ tsɯ˥ tsʰɯ˧ na˧
ɣo˨˩ mo˨˩ ʂe˧ sɯ˥ na˨˩
ʔv˧ tɕʰɯ˥ lie˨˩ ma˨˩ ho˨˩

他心中想到，
这不是露水，
究竟是啥水？
树上有什么，
我还得细看，
左右反复看，
啥也没发现。

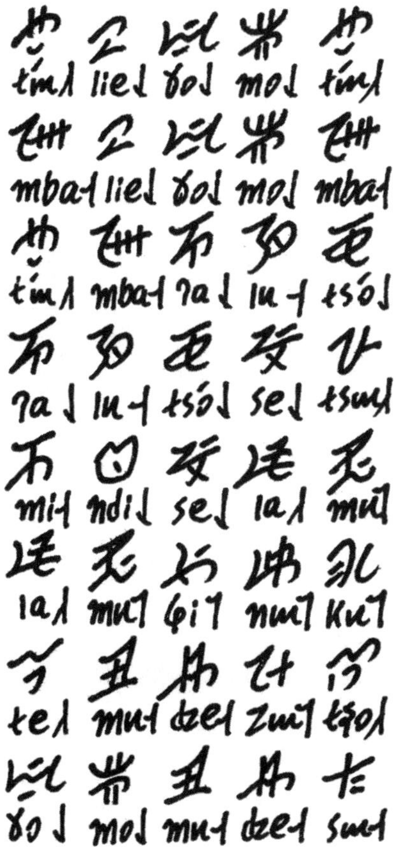

tʰɯ˥˩ lie˨˩ ɣo˨˩ mo˨˩ tʰɯ˥˩
mba˧ lie˨˩ ɣo˨˩ mo˨˩ mba˧
tʰɯ˥˩ mba˧ ʔa˨˩ lɯ˧ tsʰo˨˩
ʔa˨˩ lɯ˧ tsʰo˨˩ se˨˩ tsɯ˨˩
mi˧ ndi˨˩ se˨˩ la˥˩ mɯ˥
la˥˩ mɯ˥ ɕi˥ nɯ˥ kɯ˥
te˥˩ mɯ˧ dʑe˧ zɯ˥ tɕʰo˥˩
ɣo˨˩ mo˨˩ mɯ˧ dʑe˧ sɯ˧

还是说俄莫，
还是讲俄莫，
再道阿鲁人，
再说说人神。
天庭神首领，
一心救西呢，
骑飞马旋转。
见俄莫举动，

他骑在马上。

到了前方时，

俄莫唤马停，

调头看树上，

看见了阿祖。

俄莫想了想，

死的非阿祖，

究竟是啥呢？

俄莫说见鬼。

大树入云天，

阿祖怎么爬，

爬得那么高。

这回她难下，

究竟咋下树？

爬时你能上，

下时不好下。

如果踩滑了，

坠落到树脚，

会跌成稀泥。

俄莫心有数，

现在我事忙，

先去洗肠胃。

暂时不管她，

回来再收拾。

他没有多言，

骑马去湖边。

到了湖边后，

把马拴树上。

刷洗肠和胃，

全部都洗好，

装入口袋里，

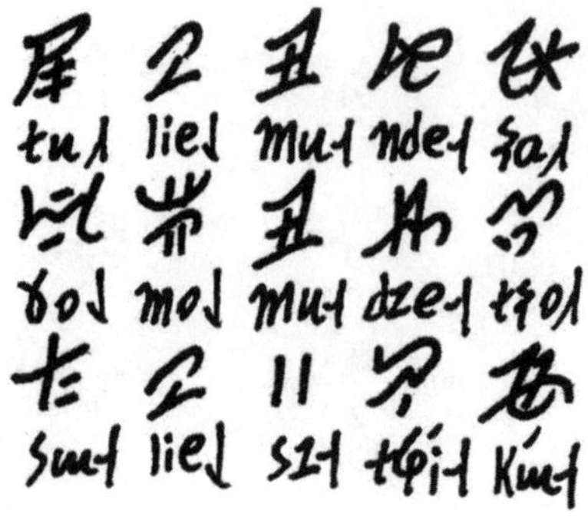

tu˧˦ lie˨˩ mu˧ nde˧ ʂa˧˦
ɣo˨˩ mo˨˩ mu˧ dʑe˧ tɕʰo˧˦
sɯ˧ lie˨˩ sɿ˧ tɕʰi˧ kʰɯ˧

挂在马背上。
俄莫上了马，
回到李树下。

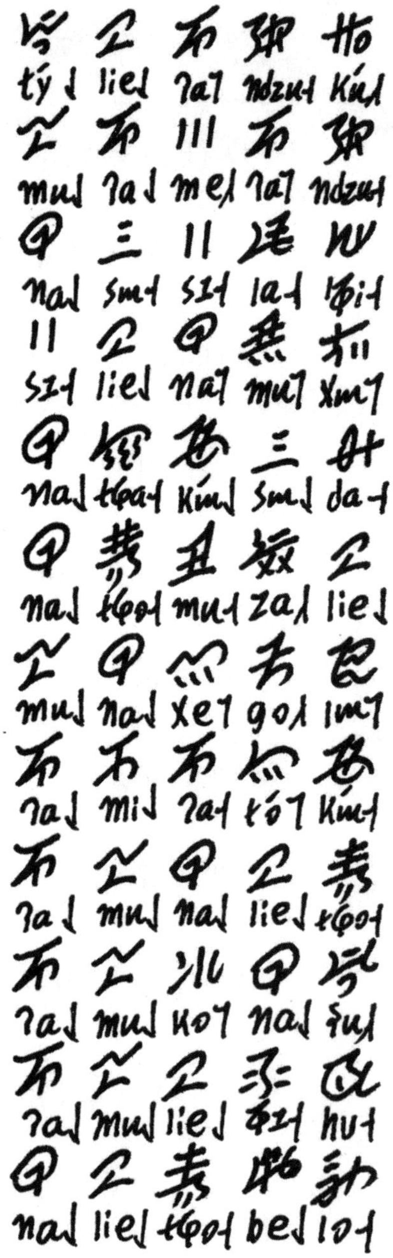

tʰy˨˩ lie˨˩ ʔa˥ ndʐɯ˧ kʰɯ˨˩
mu˨˩ ʔa˨˩ me˧˦ ʔa˥ ndʐɯ˧
na˨˩ sɯ˧ sɿ˧ la˧ tɕʰi˧
sɿ˧ lie˨˩ na˥ mu˥ xɯ˥
na˨˩ tɕʰa˧ kʰɯ˨˩ sɯ˨˩ da˧
na˨˩ tɕʰo˧ mu˧ za˧˦ lie˨˩
mu˨˩ na˨˩ xe˥ go˧˦ lɯ˥
ʔa˨˩ mi˨˩ ʔa˧ kʰo˥ kʰɯ˧
ʔa˨˩ mu˨˩ na˨˩ lie˨˩ tɕʰo˧
ʔa˨˩ mu˨˩ ko˥ na˨˩ ʂu˧˦
ʔa˨˩ mu˨˩ lie˨˩ ʂɿ˧ hu˧
na˨˩ lie˨˩ tɕʰo˧ be˨˩ lo˧

假意叫阿祖，
我女儿阿祖，
为啥坐树上？
树有那么高，
你如何上去？
你快快下来，
我带你回家。
昨晚到现在，
阿妈被吓坏，
到处去找你。
阿妈的魂魄，
都被你吓落。

又说那阿祖，
她忙堆笑说，
笑着回答道：
树有多高呀！
怎么不好爬？
我在爬树时，
如像爬楼梯，
一点不费劲，
说给阿妈听。

你爬上来吧，
咱们摘李果，
摘下来尝尝。
阿妈你不知，
李子比蜜甜，
你没吃到过。

甜还是不甜，

甜的赛蜂蜜。

香还是不香，

香的像鸡汤。

俄莫回阿祖，

麻博小阿祖，

你可哄孩子，

别哄骗阿妈。

我不是小孩，

阿妈不相信。

我说给你听，

说天上的事，

阿妈真不知。

说什么很香，

讲什么不香，

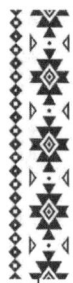

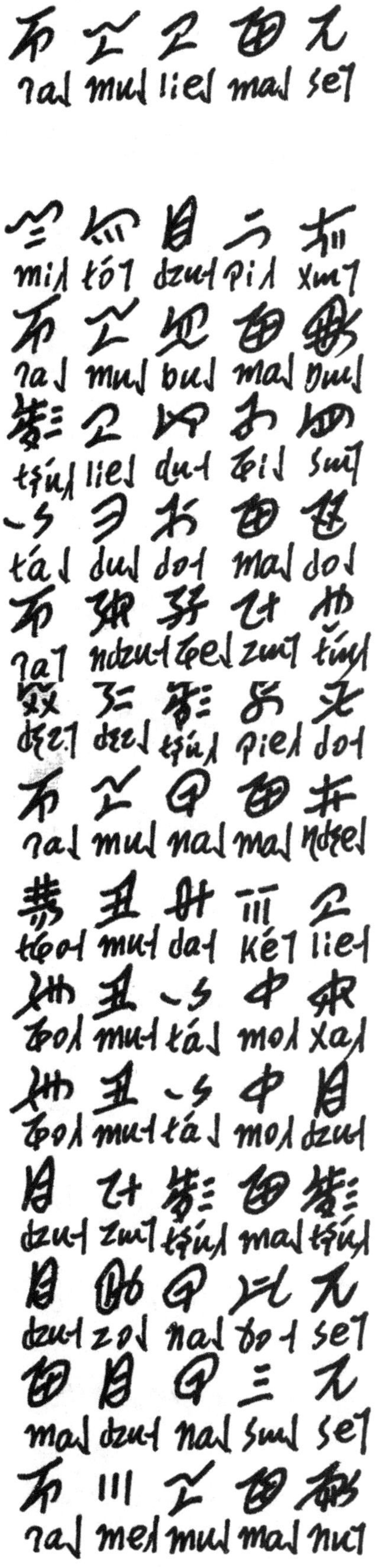

阿妈也不知。

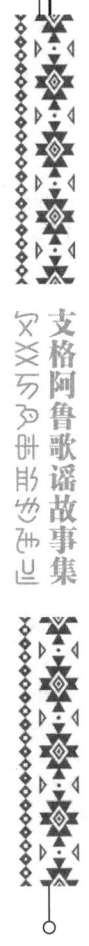

地上能吃的，
阿妈非夸口，
甜如蜂蜜的，
一样都没有。
阿祖笑着道：
真的是太甜。
如若你不信，
快爬上树来，
自己摘一个，
自己吃一个，
看它甜不甜。
吃了你才晓，
不吃不知味。
女儿不哄娘，

我说的真话，

哄娘无用处。

你自己想想，

真伪自己辨。

信也是这样，

不信也这样。

俄莫信为真，

从马上纵下，

来爬李子树。

左右向上爬，

使尽了全力，

无论怎么爬，

树干粗又滑，

如用油抹过，

手没有扒处，

脚也踩不稳。

他叫阿祖道：
这棵大李树，
阿妈跟你说，
知其非天树，
它是地上树。
若不是地树，
究竟是啥树？
我小时听过，
古时老人言，
天地人三界，
大树有三棵，
三棵树三样。

一样人参树，
树名人生果。
一样是桃树，

天母宴会果。

一样李子树，

天地人神树。

说来很奇怪，

传来很神奇。

要讲爬树呢，

你父和我俩，

一点不夸张，

你父砍树狠，

阿妈爬树凶。

正是这样呢，

配对做一家。

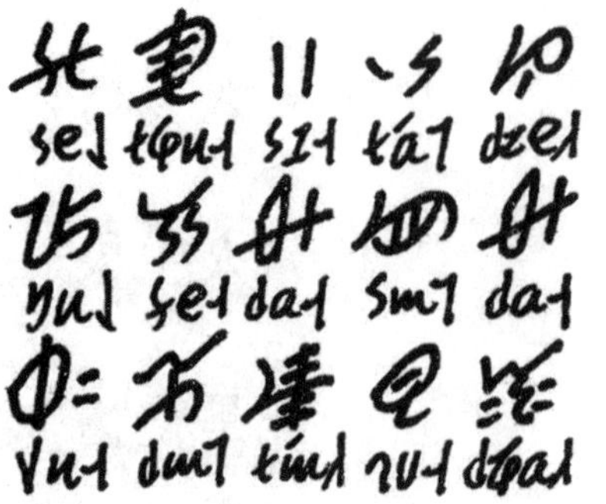

这棵李子树，

我左爬右爬，

耗尽了力气，

无论如何爬，
无法爬上树。
阿祖戏弄道：
女儿告诉你，
如今你老了，
女儿不怪娘。
为爬上这树，
扭伤你腿脚，
女儿心里痛，
你不爬的好。

阿妈真想尝，
张开你的嘴。
阿祖摘一个，
丢进你嘴里。
你慢慢品尝，

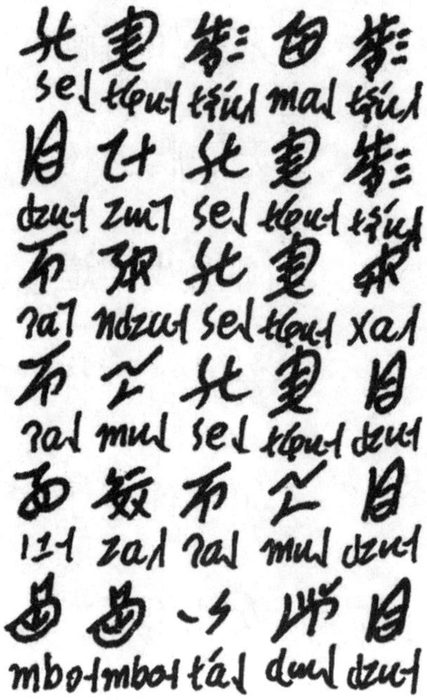

看它甜不甜。

如果真正甜，

阿祖摘李子，

摘给阿妈吃，

丢给阿妈吃，

好好吃顿饱。

俄莫听到了，

阿祖话在理，

并非是撒谎，

正合他的意。

俄莫撮祖艾，

想吃没多想，

相信了阿祖，

张大嘴等着。

阿祖摘李子，

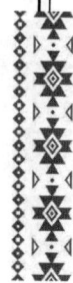

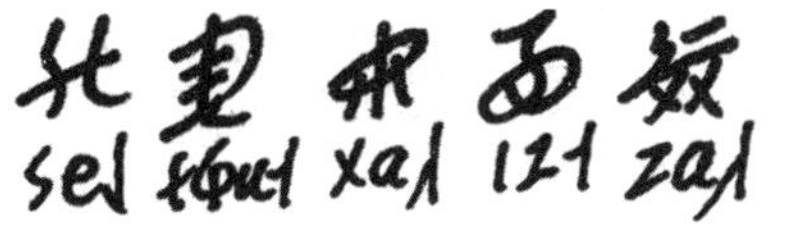

丢下给俄莫。

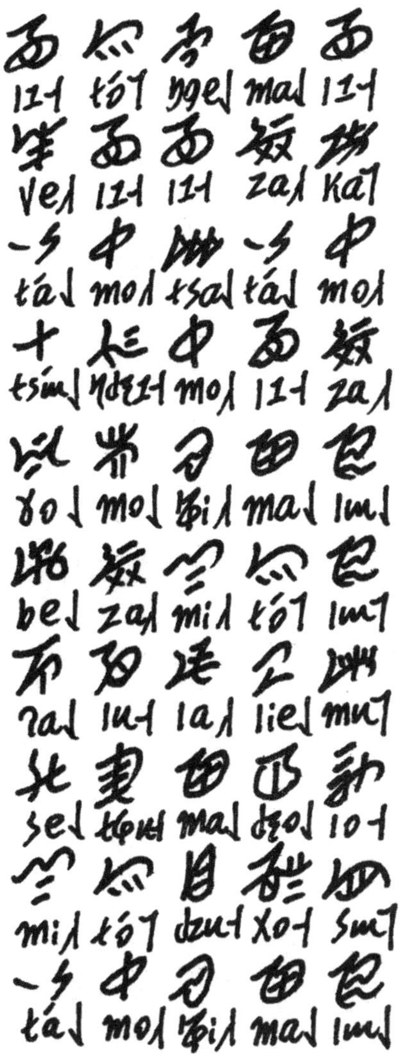

被枝叶一挡，

掉落到旁边。

一个接一个，

连丢十多个，

没入俄莫口，

全掉到地上。

阿鲁用手指，

李子像遁土，

像被地吃了，

一个没入口。

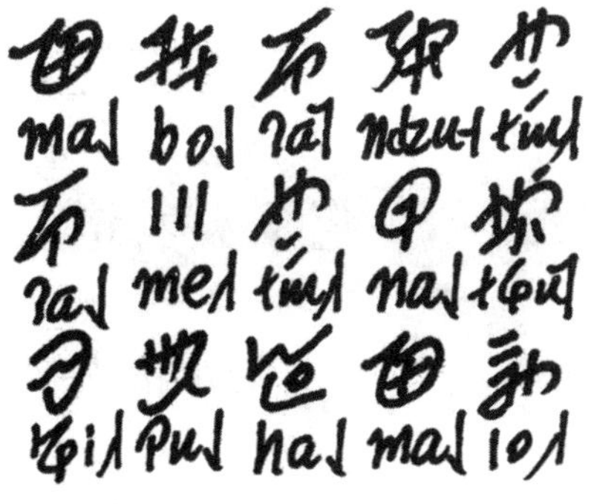

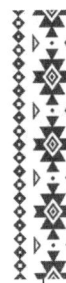

麻博阿祖说：

女儿告诉你，

嘴还没张大，

要张宽张大。
俄莫信为真，
相信了阿祖，
张口如猪盆。
阿祖没丢歪，
直直丢一个。
阿鲁手一指，
李子入口中。
俄莫吃李子，
满嘴都显甜。

甜的胜蜂蜜，
香甜味道美，
俄莫吞下肚。
吃下笑着道：
这样甜的李，

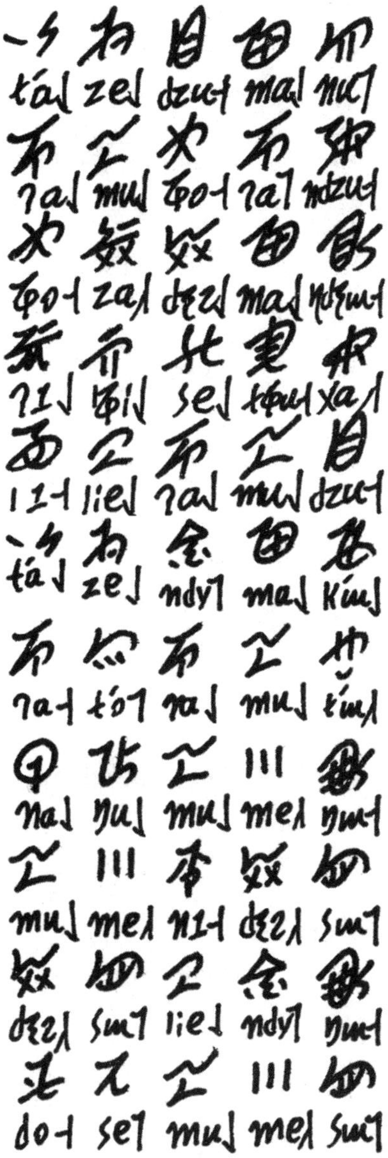

一生没吃过。

阿妈生阿祖，

生下你没错。

今天摘李子，

丢给阿妈吃，

从来没奢望。

现在享福了，

你我是母女，

母女心相连，

想的都一样，

这才真母女。

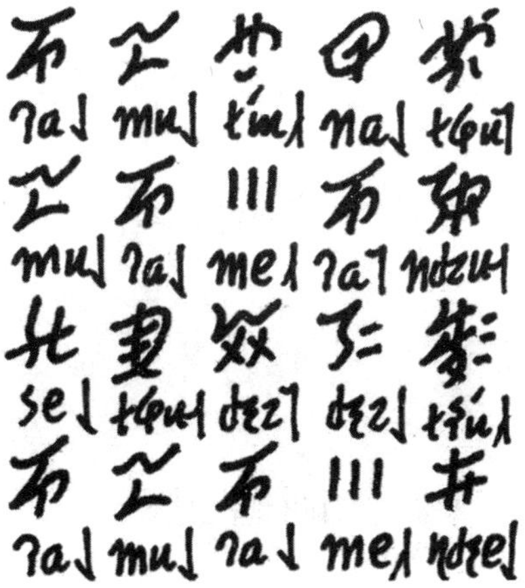

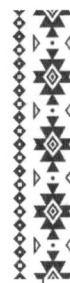

阿妈给你讲，

我女儿阿祖，

李子真正甜。

阿妈信女儿，

女儿有孝心，
快多摘李子，
丢给阿妈吃。
阿祖笑喊道：
阿妈真正好，
也会想女儿。

阿妈你别动，
站直来站稳，
别偏着脖子，
嘴也别张歪，
阿祖才好丢。
麻博家阿祖，
来戏弄俄莫，
如猫儿戏鼠。
阿鲁也戏耍，

用手比划玩。
阿祖玩李子，
两人戏俄莫。
阿祖摘李子，
把李子丢下，
丢一个往右，
李子不去左，
李子落右边。
阿祖往左丢，
李子不去右，
左右李子落，
没一个入口。
落下的李子，
掉到树脚时，
像被地吃了，
不见了踪影。

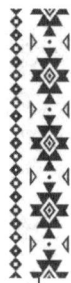

阿祖发问道：

我的好阿妈，

吃够了没有，

吃饱了没有？

俄莫回阿祖，

你摘的李子，

所丢的李子，

只得一个吃。

别的掉下来，

到了树脚时，

被什么吃了，

一个都不见。

我不是骗你，

只吃到一个，

阿妈的口中，

现在还回甜。

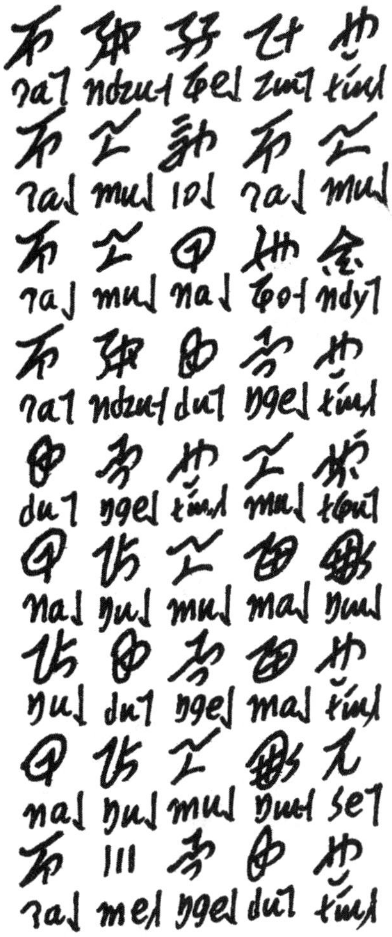

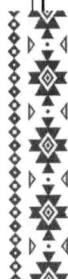

阿祖戏虐道：

阿妈呀阿妈，

你自己想想，

阿祖说真话，

说给阿妈听。

若不是阿妈，

我不吐真言，

你我是母女，

我才说真话。

计杀俄莫魂

阿妈你装呢，
还是真不知？
你我为母女，
说来话不多。
母知李子甜，
阿祖这样摘，
丢下没得吃，
你自己想想，
可惜不可惜。
如你先说的，

你还记得吗？
我不便多说，
话我却记住。

天地人三界，
三界三棵树，
每棵是一种。
一棵人参树，
一棵桃子树，
一棵李子树。
这棵李子树，
今天亲眼见，
是一棵神树。
这么摘李子，
没得吃可惜。
女儿想一想，

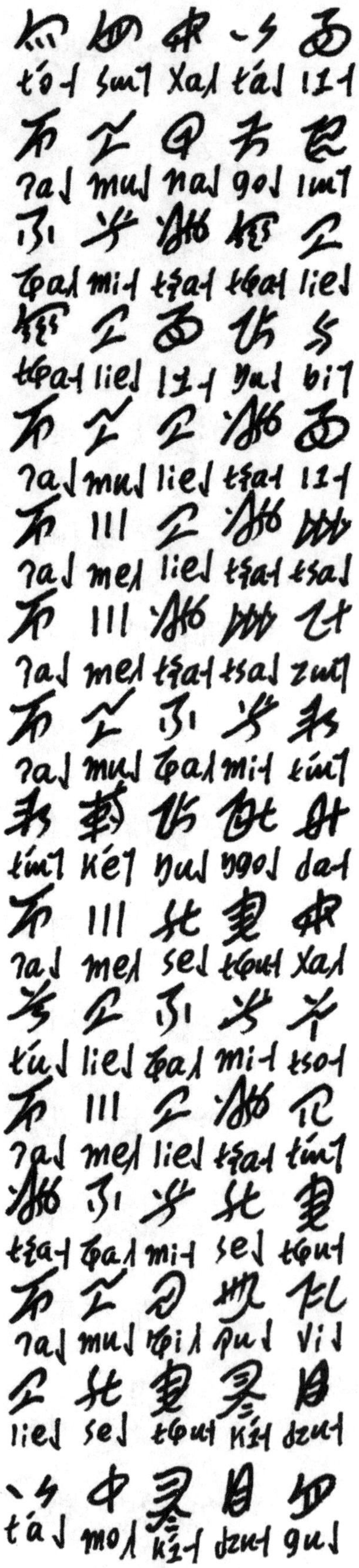

不能这样丢。

阿妈你回家，

拿宝剑绳子，

拿来丢给我。

阿妈抛绳子，

女儿来接住，

接绳在手中。

阿妈拴宝剑，

拴绳子那头。

女儿摘李子，

穿在宝剑上，

再把绳子放。

宝剑和李子，

阿妈用嘴接，

咬那李子吃。

吃完了一个，

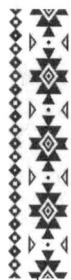

女儿再去摘，
李子不会落。

俄莫听清了，
很相信阿祖。
跑回到家中，
拿宝剑绳子。
而兵神耳里，
如三令传话：
阿鲁派你俩，
你俩快快去，
拿那瓶毒药，
先藏住真身，
别让西呢知。
俄莫回去时，
兵神隐身回，

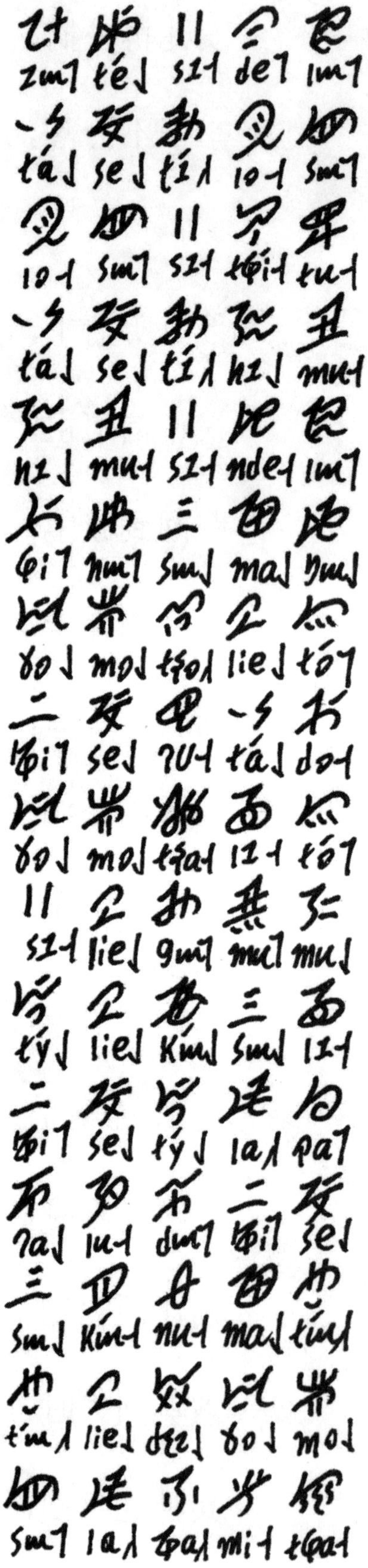

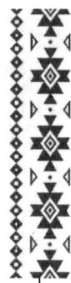

跑到大树边。

一位变巨石，

立在李树脚。

一位变大风，

吹到树顶上，

别让西呢知。

俄莫回来时，

二位别出面。

俄莫丢绳时，

树有那么高，

他丢不到位，

二位要帮他。

阿鲁已说完，

三令不多言。

说说那俄莫，

右手抓宝剑，

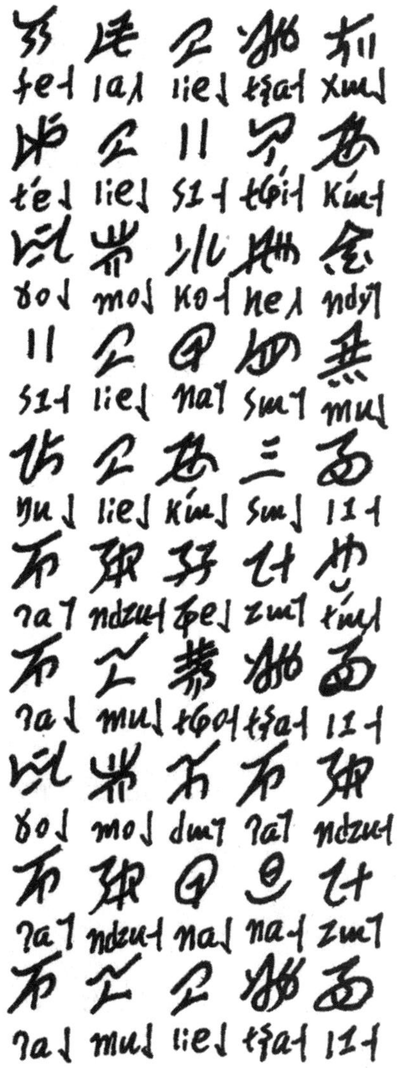

左手拖绳子，

跑回到树下。

站在树下想，

树长那么高，

我该如何抛？

阿祖笑着道：

阿妈快抛绳。

俄莫回阿祖：

阿祖你看好，

阿妈来抛绳。

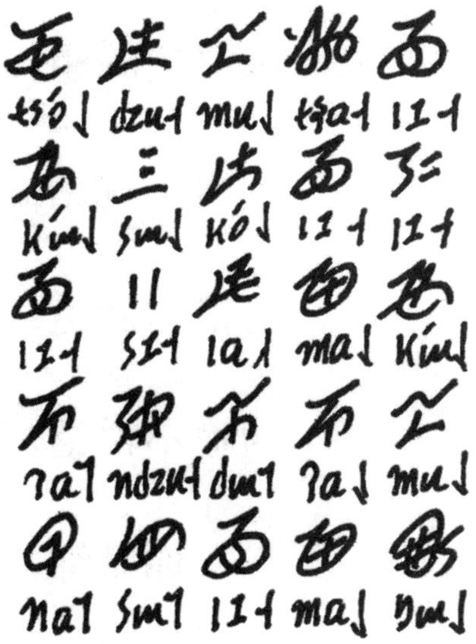

俄莫抛绳子，

无论怎么抛，

没有抛到位。

阿祖叫阿妈，

不是那样抛，

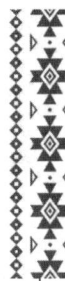

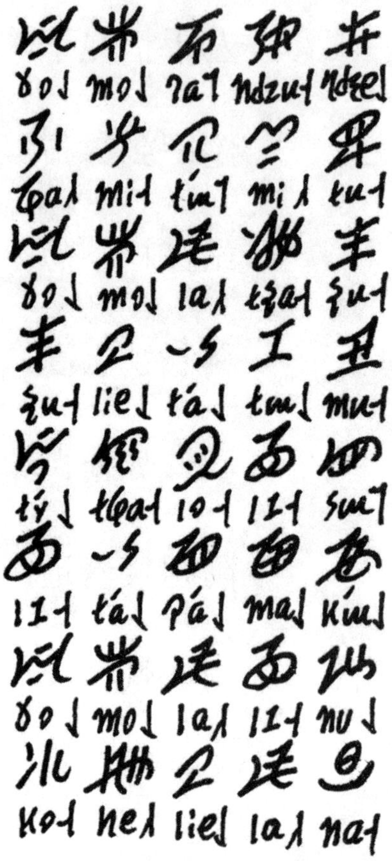

ɣo˩ mo˩ ʔa˥ ndzɯ˧ ndʑe˩　俄莫信阿祖，

tɕa˨˩ mi˧ tɯ́˥ mi˨˩ kɯ˧　宝剑放地上。

ɣo˩ mo˩ la˨˩ tɕʰa˧ ʂɯ˧　俄莫把绳挽，

ʂɯ˧ lie˩ tá˩ tɯ˩ mɯ˧　挽出个绳结，

tý˩ tɕʰa˧ lo˧ lɪ˧ sɯ˥　如丢石块样，

lɪ˧ tá˩ pá˩ ma˩ kɯ́˩　没丢到一半。

ɣo˩ mo˩ la˨˩ lɪ˧ nu˩　俄莫手甩痛，

ko˧ ne˨˩ lie˩ la˨˩ na˧　站着把手看。

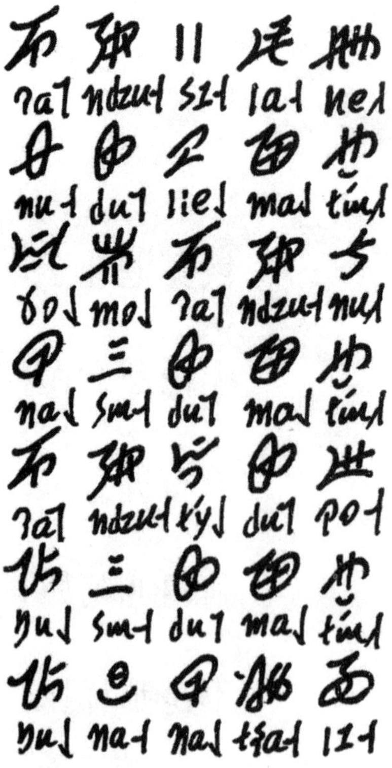

ʔa˥ ndzɯ˧ sɪ˧ la˧ ne˨˩　阿祖坐树上，

nɯ˧ du˥ lie˩ ma˩ tɯ́˨˩　多话都不说。

ɣo˩ mo˩ ʔa˥ ndzɯ˧ nɯ˨˩　俄莫问阿祖，

na˩ sɯ˧ du˥ ma˩ tɯ́˨˩　为啥不说话。

ʔa˥ ndzɯ˧ ký˩ du˥ po˧　阿祖即回道：

ŋu˩ sɯ˧ du˥ ma˩ tɯ́˨˩　为啥不说话，

ŋu˩ na˧ na˩ tɕʰa˧ lɪ˧　我看你抛绳，

ŋɯ˩ lie˩ na˧ ma˩ do˩ 实在没招数，
ŋɯ˩ na˧ ʐɯ˥ n̩˧ nɯ˩ 看了心里痛。

na˩ no˧ ŋɯ˩ ʔa˩ mɯ˩ 你是我阿妈，
pʰá˧ tʰó˥ na˩ lie˩ ndzɯ˧ 平时你厉害，
pʰá˧ tʰó˥ na˩ ŋɯ˩ tʰɯ˧ 你时常骂我，
pʰá˧ tʰó˥ na˩ ŋɯ˩ mɯ˥ 你也数落我。
sɯ˧ tɕʰy˩ tsɯ˥ tsɯ˧ tɕʰy˩ 读书好好读，
sɯ˧ tɕʰy˩ se˥ mi˥ ɕɯ˧ 读书学文化。
sɯ˧ tɕʰy˩ se˥ ho˩ mba˧ 读书学知识，
se˥ mi˥ vi˩ tsʰó˩ pʰa˧ 用文化帮人，
se˥ ho˩ vi˩ tsʰó˩ tsʰɯ˧ 用知识助人。
pʰá˧ tʰó˥ ŋɯ˩ mɯ˩ na˧ 平时我看你，
ʔa˩ mɯ˩ ʔu˧ ho˦ tsʰo˦ 阿妈脑好用；
ʔa˧ tʰó˥ ʔa˩ mɯ˩ na˧ 今天看阿妈，
ʔa˩ mɯ˩ sɯ˥ ndy˩ xɯ˥ 是个蠢模样。

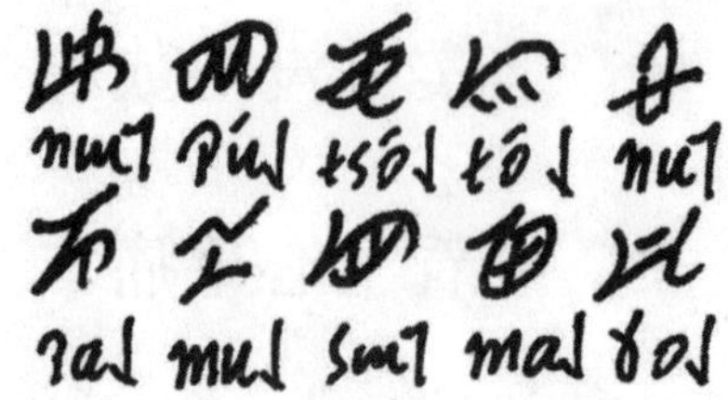

呢濮里的人，
像你的没有。

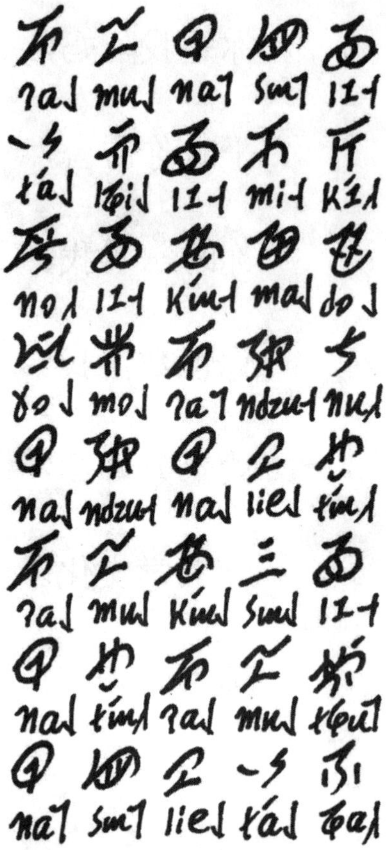

阿妈这样抛，
一天抛到黑，
抛不到这里。
俄莫问阿祖，
那么你说说，
我该怎么抛？
告诉你阿妈，
讲话别刻薄。

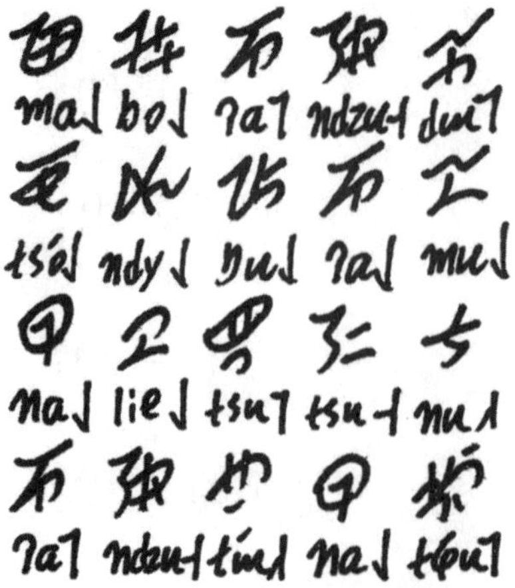

麻博阿祖说：
我说你愚蠢，
你还不承认，
我告诉你听。

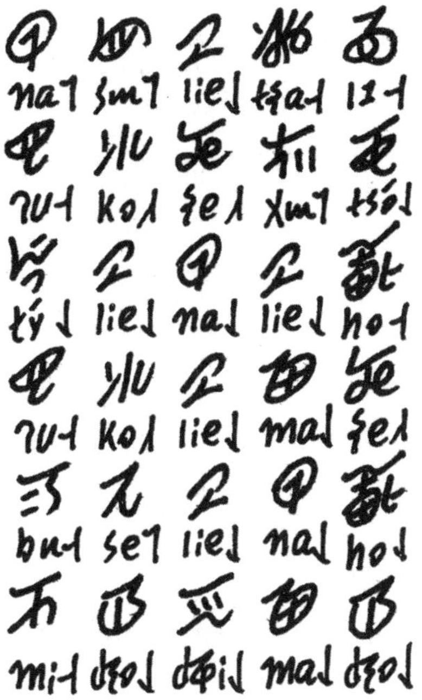

那样来抛绳，

要命长的人，

才能等得到。

命不长的呢，

鬼才会等你，

天等日不等。

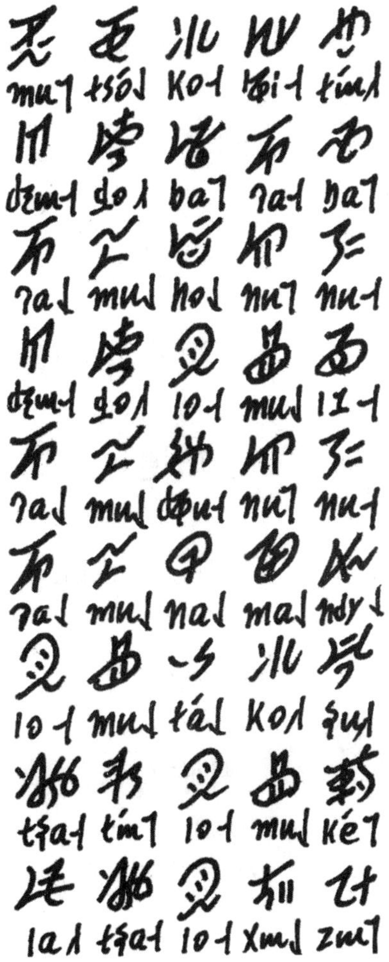

老人坐聊天，

娃娃们放牧，

你见过没有？

放牧丢石头，

你听过没有？

阿妈你不憨，

找一块石头，

拴在绳头上。

手提住绳子，

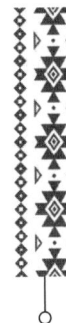

提住甩转圈，

转到最快时，

手抛绳和石。

石头如风吹，

飞到树顶上，

愚蠢的阿妈，

你不知这法？

俄莫听了笑，

笑着夸阿祖：

阿祖真聪明，

你知道这些，

为啥不早说？

哄骗阿妈耍，

搞阿妈名堂。

俄莫又笑道：

阿妈要夸你，
真话说一句，
麻博阿祖很。
阿妈不生你，
你从哪里来？
阿祖笑答道：
阿妈别怪我，
我不再说你，
你快找石头，
我在此等候。

俄莫笑着说：
这才像话嘛！
阿妈没怪你，
阿妈很心急，
这就找石头。

俄莫忙找石，
眼睛骨碌转。
石头真会长，
如棵捶衣棒，
被俄莫发现。
伸手捡石头，
捡起石头来，
沉甸甸一块，
长石好拴绳。

俄莫忙拴绳，
提起来试试。
甩绳石头转，
一圈接一圈，
一转接一转，
转了十八转。

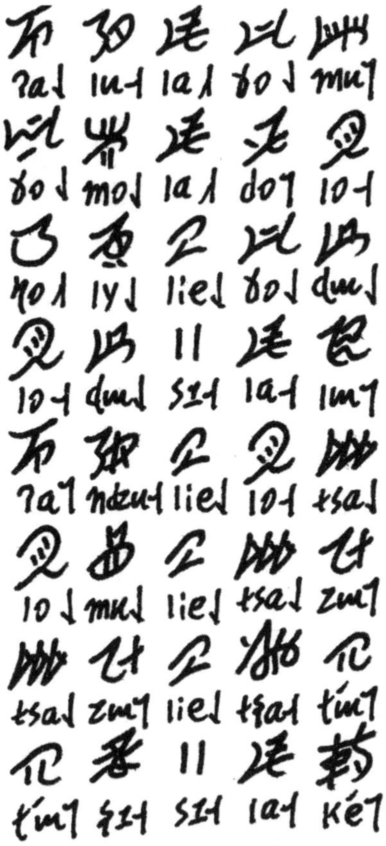

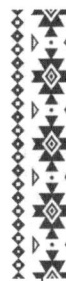

阿鲁手一指，
俄莫手中石，
自然的飞出，
飞到了树上。
阿祖一伸手，
石落在手中，
急忙解绳子，
拴在树枝上。

阿祖问阿妈，
你信也不信？
若你相信我，
你别再耽误。
用绳拴宝剑，
阿祖来拉绳，
宝剑随绳走。

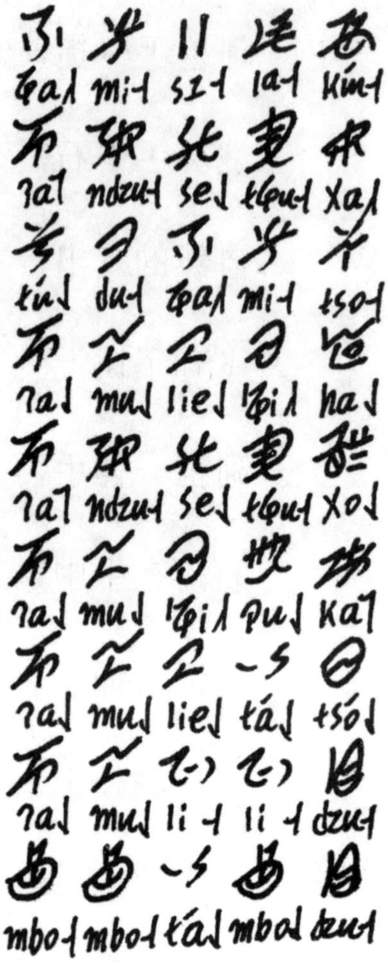

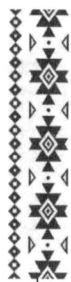

宝剑到树上，

我摘下李子，

穿在宝剑上。

阿妈张开嘴，

阿祖丢下李，

丢入阿妈嘴。

你不要着急，

慢慢地品尝，

饱饱吃一顿。

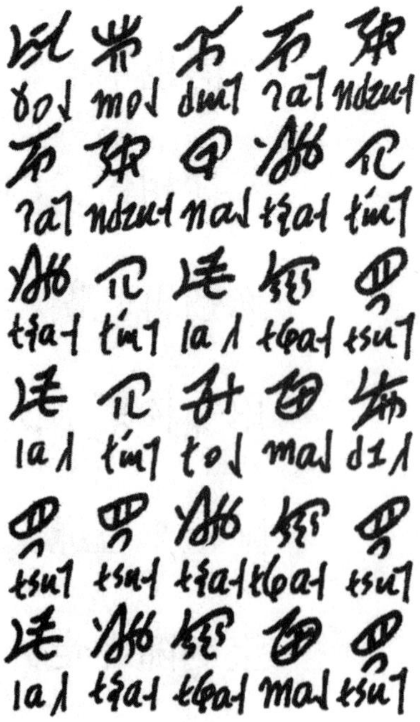

俄莫叫阿祖，

先放下绳子。

抓紧绳那头，

不能有松动，

好好拿稳绳。

若没有抓稳，

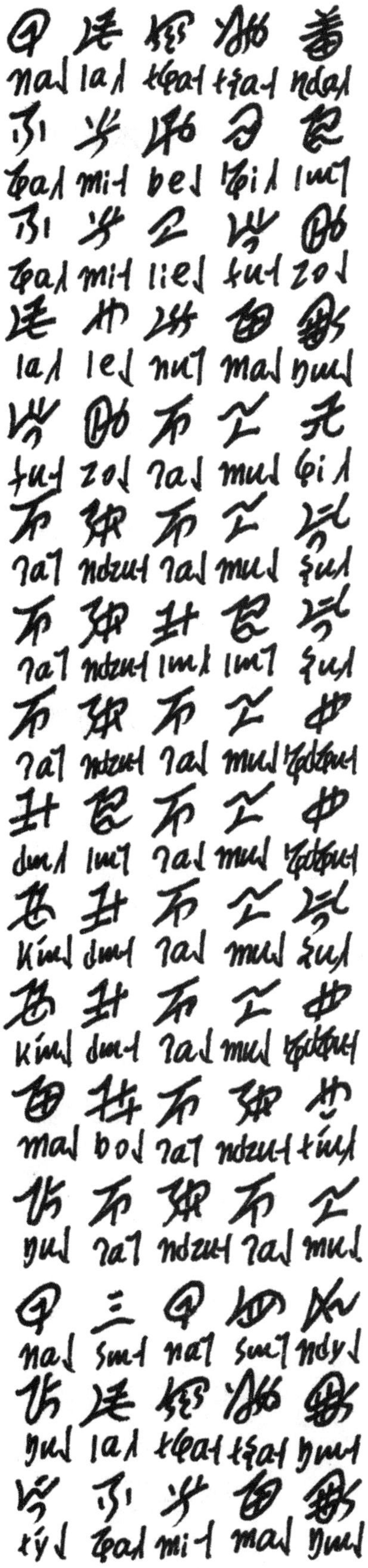

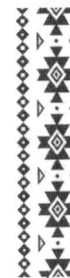

恐怕滑下来，

宝剑落嘴里，

被宝剑刺到，

不是开玩笑。

杀死了阿妈，

阿祖找阿妈，

要去哪里找？

阿祖想阿妈，

到哪里去想？

哪里去找妈？

哪里去想娘？

麻博阿祖说：

你是我亲娘，

为啥这么傻，

我手中是绳，

不是那宝剑，

绳子是软物，
不如木棒硬。
硬的可杀人，
杀中后就痛。
软的能杀人，
我阿祖不信。

我告诉阿妈，
软绳怎杀人？
它左右摇摆，
不直直下来。
阿妈自己想，
若我杀了你，
能有啥好处？
能有啥益处？
阿祖无它求，

求来没好处，

求来也无用。

有谁告诉你，

哪本书上载，

女儿会杀妈，

请你告诉我。

阿祖想阿妈，

你心里不知？

阿妈你的心，

恐不是人心，

怕是石头做。

若不是这样，

快把宝剑拴。

假如你害怕，

女儿作示范。

用它插地上，
看地如何样，
看宝剑怎样，
睁大眼睛看。
宝剑插地上，
你感觉不错，
也就无疑问。
插不进地上，
地上穿不稳，
就杀不了人，
如何能杀人。

撮祖俄莫想，
想好拴绳子。
拴好叫阿祖，
你可以拉绳。

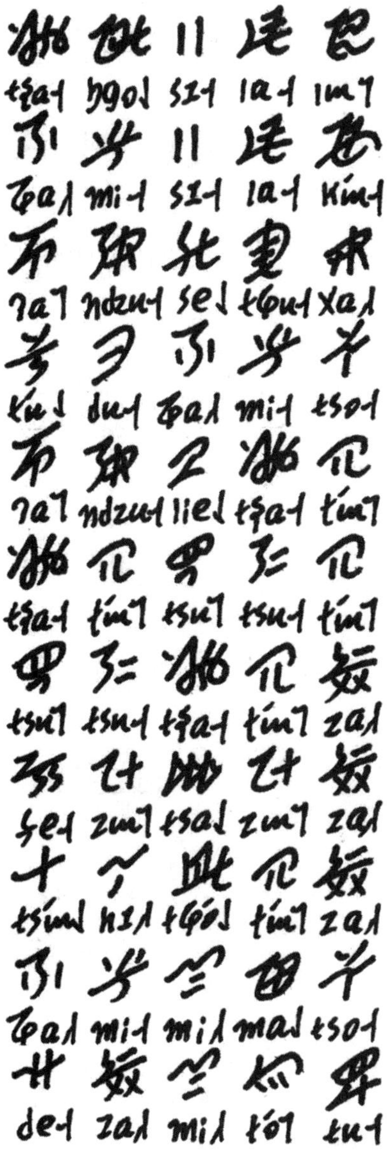

拉到了跟前，

宝剑也同到。

阿祖摘李子，

穿在宝剑尖。

往下放绳子，

绳子和宝剑，

摇摆着下垂，

一步一步下。

放了十八步，

宝剑没插地，

倒在地面上。

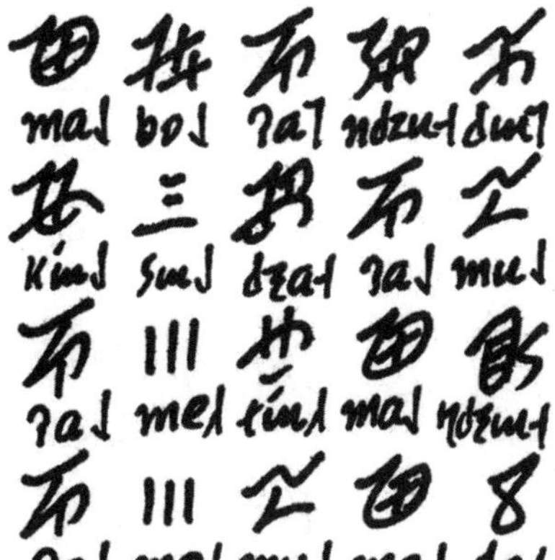

麻博阿祖说：

你看如何样？

女儿没说错，

没有骗阿妈，

你一样别想，
放心吃李子，
阿妈张开嘴，
送李阿妈吃。

撮祖俄莫喜，
笑着喊阿祖，
快去拉宝剑，
把李子串好，
我已等不及，
真是很想吃。

阿祖笑着道：
你先别着急，
十八年过了，
不等十八天。

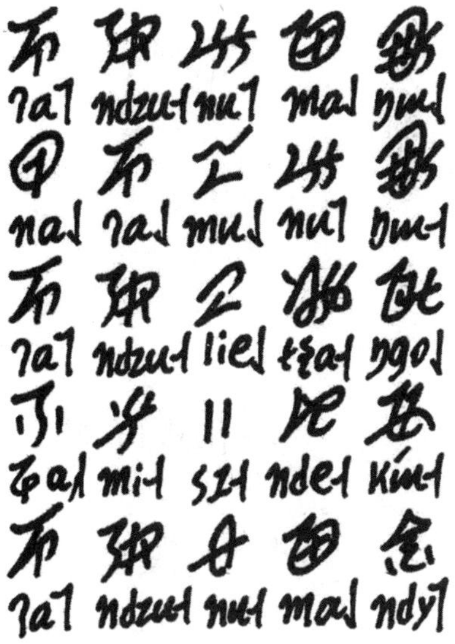

不是阿祖事，
是阿妈的事。
阿祖拉住绳，
拉到了树顶，
她没有多想。

开始摘李子，
摘一个下来，
串在宝剑尖，
阿祖慢放绳，
俄莫张开嘴，
宝剑上李子，
已入俄莫口。
口中的李子，
俄莫急嚼吃，
真正的香甜，

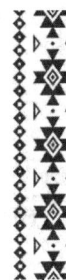

甜的如蜂蜜，

香的像鸟肉。

撮祖吃着道：

感谢我女儿，

你继续摘吧，

穿好放下来。

阿祖急答应，

我信阿妈话，

我会赶快摘，

你要快快吃。

阿祖忙摘李，

摘来串宝剑，

穿好后放下，

没有使力气。

阿鲁手一指，

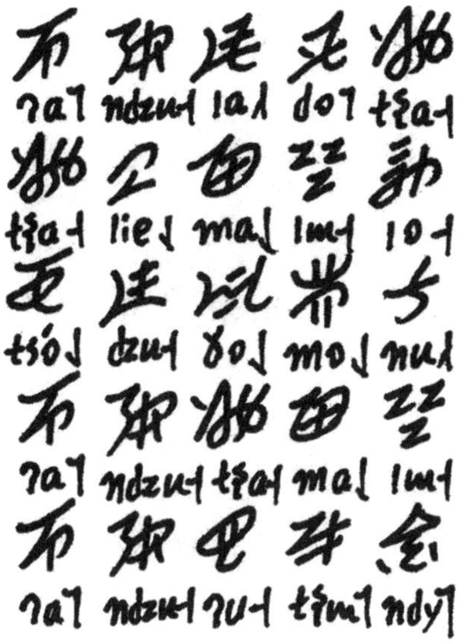

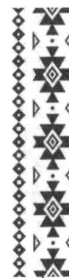

阿祖放的绳，

它已不动了。

撮祖俄莫问：

绳子咋不动，

你在想啥子。

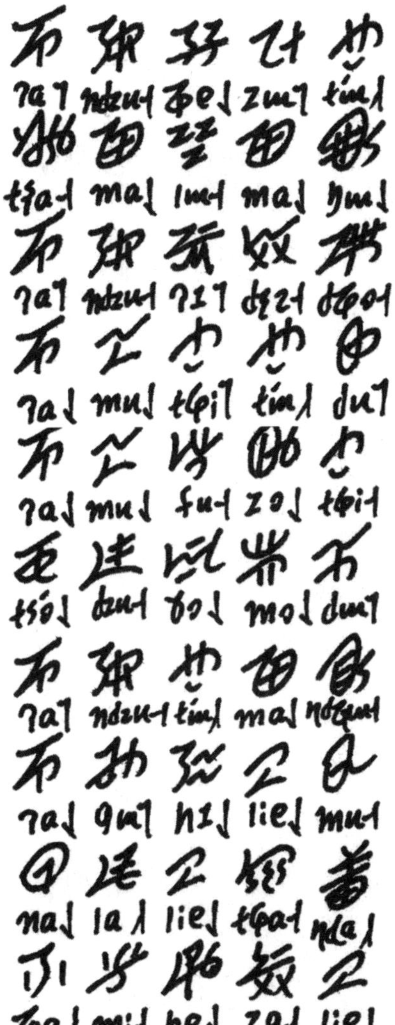

阿祖又笑道：

绳不是不动，

我心里惊慌，

如你先说的，

怕杀中阿妈。

撮祖俄莫说：

阿祖没说错，

绳若被风吹，

你手里一滑，

宝剑从天降，

栽入阿妈喉，

阿妈被杀死。

如果真死了，

古人有句话，

在时由自己，

人死魂不灭，

人死魄不散。

魂魄它会变，

变了不做人，

变了不做牛，

变了不做马，

变了不做羊，

变了不做猪，

变了不做狗，

变了不做鸡，

变了不做鸟。

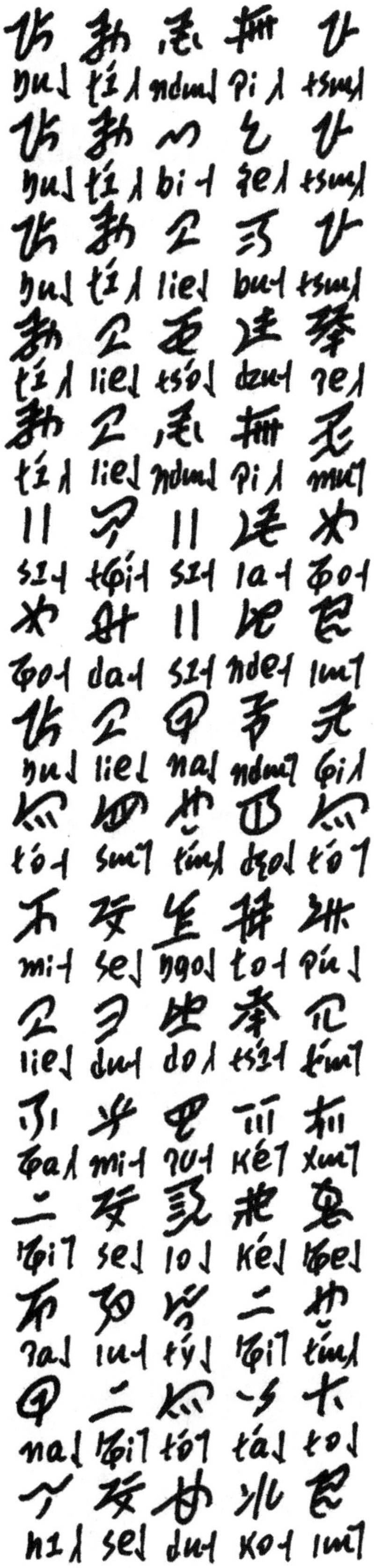

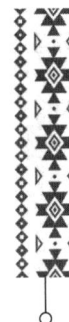

变来做荨麻，

变来做大蛇，

我变来做鬼，

变成撮祖艾。

变成荨麻林，

长在树脚旁，

自己爬上树，

会蛰死阿祖。

正在对话时，

天神搁朵仆，

悄悄弹毒药，

沾在宝剑尖。

二神络克响，

阿鲁已来令，

二位别停顿，

恒色堵中去。

ma˩ bo˩ tsʰo˩ hɪ˨˩ ɕo˩
麻博家八人，

pʰu˩ kʰɯ˩ ba˥ kʰo˧ tɕʰo˥
与仆苟一起，

ma˩ nu˧ lie˩ ma˩ ne˧
不多也不少，

tsʰo˩ se˩ lie˩ tɕʰy˧ ɕo˩
人神共九位，

tsʰo˩ mo˩ lɯ˥ lɯ˥ dʑo˩
尸体全部在。

pʰu˩ kʰɯ˩ ba˥ dɯ˥ xo˩
除了仆苟巴，

ma˩ bo˩ gɯ˥ hɪ˨˩ ɕo˩
麻博家八人，

hɪ˨˩ vu˩ lie˩ ma˩ ɣo˩
肠胃已不在，

hu˩ ɕɪ˧ kʰɯ˩ ma˩ dʑo˩
魂魄不附体，

hu˩ ɕɪ˧ mi˧ dʑe˥ lo˧
魂魄已升天。

na˩ ɕi˥ tɕʰa˧ zɯ˥ kʰe˩
你俩的麻线，

nɯ˥ pʰu˩ kʰe˩ ma˩ ŋɯ˩
不是呢濮线。

tʰu˧ lu˧ mi˧ mi˨˩ tsʰo˩
宇宙天地中，

mi˧ mi˨˩ tsʰo˩ se˩ vu˩
天地人之肠，

tsʰo˩ se˩ vu˩ nɯ˩ hu˥
人神肠红绿。

na˩ ɕi˥ du˧ kʰɯ˧ tʰo˥
你俩入洞时，

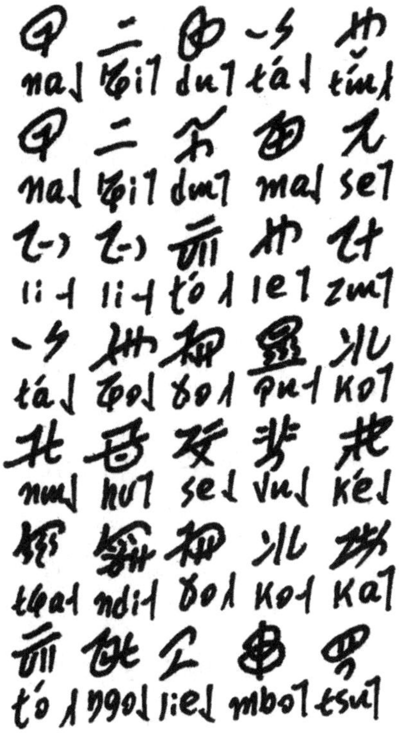

不要出声音，

装啥也不知。

慢慢解开衣，

一个肚子里，

红绿线作肠，

装进肚子里，

拉衣来盖严。

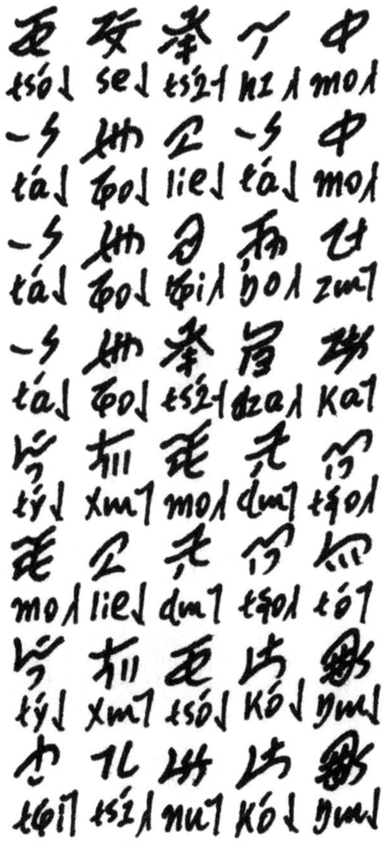

用神药八颗，

一人喂一颗，

一个掰开嘴，

一个把药塞，

尸身会复活。

在复活之时，

所有复活人，

前事没记忆，

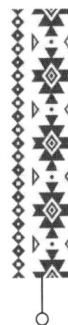

一样没记住，

完全记不清，

你俩要明白。

再说仆苟巴，

她是没有死。

她就像睡熟，

不要惊动她，

睡够自然醒，

别在那耽误。

急去麻博房，

屋里的用具，

一样不留下，

搬移至洞中。

二位搬好后，

将它藏匿好。

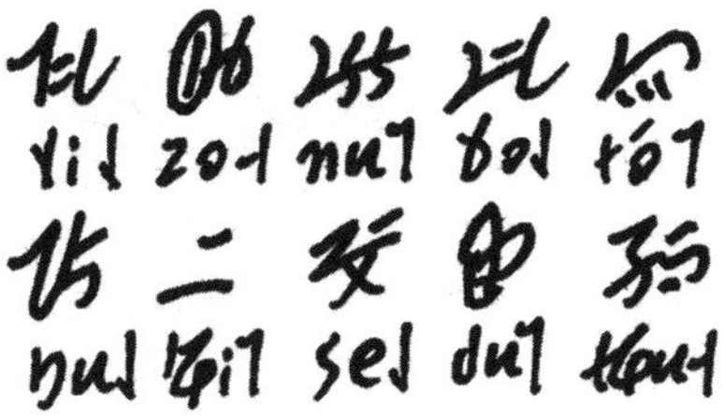

用得着之时，

我通知二位。

再来说阿祖，

阿祖心里想，

你不这样说，

我不好杀你，

你自然说到，

自然要杀你，

我不杀不行。

若说我杀你，

杀了你没死，

无论变什么，

我不管那些。

不管也不想，

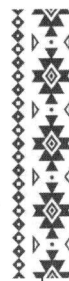

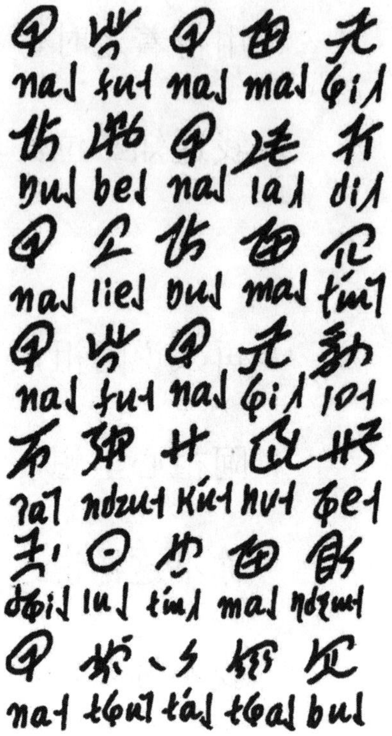

杀你没杀死，

落入你的手，

你不会轻饶。

把你杀死了，

阿祖的命硬，

运气就不错，

跟你赌一把。

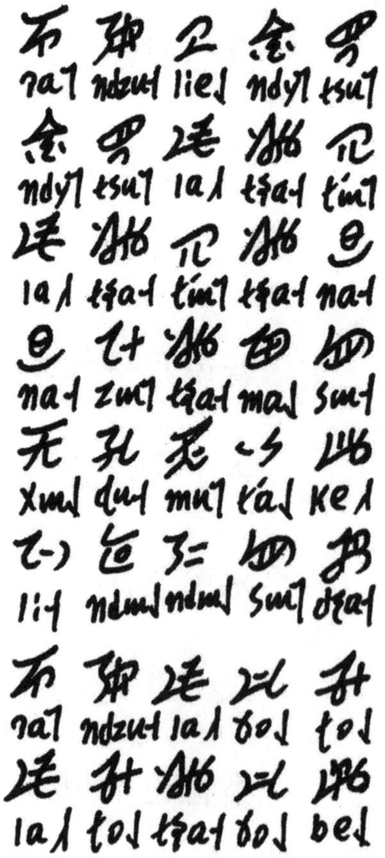

阿祖想好后，

想好手放绳，

边放边看绳。

看着不像绳，

像一棵铁棒，

沉沉的下降。

阿祖一松手，

绳子往下掉，

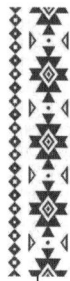

插入俄莫嘴，
杀进俄莫喉，
喉咙里喷血，
一口都是血。
神毒药起效，
撮祖俄莫痛，
在地上乱跳。
乱跳碰树上，
倒在血泊中，
一命已呜呼，
再没有动弹。

尸横在树脚，
阿祖往下看，
看到尸未动，
冒出一缕烟，

看来绿的绿，

红　的　红，

黑　的　黑，

白　的　白。

红绿黑白变，

像一棵荨麻，

尸体上长出。

只见一会儿，

荨麻疯狂长，

越长就越多，

树脚树根边，

全都是荨麻。

阿祖见心惊，

怎么做不知，

坐在树上哭，

此前不敢下，
看现在情形，
更不敢下树。
先前怕摔死，
看现在情形，
死命已注定，
怎么都是死，
边说边掉泪，
哭着入睡了。

二神的耳中，
阿鲁传指令。
跟他两位说：
三令有大事，
派你二兵神，
再去救西呢。

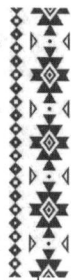

二位听好了，
我天神阿鲁，
告诉你两位：
现在西呢巴，
她不知身份，
只知是阿祖，
坐在树上哭，
二神快去救。
二位去救时，
怎么去救她，
怎么救下来，
两神须听明。

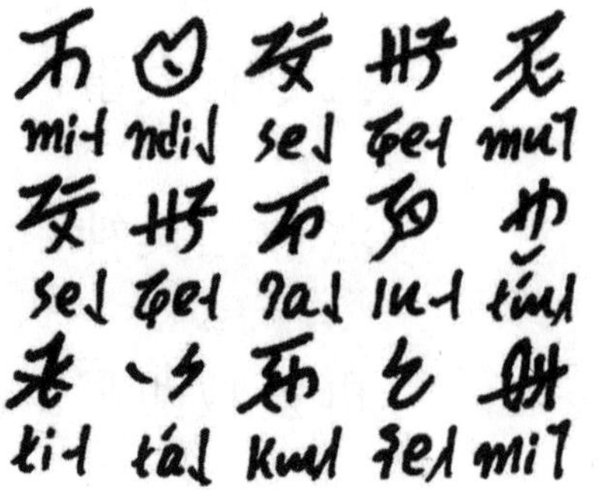

天庭大神灵，
大神阿鲁说：
第一句金言，

第二句木言，

第三句水言，

第四句火言，

第五句土言。

五句五个字，

金木水火土，

相克又相生，

先说相克话，

后说相生话。

二位第一次，

装做猪贩子，

赶上一群猪，

从树边赶过。

阿祖见到了，

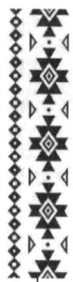

她会喊二位，

会请你两位，

请二位帮忙，

去把荨麻砍。

你俩告诉她，

我俩没带刀，

荨麻那么多，

砍不掉荨麻，

你如何下来？

你相信我俩，

你不能下树，

好好坐树上，

会有人救你。

我俩不会砍，

我俩也害怕，

只怕荨麻蜇。

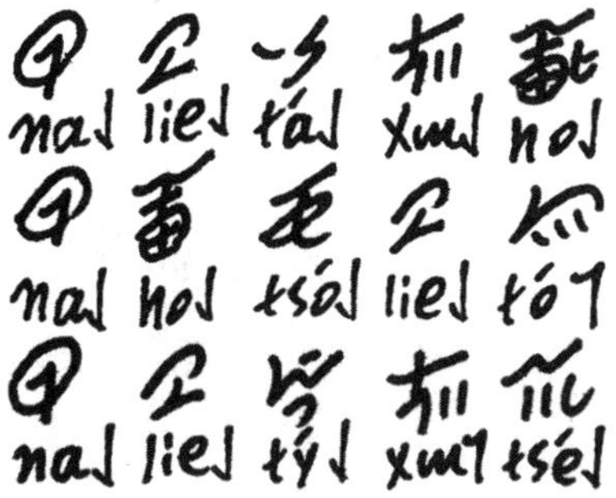

na˩ lie˩ tá˩ xɯ˩ no˩　你要再等等，
na˩ no˩ tsó˩ lie˩ tó˥　如见有人来，
na˩ lie˩ tý˩ xɯ˥ tsé˩　再去请他们。

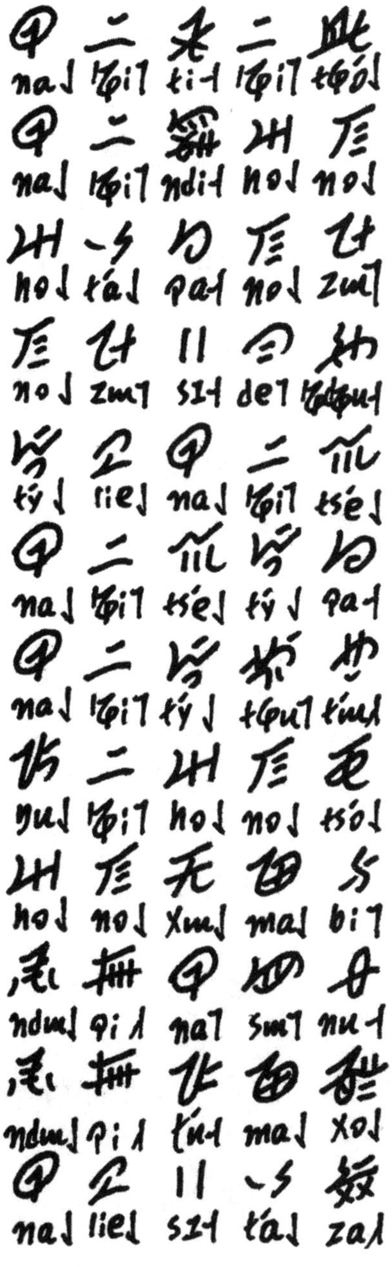

na˩ ʨi˥ ti˧ ʨi˥ tɕó˩　你俩第二次，
na˩ ʨi˥ ndi˧ no˩ no˩　装作贩羊商，
no˩ tá˩ pa˧ no˩ zɯ˥　赶上一群羊，
no˩ zɯ˥ si˧ de˥ ʨɯ˧　从树旁赶过。
tý˩ lie˩ na˩ ʨi˥ tsé˩　她会请你俩，
na˩ ʨi˥ tsé˩ tý˩ pa˧　请你俩帮她。
na˩ ʨi˥ tý˩ tɕɯ˥ tɯ˩　你俩回答她，
ŋu˩ ʨi˥ no˩ no˩ tsó˩　我俩贩羊人，
no˩ no˩ xɯ˩ ma˩ bi˥　贩羊没带刀，
ndɯ˩ pi˦ na˥ sɯ˥ nɯ˧　荨麻这样多，
ndɯ˩ pi˦ tɯ˧ ma˩ xo˩　不砍掉荨麻，
na˩ lie˩ si˧ tá˩ za˦　千万别下树，

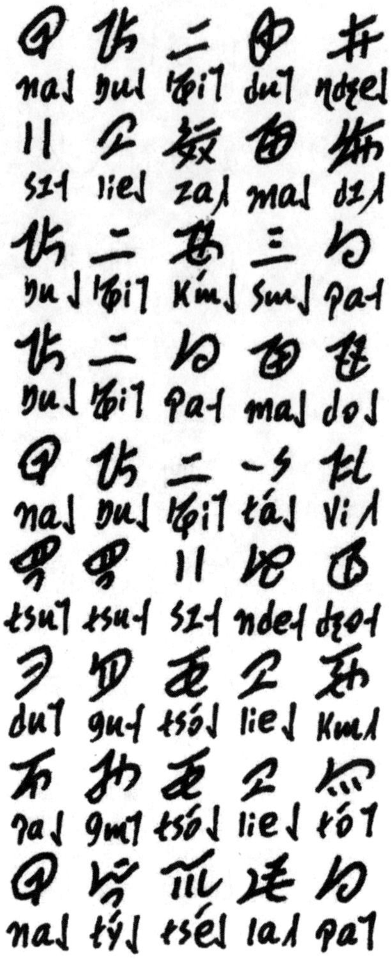

na˩ ŋu˩ ȵi˥ du˥ ndʑe˩ 你信我俩话，

sɿ˧ lie˩ za˨˩ ma˩ dɿ˨˩ 不能下树来。

ŋu˩ ȵi˥ kʰɯ˩ sɯ˩ pa˧ 我俩想帮你，

ŋu˩ ȵi˥ pa˧ ma˩ do˩ 确实帮不了，

na˩ ŋu˩ ȵi˥ tá˩ vi˨˩ 千万别责怪。

tsu˥ tsu˧ sɿ˧ nde˧ dʑo˧ 好好坐树上，

du˥ gu˧ tsó˩ lie˩ kɯ˨˩ 后面会来人，

pa˩ gɯ˥ tsó˩ lie˩ tó˥ 到时有人来，

na˩ tý˩ tsé˩ la˨˩ pa˥ 再请他帮忙。

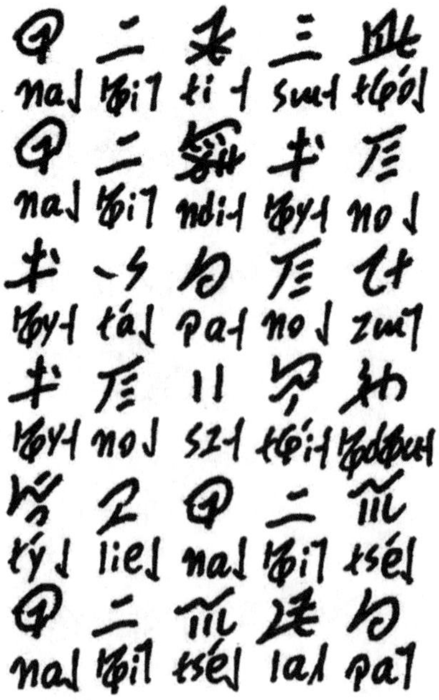

na˩ ȵi˥ ti˧ sɯ˧ tɕó˩ 你俩第三次，

na˩ ȵi˥ ndi˧ ȵy˧ no˩ 装作牛贩子。

ȵy˧ tá˩ pa˧ no˩ zɯ˥ 赶上一群牛，

ȵy˧ no˩ sɿ˧ tɕi˧ ȵdʑu˧ 赶牛过树底，

tý˩ lie˩ na˩ ȵi˥ tsé˩ 她会请二位，

na˩ ȵi˥ tsé˩ la˨˩ pa˥ 请你俩帮忙。

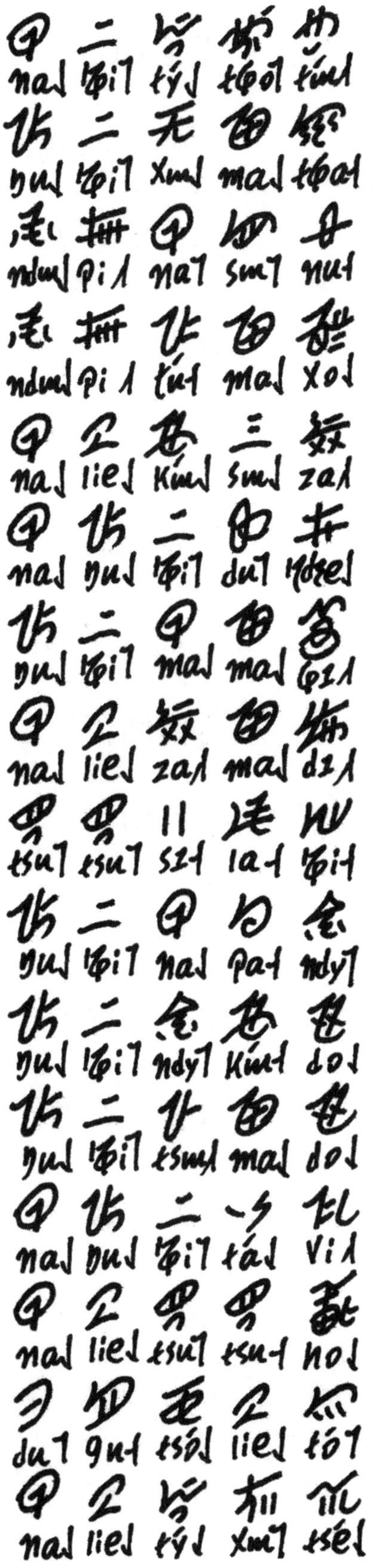

你俩告诉她，

我俩没拿刀，

荨麻那么多，

不砍去荨麻，

你如何下来？

你信我俩话，

我俩不害你，

你千万别下，

好好坐树上。

我俩想帮你，

想也能想到，

但是做不到，

千万别责怪。

你慢慢等待，

后面来人时，

再请他们帮，

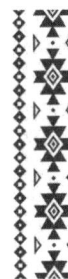

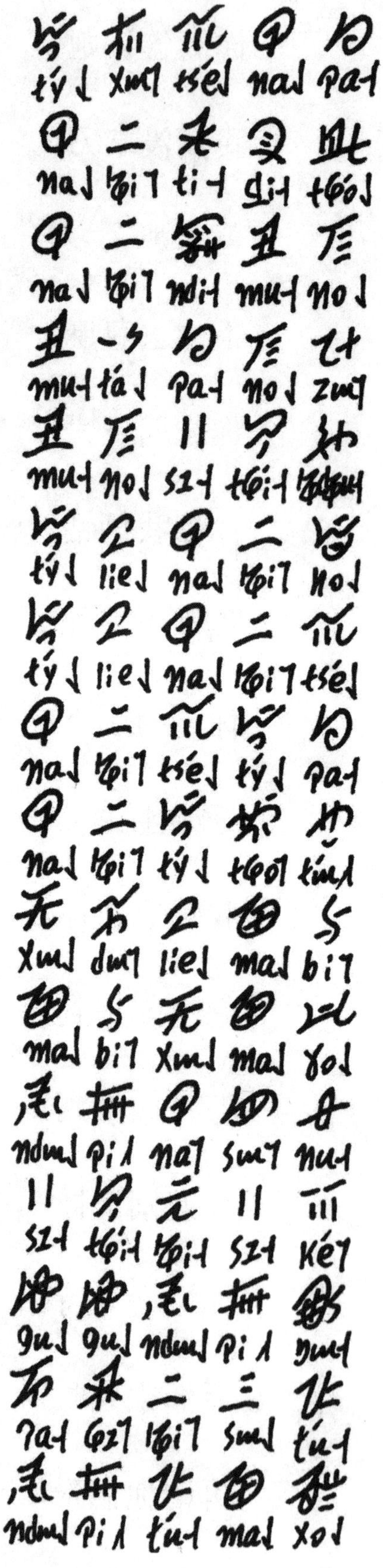

求他们帮你。

你俩第四次，

装做贩马者。

赶上一群马，

赶马树下过。

她见你俩过，

就会请你俩，

请你俩帮忙。

你们俩回话，

没有刀咋砍，

我俩没有刀，

荨麻这么多，

树脚与树上，

被荨麻包围，

咱俩砍不了。

不砍去荨麻，

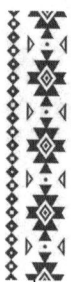

你真别下树，

下树来不成。

你不信下树，

会被它蛰死，

后悔药没有。

我俩告诉你，

请你别下树，

好好坐树上，

天不绝人路，

肯定有生路。

荨麻怎么长，

你不必害怕，

不会有树高。

说文化知识，

天地会开眼，

你前程似锦，

救星自会来。

我俩说真话，

不是不帮你，

没有一样刀，

如何来帮你，

请别怪我俩。

这次没帮你，

我俩不扯谎，

人生在世上，

山不转水转，

人不转路转，

时日还很长。

天回路转时，

咱们会相遇，

这次没帮到，

下次定帮你，

你稳稳坐着，
慢慢等时机，
救你的会来。
等到了时辰，
老天爷有眼，
老天爷能知，
老天爷管人，
会你下大树。
我俩还有事，
不敢误时辰，
再不多说了，
我俩忙赶路。

你俩第五次，
装作阿武铺。
你俩披毡子，

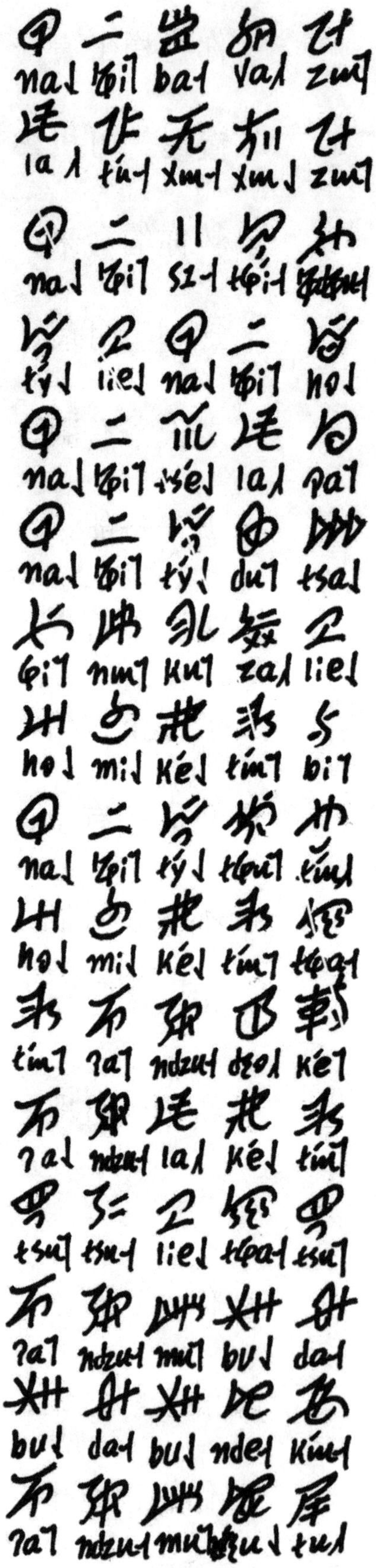

扛上竹链子，

手执大砍刀，

二位树底过，

她见到你俩，

请你俩帮忙，

二位须答应，

救下西呢巴。

给她毛线团，

告诉西呢巴，

用羊毛毛线，

拴在她腰上，

手中的线团，

好好的抓稳。

指她爬上山，

爬到山顶上。

教阿祖许愿，

教好许愿后，
丢羊毛线团，
线团往前滚，
滚到哪里去，
教阿祖跟着。
线团停下时，
麻博一家人，
全部在洞中。
阿祖走了后，
你俩在后跟，
洞中九个人，
九个活过来，
会变化多端。
阿祖算一个，
你俩算其中，
算天地人神，

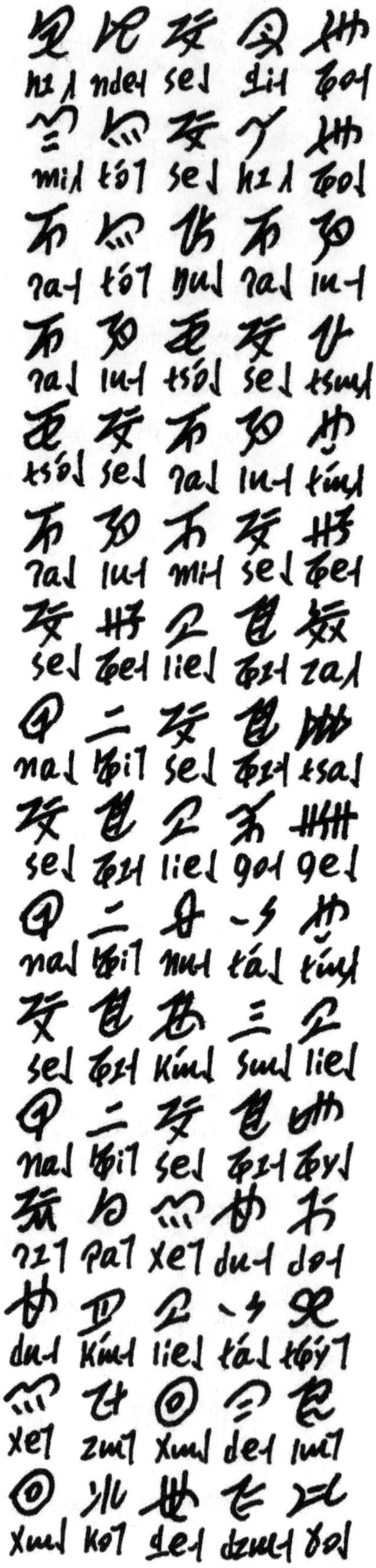

天上神四位，
地上神八个。
现在我阿鲁，
是做了人神，
告诉你二位，
天庭神阿鲁，
现在下圣旨，
你俩接圣旨，
神旨写得清。
别的不多言，
圣旨如何讲，
你俩照着做，
带出洞中神，
别堵了洞口。
带到湖边来，
湖中有艘船，

渡船人三位，

一个叟汝聂，

一个确属撵，

一个我阿鲁。

你们登上船，

到了船上后，

麻博阿祖变，

还原成西呢。

麻博阿友变，

变成仆苟巴。

巴的湖中船，

铺在湖面上。

天空的彩云，

经米嫩奏凯[1]，

伸到湖泊中，

罩在湖面上。

湖如天空云，

云头在天庭，

云腰在奏凯，

云尾在湖泊。

彩云浮湖面，

从这里启航，

直接去天庭。

到了天庭后，

行报恩仪式，

三大神知道，

三神会报恩，

该封的封赠。

我不再多说，

你俩快睡觉，

今天在凡间，

该做的做完，

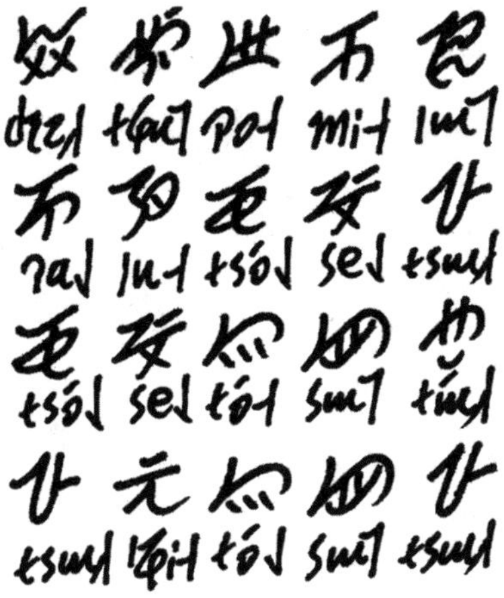

dʑɿ˩ tʰɑi˥ po˧ mi˧ lɯ˥
ʔa˩ lɯ˧ tsʰo˩ se˩ tsɯ˨˩
tsʰo˩ se˩ to˧ sɯ˥ tɯ˨˩
tsɯ˨˩ ŋɡʰi˧ to˩ sɯ˥ tsɯ˨˩

一起回天庭。
阿鲁做人神，
人神这样说，
做也这样做。

注释：

①米嫩奏凯：山名，即指今贵州威宁城西的西凉山。

帮阿祖脱险

第二天刚亮，

天亮便起身。

天兵搁朵仆，

天兵溢喊候，

阿鲁说的话，

全部记心间，

一句没敢丢。

两位真听话，

从不敢怠慢，

两位信阿鲁，

阿鲁怎么说，

他俩怎么做，

如怕老虎样，

动也不乱动。

二位口不说，

心中生敬畏。

想阿鲁人神，

他确实高明。

真正有本事，

具有深文化，

也有广知识。

脑筋很聪明，

主意也很多，

本领确实高。

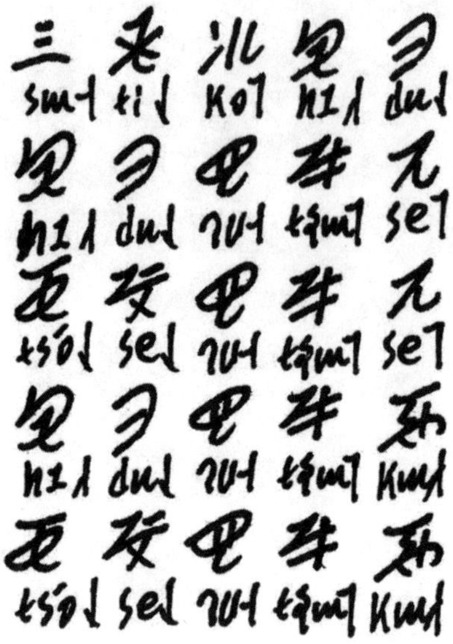

三界中万物，

万物知什么，

人神知什么，

万物会哪样，

人神能做啥。

生阿鲁自然，

自然他能知，

哪样他都会。

说人神阿鲁，

不知的没有，

不会的没有。

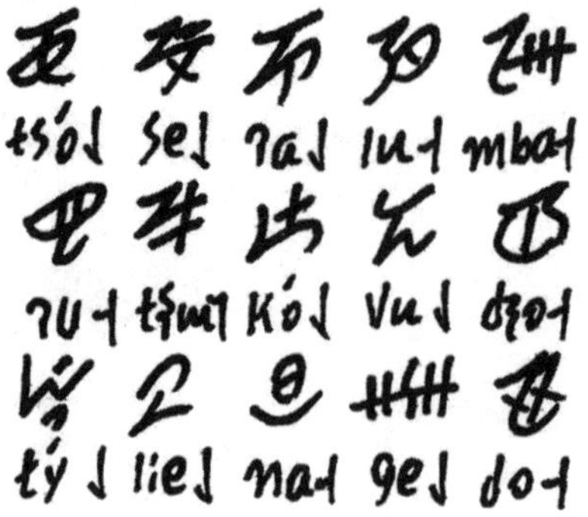

讲人神阿鲁，

能眼观六路，

啥都看得清，

在多远说话，
他也能听清。

天地万物事，
你想蒙他呢，
主意已打错，
他能见万物，
如亲眼所见。

别人要看他，
如在云雾里。
咱们所做的，
他了如指掌，
一切都知晓。
不论是啥事，
都是他指令。

咱不要乱动，

咱们要信他。

他怎么说的，

咱们怎么做，

他怎么教的，

你我照样办。

狠下功夫做，

别三心二意，

他不怪咱俩。

没有阿鲁话，

他若没放口，

你我别随意。

随意去行动，

是惹火烧身。

自己害自己，

扫了自己脸，

也毁他声誉。

错一次悔改，

错了第二次，

悔悟来不及。

你我要合心，

不能有二心。

两位想到此，

阿鲁传话来，

你俩嘴没说，

心里怎么想，

我阿鲁知道，

如我亲眼见，

你俩信不信？

要告知二位，

按照想的做，
做了不会错，
错乱不会有。
从现在开始，
一刻别耽误，
时辰将快到，
别误了时辰。

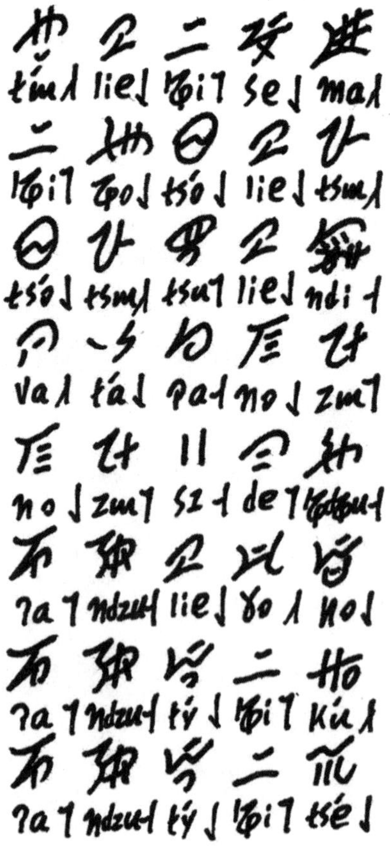

说他俩神兵，
两位忙行动，
忙好就装扮。
赶了一群猪，
赶到树边去。
阿祖眼见了，
叫住两神兵，
请二位帮忙。

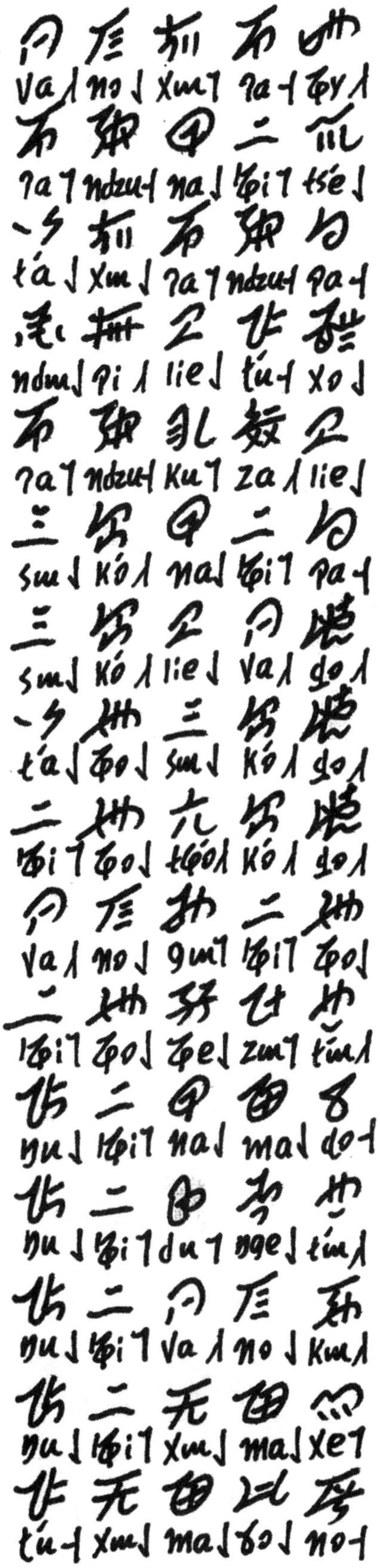

贩猪的阿舅，

阿祖请二位，

帮阿祖一把，

砍掉那荨麻，

救阿祖下来。

帮你俩三年，

帮放三年猪，

一人帮三年，

两人帮六年。

两位猪贩子，

笑着回阿祖。

我俩不哄你，

说一句真话，

我俩会贩猪，

没有带着刀。

没有刀具呢，

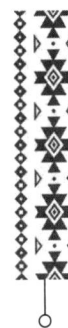

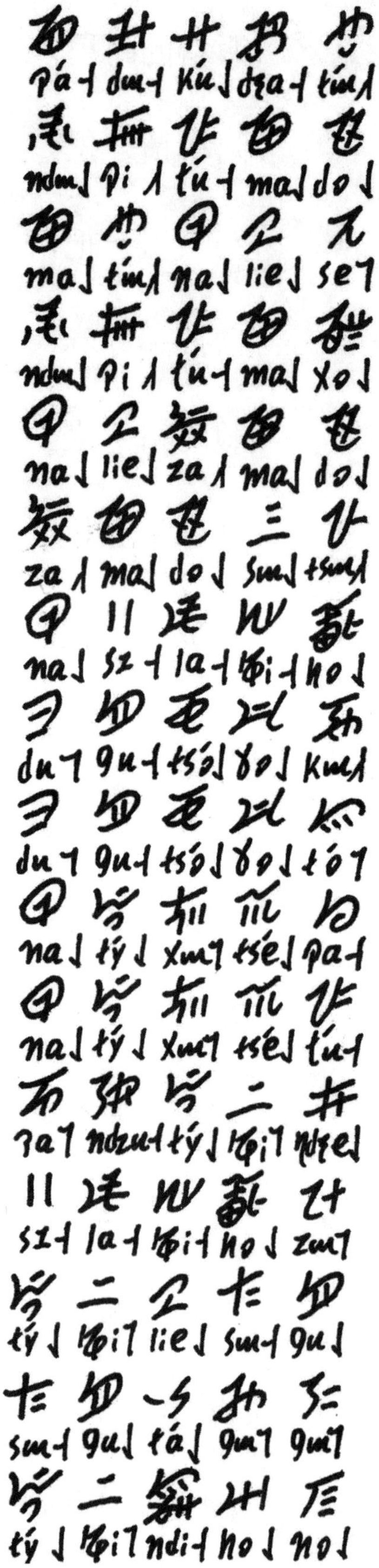

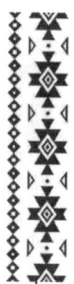

用别的用具，

砍不了荨麻。

不说你也懂，

不砍掉荨麻，

你下不了树。

究竟该咋办？

你坐着等候，

后面会来人，

到了那时候，

你请他们帮，

请他们来砍。

阿祖信他俩，

坐树上等候。

他俩离开后，

刚走了一会。

他俩装贩羊，

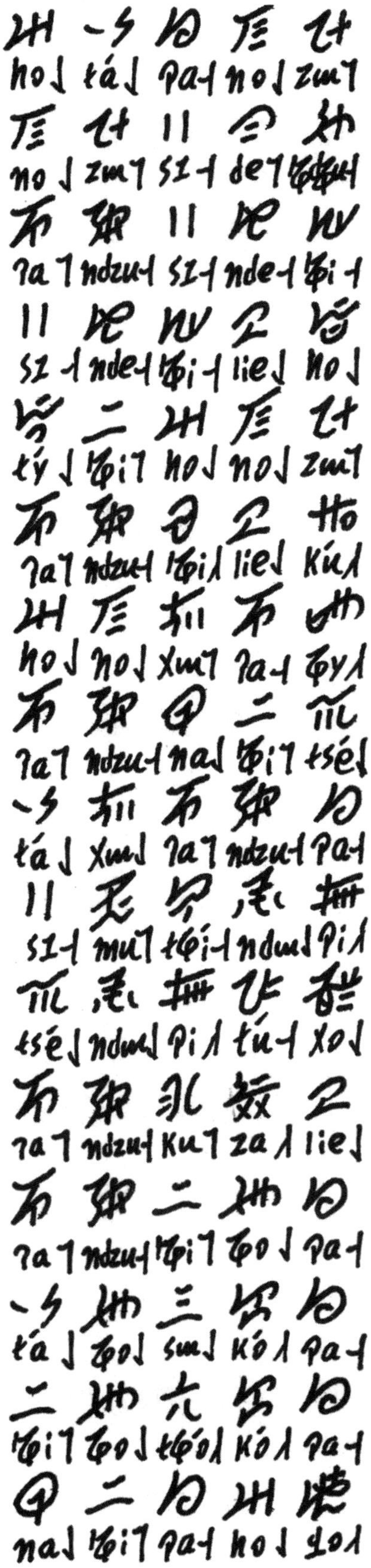

ŋo˩ tá˩ pa˧ no˩ zɯ˥　赶着一群羊，

no˩ zɯ˥ sɿ˧ de˥ [illegible]　从树边经过。

ʔa˥ ndzɯ˧ sɿ˧ nde˧ ȵi˧　阿祖坐树梢，

sɿ˧ nde˧ ȵi˧ lie˩ ŋo˩　一眼就看见，

tý˩ ȵi˥ ŋo˩ no˩ zɯ˥　他俩赶群羊。

ʔa˥ ndzɯ˧ ȵi˧˥ lie˩ kú˧˥　阿祖张嘴叫，

ŋo˩ no˩ xɯ˥ ʔa˧ ȶy˧˥　赶羊的阿舅，

ʔa˥ ndzɯ˧ na˩ ȵi˥ tsé˩　阿祖请二位，

tá˩ xɯ˩ ʔa˥ ndzɯ˧ pa˧　帮一把阿祖，

sɿ˧ mɯ˥ tɕi˧ ndɯ˩ pi˧˥　大树下荨麻，

tsé˩ ndɯ˩ pi˧˥ tú˧ xo˩　请把它砍了，

ʔa˥ ndzɯ˧ kɯ˥ za˧˥ lie˩　救阿祖下来。

ʔa˥ ndzɯ˧ ȵi˥ ȶo˩ pa˧　阿祖帮你俩，

tá˩ ȶo˩ sɯ˩ kó˧˥ pa˧　一个帮三年，

ȵi˥ ȶo˩ tɕó˧˥ kó˧˥ pa˧　两个共六年，

na˩ ȵi˥ pa˧ ŋo˩ ɬo˧˥　帮你俩牧羊，

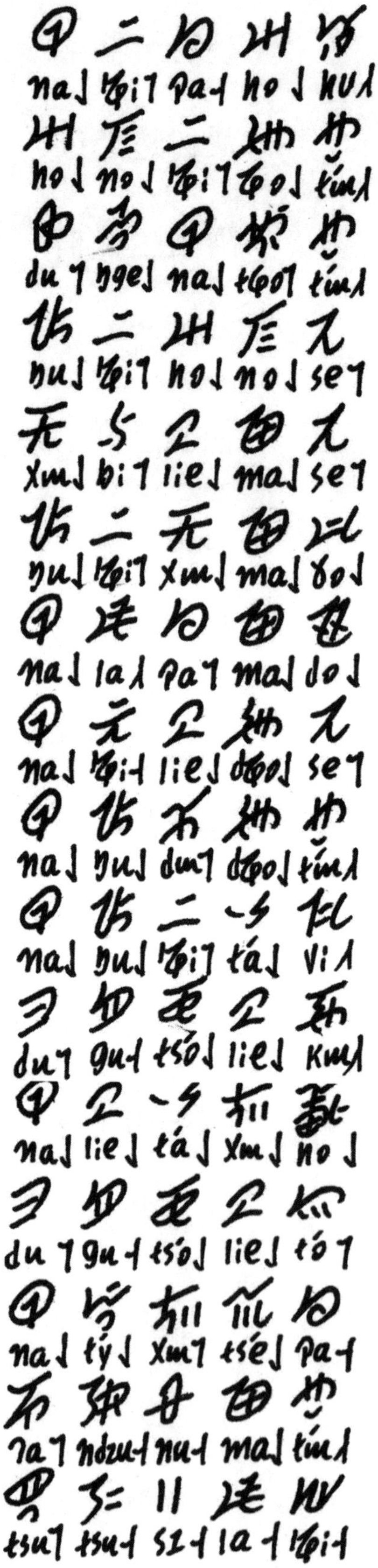

帮你俩喂羊。

贩羊人答道：

直话对你说，

我俩会贩羊，

不会背着刀，

没有背刀具，

帮不了你忙。

你也懂道理，

你我讲道理，

别怪我俩个。

后面有人来，

你再等一等，

后面人来时，

请他们帮忙。

阿祖不多说，

好好坐树上，

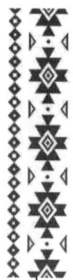

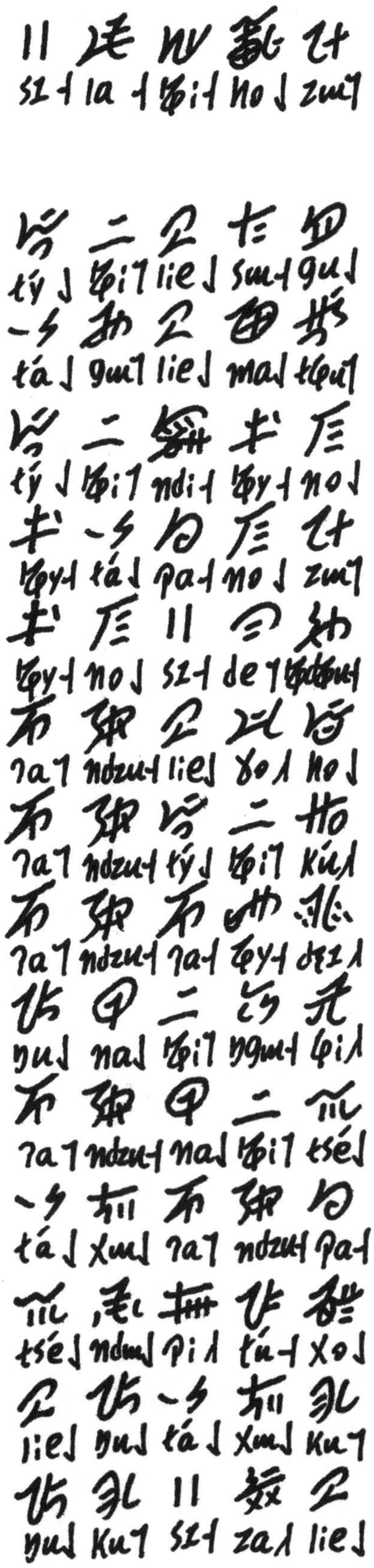

坐树上等待。

他俩走之后，

果真来人了。

他俩装赶牛，

赶了一群牛，

赶从树边过，

阿祖亲眼见，

高声喊他俩，

阿祖的阿舅，

我感谢你俩，

阿祖请你俩，

帮阿祖一把，

请砍掉荨麻，

来救我一下，

救我下树来。

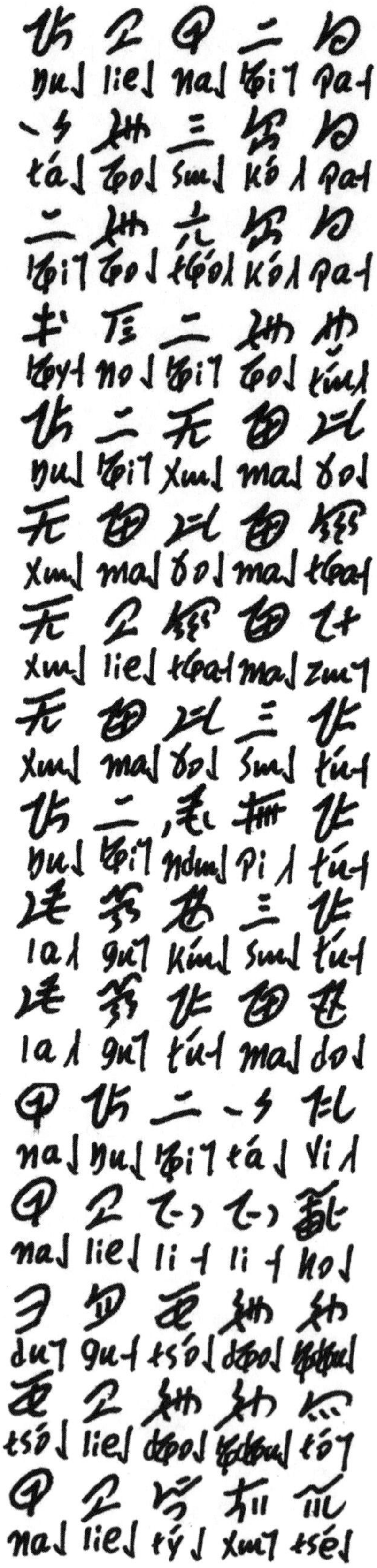

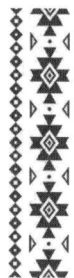

我会帮你俩，

一个帮三年，

两个帮六年。

赶牛人说道：

我俩没有刀，

也没有带刀，

没刀子在手，

如何砍荨麻，

我俩砍荨麻，

空手没作用，

砍也砍不了，

你别怪我俩，

你慢慢等候，

后面过路者，

从这经过时，

你再请他们，

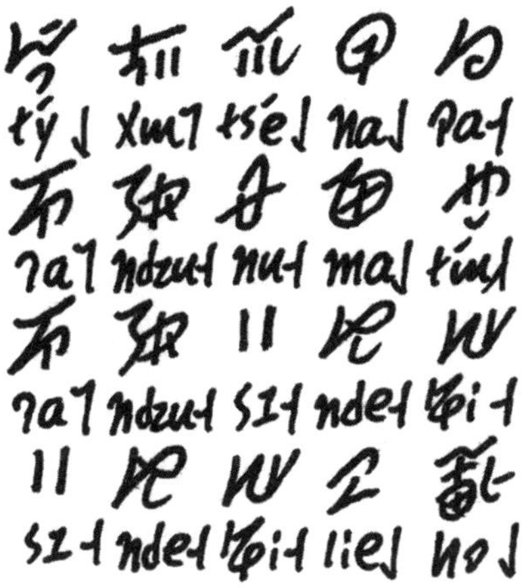

请他们帮你。
阿祖不多说，
她仍坐树上，
慢慢的等候。

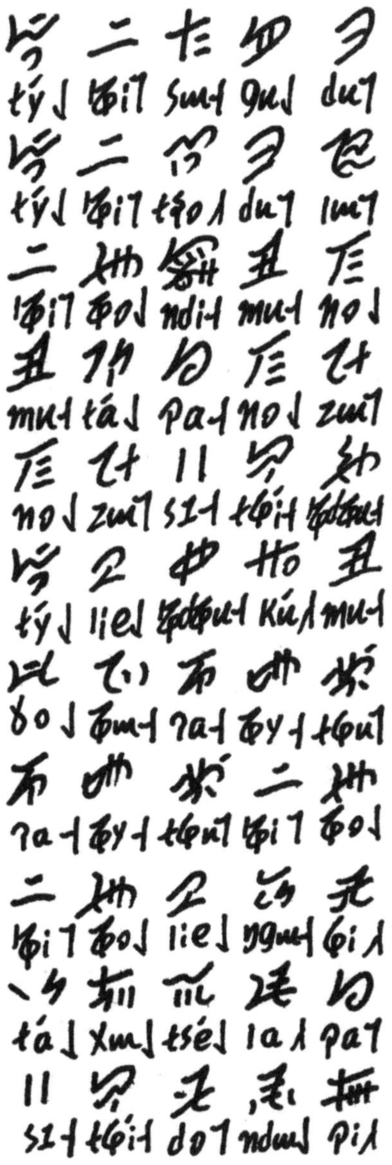

他俩走之后，
转到一旁去，
二人装贩马。
赶着一群马，
从树下经过。
阿祖亲切叫，
我的好阿舅，
两位好阿舅，
麻烦你两位，
请帮我个忙。
树下的荨麻，

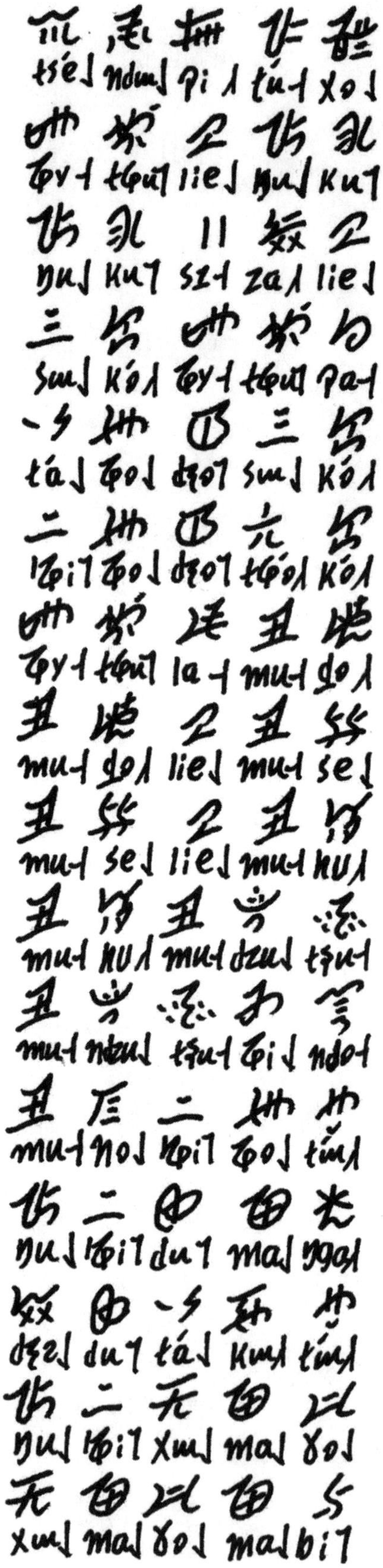

帮我砍掉它，

让我下树来。

救我下树来，

三年帮阿舅，

一个帮三年，

两个帮六年，

帮阿舅牧马，

牧马又牵马，

牵马也喂马，

喂好马草料，

喂料牵饮水。

赶马的说道，

我俩不说谎，

说一句实话，

我俩没有刀，

无刀没背刀。

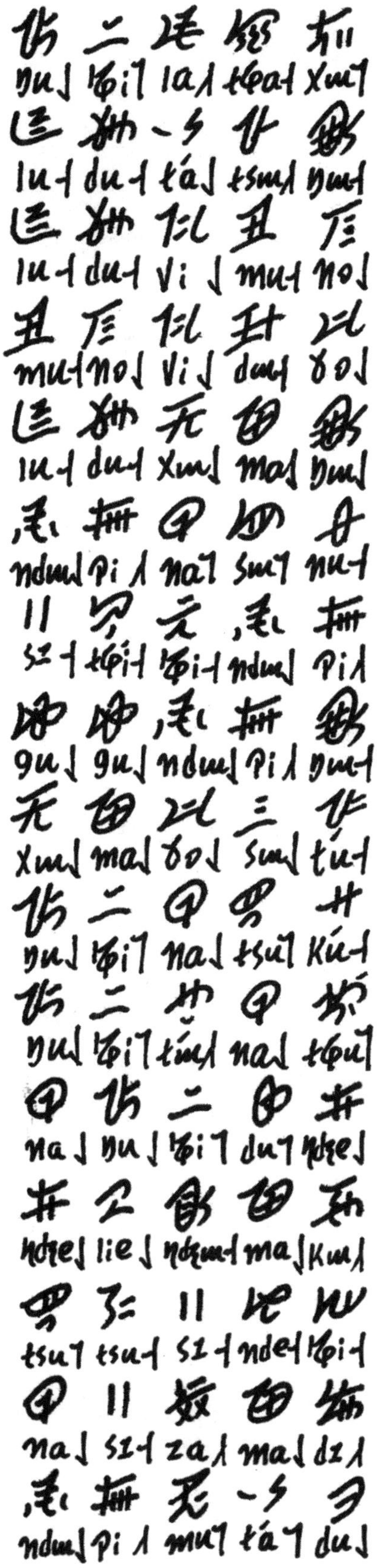

我俩手中的，

是一条鞭子，

用鞭能赶马，

赶马有作用。

鞭子并非刀，

荨麻那么多，

一树底都是，

围满了大树，

没刀怎么砍？

我俩为你好，

告诉给你听。

你信我两个，

信了错不了，

好好坐树上，

不能下树来。

这种大荨麻，

不是说吓你，

说他名你听，

一叫野荨麻，

一叫家荨麻。

若是人被蜇，

被蜇了不得，

蜇到了哪里，

肉全烂无疑。

你别怪我俩，

坐下等一等，

千万别下树。

阿祖信他俩，

没自己下树，

自言自语道：

上看是苍天，

下看是大地，

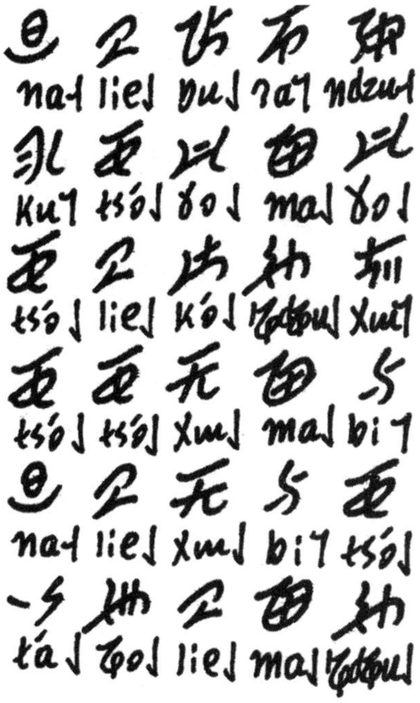

看来我阿祖，
没有救星到，
所过路的人，
人人没有刀，
凡是有刀者，
一个没路过。

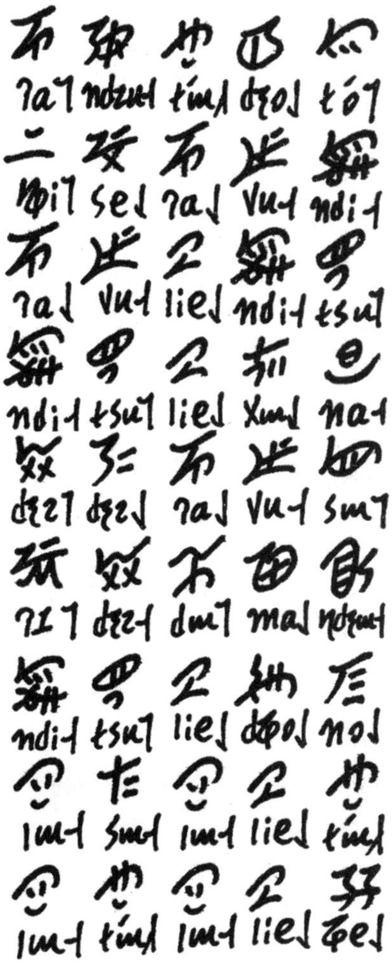

阿祖正自语，
两神装毡匠，
装扮适合后，
装好自审视，
真正像毡匠，
一点都不错。
装好又上路，
边走边聊天，
边聊天边笑。

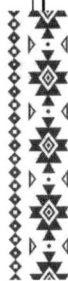

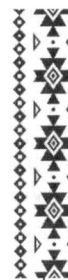

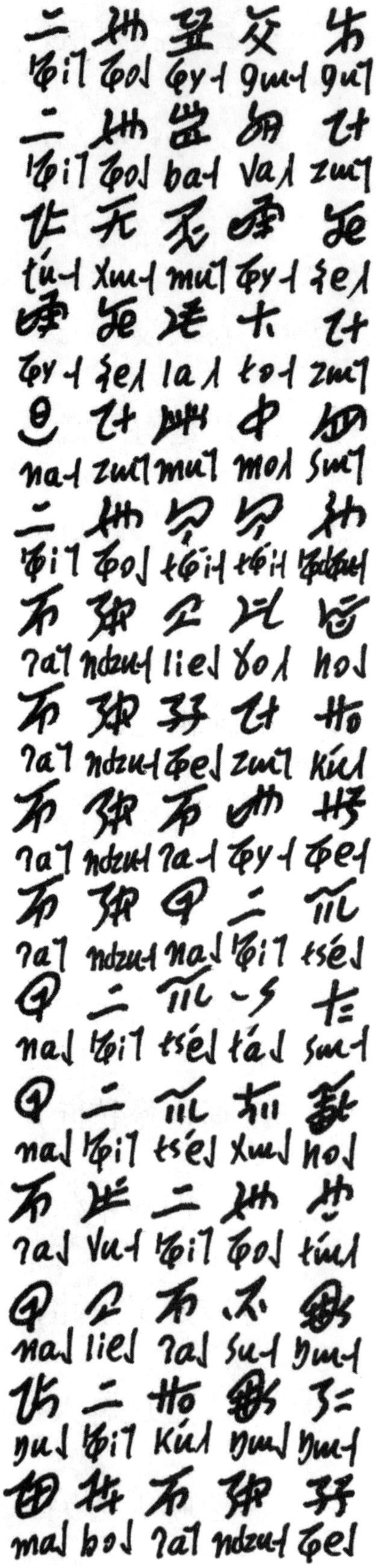

ɲi˥ tɕo˩ ɕy˧ gɯ˧ gɯ˥	两人披毡衫，
ɲi˥ tɕo˩ ba˧ va˧˦ zɯ˥	扛着竹连子，
tɯ˧ xɯ˧ mu˥ tɕy˧ ʑe˧˦	大刀把很长，
tɕy˧ ʑe˧˦ la˧˦ tɕo˧ zɯ˥	当作拐棍杵，
na˧ zɯ˥ mu˥ mo˧˦ sɯ˥	犹如指挥棒。
ɲi˥ tɕo˩ tɕi˧ tɕi˧ [illegible]	两人过树下，
ʔa˥ ndzɯ˧ lie˩ ɣo˧˦ ho˩	阿祖见到了，
ʔa˥ ndzɯ˧ tɕe˩ zɯ˥ kɯ˧	笑着喊二位：
ʔa˥ ndzɯ˧ ʔa˧ tɕy˧ tɕe˧	阿祖大阿舅，
ʔa˥ ndzɯ˧ na˩ ɲi˥ tse˩	我要请你俩，
na˩ ɲi˥ tse˩ ta˩ sɯ˧	别再外前走，
na˩ ɲi˥ tse˩ xɯ˩ ho˩	二位等一等。
ʔa˩ vu˧ ɲi˥ tɕo˩ tɯ˧	二位毡匠说：
na˩ lie˩ ʔa˩ su˧ ŋɯ˧	你究竟何人，
ŋu˩ ɲi˥ kɯ˧ ŋɯ˩ ŋɯ˧	是否叫我俩？
ma˩ bo˩ ʔa˥ ndzɯ˧ tɕe˩	麻博阿祖道：

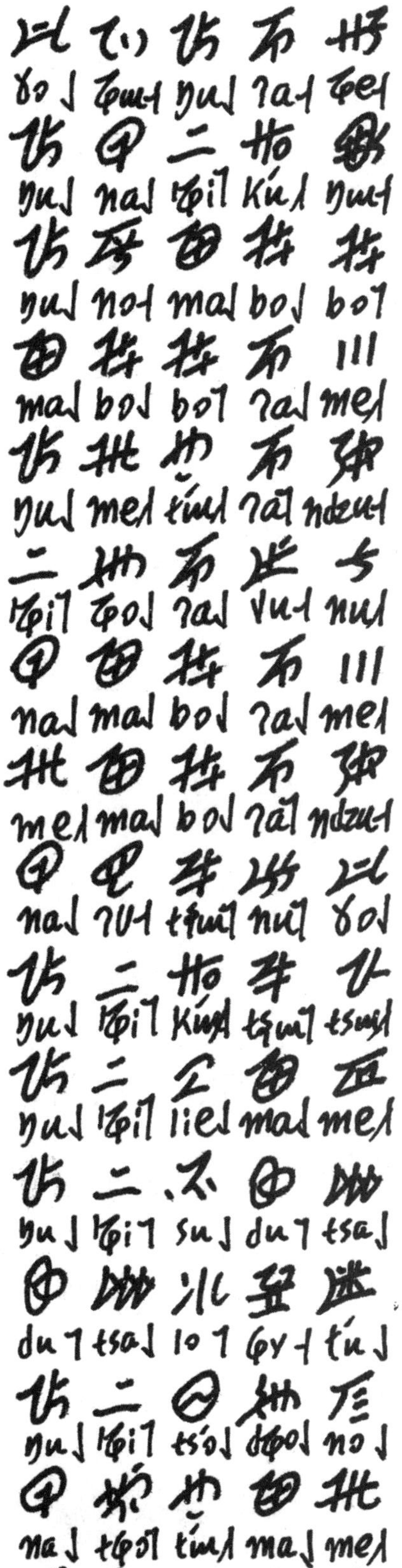

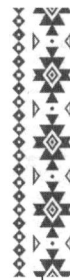

我的大舅舅，

是我叫你俩，

我是麻博家，

是他家女儿，

我名叫阿祖。

两个毡匠问，

麻博家女儿，

叫做阿祖吗？

你有何等事，

叫我俩干啥？

我俩没空闲，

已答应别人，

要去擀毡子，

忙于赶路程，

没空跟你说。

阿祖又笑道：

二位大阿舅，
我看到你俩，
是天下好人。
人好心也好，
心好心也善，
心善肯救人。
耽误一会儿，
帮我一个忙，
大树下荨麻，
请二位砍掉。
砍出一条路，
救阿祖下来。
救下到树底，
我若活得好，
定会报大恩，
帮两位毡匠。

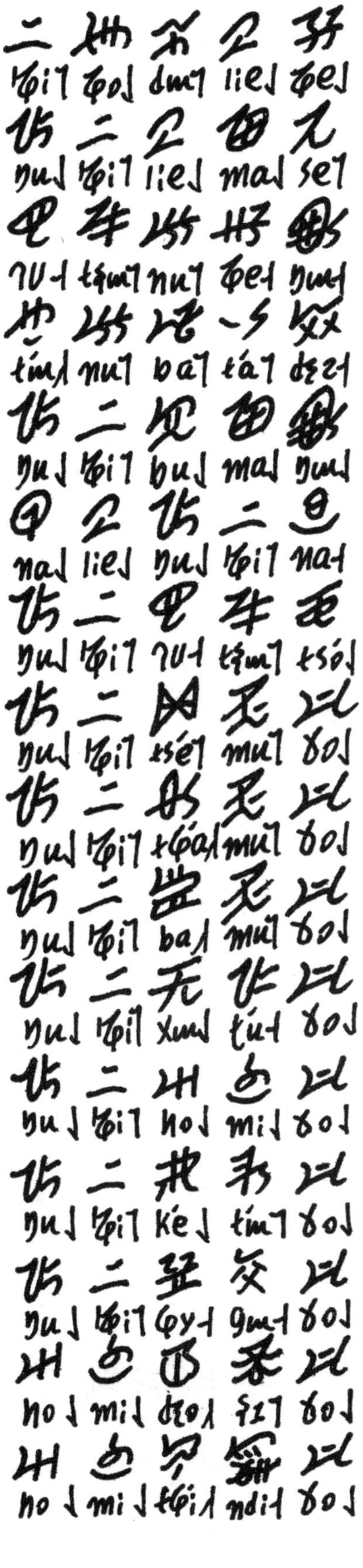

二位都笑了，

我俩不知道，

以为啥大事。

这点小事呢，

我俩不是吹，

你看看我俩，

我俩是啥人。

大剪刀在手，

大强弓在身，

大竹连在肩，

还有长砍刀，

羊毛也很多。

大线团也有，

我俩有披毡，

有羊毛系腰，

有羊毛毡鞋。

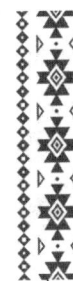

你是真不知，

明说告诉你，

我俩是毡匠。

若说你不信，

手拄的砍刀，

拄起做什么？

一是当手杖，

遇到了大事，

用它作武器。

砍刀本领高，

作用真不小。

这把大砍刀，

威力真正大，

名声震天响。

什么遇到它，

都得绕道走，

什么见到它，

都得急让路，

不让就挨刀。

这把大砍刀，

说名声真大。

天地人神刀，

万物赠神刀。

可砍天砍地，

可砍人砍神。

砍鬼又砍妖，

如有挡路者，

砍刀不饶他。

做事更不难，

用来砍荨麻，

好像吞泡儿，

一点都不难。

我俩称毡匠，
毡匠会干啥，
不说你不知。
毡匠会擀毡，
擀毡求生活，
擀毡做生意。
我俩不怕啥，
这是简单事，
找还找不着。
你不必多心，
你稍稍等候，
我俩砍荨麻。
答应你的事，
定能够做到，
我俩帮你忙，
帮你来救你。

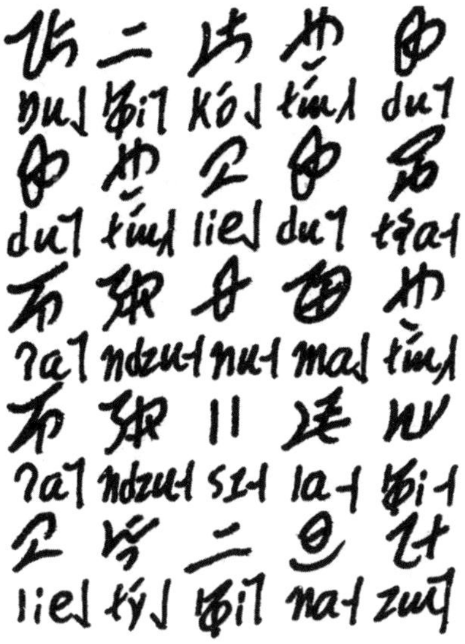

所说这些话，

说出就算话。

阿祖说谢谢，

仍坐在树上，

看他俩做事。

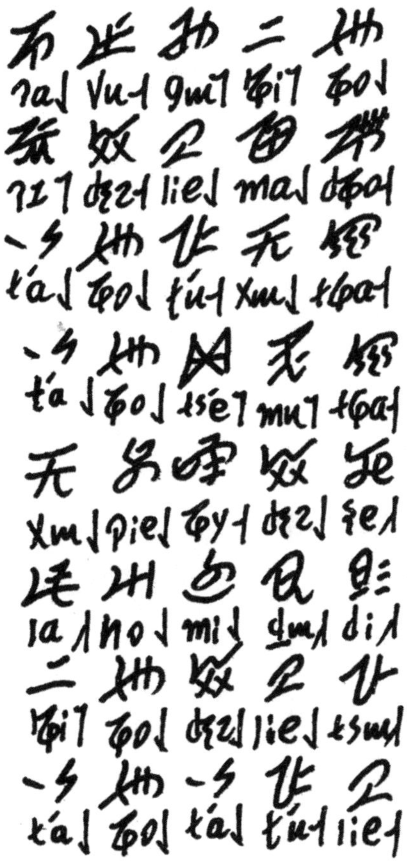

毡匠他两位，

一点不惊慌。

一个拿砍刀，

一个拿剪刀，

快刀斩荨麻。

手戴羊毛套，

二位齐动手，

一起砍荨麻。

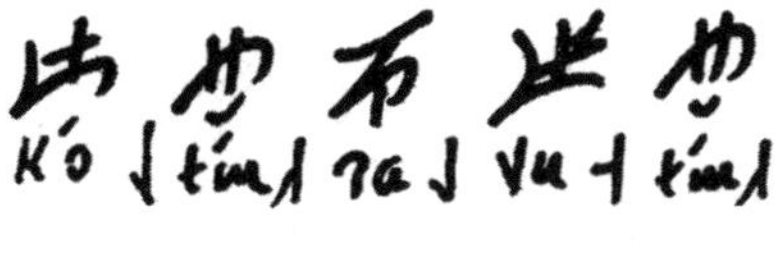

还是说毡匠，

还是讲毡匠，
夸也夸毡匠。
两人一动手，
一个用砍刀，
一个用剪刀。
荨麻遇克星，
砍刀所到处，
剪刀所到处，
如像劈火箐。
一会儿功夫，
荨麻全倒下。
倒下不平处，
毡匠用弓弹，
全部弹平了。
一个铺连子，
把连子铺平。

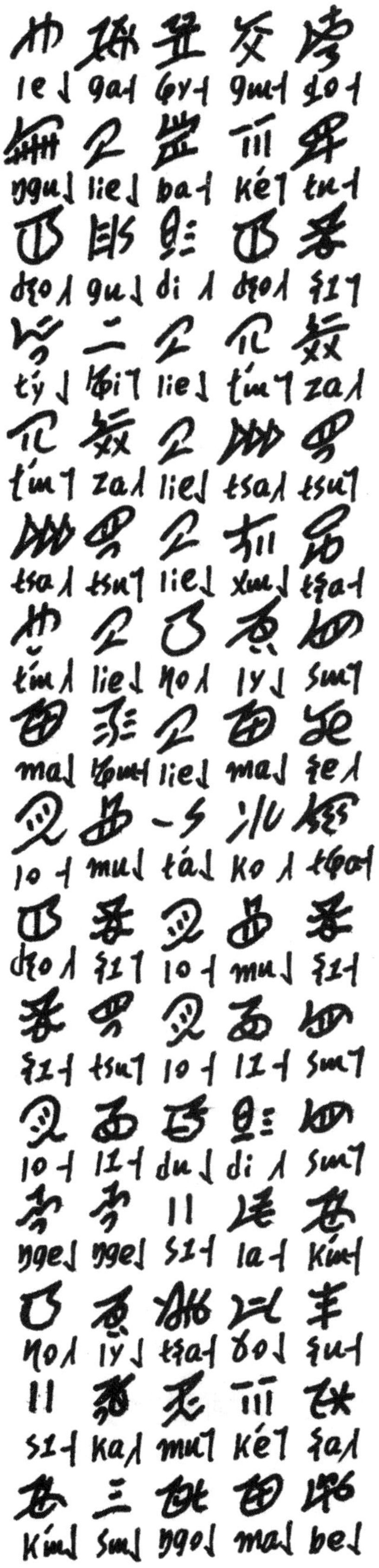

摘下肩毡衫，

铺在连子上；

解腰间腰带，

一起放地上；

再结成一条，

算算有多长。

说来很自然，

不短也不长，

找一块石头，

用腰带拴石。

如丢摞石样，

石如生了翅，

直直到树上。

腰带相纽紧，

拴住了树枝，

拉也拉不松。

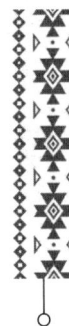

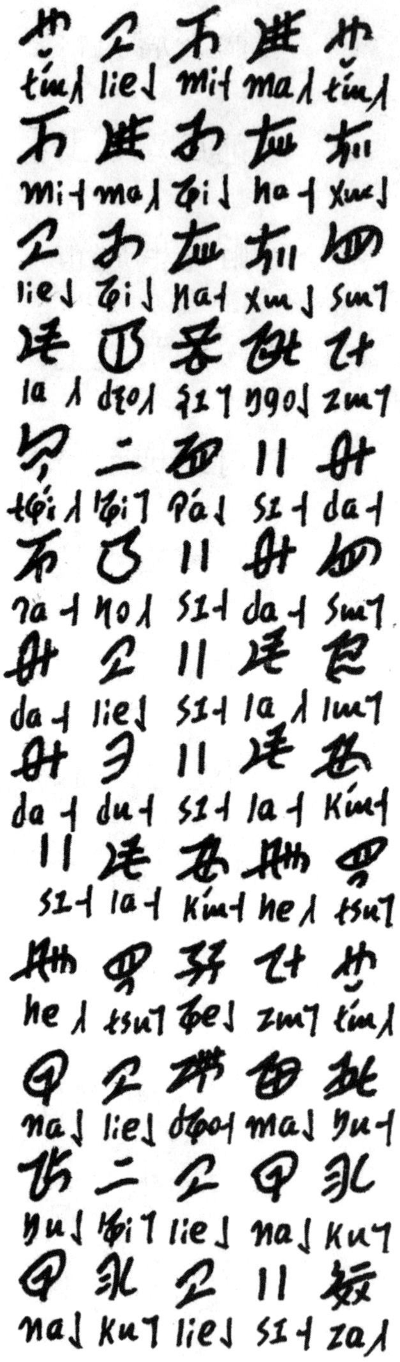

说一说天兵，
天兵溢喊候，
人真如其名。
手拿着腰带，
两脚踩树杆，
如猴子爬树，
爬到树上去。
到了树上时，
在那里站稳，
笑着叫阿祖，
你不必害怕，
我俩来救你，
救你下树来。

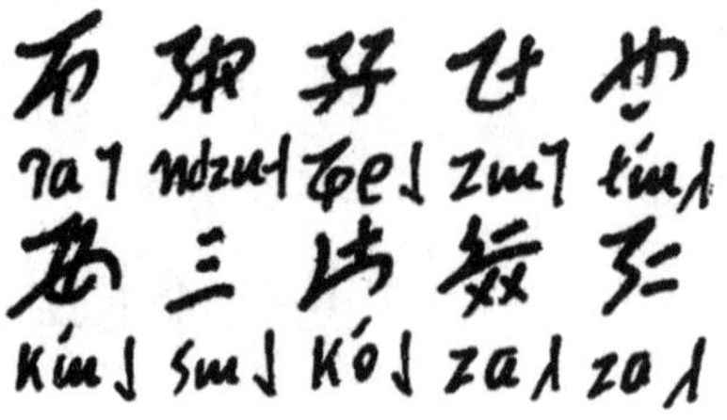

阿祖笑着道：
不管如何下，

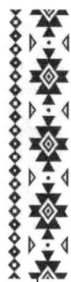

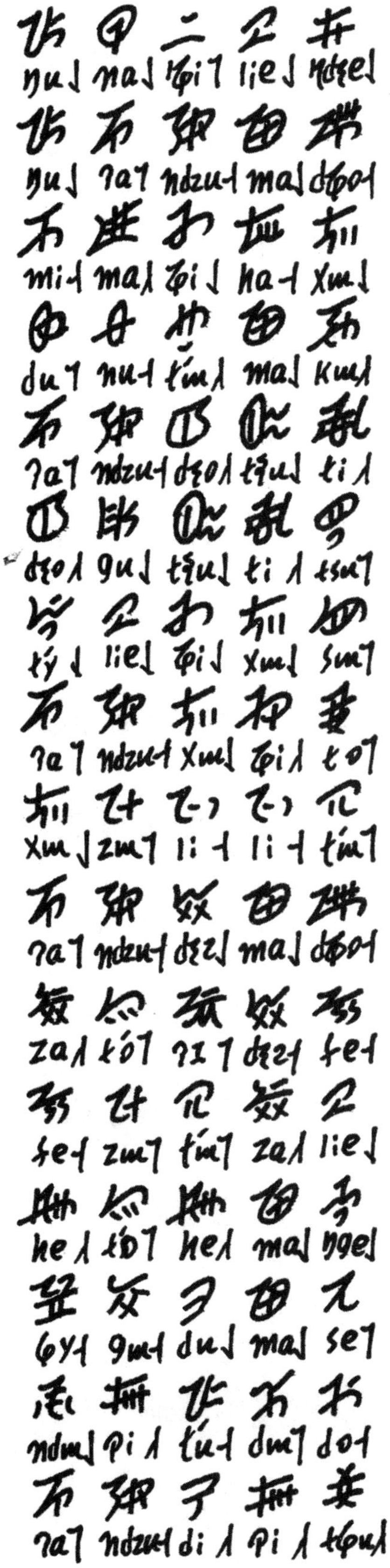

我信服你俩，

我一点不怕。

天兵溢喊候，

不敢多说话，

拴住阿祖腰，

把腰带拴紧。

他像提水样，

提起阿祖来，

慢慢往下放。

阿祖放了心，

只觉有晃动，

晃动到毡上，

还没有站直。

毡衫有一洞，

荨麻露外边，

阿祖穿草鞋，

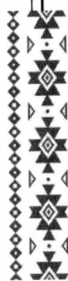

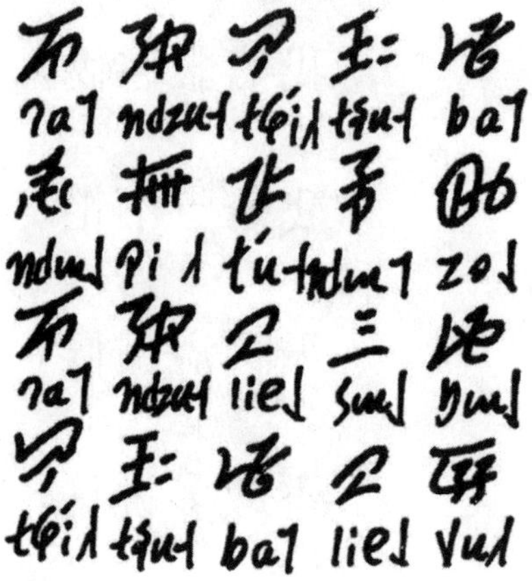

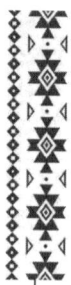

一个小脚指，

被荨麻刺中。

阿祖发觉时，

小脚指麻木。

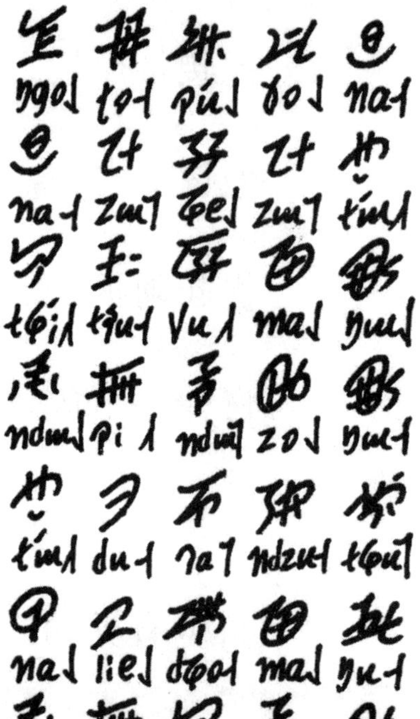

搁朵仆一看，

看见笑着说：

脚指并非麻，

是被荨麻蛰。

说给阿祖听，

你不必害怕，

荨麻蛰了脚，

我毡匠有药。

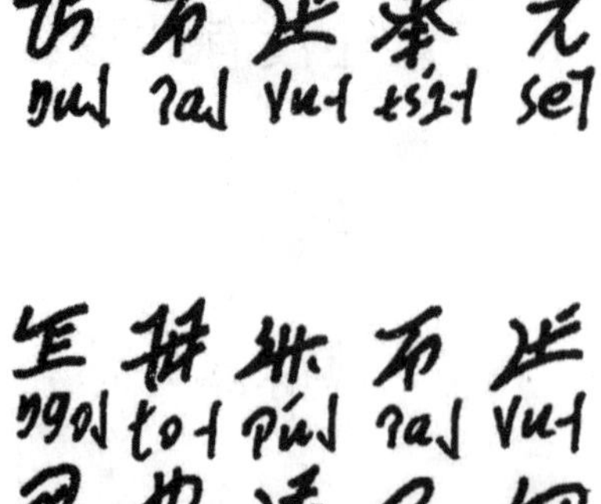

毡匠搁朵仆，

嘴说手拿药，

抓一把羊毛，
递给了阿祖。
阿祖说道谢，
接住了羊毛，
羊毛接手中。

天兵搁朵仆，
笑着教阿祖，
快用羊毛搓，
哪里麻就搓。
阿祖听说了，
用羊毛搓脚，
搓了就舒服，
舒服不再麻，
小脚指好了。
天兵搁朵仆，

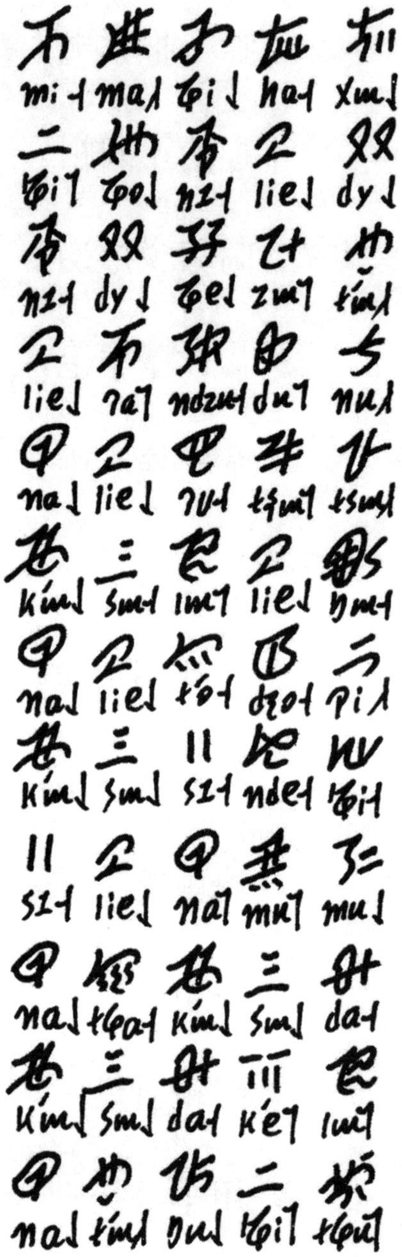

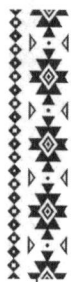

天兵溢喊候，

二人心欢喜。

高兴地说道：

阿祖呀阿祖，

你来做什么？

何去何来的，

你竟在此地，

怎么坐树上？

这么高的树，

你如何爬上，

怎么上去的？

你说我俩听。

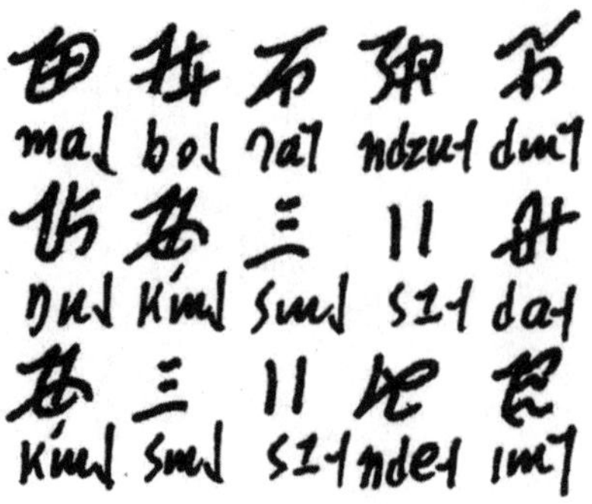

麻博阿祖说：

我如何爬的，

为啥在树上，

怎样到树上，
为啥坐树上，
不瞒你两位，
我全然不知。

两兵问阿祖，
你是啥姓氏，
家还有人没。
人口多不多，
一共有几口，
总共有几位？

你有爷爷吗？
如果有爷爷，
他叫啥名字，
你知不知道？

假如你知道，
请告诉我俩，
我俩送你回，
送去见爷爷。
你爷爷带你，
带你回家去，
我俩才放心。
我俩说的话，
你听明白吗？
若你听明白，
你有奶奶没？
如果有奶奶，
她叫啥名字，
你知不知道？
若你知道呢，
请告知我俩。

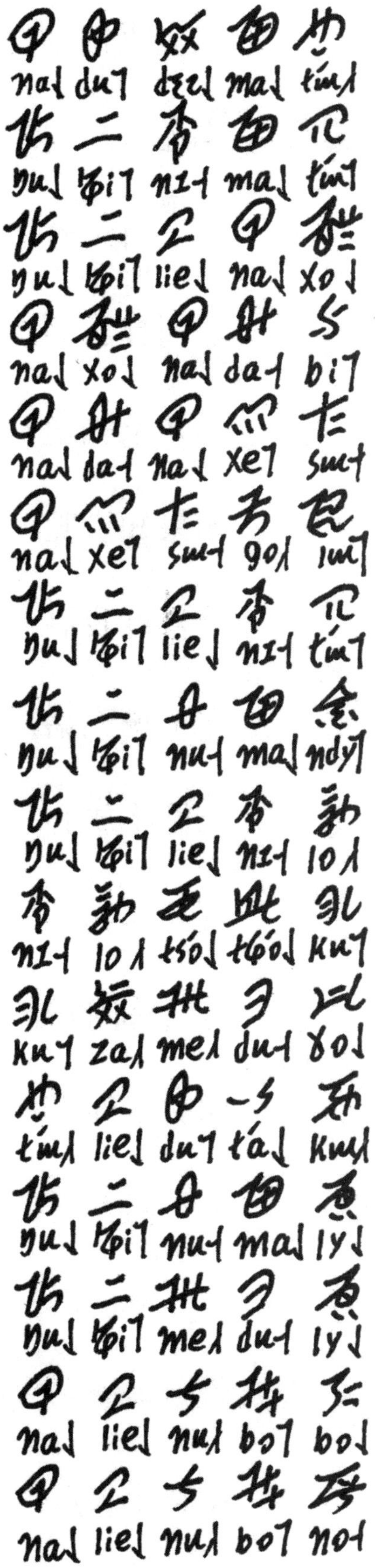

你不说真话，

我俩不放心，

我俩送你去，

送给你奶奶。

奶奶带你走，

带你回家去，

我俩才放心，

我俩不多想，

我俩才满意。

救了一次人，

救了须有名。

说来一句话，

我俩多不想，

我俩要名誉。

你听明白没？

请告诉我俩。

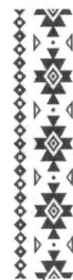

我俩来问你，

你还有父吗？

若还有阿爸，

他叫什么名，

你知不知道？

如果知道呢，

请告诉我俩，

你不说直话，

我俩不放心。

我俩送你去，

送给你阿爸。

你父带你走，

带你回家去，

我俩就放心，

我俩不多想，

我俩才满意。

救了一次人，

救人有名誉。

说来一句话，

我俩要名声。

别的可不要，

你听明白没？

请告诉我俩。

我俩问你娘，

还在世没有？

若阿妈在世，

她名叫什么，

你知不知道？

若是你知道，

告诉我两个。

你不说真话，

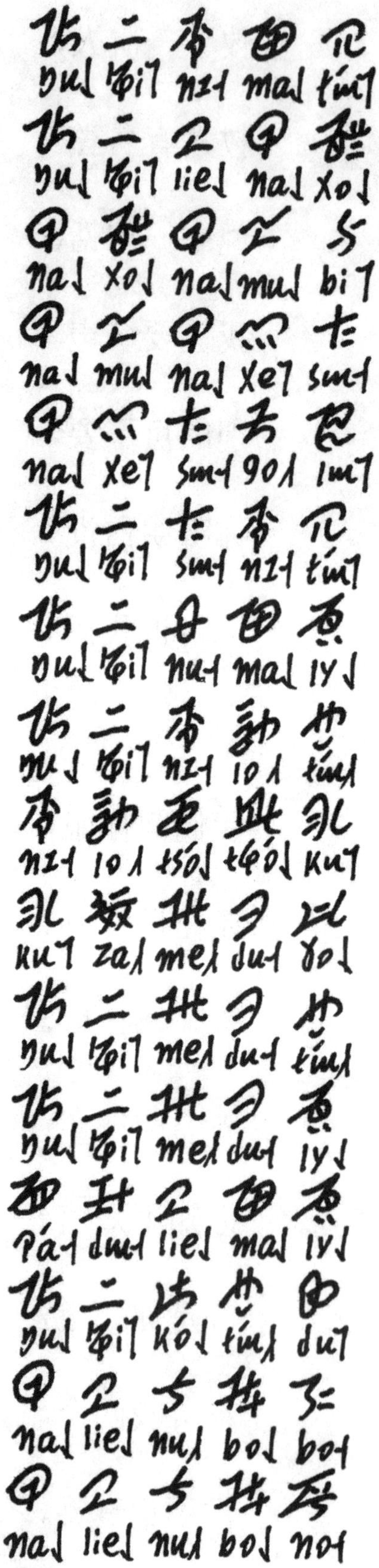

我俩不放心，

我俩来送你，

送给你阿妈。

她把你带走，

带你回家去，

我俩放心走。

我俩不要啥，

救人心里乐，

救了一次人，

救了要名誉。

我俩说名誉，

要的是名誉。

别的无它求，

我俩说的话，

你听明白没？

请告知我俩。

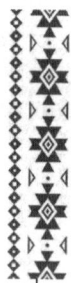

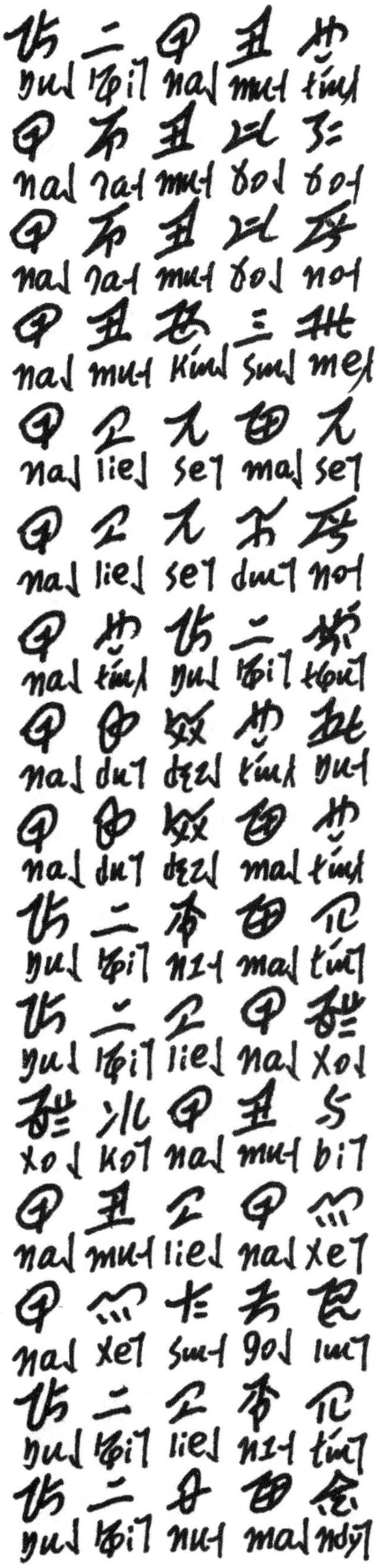

我俩说你哥，

你有哥没有？

若说你有哥，

他叫什么名，

你知不知道？

若说你知道，

请告诉我俩，

你要说真话。

若不说真话，

我俩不放心。

我俩来送你，

送去找你哥。

你哥带着你，

回到家中去，

我俩就放心。

我俩多不想，

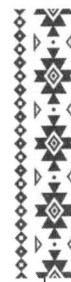

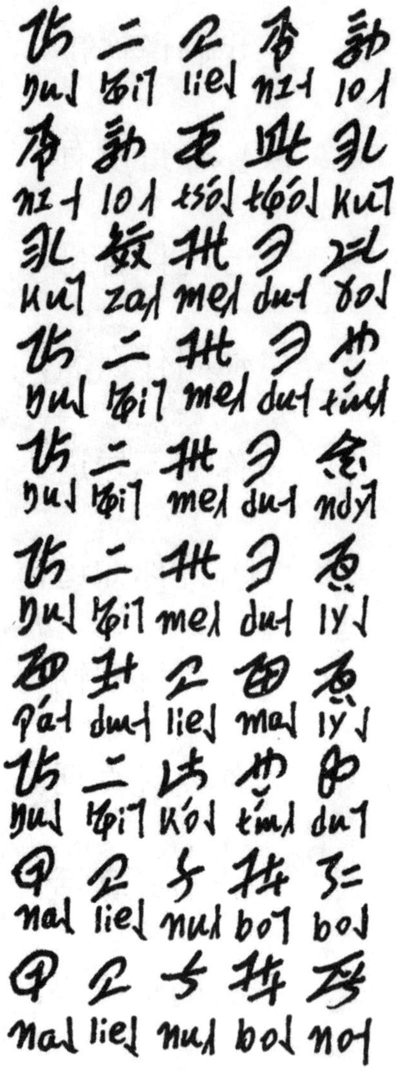

我俩心已足。

救了一次人，

救下有名誉，

传我俩名誉。

我俩想名誉，

要个好名誉，

别样全不要。

我俩的话语，

听明白没有？

请告知我俩。

你是否有嫂，

若是有阿嫂，

她叫个啥名，

你知不知道？

若说你知道，

请告知我俩。

你须说真话，

若不说真话，

我俩不放心，

我俩送你去，

送给你阿嫂。

你嫂带着你，

回到你家中，

走了也放心。

我俩不多想，

我俩已满意，

满意救次人。

救了一次人，

救下有名誉，

传我俩名誉。

我俩有名誉，

我俩要名誉，
别的可不要。
我俩所说的，
你明白没有？
请告知我俩。

你是否有姐，
若是有阿姐，
她叫什么名，
你是否知道？
若你知道呢，
请告诉我俩，
你要说真话，
不能说假话。
我俩不放心，
我俩来送你，

na˩ xo˩ na˩ nɯ˥ bi˥ 送给你阿姐。

na˩ nɯ˥ lie˩ na˩ xe˥ 你阿姐带你，

na˩ xe˥ sɯ˧ go˧˥ lɯ˥ 带你回家去，

ŋu˩ ȵi˥ lie˩ nɪ˧ tɯ˥ 我俩才放心。

ŋu˩ ȵi˥ nu˧ ma˩ ndy˥ 我俩多不想，

ŋu˩ ȵi˥ ne˧ ma˩ ndy˥ 我俩少不想，

ŋu˩ ȵi˥ nɪ˧ lo˧˥ ndy˥ 我俩想满意。

nɪ˧ lo˧˥ tsʻo˩ tɕʻo˩ ku˥ 满意救次人，

tsʻo˩ tɕʻo˩ ku˥ za˧˥ lie˩ 救了一次人，

ku˥ za˧˥ me˧˥ du˧ ɣo˩ 救下有名誉。

ŋu˩ ȵi˥ me˧˥ du˧ tɯ˧˥ 我俩讲名誉，

ŋu˩ ȵi˥ me˧˥ du˧ ly˩ 我俩要名誉，

ŋu˩ ȵi˥ me˧˥ du˧ ɣo˩ 我俩有名誉，

ŋu˩ ȵi˥ pʻa˧ ma˩ ly˩ 别样无它求。

ŋu˩ ȵi˥ kʻo˩ tɯ˧˥ du˥ 我俩所说的，

na˩ lie˩ nu˧˥ bo˩ bo˧ 你听明白没？

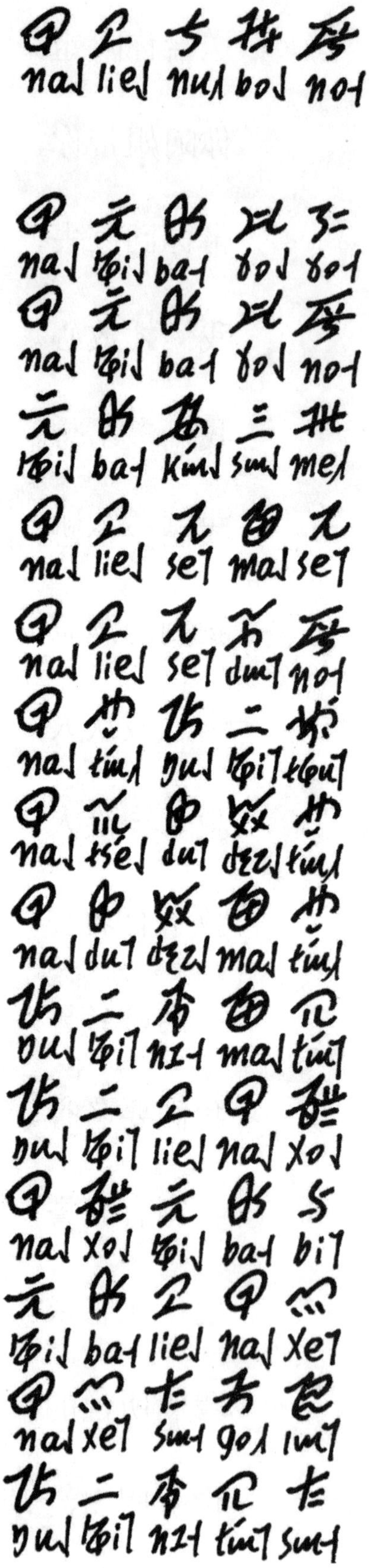

na˩ lie˩ nu˩ bo˩ no˧　　请告知我俩。

na˩ ɕi˩ ba˧ ɣo˩ ɣo˧　　你有妹妹吗？

na˩ ɕi˩ ba˧ ɣo˩ no˧　　若你有阿妹，

ɕi˩ ba˧ kʰu˩ su˩ me˩　　她叫什么名，

na˩ lie˩ se˥ ma˩ se˥　　你知不知道？

na˩ lie˩ se˥ du˥ no˧　　若你知道的，

na˩ tʰu˩ ŋu˩ ɕi˥ tɕʰu˥　　请告诉我俩。

na˩ tse˩ du˥ dʑɛ˩ tʰu˩　　请你说真话，

na˩ du˥ dʑɛ˩ ma˩ tʰu˩　　不要说假话。

ŋu˩ ɕi˥ n˧ ma˩ tʰu˥　　我俩不放心，

ŋu˩ ɕi˥ lie˩ na˩ xo˩　　我俩送你去，

na˩ xo˩ ɕi˩ ba˧ bi˥　　交给你阿妹。

ɕi˩ ba˧ lie˩ na˩ xe˥　　阿妹你两个，

na˩ xe˥ su˧ go˩ ɯ˥　　一起回家去，

ŋu˩ ɕi˥ n˧ tʰu˥ su˧　　我俩放心走。

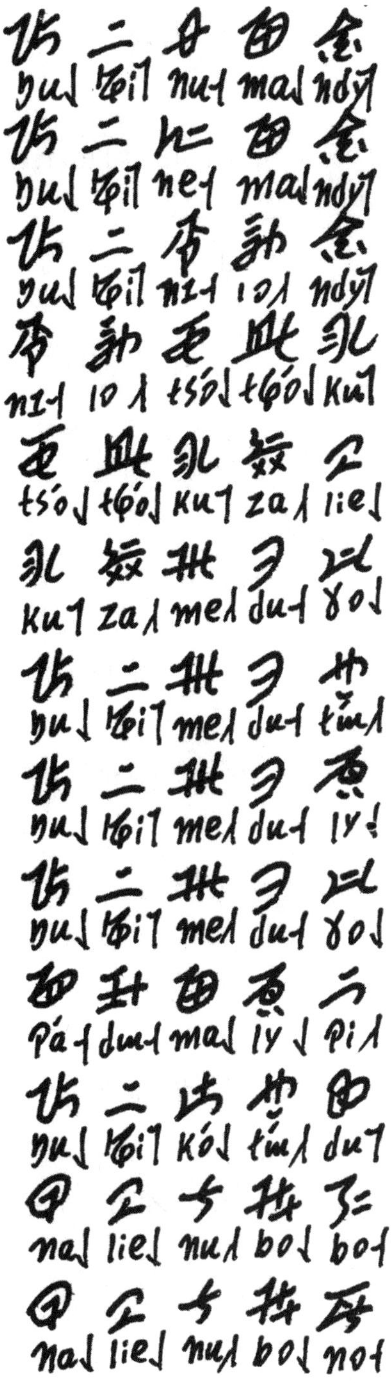

我俩多不想，

我俩少不想，

我俩想满意。

满意救次人，

救了一次人，

救下有名誉。

我俩讲名誉，

我俩要名誉，

我俩有名誉，

别的可不要。

我俩所说的，

你明白没有？

请告知我俩。

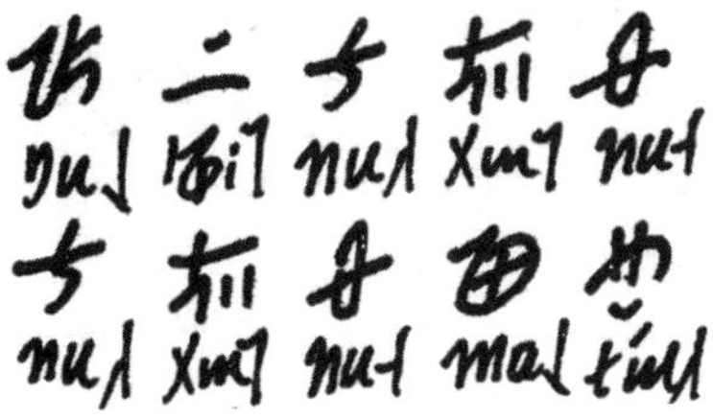

我俩问的多，

没多问一句，

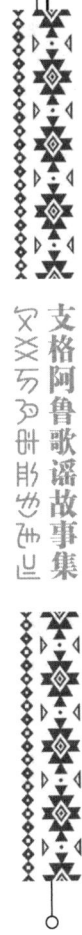

你有侄儿吗？

若是有侄儿，

他叫什么名，

你知不知道？

若你知道呢，

请告诉我俩，

你要说真话，

不要说假话，

我俩才开心。

我俩不放心，

不放心你走，

我俩来送你，

送去找侄儿。

侄儿跟你走，

一起回家去，

我俩才放心。

我俩多不想，

我俩少不想，

我俩想开心，

我俩想满意。

开心救次人，

救下有名誉，

我俩说名誉，

我俩想名誉，

我俩有名誉。

我俩说的话，

你听明白没？

麻博家阿祖，

笑着回答道：

你俩所说的，

我已经明白。

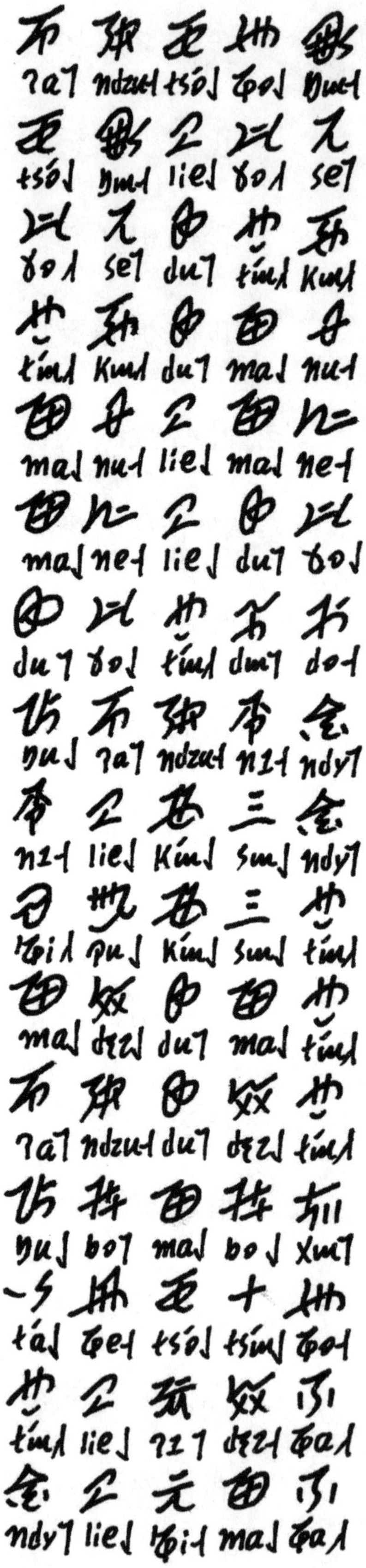

阿祖是个人，

是人知道理，

知理要说话。

语言不须多，

不多也不少，

不少也有话。

实话告诉舅，

我阿祖历来，

心是怎么想，

嘴就怎么说，

非真话不说，

阿祖说真话。

我家姓麻博，

一家共十人。

说来有点怪，

想来也不怪，

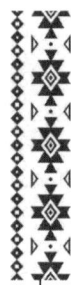

tsʰo˩ tʰa˩ tɕʰo˩ ma˩ nu˧　人一个不多，

tsʰo˩ tʰa˩ tɕʰo˩ ma˩ ne˧　一个也不少，

du˩ du˩ tsʰo˩ tsʰɯ˩ tɕʰo˧　整整十口人。

ʔa˧ bu˧ tʰa˩ tɕʰo˩ ɣo˩　有一位爷爷，

ʔa˧ bu˧ me˦ ma˩ se˥　爷爷名不知；

ʔa˧ da˧ tʰa˩ tɕʰo˩ ɣo˩　有一位奶奶，

ʔa˧ da˧ me˦ ma˩ se˥　奶奶名不知，

ma˩ se˥ kʰɯ˩ sɯ˩ tʰɯ˦　不知无法说。

tʰɯ˦ lie˩ ŋu˩ ʔa˧ ba˧　说说我阿爸，

ʔa˧ ba˧ nu˧ ma˩ ɣo˩　阿爸没有多，

ʔa˧ ba˧ tʰa˩ tɕʰo˩ ɣo˩　就只有一个，

ʔa˧ ba˧ me˦ ŋu˩ se˥　他名我知道。

ʔa˧ bu˧ ɕi˧ ʔa˧ da˧　爷爷和奶奶，

tʰɤ˩ ɕi˥ ŋu˩ ba˧ kʰɯ˩　他俩喊我爸，

ma˩ bo˩ ʔa˧ ŋge˩ ŋge˩　麻博阿格格。

ŋu˩ ʔa˩ mu˩ tʰɯ˦ no˧　说我阿妈呢，

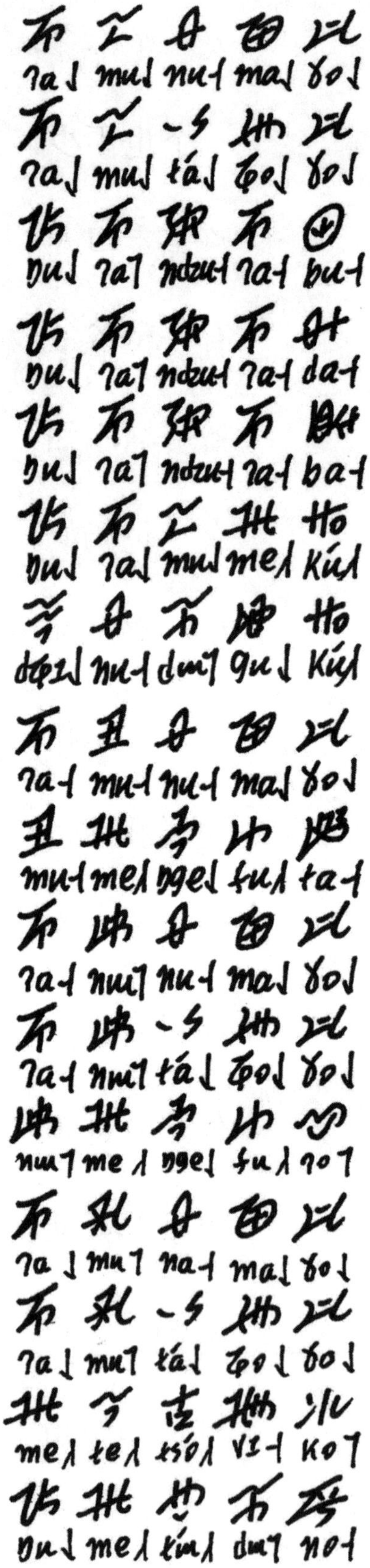

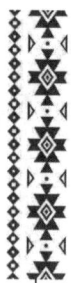

没有多一个，

只有一个妈。

阿祖的爷爷，

阿祖的奶奶，

我阿祖的父，

喊我阿妈名，

叫杰努兜谷。

阿哥没有多，

他名格富达。

姐也没多的，

仅只有一个，

名叫格富果。

阿嫂也不多，

也只有一个，

名代措薇果。

要说我的名，

别人唤我名，

叫麻博阿祖。

妹妹没有多，

也只有一个，

她名叫阿友。

侄儿有一个，

一家人叫他，

麻博富达得。

说的都真话，

我不骗你俩。

两位天兵笑，

笑着继续说：

你说是谎话，

没一句真话。

我俩不相信，

我俩没空闲，
别耽误我俩。
不必再多说，
没时间听完。
要听你说完，
没有七八天，
定是说不完。
我俩有大事，
须立即赶路，
听你说的话，
很逗人喜欢。
我俩回心想，
你话真与否，
说的错没错，
讲的真不真，
讲的错没错，

我俩不评说。

我俩想一想，

又看你模样，

年纪轻轻的，

在想啥心事？

出了啥大事，

遇了啥好事，

何不问我们？

今后啥打算，

如我俩能帮，

遇事叫我俩，

我俩不推辞。

我俩真想走，

想走不放心。

我俩救下你，

救下还不算，

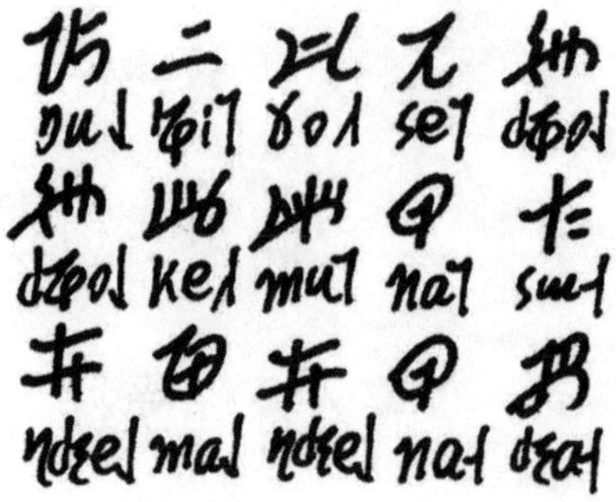

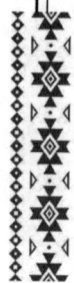

还得指你路，

可以指你走，

走条回归路。

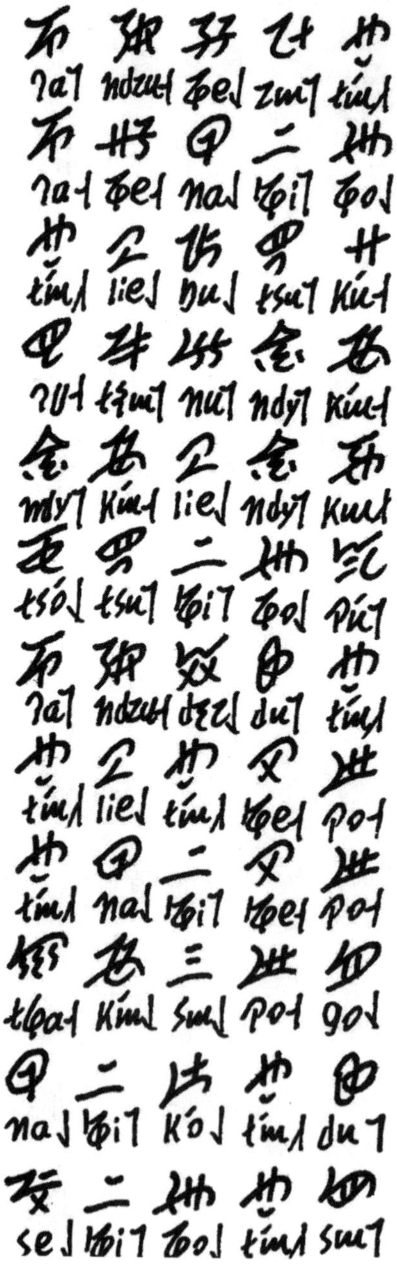

阿祖笑着道：

好心的阿舅，

说的为我好，

啥事都想到，

想的很周全，

我遇好人了。

阿祖说真话，

话要说报恩，

报两舅恩典，

如何能报完。

你俩说的话，

像两位神说，

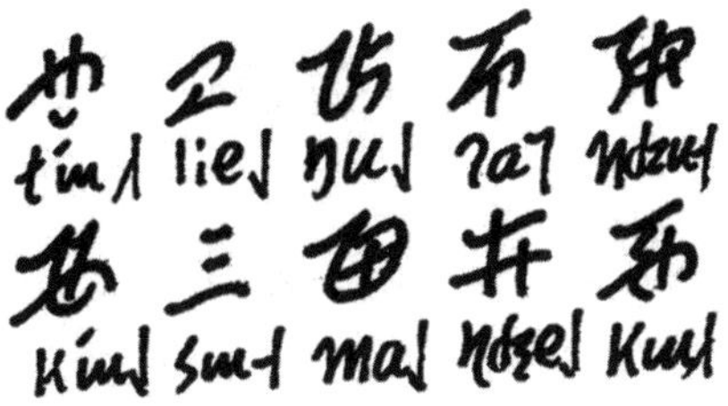

说得我阿祖，

心服口也服。

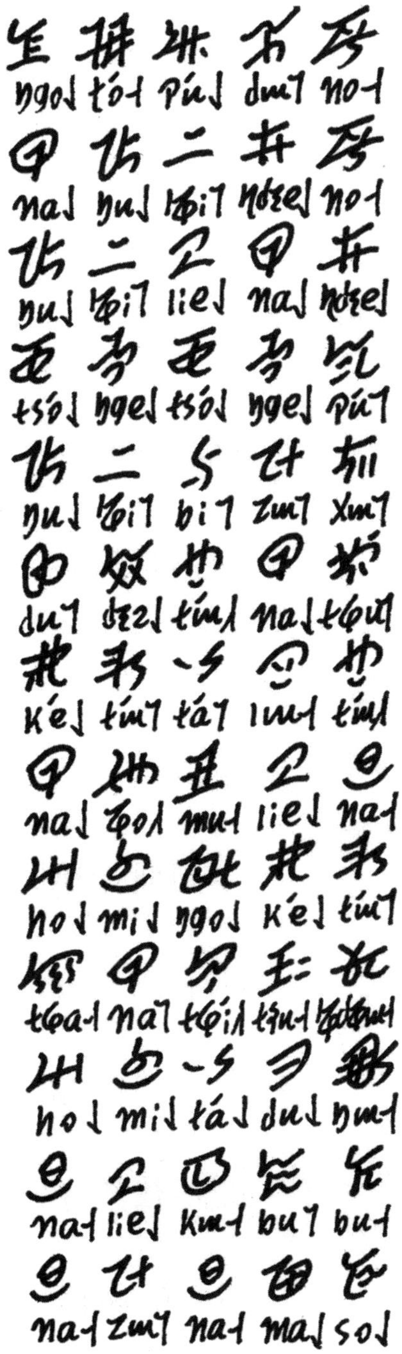

打开门来说：

你相信我俩，

我们相信你。

诚实遇诚实，

我们背着的，

真话告知你，

有一大线团。

你自己来看，

是羊毛线团。

给你搓脚指，

就那羊毛线。

看来毛绒绒，

看了不入眼，

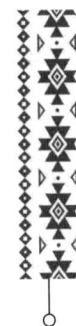

本领却很高。
我俩发善心，
再做次善事。
线团送给你，
你若信我俩，
接下这线团，
它帮你脱险。
领路带你走，
它前你跟后。

说说这线团，
该如何使用，
你不知的事，
它像神指你。
我俩教教你，
你不能做错，

听它话没错。

线头做腰带，

要将它拴牢。

手拿住线团，

我俩指你看，

那里有座山，

不说你都知，

名麻博大山。

你慢慢上去，

到了山顶上，

在那里驻足。

转身望后山，

脸朝着太阳，

心中暗许愿，

许愿祝后事。

心里如何想，

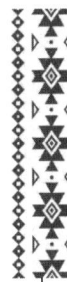

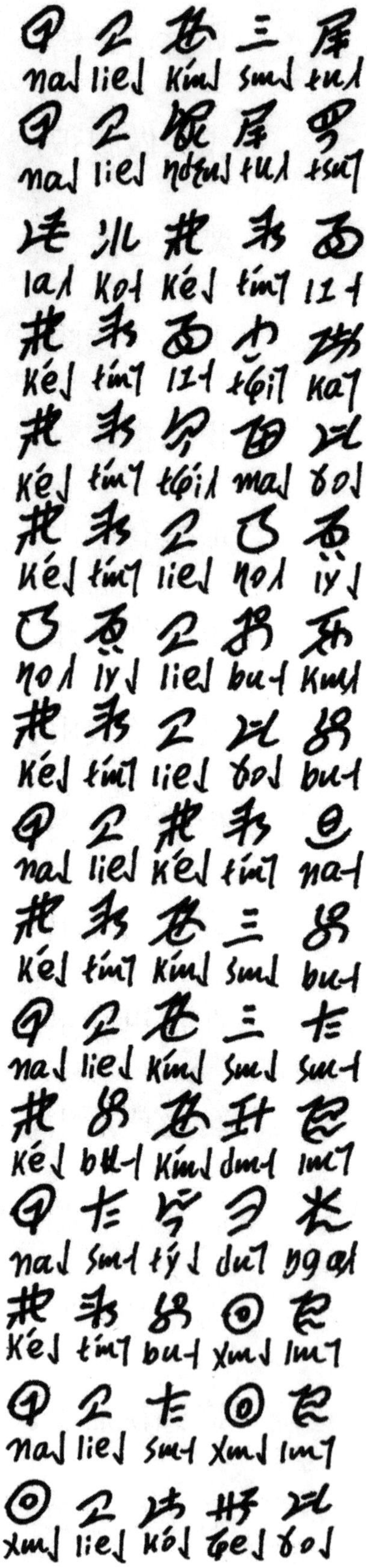

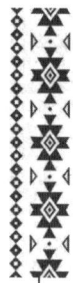

将其许成愿，

许愿会成真。

手抛出线团，

让它往东方。

线团不长脚，

自然能滚动，

一直向前方。

它开始滚时，

你盯住线团，

看它如何滚，

你就紧跟上。

它滚到哪里，

你跟到哪里。

它滚到湖里，

你随着下湖。

湖再怎么大，

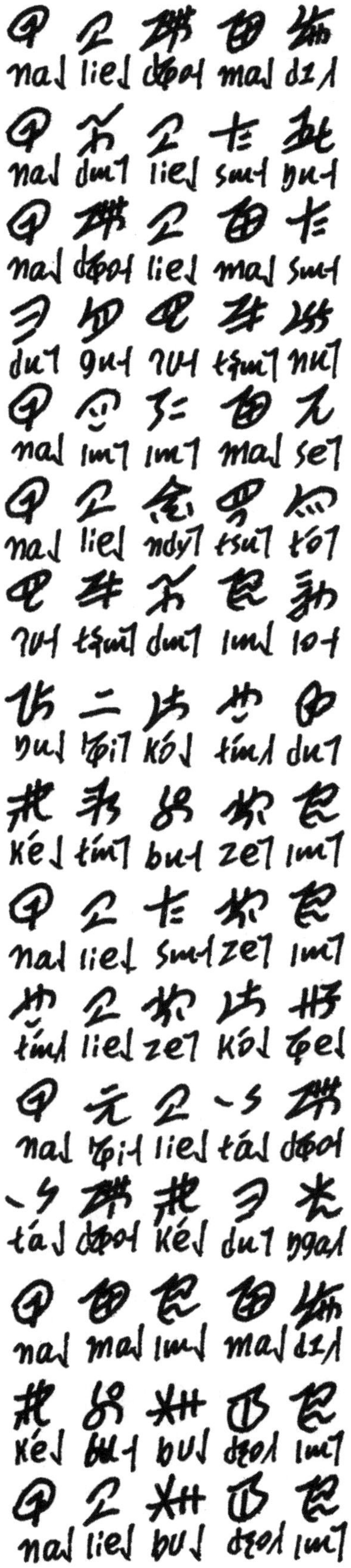

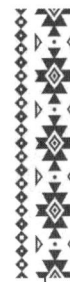

你也别惊慌，

跟随在后面。

你怕跟不上，

今后事难料，

你就不知情。

等你想好时，

线团滚太远。

我俩告诉你，

线团滚入箐，

你跟着进箐。

不论箐多大，

你也别惧怕。

一直跟线团，

你不能不去。

线团滚山腰，

你就去山腰。

线团去山脚，

你也去山脚。

线团滚上岩，

你跟到岩上。

不论岩多高，

不管岩多窄，

你也别害怕。

如若心惧怕，

你就不敢去。

如果不跟进，

耽误你大事，

自己害自己。

我俩所说的，

请别再多虑。

其他先别管，

奋力向前闯，

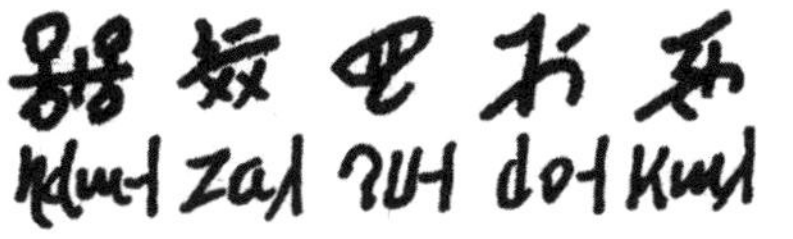

鸿运会来临。

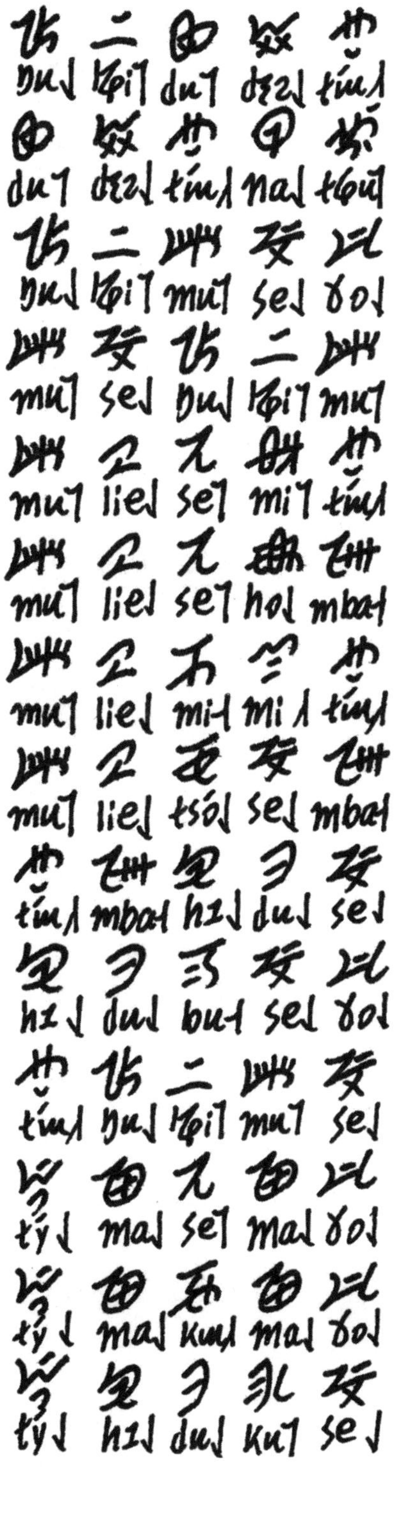

我俩吐真言，
真话已告知。
我俩有师父，
师父教我俩。
教了讲文化，
教了传知识，
教了说天地，
教了传人神。
教传万物神，
万物都有灵。
说我俩师父，
他不知没有，
他不会也无，
是万物救星，

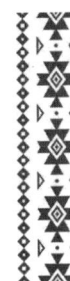

今天用他语，
为你指明路。
线团如何走，
你就如何跟，
跟了不会错。
线团若掉洞，
你跟着下洞，
不管洞多大，
不管洞多深。
宽窄也别论，
洞中见鬼神，
你也别害怕。
心里想大事，
咬紧了牙关，
下洞去观察，
看洞中情形，

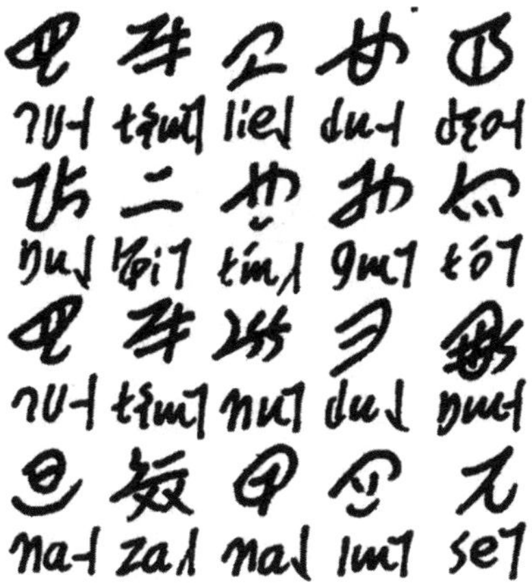

有啥在洞中，

到了那时候，

真像已明了，

一切便知晓。

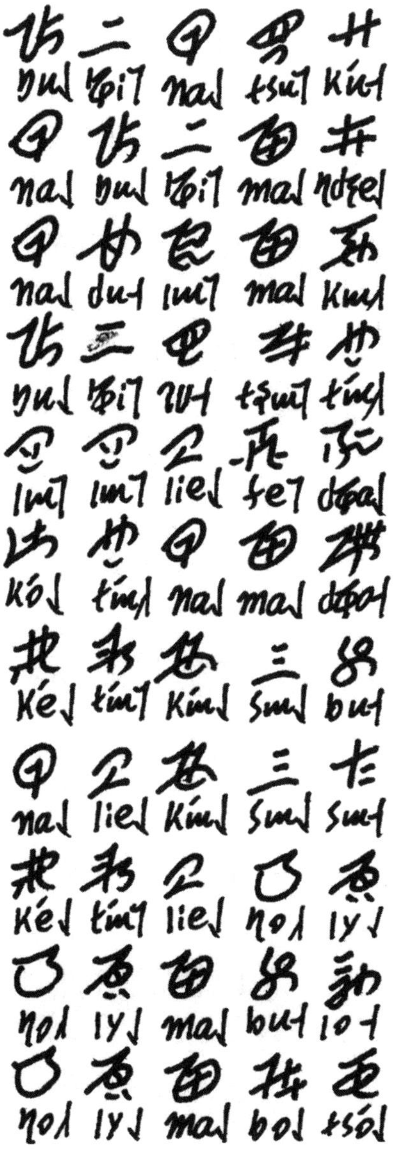

我俩真为你，

若不信我俩，

不敢下洞去，

我俩的预言，

全部都落空。

如果你不怕，

线团滚哪里，

你就到哪里。

线团是自然，

如若停下了，

麻博家的人，

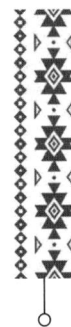

共是四代人，

人口共十个，

一个也不多，

一个也不少，

全部在神洞。

我俩来救你，

救下后指路，

所说这番话，

是神明指点。

别事也很忙，

不能再耽误，

我俩忙赶路，

你可快上路，

天色已近晚。

说也说自然，

讲也讲自然，

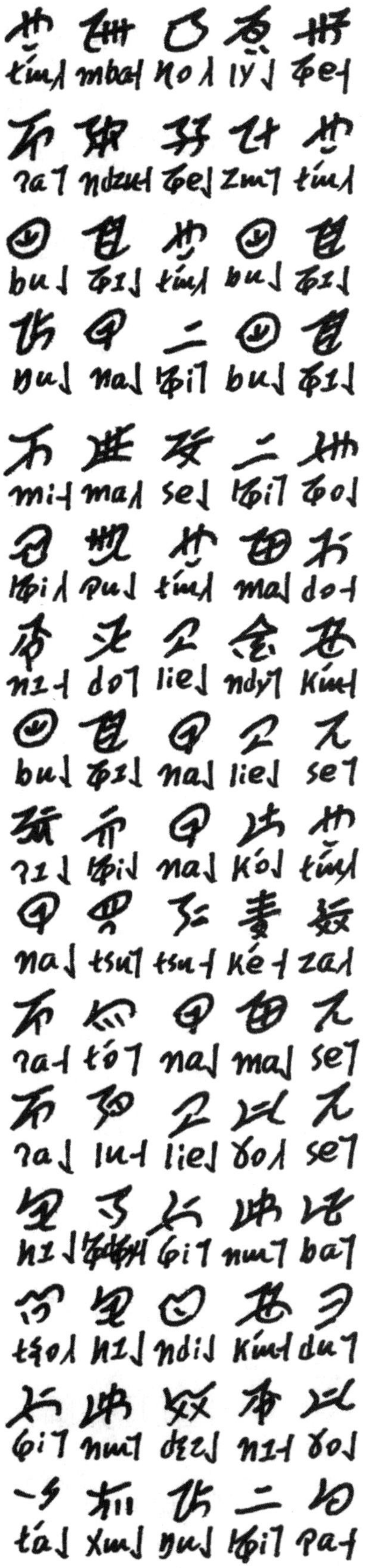

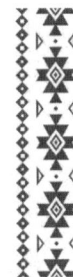

传说自然大。

阿祖笑称谢，

感谢呀感谢，

感谢二恩公。

天兵二位神，

嘴里没言语；

心中却想到，

你知道感谢，

现在你所述，

要铭记于心。

现在你不知，

阿鲁已先知。

恒举西呢巴，

转回天庭后，

若说真感恩，

拉我俩一把，

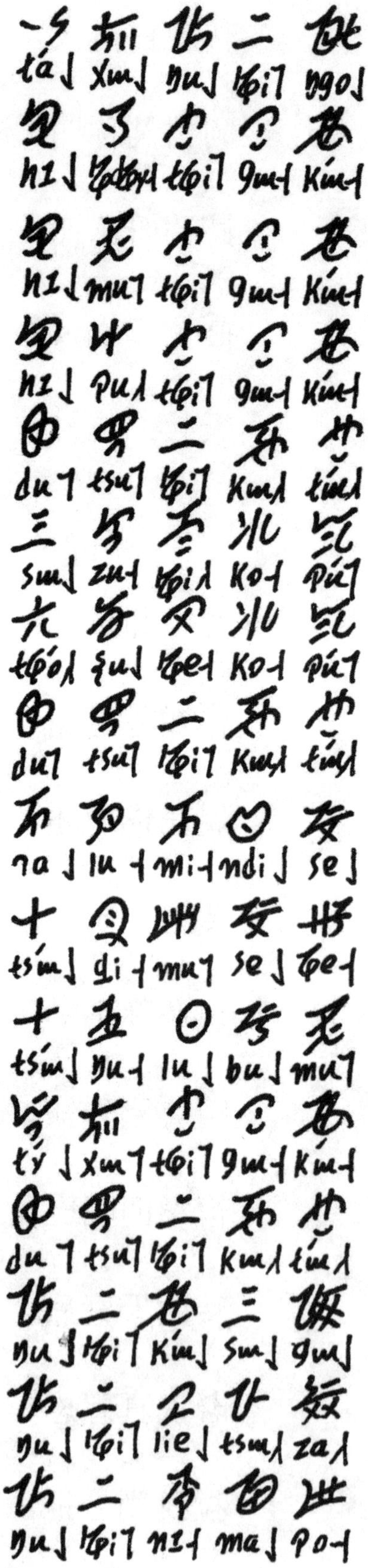

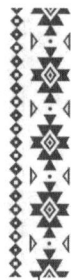

帮我俩一次。

在恒举跟前，

在恒摩跟前，

到恒布跟前，

多美言几句。

遇到叟汝聂，

遇到确属撵，

说两句好话。

遇阿鲁大神，

和十四师父，

道出真相来。

到他们面前，

多美言几句。

我俩再辛苦，

十五月亮圆，

我俩没怨言。

ŋu˩ ʑi˥ tsɯ˧˩ nɪ˧ lo˧˩

ŋu˩ ʑi˥ tsɯ˧˩ nɪ˧ de˩

nɪ˧ du˥ tɕa˩ kɯ˧˩ ŋɯ˧

做好人快乐，

做好人满意，

这是心里话。

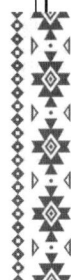

du˧ ko˥ tá˨˩ ɕe˧ pú˥
洞中遇家人

tɯ́˩˧ lie˨˩ ʔa˥ ndzɯ˧ tɯ́˩˧　再说说阿祖，

mba˧ lie˨˩ ʔa˥ ndzɯ˧ mba˧　要讲讲阿祖。

bʋ˨˩ nde˧ he˩˧ ʔa˥ ndzɯ˧　阿祖站山顶，

tɯ́˩˧ lie˨˩ ŋo˩˧ ly˨˩ sɯ˥　说来是自然。

ʔa˥ ndzɯ˧ nɯ˧ ma˨˩ ndy˥　她没有多想，

ʔa˥ ndzɯ˧ ne˧ ma˨˩ ndy˥　也没有少想，

tý˨˩ ɲi˥ kɯ́˨˩ sɯ˨˩ tɯ́˩˧　他俩怎么教，

tý˨˩ ɲi˥ tɯ́˩˧ sɯ˥ tsɯ˩˧　她就怎么做。

nɯ˥ pú˨˩ tsó˨˩ dʑɛ˨˩ tsu˥　呢濮人真好，

tsu˥ tsó˨˩ dʑɛ˨˩ lie˨˩ nɯ˧　好人占多数。

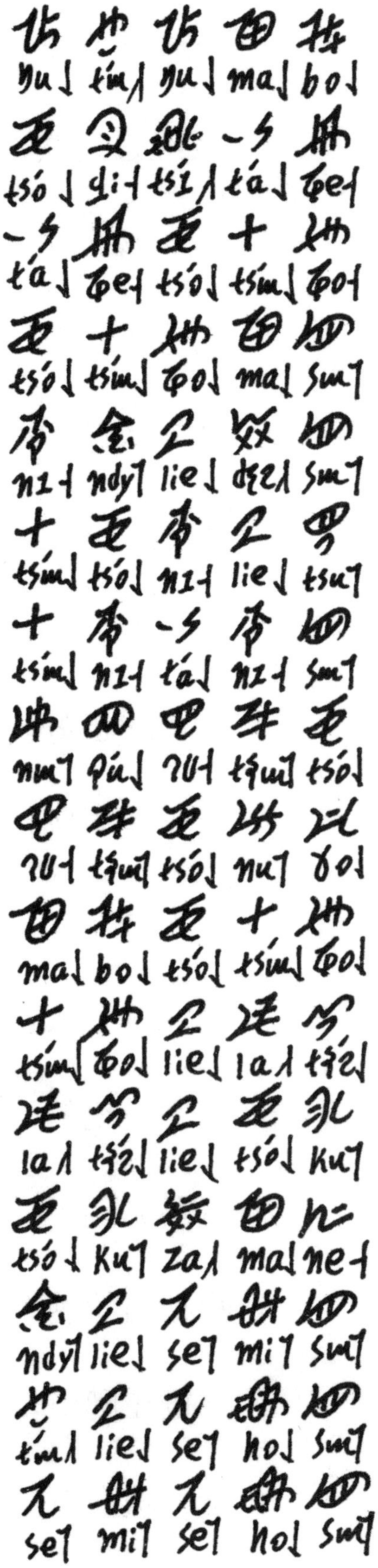

说说麻博家，

四世人同堂。

一共十口人，

相貌虽各异，

心想的一样。

心地很善良，

十人一条心。

呢濮的人们，

无论谁有事，

麻博家十人，

大家都伸手，

解救帮别人，

救下的不少。

想来像文化，

说来像知识，

传来也自然，

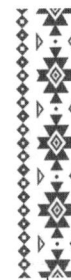

如宇宙自然。

我经过这次，

看来像自然。

自家救别人，

如别人帮忙，

一生都铭记。

自己心要正，

别人对己好。

今天我看到，

好人遇好人。

他俩好心人，

他俩所说的，

将要兑现了，

我相信他俩。

阿祖在爬山，

没有歇一下，

tá˩ xɯ˩ tó˥ ma˩ to˩　刻不容缓的，

vɯ˧ ʨe˧ tɯ́˨˩ bʊ˩ da˧　竭尽全力爬。

bʊ˩ da˧ zɯ˥ dʑɿ˩ tsó˩　爬山真的热，

tá˩ kɯ˩ lie˩ ʨɿ˥ do˧　阿祖汗淋淋，

mi˧ ho˩ lie˩ dɯ˧ sɯ˥　如被雨水泡，

tá˩ kɯ˩ lie˩ dʑo˩ so˧　一身显轻松。

ʔa˥ ndzɯ˧ bʊ˩ nde˧ kɯ́˧　到了山顶上，

bʊ˩ nde˧ kɯ́˧ he˨˩ za˨˩　从山顶往下，

he˨˩ za˨˩ ʔa˥ ndzɯ˧ na˧　阿祖看四周，

ʔa˥ ndzɯ˧ na˧ zɯ˥ ndy˥　看着心里想：

dʑɿ˩ ma˩ bo˩ bʊ˩ mɯ˩　麻博山真高，

bʊ˩ lie˩ tó˧ ʨe˥ ɣo˩　麻博山太大。

bʊ˩ ʨe˧ bʊ˩ ba˥ xe˥　大山接小山，

bʊ˩ bʊ˩ lie˩ sɿ˧ ɣo˩　山山树翠绿。

mi˨˩ mi˨˩ ŋɯ˧ lie˩ vɿ˧　遍地荞花开，

ze˥ ze˥ ŋa˧ lie˩ dɯ˩　箐中雀鸟飞。

眼看广无垠，
绵延数千里。
阿祖左右看，
见到了草海，
宛如一金盆，
看着真漂亮。

不是现在呢，
我没上来过。
老人常论道：
麻博大山高，
我是听说过，
却没爬上顶，
今天是首次。
山高耸入云，
我站在山顶，

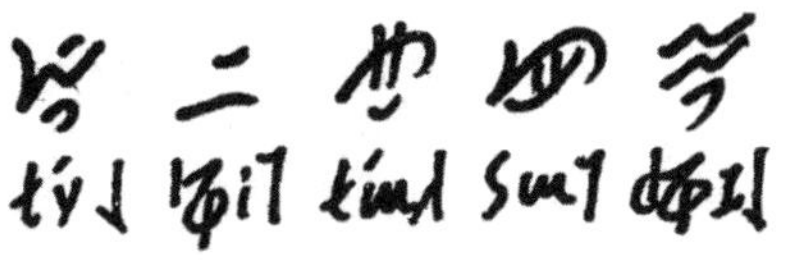

许愿好地方。

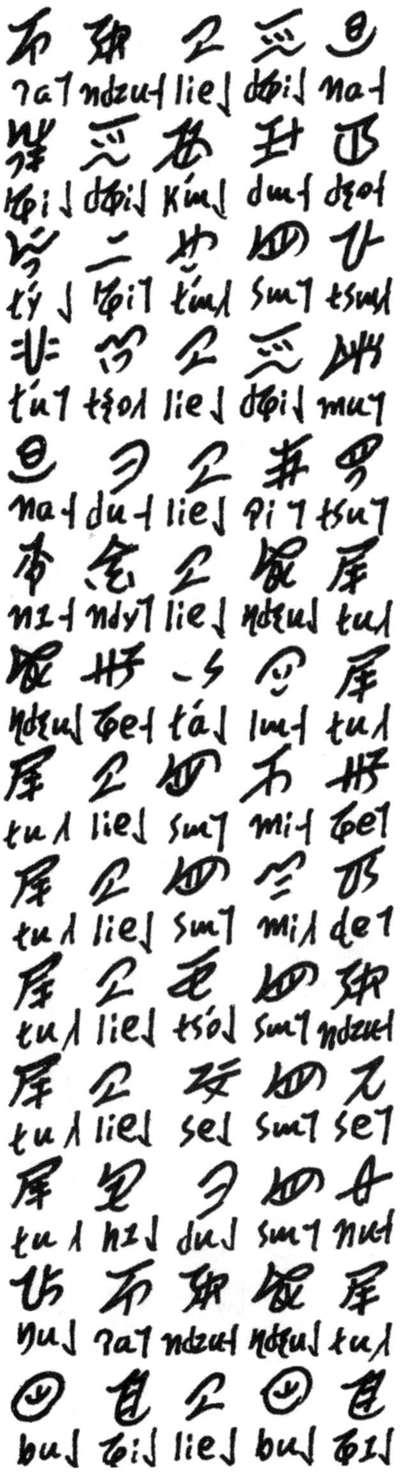

阿祖看太阳，

太阳出东方。

如恩人所说，

面向着太阳，

闭上了眼睛，

在心中许愿，

许一个大愿。

让它有天大，

使它如地宽。

许了比人强，

许了让神知。

愿如万物广，

我阿祖许愿。

感谢呀感谢，

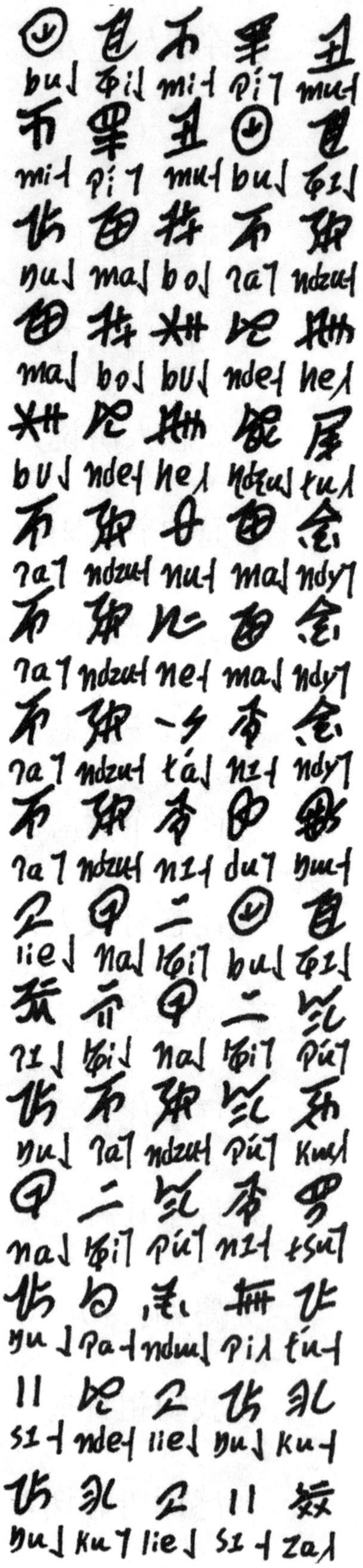

bu˩ tʂi˩ mi˧ pi˥ mu˧	感谢老天爷，
mi˧ pi˥ mu˧ bu˩ tʂi˩	感谢神君灵。
ŋu˩ ma˩ bo˩ ʔa˥ ndzu˧	我麻博阿祖，
ma˩ bo˩ bu˩ nde˧ he˨˩	站在麻博顶，
bu˩ nde˧ he˨˩ ndzu˩ ku˨˩	诚心许下愿。
ʔa˥ ndzu˧ nu˧ ma˩ ndy˥	我无啥奢望，
ʔa˥ ndzu˧ ne˧ ma˩ ndy˥	我也无所求。
ʔa˥ ndzu˧ ʈa˩ nɿ˧ ndy˥	只有真心话，
ʔa˥ ndzu˧ nɿ˧ du˥ ŋu˧	只有心中话。
lie˩ na˩ ȶi˥ bu˩ tʂi˩	谢二位恩人，
ʔɿ˩ ȶi˩ na˩ ȶi˥ pu˥	今天遇你俩，
ŋu˩ ʔa˥ ndzu˧ pu˥ ku˧	你我真有缘。
na˩ ȶi˥ pu˥ nɿ˧ tsu˥	遇到好心人，
ŋu˩ pa˧ ndu˩ pi˨˩ ʈu˧	斩平荨麻丛，
sɿ˧ nde˧ lie˩ ŋu˩ ku˧	树上救下我，
ŋu˩ ku˥ lie˩ sɿ˧ za˨˩	我平安下来。

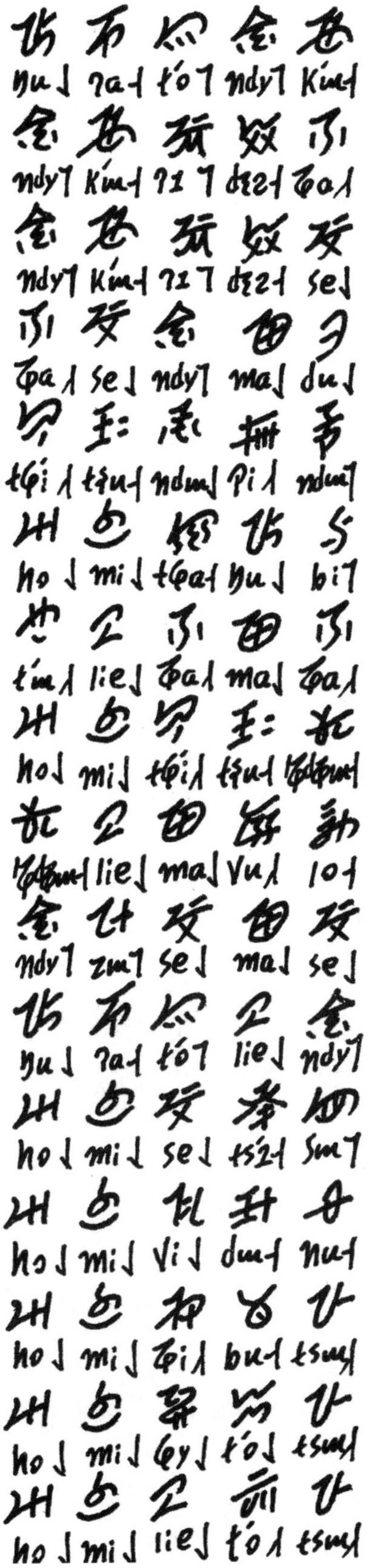

ŋu˩ ʔa˧ tʻo˥ ndy˥ kʻɯ˧　我现在想到，

ndy˥ kʻɯ˧ ʔɿ˥ dʑɿ˧ tɕʻa˩˧　想法真奇怪，

ndy˥ kʻɯ˧ ʔɿ˥ dʑɿ˧ se˩　想来很神秘，

tɕʻa˩˧ se˩ ndy˥ ma˩ du˩　想也想不通。

tɕʻi˩˧ tʂɿɯ˧ ndɯ˩ pʻi˩˧ ndɯ˥　脚指被麻蛰，

ho˩ mi˩ tɕʻa˧ ŋu˩ bi˥　给羊毛搓脚。

tʻɯ˩˧ lie˩ tɕʻa˩˧ ma˩ tɕʻa˩˧　说来是一怪，

ho˩ mi˩ tɕʻi˩˧ tʂɿɯ˧ [illegible]　羊毛擦脚指，

[illegible] lie˩ ma˩ vu˩˧ lo˧　止住了麻木。

ndy˥ zɯ˥ se˩ ma˩ se˩　想来也神秘，

ŋu˩ ʔa˧ tʻo˥ lie˩ ndy˥　如今的事实，

ho˩ mi˩ se˩ tsʻɿ˧ sɯ˥　羊毛似神药，

hɔ˩ mi˩ vi˩ dɯ˧ nɯ˧　用处实在广。

ho˩ mi˩ tɕʻi˩˧ bu˧ tsɯ˩　羊毛擀被盖，

ho˩ mi˩ ɕy˩ tʻo˩ tsɯ˩　羊毛擀毡子，

ho˩ mi˩ lie˩ tʻo˩˧ tsɯ˩　羊毛织衣服，

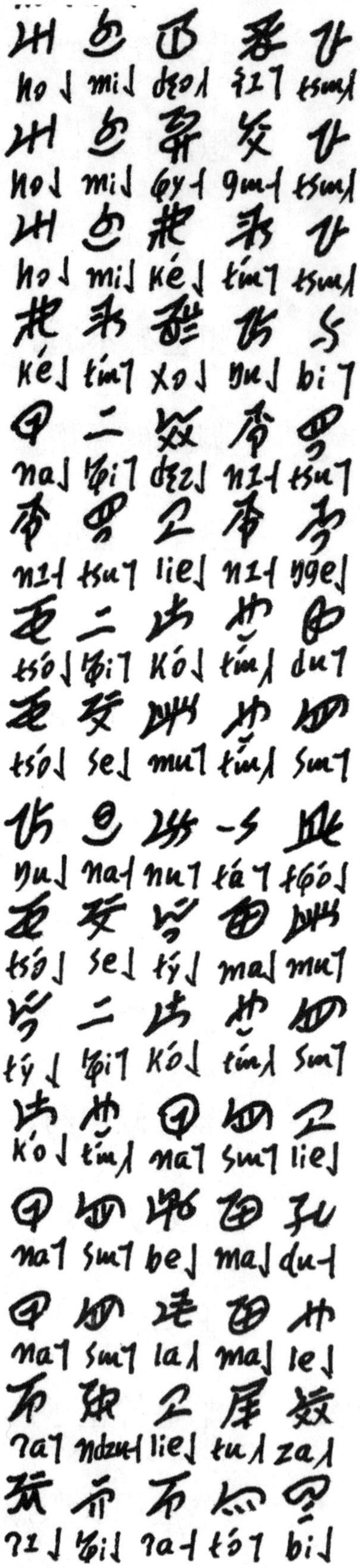

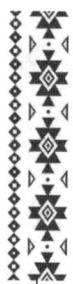

还可织腰带，

擀成领毡衫。

扯成的线团，

线团给了我，

二位费心思。

好像天赐予，

所说每句话，

如若人神教。

我看这桩事，

如人神教他。

若不是这样，

怎么会那样，

不会太简单，

也不会容易。

阿祖忙许愿，

从现在开始，

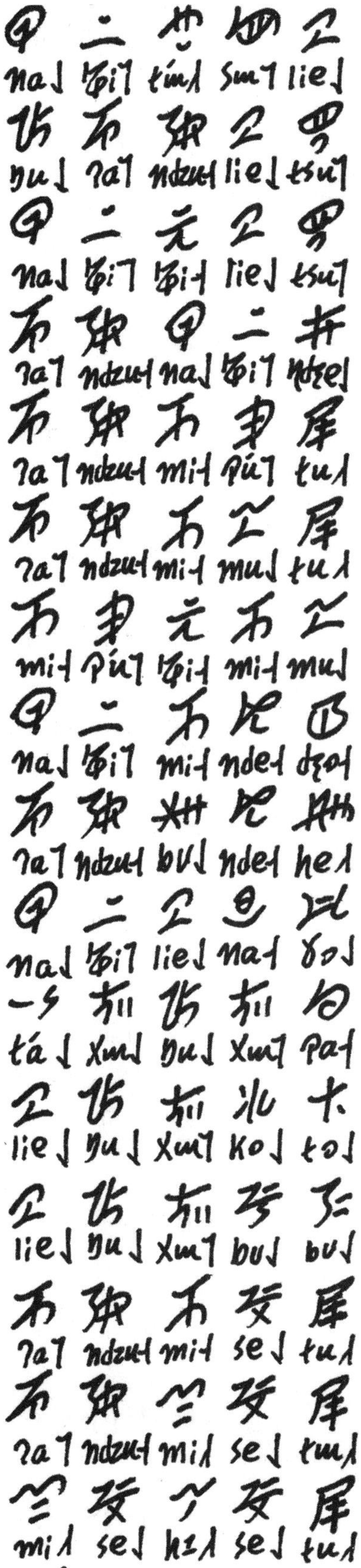

像二位所说，

我阿祖很好，

他俩也很好。

阿祖我许愿，

阿祖许天父，

阿祖许天母。

天父和天母，

二位在天上，

阿祖在山顶。

你俩睁天眼，

救我们一下。

做我们靠山，

请保佑我们。

阿祖许天神，

阿祖许地神。

许地神八神：

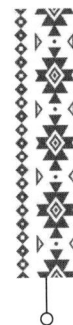

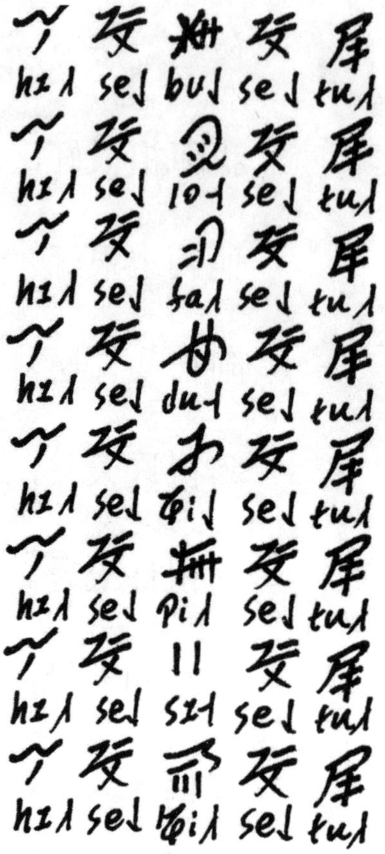

hz̩˨˩ se˧ bu˧ se˧ tu˨˩　一愿许山神，

hz̩˨˩ se˧ lo˦ se˧ tu˨˩　二愿许石神，

hz̩˨˩ se˧ ɬa˨˩ se˧ tu˨˩　三愿许岩神，

hz̩˨˩ se˧ du˦ se˧ tu˨˩　四愿许洞神，

hz̩˨˩ se˧ ʑi˧ se˧ tu˨˩　五愿许水神，

hz̩˨˩ se˧ pi˨˩ se˧ tu˨˩　六愿许草神，

hz̩˨˩ se˧ sz̩˦ se˧ tu˨˩　七愿许树神，

hz̩˨˩ se˧ ʑi˨˩ se˧ tu˨˩　八愿许土神。

ŋu˧ ʔa˥ ndzu˦ ndzu˧ tu˨˩　我阿祖许愿，

ʔa˥ ndzu˦ la˥ ma˧ tu˨˩　我没有乱许。

ʔa˥ ndzu˦ mi˦ pʰu˥ tu˨˩　阿祖许天父，

ʔa˥ ndzu˦ mi˦ mu˥ tu˨˩　阿祖许天母。

ʔa˥ ndzu˦ ma˧ bo˧ tu˨˩　阿祖愿麻博，

ma˧ bo˧ tsʰo˧ tsʰi˧ ʑo˧　麻博十口人，

ʔa˥ ndzu˦ tsʰi˧ ʑo˧ tu˨˩　阿祖个个许，

阿祖许爷爷，

也要许奶奶。

阿祖许阿爸，

也许我阿妈。

阿祖许阿哥，

也许我阿嫂。

阿祖许阿姐，

也许妹阿友。

最后许侄儿，

许全家平安。

我虽能想到，

却不会再许。

阿祖要许的，

全部已许完。

如他俩所述，

我将线团抛，
看它滚不滚。
他俩说的话，
可作一验证。
前前后后想，
全部都想到，
想到后开始。
手中的线团，
还没往外抛，
自然跳出手，
一下掉地上，
掉到了地上。
阿祖睁开眼，
观线团模样，
却不像线团，
像个穿山甲，

在地上滚动。

如像猪拱地，

一转接一转，

滚到前面去。

阿祖见了喜，

想想他俩话，

真的是没错。

阿祖信他俩，

看线团滚动。

线团滚得快，

她不停追赶，

跟线团向前。

线团怎么滚，

阿祖怎么追。

线团真会滚，

阿祖也会赶。

它滚入箐中，

阿祖赶线走，

追线团入箐。

线团从箐中，

滚到岩上去，

阿祖爬上岩。

线团歪斜滚，

阿祖歪斜走。

线团滚到哪，

阿祖跟到哪。

会滚不会滚，

滚到一洞边，

阿祖追赶后，

到了洞边时，

阿祖已赶至，

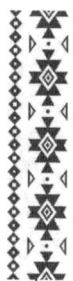

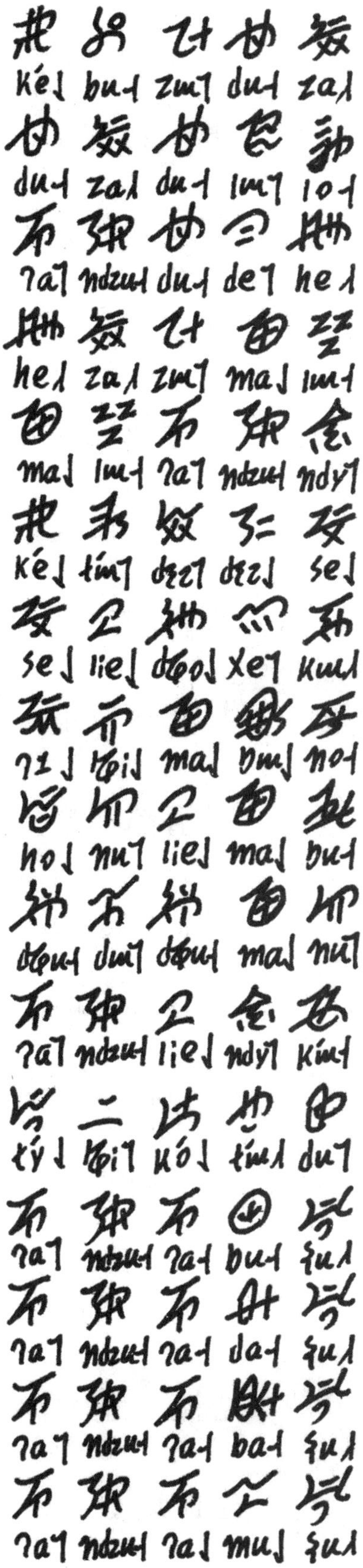

线团滚落下，

掉入洞中去。

阿祖站洞口，

站着身不动。

她心中想到，

线团如神灵，

能带我的路。

不是今天呢，

见也没见过，

听也没听过。

阿祖已想到，

应听他俩话。

要想找爷爷，

要想寻奶奶，

要想找阿爸，

要想找阿妈，

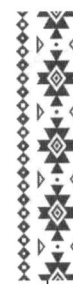

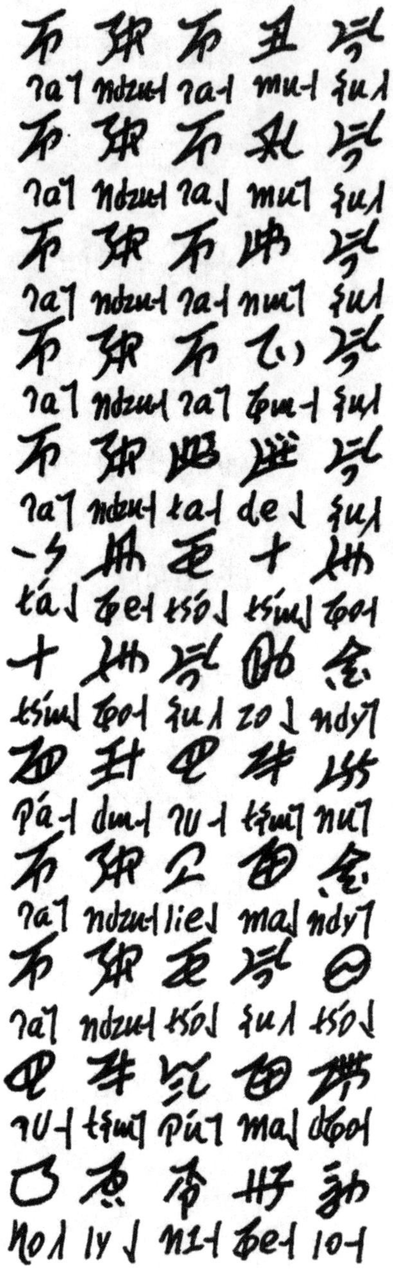

ʔa˥ ndzɯ˧ ʔa˧ mu˧ ʂɯ˧˥　要想找哥哥，
ʔa˥ ndzɯ˧ ʔa˨˩ mu˥ ʂɯ˧˥　要想找嫂子，
ʔa˥ ndzɯ˧ ʔa˧ nɯ˥ ʂɯ˧˥　要想找姐姐，
ʔa˥ ndzɯ˧ ʔa˥ ɕɯ˧ ʂɯ˧˥　要想找阿友，
ʔa˥ ndzɯ˧ ta˧ de˨˩ ʂɯ˧˥　要想找侄儿。
tá˨˩ ɕe˧ tɕʰó˨˩ tɕʰɯ˨˩ ɕo˧　一家十口人，
tɕʰɯ˨˩ ɕo˧ ʂɯ˧˥ zo˨˩ ndy˥　全部想找到，
pʰá˧ dɯ˧ ʔʋ˧ tɕʰɯ˥ nɯ˥　其它任何事，
ʔa˥ ndzɯ˧ lie˨˩ ma˨˩ ndy˥　阿祖都不想。
ʔa˥ ndzɯ˧ tɕʰó˨˩ ʂɯ˧˥ tɕʰó˨˩　急着找家人，
ʔʋ˧ tɕʰɯ˥ pʰú˥ ma˨˩ dʑo˧　遇啥也不怕，
ɦo˧˥ ly˨˩ nɪ˧ ɕe˧ lo˧　放开胆子干。

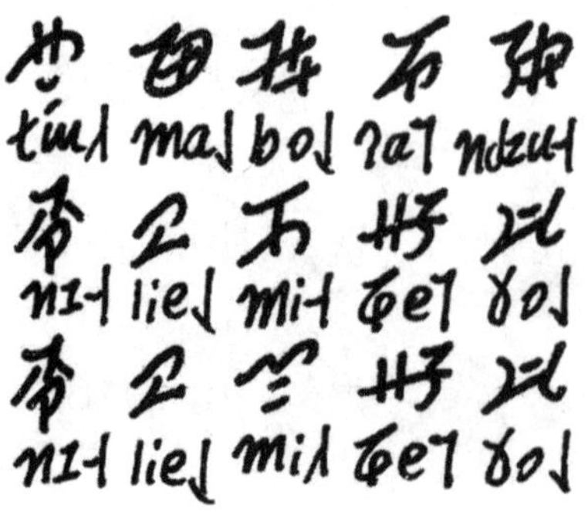

tɕʰɯ˧˥ ma˨˩ bo˨˩ ʔa˥ ndzɯ˧　现在的阿祖，
nɪ˧ lie˨˩ mi˧ ɕe˥ ɣo˨˩　心比天还大，
nɪ˧ lie˨˩ mi˧˥ ɕe˥ ɣo˨˩　志比地更深，

心比大山高，

如大湖无垠。

她的心大变，

犹如神的心。

俯身往下看，

眼前不像洞，

如一幢金殿。

洞口似云梯，

一级接一级。

阿祖看着笑，

她笑着说道：

这是自然造，

自然有神知。

我不是别人，

是麻博阿祖。

天塌我顶住，

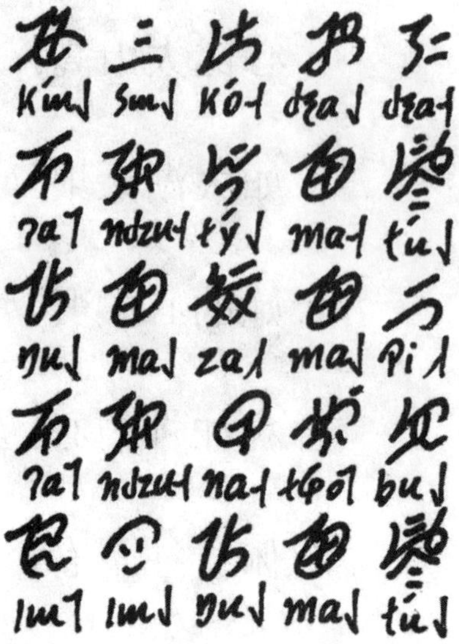

kʰɯ˨˩ sɯ˨˩ kʰo˧ dʑa˨˩ dʑa˧ 地陷我填平。

ʔa˥ ndzu˧ tʰy˨˩ ma˧ tʰu˨˩ 我不顾及啥，

ŋu˨˩ ma˨˩ za˩˧ ma˨˩ pi˩˧ 一定得下洞，

ʔa˥ ndzu˧ na˧ tɕʰo˥ bu˨˩ 阿祖赌运气，

lɯ˥ lɯ˨˩ ŋu˨˩ ma˨˩ tʰu˨˩ 一心找家人。

ʔa˥ ndzu˧ lie˨˩ du˧ za˩˧ 阿祖下了洞，

za˩˧ zɯ˥ dʑɛ˨˩ da˧ dzɯ˧ 如下石阶梯。

tʰa˨˩ to˧ za˩˧ tʰa˨˩ to˧ 一级接一级，

za˩˧ lie˨˩ tsʰɯ˨˩ ti˧ to˧ 下了十一级。

ʔa˥ ndzu˧ to˨˩ he˩˧ na˧ 阿祖停下看，

na˧ lie˨˩ fa˩˧ du˧ ŋɯ˧ 看来是岩洞，

fa˩˧ du˧ lie˨˩ hɪ˨˩ sɯ˥ 却像一幢楼。

na˥ go˥ tʰa˨˩ bu˧ ɣo˨˩ 这里一间房，

tʰa˥ go˥ tʰa˨˩ bu˧ ɣo˨˩ 那里一间房。

ʔa˥ ndzu˧ sɯ˧ zɯ˥ ʂy˨˩ 在心里默念，

一间接一间，
不多也不少，
共是八间房，
间间显灵气。

再说说阿祖，
她本是天星，
也具人神星。
有心看爷爷，
看爷爷在处，
爷爷有在处。
爷爷在的房，
如一座大山，
各山显房中。
在处有坐处，
看来像神山，

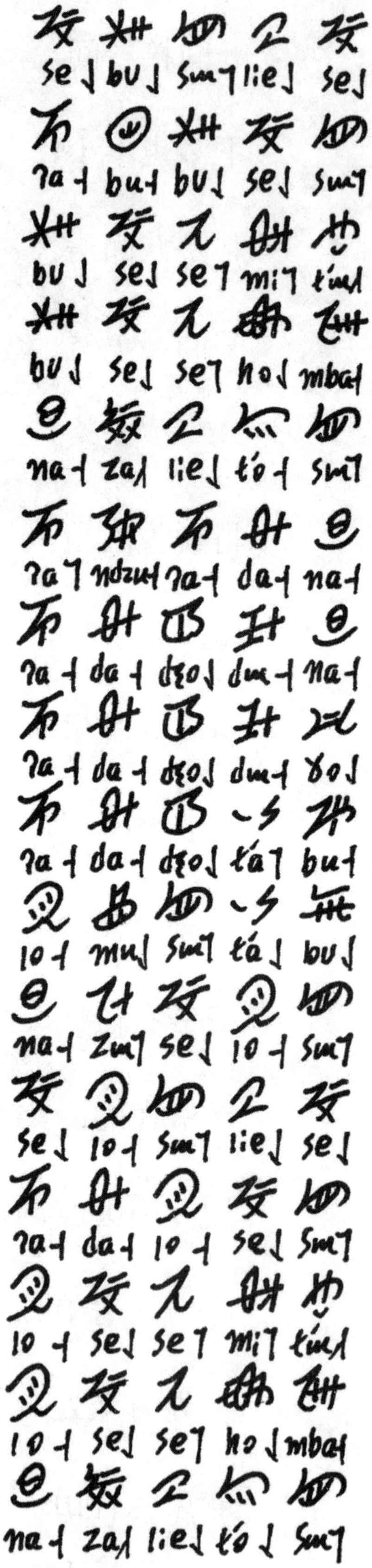

se˩ bu˩ sɯ˥ lie˩ se˩　像神山模样。

ʔa˧ bu˧ bu˩ se˩ sɯ˥　爷爷像山神，

bu˩ se˩ se˥ mi˥ tɕʰɯ˩　说山神文化，

bu˩ se˩ se˥ ho˩ mba˧　传山神知识，

na˧ za˩ lie˩ tʰo˧ sɯ˥　看来是这样。

ʔa˥ ndzu˧ ʔa˧ da˧ na˧　阿祖看奶奶，

ʔa˧ da˧ dʑo˩ dɯ˧ na˧　看奶奶在处，

ʔa˧ da˧ dʑo˩ dɯ˧ ɣo˩　奶奶有在处，

ʔa˧ da˧ dʑo˩ tʰa˥ bu˧　奶奶在一间，

lo˧ mu˩ sɯ˥ tʰa˩ bu˩　像石林一个。

na˧ zɯ˥ se˩ lo˧ sɯ˥　看来像神石，

se˩ lo˧ sɯ˥ lie˩ se˩　像神石模样，

ʔa˧ da˧ lo˧ se˩ sɯ˥　奶奶像石神。

lo˧ se˩ se˥ mi˥ tɕʰɯ˩　说石神文化，

lo˧ se˩ se˥ ho˩ mba˧　传石神知识，

na˧ za˩ lie˩ tʰo˩ sɯ˥　看来是这样。

阿祖看阿爸，

看阿爸在处，

阿爸有在处，

阿爸在一间，

像红岩一堵。

看来像神岩，

像神岩模样，

阿爸像岩神。

说岩神文化，

传岩神知识，

看来是这样。

阿祖看阿妈，

看阿妈在处，

阿妈有在处，

阿妈在一间，

像山洞一个。

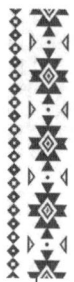

看来像神洞，
像神洞模样，
阿妈像洞神。
说洞神文化，
传洞神知识，
看来是这样。
阿祖看阿哥，
看阿哥在处，
阿哥有在处，
阿哥在一间，
像树林一片。
看来像神树，
像神树模样，
像神树神奇，
阿哥像树神。
说树神文化，

sɿ˦ se˨ se˧ ho˨ mba˦　　传树神知识，

na˦ za˩ lie˨ to˦ sɯ˧　　看来是这样。

ʔa˧ ndzɯ˦ ʔa˨ mɯ˧ na˦　　阿祖看阿嫂，

ʔa˨ mɯ˧ dʑo˨ dɯ˦ na˦　　看阿嫂在处，

ʔa˨ mɯ˧ dʑo˨ dɯ˦ ɣo˨　　阿嫂有在处，

ʔa˨ mɯ˧ dʑo˨ tá˨ bu˦　　阿嫂这间房，

pi˩ sɯ˧ tá˨ ndi˨ ɣo˨　　像一片青草。

na˦ zɯ˧ se˨ pi˩ sɯ˧　　看来像神草，

se˨ pi˩ sɯ˧ lie˨ se˨　　像神草模样，

ʔa˨ mɯ˧ pi˩ se˨ sɯ˧　　阿嫂像草神。

pi˩ se˨ se˧ mi˧ tɯ˨　　说草神文化，

pi˩ se˨ se˧ ho˨ mba˦　　传草神知识，

na˦ za˩ lie˨ to˦ sɯ˧　　看来是这样。

ʔa˧ mbɯ˦ ʔa˦ nɯ˧ na˦　　阿祖看阿姐，

ʔa˦ nɯ˧ dʑo˨ dɯ˦ na˦　　看阿姐在处，

ʔa˧ nɯ˥ dʑo˩ dɯ˧ ɣo˩　阿姐有在处，

ʔa˧ nɯ˥ dʑo˩ tá˩ bɯ˧　阿姐在一间，

xɯ˩ mɯ˩ sɯ˥ tá˩ ɬɯ˧　像大湖一个。

na˧ zɯ˥ se˩ xɯ˩ sɯ˥　看起像神湖，

se˩ xɯ˩ sɯ˥ lie˩ se˩　像神湖模样，

ʔa˧ nɯ˥ xɯ˩ se˩ sɯ˥　阿姐像湖神。

xɯ˩ se˩ se˥ mi˥ tɯ́˨˩　讲湖神文化，

xɯ˩ se˩ se˥ ho˩ mba˧　传湖神知识，

na˧ za˨˩ lie˩ tó˧ sɯ˥　看来是这样。

ʔa˥ ndzu˧ ndu˩ ba˧ na˧　阿祖看侄子，

ndu˩ ba˧ dʑo˩ dɯ˧ na˧　看侄儿在处，

ndu˩ ba˧ dʑo˩ dɯ˧ ɣo˩　侄儿有在处，

ndu˩ ba˧ dʑo˩ tá˩ bu˧　侄儿在一间，

mi˨˩ sɯ˥ tá˩ to˩ mu˥　像大地一块。

na˧ zɯ˥ se˩ mi˨˩ sɯ˥　看来像神土，

se˩ mi˨˩ sɯ˥ lie˩ se˩　像神土模样，

侄儿像土神。
讲土神文化，
传土神知识，
看来是这样。

阿祖还想到，
想起就发笑。
她笑着说道：
那两个毡匠，
名说是毡匠。
现在我猜想，
是否是毡匠，
他自己才知，
别人不知晓。
阿祖难捉摸，
想到他俩话，

说来似神话，

不像地上人，

疑是天上神。

天上真有人，

从没听说过，

他俩应是神。

阿祖转念想，

他俩不是人，

他俩不是神，

他俩是什么？

他俩做的事，

别人做不到，

他俩说的话，

别人说不出。

他俩所说的，

样样有应验。

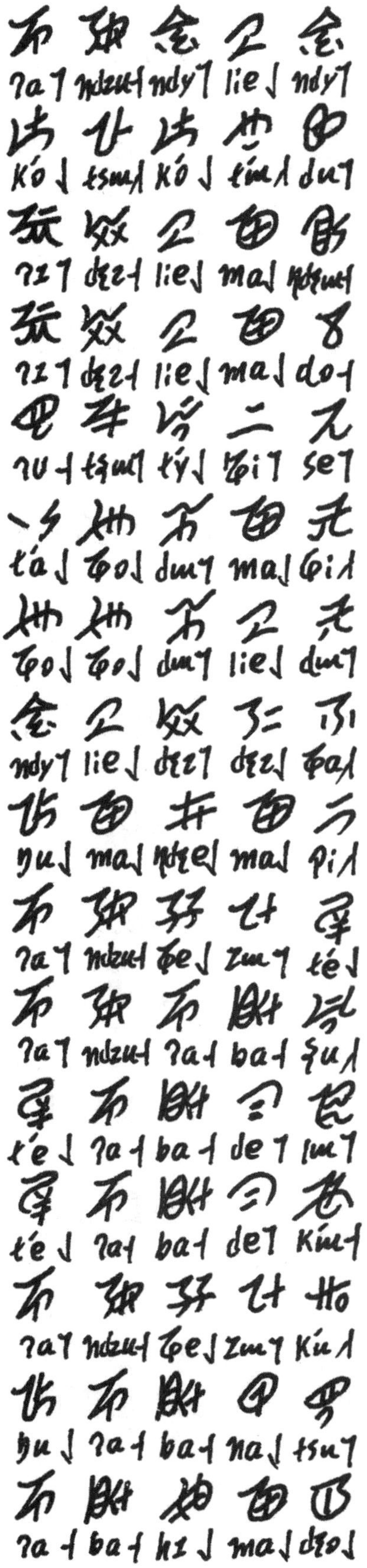

阿祖说他俩，

所做所说的，

一点也没错，

一点不撒谎，

样样都真实。

家人都没死，

个个还活着，

真天下奇闻，

我不可不信。

阿祖笑着跑，

她去找阿爸。

到阿爸旁边，

到阿爸边上，

笑盈盈地喊：

阿爸呀你好，

为啥不在家，

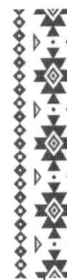

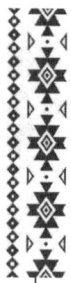

为何在洞中。

别样你不做，

埋头挖木勺。

我问你一句，

你挖了多少，

是否挖给我？

她阿爸回话：

我非你阿爸，

你爸我不知，

见都没见过，

你究竟是谁？

别乱来冒认，

也不要乱喊，

若你认错人，

也就喊错了。

我不知道你，

别再耽误我，

请赶快离开。

你不赶快走，

我不会饶你。

用天勺打你，

用地勺撵你，

致你于非命。

你去找天父，

你去找天母，

你别怪责我。

我说是自然，

别说我坏话，

要怪怪自然。

阿祖不多说，

也没有回话。

阿祖走着想，

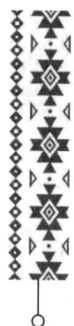

又去找阿妈。

跑去阿妈旁，

到阿妈边上，

笑盈盈地喊：

阿妈呀你好，

为啥不在家，

跑到了洞中。

别样你不做，

天天在做饭。

做的这些饭，

是否给我吃？

她阿妈回话：

我不是你妈，

我不知你妈。

你究竟何人？

别乱来冒认，

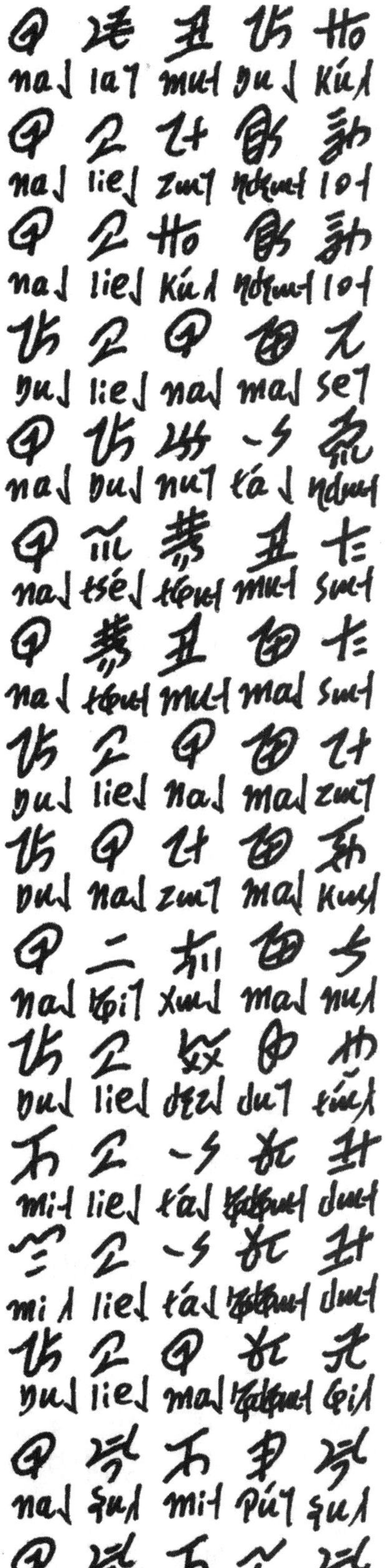

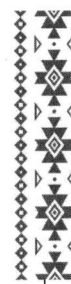

也不要乱喊，

若你认错人，

也就喊错了。

我不知道你，

不要耽搁我，

请你快离开。

如不快离去，

我也不认你，

也不敢认你。

你再不听话，

我就说真话，

天刷把打你，

地刷把撵你，

我把你刷死。

你去找天父，

你去找天母，

不能责怪我。
我说是自然，
别说我不好，
要怪怪自然。

阿祖没多说，
也没有回话，
走着想心事，
跑去找阿哥。
走到阿哥旁，
到阿哥边上，
笑盈盈喊道：
阿哥呀你好，
为啥不在家，
却在这洞中。
别样事不做，

天天编草鞋。

编了这么多，

是否编给我？

她阿哥回话：

我并非你哥，

你哥我不知。

你究竟是谁？

我都不知你，

你别乱冒认，

也不要乱喊，

若是认错人，

若要喊错了，

我就不依你，

你别耽误我，

请你快离开。

若不赶紧走，

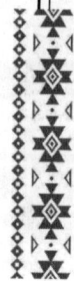

说了你不听，

天草鞋打你，

地草鞋撵你。

将你打死了，

真的打死了，

你去找谁啊？

你去找天说，

去找天父说，

去找天母讲，

你不要找我，

也别责怪我。

我说是自然，

别道我不好，

要怪怪自然。

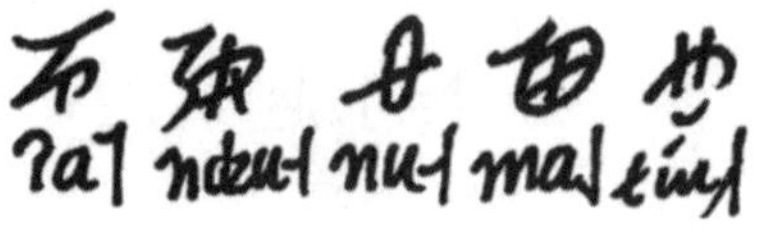

阿祖不多言，

也不回哥话，

走着想心事，

去找她阿嫂。

跑去阿嫂边，

到了阿嫂旁，

笑盈盈喊道：

阿嫂呀你好，

为啥不在家，

却在这洞里。

别样你不做，

天天织麻布。

你织了多少，

是否织给我？

她阿嫂回话：

我并非你嫂，

你嫂我不知。

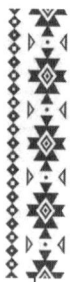

你别乱冒认，
也不要乱喊。
若你认错人，
也就喊错了。
我真不知你，
不要耽误我，
请赶快离开。
要赶快离去，
若不相信我，
多话我不说，
天梭子打你，
地梭子撵你。
将置你死地，
到了那时候，
你不要找我，
你去找天父，

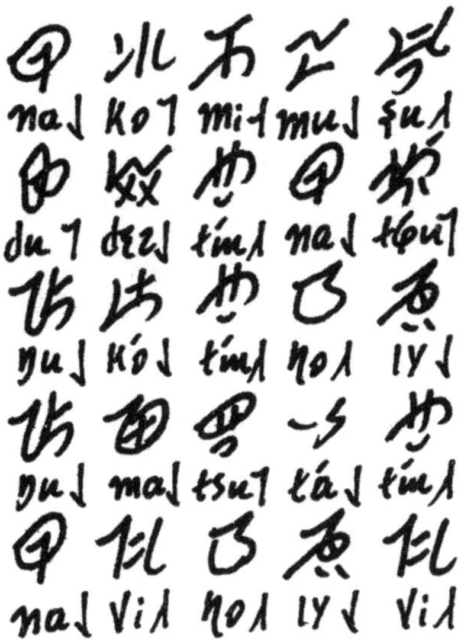

na˨˩ ko˥ mi˧ mu˨˩ ʂu˧˥　你去找天母。

du˥ dʑɛ˨˩ tʻɯ˧˥ na˨˩ tɕʻu˥　实话告诉你，

ŋu˨˩ kʻo˨˩ tʻɯ˧˥ ŋo˧˥ lɣ˨˩　所说是自然，

ŋu˨˩ ma˨˩ tsu˥ kʻa˨˩ tʻɯ˧˥　别说我不好，

na˨˩ vi˧˥ ŋo˧˥ lɣ˨˩ vi˧˥　要怪怪自然。

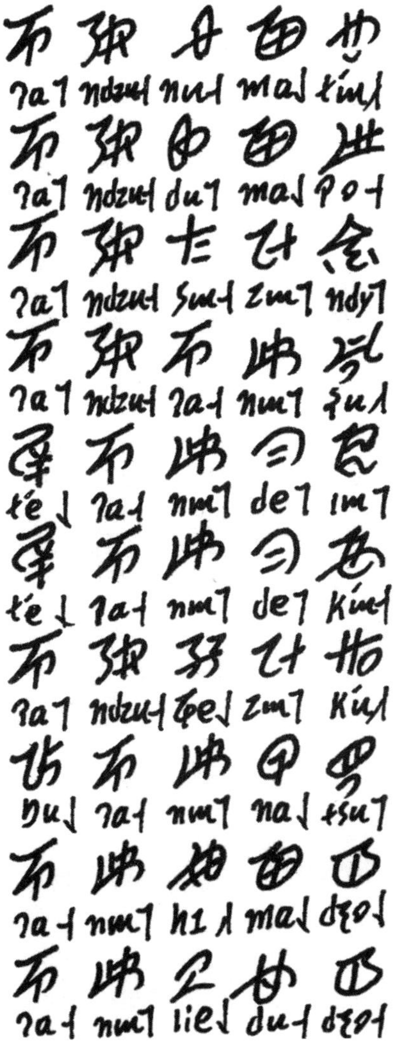

ʔa˥ ndzɯ˧ nɯ˧ ma˨˩ tʻɯ˧˥　阿祖很无奈，

ʔa˥ ndzɯ˧ du˥ ma˨˩ pʻo˧　没回嫂子话，

ʔa˥ ndzɯ˧ sɯ˧ ʑɯ˥ ndy˥　走着暗思忖，

ʔa˥ ndzɯ˧ ʔa˧ nɯ˥ ʂu˧˥　再去找阿姐。

tɕʻe˨˩ ʔa˧ nɯ˥ de˥ ɯ˥　跑去阿姐边，

tɕʻe˨˩ ʔa˧ nɯ˥ de˥ kʻɯ˧　到阿姐边上，

ʔa˥ ndzɯ˧ tɕʻe˨˩ ʑɯ˥ kʻɯ˧˥　笑盈盈喊道：

ŋu˨˩ ʔa˧ nɯ˥ na˨˩ tsu˥　阿姐呀你好，

ʔa˧ nɯ˥ hɪ˧˥ ma˨˩ dʑo˨˩　为啥不在家，

ʔa˧ nɯ˥ lie˨˩ du˧ dʑo˧　在这个洞中。

别样事不做，

天天来剪花。

剪了多少花？

阿祖问阿姐，

是否剪给我？

阿姐回答道：

我非你阿姐，

你究竟何人？

你别乱喊我，

也别乱冒认。

若是认错人，

也就喊错了。

我不知道你，

别再耽误我，

请赶快离开。

若不赶快走，

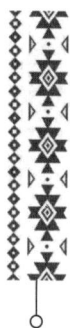

na˩ lie˩ du˥ ma˩ mu˩　不听我的劝，

ŋu˩ lie˩ mi˧ tá˩ tsé˥　地剪刀剪你，

ŋu˩ lie˩ mi˨˩ tá˩ tse˥　天剪刀撵你。

ŋu˩ lie˩ na˩ tsé˥ ɕi˨˩　如若被打死，

ŋm˥ tó˥ na˩ ʁo˨˩ se˥　那时你知道，

na˩ lie˩ ŋu˩ tá˧ ʂu˨˩　你别来找我，

na˩ lie˩ ŋu˩ tá˧ vi˨˩　也别责怪我。

ŋu˩ tɯ́˨˩ no˨˩ ly˩ du˥　我说是自然，

ŋu˩ ma˩ tsu˥ tá˩ tɯ́˨˩　别说我坏话，

na˩ vi˨˩ no˨˩ ly˩ vi˨˩　要怪怪自然。

ko˥ mi˧ pú˥ ʂu˨˩ tɯ́˨˩　去找天父论，

ko˥ mi˧ mu˩ ʂu˨˩ tɯ́˨˩　去找天母讲，

lie˩ ŋu˩ ʂu˨˩ tá˩ tɯ́˨˩　别找我麻烦。

ʔa˥ ndzu˧ nu˧ ma˩ tɯ́˨˩　阿祖没多言，

ʔa˥ ndzu˧ du˥ ma˩ po˧　也没有回话，

ʔa˥ ndzu˧ ndy˥ zu˥ su˧　走着暗思忖，

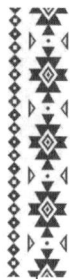

再去找阿友。

跑去阿友旁，

到阿友旁边，

笑咪咪地道：

阿友呀阿友，

我是姐阿祖，

也是你二姐。

阿友回话道：

你非我二姐，

是恒举西呢，

你我是神仆，

你要认清楚，

再也别乱喊。

我不是阿友，

名叫仆苟巴。

阿祖想了想，

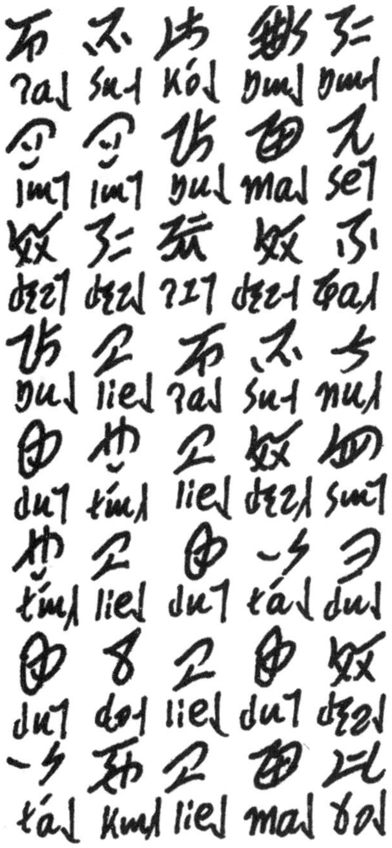

无论是谁人，

全部不知我，

真的是奇怪。

不管问哪个，

除了阿友外，

说的都一样，

真话或假话，

一句没得到。

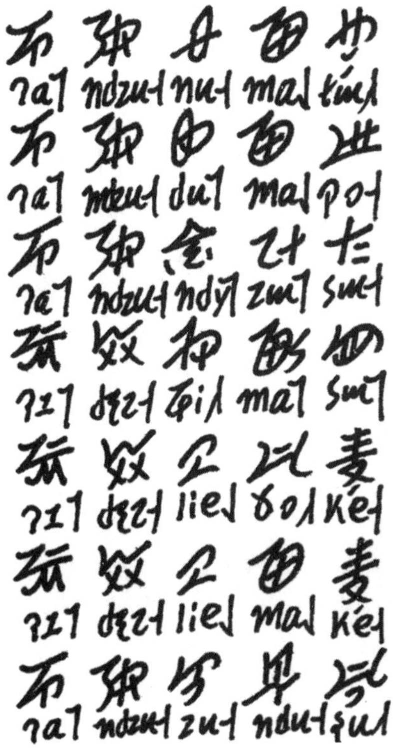

阿祖再不语，

没有回她话，

她走着想着，

如在梦境里，

记得少部分，

忘记了多数。

阿祖找侄子，

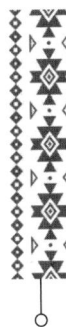

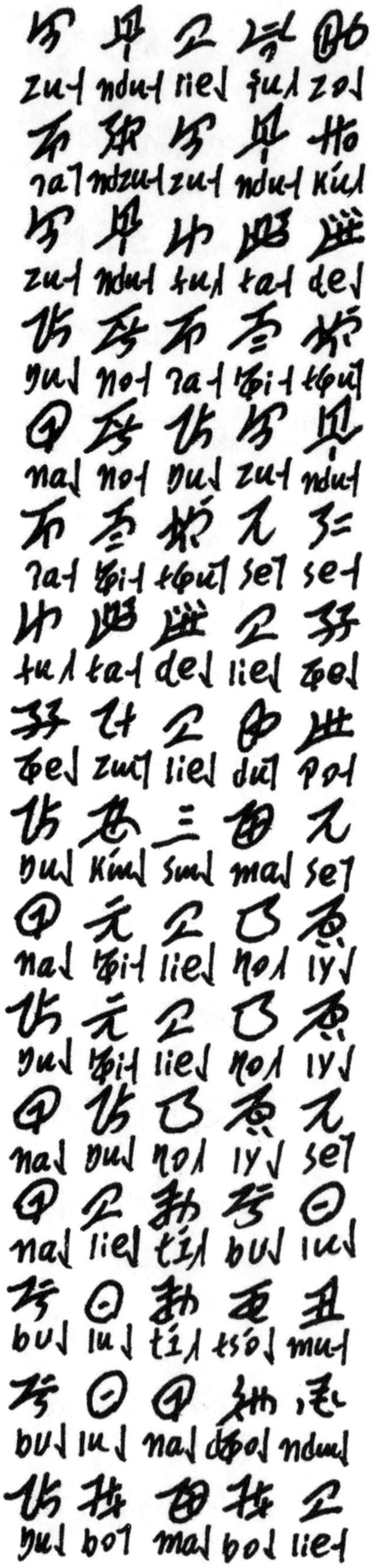

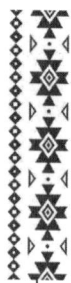

找到了侄儿，

阿祖喊侄儿。

侄儿富达得，

我是你二姑，

你是我侄儿，

你知二姑不？

富达得笑答，

笑着回二姑：

我怎么不知，

二姑是自然，

我也是自然，

你我融自然。

你变为蝴蝶，

蝴蝶变真人。

星星引你路，

落到麻博家，

真身不是你，

真身是星宿。

自然来麻博，

成麻博家人，

并非是人为，

是先天做的。

你我都自然，

自然来形成。

四代人十个，

同在一屋里。

居住在人间，

吃住在一起，

经常一起玩。

亲情的关系，

我怎能忘却，

为啥不知道？

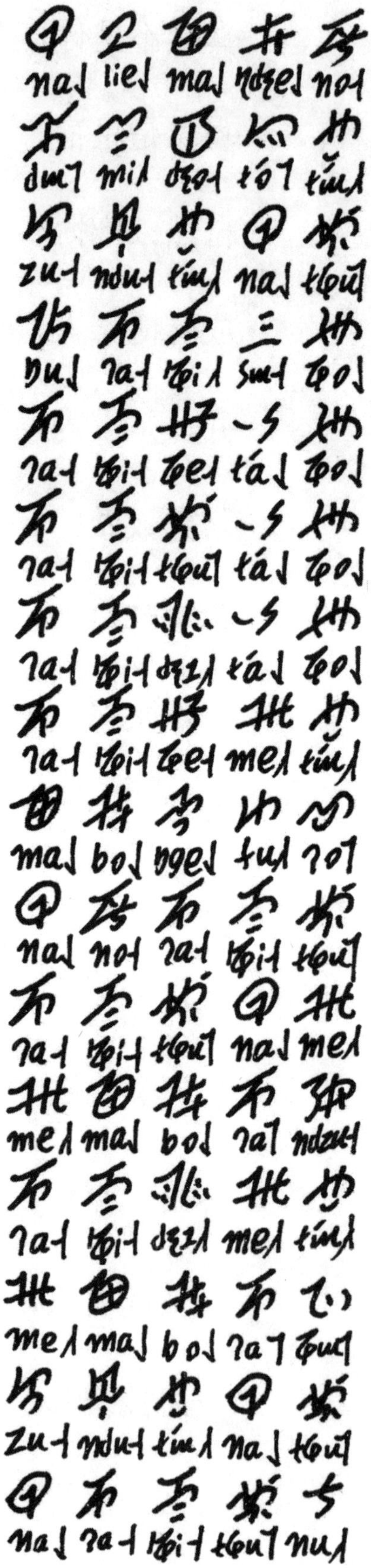

若是你不信，

讲人间之事，

侄儿告诉你。

姑妈共三个，

一个大姑妈，

一个二姑妈，

一个三姑妈。

说大姑之名，

麻博格富果；

你是二姑妈，

二姑妈之名，

称麻博阿祖；

三姑妈之名，

叫麻博阿友。

侄儿已告知，

二姑妈听好，

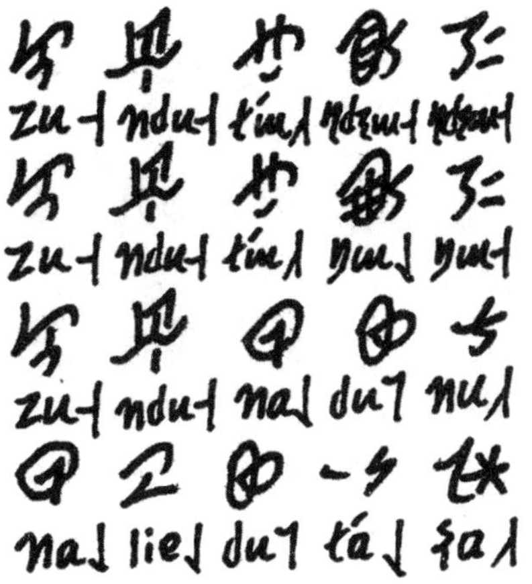

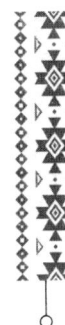

侄儿说错没，

说的对不对？

侄儿问你话，

请先别插话。

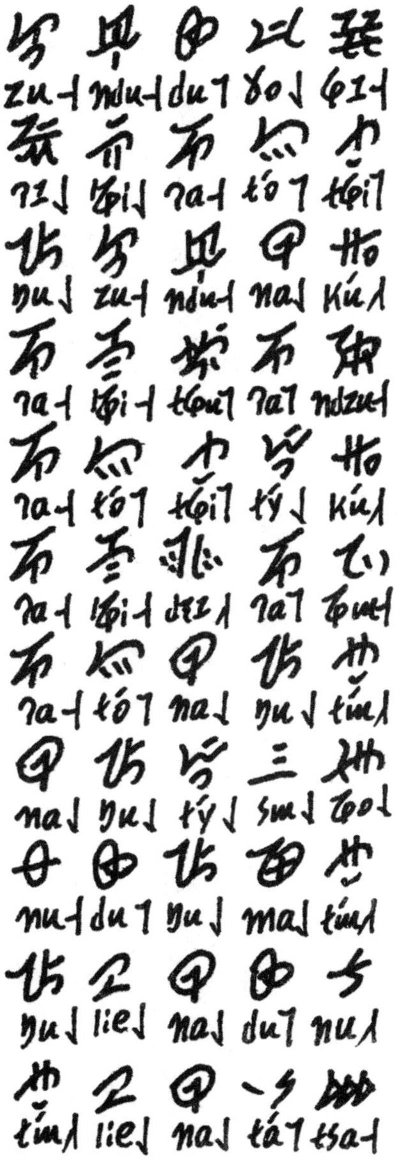

侄儿还问你：

在今天之前，

侄儿我喊你，

二姑妈阿祖，

现在之前叫，

三姑妈阿友。

现在依我看，

咱们这三个，

多话我不说。

问你句实话，

这段时间里，

你躲在哪里，

藏到哪儿了？

你去找什么，

遇上什么事？

事情大或小，

是否忙大事，

你不敢耽误。

不来带我耍，

真话告诉你，

你没及时来，

差点忘记你。

阿祖笑着说：

姑姑的侄儿，

侄儿你听好，

二姑给你说。

阿祖说真话，

何去何来的，

从头说到尾，

说给达得听。

富达得回道：

二姑像撒谎，

为啥那样神，

侄儿我不信。

阿祖笑复述：

你长这么大，

二姑的性格，

你不是不知。

你好好想想，

细细地回忆，

哪天撒过谎。

阿鲁封八神

姑侄谈话时，

天兵搁朵仆，

天兵溢喊候，

两个到洞口，

笑着下了洞。

阿祖所说的，

一句没撒谎，

所说的话呢，

句句都真实。

阿鲁手一指，

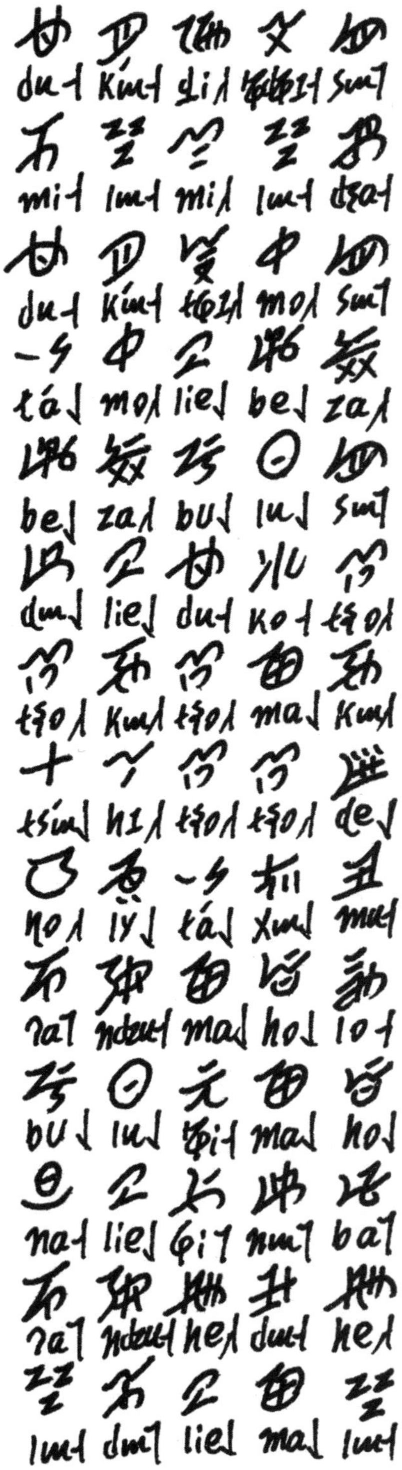

洞口如闪电，

如天崩地裂。

洞口降吉星，

落一颗下来，

掉下似蝴蝶，

飞舞到洞中。

会转不会转，

转满十八圈。

只是在瞬间，

阿祖不见了，

蝴蝶也消失。

西呢现真身，

站在阿祖位，

动都不会动。

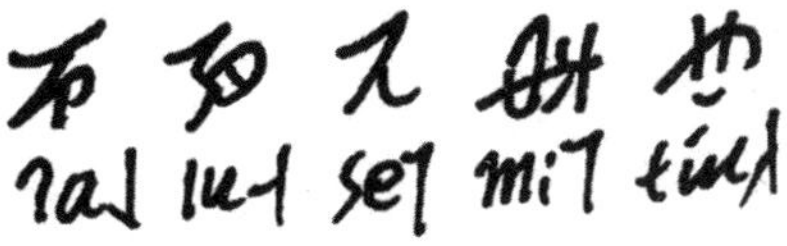

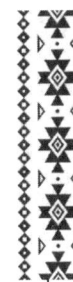

说阿鲁文化，

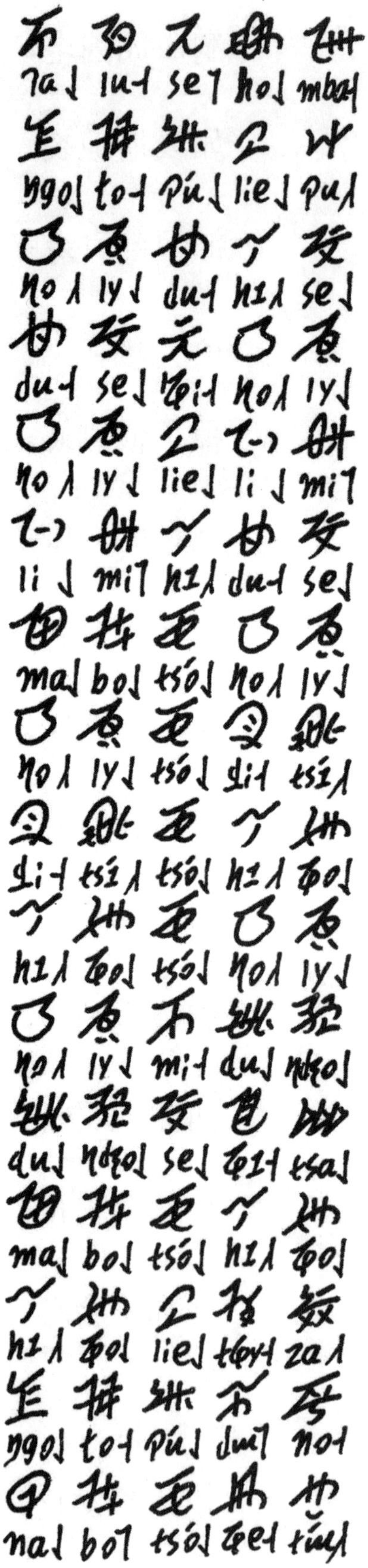

传阿鲁知识。
搁朵仆公布，
自然洞八神，
洞神是自然，
自然来形成，
形成八洞神。
麻博人自然，
自然中四代，
全家人八口，
八口亦自然，
自然受天命。
天命下旨意，
麻博氏八人，
八人全跪下。
搁朵仆说道：
麻博这家人，

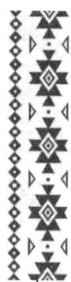

天庭大神灵，

大神灵阿鲁，

他已经看中，

你们家心善。

传祖先心肠，

一心来救人。

天神救你家，

现在诸位看，

她不是阿祖，

是恒举西呢，

恒举幺女儿。

她不是阿友，

她是西呢仆，

名唤仆苟巴。

支格阿鲁令：

你家八个人，

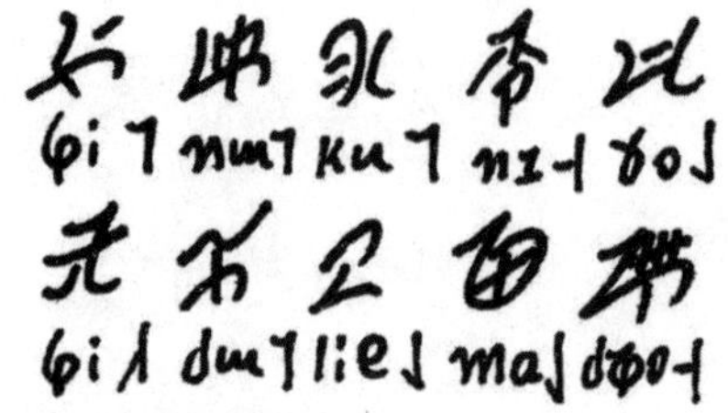

救西呢有功，
功劳薄记名。

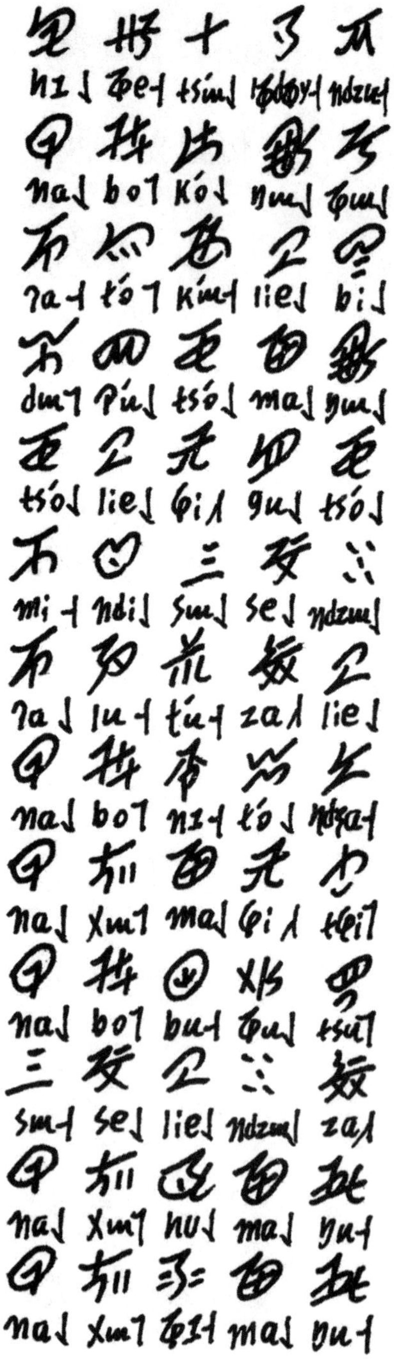

恒也策举祖，
封令你全家，
从现在开始，
再不是凡人。
已死过一次，
天庭三神议，
派阿鲁下凡，
查你家心底。
没有死之前，
麻博道德好。
三神议定后，
不接诸位魂，
不接众人魄，

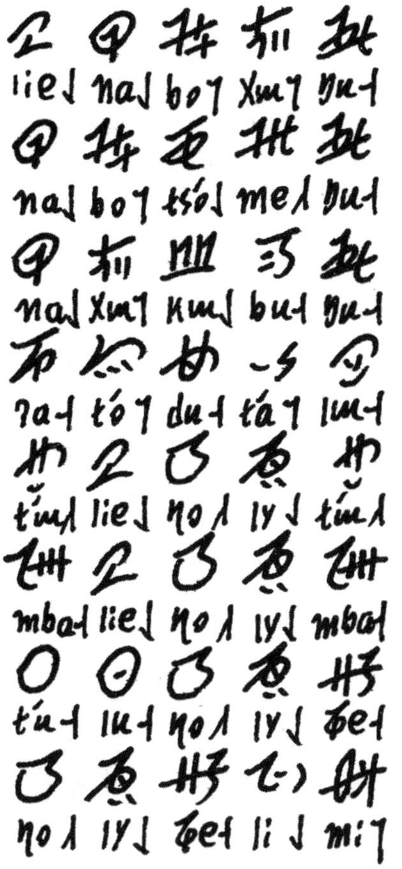

lie˩ na˩ bo˥ xɯ˥ du˧
借你家姓氏，

na˩ bo˥ tśo˩ me˩ du˧
借各人之名，

na˩ xɯ˥ kɯ˩ bu˧ du˧
借你们肉身，

ʔa˧ tśo˥ du˧ tśa˥ lɯ˧
封诸位为神。

tśɯ˩ lie˩ ŋo˨˩ ly˩ tśɯ˨˩
说来说自然，

mba˧ lie˩ ŋo˨˩ ly˩ mba˧
传来传形成，

tɯ˧ lɯ˧ ŋo˨˩ ly˩ ʂe˧
宇宙自然中，

ŋo˨˩ ly˩ ʂe˧ li˩ mi˥
应有众神位。

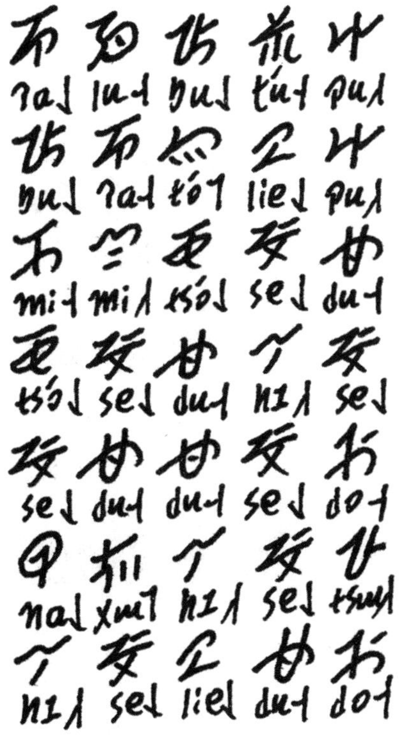

ʔa˩ lɯ˧ du˩ tɯ˧ pu˨˩
我传阿鲁令，

du˩ ʔa˧ tśo˥ lie˩ pu˨˩
现在我公布：

mi˧ mi˨˩ tśo˩ se˩ du˧
天地人神洞，

tśo˩ se˩ du˧ hi˨˩ se˩
人神八洞神，

se˩ du˧ du˧ se˩ do˧
神洞中的神，

na˩ xɯ˥ hi˨˩ se˩ tsɯ˩
你们为八神。

hi˨˩ se˩ lie˩ du˧ do˧
八神须出洞，

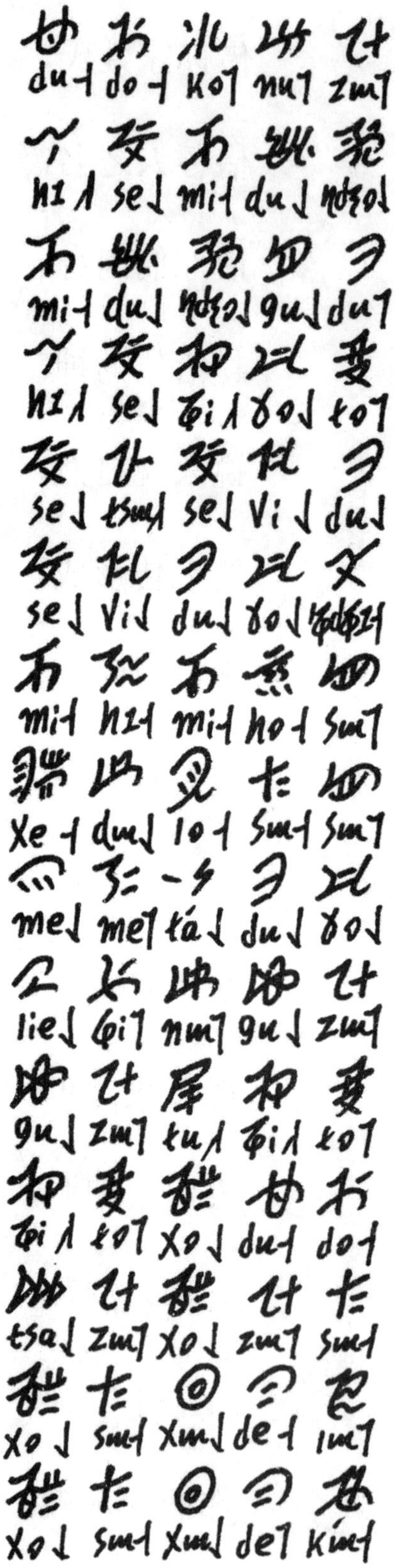

出洞送西呢。

八神受天命，

受了天命后，

八神即起身，

当神履神职。

各自拿兵器，

如狂风暴雨，

似飞沙走石，

各自有一样。

保护住西呢，

高高举起来，

送出了洞口。

接着送一程，

送去草海边，

送到草海边。

接送西呢归

说来说草海，

传来传阿鲁。

草海和阿鲁，

说不尽佳话，

讲不完旧事。

湖面上泊船，

阿鲁站船头。

说来这艘船，

不是凡人船，

是宇宙云船。

阿鲁用着了，

天地人神船。

叟汝聂大神，

确属撵大神，

从船上跳下，

阿鲁掌船舵，

他是渡船神。

叟汝聂天神，

确属撵天神，

分左右站立，

拉住西呢手，

拉住爬上船。

仆苟巴上船，

八洞神八位，

个个飞上船。

天兵搁朵仆，

天兵溢喊候，

人神十五个，

全部都登船。

阿鲁笑着道：

十五月已圆，

叟汝聂天神，

确属撵天神，

一个在左边，

一个在右边。

其余十三神，

围成圆站好。

阿鲁大天神，

三令一出口，

手拿的槁杆，

尤如指挥棒。

湖水如云雾，

一起往上升，
升到阳光山，
接米嫩奏凯，
直接到天门。
天地漫湖雾，
草海天地梯，
阿鲁站船上，
神船往上升，
直直的升起，
摇动没感觉，
至天门停下。

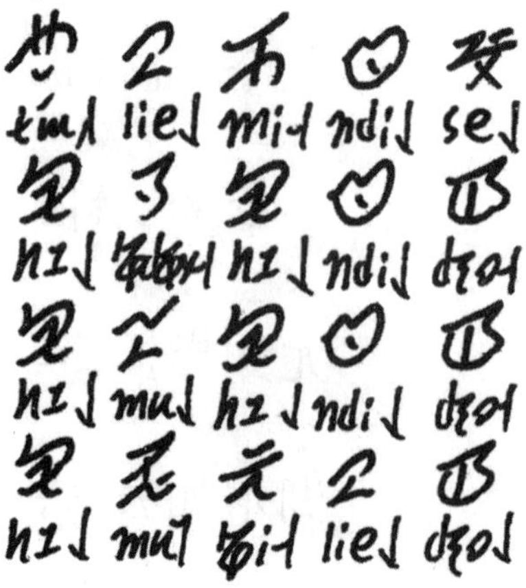

说说天庭神，
恒举在天庭，
天母在天庭，
恒摩也在场，

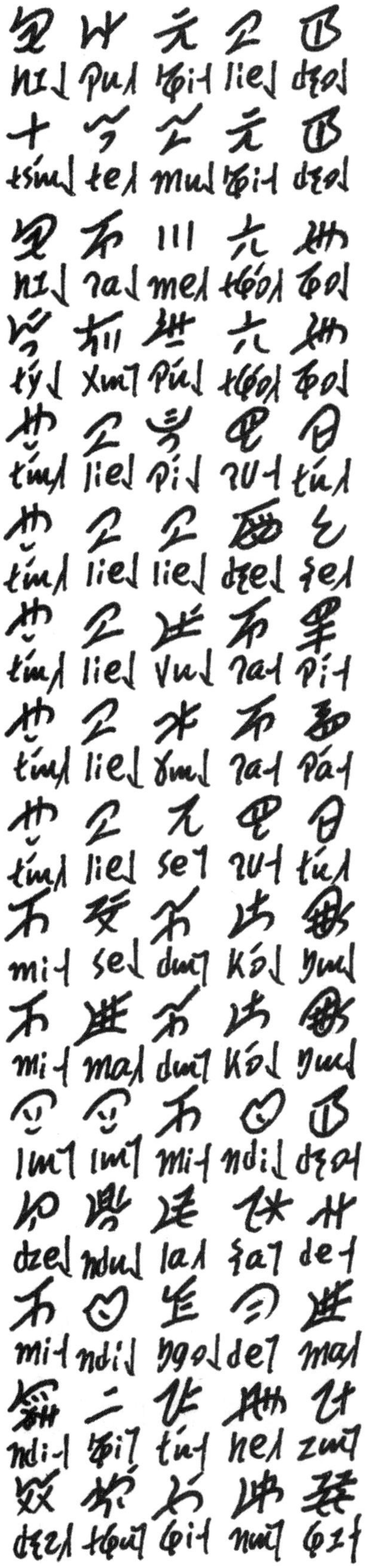

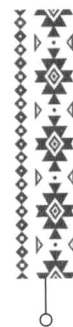

恒布也在场，

策戴莫也在。

天君女六个，

与六个女仆。

另有皮武吐，

还有列哲舍，

也有吴阿皮，

也有厄阿粑，

救神省武吐。

所有的天将，

所有的天兵，

通通在天庭。

敲锣又击鼓，

中道的两旁，

列队行仪式，

一起迎西呢。

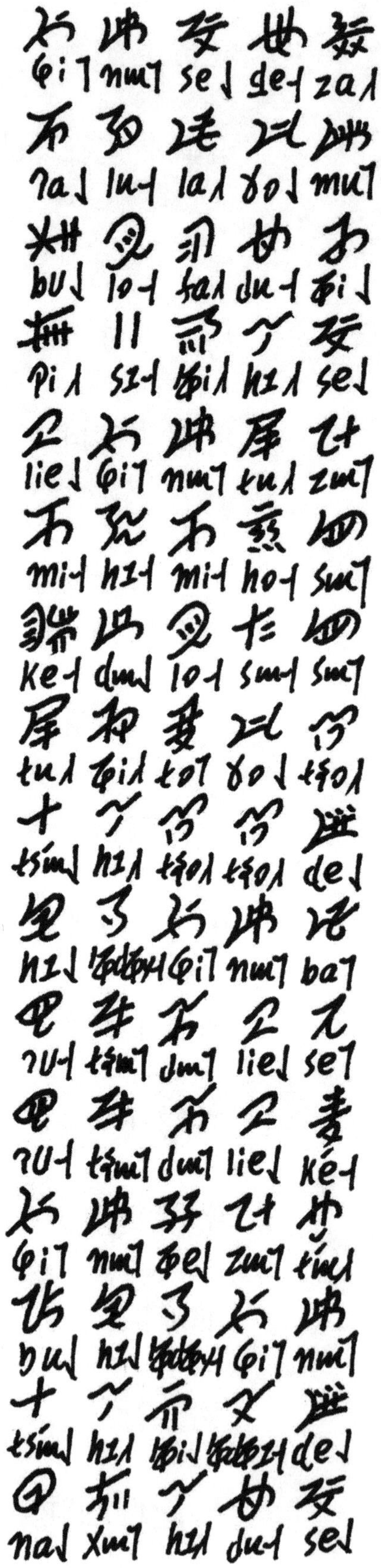

西呢下云船，

阿鲁用手指，

山石岩洞水，

草木土八神，

一起举西呢。

如刮风下雨，

像飞沙走石，

举起来旋转，

旋转十八圈。

恒举西呢巴，

所有的记忆，

全映入脑海。

兴高采烈道：

我恒举西呢，

玩满十八天，

你们八洞神，

快把我放下，
今天西呢归，
西呢真高兴。

天女儿七个，
热情来牵手，
高兴齐欢笑。
大声地呼唤：
天父呀天父，
天母呀天母。
在场的天神，
在场的天兵，
全都很欢喜，
通通都欢乐。
恒举面带笑，
天母眉眼笑。

恒举发君令：

天庭神首领，

笃支格阿鲁，

你救回西呢，

今晚宴诸位。

我恒举放口，

吃喝玩之举，

由你去作主，

我三神不管，

由你自己管。

吃好要喝好，

喝好要玩好。

汝聂去帮你，

确属撵帮你，

搁朵仆助你，

溢喊候助你。

恒举和天母，

恒摩与恒布，

只知道享受，

只知道享福，

只知饱眼福，

只知要悦耳。

让我们满意，

让我们欢乐，

你们要做好。

再说说恒举，

再讲讲天母，

说恒摩恒布，

传万物自然，

万物亦自然。

万物三界事，

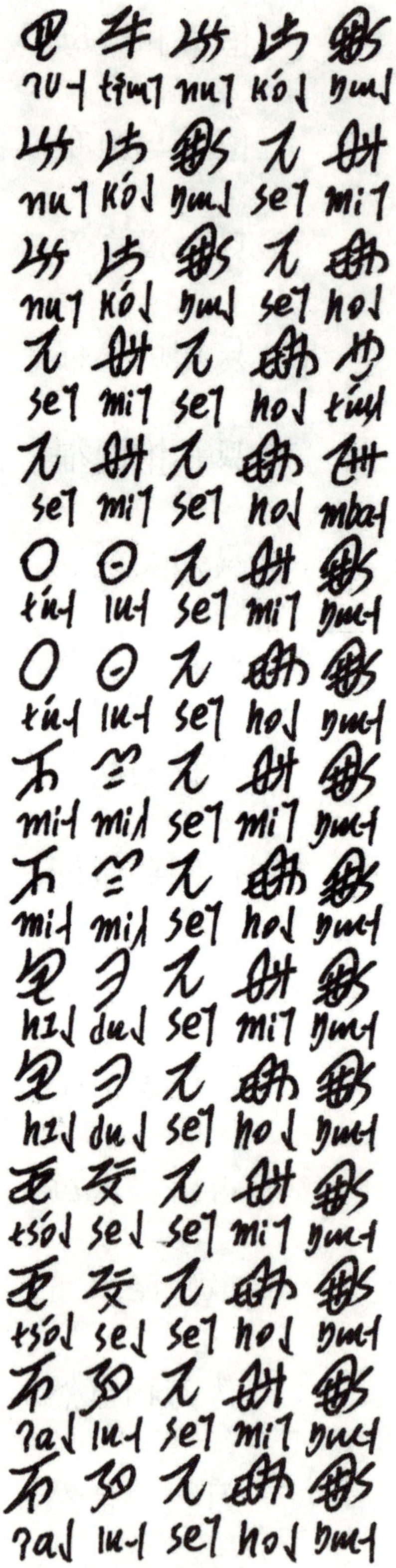

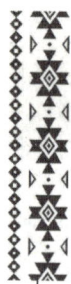

无论是啥事，

由文化支撑，

由知识创立。

说文化知识，

传文化知识，

是宇宙文化，

是宇宙知识。

是天地文化，

是天地知识。

是万物文化，

是万物知识。

是人神文化，

是人神知识。

是阿鲁文化，

是阿鲁知识。